世說新語

评注

【原著】南朝·宋◎刘义庆
【原注】南朝·梁◎刘孝标
【评注】朱奇志

岳麓書社·长沙

图书在版编目(CIP)数据

世说新语/(南朝宋)刘义庆著;朱奇志评注. —长沙:岳麓书社,2022.3
ISBN 978-7-5538-1427-8

Ⅰ.①世…　Ⅱ.①刘…②朱…　Ⅲ.①笔记小说—中国—南朝时代
Ⅳ.①I242.1

中国版本图书馆 CIP 数据核字(2020)第 223213 号

SHISHUO XINYU

世说新语

评　　注:朱奇志
责任编辑:陶嶒玲
责任校对:舒　舍
封面设计:绿光视觉艺术工作室

岳麓书社出版发行
地址:湖南省长沙市爱民路 47 号
直销电话:0731-88804152　0731-88885616
邮编:410006

版次:2022 年 3 月第 1 版
印次:2022 年 3 月第 1 次印刷
开本:890mm×1240mm　1/32
印张:16.75
字数:438 千字
ISBN 978-7-5538-1427-8
定价:49.80 元

承印:湖南省众鑫印务有限公司
如有印装质量问题,请与本社印务部联系
电话:0731-88884129

凡　例

一、《世说新语》流传的版本主要有宋高宗绍兴八年董棻刻本（简称影宋本）、明嘉靖袁褧嘉趣堂翻刻南宋陆游刻本（简称明本或袁本）、清道光周氏纷欣阁重刻袁本（简称纷欣阁本）、清王先谦据纷欣阁本校订重刊本（简称王本）。本书以袁本为底本，校之以影宋本、纷欣阁本、王本以及唐写本《世说新语》残卷，兼采余嘉锡《世说新语笺疏》、徐震堮《世说新语校笺》。考校得失，甄别优劣，申明己见。

二、本书取消卷次，径直按原书门类排列。在每条开首均用数目字注明篇与条的序号，以便查检。

三、本书分原文点校和注释两部分。原文中含南朝梁刘孝标的注，用小字夹行排印。

四、注释力求简明扼要。对刘孝标的注文，若无讹误，一般不予注释。对反复出现的人名和词语，除第一次作注外，一般不重复注释。

五、本书中出现的人名、地名异体字，未完全进行类推简化。

六、为了帮助读者阅读理解，对三十六门均作了简单概括和分析，可视为导读，置于篇首，仅作参考。

七、本书在点校和注释过程中借鉴了前贤和时贤的研究成果，在此表示衷心感谢，不再一一注明出处。

前 言

《世说新语》是研究魏晋六朝历史文化以及士人心态最值得研读的一部珍贵文献，同时，也是当代文化人最值得放在案头和枕边赏玩的一部怡情之作。试想，酒后茶余，乘兴翻检，看阮籍的青白二眼，看刘伶的纵酒裸裎，看兰亭的曲水流觞，看王子猷的兴尽而返。及至“小鲜肉”卫玠被粉丝的眼球看杀，嵇康与钟会关于“何所闻”与“何所见”的脱口秀，郝隆在七夕于烈日下光着肚皮“晒书”的行为艺术……其文化领悟与心性滋养胜过读端严方正的史书千倍万倍。

倘若剔除细枝末节的眼障，把它看成一部有别于其他一般著作的奇书，从根本上加以审视和考量，《世说新语》则主要呈现如下几个显著特征：

一、文本的原生态。

尽管《世说新语》的编纂者刘义庆及其门下文人巧费经营，以孔门四科开其端，以三十六门为类型框架，而每一类型又似乎以时间顺序为线索，但它毕竟是一堆文化碎片，过于散乱而无法从根本上进行意义衔接和归属。和其他整肃的史书相比，《世说新语》无疑呈现出随意散漫的原生态属性。这种原生态的存在状态虽然缺乏意义的清晰诉求，不能像大合唱那样呈现鲜明的主题，却在众声喧哗中包含巨大的张力和开放性。碎片与碎片之间的堆积、连接、冲撞会摩擦生发出无数信息，人们在对碎片的翻检中会领略到更真实、更多元的文化景观。

二、抒写的片段性。

拂开罗兰·巴尔特漂浮在写作上有关能指、所指的符号学理论，《世说新语》是真正意义上的片段写作。全书一千一百三十条，长短不一，彼此独立，看似散乱而又声息相通，如砂砾般在各自的角落里熠熠发光，组成一道松散而令人眼花缭乱的风景。《世说新语》的这种片段抒写，至少具有以下几个特点：其一是真实——有话则长，无话则短，决不装腔作势、拿腔拿调，作虚头巴脑的过渡文字；其二是随意——如王子猷那般，乘兴而往，兴尽而返，写与不写，全由心作主；其三是凝练——片段小语，不作奢华的铺陈，不作无谓的渲染，“记言则玄远冷隽，记行则高简瑰奇”（鲁迅《中国小说史略》）；其四是生动——《世说新语》的生动是一种特殊的生动，不作说书人似的吆喝，外表典则冷峻，气韵全由读者把玩而出。

三、内涵的特异性。

翻开《世说新语》，满纸皆是奇异之气，只要不是过于愚钝，便会被它的超凡拔俗和标新立异所绝倒。倘要追溯原因，乃魏晋六朝时期的文化转型使然。魏晋六朝是学界公认的文化转型时期，而这一文化转型在东汉后期就已悄然兴起。东汉后期，汉王朝急剧没落，血腥的诸侯混战、丑陋的宦官与外戚专权的宫廷政治，严重地挫伤了文人的政治信仰。于是清议之风兴起，文人的兴趣由外在事功转向内在心智的操练，非汤武、薄孔丘，“越名教而任自然”成为时代风尚，演绎为巴赫金所说的文化的狂欢化。这种狂欢文化意味着精神的亢奋，表现出颠覆现存秩序、宣泄个人情绪的价值诉求。这种具有颠覆性的狂欢文化的主体维度的经典描述便是“魏晋风度”，正是“魏晋风度”构成了《世说新语》内涵的特异性，而这种特异性又主要从颠覆性中体现出来，具体表现为以下几个方面：

1. 以主观内省、适己从心的玄学解构修身事功的两汉经学，从理论上颠覆了先秦以还的伦理价值体系。

2. 以“越名教而任自然”的激烈行为方式颠覆先秦以还的行为

规范，使恃才傲物、任诞使气成为时代风尚。

3. 以爱美尚奇的审美偏好颠覆先秦以还质朴厚重、中正平和的审美价值取向。

4. 以对人物气质风神的赏誉颠覆先秦以还注重人物功业的品评，将价值取向由外在事功牵引到内在心性的自由。

5. 以片段书写的边缘化、个人化叙事颠覆以帝王将相为主体的宏大叙事，在文人轶事的日常风景中获得一种随意性的真实。

《世说新语》恰恰真实地记载了魏晋名士在狂欢化语境下的种种奇异之举，成为名副其实的魏晋风度的形象演绎。

《世说新语》是名士的教科书，自问世以来便颇得文人雅士的赏爱。南朝梁刘孝标为其作注，引用古书四百余种，态度之虔诚可想而知。明代胡应麟在《少室山房笔丛》中更是对其赞赏有加："读其语言，晋人面目气韵，恍忽生动，而简约玄澹，真致不穷，古今绝唱也。"

对于《世说新语》，赏爱者有之，追捧模仿者更是层出不穷。唐代有王方庆的《续世说新书》(已佚，宋代有王谠的《唐语林》、孔平仲的《续世说》，明代有李绍文的《明世说新语》，民国初有易宗夔的《新世说》等等。此外，根据《世说新语》改编的戏剧、小说亦不计其数。

的确，不读《世说新语》，不知魏晋六朝之文化景观；不读《世说新语》，没有资格奢谈名士风流。

朱奇志

戊戌冬于长沙月湖

目 录

德行第一

《世说新语》凡三十六门，一千一百三十则，劈头四门即为孔门四科：德行、言语、政事、文学。可见即使以标新立异、离经叛道相标榜的魏晋名士，头上依然悬挂着一把尚方宝剑。

孔门弟子三千，贤人七十二，而优中之优者即《论语·先进》中的十人："德行：颜渊、闵子骞、冉伯牛、仲弓；言语：宰我、子贡；政事：冉有、季路；文学：子游、子夏。"这孔门四科便积淀为中国古代品评士人的重要标准，所谓"仲尼之门，考以四科"(《后汉书·郑玄传》)。

所谓"德行"，指人的道德品行。"德"侧重于内志，"行"侧重于外显，此即郑玄所谓"在心为德，施之为行"(《周礼·地官·师氏》郑玄注)。《世说新语》把它摆在第一，足见此为品评人物的首要标准。

好在《世说新语》述"德行"不迂腐，不板滞，不流于道德说教，虽也于忠心、孝悌、廉洁等大关目处落笔，但更多的是将"德行"融化在名士的日常风景中，使其可触可感。尤为可贵的是，通过名士的奇思异想和特立独行，于"德行"的日常风景中翻出新意，令读者惊愕感叹。

001 陈仲举言为士则❶，行为世范，登车揽辔❷，有澄清天下之志。《汝南先贤传》曰："陈蕃字仲举，汝南平舆人。有室荒芜不扫除，曰：'大丈夫当为国家扫天下。'值汉桓之末，阉竖用事，外戚豪横。及拜太傅，与大将军窦武谋诛宦官，反为所害。"为豫章太守❸，《海内先贤传》曰："蕃为尚书，以忠正忤贵戚，不得在台，迁豫章太守。"至，便问徐孺子所在❹，欲先看之。谢承《后汉书》

曰："徐稚字孺子，豫章南昌人。清妙高跱，超世绝俗。前后为诸公所辟，虽不就，及其死，万里赴吊。常预炙鸡一只，以绵渍酒中，暴干以裹鸡，径到所赴冢隧外，以水渍绵，斗米饭，白茅为藉，以鸡置前，酹酒毕，留谒即去，不见丧主。"主簿白❺："群情欲府君先入廨❻。"陈曰："武王式商容之闾❼，席不暇暖。许叔重曰：'商容，殷之贤人，老子师也。'车上跽曰式。吾之礼贤，有何不可！"袁宏《汉纪》曰："蕃在豫章，为稚独设一榻，去则悬之，见礼如此。"

❶陈仲举：陈蕃字仲举，平舆（今河南平舆）人。汉末名臣。与窦武、刘淑谋除宦官，事泄被杀，时称"三君"。❷辔（pèi）：马缰绳。登车揽辔：指登上公车，手执缰绳，为官赴任。❸豫章：汉郡名，治所在今江西南昌。❹徐孺子：徐稚。豫章高士，隐居不仕。❺主簿：官名。古代中央和地方郡县所设的属官，掌管文书印信。白：禀告，报告。❻府君：汉晋时期对太守的称呼。廨（xiè）：官署。❼式：即轼，车前横木，喻扶轼低头致意。商容：殷代贤人，因直言被纣王所贬。闾：里巷之门。

002 周子居常云❶："吾时月不见黄叔度❷，则鄙吝之心已复生矣！"子居别见。《典略》曰："黄宪字叔度，汝南慎阳人。时论者咸云'颜子复生'。而族出孤鄙，父为牛医。颍川荀季和执宪手曰：'足下吾师范也！'后见袁奉高，曰：'卿国有颜子，宁知之乎？'奉高曰：'卿见吾叔度耶？'戴良少所服下，见宪则自降薄，怅然若有所失。母问：'汝何不乐乎？复从牛医儿所来邪？'良曰：'瞻之在前，忽焉在后，所谓良之师也。'"

❶周子居：名乘，汉末汝南人。与黄宪、陈仲举友好，为泰山太守时有惠政。❷时月：泛指一段时间。黄叔度：即黄宪，汉末汝阳人。出身贫贱，德行高迈，时人称其为颜渊复生。

003郭林宗至汝南❶，造袁奉高❷，《续汉书》曰：“郭泰字林宗，太原介休人。泰少孤，年二十，行学至城皋屈伯彦精庐，乏食，衣不盖形，而处约味道，不改其乐。李元礼一见称之曰：‘吾见士多矣！无如林宗者也。’及卒，蔡伯喈为作碑，曰：‘吾为人作铭，未尝不有惭容，唯为郭有道碑颂无愧耳！’初以有道君子征，泰曰：‘吾观干象、人事，天之所废，不可支也。’遂辞以疾。”《汝南先贤传》曰：“袁宏字奉高，慎阳人。友黄叔度于童齿，荐陈仲举于家巷。辟太尉掾，卒。”车不停轨，鸾不辍轭；❸诣黄叔度乃弥日信宿❹。人问其故，林宗曰：“叔度汪汪如万顷之陂❺，澄之不清，扰之不浊，其器深广❻，难测量也！”《泰别传》曰：“薛恭祖问之，泰曰：‘奉高之器，譬诸泛滥，虽清易挹也。’”

❶郭林宗：即郭太，汉末太原人。有时名，博通经典，颇善谈论。❷造：拜访。袁奉高：即袁阆，东汉汝南人。官至太尉掾，与黄宪友善。❸极言下车时间之短，登车离去之速。轨：车辙。鸾：銮铃。轭：驾车时套在牲口脖子上的器具。❹诣：拜访。弥日：整日。信宿：连住两日。❺陂：池塘。❻器：器度，气量。

004李元礼风格秀整❶，高自标持❷，欲以天下名教是非为己任❸。薛莹《后汉书》曰：“李膺字元礼，颍川襄城人。抗志清妙，有文武俊才。迁司隶校尉，为党事自杀。”后进之士有升其堂者，皆以为登龙门❹。《三秦记》曰：“龙门一名河津，去长安九百里，水悬绝，龟鱼之属莫能上，上则化为龙矣。”

❶李元礼：李膺。汉末清议领袖之一，与荀翌、杜密等人被时人称为“八俊”。历官河南尹、司隶校尉。后谋诛擅权宦官不成，下狱被杀。❷高自标持：指在德操上自我标榜甚高。❸名教：儒家礼教。因其以定名分为中心，故称。❹登龙门：比喻因得到名人礼遇而提高身价。

005 李元礼尝叹荀淑、钟皓《先贤行状》曰："荀淑字季和，颍川颍阴人也。所拔韦褐刍牧之中，执案刀笔之吏，皆为英彦。举方正，补朗陵侯相，所在流化。钟皓字季明，颍川长社人。父、祖至德著名。皓高风承世，除林虑长，不之官。人位不足，天爵有余。"曰❶："荀君清识难尚❷，钟君至德可师❸。"《海内先贤传》曰："颍川先辈，为海内所师者，定陵陈稚叔，颍阴荀淑，长社钟皓。少府李膺宗此三君，常言：'荀君清识难尚，陈钟至德可师。'"

❶叹：赞叹，赞赏。荀淑：字季和，颍川颍阴（今河南许昌）人，汉和帝至汉桓帝时人物，以品行高洁著称。有子八人，号八龙，其孙子荀彧乃曹操部下著名谋士。钟皓（88 年—157 年）：字季明，颍川郡长社县（今河南许昌长葛）人，东汉时期名士、清议领袖，光禄大夫河东太守钟宝之子、名士钟迪之父，出身东汉名门颍川钟氏。❷清识难尚：识见高明，他人难以效仿。❸至德可师：道德高尚，可以师法。

006 陈太丘诣荀朗陵❶，贫俭无仆役，《陈寔传》曰："寔字仲弓，颍川许昌人。为闻喜令、太丘长，风化宣流。"乃使元方将车❷，《先贤行状》曰："陈纪字元方，寔长子也。至德绝俗，与寔高名并著，而弟谌又配之。每宰府辟召，羔雁成群，世号'三君'，百城皆图画。"季方持杖后从❸，长文尚小❹，载着车中。既至，荀使叔慈应门❺，慈明行酒❻，余六龙下食❼，张璠《汉纪》曰："淑有八子：俭、鲲、靖、焘、汪、爽、肃、敷。淑居西豪里，县令苑康曰：'昔高阳氏有才子八人。'遂署其里为高阳里。时人号曰'八龙'。"文若亦小，坐着膝前。❽于时太史奏❾："真人东行❿。"檀道鸾《续晋阳秋》曰："陈仲弓从诸子侄造荀父子，于时德星聚，太史奏：'五百里贤人聚。'"

❶陈太丘：指东汉陈寔。寔曾作太丘长，故名。荀朗陵：指荀淑。淑

曾作朗陵侯相，故名。❷元方：陈纪字元方，陈寔长子。将车：驾车。❸季方：陈谌字季方，陈寔次子。❹长文：陈群字长文。陈纪子，陈寔孙。❺叔慈：荀靖字，荀淑第三子。应门：候门。❻慈明：荀爽字，荀淑第六子。❼余六龙下食：荀淑叫叔慈、慈明之外的六个儿子上菜。下食：上菜进食。❽文若：荀彧字，荀淑孙，后为曹操著名谋臣。坐着：犹坐在。❾于时：此时。太史：掌天文历法的官，兼具修史之任。❿真人：指德才高迈的贤人，或指无己、无功、无名的至人、神人、圣人。

007 客有问陈季方：《海内先贤传》曰："陈谌字季方，寔少子也。才识博达，司空掾公车征，不就。""足下家君太丘有何功德而荷天下重名[1]？"季方曰："吾家君譬如桂树生泰山之阿[2]，上有万仞之高，下有不测之深；上为甘露所沾[3]，下为渊泉所润。当斯之时，桂树焉知泰山之高，渊泉之深？不知有功德与无也。"

❶家君：尊称别人的父亲，或对人称自己的父亲。太丘：指陈寔。荷：担负，承受。❷阿：山的转弯处。❸沾：滋润。

008 陈元方子长文，有英才，《魏书》曰："陈群字长文，祖寔，尝谓宗人曰：'此儿必兴吾宗。'及长，有识度，其所善皆父党。"与季方子孝先《陈氏谱》曰："谌子忠，字孝先。州辟不就。"各论其父功德，争之不能决。咨于太丘[1]，太丘曰："元方难为兄，季方难为弟。[2]"一作"元方难为弟，季方难为兄"。

❶咨：咨询，请教。❷意为不相伯仲，难分高下。

009 荀巨伯远看友人疾[1]，《荀氏家传》曰："巨伯，汉桓帝时人也，亦出颍川，未详其始末。"值胡贼攻郡[2]，友人语巨伯曰：

“吾今死矣，子可去[3]。”巨伯曰：“远来相视，子令吾去，败义以求生，岂荀巨伯所行邪！”贼既至，谓巨伯曰：“大军至，一郡尽空，汝何男子[4]，而敢独止？”巨伯曰：“友人有疾，不忍委之[5]，宁以我身代友人命。”贼相谓曰：“我辈无义之人，而入有义之国。”遂班军而还，一郡并获全。

❶远看：远道探望。❷值：遇上，碰上。❸可：应该。去：离开。❹男子：对无爵位男人之称，语气极不尊重。❺委：抛弃。

010 华歆遇子弟甚整[1]，虽闲室之内[2]，严若朝典[3]。《魏志》曰：“歆字子鱼，平原高唐人。”《魏略》曰：“灵帝时，与北海邴原、管宁俱游学相善，时号三人为一龙，谓歆为龙头，宁为龙腹，原为龙尾。”陈元方兄弟恣柔爱之道[4]，而二门之里，两不失雍熙之轨焉[5]。

❶华歆：汉末平原（今山东）人，仕曹魏官至司徒。魏明帝时，迁太尉，封侯。遇：对待。子弟：子侄晚辈。整：端严谨厚。❷闲室：非正式场合的私室。❸朝典：群臣朝见君王或子弟拜见父母的礼仪典章。❹恣：放任。❺雍熙：雍容和顺。轨：典范。

011 管宁、华歆共园中锄菜[1]，《傅子》曰：“宁字幼安，北海朱虚人，齐相管仲之后也。”见地有片金，管挥锄与瓦石不异，华捉而掷去之[2]。又尝同席读书[3]，有乘轩冕过门者[4]，宁读如故，歆废书出看[5]。宁割席分坐[6]，曰：“子非吾友也！”《魏略》曰：“宁少恬静，常笑邴原、华子鱼有仕宦意。及歆为司徒，上书让宁。宁闻之，笑曰：‘子鱼本欲作老吏，故荣之耳！’”

❶管宁：字幼安，齐相管仲之后。避乱辽东三十余载，后还乡，屡征

不就。❷捉：捡拾。❸席：座席。❹轩冕：轩车。偏义复词。古代士大夫乘坐的车子。❺废：放下。❻割席分坐：喻朋友断交。

012 王朗每以识度推华歆[1]。《魏书》曰："朗字景兴，东海郯人。魏司徒。"歆蜡日[2]《礼记》曰："天子大蜡八。伊耆氏始为蜡。蜡，索也。岁十二月，合聚万物而索飨之。"《五经要义》曰："三代名腊，夏曰嘉平，殷曰清祀，周曰大蜡，总谓之腊。"晋博士张亮议曰："蜡者，合聚百物索飨之，岁终休老息民也。腊者，祭宗庙五祀。《传》曰：'腊，接也，祭则新故交接也。'秦、汉已来，腊之明日为祝岁，古之遗语也。"尝集子侄燕饮，王亦学之。有人向张华说此事[3]，张曰："王之学华，皆是形骸之外[4]，去之所以更远。"王隐《晋书》曰："张华字茂先，范阳人也。累迁司空，而为赵王伦所害。"

❶王朗：字景兴，东海郯（今山东临沂市郯城县北）人，官至司徒。博学儒雅，为政宽和，有美誉。推：推崇，推重。❷蜡日：蜡祭日。农历年终祭百神，称蜡祭，也称蜡。❸张华：字茂先。范阳方城（今河北固安）人，官至司空，为赵王伦所害。❹形骸之外：形骸，指躯体；形骸之外，指表面皮毛。

013 华歆、王朗俱乘船避难，有一人欲依附[1]，歆辄难之[2]。朗曰："幸尚宽，何为不可？"后贼追至，王欲舍所携人。歆曰："本所以疑[3]，正为此耳。既已纳其自托，宁可以急相弃邪？"遂携拯如初。世以此定华、王之优劣。华峤《谱叙》曰："歆为下邽令，汉室方乱，乃与同志士郑太等六七人避世。自武关出，道遇一丈夫独行，愿得与俱，皆哀许之。歆独曰：'不可。今在危险中，祸福患害，义犹一也。今无故受之，不知其义，若有进退，可中弃乎？'众不忍，卒与俱行。此丈夫中道堕井，皆欲弃之。歆乃曰：'已与俱矣，弃之不义。’卒共还，出之而后别。”

❶依附：依托，指欲搭船。❷辄：就。难：拒绝。❸本：当初。疑：犹豫。

014 王祥事后母朱夫人甚谨❶。《晋诸公赞》曰：“祥字休徵，琅邪临沂人。”《祥世家》曰：“祥父融，娶高平薛氏，生祥；继室以庐江朱氏，生览。”《晋阳秋》曰：“后母数谮祥，屡以非理使祥，弟览辄与祥俱。又虐使祥妇，览妻亦趋而共之。母患，方盛寒冰冻，母欲生鱼，祥解衣将剖冰求之，会有处冰小解，鱼出。”萧广济《孝子传》曰：“祥后母忽欲黄雀炙，祥念难卒致。须臾，有数十黄雀飞入其幕。母之所须，必自奔走，无不得焉。其诚至如此。”家有一李树，结子殊好，母恒使守之。时风雨忽至，祥抱树而泣。萧广济《孝子传》曰：“祥后母庭中有李，始结子，使祥昼视鸟雀，夜则趋鼠。一夜风雨大至，祥抱泣至晓。母见之恻然。”祥尝在别床眠，母自往暗斫之❷；值祥私起❸，空斫得被。既还，知母憾之不已，因跪前请死。母于是感悟，爱之如己子。虞预《晋书》曰：“祥以后母故，陵迟不仕。年向六十，刺史吕虔檄为别驾。时人歌之曰：‘海、沂之康，实赖王祥，邦国不空，别驾之功。’累迁太保。”

❶王祥：字休徵，琅邪临沂（今山东省临沂市）人。三国曹魏及西晋时大臣，书圣王羲之的族曾祖父。❷暗：暗中。斫（zhuó）：砍。❸私起：起床小便。

015 晋文王称阮嗣宗至慎❶，每与之言，言皆玄远，未尝臧否人物❷。《魏书》曰：“文王讳昭，字子上，宣帝第二子也。”《魏氏春秋》曰：“阮籍字嗣宗，陈留尉氏人，阮瑀子也。宏达不羁，不拘礼俗。兖州刺史王昶请与相见，终日不得与言，昶愧叹之，自以不能测也。口不论事，自然高迈。”李康《家诫》曰：“昔尝侍坐于先帝，时有三长史俱见。临辞出，上曰：‘为官长，当清、当慎、当勤，修此三者，何患不治乎？’并受诏。上顾谓吾等曰：‘必不得已而去，于斯三者何先？’或对曰：‘清固为本。’复问吾，吾对曰：‘清慎之道，相须而成，必不得已，慎乃为大。’上曰：‘卿言得之矣。可举近世能慎者谁乎？’吾乃举故太尉荀景倩、尚书董仲达、仆射王公仲。上曰：‘此诸人者，温恭朝夕，执事有恪，亦各其慎也。然天下之至慎者，其唯阮嗣宗乎！每与之言，言及玄远，而未尝评论时事，臧否人物，可谓至慎乎！’”

❶晋文王：司马昭，司马懿次子。为魏大将军，揽朝政，封晋王，死后谥文。阮嗣宗：阮籍，竹林七贤之一。不预政事，尤好老庄，纵酒谈玄，不拘礼法。有《咏怀诗》八十二首。❷臧否（zāng pǐ）：褒贬，评价。

016 王戎云[1]：“与嵇康居二十年[2]，未尝见其喜愠之色[3]。”康集叙曰：“康字叔夜，谯国铚人。”王隐《晋书》曰：“嵇本姓溪，其先避怨徙上虞，移谯国铚县。以出自会稽，取国一支，音同本奚焉。”虞预《晋书》曰：“铚有嵇山，家于其侧，因氏焉。”《康别传》曰：“康性含垢藏瑕，爱恶不争于怀，喜怒不寄于颜。所知王濬冲在襄城，面数百，未尝见其疾声朱颜。此亦方中之美范，人伦之胜业也。”《文章叙录》曰：“康以魏长乐亭主婿，迁郎中，拜中散大夫。”

❶王戎：字濬冲，琅邪临沂（今山东）人。竹林七贤之一。后仕晋官至尚书左仆射、司徒，封安丰侯。❷嵇康：竹林七贤的主要代表人物。在魏曾作中散大夫，人称嵇中散。善言玄理，不拘礼法。因不满朝政，被司马昭杀害。❸喜愠之色：喜怒的表情。

017 王戎、和峤同时遭大丧[1]，俱以孝称。王鸡骨支床[2]，和哭泣备礼。《晋诸公赞》曰："戎字濬冲，琅邪人，太保祥宗族也。文皇帝辅政，钟会荐之曰：'裴楷清通，王戎简要。'即俱辟为掾。晋践阼，累迁荆州刺史。以平吴功封安丰侯。"《晋阳秋》曰："戎为豫州刺史，遭母忧，性至孝，不拘礼制，饮酒食肉，或观棋弈，而容貌毁悴，杖而后起。时汝南和峤亦名士也，以礼法自持。处大忧，量米而食，然憔悴哀毁，不逮戎也。"武帝谓刘仲雄曰[3]：王隐《晋书》曰："刘毅字仲雄，东莱掖人，汉城阳景王后也。亮直清方，见有不善，必评论之，王公大人望风惮之。侨居阳平，太守杜恕致为功曹，沙汰郡吏三百余人。三魏佥曰：'但闻刘功曹，不闻杜府君。'累迁尚书、司隶校尉。""卿数省王、和不[4]？闻和哀苦过礼，使人忧之。"仲雄曰："和峤虽备礼，神气不损；王戎虽不备礼，而哀毁骨立[5]。臣以和峤生孝，王戎死孝。[6]陛下不应忧峤，而应忧戎。"《晋阳秋》曰："世祖及时谈以此贵戎也。"

❶和峤：字长舆，汝南西平（今河南）人。晋武帝时官为中书令、侍中。家富豪而性吝啬，世人讥其有"钱癖"。大丧：指父母之丧。❷鸡骨支床：形容瘦若鸡骨，不支于床。❸武帝：指晋武帝司马炎。司马昭长子，废魏称帝，建立晋朝。在位二十六年，死后谥为武皇帝。刘仲雄：刘毅，字仲雄，东莱掖县（今山东莱州市）人，魏晋时期名臣。少厉清节，喜品评人物，王公贵人望风惮之。晋武帝受禅，使掌谏官，转司隶校尉，京师肃然。累迁尚书左仆射。❹省（xǐng）：探视，看望。❺哀毁骨立：形容因哀伤而损坏了身体，瘦弱得如同骨头架子一样。❻生孝：指服丧时符合丧礼仪式而不伤生。死孝：指服丧时极尽哀死之情，因过分悲伤而忘生。

018 梁王、赵王，朱凤《晋书》曰："宣帝张夫人生梁孝王肜，字子徽，位至太宰；桓夫人生赵王伦，字子彝，位至相国。"国之近属[1]，贵重当时。裴令公《晋诸公赞》曰："裴楷字叔则，河东闻喜人，司空秀之从弟也。父徽，冀州刺史，有俊识。楷特精《易》义，累迁河南尹、中书令，卒。"岁请二国租钱数百万，以恤中表之贫者[2]。或讥之曰[3]："何以乞物行惠？"裴曰："损有余，补不足，天之道也。"《名士传》曰："楷行己取与，任心而动，毁誉虽至，处之晏然，皆此类。"

❶国之近属：国，指皇帝；近属，皇室宗亲中的近支。❷恤：体恤，周济。中表：指姑母、姨舅子女之类的亲戚关系。❸或：有人。

019 王戎云："太保居在正始中[1]，不在能言之流；及与之言，理中清远[2]。将无以德掩其言[3]？"《晋阳秋》曰："祥少有美德行。"

❶太保：指王祥。正始：魏曹芳年号。时间界标为公元 240—249 年。❷理中：指合乎事理。❸将无：晋宋口语，相当于"莫非""莫不是"。

020 王安丰遭艰[1]，至性过人[2]。裴令往吊之[3]，曰："若使一恸果能伤人[4]，濬冲必不免灭性之讥[5]。"《曲礼》曰："居丧之礼，毁瘠不形，视听不衰。不胜丧，乃比于不慈不孝。"《孝经》曰："毁不灭性，圣人之教也。"

❶安丰：王戎，字濬冲。因其封安丰侯，故名。遭艰：遭遇父母之丧。❷至性：此处指孝道之情。❸裴令：裴楷，字叔则。河东闻喜（今山西闻喜县）人，官至中书令。❹若使：假使，如果。恸：悲痛。❺灭性：因哀伤过度而伤及生命。

021 王戎父浑，有令名，官至凉州刺史。《世语》曰："浑字长原。有才望，历尚书、凉州刺史。"浑薨[1]，所历九郡义故[2]，怀其德惠，相率致赙数百万[3]，戎悉不受。虞预《晋书》曰：“戎由是显名。”

❶薨：诸侯或高官死为薨。❷义故：义从故吏，指旧时官吏。❸赙（fù）：参加丧礼所送的财物。

022 刘道真尝为徒[1]。《晋百官名》曰：“刘宝字道真，高平人。”徒，罪役作者。扶风王骏[2]虞预《晋书》曰：“骏字子臧，宣帝第十七子，好学至孝。”《晋诸公赞》曰：“骏八岁为散骑常侍，侍魏齐王讲。晋受禅，封扶风王，镇关中，为政最美。薨，赠武王。西土思之，但见其碑赞者，皆拜之而泣，其遗爱如此。”以五百匹布赎之，既而用为从事中郎[3]。当时以为美事。

❶刘道真：即刘宝，高平（今山东）人，官至吏部郎。徒：服劳役的罪犯。❷扶风王骏：司马骏字子臧，司马懿第七子。刘孝标注谓“第十七子”，误。扶风：郡名。❸从事中郎：官名。中央和地方所置属官。

023 王平子、胡毋彦国诸人[1]，皆以任放为达[2]，或有裸体者。《晋诸公赞》曰：“王澄字平子，有达识，荆州刺史。”《永嘉流人名》曰：“胡毋辅之字彦国，泰山奉高人，湘州刺史。”王隐《晋书》曰：“魏末，阮籍嗜酒荒放，露头散发，裸袒箕踞。其后贵游子弟阮瞻、王澄、谢鲲、胡毋辅之之徒，皆祖述于籍，谓得大道之本。故去巾帻，脱衣服，露丑恶，同禽兽。甚者名之为通，次者名之为达也。”乐广笑曰：“名教中自有乐地[3]，何为乃尔也[4]？”

❶王平子：王澄字平子，琅邪临沂（今山东临沂）人，司徒王戎堂弟，官至荆州刺史。为人放达，被王敦所杀。胡毋彦国：胡毋辅之字彦国，嗜酒放达，不拘小节，官至湘州刺史。❷以任放为达：以任情放纵为通达。❸名教：指儒家礼教。❹乃尔：这样。

024 郗公值永嘉丧乱[1]，在乡里，甚穷馁。乡人以公名德，传共饴之[2]。公常携兄子迈及外生周翼二小儿往食，乡人曰："各自饥困，以君之贤，欲共济君耳，恐不能兼有所存。"公于是独往食，辄含饭著两颊边，还，吐与二儿。后并得存，同过江。《郗鉴别传》曰："鉴字道徽，高平金乡人，汉御史大夫郗虑后也。少有体正，耽思经籍，以儒雅著名。永嘉末，天下大乱，饥馑相望。冠带以下，皆割己之资供鉴。元皇征为领军，迁司空、太尉。"《中兴书》曰："鉴兄子迈，字思远，有干世才略，累迁少府、中护军。"郗公亡，翼为剡县[3]，解职归，席苫于公灵床头[4]，心丧终三年[5]。《周氏谱》曰："翼字子卿，陈郡人。祖奕，上谷太守。父优，车骑咨议。历剡令、青州刺史、少府卿，六十四而卒。"

❶郗公：即郗鉴，字道徽，高平金乡（今山东嘉祥西阿城铺）人。东晋重臣，累官司空、侍中，封南昌县公。值：正逢，遇上。❷传共饴之：轮流请他吃饭。传，轮流；饴（sì），同"饲"，将食物与人吃。❸剡（shàn）县：县名。晋属会稽郡，在今浙江嵊州。❹苫（shān）：古人居丧时睡的草席。❺心丧：不着孝服，在心中悼念，称为心丧。

025 顾荣在洛阳[1]，尝应人请，觉行炙人有欲炙之色[2]，因辍己施焉[3]。同坐嗤之[4]。荣曰："岂有终日执之，而不知其味者乎？"后遭乱渡江[5]，每经危急，常有一人左右己[6]，问其所以，乃受炙人也。《文士传》曰："荣字彦先，吴郡人。其先越王勾践之支庶，封于顾邑，子孙遂氏焉，世为吴着姓。大父雍，吴丞相。父穆，宜都太守。荣少朗俊机警，风颖标彻。历廷尉正。曾在省与同僚共饮，见行炙者有异于常仆，乃割炙以啖之。后赵王伦篡位，其子为中领军，逼用荣为长史。及伦诛，荣亦被执，凡受戮等辈十有余人。或有救荣者，问其故，曰：'荣省中受炙臣也。'荣乃悟而叹曰：'一餐之惠，恩今不忘。古人岂虚言哉！'"

❶顾荣：晋吴郡（今江苏苏州）人。三国吴郡相顾雍之孙。吴亡后与陆机、陆云同去洛阳，时称“三俊”。八王之乱中参与平叛，力主司马睿建都建康。❷炙：烤肉。❸辍：停止，舍弃。❹嗤：讥笑。❺遭乱渡江：指永嘉之乱，晋人纷纷渡江南下避乱。❻左右：帮助，保护。

026 祖光禄少孤贫[1]，性至孝，常自为母炊爨作食[2]。王隐《晋书》曰：“祖纳字士言，范阳遒人，九世孝廉。纳诸母三兄，最治行操，能清言。历太子中庶子、廷尉卿。避地江南，温峤荐为光禄大夫。”王平北闻其佳名[3]，以两婢饷之[4]，因取为中郎[5]。《王乂别传》曰：“乂字叔元，琅邪临沂人。时蜀新平，二将作乱，文帝西之长安，乃征为相国司马，迁大尚书，出督幽州诸军事，平北将军。”有人戏之者曰：“奴价倍婢[6]。”祖云：“百里奚亦何必轻于五羖之皮邪[7]！”《楚国先贤传》曰：“百里奚字井伯，楚国人。少仕于虞，为大夫。晋欲假道于虞以伐虢，谏而不听，奚乃去之。”《说苑》曰：“秦穆公使贾人载盐于虞，诸贾人买百里奚以五羊皮。穆公观盐，怪其牛肥，问其故，对曰：‘饮食以时，使之不暴，是以肥也。’公令有司沐浴衣冠之，公孙支让其卿位，号曰‘五羖大夫’。”

❶祖光禄：即祖纳，字士言，曾官至光禄大夫，故名。范阳遒（今涞水县）人，镇西将军祖逖之兄，擅围棋。❷炊爨（cuàn）：烧火做饭。❸王平北：即王乂，字叔元。琅邪临沂（今山东临沂）人，西晋将领，官至平北将军。❹以两婢饷之：馈赠他两个婢女。饷，馈赠。❺取：任用。中郎：官名，即从事中郎。❻奴价倍婢：你的身价不过等于两个婢女。奴，你，对人的鄙称。❼百里奚：春秋时虞国大夫，被晋所俘。秦穆公闻其名，用五张黑公羊皮将之赎回，委以国政，世称“五羖大夫”。

027 周镇罢临川郡还都[1]，未及上，住泊青溪渚[2]，《永嘉流人名》曰：“镇字康时，陈留尉氏人也。祖父和，故安令。父震，司空长史。”《中兴书》曰：“镇清约寡欲，所在有异绩。”王丞相往看之[3]。《丞相别传》曰：“王导字茂弘，琅邪人。祖览，以德行称。父裁，侍御史。导少知名，家世贫约，恬畅乐道，未尝以风尘经怀也。”时夏月，暴雨卒至[4]，舫至狭小，而又大漏，殆无复坐处。王曰：“胡威之清[5]，何以过此！”即启用为吴兴郡[6]。《晋阳秋》曰：“胡威字伯虎，淮南人。父质，以忠清显。质为荆州，威自京师往省之。及告归，质赐威绢一匹。威跪曰：‘大人清高，于何得此？’质曰：‘是吾奉禄之余，故以为汝粮耳！’威受而去。每至客舍，自放驴，取樵爨炊。食毕，复随旅进道。质帐下都督阴赍粮，要之，因与为伴，每事相助经营之，又进少饭，威疑之，密诱问之，乃知都督也，谢而遣之。后以白质，质杖都督一百，除其吏名。父子清慎如此。及威为徐州，世祖赐见，与论边事及平生，帝叹其父清，因谓威曰：‘卿清孰与父？’对曰：‘臣清不如也。’帝曰：‘何以为胜汝邪？’对曰：‘臣父清畏人知，臣清畏人不知，是以不如远矣！’”

❶周镇：字康时，陈留尉氏（今河南尉氏县）人。临川郡：三国吴孙亮时设，晋沿置，治所在今江西临川县西。❷住泊：停泊。青溪：吴所开河道，在建业（今南京）东南，六朝时为都城漕运要道。❸王丞相：指晋代贤相王导。王导字茂弘，琅玡临沂（今山东省临沂市）人。拥戴晋元帝，经营江左，辅佐晋室，历仕晋元帝、明帝和成帝三朝，是东晋政权的奠基人之一。❹卒：同“猝”，突然。❺胡威：字伯武（又作伯虎），一名貔，淮南寿春（今安徽寿县）人，曹魏至西晋时期名吏。❻“即启用”句：立即奏请朝廷，任用周镇为吴兴郡太守。启，禀告。

028 邓攸始避难[1]，于道中弃己子，全弟子[2]。《晋阳秋》曰：“攸字伯道，平阳襄陵人。七岁丧父母及祖父母，持重九年。性清慎平简。”邓粲《晋纪》曰：“永嘉中，攸为石勒所获，召见，立幕下与语，说之，坐而饭焉。攸车所止，与胡人邻毂。胡人失火烧车营，勒吏案问胡，胡诬攸，攸度不可与争，乃曰：‘向为老姥作粥，失火延逸，罪应万死。’勒知，遣之。所诬胡厚德攸，遗其驴马护送，令得逸。”王隐《晋书》曰：“攸以路远斫坏车，以牛马负妻子以叛，贼又掠其牛马。攸语妻曰：‘吾弟早亡，唯有遗民；今当步走，儋两儿尽死，不如弃己儿，抱遗民。吾后犹当有儿。’妇从之。”《中兴书》曰：“攸弃儿于草中，儿啼呼追之，至莫复及。攸明日系儿于树而去，遂渡江。至尚书左仆射，卒。弟子绥，服攸齐衰三年。”既过江，取一妾，甚宠爱。历年后，讯其所由❸，妾具说是北人遭乱❹，忆父母姓名，乃攸之甥也。攸素有德业，言行无玷，闻之哀恨终身，遂不复畜妾❺。

❶邓攸：字伯道，平阳襄陵（今山西襄汾东北）人，东渡后历任吴郡太守、吏部尚书、尚书左仆射等职。为官清廉，深受百姓爱戴。避乱：指避永嘉之乱。邓攸被石勒所俘，后逃归。❷全弟子：保全弟弟的儿子。❸讯：问。❹具说：详细陈说。❺畜：养、纳。

029 王长豫为人谨顺❶，事亲尽色养之孝❷。《中兴书》曰：“王悦字长豫，丞相导长子也。仕至中书侍郎。”丞相见长豫辄喜❸，见敬豫辄嗔。《文字志》曰：“王恬字敬豫，导次子也。少卓荦不羁，疾学尚武，不为导所重。至中军将军。多才艺，善隶书，与济阳江虨以善弈闻。”长豫与丞相语，恒以慎密为端❹。丞相还台❺，及行，未尝不送至车后。恒与曹夫人并当箱箧❻。长豫亡后，丞相还台，登车后，哭至台门；曹夫人作簏❼，封而不忍开。《王氏谱》曰：“导娶彭城曹韶女，名淑。”

❶王长豫：王悦字长豫，琅邪临沂（今山东临沂）人。名相王导长

子，官终中书侍郎。❷色养：指承顺父母的脸色。❸丞相：指王导。❹端：根本，原则。❺台：晋宋间称朝廷禁省为台，禁城为台城，禁城门为台门。尚书、御史、谒者称为三台。❻并当：收拾，整理。箱箧：箱子。❼作簏：整理箱子。簏（lù），竹箱。

030 桓常侍闻人道深公者[1]，辄曰："此公既有宿名[2]，加先达知称[3]，又与先人至交[4]，不宜说之。"《桓彝别传》曰："彝字茂伦，谯国龙亢人，汉五更桓荣十世孙也。父颖，有高名。彝少孤，识鉴明朗。避乱渡江，累迁散骑常侍。"僧法深，不知其俗姓，盖衣冠之胤也。道徽高扇，誉播山东。为中州刘公弟子。值永嘉乱，投迹杨土，居止京邑。内持法纲，外允具瞻，弘道之法师也。以业慈清净，而不耐风尘，考室剡县东二百里岬山中。同游十余人，高栖浩然。支道林宗其风范，与高丽道人书，称其德行。年七十有九终于山中也。

❶恒常侍：指桓彝。因官至散骑常侍，故名。深公：竺法深，名潜，出身世家，十八岁出家，成为东晋著名高僧，有德行，善玄理。❷宿名：素来的名望。❸先达知称：前辈名流知遇赞赏。❹先人：指去世的父祖。

031 庾公乘马有的卢[1]，《晋阳秋》曰："庾亮字元规，颍川鄢陵人，明穆皇后长兄也。渊雅有德量，时人方之夏侯太初、陈长文之伦。侍从父琛避地会稽，端拱巍然，郡人严惮之，觐接之者，数人而已。累迁征西大将军、荆州刺史。"伯乐《相马经》曰："马白额入口至齿者，名曰榆雁，一名的卢，奴乘客死，主乘弃市。凶马也。"或语令卖去，《语林》曰："殷浩劝公卖马。"庾云："卖之必有买者，即复害其主，宁可不安己而移于他人哉？昔孙叔敖杀两头蛇以为后人[2]，古之美谈。贾谊《新书》曰："孙叔敖为儿时，出，道上见两头蛇，杀而埋之。归见其母，泣，问其故，对曰：'夫见两头蛇者，必死。今出见之，故尔。'母曰：'蛇今安在？'对曰：'恐后人见，杀而埋之矣！'母曰：'夫有阴德，必有阳报，尔无忧也！'后遂兴于楚朝，及长为楚令尹。"效之，不亦达乎？"

❶庾公：指庾亮。亮字元规，颍川鄢陵（今河南鄢陵）人，东晋名臣。姿容俊美，善谈玄理，举止严肃遵礼。历任元帝、明帝、成帝三朝，官至中书令、征西大将军，煊赫一时。的卢：相传是一种害主的凶马。❷孙叔敖：春秋时楚国令尹。

032 阮光禄在剡❶，曾有好车，借者无不皆给。有人葬母，意欲借而不敢言，阮后闻之，叹曰："吾有车而使人不敢借，何以车为？"遂焚之。《阮光禄别传》曰："裕字思旷，陈留尉氏人。祖略，齐国内史。父颢，汝南太守。裕淹通有理识，累迁侍中。以疾，筑室会稽剡山，征金紫光禄大夫，不就。年六十一卒。"

❶阮光禄：阮裕。曾为金紫光禄大夫，故名。陈留尉氏（今河南尉氏县）人。剡：县名，即今浙江嵊州。

033 谢奕作剡令❶，《中兴书》曰："谢奕字无奕，陈郡阳夏人。祖衡，太子少傅。父裒，吏部尚书。奕少有器鉴，辟太尉掾、剡令，累迁豫州刺史。"有一老翁犯法，谢以醇酒罚之❷，乃至过醉而犹未已。太傅时年七八岁❸，着青布绔，在兄膝边坐，谏曰："阿兄，老翁可念❹，何可作此！"奕于是改容曰❺："阿奴欲放去邪❻？"遂遣之。

❶谢奕：谢奕字无奕，陈郡阳夏（今河南太康）人。东晋大臣，太傅谢安长兄、车骑将军谢玄之父。曾为桓温幕府司马，官至安西将军、

豫州刺史。❷醇酒：烈性酒。❸太傅：指奕弟谢安。谢安字安石。陈郡阳夏（今河南太康）人。东晋政治家、名士、一代贤相。历任征西大将军司马、吴兴太守、侍中、吏部尚书、中护军等职。逝后追赠太傅、庐陵郡公，谥号“文靖”。谢安多才多艺，善行书，通音乐。性情闲雅温和，处事公允明断，不专权树私，不居功自傲，是中国历史上有雅量有胆识的大政治家。❹可念：可怜。❺改容：改变脸色。指缓和态度。❻阿奴：表示亲昵的称呼，用于长呼幼，尊呼卑。

034 谢太傅绝重褚公[1]，常称“褚季野虽不言，而四时之气亦备”[2]。《文字志》曰：“谢安字安石，奕弟也。世有学行，安弘粹通远，温雅融畅。桓彝见其四岁时，称之曰：‘此儿风神秀彻，当继踪王东海。’善行书，累迁太保，录尚书事，赠太傅。”《晋阳秋》曰：“褚裒字季野，河南阳翟人。祖䂮，安东将军。父治，武昌太守。裒少有简贵之风，冲默之称。累迁江、兖二州刺史，赠侍中、太傅。”

❶绝重：极其推重。褚公：指褚裒，即褚季野，河南阳翟（今河南禹州）人。持重少言，有“冲默”之称。晋穆帝时，为征北大将军，督师北伐，死后赠太傅。❷虽不言，而四时之气亦备：指不说话，内心却有是非褒贬。即冲默之意。

035 刘尹在郡[1]，临终绵惙[2]，闻阁下祀神鼓舞[3]，正色曰：“莫得淫祀[4]！”《刘尹别传》曰：“惔字真长，沛国萧人也，汉氏之后。真长有雅裁，虽荜门陋巷，晏如也。历司徒左长史、侍中、丹阳尹，为政务镇静信诚，风尘不能移也。”外请杀车中牛祭神[5]，真长答曰：“丘之祷久矣[6]，勿复为烦！”《包氏论语》曰：“祷，请也。”孔安国曰：“孔子素行合于神明，故曰‘丘之祷久矣’。”

❶刘尹：指刘惔。刘惔字真长，沛国萧（今安徽省萧县）人。出身世宦家庭，后娶晋明帝庐陵公主。历任司徒左长史、侍中、丹阳尹等职，故后世称其为“刘尹”，于三十六岁时去世，获赠前将军。刘惔被视为永和名士的风流之宗，是当时清谈的主力干将。❷绵惙：以棉置鼻端，观察气息是否尚存。指病危弥留之际。❸鼓舞：击鼓跳舞。❹莫得淫祀：不要滥设祭祀。❺外：吏役。❻《论语·述而》：“子疾病，子路请祷。……子曰：‘丘之祷久矣。’”刘真长借此表明自己言行历来符合神明，无须形式上的祈祷。

036 谢公夫人教儿[1]，问太傅：“那得初不见君教儿[2]？”答曰：“我常自教儿[3]。”《谢氏谱》曰：“安娶沛国刘耽女。”按太尉刘子真，清洁有志操，行己以礼，而二子不才，并渎货致罪，子真坐免官。客曰：“子奚不训导之？”子真曰：“吾之行事，是其耳目所闻见，而不放效[4]，岂严训所变邪？”安石之旨，同子真之意也。

❶谢公夫人：即刘夫人，刘耽女，刘尹之妹。❷初不：从不，一点也不。❸常自：常常。“自”乃语缀，没有实义。❹放效：同“仿效”。

037 晋简文为抚军时[1]，《续晋阳秋》曰：“帝讳昱，字道万，中宗少子也，仁闻有智度。穆帝幼冲，以抚军辅政。大司马桓温废海西公而立帝，在位三年而崩。”所坐床上[2]，尘不听拂[3]，见鼠行迹，视以为佳。有参军见鼠白日行[4]，以手板批杀之[5]，抚军意色不说[6]。门下起弹[7]，教曰[8]：“鼠被害尚不能忘怀，今复以鼠损人，无乃不可乎[9]？”

❶晋简文：指晋简文帝司马昱。晋穆帝幼时，曾以辅军将军辅政。❷床：坐榻。❸听：听任，允许。❹参军：官名，晋时为重要僚属。❺手板：官吏上朝或谒见上司时手拿的笏，以备记事之用。❻意

色不说：神情不高兴。❼门下：门客，属吏。弹：抨击，弹劾。❽教：诸侯言曰教。❾无乃：恐怕。

038 范宣年八岁[1]，后园挑菜，误伤指，大啼。人问："痛邪？"答曰："非为痛，身体发肤，不敢毁伤[2]，是以啼耳。"《宣别传》曰："宣字子宣，陈留人，汉莱芜长范丹后也。年十岁，能诵《诗》《书》。儿童时，手伤，改容。家人以其年幼，皆异之。征太学博士、散骑常侍，一无所就。年五十四卒。"宣洁行廉约，韩豫章遗绢百匹[3]，不受；《中兴书》曰："宣家至贫，罕交人事。豫章太守殷羡见宣茅茨不完，欲为改室，宣固辞。羡爱之，以宣贫，加年饥疾疫，厚饷给之，宣又不受。"《续晋阳秋》曰："韩伯字康伯，颍川人。好学，善言理。历豫章太守、领军将军。"减五十匹，复不受。如是减半，遂至一匹，既终不受。韩后与范同载，就车中裂二丈与范云[4]："人宁可使妇无裈邪[5]？"范笑而受之。

❶范宣：范宜，又名范宣，字子宣，陈留（今河南）人，东晋名儒。博综群书，躬耕不仕，平生以讲论为业。与当世范宁齐名，时称二范。❷《孝经》曰："身体发肤，受之父母，不敢毁伤，孝之始也。"❸遗（wèi）：赠送。❹二丈：半匹。绢一匹为四丈。❺裈（kūn）：裤子。

039 王子敬病笃[1]，道家上章[2]，应首过[3]，问子敬："由来有何异同得失[4]？"子敬云："不觉有余事，唯忆与郗家离婚。"《王氏谱》曰："献之娶高平郗昙女，名道茂，后离婚。"《献之别传》曰："祖父旷，淮南太守。父羲之，右将军。咸宁中，诏尚余姚公主，迁中书令，卒。"

❶子敬：王献之字子敬，王羲之第七子，晋简文帝司马昱之婿。少负

盛名，才华过人，善书法。历任州主簿、秘书郎、司徒长史、吴兴太守、中书令等职。❷上章：道家去病消灾度厄之术。❸首过：忏悔所犯过失。❹由来：向来，历来。

040 殷仲堪既为荆州[1]，值水俭[2]，食常五碗盘[3]，外无余肴。饭粒脱落盘席间，辄拾以啖之[4]，虽欲率物[5]，亦缘其性真素[6]。每语子弟云："勿以我受任方州[7]，云我豁平昔时意[8]，今吾处之不易[9]。贫者士之常，焉得登枝而捐其本！尔曹其存之[10]。"《晋安帝纪》曰："仲堪，陈郡人，太常融孙也。车骑将军谢玄请为长史，孝武说之，俄为黄门侍郎。自杀袁悦之后，上深为晏驾后计，故先出王恭为北蕃。荆州刺史王忱死，乃中诏用仲堪代焉。"

❶殷仲堪：东晋陈郡（今河南淮阳）人，殷仲文之从兄。初为长史，后为荆州刺史。安帝时，桓玄举兵，仲堪与之交战，兵败被俘，自杀身亡。❷水俭：遭水灾而田谷歉收。❸五碗盘：六朝时一种小型成套的食器。由一个托盘和五只小碗组成。❹啖（dàn）：吃。❺率物：为人表率。❻真素：本色，朴实。❼方州：州郡长官。❽豁：舍弃。❾易：改变。❿尔曹：你们。其：语气词，表祈使、希望。存：记住。

041 初，桓南郡、杨广共说殷荆州[1]，宜夺殷觊南蛮以自树[2]。《桓玄别传》曰："玄字敬道，谯国龙亢人，大司马温少子也。幼童中，温甚爱之，临终，命以为嗣。年七岁，袭封南郡公。拜太子洗马、义兴太守。不得志，少时去职，归其国。与荆州刺史殷仲堪素旧，情好甚隆。"周祇《隆安记》曰："广字德度，弘农人，杨震后也。"《晋安帝纪》曰："觊字伯道，陈郡人。由中书郎出为南蛮校尉。觊亦以率易才悟著称，与从弟仲堪俱知名。"《中兴书》曰："初，仲堪欲起兵，密邀觊，觊不同。杨广与弟佺期劝杀觊，仲堪不许。"觊亦即晓其旨，尝因行散[3]，率尔去下舍[4]，便不复还，内外无预知者。意色萧然[5]，远同鬬生之无愠[6]，时论以此多之[7]。《春秋传》曰："楚令尹子文，鬬氏也。"《论语》曰："令尹子文三仕为令尹，无喜色；三已之，无愠色。"

❶桓南郡：指桓玄，字敬道，小字灵宝，谯国龙亢（今安徽怀远龙亢镇）人。谯国桓氏代表人物，东晋将领、权臣，大司马桓温之子。曾封南郡公，故名。杨广：字德度，晋弘农华阴（今陕西华阴市）人。官南蛮校尉、淮南太守。殷荆州：指殷仲堪，曾做荆州刺史，故名。❷殷觊：字伯通，殷仲堪之从兄。❸行散：服五石散后外出散步，以调理关节，散发药性，称之为"行散"。❹率尔：迅疾的样子。去：离开。下舍：官府馆舍。❺意色萧然：神态超然潇洒的样子。❻指春秋时楚国令尹子文三次为令尹的故事。子文三为令尹无喜色，三罢无愠色。愠：怒。❼多：褒扬，赞美。

042 王仆射在江州[1]，为殷、桓所逐[2]，奔窜豫章[3]，存亡未测。徐广《晋纪》曰："王愉字茂和，太原晋阳人，安北将军坦之次子也。以辅国司马出为江州刺史。愉始至镇，而桓玄、杨佺期举兵以应王恭，乘流奄至。愉无防，惶遽奔临川，为玄所得。玄篡位，迁尚书左仆射。"王绥在都[4]，既忧戚在貌，居处饮食，每事有降[5]。时人谓为"试守孝子"[6]。《中兴书》曰："绥字彦猷，愉子也，少有令誉。自王浑至坦之六世盛德，绥又知名于时，冠冕莫与为比。位至中书令、荆州刺史。桓玄败后，与父愉谋反，伏诛。"

❶王仆射：指王愉。愉字茂和，王恺弟，王坦之子，太原晋阳人，少践清阶。稍迁骠骑司马，加辅国将军。❷"殷"指殷仲堪，"桓"指桓玄。❸豫章：郡名。东晋治所在南昌。❹王绥：王愉子，官至荆州刺史。❺降：较先前有所折扣。居处从简，饮食下降。❻试守孝子：官吏正式任命之前试行代理某一职务叫试守。王绥在父母存

亡未测之时先有丧容，故时人戏称之为“试守孝子”。

043 桓南郡[1]玄也。既破殷荆州，收殷将佐十许人，咨议罗企生亦在焉[2]。《玄别传》曰：“玄克荆州，杀殷道护及仲堪参军罗企生、鲍季礼，皆仲堪所亲仗也。”桓素待企生厚，将有所戮，先遣人语云：“若谢我[3]，当释罪。”企生答曰：“为殷荆州吏，今荆州奔亡，存亡未判[4]，我何颜谢桓公！”《中兴书》曰：“企生字宗伯，豫章人。殷仲堪初请为府功曹，桓玄来攻，转咨议参军。仲堪多疑少决，企生深忧之，谓其弟遵生曰：‘殷侯仁而无断，事必无成。成败天也，吾当死生以之。’及仲堪走，文武并无送者，唯企生从焉。路经家门，遵生绐之曰：‘作如此分别，何可不执手？’企生回马授手，遵生便牵下之，谓曰：‘家有老母，将欲何行？’企生挥泣曰：‘今日之事，我必死之。汝等奉养不失子道。一门之内，有忠与孝，亦复何恨！’遵生抱之愈急。仲堪于路待之，企生遥呼曰：‘今日死生是同，愿少见待。’仲堪见其无脱理，策马而去。俄而玄至，人士悉诣玄，企生独不往，而营理仲堪家。或谓曰：‘玄性猜急，未能取卿诚节，若遂不诣，祸必至矣。’企生正色曰：‘我殷侯吏，见遇以国士，不能共殄丑逆，致此奔败，何面目就桓求生乎？’玄闻，怒而收之，谓曰：‘相遇如此，何以见负？’企生曰：‘使君口血未干，而生此奸计。自伤力劣，不能剪定凶逆，我死恨晚尔！’玄遂斩之。时年三十有七。众咸悼之。”既出市[5]，桓又遣人问：“欲何言？”答曰：“昔晋文王杀嵇康，而嵇绍为晋忠臣。王隐《晋书》曰：“绍字延祖，谯国铚人。父康，有奇才俊辩。绍十岁而孤，事母孝谨。累迁散骑常侍。惠帝败于荡阴，百官左右皆奔散，唯绍俨然端冕，以身卫帝。兵交御辇，飞箭雨集，遂以见害也。”从公乞一弟以养老母。”桓亦如言宥之[6]。桓先曾以一羔裘与企生母胡，胡时在豫章，企生问至[7]，即日焚裘。

[1]桓南郡：指桓玄。晋安帝隆安三年（公元399年），桓玄败杨佺期，

破殷仲堪，杀之。❷咨议：咨议参军的简称。主要职能是参议军事。❸谢：谢罪，认错。❹判：辨明。❺出市：到刑场。❻宥：宽恕，赦免。❼问：消息，此处指被杀的凶讯。

044 王恭从会稽还❶，周祇《隆安记》曰："恭字孝伯，太原晋阳人。祖父蒙，司徒左长史，风流标望。父蕴，镇军将军，亦得世誉。"《恭别传》曰："恭清廉贵峻，志存格正，起家著作郎，历丹阳尹、中书令，出为五州都督、前将军、青兖二州刺史。"王大看之❷。王忱，小字佛大。《晋安帝纪》曰："忱字元达，平北将军坦之第四子也。甚得名于当世。与族子恭少相善，齐声见称。仕至荆州刺史。"见其坐六尺簟❸，因语恭："卿东来，故应有此物，可以一领及我。"恭无言。大去后，即举所坐者送之。既无余席，便坐荐上❹。后大闻之，甚惊，曰："吾本谓卿多，故求耳。"对曰："丈人不悉恭❺，恭作人无长物❻。"

❶王恭：字孝伯，太原晋阳（今山西太原）人。历任秘书丞、中书令。晋安帝隆安中，与桓玄、殷仲堪起兵反，兵败被诛。会稽：晋郡名。治所在山阴（今浙江绍兴）。❷王大：指王忱。忱字元达，小字佛大，人称阿大，太原晋阳（今山西太原）人。中书令王坦之第四子，与王恭、王珣俱流誉一时。历任骠骑长史。太元中，出为荆州刺史，都督荆、益、宁三州军事。❸簟：竹席。❹荐：草垫。❺丈人：对年长者的尊称。❻长物：多余的东西。

045 吴郡陈遗❶，未详。家至孝，母好食铛底焦饭❷，遗作郡主簿❸，恒装一囊，每煮食，辄贮录焦饭❹，归以遗母。后值孙恩贼出吴郡，《晋安帝纪》曰："孙恩一名灵秀，琅邪人。叔父泰，事五斗米道，以谋反诛。恩逸逃于海上，聚众十万人，攻没郡县。后为临海太守辛昺斩首送之。"袁府君❺山松，别见。即日便征。遗已聚敛得数斗焦饭，未展归家[6]。遂带以从军。战于沪渎[7]，败，军人溃散，逃走山泽，皆多饥死，遗独以焦饭得活。时人以为纯孝之报也。

❶吴郡：晋郡名。治所在吴县（今苏州）。❷铛（chēng）：锅。焦饭：锅巴。❸主簿：官名。职能是掌管文书、簿籍、印鉴等。❹贮录：贮藏。❺袁府君：指袁山松。官至吴郡太守，后被孙恩军所杀。❻未展：未及。❼沪渎：水名。今黄浦江下游。

046 孔仆射为孝武侍中[1]，豫蒙眷接[2]。烈宗山陵[3]，孔时为太常[4]，形素羸瘦[5]，着重服，竟日涕泗流涟，见者以为真孝子。《续晋阳秋》曰："孔安国字安国，会稽山阴人，车骑愉第六子也。少而孤贫，能善树节，以儒素见称。历侍中、太常、尚书，迁左仆射、特进，卒。"

❶孔仆射：指孔安国。会稽山阴（今浙江绍兴市）人，官至尚书仆射。孝武：晋孝武帝司马曜。死后谥孝武，庙号烈宗。侍中：官名。侍从皇帝左右，掌礼仪、备应对是其主要职能。❷豫：同"预"，先期。眷接：器重，礼遇。❸山陵：帝王陵墓。此处指帝王去世。烈宗：孝武帝庙号。❹太常：九卿之一，掌礼乐祭祀等。❺形素羸瘦：身体历来瘦弱。

047 吴道助、附子兄弟居在丹阳郡后[1]，遭母童夫人艰[2]，道助，坦之小字；附子，隐之小字也。《吴氏谱》曰："坦之字处靖，濮阳人，仕至西中郎将功曹。父坚，取东苑童侩女，名秦姬。"朝夕哭临及思至[3]，宾客吊省，号踊哀绝[4]，路人为之落泪。韩康伯时为丹阳尹[5]，母殷在郡，每闻二吴之哭，辄为凄恻，语康伯曰："汝若为选官[6]，当好料理此人[7]。"康伯亦甚相知。韩后果为吏部尚书，大吴不免哀制[8]，小吴遂大贵达。郑缉《孝子传》曰："隐之字处默，少有孝行，遭母丧，哀毁过礼。时与太常韩康伯邻居。康伯母，扬州刺史殷浩之妹，聪明妇人也。隐之每哭，康伯母辄辍事流涕，悲不自胜，终其丧如此。谓康伯曰：‘汝后若居铨衡，当用此辈人。’后康伯为吏部尚书，乃进用之。”《晋安帝纪》曰：“隐之既有至性，加以廉洁，奉禄颁九族，冬月无被。桓玄欲革岭南之弊，以为广州刺史。去州二十里，有贪泉，世传饮之者其心无厌。隐之乃至水上，酌而饮之，因赋诗曰：‘石门有贪泉，一歃重千金。试使夷齐饮，终当不易心。’为卢循所攻，还京师。历尚书、领军将军。”《晋中兴书》曰：“旧云：往广州饮贪泉，失廉洁之性。吴隐之为刺史，自酌贪泉饮之，题石门为诗云云。”

❶吴道助、附子：指晋吴坦之、吴隐之兄弟。坦之字处靖，小字道助；隐之字处默，小字附子。道助官至晋陵太守，附子官至广州刺史。丹阳：晋郡名。治所在建业（今南京）。郡后：郡舍后面。❷遭……艰：遭遇父母丧亡之事。❸哭临：聚众举哀或至灵前哭悼。❹号踊：边哭边顿足。❺韩康伯：韩伯字康伯，晋颍川长社（今河南）人。官豫章太守、丹阳尹、吏部尚书。❻选官：主持荐选官吏工作的官员。❼料理：安排、照顾。❽哀制：礼制规定的居丧期限。

言语第二

魏晋时期，天下大乱，儒学式微，玄风大炽，清谈成为一种社会时尚，谈玄也就成为名士的标配。清谈之风培植了名士的思辨热情和语言智慧，因此，谈玄析理、表情达意都力求尽善尽美。无论是析玄理、议朝纲、品人物、赏山水、衡艺文，即使斗狠使气、打情骂俏、弄奸耍滑，也能妙语连珠，兴味盎然。

《言语》门凡一百零八则，几近《世说新语》十分之一，表现了魏晋士人多方面的思辨智慧和语言才情。渊雅者，有简文帝的“翳然林水，便自有濠、濮间想”，有顾长康的“千岩竞秀，万壑争流”；机智者，有边文礼的“颠倒衣裳”，有桓温的“伯也执殳，为王前驱”；刁滑者，有孔融的“想君小时，必当了了”，有谢仁祖的“坐无尼父，焉别颜回”。即使口吃的邓艾，面对晋文帝“卿云‘艾艾’，定是几艾”的戏谑，亦能巧妙对应出“凤兮凤兮，故是一凤”的妙语。至于钟毓、钟会兄弟少时面对魏文帝“何以汗”与“何以不汗”的刁难而瞬间应对出的“战战惶惶，汗出如浆”“战战栗栗，汗不敢出”，应视为顶尖级别的脱口秀。

001 边文礼见袁奉高[1]，闳也。失次序[2]。《文士传》曰：“边让字文礼，陈留人。才儁辩逸。大将军何进闻其名，召署令史，以礼见之。让占对闲雅，声气如流，坐客皆慕之。让出就曹，时孔融、王朗等并前为掾，共书刺从让，让平衡与交接。后为九江太守，为魏武帝所杀。”奉高曰：“昔尧聘许由，面无怍色[3]。皇甫谧曰：“由字武仲，阳城槐里人也。尧、舜皆师而学事焉。后隐于沛泽之中，尧乃致天下而让焉。由为人据义履方，邪席不坐，邪膳不食，闻尧让而去。其友巢父闻由为尧所让，以为污己，乃临池洗耳。池主怒曰：'何以污我水？'由于是遁耕于中岳颍水之阳，箕山之下，终身无经天下色，死葬箕山之巅，在阳城之南十里。尧因就其墓，号曰箕山公神，以配食五岳，世世奉祀，至今不绝也。"先生何为颠倒衣裳[4]？"文礼答曰："明府初临[5]，尧德未彰[6]，是以贱民颠倒衣裳耳！"按袁阆卒于太尉掾，未尝为汝南，斯说谬矣。

❶边文礼：边让字文礼，汉末名士，兖州陈留（今开封市）人。博学善辩，擅属文，曾作《章华赋》，名噪一时。官至扬州九江郡太守。被曹操所杀。袁奉高：袁阆字奉高，汉末汝南（今河南上蔡）人。官太尉掾。刘孝标注"闳也"，误。❷失次序：举止失措。❸怍（zuò）：惭愧。❹颠倒衣裳：《诗经·齐风·东方未明》："东方未明，颠倒衣裳。颠之倒之，自公召之。"形容匆忙失序。❺明府：汉代称太守为府君或明府君。明府即明府君之简称。❻彰：彰显。

002 徐孺子[1]稚也。年九岁，尝月下戏，人语之曰："若令月中无物[2]，当极明邪？"《五经通议》曰："月中有兔、蟾蜍者何？月，阴也；蟾蜍，亦阴也，而与兔并明，阴系于阳也。"徐曰："不然。譬如人眼中有瞳子，无此必不明。"

❶徐孺子：见1/1。❷月中物：古代传说月中黑影是蟾蜍，是后羿妻嫦娥的化身。

003 孔文举[1]融也。年十岁，随父到洛。时李元礼有盛名，为司隶校尉[2]。诣门者[3]，皆俊才清称及中表亲戚乃通[4]。文举至门，谓吏曰："我是李府君亲。"既通，前坐。元礼问曰："君与仆有何亲?”对曰:“昔先君仲尼与君先人伯阳有师资之尊[5],是仆与君奕世为通好也[6]。”元礼及宾客莫不奇之。太中大夫陈韪后至[7],人以其语语之,韪曰:“小时了了[8],大未必佳。”文举曰:“想君小时,必当了了。”韪大踧踖[9]。《续汉书》曰:“孔融字文举,鲁国人,孔子二十四世孙也。高祖父尚,巨鹿太守。父宙,泰山都尉。”《融别传》曰:“融四岁,与兄食梨,辄引小者。人问其故,答曰:‘小儿法当取小者。’年十岁,随父诣京师。河南尹李膺有重名,融欲观其为人,遂造之。膺问:‘高明父祖尝与仆周旋乎?’融曰:‘然。先君孔子与君先人李老君同德比义,而相师友,则融与君累世通家也。’众坐莫不叹息,佥曰:‘异童子也!’太中大夫陈韪后至,同坐以告,韪曰:‘人小时了了者,长大未必能奇。’融应声曰:‘即如所言,君之幼时,岂实慧乎?’膺大笑,顾谓融曰:‘长大必为伟器!’”

❶孔文举:孔融字文举,汉末鲁国(今山东曲阜)人,孔子二十代孙,建安七子之一。曾任北海相,世称孔北海,后为曹操所杀。刘孝标注“二十四世孙”,误。“四”疑为衍字。❷司隶校尉:官名。掌管监察京师和所属各郡百官的职权。❸诣门者:到门拜访的人。❹清称:声誉清高的人。中表:指与姑母、姨舅子女之间的亲戚关系。通:通报,传达。❺先君:指前辈,祖先。伯阳:老子姓李字伯阳。师资:老师。史载:“孔子适周,将问礼于老子。”所以有“师资之尊”之说。❻奕世:累世。通好:通家之好。汉魏以师友为通家。❼太中大夫:官名。掌皇帝之顾问应对。❽了了:聪明伶俐。❾踧踖(cù jí):局促不安的样子。

004 孔文举有二子,大者六岁,小者五岁。昼日父眠,小者床头盗酒饮之,大儿谓曰:“何以不拜?”答曰:“偷,那得行礼!”

005 孔融被收[1],中外惶怖[2]。时融儿大者九岁,小者八岁,二儿故琢钉戏[3]，了无遽容[4]。融谓使者曰："冀罪止于身，二儿可得全不？"儿徐进曰[5]："大人岂见覆巢之下，复有完卵乎？"寻亦收至[6]。《魏氏春秋》曰："融对孙权使有讪谤之言，坐弃市。二子方八岁、九岁。融见收，弈棋端坐不起。左右曰：'而父见执。'二子曰：'安有巢覆而卵不破者哉？'遂俱见杀。"《世语》曰："魏太祖以岁俭禁酒，融谓'酒以成礼，不宜禁'，由是惑众，太祖收置法焉。二子龆龀，见收，顾谓二子曰：'何以不辟？'二子曰：'父尚如此，复何所辟！'"裴松之以为《世语》云融儿不辟，知必俱死，犹差可安；孙盛之言，诚所未譬。八岁小儿，能悬了祸患，聪明特达，卓然既远，则其忧乐之情，固亦有过成人矣！安有见父被执，而无变容，弈棋不起，若在暇豫者乎？昔申生就命，言不忘父，不以己之将死，而废念父之情也。父安尚犹若兹，而况颠沛哉！盛以此为美谈，无乃贼夫人之子与！盖由好奇情多，而不知言之伤理也。

❶收：逮捕。❷中外：内外。❸故：仍旧，依然。琢钉戏：古代一种儿童游戏。❹了无遽容：毫无惊恐的神色。❺徐进：从容进言。❻寻：随即，不久。

006 颍川太守髡陈仲弓[1]。按寔之在乡里，州郡有疑狱不能决者，皆将诣寔。或到而情首，或中途改辞，或托狂悸，皆曰："宁为刑戮所苦，不为陈君所非。"岂有盛德感人，若斯之甚，而不自卫，反招刑辟，殆不然乎？此所谓东野之言耳！客有问元方[2]："府君何如？"元方曰："高明之君也。""足下家君何如[3]？"曰："忠臣孝子也。"客曰："《易》称：'二人同心，其利断金；同心之言，其臭如兰。[4]'王廙注《系辞》曰："金至坚矣，同心者其利无不入。兰，芳物也，无不乐者。言其同心者，物无不乐也。"何有高明之君，而刑忠臣孝子者乎？"元方曰："足下言何其谬也！故不相答。"客曰："足下但因伛为恭[5]，而不能答。"元方曰："昔高宗放孝子孝己[6]，

《帝王世纪》曰："殷高宗武丁有贤子孝己，其母蚤死，高宗惑后妻之言，放之而死，天下哀之。"尹吉甫放孝子伯奇，《琴操》曰："尹吉甫，周卿也，有子伯奇，母死，更娶，后妻生子曰伯邦，乃谮伯奇于吉甫。于是放伯奇于野。宣王出游，吉甫从，伯奇乃作歌，以言感之。宣王闻之曰：'此孝子之辞也！'吉甫乃求伯奇于野，而射杀后妻。"董仲舒放孝子符起。未详。唯此三君，高明之君；唯此三子，忠臣孝子。"客惭而退。

❶髡（kūn）：古代一种剃去罪人头发的刑罚。陈仲弓：陈寔。❷元方：陈纪字元方，陈寔子。❸家君：尊称别人的父亲。❹"二人同心"句：语出《周易·系辞上》。意思是二人同心协力，则锋利如刀，能切断金属；同心同德的言论，其气味如兰花一样芬芳。臭（xiù），气味。❺因伛（yǔ）为恭：伛，驼背。意为驼背的人假作恭敬之状以掩饰病态。❻放：放逐。

007 荀慈明与汝南袁阆相见[1]，荀爽一名谞。《汉南纪》曰："谞文章典籍无不涉，时人谚曰：'荀氏八龙，慈明无双。'潜处笃志，征聘无所就。"张璠《汉纪》曰："董卓秉政，复征爽，爽欲遁去，吏持之急，起布衣，九十五日而至三公。"问颍川人士，慈明先及诸兄。阆笑曰："士但可因亲旧而已乎[2]？"慈明曰："足下相难，依据者何经？"阆曰："方问国士，而及诸兄，是以尤之耳[3]！"慈明曰："昔者祁奚内举不失其子[4]，外举不失其仇，以为至公。《春秋传》曰："祁奚为中军尉，请老，晋侯问嗣焉，称解狐，其仇也，将立之而卒。又问焉，对曰：'午也可。'其子也。君子谓祁奚可谓能举善矣。称其仇不为谄，立其子不为比。"公旦《文王》之诗[5]，不论尧、舜之德而颂文、武者，亲亲之义也[6]。《春秋》之义，内其国而外诸夏[7]。且不爱其亲而爱他人者，不为悖德乎[8]？"

❶荀慈明：荀爽字慈明，东汉颍川人，荀淑子。汉献帝时官至司空。❷但：仅，只。亲旧：亲戚朋友。❸尤：指责。❹祁奚：春秋时人，曾先后举荐仇人解狐和儿子祁午以自代，故有善举之美名。❺公旦：周公姬旦。周文王子，武王弟。辅佐武王伐纣，建立周朝，封于鲁。❻亲亲：爱亲戚。此为儒家仁爱之本。《孟子·尽心上》："亲亲，仁也。"❼内其国而外诸夏：以自己的鲁国为内，以华夏各国为外。❽悖德：违背道德。

008 祢衡被魏武谪为鼓吏[1]，正月半试鼓，衡扬枹为《渔阳掺挝》[2]，渊渊有金石声[3]，四坐为之改容。《典略》曰："衡字正平，平原般人也。"《文士传》曰："衡不知先所出，逸才飘举。少与孔融作尔汝之交，时衡未满二十，融已五十，敬衡才秀，共结殷勤，不能相违。以建安初北游，或劝其诣京师贵游者，衡怀一刺，遂至漫灭，竟无所诣。融数与武帝笺，称其才，帝倾心欲见，衡称疾不肯往，而数有言论。帝甚忿之，以其才名不杀，图欲辱之，乃令录为鼓吏。后至八月朝会大阅试鼓节，作三重阁，列坐宾客。以帛绢制衣，作一岑牟，一单绞及小裈。鼓吏度者，皆当脱其故衣，着此新衣。次传衡，衡击鼓为《渔阳掺挝》，蹋地来前，蹑趿脚足，容态不常，鼓声甚悲，音节殊妙。坐客莫不慷慨，知必衡也。既度，不肯易衣。吏呵之曰：'鼓吏，何独不易服？'衡便止，当武帝前，先脱裈，次脱余衣，裸身而立，徐徐乃着岑牟，次着单绞，后乃着裈，毕，复击鼓掺槌而去，颜色无怍。武帝笑谓四坐曰：'本欲辱衡，衡反辱孤。'至今有《渔阳掺挝》，自衡造也。为黄祖所杀。"孔融曰："祢衡罪同胥靡，不能发明王之梦。[4]"皇甫谧《帝王世纪》曰："武丁梦天赐己贤人，使百工写其像，求诸天下。见筑者胥靡衣褐于傅岩之野，是谓傅说。"张晏曰："胥靡，刑名。胥，相也。靡，从也。谓相从坐轻刑也。"魏武惭而赦之。

❶祢衡：字正平，平原郡（今山东乐陵西南）人。少有才辩，长于笔札。性情刚烈，恃才傲物，唯与孔融、杨修交好。融荐之于曹操，受轻慢，屈为鼓吏，击鼓骂曹。后归依刘表，被黄祖所杀。魏武：指魏武帝曹操。❷枹（fú）：鼓槌。渔阳掺挝（càn zhuā）：鼓谱名。❸渊渊：形容鼓声深沉。金石：指钟磬类乐器。❹胥靡：古代服劳役的犯人。此处指殷相傅说（yuè）。相传殷高宗武丁因梦访到正在服刑的傅说，举以为相，使殷中兴。

009 南郡庞士元闻司马德操在颍川[1]，故二千里候之[2]。至，遇德操采桑，士元从车中谓曰："吾闻丈夫处世，当带金佩紫，焉有屈洪流之量，而执丝妇之事？"《蜀志》曰："庞统字士元，襄阳人。少时朴钝，未有识者。颍川司马徽有知人之鉴，士元弱冠往见徽，徽采桑树上，坐士元树下，共语自昼至夜。徽异之，曰：'生当为南州士人之冠冕。'由是渐显。"《襄阳记》曰："士元，德公之从子也。年少，未有识者，唯德公重之。年十八，使往见德操，与语，叹曰：'德公诚知人，实盛德也！'后刘备访世事于德操，德操曰：'俗士岂识时务，此间自有伏龙、凤雏。'谓诸葛孔明与士元也。"《华阳国志》曰："刘备引士元为军师中郎将，从攻洛，为流矢所中，卒，时年三十八。"德操曰：《司马徽别传》曰："徽字德操，颍川阳翟人。有人伦鉴识。居荆州，知刘表性暗，必害善人，乃括囊不谈议。时人有以人物问徽者，初不辨其高下，每辄言'佳'，其妇谏曰：'人质所疑，君宜辨论，而一皆言"佳"，岂人所以咨君之意乎？'徽曰：'如君所言，亦复佳。'其婉约逊遁如此。尝有妄认徽猪者，便推与之；后得其猪，叩头来还，徽又厚辞谢之。刘表子琮往候徽，遣问在不。会徽自锄园。琮左右问：'司马君在邪？'徽曰：'我是也。'琮左右见其丑陋，骂曰：'死佣！将军诸郎欲求见司马君，汝何等田奴，而自称是邪！'徽归，刈头着帻出见琮。左右见徽，故是向老翁，恐，向琮道之。琮起，叩头辞谢。徽乃谓曰：'卿真不可。然吾甚羞之，此自锄园，唯卿知之耳。’有人临蚕求簇箔者，徽自弃其蚕而与之。或曰：‘凡人损己以赡人者，谓彼急我缓也，今彼此正等，何为与人？’徽曰：‘人未尝求己，求之不与，将惭。何有以财物令人惭者？’人谓刘表曰：‘司马德操，奇士也，但未遇耳。’表后见之曰：‘世间人为妄语，此直小书生耳！’其智而能愚皆此类。荆州破，为曹操所得，操欲大用，会其病死。”“子且下车。子适知邪径之速[3]，不虑失道之迷。昔伯成耦耕[4]，不慕诸侯之荣；《庄子》曰：“尧治天下，伯成子高立为诸侯。禹为天子，伯成辞诸侯而耕于野。禹往见之，趋就下风而问焉，子高曰：‘昔尧治天下，不赏而民劝，不罚而民畏。今子赏罚而民且不仁，德自此衰，刑自此立。夫子盍行邪？毋落吾事！’”原宪桑枢，不易有官之宅。[5]《家语》曰：“原宪字子思，宋人，孔子弟子。居鲁，环堵之室，茨以生草，蓬户不完，桑枢而瓮牖，上漏下湿，坐而弦歌。子贡轩车不容巷，往见之，曰：‘先生何病也？’宪曰：‘宪闻无财谓之贫，学而不能行谓之病。今宪贫也，非病也。夫希世而行，比周而友。学以为人，教以为己。仁义之慝，舆马之饰，宪不忍为也！’”何有坐则华屋，行则肥马，侍女数十然后为奇？此乃许、父许由、巢父。所以慷慨，夷、齐所以长叹。[6]《孟子》曰：“伯夷、叔齐，目不视恶色，耳不听恶声，与乡人居，若在涂炭。盖圣人之清也。”虽有窃秦之爵，千驷之富[7]，《古史考》曰：“吕不韦为秦子楚行千金货于华阳夫人，请立子楚为嗣。及子楚立，封不韦洛阳十万户，号文信侯。”以诈获爵，故曰窃也。《论语》曰：“齐景公有马千驷，民无德而称焉。”孔安国曰：“千驷，四千匹。”不足贵也。”士元曰：“仆生出边垂，寡见大义，若不一叩洪钟、伐雷鼓[8]，则不识其音响也！”

[1]南郡：汉代郡名。治所在江陵（今湖北江陵县）。庞士元：庞统字士元，号凤雏，汉时荆州襄阳（治今湖北襄阳）人。刘备帐下重要谋士，与诸葛亮同拜为军师中郎将。辅佐刘备入川，进围雒县时，中流矢而

亡。司马德操：司马徽字德操，颍川阳翟（今河南禹州）人。汉末名士，精通道学、奇门、兵法、经学。有“水镜先生”之称。司马徽有知人之誉，曾向刘备推荐庞统、诸葛亮。❷故：特地。候：看望。❸适：只，仅仅。邪径：犹斜径，小路。❹伯成：指伯成子高，尧时贤臣。❺原宪：原宪字子思，孔子弟子。桑枢：用桑树枝编结的门。易：换。有官：官吏。有为名词词头，无实义。❻许、父：许由、巢父。相传为尧舜时隐士。夷、齐：伯夷、叔齐。商孤竹君二子，饿死不食周粟。❼窃秦之爵：指吕不韦为秦相事。驷：四匹马拉的车。❽洪钟、雷鼓：以声音洪亮比喻见解高深和胸怀博大。

010 刘公干以失敬罹罪[1]。《典略》曰：“刘桢字公干，东平宁阳人。建安十六年，世子为五官中郎将，妙选文学，使桢随侍太子。酒酣，坐欢，乃使夫人甄氏出拜，坐上客多伏，而桢独平视。他日，公闻，乃收桢，减死，输作部。”《文士传》曰：“桢性辨捷，所问应声而答。坐平视甄夫人，配输作部使磨石。武帝至尚方观作者，见桢匡坐正色磨石，武帝问曰：‘石何如？’桢因得喻己自理，跪而对曰：‘石出荆山悬岩之巅，外有五色之章，内含卞氏之珍。磨之不加莹，雕之不增文。禀气坚贞，受之自然，顾其理枉屈纡绕而不得申。’帝顾左右大笑，即日赦之。”文帝问曰：“卿何以不谨于文宪[2]？”桢答曰：“臣诚庸短，亦由陛下纲目不疏[3]。”《魏志》曰：“帝讳丕，字子桓，受汉禅。”按诸书或云，桢被刑魏武之世，建安二十年病亡。后七年文帝乃即位，而谓桢得罪黄初之时，谬矣！

❶刘公干：刘桢字公干。建安七子之一。官为丞相掾属。罹罪：获罪，遭罪。❷文宪：法令。❸纲目不疏：犹言法网太密。

011 钟毓、钟会少有令誉[1]，《魏书》曰：“毓字稚叔，颍川长社人，相国繇长子也。年十四，为散骑侍郎，机捷谈笑，有父风，仕至车骑将军。”年十三，魏文帝闻之，语其父钟繇[2]《魏志》曰：“繇字元常，家贫好学，为《周易》《老子》训。历大理、相国，迁太傅。”曰：“可令二子来！”于是敕见[3]。毓面有汗，帝曰：“卿面何以汗？”毓对曰：“战战惶惶，汗出如浆。”复问会：“卿何以不汗？”对曰：“战战栗栗，汗不敢出。”

❶钟毓、钟会：魏太傅钟繇二子。钟毓字稚叔，十四岁为散骑侍郎，后历任青州刺史、御史中承等职。钟会字士季，少有令名，精通名理，累官至司徒，后封侯。因功高震主，深感不安，暗中与蜀将姜维谋反，被其部将所杀。❷钟繇：字元常。颍川长社（今河南许昌长葛东）人。三国时期曹魏著名书法家、政治家。侍魏武、魏文、魏明帝三代，官至太傅。❸敕见：下令召见。

012 钟毓兄弟小时，值父昼寝，因共偷服药酒。其父时觉，且托寐以观之[1]。毓拜而后饮，会饮而不拜。《魏志》曰：“会字士季，繇少子也。敏惠夙成，中护军蒋济著论，谓观其眸子，足以知人。会年五岁，繇遣见济，济甚异之，曰：‘非常人也！’及壮，有才数，精练名理，累迁黄门侍郎。诸葛诞反，文王征之，会谋居多，时人谓之子房。拜镇西将军，伐蜀，蜀平，进位司徒。自谓功名盖世，不可复为人下，谓所亲曰：‘我淮南以来，画无遗策，四海共知，持此欲安归乎？’遂谋反，见诛，时年四十。”既而问毓何以拜，毓曰：“酒以成礼[2]，不敢不拜。”又问会何以不拜，会曰：“偷本非礼，所以不拜。”

❶托寐：假装睡着。❷酒以成礼：酒是用来使礼完备的。酒礼是封建礼制之一，其揖、让、升、拜均有诸多讲究。

013 魏明帝为外祖母筑馆于甄氏[1]，《魏末传》曰：“帝讳叡，字元仲，文帝太子。以其母废，未立为嗣。文帝与俱猎，见子母鹿。文帝射其母，应弦而倒。复令帝射其子，帝置弓泣曰：'陛下已杀其母，臣不忍复杀其子。'文帝曰：'好语动人心！'遂定为嗣，是为明帝。"《魏书》曰："文昭甄皇后，明帝母也。父逸，上蔡令，烈宗即位，追封上蔡君，嫡孙象袭爵。象薨，子畅嗣，起大第，车驾亲自临之。"既成，自行视，谓左右曰："馆当以何为名？"侍中缪袭曰[2]：《文章叙录》曰："袭字熙伯，东海兰陵人。有才学，累迁侍中、光禄勋。""陛下圣思齐于哲王，罔极过于曾、闵[3]。此馆之兴，情钟舅氏，宜以渭阳为名[4]。"《秦诗》曰："渭阳，康公念母也。康公之母，晋献公之女。文公遭骊姬之难，未反而秦姬卒，穆公纳文公，康公时为太子，赠送文公于渭之阳，念母之不见也。我见舅氏，如母存焉。"按《魏书》帝于后园为象母起观，名其里曰渭阳。然则象母即帝之舅母，非外祖母也。且渭阳为馆名，亦乖旧史也。

❶明帝：曹叡字元仲，魏第二代君主，在位十余年，死后谥为明皇帝。甄氏：明皇帝母，后被废赐死。❷侍中：官名，侍从皇帝，备应对，掌礼仪，护驾乘等。缪袭：字熙伯。东海兰陵（今山东苍山兰陵镇）人。历事魏四主，官至尚书、光禄勋。❸罔极：《诗经·小雅·蓼莪》："欲报之德，昊天罔极。"后指父母之恩或子女大孝为罔极。曾、闵：曾参和闵子骞。孔子弟子，均以孝著称。❹渭阳：《诗经·秦风·渭阳》："我送舅氏，曰至渭阳。"后来用渭阳表达外甥对舅氏的情感。

014 何平叔云[1]："服五石散[2]，非唯治病，亦觉神明开朗[3]。"《魏略》曰："何晏字平叔，南阳宛人，汉大将军进孙也。或云何苗孙也。尚主，又好色，故黄初时无所事任。正始中，曹爽用为中书，主选举，宿旧者多得济拔。为司马宣王所诛。"秦丞相《寒食散论》曰[4]："寒食散之方，虽出汉代，而用之者寡，靡有传焉。魏尚书何晏首获神效，由是大行于世，服者相寻也。"

❶平叔：何晏字平叔，南阳宛（今河南南阳）人。好老庄，倡玄学，尚清谈，开魏晋风气之先。❷五石散：又称寒食散，由五种矿物质研配而成。服后体内发热，精神亢奋。❸神明：指精神状态。❹秦丞相：当为“秦承祖”之误。

015 嵇中散语赵景真[1]：嵇绍《赵至叙》曰：“至字景真，代郡人。汉末，其祖流宕，客缑氏。令新之官，至年十二，与母共道傍看。母曰：‘汝先世非微贱家也，汝后能如此不？’至曰：‘可尔耳！’归便求师诵书，蚤闻父耕叱牛声，释书而泣。师问之，答曰：‘自伤不能致荣华，而使老父不免勤苦。’年十四，入太学观，时先君在学写石经古文，事讫，去，遂随车问先君姓名。先君曰：‘年少何以问我？’至曰：‘观君风器非常，故问耳。’先君具告之。至年十五，阳病，数数狂走五里三里，为家追得，又炙身体十数处。年十六，遂亡命，径至洛阳，求索先君不得。至邺，沛国史仲和，是魏领军史涣孙也，至便依之，遂名翼，字阳和。先君到邺，至具道太学中事，便逐先君归山阳，经年。至长七尺三寸，洁白，黑发、赤唇、明目，鬓须不多，闲详安谛，体若不胜衣。先君尝谓之曰：‘卿头小而锐，瞳子白黑分明，视瞻停谛，有白起风。’至论议清辩，有从横才，然亦不以自长也。孟元基辟为辽东从事，在郡断九狱，见称清当。自痛弃亲远游，母亡不见，吐血发病，服未竟而亡。”“卿瞳子白黑分明，有白起之风[2]。严尤《三将叙》曰：“白起。平原君劝赵孝成王受冯亭，王曰：‘受之，秦兵必至，武安君必将，谁能当之者乎？’对曰：‘渑池之会，臣察武安君小头而面锐，瞳子白黑分明，视瞻不转。小头而面锐者，敢断决也；瞳子白黑分明者，见事明也；视瞻不转者，执志强也。可与持久，难与争锋。廉颇为人，勇鸷而爱士，知难而忍耻。与之野战则不如，持守足以当之。’王从其计。”恨量小狭[3]。”赵云：“尺表能审玑衡之度[4]，《周髀》曰：“夏至北方二万六千里，冬至南方十三万五千里，日中树表则无影矣。周髀长八尺，夏至，日晷尺六寸。髀，股也。晷，勾也。正南千里，勾尺五寸；正北千里，勾尺七寸。"《周髀》之书也。寸管能测往复之气[5]。《吕氏春秋》曰："黄帝使伶伦自大夏之西，昆仑之阴，取竹之嶰谷生，其窍厚薄均者，断两节间而吹之，以为黄钟之管，制十二筒，以听凤凰之鸣；雄鸣六，雌鸣六，以为律吕。"《续汉书·律历志》曰："十二律之变，至于六十，以律候气。候气之法，为室三重，户闭，涂衅必周，密布缇幔，以木为案，加律其上，以葭莩灰抑其内，为气所动者，其灰散也。以此候之。"何必在大，但问识如何耳。"

❶赵景真：赵至字景真，晋代郡（今河北）人。与嵇康相知，为太康时良吏。❷白起：秦昭王时名将，封武安君。❸恨：遗憾。❹表：古代测量日影以计时的标杆。玑衡：古代观测天象的仪器。❺管：竹管所制黄钟之管，黄钟为古代十二律之一。

016 司马景王东征[1]，《魏书》曰："司马师字子元，相国宣文侯长子也。以道德清粹重于朝廷，为大将军，录尚书事。毌丘俭反，师自征之。薨谥景王。"取上党李喜以为从事中郎[2]。因问喜曰："昔先公辟君不就，今孤召君，何以来？"喜对曰："先公以礼见待，故得以礼进退；明公以法见绳[3]，喜畏法而至耳。"《晋诸公赞》曰："喜字季和，上党铜鞮人也。少有高行，研精艺学。宣帝为相国，辟喜，喜固辞疾。景帝辅政，为从事中郎，累迁光禄大夫、特进，赠太保。"

❶司马景王：司马师，死后谥为景王。❷上党：郡名。辖境在今山西黎城、长治、壶关一带。李喜：《晋书》本传作李熹。字季和，上党郡铜鞮县（今山西省沁县）人。三国曹魏及西晋时期大臣。从事中郎：魏晋时三公、郡王、州郡所置属官。❸见绳：绳我。绳，束缚。

017 邓艾口吃[1]，语称“艾艾”。《魏志》曰：“艾字士载，棘阳人。少为农人养犊。年十二，随母至颍川，读故太丘长碑，文曰：‘言为世范，行为士则。’遂名范字士则，后宗族有同者，故改焉。每见高山大泽，辄规度指画军营处所，时人多笑焉。后见司马宣帝，王辟为掾。累迁征西将军，伐蜀。蜀平，进位太尉。为卫瓘所害。”晋文王戏之曰：“卿云‘艾艾’定是几艾[2]？”对曰：“‘凤兮凤兮’，故是一凤。[3]”朱凤《晋纪》曰：“文王讳昭，字子上，宣帝次子也。”《列仙传》曰：“陆通者，楚狂接舆也，好养性，游诸名山。尝遇孔子而歌曰：‘凤兮凤兮，何德之衰！往者不可谏，来者犹可追。’后入蜀，在峨嵋山中也。”

❶邓艾：字士载，义阳棘阳（今河南新野）人。三国时期魏国杰出的军事家。文武全才，深谙兵法，对内政也颇有建树。❷定：究竟，到底。❸故：本来。邓艾用《论语》楚人接舆之典来自我解嘲，既宣明己之德，又不失礼。

018 嵇中散既被诛，向子期举郡计入洛[1]。文王引进，问曰：“闻君有箕山之志[2]，何以在此？”对曰：“巢、许狷介之士，不足多慕[3]！”王大咨嗟[4]。《向秀别传》曰：“秀字子期，河内人。少为同郡山涛所知，又与谯国嵇康、东平吕安友善，并有拔俗之韵，其进止无不同，而造事营生，业亦不异。常与嵇康偶锻于洛邑，与吕安灌园于山阳。不虑家之有无，外物不足怫其心。弱冠，著《儒道论》，弃而不录。好事者或存之。或云：‘是其族人所作，困于不行，乃告秀，欲假其名。’秀笑曰：‘可复尔耳！’后康被诛，秀遂失图，乃应岁举。到京师，诣大将军司马文王，文王问曰：‘闻君有箕山之志，何能自屈？’秀曰：‘常谓彼人不达尧意，本非所慕也。’一坐皆说。随次转至黄门侍郎、散骑常侍。”

❶向子期：向秀字子期，河内怀（今河南武陟）人。竹林七贤之一。雅好读书，与嵇康、吕安等人相善，隐居不仕。嵇康、吕安遇害后，慑于威压，改图入仕。郡计：郡中计吏。计吏，掌计簿的小吏。❷箕山之志：指隐逸之志。因尧时高人许由遁耕于箕山之下，故有此说。❸不足：不值得。❹咨嗟：赞赏，感叹。

019 晋武帝始登阼[1]，探策得一[2]。《晋世谱》曰："世祖讳炎，字安宇。咸熙二年受魏禅。"王者世数[3]，系此多少。帝既不说[4]，群臣失色，莫能有言者。侍中裴楷进曰[5]："臣闻天得一以清，地得一以宁，侯王得一以为天下贞。[6]"帝说，群臣叹服。王弼《老子注》云："一者，数之始，物之极也。各是一物所以为主也。各以其一，致此清、宁、贞。"

❶武帝：司马炎字安世（刘孝标注"安宇"，误），司马昭长子。废魏称帝，建立晋朝，在位二十六年，死后谥为武皇帝。登阼：天子登基。❷探策：占卜。策，占卜用的蓍草。❸世数：帝王传代之数。❹说（yuè）：高兴。❺裴楷：字叔则，河东闻喜（今山西）人。博学，通《老子》《周易》。官吏部郎、河南尹、中书令等。❻《老子》三十九章："天得一以清，地得一以宁，神得一以灵，万物得一以生，侯王得一以为天下贞。"

020 满奋畏风[1]，在晋武帝坐，北窗作琉璃屏[2]，实密似疏，奋有难色。帝笑之，荀绰《冀州记》曰："奋字武秋，高平人，魏太尉宠之孙也。性清平，有识。自吏部郎出为冀州刺史。"《晋诸公赞》曰："奋体量清雅，有曾祖宠之风。迁尚书令，为荀颉所害。"奋答曰："臣犹吴牛，见月而喘。[3]"今之水牛，惟生江淮间，故谓之吴牛也。南土多暑，而此牛畏热，见月疑是日，所以见月则喘。

❶满奋：字武秋，高平昌邑（今山东巨野县）人。晋朝大臣，曹魏太尉满宠之孙。传说满奋肥胖，有皮肤病，怕风。❷琉璃屏：琉璃窗扇。❸吴牛：江淮之水牛。水牛怕热，见月误以为日，大口喘气。后来用“吴牛喘月”比喻因疑虑而生畏。

021 诸葛靓在吴[1]，于朝堂大会[2]，《晋诸公赞》曰：“靓字仲思，琅邪人，司空诞少子也。雅正有才望。诞以寿阳叛，遣靓入质于吴，以靓为右将军、大司马。”孙皓问[3]：“卿字仲思，为何所思？”对曰：“在家思孝，事君思忠，朋友思信，如斯而已。”

❶诸葛靓（jìng）：字仲思，琅邪阳都（今山东沂南县）人，曹魏征东大将军诸葛诞少子。诸葛诞叛乱后入仕东吴。吴亡后投降晋朝，但因父仇而终身不仕，时人称许为至孝。❷朝堂：君主与大臣聚会议事之所。❸孙皓：字元宗。三国吴后主，孙权之孙。吴亡降晋，封归命侯。

022 蔡洪[1]《洪集录》曰：“洪字叔开，吴郡人。有才辩。初仕吴朝，太康中，本州从事举秀才。”王隐《晋书》曰：“洪仕至松滋令。”赴洛，洛中人问曰：“幕府初开[2]，群公辟命[3]，求英奇于仄陋[4]，采贤俊于岩穴[5]。君吴、楚之士，亡国之余，有何异才而应斯举？”蔡答曰：“夜光之珠，不必出于孟津之河；旧说云：“隋侯出行，有蛇斩而中断者，侯连而续之，蛇遂得生而去，后衔明月珠以报其德，光明照夜同昼，因曰隋珠。”左思《蜀都赋》所谓“隋侯鄙其夜光”也。盈握之璧[6]，不必采于昆仑之山。韩氏曰：“和氏之璧，盖出于井里之中。”大禹生于东夷，文王生于西羌。按《孟子》曰：“舜生于诸冯，东夷人也。文王生于岐周，西戎人也。”则东夷是舜，非禹也。圣贤所出，何必常处[7]。昔武王伐纣，迁顽民于洛邑。《尚书》曰：“成周既成，迁殷顽民，作《多士》。”孔安国注曰：

"殷大夫心不则德义之经，故徙于王都，迩教诲也。"得无诸君是其苗裔乎[8]？"按华令思举秀才，入洛，与王武子相酬对，皆与此言不异。无容二人同有此辞，疑《世说》穿凿也。

❶蔡洪：蔡洪字叔开，吴郡人。初仕吴，吴亡入晋。有才名，著《孤奋论》。❷幕府：指官府衙署。❸辟命：征召，任命。❹仄陋：指出身寒微。❺岩穴：指隐士居住之所。❻盈握：满把，满握。❼常处：固定的地方。❽得无：莫非。

023 诸名士共至洛水戏，《竹林七贤论》曰："王济诸人尝至洛水解禊事。明日，或问济曰：'昨游有何语议？'济云云。"还，乐令广也。问王夷甫曰[1]："今日戏，乐乎？"虞预《晋书》曰："王衍字夷甫，琅邪临沂人，司徒戎从弟。父乂，平北将军。夷甫蚤知名，以清虚通理称。仕至太尉，为石勒所害。"王曰："裴仆射善谈名理[2]，混混有雅致[3]；《晋惠帝起居注》曰："裴頠字逸民，河东闻喜人，司空秀之少子也。"《冀州记》曰："頠弘济有清识，稽古，善言名理，履行高整，自少知名。历侍中、尚书左仆射。为赵王伦所害。"张茂先论《史》《汉》，靡靡可听[4]；《晋阳秋》曰："华博览洽闻，无不贯综。世祖尝问汉事，及建章千门万户，华画地成图，应对如流，张安世不能过也。"我与王安丰戎也。说延陵、子房[5]，亦超超玄著[6]。"《晋诸公赞》曰："夷甫好尚谈称，为时人物所宗。"

❶乐令：指乐广。广曾作尚书令，故名。王夷甫：王衍字夷甫，琅邪郡临沂县（今山东临沂北）人。王戎堂弟，西晋末年重臣。历任尚书令、尚书仆射、司空、司徒等职，位高权重。❷裴仆射：裴頠字逸民，河东闻喜（今属山西）人，官至尚书左仆射。哲学家，提出"崇有论"。名理：从汉末清议发展起来的一种考核名实和辨名析理之学，是魏晋清谈的主要内容。❸混混：本为流水声，此处形容说话滔滔不绝。

❹靡靡可听：娓娓动听。❺延陵：指延陵季子。春秋时吴国季札封于延陵，时人称其为延陵季子。子房：汉谋臣张良字子房。张良辅佐刘邦统一天下，封留侯。❻超超玄著：形容议论超迈玄远。

024 王武子、《晋诸公赞》曰："王济字武子，太原晋阳人，司徒浑第二子也。有俊才，能清言。起家中书郎，终太仆。"孙子荆《文士传》曰："孙楚字子荆，太原中都人也。"《晋阳秋》曰："楚，骠骑将军资之孙，南阳太守宏之子。乡人王济，豪俊公子，为本州大中正，访问宏为乡里品状，济曰：'此人非乡评所能名，吾自状之。'曰：'天才英特，亮拔不群。'仕至冯翊太守。"各言其土地人物之美[1]。王云："其地坦而平，其水淡而清，其人廉且贞[2]。"孙云："其山嶵巍以嵯峨，其水泙渫而扬波，其人磊砢而英多。[3]"按《三秦记》《语林》载，蜀人伊籍称吴土地人物，与此语同。

❶王武子：王济字武子，太原晋阳（今山西太原）人。司徒王浑次子，晋文帝司马昭之婿。官至骁骑将军、侍中。孙子荆：孙楚字子荆。太原中都（今山西省平遥县西南）人，才藻卓绝，爽迈不群。晋惠帝时为冯翊太守，有文集六卷。❷贞：正直。❸嶵巍（zuì wēi）：同崔嵬。嵯峨（cuó' é）：山高峻的样子。泙渫（yā xiè）：水波重叠的样子。磊砢：树木多节。比喻人有奇才异能。

025 乐令女适大将军成都王颖[1]，虞预《晋书》曰："乐广字彦辅，南阳人。清夷冲旷，加有理识。累迁侍中、河南尹。在朝廷用心虚淡，时人重其贞贵。代王戎为尚书令。"《八王故事》曰："司马颖字章度，世祖第十九子。封成都王大将军。"王兄长沙王执权于洛[2]，《晋百官名》曰："司马乂字士度，封长沙王。"《八王故事》曰："世祖第十七子。"遂构兵相图[3]。长沙王亲近小人，远外君子，凡在朝者，人怀危惧。乐令既允朝望，加有婚亲，群小谗于长沙。长沙尝问乐令，乐令神色自若，徐答曰："岂以五男易一女[4]？"《晋阳秋》曰："成都王之起兵，长沙王猜广，广曰：'宁以一女而易五男？'乂犹疑之，遂以忧卒。"由是释然，无复疑虑。

❶适：出嫁。颖：司马颖字章度，晋武帝第十六子。刘孝标注世祖第十九子，误。❷长沙王：司马乂字士度，晋武帝第六子。刘孝标注世祖第十七子，误。❸构兵：发动战争。❹岂以五男易一女：谓不会因女适王颖而依附，致使全家男人被杀。

026 陆机诣王武子[1]，《晋阳秋》曰："机字士衡，吴郡人。祖逊，吴丞相。父抗，大司马。机与弟云并有俊才，司空张华见而说之，曰：'平吴之利，在获二俊。'"《机别传》曰："博学，善属文，非礼不动。入晋，仕著作郎，至平原内史。"武子前置数斛羊酪[2]，指以示陆曰："卿江东何以敌此？"陆云："有千里莼羹，但未下盐豉耳[3]！"

❶陆机：字士衡，吴郡吴县（今江苏苏州）人。西晋著名文学家、书法家。❷斛：古代量器，以十斗为一斛。酪：奶酪。❸千里：湖名。莼：水葵。一种水生植物，制羹异常鲜美。豉：豆豉。陆机以千里莼羹对王济之数斛奶酪，形成绝对压倒的优势。

027 中朝有小儿[1]，父病，行乞药。主人问病，曰："患疟也。"主人曰："尊侯明德君子[2]，何以病疟？"俗传行疟鬼小，多不病巨人。故光武尝谓景丹曰："尝闻壮士不病疟，大将军反病疟耶？"答曰："来病君子，所以为疟耳！"

❶中朝：东晋称西晋为中朝。中朝都洛阳，故洛阳亦称为中朝。❷尊侯：尊称对方的父亲。

028 崔正熊诣都郡[1]，都郡将姓陈[2]，问正熊："君去崔杼几世[3]？"答曰："民去崔杼，如明府之去陈恒[4]。"《晋百官名》曰："崔豹字正熊，燕国人。惠帝时官至太傅丞。"

❶崔正熊：即崔豹，西晋渔阳郡（今北京市密云西南）人，惠帝时官至太傅丞。都郡：州治所在的郡。❷都郡将：指太守。❸崔杼：春秋时齐国大夫，弑其君齐庄公。郡守借姓氏讥其为弑君之臣。❹明府：即明府君，指太守。陈恒：春秋时齐国大夫，弑其君齐简公。崔正熊同样以姓氏之讥回敬了郡守。

029 元帝始过江[1]，朱凤《晋书》曰："帝讳睿，字景文。祖伷，封琅邪王。父恭王瑾嗣。帝袭爵为琅邪王，少而明惠。因乱，过江起义。遂即皇帝位。"《谥法》曰："始建国都曰'元'。"谓顾骠骑曰[2]："寄人国土，心常怀惭[3]。"荣跪对曰："臣闻王者以天下为家，是以耿、亳无定处[4]，《帝王世纪》曰："殷祖乙徙耿，为河所毁。"今河东皮氏耿乡是也。"盘庚五迁，复南居亳。"今景亳是也。九鼎迁洛邑[5]，《春秋传》曰："武王克商，迁九鼎于洛邑。"今之偃师是也。愿陛下勿以迁都为念！"

❶元帝：司马睿。南渡建立东晋，为晋元帝。❷顾骠骑：顾荣字彦先，死后赠骠骑将军。❸寄人国土：过江后建都建业，有客居之感，故称。怀惭：心怀惭愧之意。❹商王祖乙迁都于耿（今河南温县），商复兴。盘庚五迁而建都于亳（今河南安阳）改国号为殷。❺九鼎迁洛邑：九鼎，夏禹铸造九鼎，为传国之宝。周武王定都镐京，将九鼎置于东都洛邑。

030 庾公造周伯仁[1]，虞预《晋书》曰："周𫖮字伯仁，汝南安城人，扬州刺史浚长子也。"《晋阳秋》曰："𫖮有风流才气，少知名，正体嶷然，侪辈不敢媟也。汝南贲泰，渊通清操之士，尝叹曰：‘汝、颍固多贤士，自顷陵迟，雅道殆衰。今复见周伯仁，伯仁将袪旧风，清我邦族矣！’举寒素，累迁尚书仆射。为王敦所害。”伯仁曰：“君何所欣说而忽肥？”庾曰：“君复何所忧惨而忽瘦[2]？”伯仁曰：“吾无所忧，直是清虚日来[3]，滓秽日去耳[4]！”

❶周伯仁：周颉（yǐ）字伯仁。汝南安城（今河南省汝南县）人，官至尚书左仆射。伯仁以雅望而获盛名，常酒醉失态，不理俗务，有“三日仆射”之称。造：拜访。❷忧惨：忧伤。❸直是：只是。清虚：清怀虚静。❹滓秽：污浊。指世俗之尘念。

031 过江诸人[1]，每至美日，辄相邀新亭[2]，藉卉饮宴[3]。《丹阳记》曰：“新亭，吴旧立，先基崩沦。隆安中，丹阳尹司马恢之徙创今地。”周侯颉也。中坐而叹曰：“风景不殊，正自有山河之异！”皆相视流泪。唯王丞相导也。愀然变色曰[4]：“当共戮力王室[5]，克复神州，何至作楚囚相对！”《春秋传》曰：“楚伐郑，诸侯救之。郑执郧公钟仪献晋。景公观军府，见而问之曰：‘南冠而絷者为谁？’有司对曰：‘楚囚也。’使税之。问其族，对曰：‘伶人也。’‘能为乐乎？’曰：‘先父之职，敢有二事？’与之琴，操南音。范文子曰：‘楚囚，君子也！乐操土风，不忘旧也。君盍归之，以合晋楚之成。’”

❶诸人：指南渡在东晋生活的士大夫。❷新亭：古亭名。故址在今南京市西南。❸藉卉：坐在草地上。❹愀（qiǎo）然：面色严肃的样子。❺戮力：尽力，合力。

032 卫洗马初欲渡江[1]，形神惨悴[2]，语左右云：“见此芒芒[3]，不觉百端交集。苟未免有情，亦复谁能遣此！”《晋诸公赞》曰：“卫玠字叔宝，河东安邑人。祖父瓘，太尉。父恒，黄门侍郎。”《玠别传》曰：“玠颖识通达，天韵标令。陈郡谢幼舆敬以亚父之礼。论者以为出王眉子、平子、武子之右。世咸谓‘诸王三子，不如卫家一儿’。娶乐广女。裴叔道曰：‘妻父有冰清之姿，婿有璧润之望，所谓秦晋之匹也。’为太子洗马。永嘉四年，南至江夏，与兄别于梁里涧，语曰：‘在三之义，人之所重。今日忠臣致身之道，可不勉乎？’行至豫章，乃卒。”

❶卫洗马：指卫玠（jiè）。玠字叔宝，河东安邑（今山西夏县西北）人。晋朝玄学家，中国古代四大美男之一。官拜太子洗马，故名。逝时年仅二十七岁。❷惨悴：忧伤憔悴。❸芒芒：同“茫茫”，辽阔广远之意。

033 顾司空未知名[1]，诣王丞相。丞相小极[2]，对之疲睡。顾思所以叩会[3]之。《顾和别传》曰：“和字君孝，吴郡人。祖容，吴荆州刺史。父相，晋临海太守。和总角知名，族人顾荣雅相器爱。曰：‘此吾家之骐骥也，必振衰族。’累迁尚书令。”因谓同坐曰：“昔每闻元公顾荣。道公协赞中宗[4]，保全江表[5]。邓粲《晋纪》曰：“导与元帝有布衣之好。知中国将乱，劝帝渡江，求为安东司马，政皆决之，号‘仲父’。晋中兴之功，导实居其首。”体小不安，令人喘息。”丞相因觉，谓顾曰：“此子珪璋特达[6]，机警有锋。”

❶顾司空：指顾和。顾和字君孝，吴郡吴县（今江苏苏州）人。死后赠司空。❷小极：略有倦意。❸叩会：交流谈话。❹中宗：晋元帝司马睿之庙号。❺江表：江南。❻珪璋特达：珪璋，朝会所执之玉器。此处指人才出众。

034 会稽贺生[1]，体识清远[2]，言行以礼。贺循，别见。不徒东南之美[3]，《尔雅》曰："东南之美者，有会稽之竹箭焉。"实为海内之秀。

❶生：贺循字彦先，会稽山阴（今浙江绍兴）人。官至太子太傅。❷体识：识见，见地。❸徒：只，仅仅。

035 刘琨虽隔阂寇戎[1]，志存本朝[2]。王隐《晋书》曰："琨字越石，中山魏昌人。祖迈，有经国之才。父藩，光禄大夫。琨少称俊朗。累迁司徒长史、尚书右丞。迎大驾于长安，以有殊勋，封广武侯。年三十五，出为并州刺史。为段日磾所害。"谓温峤曰[3]："班彪识刘氏之复兴，马援知汉光之可辅[4]。《汉书·叙传》曰："彪字叔皮，扶风人，客于天水。陇西隗嚣有窥觎之志，彪作《王命论》以讽之。"《东观汉记》曰："马援字文渊，茂陵人。从公孙述、隗嚣游。后见光武，曰：'天下反复，盗名字者不可胜数。今见陛下寥廓大度，同符高祖，乃知帝王自有真也。'帝甚壮之。"今晋祚虽衰[5]，天命未改，吾欲立功于河北[6]，使卿延誉于江南，子其行乎？"温曰："峤虽不敏，才非昔人，明公以桓、文之姿[7]，建匡立之功，岂敢辞命！"虞预《晋书》曰："峤字太真，太原祁人。少标俊清彻，英颖显名。为司空刘琨左司马。是时，二都倾覆，天下大乱。琨闻元皇受命中兴，慷慨幽朔，志存本朝。使峤奉使，峤喟然对曰：'峤虽乏管、张之才，而明公有桓、文之志，敢辞不敏，以违高旨！'以左长史奉使劝进，累迁骠骑大将军。"

❶刘琨：字越石，中山魏昌（今河北定州南邢邑镇）人。西晋末为大将军，永嘉之乱后都督并、冀、幽三州诸军事，志复中原。因孤军无援，兵败被杀。阂：阻隔。❷志在本朝：志在匡扶晋室。❸温峤：字泰真，一作太真，太原祁县（今山西祁县）人。温峤初授司隶都官从事，入刘琨幕府积功至司空左长史。西晋灭亡后作为刘琨的信使南

下劝进，在东晋历任显职。先后参与平定王敦、苏峻的叛乱，官至骠骑将军、江州刺史，封始安郡公。❹马援：东汉扶风安陵（今陕西咸阳）人，辅佐光武帝刘秀，拜伏波将军。汉光：指汉光武帝刘秀。❺晋祚：晋室之国运。❻河北：指黄河以北地区。❼明公：尊称有官职、有地位的人。桓、文：指春秋五霸中的齐桓公、晋文公。

036 温峤初为刘琨使来过江。于时，江左营建始尔[1]，纲纪未举。温新至，深有诸虑。既诣王丞相，陈主上幽越、社稷焚灭、山陵夷毁之酷[2]，有《黍离》之痛[3]。温忠慨深烈，言与泗俱[4]；丞相亦与之对泣。叙情既毕，便深自陈结[5]，丞相亦厚相酬纳。既出，欢然言曰："江左自有管夷吾[6]，此复何忧！"《史记》曰："管仲夷吾者，颍上人。相齐桓公，九合诸侯，一匡天下。"《语林》曰："初，温奉使劝进，晋王大集宾客见之。温公始入，姿形甚陋，合坐尽惊。既坐，陈说九服分崩，皇室弛绝，晋王君臣莫不歔欷。及言天下不可以无主，闻者莫不踊跃，植发穿冠。王丞相深相付托。温公既见丞相，便游乐不住，曰：'既见管仲，天下事无复忧。'"

❶江左：长江下游以东地区，也称江东。指东晋王朝。❷主上幽越：指晋怀、愍二帝被俘囚禁事。幽越：监禁。山陵夷毁：先帝陵墓被夷平毁坏。酷：惨状。❸《黍离》之痛：《黍离》出自《诗经·王风》，抒写周大夫感怀西周覆亡之痛。后遂以此典感慨国家衰亡之痛。❹言与泗俱：声泪俱下。泗：涕。❺陈结：表达结为友好之意。❻管夷吾：管仲字夷吾，齐桓公宰相。此处指王导。

037 王敦兄含[1]，为光禄勋[2]。《含别传》曰："含字处弘，琅邪临沂人。累迁徐州刺史、光禄勋。与弟敦作逆，伏诛。"敦既逆谋，屯据南州[3]，含委职奔姑孰[4]。邓粲《晋纪》曰："初，王导协赞中兴，敦有方面之功。敦以刘隗为间己，举兵讨之，故含南奔武昌，朝廷始警备也。”王丞相诣阙谢[5]。《中兴书》曰：“导从兄敦举兵讨刘隗，导率子弟二十余人，旦旦到公车泥首谢罪。”司徒、丞相、扬州官僚问讯，仓卒不知何辞。顾司空时为扬州别驾[6]，援翰曰[7]：“王光禄远避流言，明公蒙尘路次[8]，群下不宁，不审尊体起居何如[9]？”

❶王敦：字处仲，小字阿黑，琅邪临沂（今山东临沂北）人，东晋权臣。永嘉之乱后与堂弟王导一同辅佐晋元帝司马睿建立东晋，担任大将军、江州牧，封汉安侯。永昌元年（公元322年），王敦以诛杀刘隗为名，在武昌起兵，攻入建康，诛除异己，被拜为丞相、江州牧，后又移镇姑孰，自领扬州牧。太宁二年（公元324年），王敦再次起兵攻建康，不久病逝于军中，死后叛乱被晋明帝平定。含：王含字处弘。王敦兄。累迁征东将军，都督扬州江西诸军事。王敦举兵时，为敦军元帅，与钱凤等率众攻建康。兵败，奔荆州，被荆州刺史王舒沉杀于长江。❷光禄勋：官名，列卿之一。❸南州：指姑孰。地名，在今安徽当涂。❹委职：丢弃官职。❺诣阙谢：到宫阙去谢罪。❻顾司空：顾和，死后赠司空。❼援翰：拿起笔。❽蒙尘：蒙受风尘。路次：路上。❾不审：不知道，不明白。

038 郗太尉拜司空[1]，语同坐曰：“平生意不在多，值世故纷纭，遂至台鼎[2]。朱博翰音[3]，实愧于怀。”《汉书》曰：“朱博字子元，杜陵人。为丞相，临拜，延登受策，有大声如钟鸣。上问扬雄、李寻，对曰：‘《洪范》所谓鼓妖者也。人君不聪，空名得进，则有无形之声。’博后坐事自杀。”故《序传》曰：“博之翰音，鼓妖先作。”《易·中孚》曰：“上九，翰音登于天，贞凶。”王弼注曰：“翰，高飞也。飞者，音飞而实不从也。”

❶郗太尉：郗鉴字道徽，晋高平（今山东）人。官至太尉。拜：拜官，上任。❷台鼎：指古代三公。❸朱博翰音：指因虚名而显进。

039 高坐道人不作汉语。或问此意[1]，简文[2]曰：“以简应对之烦。”《高坐别传》曰：“和尚胡名尸黎密，西域人。传云国王子，以国让弟，遂为沙门。永嘉中始到此土，止于大市中。和尚天姿高朗，风韵遒迈，丞相王公一见奇之，以为吾之徒也。周仆射领选，抚其背而叹曰：‘若选得此贤，令人无恨！’俄而周侯遇害，和尚对其灵坐，作胡祝数千言，音声高畅，既而挥涕收泪。其哀乐废兴皆此类。性高简，不学晋语。诸公与之言，皆因传译，然神领意得，顿在言前。”《塔寺记》曰：“尸黎密冢曰高坐，在石子冈，常行头陀，卒于梅冈，即葬焉。晋元帝于冢边立寺，因名高坐。”

❶此意：其中的缘故。❷简文：晋简文帝司马昱。

040 周仆射雍容好仪形。诣王公，初下车，隐数人[1]，王公含笑看之。既坐，傲然啸咏[2]。王公曰：“卿欲希嵇、阮邪[3]？”答曰：“何敢近舍明公，远希嵇、阮！”邓粲《晋纪》曰：“伯仁仪容弘伟，善于俯仰应答，精神足以荫映数人。深自持，能致人而未尝往焉。”

❶隐数人：隐，依凭。指要多人搀扶。❷啸咏：亦称歌啸、吟啸、长啸。即打口哨，其声清越，是魏晋名士风度之一。❸希：仰慕。

041 庾公尝入佛图[1]，见卧佛，《涅槃经》云：“如来背痛，于双树间北首而卧。”故后之图绘者为此象。曰：“此子疲于津梁[2]。”于时以为名言[3]。

❶佛图：梵语音译，指佛寺。❷津梁：桥梁。喻超度众生。❸于时：当时。

042 挚瞻曾作四郡太守、大将军户曹参军[1]，复出作内史[2]。《挚氏世本》曰："瞻字景游，京兆长安人，太常虞兄子也。父育，凉州刺史。瞻少善属文，起家著作郎。中朝乱，依王敦为户曹参军，历安丰、新蔡、西阳太守。见敦以故坏裘赐老病外部都督，瞻谏曰：'尊裘虽故，不宜与小吏。'敦曰：'何为不可？'瞻时因醉，曰：'若上服皆可用赐，貂蝉亦可赐下乎？'敦曰：'非喻，所引如此，不堪二千石。'瞻曰：'瞻视去西阳如脱屣耳！'敦反，乃左迁随郡内史。"年始二十九。尝别王敦，敦谓瞻曰："卿年未三十，已为万石❸，亦太蚤❹。"瞻曰："方于将军少为太蚤❺，比之甘罗已为太老。"《挚氏世本》曰："瞻高亮有气节，故以此答敦。后知敦有异志，建兴四年，与第五琦据荆州以距敦，竟为所害。"《史记》曰："甘罗，秦相茂之孙也。年十二，而秦相吕不韦欲使张唐相燕，唐不肯行，甘罗说而行之。又请车五乘以使赵，还报秦。秦封甘罗为上卿，赐以甘茂田宅。"

❶大将军：指大将军王敦。户曹参军：掌民户、祠祀、农桑的属官。❷内史：掌郡国政务。❸万石：指年奉万石的高官。❹蚤：通"早"。❺方：比。少：稍微，略微。

043 梁国杨氏子九岁，甚聪惠。孔君平王隐《晋书》曰："孔坦字君平，会稽山阴人。善《春秋》，有文辩。历太子舍人，累迁廷尉卿。"诣其父❶，父不在，乃呼儿出。为设果，果有杨梅。孔指以示儿曰："此是君家果。"儿应声答曰："未闻孔雀是夫子家禽。"

❶孔君平：孔坦字君平，会稽山阴（现浙江绍兴）人。历任太子舍人，累迁廷尉，世称孔廷尉。

044 孔廷尉以裘与从弟沈❶，《孔氏谱》曰："沈字德度，会稽山阴人。祖父奕，全椒令。父群，鸿胪卿。沈至琅邪王文学。"沈辞不受。廷尉曰：“晏平仲之俭[2]，祠其先人，豚肩不掩豆[3]，犹狐裘数十年，刘向《别录》曰：“晏平仲名婴，东莱夷维人。事齐灵公、庄公，以节俭力行重于齐。”《礼记》曰：“晏平仲祀其先人，豚肩不掩豆，君子以为俭也。”又曰：“晏子一狐裘三十年，晏子焉知礼？”《注》：“豚，俎实也。豆径尺，言并豚之两肩。不能掩豆，喻少也。”卿复何辞此！”于是受而服之。

❶廷尉：指孔坦。❷晏平仲：指晏婴。晏婴字仲，谥号“平”，春秋时期齐国著名政治家、外交家。❸豚肩：猪肘。豆：古代盛食物的器皿。“不掩豆”是言其少。

045 佛图澄与诸石游[1]，《澄别传》曰：“道人佛图澄，不知何许人，出于炖煌，好佛道，出家为沙门。永嘉中至洛阳，值京师有难，潜遁草泽间。石勒雄异好杀害，因勒大将军郭默略见勒，以麻油涂掌，占见吉凶数百里外，听浮图铃声，逆知祸福。勒甚敬信之。虎即位，亦师澄，号‘大和尚’。自知终日。开棺无尸，唯袈裟法服在焉。”林公曰[2]：“澄以石虎为海鸥鸟[3]。”《赵书》曰：“虎字季龙，勒从弟也。征伐每斩将搴旗。勒死，诛勒诸儿袭位。”《庄子》曰：“海上之人好鸥者，每日之海上从鸥游，鸥之至者数百而不止。其父曰：‘吾闻鸥鸟从汝游，取来玩之。’明日之海上，鸥舞而不下。”

❶石：指石勒、石虎等。游：往来。❷林公：支遁字道林，世称支公，也称林公，本姓关。陈留（今河南）人，或说河东林虑（今河南林州）人。东晋高僧。❸“澄以”句：言佛图澄有似海上好鸥者，真诚坦荡，但石虎辈却并非海鸥，暗藏杀机。

046 谢仁祖年八岁[1]，谢豫章鲲子，别见。将送客[2]。尔时语已神悟，自参上流[3]。诸人咸共叹之，曰：“年少，一坐之颜回[4]。”

仁祖曰："坐无尼父[5]，焉别颜回？"《晋阳秋》曰："谢尚字仁祖，陈郡人，鲲之子也。龆龀丧兄，哀恸过人。及遭父丧，温峤唁之，尚号叫极哀，既而收涕告诉，有异常童。峤奇之，由是知名。仕至镇西将军、豫州刺史。"

❶谢仁祖：谢尚字仁祖。陈郡阳夏（今河南太康）人。精通音律，善舞蹈，工于书法，擅长清谈。历任江州刺史、尚书仆射、豫州刺史等职。后进号镇西将军，逝后赠散骑常侍、卫将军、开府仪同三司，谥号"简"。❷谢豫章：指谢鲲。谢鲲字幼舆，陈郡阳夏（今河南太康）人。因为官至豫章太守，所以世称谢豫章。将：携带，带领。送客：应对宾客。❸自参：自处。❹颜回：颜回字子渊，孔子弟子。❺尼父：指孔子。

047 陶公疾笃[1]，都无献替之言[2]，朝士以为恨[3]。《陶氏叙》曰："侃字士衡，其先鄱阳人，后徙寻阳。侃少有远概、纲维宇宙之志。察孝廉，入洛。司空张华见而谓曰：'后来匡主宁民，君其人也！'刘弘镇沔南，取为长史，谓侃曰：'昔吾为羊太傅参佐，见语云："君后当居身处。"今相观，亦复然矣。'累迁湘、广、荆三州刺史，加羽葆鼓吹，封长沙郡公、大将军，赞拜不名，剑履上殿。进太尉，赠大司马，谥桓公。"按王隐《晋书》载侃临终表曰："臣少长孤寒，始愿有限，过蒙先朝历世异恩。臣年垂八十，位极人臣，启手启足，当复何恨？但以余寇未诛，山陵未复，所以愤慨兼怀，唯此而已。犹冀犬马之齿，尚可少延，欲为陛下北吞石虎，西诛李雄。势遂不振，良图永息。临书振腕，涕泗横流。伏愿遴选代人，使必得良才，足以奉宣王猷，遵成志业。则虽死之日，犹生之年。"有表若此，非无献替。仁祖闻之，曰："时无竖刁，故不贻陶公话言。[4]"《吕氏春秋》曰："管仲病，桓公问曰：'子如不讳，谁代子相者？竖刁何如？'管仲曰：'自宫以事君，非人情，必不可用。'后果乱齐。"时贤以为德音。

❶陶公：指陶侃。陶侃字士行（一作士衡），东晋时名将。官至侍中、太尉、荆江二州刺史、都督八州诸军事，封长沙郡公。❷献替之言：向君王献规劝之言。❸恨：遗憾。❹“时无”句：意为没有竖刁这样的祸乱之臣，就没有必要留下规劝之言。竖刁：春秋齐桓公宦官，后专权乱齐。贻：遗留，留下。话言：言论。

048 竺法深在简文坐[1]，刘尹问[2]：“道人何以游朱门[3]？”答曰：“君自见其朱门，贫道如游蓬户。”《高逸沙门传》曰：“法师居会稽，皇帝重其风德，遣使迎焉，法师暂出应命。司徒会稽王天性虚澹，与法师结殷勤之欢。师虽升履丹墀，出入朱邸，泯然旷达，不异蓬宇也。”或云卞令[4]。别见。

❶竺法深：竺道潜字法深，晋朝名僧。❷刘尹：刘惔字真长，曾作丹阳尹，故名。❸道人：六朝称僧人为道人。❹卞令：卞壶（kǔn）字望之，济阴冤句（今山东曹县西北）人。东晋名臣，累事三朝，两度为尚书令。礼法自居，纠正当世，不畏强权。苏峻叛乱，卞壶临危受命，率二子及兵勇，奋力抵抗，以身殉国。后追赠卞壶侍中、骠骑将军、开府仪同三司，谥号“忠贞”。

049 孙盛为庾公记室参军[1]，《中兴书》曰：“盛字安国，太原中都人。博学强识，历著作郎、浏阳令。庾亮为荆州，以为征西主簿，累迁秘书监。”从猎，将其二儿俱行，庾公不知。忽于猎场见齐庄[2]，时年七八岁。庾谓曰：“君亦复来邪？”应声答曰：“所谓‘无小无大，从公于迈’[3]。”

❶孙盛：字安国。太原中都（今山西平遥）人，东晋中期史学家。孙盛一生著述颇丰，以史学居多。著《魏氏春秋》二十卷、《魏氏春秋异同》八卷、《晋阳秋》三十二卷，今仅存佚文。❷齐庄：孙放字齐庄，孙

盛次子。❸无小无大，从公于迈：语出《诗经·鲁颂·泮水》。意为：无论小官大官，都随鲁僖公出行。

050 孙齐由、齐庄二人[1]，小时诣庾公。公问齐由："何字？"答曰："字齐由。"公曰："欲何齐邪？"曰："齐许由。"《晋百官名》曰："孙潜字齐由，太原人。"《中兴书》曰："潜，盛长子也。豫章太守殷仲堪下讨王国宝，潜时在郡，逼为咨议参军，固辞不就，遂以忧卒。"齐庄"何字？"答曰："字齐庄。"公曰："欲何齐？"曰："齐庄周。"公曰："何不慕仲尼而慕庄周？"对曰："圣人生知[2]，故难企慕。"庾公大喜小儿对。《孙放别传》曰："放字齐庄，监君次子也。年八岁，太尉庾公召见之。放清秀，欲观试，乃授纸笔令书，放便自疏名字。公题后问之曰：'为欲慕庄周邪？'放书答曰：'意欲慕之。'公曰：'何故不慕仲尼而慕庄周？'放曰：'仲尼生而知之，非希企所及；至于庄周，是其次者，故慕耳。'公谓宾客曰：'王辅嗣应答恐不能胜之。'卒长沙王相。"

❶孙齐由：孙潜字齐由，孙盛长子。❷生知：生而知之。

051 张玄之、顾敷是顾和中外孙[1]，皆少而聪惠，和并知之[2]，而常谓顾胜，亲重偏至。张颇不恹[3]。敷别见。《续晋阳秋》曰："张玄之字祖希，吴郡太守澄之孙也。少以学显，历吏部尚书，出为冠军将军、吴兴太守。会稽内史谢玄同时之郡，论者以为'南北之望'。玄之名亚谢玄，时亦称'南北二玄'。卒于郡。"于时，张年九岁，顾年七岁。和与俱至寺中，见佛般泥洹像[4]，弟子有泣者，有不泣者。和以问二孙。玄谓："被亲故泣，不被亲故不泣。"敷曰："不然。当由忘情故不泣[5]，不能忘情故泣。"《大智度论》曰："佛在阴庵罗双树间，入般涅槃，卧北首，大地震动。诸三学人佥然不乐，郁伊交涕。诸无学人，但念诸法一切无常。"

❶张玄之：字祖希，顾和之外孙。历任吴郡太守，会稽内史等职。顾敷：顾敷字祖根，顾和孙。中外孙：孙子和外孙。❷知：知遇，厚待。❸惬：满意，满足。❹般泥洹：涅槃，圆寂。❺忘情：超越世俗之情。

052 庾法畅造庾太尉[1]，握麈尾至佳[2]。公曰："此至佳，那得在？"法畅曰："廉者不求，贪者不与，故得在耳。"法畅氏族所出未详。法畅著《人物论》，自叙其美云："悟锐有神，才辞通辩。"

❶庾法畅：晋僧人，氏族不详。❷麈尾：用麈尾毛制成的形似羽扇的饰物，又称拂尘。魏晋名士多执此物，用以增添清谈时的仪止风度。

053 庾稚恭为荆州[1]，《庾翼别传》曰："翼字稚恭，颍川鄢陵人也。少有大度，时论以经略许之。兄太尉亮薨，朝议推才，乃以翼都督七州，进征南将军、荆州刺史。"以毛扇上武帝[2]，武帝疑是故物。傅咸《羽扇赋序》曰："昔吴人直截鸟翼而摇之，风不减方、圆二扇，而功无加，然中国莫有生意者。灭吴之后，翕然贵之，无人不用。"按庾怿以白羽扇献武帝，帝嫌其非新，反之，不闻翼也。侍中刘劭曰：《文字志》曰："劭字彦祖，彭城丛亭人。祖讷，司隶校尉。父松，成皋令。劭博识好学，多艺能，善草隶。初仕领军参军。太傅出东，劭谓京洛必危，乃单马奔扬州。历侍中、豫章太守。""柏梁云构[3]，工匠先居其下；管弦繁奏，钟夔先听其音[4]。钟，钟期也。夔，舜乐正。稚恭上扇，以好不以新。"庾后闻之，曰："此人宜在帝左右。"

❶庾稚恭：庾翼字稚恭。颍川鄢陵（今河南鄢陵）人。东晋中期将领，世称小庾、庾征西、庾小征西。❷武帝：指晋武帝司马炎。❸柏梁云构：柏梁，台名；云构，楼台结构宏大。❹钟夔：钟子期、夔。此处泛指精通音乐的人。

054 何骠骑亡后[1]，何充，别见。征褚公入[2]。既至石头[3]，王长史、刘尹同诣褚[4]，褚曰："真长，何以处我？"真长顾王曰："此子能言。"褚因视王，王曰："国自有周公。"《晋阳秋》曰："充之卒，议者谓太后父裒宜秉朝政。裒自丹徒入朝，吏部尚书刘遐劝裒曰：'会稽王令德，国之周公也，足下宜以大政付之。'裒长史王胡之亦劝归藩，于是固辞归京。"

❶何骠骑：何充字次道，庐江郡灊县（今安徽霍山）人。晋朝重臣，曾任骠骑将军，故名。❷褚公：指褚裒，为晋康帝褚皇后父。❸石头：即石头城。在今南京西。❹王长史：指王蒙。蒙字仲祖，小字阿奴，太原晋阳（今山西太原）人。东晋名士，深得辅政的会稽王司马昱倚重，官至司徒左长史。

055 桓公北征[1]，经金城[2]，见前为琅邪时种柳，皆已十围，慨然曰："木犹如此，人何以堪[3]！"攀枝执条，泫然流泪[4]。《桓温别传》曰："温字元子，谯国龙亢人，汉五更桓荣后也。父彝，有识鉴。温少有豪迈风气，为温峤所知。累迁琅邪内史，进征西大将军，镇西夏。时逆胡未诛，余烬假息。温亲勒郡卒，建旗致讨，清荡伊、洛，展敬园陵。薨谥宣武侯。"

❶桓公：指桓温。桓温字元子（一作符子），谯国龙亢（今安徽怀远龙亢镇）人。东晋政治家、军事家、权臣。桓温是晋明帝的驸马，三次出兵北伐，战功累累。后独揽朝政十余年，操纵废立。死后谥号宣武。❷金城：地名。在今江苏句容市西北。❸堪：忍受。❹泫然：泪涌出的样子。

056 简文作抚军时[1]，尝与桓宣武俱入朝[2]，更相让在前[3]。宣武不得已而先之，因曰："伯也执殳，为王前驱。[4]"《卫诗》也。

殳长一丈二尺，无刃。简文曰：“所谓‘无小无大，从公于迈’。”

❶抚军：官名。即抚军将军，将军称号之一。❷桓宣武：指桓温。❸更相：互相。❹伯也执殳，为王前驱：语出《诗经·卫风·伯兮》，意思是：伯拿着长矛，走在前面，作为君王的前驱。

057 顾悦与简文同年[1]，而发蚤白。《中兴书》曰：“悦字君叔，晋陵人。初为殷浩扬州别驾。浩卒，上疏理浩。或谏以浩为太宗所废，必不依许。悦固争之，浩果得申，物论称之。后至尚书左丞。”简文曰：“卿何以先白？”对曰：“蒲柳之姿[2]，望秋而落；松柏之质，经霜弥茂[3]。”顾凯之为父传曰：“君以直道，陵迟于世。入见王，王发无二毛，而君已斑白。问君年，乃曰：‘卿何偏蚤白？’君曰：‘松柏之姿，经霜犹茂；臣蒲柳之质，望秋先零。受命之异也。’王称善久之。”

❶顾悦：字君叔，晋陵（今江苏武进）人。晋代名士，官至尚书左丞。❷蒲柳：水杨。不耐寒，凋零较早。❸弥：更加。

058 桓公入峡，绝壁天悬，腾波迅急，《晋阳秋》曰：“温以永和二年，率所领七千余人伐蜀，拜表辄行。”乃叹曰：“既为忠臣，不得为孝子，如何？[1]”《汉书》曰：“王阳为益州刺史，行部至邛僰九折坂，叹曰：‘奉先人遗体，奈何数乘此险！’以病去官。后王尊为刺史，至其坂，问吏曰：‘非王阳所畏之道邪？’吏曰：‘是。’叱其驭曰：‘驱之！王阳为孝子，王尊为忠臣。’”

❶所谓忠臣孝子之说，意思是：作为忠臣，就要赴汤蹈火，勇涉天险，然如此一来，就会损伤受之于父母的“身体发肤”，有悖孝道。如何：如之奈何，即怎么办。

059 初，荧惑入太微[1]，寻废海西[2]；《晋阳秋》曰："泰和六年闰十月，荧惑守太微端门；十一月，大司马桓温废帝为海西公。"《晋安帝纪》曰："桓温于枋头奔败，知民望之去也，乃屠袁真于寿阳。既而谓郗超曰：'足以雪枋头之耻乎？'超曰：'未厌有识之情也。公六十之年，败于大举；不建高世之勋，未足以镇厌民望。'因说温以废立之事。时温夙有此谋，深纳超言，遂废海西。"简文登阼，复入太微，帝恶之。徐广《晋纪》曰："咸安元年十二月，荧惑逆行入太微，至二年七月犹在焉。帝惩海西之事，心甚忧之。"时郗超为中书[3]，在直[4]。《中兴书》曰："超字景兴，高平人，司空愔之子也。少而卓荦不羁，有旷世之度。累迁中书郎、司徒左长史。"引超入曰："天命修短，故非所计。政当无复近日事不？"超曰："大司马方将外固封疆[5]，内镇社稷，必无若此之虑。臣为陛下以百口保之[6]。"帝因诵庾仲初诗[7]庾阐《从征诗》也。曰："志士痛朝危，忠臣哀主辱。"声甚凄厉。郗受假还东，帝曰："致意尊公[8]，家国之事，遂至于此。由是身不能以道匡卫[9]，思患预防。愧叹之深，言何能喻？"因泣下流襟。《续晋阳秋》曰："帝外压强臣，忧愤不得志，在位二年而崩。"

❶荧惑：火星。太微：由十颗星组成，在北斗南端，乃五帝之星座。故"荧惑入太微"是帝祚不祥的征兆。❷寻：随即，不久。海西：海西公。晋废帝司马奕于公元371年被大司马桓温废黜，降封为海西公。❸郗超：字景兴，一字敬舆，小字嘉宾，高平金乡（今山东嘉祥西阿城铺）人。桓温谋主，权倾一朝。❹在直：在朝值班。直同"值"。❺方将：正当，正在。❻百口：百口人。指全家及近亲一族。❼庾仲初：庾阐字仲初，官至散骑侍郎。作《扬都赋》，为世人所推崇。❽尊公：指郗超父亲郗愔。❾是身：此身。犹言"我"。

060 简文在暗室中坐，召宣武，宣武至，问上何在。简文曰：

“某在斯！”时人以为能。《论语》曰：“师冕见，及阶，子曰：‘阶也。’及席，子曰：‘席也。’皆坐，子告之曰：‘某在斯，某在斯。’”注：历告坐中人也。

061 简文入华林园[1]，顾谓左右曰：“会心处不必在远，翳然林水[2]，便自有濠、濮间想也[3]，濠、濮，二水名也。《庄子》曰：“庄子与惠子游濠梁水上。庄子曰：‘鲦鱼出游从容，是鱼乐也。’惠子曰：‘子非鱼，安知鱼之乐邪？’庄子曰：‘子非我，安知我之不知鱼之乐也？’”“庄周钓在濮水，楚王使二大夫造焉，曰：‘愿以境内累庄子。’庄子持竿不顾，曰：‘吾闻楚有神龟者，死已三千年矣，巾笥而藏于庙。此宁曳尾于涂中，宁留骨而贵乎？’二大夫曰：‘宁曳尾于涂中。’庄子曰：‘往矣！吾亦宁曳尾于涂中。’”觉鸟兽禽鱼自来亲人。”

❶华林园：宫苑名，在东晋建康（今南京）。本为东吴旧苑，晋南渡后仿照洛阳名园加以整修。❷翳然：树木繁茂遮蔽日光的样子。❸濠、濮：指濠水、濮水。想：情怀、情趣。

062 谢太傅语王右军曰[1]：“中年伤于哀乐，与亲友别，辄作数日恶[2]。”王曰：《文字志》曰：“王羲之字逸少，琅邪临沂人。父旷，淮南太守。羲之少朗拔，为叔父廙所赏。善草隶。累迁江州刺史、右军将军、会稽内史。”“年在桑榆[3]，自然至此，正赖丝竹陶写[4]。恒恐儿辈觉，损欣乐之趣。”

❶王右军：指王羲之。王羲之逸少，琅邪临沂（今山东临沂）人。后迁会稽山阴（今浙江绍兴），晚年隐居剡县金庭。历任秘书郎、宁远将军、江州刺史，后为会稽内史，领右将军。东晋时期著名书法家，有“书圣”之称。❷恶：心情不舒适。❸桑榆：夕阳投洒在桑树、榆树之上。

喻人到晚年。❹陶写：即陶冶性灵，排遣郁闷。

063 支道林常养数匹马。或言“道人畜马不韵”[1]，支曰：“贫道重其神骏。”《高逸沙门传》曰：“支遁字道林，河内林虑人。或曰陈留人，本姓关氏。少而任心独往，风期高亮，家世奉法。尝于余杭山沉思道行，泠然独畅。年二十五，始释形入道。年五十三，终于洛阳。”

❶韵：高雅。

064 刘尹与桓宣武共听讲《礼记》。桓云：“时有入心处，便觉咫尺玄门[1]。”刘曰：“此未关至极，自是金华殿之语[2]。”《汉书·叙传》曰：“班伯少受诗于师丹，大将军王凤荐伯于成帝，宜劝学，召见宴昵，拜为中常侍。时上方向学。郑宽中、张禹朝夕入说《尚书》《论语》于金华殿，诏伯受之。”

❶咫尺玄门：指离高深的境界很近。❷金华殿之语：指老生常谈。金华殿：汉代宫殿名，曾是儒生为汉成帝讲经之所。

065 羊秉为抚军参军[1]，少亡，有令誉。夏侯孝若为之叙[2]，极相赞悼。《羊秉叙》曰：“秉字长达，太山平阳人。汉南阳太守续曾孙。大父魏郡府君，即车骑掾元子也。府君夫人郑氏无子，乃养秉。龆龀而佳，小心敬慎。十岁而郑夫人薨，秉思容尽哀。俄而公府掾及夫人并卒，秉群从父率礼相承，人不间其亲，雍雍如也。仕参抚军将军事。将奋千里之足，挥冲天之翼，惜乎春秋三十有二而卒。昔罕虎死，子产以为无与为善。自夫子之没，有子产之叹矣！亡后有子男，又不育。是何行善而祸繁也？岂非司马生之所惑欤？”羊权为黄门侍郎[3]，侍简文坐。帝问曰：“夏侯湛别见。作《羊秉叙》，绝可想[4]。是卿何物[5]？有后不？”《羊氏谱》曰：“权字道舆，徐州刺史悦之子也。仕至尚书左丞。”权潸然对曰：“亡伯令问夙彰[6]，而无有继嗣，虽名播天听[7]，然胤绝圣世[8]。”帝嗟慨久之。

❶羊秉：字长达，简文帝司马昱任抚军将军时，羊秉是他的参军。❷夏侯孝若：夏侯湛字孝若，夏侯渊曾孙。官中书侍郎。叙：作传。❸羊权：字道舆，泰山南城（今山东泰安）人。官至尚书左丞。黄门侍郎：官名。职能是侍从皇帝，传达诏书，掌门下事。❹绝可想：特别符合心意。❺何物：什么人。❻令问：美名。❼天听：指帝王的视听。❽胤：后代。圣世：当世。

066 王长史与刘真长别后相见，《王长史别传》曰：“蒙字仲祖，太原晋阳人。其先出自周室，经汉、魏，世为大族。祖父佐，北军中候。父讷，叶令。蒙神气清韶，年十余岁，放迈不群，弱冠检尚，风流雅正，外绝荣竞，内寡私欲。辟司徒掾、中书郎，以后父赠光禄大夫。”王谓刘曰：“卿更长进。”答曰：“此若天之自高耳[1]。”《语林》曰：“仲祖语真长曰：‘卿近大进。’刘曰：‘卿仰看邪？’王问何意，刘曰：‘不尔，何由测天之高也。’”

❶语出《庄子·田子方》：“至人之于德也，不修而物不能离焉。若天之自高，地之自厚，日月之自明，夫何修焉！”

067 刘尹云：“人想王荆产佳[1]，此想长松下当有清风耳。”荆产，王微小字也。《王氏谱》曰：“微字幼仁，琅邪人。祖父乂，平北将军。父澄，荆州刺史。微历尚书郎、右军司马。”

❶想：想象，推测。王荆产：王微，字幼仁，小名荆产，王澄之子。历任尚书郎、右军司马。

068 王仲祖闻蛮语不解，茫然曰："若使介葛卢来朝[1]，故当不昧此语[2]。"《春秋传》曰："介葛卢来朝鲁，闻牛鸣，曰：'是生三牺，皆用之矣。其音云。'问之而信。"杜预注曰："介，东夷国；葛卢，其君名也。"

❶介葛卢：春秋时介国国君，相传通兽语。❷故当：当然，肯定。

069 刘真长为丹阳尹，许玄度出都[1]，就刘宿，《续晋阳秋》曰："许询字玄度，高阳人，魏中领军允玄孙。总角秀惠，众称神童。长而风情简素，司徒掾辟，不就，蚤卒。"床帷新丽，饮食丰甘。许曰："若保全此处，殊胜东山[2]。"刘曰："卿若知吉凶由人，吾安得不保此！"《春秋传》曰："吉凶无门，唯人所召。"王逸少在坐[3]，曰："令巢、许遇稷、契[4]，当无此言。"二人并有愧色。

❶许玄度：许询字玄度，祖籍高阳（今属河北），寓居会稽（今浙江绍兴）。终身不仕，好游山水，有才藻，善属文，与王羲之、孙绰、支遁等皆以文义冠世。❷东山：在浙江上虞西南。谢安早年隐居于此，后东山遂为隐居之所的代称。❸王逸少：王羲之字逸少。❹令：假使。巢、许：巢父、许由，尧舜时的两位隐士。稷、契：尧舜时的两位贤臣。

070 王右军与谢太傅共登冶城，《扬州记》曰："冶城，吴时鼓铸之所。吴平，犹不废。王茂弘所治也。"谢悠然远想，有高世之志。王谓谢曰："夏禹勤王，手足胼胝[1]；《帝王世纪》曰："禹治洪水，手足胼胝。"世传禹病偏枯，足不相过。今称"禹步"是也。文王旰食[2]，日不暇给。《尚书》曰："文王自朝至于日昃，不遑暇食。"今四郊多垒[3]，《礼记》曰："四郊多垒，卿大夫之辱也。"宜人人自效；而虚谈废务，浮文妨要[4]，恐非当今所宜。"谢答曰："秦任商鞅，二世而亡。《战国策》曰：“卫商鞅，诸庶孽子，名鞅，姓公孙氏。少好刑名学，为秦孝公相，封于商。”岂清言致患邪？”

❶胼胝（pián zhī）：老茧。❷旰食：很晚才吃饭。旰，晚。❸四郊多垒：形容形势危急。垒：军队的营垒。❹浮文妨要：浮华不实的文辞妨害国家的正事。

071 谢太傅寒雪日内集，与儿女讲论文义❶。俄而雪骤❷，公欣然曰：“白雪纷纷何所似？”兄子胡儿曰❸：胡儿，谢朗小字也。《续晋阳秋》曰：“朗字长度，安次兄据之长子。安蚤知之，文义艳发，名亚于玄。仕至东阳太守。”“撒盐空中差可拟❹。”兄女曰❺：“未若柳絮因风起。”公大笑乐。即公大兄无奕女，左将军王凝之妻也❻。《王氏谱》曰：“凝之字叔平，右将军羲之第二子也。历江州刺史、左将军、会稽内史。”《晋安帝纪》曰：“凝之事五斗米道。孙恩之攻会稽，凝之谓民吏曰：‘不须备防，吾已请大道，许遣鬼兵相助，贼自破矣。’既不设备，遂为恩所害。”《妇人集》曰：“谢夫人名道蕴，有文才，所著诗、赋、诔、颂传于世。”

❶儿女：子侄晚辈。❷俄而：一会儿。❸胡儿：谢朗字长度，小名胡儿，陈郡阳夏（今河南太康）人，谢安之兄谢据的长子，官至东阳太守。❹差可拟：大致可以相比。差，大致，大略；拟，比。❺兄女：指谢道韫。谢道韫字令姜，东晋时女诗人。谢安的侄女，谢奕的女儿，王羲之次子王凝之的妻子。❻王凝之：字叔平，王羲之次子。曾官江州刺史、左将军、会稽内史等。

072 王中郎令伏玄度、习凿齿《王中郎传》曰：“坦之字文度，太原晋阳人。祖东海太守承，清淡平远。父述，贞贵简正。坦之器度淳深，孝友天至，誉辑朝野，标的当时。累迁侍中、中书令，领北中郎将，徐、兖二州刺史。"《中兴书》曰："伏滔字玄度，平昌安丘人。少有才学，举秀才，大司马桓温参军，领大著作，掌国史，游击将军，卒。习凿齿字彦威，襄阳人。少以文称，善尺牍。桓温在荆州，辟为从事。历治中、别驾，迁荥阳太守。"论青、楚人物[1]，滔集载其论，略曰："滔以春秋时鲍叔、管仲、隰朋、召忽、轮扁、宁戚、麦丘人、逢丑父、晏婴、涓子，战国时公羊高、孟轲、邹衍、田单、荀卿、邹奭、莒大夫、田子方、檀子、鲁连、淳于髡、盼子、田光、颜歜、黔子、于陵仲子、王叔、即墨大夫，前汉时伏征君、终军、东郭先生、叔孙通、万石君、东方朔、安期先生，后汉时大司徒、伏三老、江革、逢萌、禽庆、承幼子、徐防、薛方、郑康成、周孟玉、刘祖荣、临孝存、侍其元矩、孙宝硕、刘仲谋、刘公山、王仪伯、郎宗、祢正平、刘成国，魏时管幼安、邴根矩、华子鱼、徐伟长、任昭先、伏高阳，此皆青士有才德者也。凿齿以神农生于黔中；《召南》咏其美化，《春秋》称其多才，《汉广》之风，不同《鸡鸣》之篇；子文、叔敖，羞与管晏比德；接舆之歌凤兮，渔父之咏《沧浪》，汉阴丈人之折子贡，市南宜僚、屠羊说之不为利回；鲁仲连不及老莱夫妻，田光之于屈原，邓禹、卓茂无敌于天下；管幼安不胜庞公，庞士元不推华子鱼；何、邓二尚书独步于魏朝，乐令无对于晋世。昔伏羲葬南郡，少昊葬长沙，舜葬零陵。比其人则准的如此，论其土则群圣之所葬，考其风则诗人之所歌，寻其事则未有赤眉、黄巾之贼。此何如青州邪？滔与相往反，凿齿无以对也。"临成以示韩康伯[2]，康伯都无言[3]。王曰："何故不言？"韩曰："无可无不可[4]。"马融注《论语》曰："唯义所在。"

[1]王中郎：指王坦之。王坦之字文度，太原晋阳（今山西太原）人，尚书令王述之子。累迁中书令，领北中郎将，徐、兖二州刺史。伏玄度：伏滔字玄度，平昌安丘人。有才学，少知名，大司马桓温以为参军。太元中，拜著作郎，专掌国史。习凿齿：字彦威，襄阳人，东晋著名史学

家，世代为荆楚豪族。曾被桓温辟为从事、西曹主簿，后降为户曹参军，任荥阳太守，最后解职归里巷。有《汉晋春秋》五十四卷。青、楚：青州和荆州。❷韩康伯：韩伯字康伯。官豫章太守、丹阳尹、吏部尚书。❸都无：全无。❹无可无不可：语出《论语·微子》，本意指孔子对仕与隐并无成见，可相机行事。此处指对人对事不表明态度，不置可否。

073 刘尹云："清风朗月，辄思玄度。"《晋中兴士人书》曰："许询能清言，于时士人，皆钦慕仰爱之。"

074 荀中郎在京口[1]，《晋阳秋》曰："荀羡字令则，颍川人，光禄大夫崧之子也。清和有识裁，少以主婿为驸马都尉。是时，殷浩参谋百揆，引羡为援，频莅义兴、吴郡。超授北中郎将、徐州刺史，以蕃屏焉。"《中兴书》曰："羡年二十八，出为徐、兖二州，中兴方伯之少，未有若羡者也。"登北固望海云[2]：《南徐州记》曰："城西北有别岭入江，三面临水，高数十丈，号曰北固。""虽未睹三山[3]，便自使人有凌云意[4]。若秦、汉之君，必当褰裳濡足[5]。"《史记·封禅书》曰："蓬莱、方丈、瀛洲，此三山世传在海中，去人不远。尝有至者，言诸仙人不死药在焉。黄金白银为宫阙，草物禽兽尽白，望之如云。及至，反居水下，欲到即风引船而去，终莫能至。秦始皇登会稽，并海上，冀遇三神山之奇药。汉武帝既封泰山，无风雨变至。方士更言蓬莱诸药可得，于是上欣然东至海，冀获蓬莱者。"

❶荀中郎：指荀羡。荀羡字令则。颍川郡颍阴（今河南许昌）人。初娶晋元帝之女寻阳公主，拜驸马都督。擢建威将军、吴国内史，升至北中郎将，世称荀中郎。京口：古城名。在今江苏镇江。❷北固：北固山，在今江苏镇江北。❸三山：古代神话传说中的三座仙山：蓬莱、方丈、瀛洲。❹凌云意：高入云霄的志向。指羽化登仙、超越尘世的

感怀。❺褰裳濡足：掀起下衣，沾湿脚板。

075 谢公云："贤圣去人❶，其间亦迩❷。"子侄未之许，公叹曰："若郗超闻此语，必不至河汉❸。"《超别传》曰："超精于理义，沙门支道林以为一时之俊。"《庄子》曰："肩吾问于连叔曰：'吾闻言于接舆，大而无当，往而不反，怪怖其言，犹河汉而无极也。'"

❶去：距、离。❷迩：近。❸河汉：比喻言语大而无当，不着边际。

076 支公好鹤，住剡东岇山❶。《支公书》曰："山去会稽二百里。"有人遗其双鹤❷，少时翅长欲飞，支意惜之，乃铩其翮❸。鹤轩翥不复能飞❹，乃反顾翅垂头，视之如有懊丧意。林曰："既有凌霄之姿❺，何肯为人作耳目近玩？"养令翮成，置使飞去❻。

❶岇（àng）山：山名。在剡（shàn）县境内。在今浙江嵊州。❷遗（wèi）：赠送。❸铩：剪除、伤残。翮（hé）：翅膀上的硬羽毛。泛指鸟的翅膀。❹轩翥（zhù）：鸟展翅欲飞的样子。❺凌霄：飞入云霄。❻置：放开。

077 谢中郎经曲阿后湖❶，问左右："此是何水？"《中兴书》曰："谢万字万石，太傅安弟也。才气高俊，蚤知名。历吏部郎、西中郎将、豫州刺史、散骑常侍。"答曰："曲阿湖。"《太康地记》曰："曲阿本名云阳，秦始皇以有王气，凿北坑山以败其势，截其直道，使其阿曲，故曰曲阿也。吴还为云阳，今复名曲阿。"谢曰："故当渊注渟著❷，纳而不流。"

❶谢中郎：指谢万。谢万字万石，陈郡阳夏（今河南太康）人，谢安之弟。早年曾任司徒掾、抚军从事中郎、吴兴太守。兄谢奕去世后接任

西中郎将、豫州刺史，并领淮南太守，与郗昙一同北伐前燕。大败而归，废为庶人。逝后追赠散骑常侍。曲阿后湖：即曲阿湖。又名练湖，在今江苏丹阳县西北。❷渊注渟著：积聚渊厚深静而不流走。

078 晋武帝每饷山涛恒少[1]，谢太傅安也。以问子弟，车骑玄也。答曰[2]："当由欲者不多[3]，而使与者忘少。"《谢车骑家传》曰："玄字幼度，镇西奕第三子也。神理明俊，善微言。叔父太傅，尝与子侄燕集，问：'武帝任山公以三事，任以官人，至于赐予，不过斤合，当有旨不？'玄答有辞致也。"

❶饷：馈赠。山涛：山涛字巨源河内怀县（今河南武陟县）人。与嵇康、阮籍友善，为竹林七贤之一。官吏部尚书、太子少傅、司徒等。❷车骑：指谢玄。谢玄字幼度。陈郡阳夏（今河南太康）人，谢安之侄，东晋名将。曾指挥"淝水之战"，逝后追赠车骑将军。❸当由：大概，可能。

079 谢胡儿语庾道季[1]：道季，庾龢小字。徐广《晋纪》曰："龢字道季，太尉亮子也。风情率悟，以文谈致称于时。历仕至丹阳尹，兼中领军。""诸人莫当就卿谈[2]，可坚城垒。"庾曰："若文度来，我以偏师待之；康伯来，济河焚舟[3]。"《春秋传》曰："秦伯伐晋，济河焚舟。"杜预曰："示必死。"

❶庾道季：庾龢字道季，颍川鄢陵（今河南鄢陵县）人。东晋大臣，太尉庾亮之子。❷莫当：也许要。莫，表揣度；当，将。❸济河焚舟：渡过黄河便烧掉船只。比喻下定决心，一拼到底。

080 李弘度常叹不被遇[1]。《中兴书》曰："李充字弘度，江夏郢人也。祖秉，父矩，皆有美名。充初辟丞相掾、记室参军，以贫求剡县，迁大著作、中书郎。”殷扬州[2]殷浩，别见。知其家贫[2]，问：“君能屈志百里不[3]？”李答曰：“北门之叹，久已上闻。[4]《卫诗·北门》，刺仕不得志也。穷猿奔林，岂暇择木？[5]”遂授剡县。

❶李弘度：李充字弘度，江夏人。晋成帝时丞相王导召他为掾。转记室参军。又曾任剡县令、大著作郎，奉命整理典籍。不被遇：没有受到赏识。遇，知遇，厚待。❷殷扬州：指殷浩。殷浩字深源，陈郡长平（今河南西华）人，东晋时期大臣、将领。简文帝时任建武将军、扬州刺史。❸百里：古时一县统辖地方百里，百里因之成为县的代称，有时也用来指县令。❹语出《诗经·北门》，写仕宦不得志，后比喻怀才不遇。❺比喻处境窘困的人急于寻找栖身之所。

081 王司州至吴兴印渚中看[1]，《王胡之别传》曰：“胡之字修龄，琅邪临沂人，王廙之子也。历吴兴太守，征侍中、丹阳尹、秘书监，并不就。拜使持节、都督司州诸军事、西中郎将、司州刺史。”《吴兴记》曰：“于潜县东七十里，有印渚，渚傍有白石山，峻壁四十丈。印渚盖众溪之下流也。印渚已上至县，悉石濑恶道，不可行船；印渚已下，水道无险，故行旅集焉。”叹曰：“非唯使人情开涤[2]，亦觉日月清朗。”

❶王司州：指王胡之。王胡之字修龄，琅邪临沂（今山东临沂）人。年少有令誉，历任吴兴郡太守、侍中、丹阳尹，颇有作为。拜使持节、都督司州诸军事、西中郎将、司州刺史。吴兴：郡名。治所在乌程（今浙江湖州）。印渚：河中小洲名。❷开涤：开朗清爽，如同得到洗涤。

082 谢万作豫州都督[1]，新拜[2]，当西之都邑，相送累日，谢疲顿。于是高侍中往[3]，《中兴书》曰：“高崧字茂琰，广陵人。父悝，光禄大夫。崧少好学，善史传。累迁吏部郎、侍中，以公累免官。”

径就谢坐，因问："卿今仗节方州[4]，当疆理西蕃，何以为政？"谢粗道其意。高便为谢道形势，作数百语。谢遂起坐。高去后，谢追曰[5]："阿酃故粗有才具[6]。"阿酃，崧小字也。谢因此得终坐。

❶都督：官名。掌一州或数州军事，有时也兼管行政。❷新拜：刚任命。❸高侍中：指高崧。高崧字茂琰，晋广陵（今江苏扬州）人。少好学，善史传，历任吏部郎、侍中、抚军司马。❹仗节方州：手持符节（指被授权），镇守一州。❺追：追述。❻故：确实。

083 袁彦伯为谢安南司马[1]，安南，谢奉，别见。都下诸人送至濑乡[2]。将别，既自凄惘，叹曰："江山辽落，居然有万里之势[3]！"《续晋阳秋》曰："袁宏字彦伯，陈郡人，魏郎中令焕六世孙也。祖猷，侍中。父勖，临汝令。宏起家建威参军、安南司马、记室。太傅谢安赏宏机捷辩速，自吏部郎出为东阳郡，乃祖之于冶亭，时贤皆集。安欲卒迫试之，执手将别，顾左右取一扇而赠之。宏应声答曰：'辄当奉扬仁风，慰彼黎庶。'合坐叹其要捷。性直亮，故位不显也。在郡卒。"

❶袁彦伯：袁宏字彦伯，小字虎，时称袁虎。东晋玄学家、文学家、史学家。陈郡阳夏（今河南太康）人。历任安南司马、桓温记室、东阳太守。编著《后汉纪》，著有《竹林名士传》三卷及《东征赋》《北征赋》《三国名臣颂》等篇。今存《后汉纪》三十卷。谢安南：指谢奉。奉曾为安南将军，故名。❷都下：京城。濑乡：地名。在东晋都城建康附近。❸居然：显然。

084 孙绰赋《遂初》[1]，筑室畎川[2]，自言见止足之分[3]。《中兴书》曰："绰字兴公，太原中都人。少以文称，历太学博士、大著作、散骑常侍。"《遂初赋·叙》曰："余少慕老庄之道，仰其风流久矣。却感于陵贤妻之言，怅然悟之。乃经始东山，建五亩之宅，带长阜，倚茂林，孰与坐华幕、击钟鼓者同年而语其乐哉！”斋前种一株松，恒自手壅治之[4]。高世远时亦邻居，世远，高柔字也。别见。语孙曰：“松树子非不楚楚可怜[5]，但永无栋梁用耳！”孙曰：“枫柳虽合抱，亦何所施？”

❶孙绰：孙绰字兴公，东晋玄言诗人。中都（今山西平遥）人，后迁会稽（今浙江绍兴）。❷畎（quǎn）川：地名。在扬州临海郡安固县（今浙江瑞安）。❸止足之分：知止知足、不慕荣利的本分。❹壅：培土。❺可怜：可爱。

085 桓征西治江陵城甚丽[1]，盛弘之《荆州记》曰：“荆州城临汉江，临江王所治。王被征，出城北门而车轴折，父老泣曰：‘吾王去，不还矣！’从此不开北门。”会宾僚出江津望之[2]，云：“若能目此城者[3]，有赏。”顾长康时为客，在坐[4]，目曰：“遥望层城[5]，丹楼如霞。”桓即赏以二婢。

❶桓征西：指桓温。温曾作征西大将军，故名。江陵：即今湖北江陵县。❷出：到。江津：汉江渡口。❸目：品评。❹顾长康：顾恺之字长康，小字虎头，晋无锡人。著名书画家，时传他才绝、画绝、痴绝，号称“三绝”。❺层城：高大宏伟的城阙。

086 王子敬语王孝伯曰：“羊叔子自复佳耳[1]，然亦何与人事[2]？《晋诸公赞》曰：“羊祜字叔子，太山平阳人也。世长吏二千石，至祜九世以清德称。为儿时，游汶滨，有行父止而观焉，太息曰：‘处士大好相，善为之。未六十，当有重功于天下。即富贵，无相忘！’遂去，莫知所在。累迁都督荆州诸军事。自在南夏，吴人说服，称曰羊公，莫敢名者。南州人闻公丧，号哭罢市。”故不如铜雀台上妓[3]。”《魏武遗令》曰："以吾妾与妓人皆着铜雀台上，施六尺床、穗帷，月朝十五日，辄使向帐作伎！"

❶羊叔子：羊祜字叔子，泰山南城（今山东平邑南）人。晋武帝时曾坐镇襄阳，都督荆州诸军事。羊祜屯田兴学，以德怀柔，深得军民之心。死后追赠侍中、太傅，谥号"成"。❷人事：别人的事情。此处"人"指自己。"何与人事"即"与我有什么关系"。❸故：确实。

087 林公见东阳长山曰[1]："何其坦迤[2]！"《会稽土地志》曰："山靡迤而长，县因山得名。"

❶东阳：郡名。治所在长山县（今浙江金华）。长山：山名。在东阳长山县。❷坦迤：辽远绵延。

088 顾长康从会稽还，人问山川之美，顾云："千岩竞秀，万壑争流，草木蒙笼其上[1]，若云兴霞蔚[2]。"丘渊之《文章录》曰："顾恺之字长康，晋陵人。父悦，尚书左丞。恺之，义熙初为散骑常侍。"

❶蒙笼：笼罩，覆盖。❷云兴霞蔚：云雾升腾，霞光灿烂。

089 简文崩[1]，孝武年十余岁[2]，立[3]，至暝不临[4]。宋明帝《文章志》曰："孝武皇帝讳昌明，简文第三子也。初，简文观谶书，曰：'晋氏阼尽昌明。'及帝诞育，东方始明，故因生时以为讳，而相与忘告简文。问之，乃以讳对。简文流涕曰：'不意我家昌明便出。'帝聪惠，推贤任才。年三十五崩。"左右启："依常应临[5]。"帝曰："哀至则哭[6]，何常之有？"

❶崩：帝王死曰“崩”。❷孝武：即晋孝武帝。司马曜讳字昌明，东晋第九任皇帝。❸立：即位。❹至瞑不临：到日暮还不去哭吊。瞑，日暮；临，哭吊。❺常：常规。❻至：极。

090 孝武将讲《孝经》，谢公兄弟与诸人私庭讲习[1]。《续晋阳秋》曰：“宁康三年九月九日，帝讲《孝经》，仆射谢安侍坐，吏部尚书陆纳、兼侍中卞耽读，黄门侍郎谢石、吏部袁宏兼执经，中书郎车胤、丹阳尹王混摘句。”车武子难苦问谢[2]，车胤，别见。谓袁羊曰[3]：“不问则德音有遗，多问则重劳二谢。”袁羊，乔小字也。《袁氏家传》曰：“乔字彦升，陈郡人。父瓌，光禄大夫。乔历尚书郎、江夏相。从桓温平蜀，封湘西伯，益州刺史。”袁曰：“必无此嫌。”车曰：“何以知尔？”袁曰：“何尝见明镜疲于屡照，清流惮于惠风？”

❶私庭讲习：在自己家中讲论研习。❷车武子：车胤字武子。少贫好学，尝捉萤火虫照明读书。历官辅国将军、丹阳尹、吏部尚书。难苦问谢：难于再三向谢氏兄弟请教。❸袁羊：袁乔字彦叔，小字羊，陈郡阳夏（今河南太康）人。官至尚书郎，领广陵相。死后追赠益州刺史。

091 王子敬云：“从山阴道上行，《会稽土地志》曰：“邑在山阴，故以名焉。”山川自相映发[1]，使人应接不暇。若秋冬之际，尤难为怀[2]。”《会稽郡记》曰：“会稽境特多名山水，峰崿隆峻，吐纳云雾。松栝枫柏，擢干竦条。潭壑镜彻，清流泻注。王子敬见之，曰：‘山水之美，使人应接不暇。’”

❶自相映发：交相辉映。❷难为怀：难以表达心中的感受。

092 谢太傅问诸子侄：“子弟亦何预人事[1]，而正欲使其佳[2]？”

诸人莫有言者，车骑答曰：谢玄。“譬如芝兰玉树，欲使其生于阶庭耳。”

❶子弟：子侄晚辈。预：相干，关心。人事：指自己的事。❷正欲：只想。佳：突出，有出息。

093 道壹道人好整饰音辞[1]，王珣《游严陵濑诗·叙》曰：“道壹姓竺氏。”《名德沙门题目》曰：“道壹文锋富赡。孙绰为之赞曰：‘驰骋游说，言固不虚，唯兹壹公，绰然有余。譬若春圃，载芬载敷，条柯猗蔚，枝干扶疏。’”从都下还东山，经吴中。已而会雪下[2]，未甚寒，诸道人问在道所经。壹公曰：“风霜固所不论[3]，乃先集其惨淡；郊邑正自飘瞥[4]，林岫便已皓然[5]。”

❶道壹道人：东晋高僧，俗姓陆名德。整饰：修饰。音辞：言词。❷已而：不久。会：适逢。❸固：本来。❹飘瞥：急速地飘飞。❺林岫：木山峦。

094 张天锡为凉州刺史[1]，称制西隅[2]。既为苻坚所禽[3]，用为侍中。后于寿阳俱败[4]，至都，张资《凉州记》曰：“天锡字纯嘏，安定乌氏人，张耳后也。曾祖轨，永嘉中为凉州刺史。值京师大乱，遂据凉土。天锡篡位，自立为凉州牧。苻坚使将姚苌攻没凉州，天锡归长安，坚以为侍中、比部尚书、归义侯。从坚至寿阳，坚军败，遂南归。拜散骑常侍、西平公。”《中兴书》曰：“天锡后以贫拜庐江太守，薨，赠侍中。”为孝武所器[5]。每入言论，无不竟日。颇有嫉己者，于坐问张：“北方何物可贵？”张曰：“桑椹甘香，鸱鸮革响。[6]《诗·鲁颂》曰：“翩彼飞鸮，集于泮林。食我桑椹，怀我好音。”淳酪养性，人无嫉心。[7]”《西河旧事》曰：“河西牛羊肥，酪过精好，但写酪置革上，都不解散也。”

❶张天锡：字纯嘏，十六国时期前凉政权最后一位君主。❷称制：行使皇帝的权力。❸既：不久。苻坚：前秦世祖宣昭皇帝，字永固，氐族，略阳临渭（今甘肃秦安）人，十六国时期前秦的君主。禽：通“擒”。❹寿阳：县名，即寿春。❺器：器重。❻桑椹甘香，鸱鸮革响：语出《诗经·鲁颂》。意为：桑枣甘甜芬芳，改变了猫头鹰的叫声。❼淳酪养性，人无嫉心：淳厚的奶酪颐养德性，使人们没有嫉妒之心。

095 顾长康拜桓宣武墓，作诗云：“山崩溟海竭[1]，鱼鸟将何依！”宋明帝《文章志》曰：“恺之为桓温参军，甚被亲昵。”人问之曰：“卿凭重桓乃尔[2]，哭之状其可见乎？”顾曰：“鼻如广莫长风[3]，眼如悬河决溜[4]。”《春秋考异邮》曰：“距不周风四十五日，广莫风至。广莫者，精大备也，盖北风也。一曰寒风。”或曰：“声如震雷破山，泪如倾河注海。”

❶溟海：深广之海。竭：枯竭。❷凭重：倚重。乃尔：如此。❸广莫长风：强劲的北风。❹悬河：瀑布。决溜：河堤决口，形容水流很快。

096 毛伯成既负其才气[1]，常称：“宁为兰摧玉折，不作萧敷艾荣[2]。”《征西寮属名》曰：“毛玄字伯成，颍川人。仕至征西行军参军。”

❶毛伯成：毛玄字伯成，颍川（今河南）人。仕至征西行军参军。既：很，非常。❷萧、艾：野蒿、艾草。敷、荣：繁衍、开花。

097 范宁作豫章[1]，《中兴书》曰：“宁字武子，慎阳县人。博学通览，累迁中书郎、豫章太守。”八日请佛有板[2]，众僧疑，或欲作答。有小沙弥在坐末[3]，曰：“世尊默然[4]，则为许可。”众从其义。

❶范宁：范宁，又作范甯，字武子。东晋大儒、经学家，今存《春秋穀梁传集解》。官至豫章太守，封阳遂乡侯。豫章：指豫章太守。
❷八日：农历四月初八相传为佛生日。板：简牍，用于书写请佛之文。
❸沙弥：初剃度的年轻和尚。❹世尊：佛家对释祖的尊称。

098 司马太傅斋中夜坐[1]，《孝文王传》曰："王讳道子，简文皇帝第五子也。封会稽王，领司徒、扬州刺史，进太傅。为桓玄所害，赠丞相。"于时天月明净，都无纤翳[2]。太傅叹以为佳。谢景重在坐[3]，《续晋阳秋》曰："谢重字景重，陈郡人。父朗，东阳太守。重明秀有才会，终骠骑长史。"答曰："意谓乃不如微云点缀。"太傅因戏谢曰："卿居心不净，乃复强欲滓秽太清邪[4]！"

❶司马太傅：司马道子，东晋晚期宗室、权臣。晋简文帝司马昱第五子，晋孝武帝司马曜同母弟。封会稽王，领司徒、扬州刺史，进太傅。为桓玄所害，赠丞相。❷都无：全无，一点也没有。纤翳：细微的遮蔽。❸谢景重：谢重，字景重，陈郡阳夏（今河南太康）人，谢安二兄谢据孙，官至骠骑长史。❹乃复：竟然。滓秽：玷污。太清：天空。

099 王中郎甚爱张天锡，问之曰："卿观过江诸人，经纬江左轨辙[1]，有何伟异？后来之彦[2]，复何如中原？"张曰："研求幽邃[3]，自王、何以还[4]；因时修制，荀、乐之风[5]。"荀顗、荀勖，修定法制。乐则未闻。王曰："卿知见有余，何故为苻坚所制？"张资《凉州记》曰："天锡明鉴颖发，英声少著。"答曰："阳消阴息，故天步屯蹇[6]，否剥成象[7]，岂足多讥？"

❶经纬：筹划治理。轨辙：车行的痕迹。比喻业绩。❷彦：有才德的人。❸幽邃：指玄学，玄理。❹王、何：指王弼、何晏。❺荀、乐：荀指荀顗、荀勖。乐所指不详。❻天步屯蹇：国运艰难。屯蹇，卦

象名。❼否剥：卦象名，凶卦。有阻隔、割裂之意。

100 谢景重女适王孝伯儿[1]，二门公甚相爱美[2]。《谢氏谱》曰："重女月镜，适王恭子愔之。"谢为太傅长史[3]，被弹，王即取作长史，带晋陵郡。太傅已构嫌孝伯[4]，不欲使其得谢，还取作咨议[5]，外示縶维[6]，而实以乖间之。及孝伯败后，太傅绕东府城行散[7]。《丹阳记》曰："东府城西有简文为会稽王时第，东则孝文王道子府。道子领扬州，仍住先舍，故俗称东府。"僚属悉在南门，要望候拜[8]。时谓谢曰："王宁异谋，阿宁，王恭小字也。云是卿为其计。"谢曾无惧色[9]，敛笏对曰[10]："乐彦辅有言：岂以五男易一女[11]？"太傅善其对，因举酒劝之曰："故自佳[12]！故自佳！"

❶适：出嫁。❷门公：亲家公。爱美：爱悦欣赏。❸太傅：指会稽王司马道子。简文帝子。❹构嫌：产生矛盾，结怨。❺咨议：指咨议参军，官名。❻縶维：指绊马足，拴马缰。比喻挽留人才。❼行散：魏晋士大夫服五石散后，为使药性散发，须外出散步，称之为"行散"。❽要望：迎望。❾曾无：毫无。❿敛笏：收起笏板。⓫见 2/25。⓬故自：确实。

101 桓玄义兴还后，见司马太傅，太傅已醉，坐上多客。问人云："桓温来欲作贼，如何？"《晋安帝纪》曰："温在姑孰，讽朝廷求九锡。谢安使吏部郎袁宏具其草以示仆射王彪之，彪之作色曰：'丈夫岂可以此事语人邪？'安徐问其计，彪之曰：'闻其疾已笃，且可缓其事。'安从之，故不行。"桓玄伏不得起。谢景重时为长史，举板答曰[1]："故宣武公黜昏暗[2]，登圣明，功超伊、霍[3]，纷纭之议，裁之圣鉴[4]。"太傅曰："我知，我知。"即举酒云："桓义兴，劝卿酒！"桓出谢过。檀道鸾论之曰："道子可谓易于由言，谢重能解纷纭矣。"

❶板：笏板。古代朝会所执的手板，用以记事记言，以免遗忘。❷黜昏暗：指桓温废废帝、立简文之事。❸伊、霍：伊指伊尹，商汤的宰相，汤死又辅佐其孙太甲。霍指霍光，遵汉武帝遗嘱辅佐幼主昭帝。❹圣鉴：帝王之识鉴。

102 宣武移镇南州[1]，制街衢平直。人谓王东亭曰[2]：《王司徒传》曰："王珣字元琳，丞相导之孙，领军洽之子也。少以清秀称。大司马桓温辟为主簿，从讨袁真，封交趾望海县东亭侯，累迁尚书左仆射，领选，进尚书令。""丞相初营建康，无所因承[3]，而制置纡曲，方此为劣[4]。"《晋阳秋》曰："苏峻既诛，大事克平之后，都邑残荒。温峤议徙都豫章，以即丰全。朝士及三吴豪杰谓可迁都会稽。王导独谓：'不宜迁都。建业，往之秣陵，古者既有帝王所治之表，又孙仲谋、刘玄德俱谓是王者之宅。今虽凋残，宜修劳来旋定之道，镇静群情。且百堵皆作，何患不克复乎？'终至康宁，导之策也。"东亭曰："此丞相乃所以为巧。江左地促，不如中国。若使阡陌条畅，则一览而尽，故纡余委曲若不可测[5]。"

❶南州：指姑孰（今安徽当涂）。东晋都城建康门户。❷王东亭：指王珣。王珣字元琳，小字法护，琅邪临沂（今山东省临沂市）人。丞相王导之孙、中领军王洽之子。累官尚书左仆射，加征虏将军。桓温协政时，曾任东亭侯，故称王东亭。❸因承：因袭，继承。❹方：比，相比。❺纡余委曲：蜿蜒曲折。

103 桓玄诣殷荆州，殷在妾房昼眠，左右辞不之通[1]。桓后言及此事，殷云："初不眠[2]，纵有此，岂不以'贤贤易色'也[3]？"孔安国注《论语》曰："言以好色之心好贤人则善。"

❶不之通：不去通报。❷初不：从来没有，根本没有。❸贤贤易色：

语出《论语·学而》，意为把好色之心换为尊贤之心。

104 桓玄问羊孚[1]：《羊氏谱》曰："孚字子道，泰山人。祖楷，尚书郎。父绥，中书郎。孚历太学博士、州别驾、太尉参军。年四十六卒。""何以共重吴声[2]？"羊曰："当以其妖而浮[3]。"

❶羊孚：羊孚，字子道，泰山南城（今山东平邑南）人。历太学博士、兖州别驾，自幼才华横溢，巧于文章。❷共重吴声：都喜爱吴地的音乐歌曲。❸当：表推测，相当于"大概""可能"。

105 谢混问羊孚[1]："何以器举瑚琏[2]？"《晋安帝纪》曰："混字叔源，陈郡人，司空琰少子也。文学砥砺立名。累迁中书令、尚书左仆射。坐党刘毅，伏诛。"《论语》："子贡问曰：'赐也何如？'子曰：'汝器也。'曰：'何器也？'曰：'瑚琏也。'"郑玄注曰："黍稷器，夏曰瑚，殷曰琏。"羊曰："故当以为接神之器[3]。"

❶谢混：谢混字叔源，小字益寿，陈郡阳夏（今河南太康）人，谢安之孙。年轻时颇有美誉，善写文章，累官至尚书左仆射，袭爵望蔡县公。❷瑚琏：古代祭祀时盛黍稷的器皿。❸故当：当然。

106 桓玄既篡位[1]，后御床微陷[2]，群臣失色。侍中殷仲文进曰[3]：《续晋阳秋》曰："仲文字仲文，陈郡人。祖融，太常。父康，吴兴太守。仲文闻玄平京邑，弃郡投焉，玄甚说之，引为咨议参军。时王谧见礼而不亲，卞范之被亲而少礼，其宠遇隆重，兼于王、卞矣。及玄篡位，以佐命亲贵，厚自封崇，舆马器服，穷极绮丽，后房妓妾数十，丝竹不绝音。性甚贪吝，多纳贿赂，家累千金，常若不足。玄既败，先投义军。累迁侍中、尚书，以罪伏诛。""当由圣德渊重，厚地所以不能载。"时人善之。

❶桓玄篡位：晋安帝元兴元年（公元402年），桓玄反，攻入建康，杀会稽王司马道子。次年废晋称帝，改国号楚，年号永始。公元404年被刘裕诛灭。❷御床：皇帝的坐榻。❸殷仲文：字仲文，陈郡长平（今河南西华）人。少有才华，受堂兄殷仲堪举荐，任会稽王司马道子的骠骑参军。因与桓玄是郎舅关系，桓玄占据京师时，殷仲文弃郡投靠，被任命为咨议参军，兼左卫将军。最后因谋反而被处死。

107 桓玄既篡位，将改置直馆[1]，问左右："虎贲中郎省应在何处[2]？"有人答曰："无省。"当时殊忤旨[3]。问："何以知无？"答曰："潘岳《秋兴赋·叙》曰[4]：'余兼虎贲中郎将，寓直散骑之省[5]。'"岳，别见。其赋叙曰："晋十有四年，余年三十二，始见二毛。以太尉掾兼虎贲中郎将，寓直散骑之省。高阁连云，阳景罕曜。仆野人也，猥厕朝列，譬犹池鱼笼鸟，有江湖山薮之思。于是染翰操纸，慨然而赋。于时秋至，故以秋兴命篇。"玄咨嗟称善[6]。刘谦之《晋纪》曰："玄欲复虎贲中郎将，疑应直与不。访之僚佐，咸莫能定。参军刘简之对曰：'昔潘岳《秋兴赋》叙云："余兼虎贲中郎将，寓直于散骑之省。"以此言之，是应直也。'玄欢然从之。"此语微异，又答者未知姓名，故详载之。

❶直馆：指官署官廨。❷省：官署的名称。❸忤旨：违背圣旨。❹潘岳：潘岳，字安仁。河南中牟人。被誉为中国古代第一美男。美姿仪，少以才名闻世，与石崇、陆机、刘琨、左思等并为"贾谧二十四友"，潘安为首。❺寓直：寄寓在别的衙署值班。❻咨嗟：赞叹。

108 谢灵运好戴曲柄笠[1]，丘渊之《新集录》曰："灵运，陈郡阳夏人。祖玄，车骑将军。父涣，秘书郎。灵运历秘书监、侍中、临川内史，以罪伏诛。"孔隐士谓曰[2]："卿欲希心高远[3]，何不能遗曲盖之貌[4]？"《宋书》曰："孔淳之字彦深，鲁国人。少以辞荣就约，征聘无所就。元嘉初，散骑郎征，不到，隐上虞山。”谢答曰：“将不畏影者未能忘怀⑤？”《庄子》云：“渔父谓孔子曰：‘人有畏影恶迹而去之走者，举足逾数而迹逾多，走逾疾而影不离，自以尚迟，疾走不休，绝力而死。不知处阴以休影，处静以息迹，愚亦甚矣！子修心守真，还以物与人，则无异矣。不修身而求之人，不亦外事者乎？’”

❶谢灵运：谢灵运，原名公义，字灵运。出身陈郡谢氏，祖籍陈郡阳夏（今河南太康），东晋名将谢玄之孙。十八岁袭封康乐公，世称谢康乐。好漫游山水，是中国文学史上第一位山水诗人。❷孔隐士：指孔淳之。孔淳之，字彦深，鲁郡鲁人。少有高尚，爱好坟籍，终身不仕。❸希心：醉心，倾心。❹曲盖：曲柄伞盖，是荣华富贵的仪度标志。❺将不：莫非，恐怕，或许。

政事第三

政事者，为政理国之事也，意即处理政务的能力。说实话，这是中国古代士子的软肋，既有深厚的文化基因，又有魏晋的现实环境。儒家言政，主张“为政以德”，所谓“道之以德，齐之以礼”，讲究道德感化的垂范，反对科条严明的惩戒。道家言政，主张无为而治，小国寡民，回归原初。至于贵刑名法术的法家，历来没有什么市场。如此这般，就养成中国古代士子志大才疏、空廓无能的特性。

魏晋名士崇尚清谈，轻视庶务，尽管都做官，但大凡居清职而显要。眼睛望着云端，作玄远缥缈之想，表现出浓郁的思辨热情。有无之辩、言意之辩、形神之辩、才性之辩，热热闹闹，乐此不疲。言言语、言文学、言赏誉，动辄百十来条，而一说到务实的政事，却只区区二十六条。即此区区二十六条，也大凡议政，归于为政者寥寥无几。在这寥寥无几的为政者中，靠谱的更加寥寥无几。要么疏懒如简文为相那样，“事动经年，然后得过”；要么如太丘长陈寔那样一味胡来，高悬忠孝之剑，生搬硬套，将“诈称母病求假”的小吏处以极刑；要么玩忽职守如王忱、王珉兄弟那样，将吏部“选草”凭一己之私意改易大半而津津乐道。至于忙于看文书的何充、有杀伐决断的桓温，则为名士所不齿。

幸好还有一个王导，既励精图治又宽和简约，敲定基本国策，平衡各种关系，才使东晋延祚百年。

真该让王羲之再行一次棒喝：“虚谈废务，浮文妨要！”

001 陈仲弓为太丘长，时吏有诈称母病求假。事觉收之[1]，令吏杀焉。主簿请付狱考众奸[2]，仲弓曰："欺君不忠，病母不孝[3]，不忠不孝，其罪莫大。考求众奸，岂复过此？"陈寔，已别见。

❶收：拘捕。❷主簿：掌管文书及印鉴的官。付狱：交付狱吏。考：考问，审查。众奸：更多的罪行。❸病母：言母病，咒母病。

002 陈仲弓为太丘长，有劫贼杀财主，主者捕之[1]。未至发所[2]，道闻民有在草不起子者[3]，回车往治之。主簿曰："贼大，宜先按讨[4]。"仲弓曰："盗杀财主，何如骨肉相残？"按后汉时贾彪有此事，不闻寔也。

❶主者：主管官吏。❷发所：案发地点。❸在草不起子：分娩而不养育孩子，指溺杀婴儿。在草：分娩。❹按讨：追究惩治。

003 陈元方年十一时，陈纪，已见。候袁公[1]。袁公问曰："贤家君在太丘[2]，远近称之，何所履行？"元方曰："老父在太丘，强者绥之以德[3]，弱者抚之以仁，恣其所安[4]，久而益敬。"袁宏《汉纪》曰："寔为太丘，其政不严而治，百姓敬之。"袁公曰："孤往者尝为邺令[5]，正行此事。不知卿家君法孤[6]，孤法卿父？"检众《汉书》，袁氏诸公，未知谁为邺令，故阙其文，以待通识者。元方曰："周公、孔子，异世而出，周旋动静[7]，万里如一。周公不师孔子，孔子亦不师周公。"

❶候：拜访。袁公：不详。❷家君：父亲。❸绥：安抚。❹恣：放纵，听任。❺邺：县名。在今河南临漳县西南。❻法孤：效仿我。❼周旋：谋划，应酬。动静：举止。

004 贺太傅作吴郡[1]，初不出门。吴中诸强族轻之，乃题府门云：“会稽鸡，不能啼。”环济《吴纪》曰：“贺邵字兴伯，会稽山阴人。祖齐，父景，并历美官。邵历散骑常侍，出为吴郡太守，后迁太子太傅。”贺闻，故出行[2]，至门反顾，索笔足之曰：“不可啼，杀吴儿。”于是至诸屯邸[3]，检校诸顾、陆役使官兵及藏逋亡[4]，悉以事言上，罪者甚众。陆抗时为江陵都督[5]，《吴录》曰：“抗字幼节，吴郡人，丞相逊子，孙策外孙也。为江陵都督，累迁大司马、荆州牧。”故下请孙皓，然后得释。

❶贺太傅：贺邵字兴伯，会稽山阴（今浙江绍兴）人。历仕三朝，历散骑常侍，出为吴郡太守，后迁太子太傅。作吴郡：作吴郡太守。❷故：特意。❸屯邸：以屯田为主，兼及储运和商贩的经济组织。❹检校：核查。顾、陆：吴中豪门望族。藏逋亡：藏匿逃亡人口。❺陆抗：陆抗字幼节，吴郡吴县（今江苏苏州）人。三国时期吴国名将，丞相陆逊次子。

005 山公以器重朝望[1]，年逾七十，犹知管时任。虞预《晋书》曰：“山涛字巨源，河内怀人。祖本，郡孝廉。父曜，冤句令。涛蚤孤而贫，少有器量，宿士犹不慢之。年十七，宗人谓宣帝曰：‘涛当与景、文共纲纪天下者也。’帝戏曰：‘卿小族，那得此快人邪？’好庄老，与嵇康善。为河内从事，与石鉴共传宿，涛夜起蹋鉴曰：‘今何等时而眠也，知太傅卧何意？’鉴曰：‘宰相三日不朝，与尺一令归第，君何虑焉？’涛曰：‘咄！石生，无事马蹄间也！’投传而去。果有曹爽事，遂隐身不交世务。累迁吏部尚书、仆射、太子少傅、司徒。年七十九薨，谥康侯。”贵胜年少若和、裴、王之徒[2]，并共言咏[3]。有署阁柱曰[4]：“阁东有大牛，和峤鞅，裴楷鞧，王济剔嬲不得休。[5]”王隐《晋书》曰：“初，涛领吏部，潘岳内非之，密为作谣曰：‘阁东有大牛，王济鞅，裴楷鞧，和峤刺促不得休。’”

《竹林七贤论》曰："涛之处选，非望路绝，故贻是言。"或云潘尼作之。《文士传》曰："尼字正叔，荥阳人。祖勖，尚书左丞。父满，平原太守。并以文学称。尼少有清才，文词温雅。初应州辟，终太常卿。"

❶器：才干。❷贵胜年少：权贵子弟。❸宗咏：尊崇赞颂。❹署：题写。阁：台阁，指尚书省。❺鞅：驾车时套在牲口脖子上的皮带。鞧：驾车时套在牲口后股上的皮带。剔嬲（niǎo）：犹纠缠。此句意为：和峤、裴楷、王济三人辅佐山涛，鞍前马后，忙个不停。

006 贾充初定律令[1]，《晋诸公赞》曰："充字公闾，襄陵人。父逵，魏豫州刺史。充起家为尚书，迁廷尉，听讼称平。晋受禅，封鲁郡公。充有才识，明达治体，加善刑法，由此与散骑常侍裴楷共定科令，蠲除密网，以为晋律。薨，赠太宰。"与羊祜共咨太傅郑冲[2]，王隐《晋书》曰："冲字文和，荥阳开封人。有核练才，清虚寡欲，喜论经史，草衣缊袍，不以为忧。累迁司徒、太保。晋受禅，进太傅。"冲曰："皋陶严明之旨[3]，非仆暗懦所探[4]。"羊曰："上意欲令小加弘润[5]。"冲乃粗下意[6]。《续晋阳秋》曰："初，文帝令荀勖、贾充、裴秀等分定礼仪律令，皆先咨郑冲，然后施行也。"

❶贾充：贾充字公闾，平阳襄陵（今山西襄汾北）人，三国曹魏末期至西晋初期重臣，西晋王朝的开国元勋。律令：法令。❷郑冲：郑冲字文和，荥阳开封（今河南开封）人。初为魏文帝曹丕文学，累迁尚书郎、陈留太守。大将军曹爽引为从事中郎，累迁光禄勋，后又拜司空、司徒。曹奂继位，拜太保，封寿光侯。❸皋陶：传说舜时掌管刑狱的大臣。❹暗懦：昏庸懦弱。❺上意：皇帝的旨意。弘润：扩充润色。❻粗下意：粗略提出自己的意见。

007 山司徒前后选[1]，殆周遍百官[2]，举无失才。凡所题目[3]，皆如其言。唯用陆亮[4]，是诏所用，与公意异，争之，不从。亮亦寻为贿败[5]。《晋诸公赞》曰："亮字长兴，河内野王人，太常陆乂兄也。性高明而率至，为贾充所亲待。山涛为左仆射，领选。涛行业既与充异，自以为世祖所敬，选用之事，与充咨论，充每不得其所欲。好事者说充：'宜授心腹人为吏部尚书，参同选举。若意不齐，事不得谐，可不召公与选，而实得叙所怀。'充以为然，乃启亮公忠无私。涛以亮将与己异，又恐其协情不允，累启亮可为左丞相，非选官才。世祖不许，涛乃辞疾还家。亮在职，果不能允，坐事免官。"

❶前后选：吏部尚书为选官。山涛曾先后两次担任吏部尚书，故有此说。❷殆：几乎。❸题目：品选、品评。❹陆亮：陆亮，字长兴。司马炎时期，吏部郎出缺，山涛推荐阮咸，贾充则推荐自己的亲信陆亮，晋武帝从之，后陆亮因受贿被撤职。❺寻：随即，不久。

008 嵇康被诛后，山公举康子绍为秘书丞[1]。《山公启事》曰："诏选秘书丞，涛荐曰：'绍平简温敏，有文思，又晓音，当成济也。犹宜先作秘书郎。'诏曰：'绍如此，便可为丞，不足复为郎也。'"《晋诸公赞》曰："康遇事后二十年，绍乃为涛所拔。"王隐《晋书》曰："时以绍父康被法，选官不敢举。年二十八，山涛启用之，世祖发诏以为秘书丞。"绍咨公出处[2]，《竹林七贤论》曰："绍惧不自容，将解褐，故咨之于涛。"公曰："为君思之久矣。天地四时，犹有消息[3]，而况人乎！"王隐《晋书》曰："绍字延祖，雅有文才。山涛启武帝云云。"

❶康子绍：指嵇康之子嵇绍。嵇绍字延祖。谯国铚（今安徽淮北临涣）人，曹魏中散大夫嵇康之子。被山涛举荐为秘书丞，历任汝阴太守、豫

章内史、徐州刺史。秘书丞：秘书监属官，掌文籍，在郎之上。❷出处：指仕与隐。❸消息：消长。指事务的盛衰变化。

009 王安期为东海郡[1]，《名士传》曰：“王承字安期，太原晋阳人。父湛，汝南太守。承冲淡寡欲，无所循尚。累迁东海内史，为政清静，吏民怀之。避乱渡江，是时道路寇盗，人怀忧惧，承每遇艰险，处之怡然。元皇为镇东，引为从事中郎。”小吏盗池中鱼，纲纪推之[2]。王曰：“文王之囿[3]，与众共之。《孟子》曰：“齐宣王问：‘文王之囿，方七十里，有诸？若是其大乎？’对曰：‘民犹以为小也。’王曰：‘寡人之囿，方四十里，民犹以为大，何也？’孟子曰：‘文王之囿，刍荛者往焉，与民同之。民以为小，不亦宜乎？今王之囿，杀麋鹿者如杀人罪，是以四十里为阱于国中也。民以为大，不亦宜乎？’”池鱼复何足惜。”

❶王安期：王承字安期，太原晋阳（今山西太原）人。王承清虚寡欲，善于清谈，累迁东海内史，为政清静，吏民怀之。❷纲纪：主管府中事务的主簿。推：推究，追查。❸囿：圈养动物的园子。

010 王安期作东海郡，吏录一犯夜人来[1]。王问：“何处来？”云：“从师家受书还，不觉日晚。”王曰：“鞭挞宁越以立威名，恐非致理之本[2]！”《吕氏春秋》曰：“宁越者，中牟鄙人也。苦耕稼之劳，谓其友曰：‘何为可以免此苦也？’其友曰：‘莫如学也。学，三十岁则可以达矣！’宁越曰：‘请以十五岁。人将休，吾不敢休；人将卧，吾不敢卧。’学十五岁，而为周威公之师也。”使吏送令归家。

❶录：拘捕。犯夜：违反宵禁。❷理：原本为“治”，唐人为避高宗李讳而改。

011 成帝在石头[1],《晋世谱》曰:“帝讳衍,字世根,明帝太子,年二十二崩。”任让在帝前戮侍中钟雅[2]、《晋阳秋》曰:“让,乐安人,诸任之后。随苏峻作乱。”《雅别传》曰:“雅字彦胄,颍川长社人。魏太傅钟繇弟仲常曾孙也。少有才志,累迁至侍中。”右卫将军刘超[3]。《晋阳秋》曰:“超字世踰,琅邪人。汉成阳景王六世孙,封临沂慈乡侯,遂家焉。父征,为琅邪国上将军。超为县小吏,稍迁记室掾、安东舍人。忠清慎密,为中宗所拔。自以职在中书,绝不与人交关书疏,闭门不通宾客,家无儋石之储。讨王敦有功,封零阳伯,为义兴太守,而受拜及往还朝,莫有知者。其慎默如此。迁右卫大将军。”帝泣曰:“还我侍中。”让不奉诏,遂斩超、雅。《雅别传》曰:“苏峻逼主上幸石头,雅与刘超并侍帝侧匡卫,与石头中人密期拔至尊出,事觉,被害。”事平之后,陶公与让有旧,欲宥之。许柳[4]《许氏谱》曰:“柳字季祖,高阳人。祖允,魏中领军。父猛,吏部郎。”刘谦之《晋纪》曰:“柳妻,祖逖子涣女。苏峻招祖约为逆,约遣柳以众会。峻既克京师,拜丹阳尹,后以罪诛。”儿思妣者至佳,诸公欲全之[5],《许氏谱》曰:“永字思妣。”若全思妣,则不得不为陶全让。于是欲并宥之。事奏,帝曰:“让是杀我侍中者,不可宥!”诸公以少主不可违,并斩二人。

❶帝在石头:咸和二年(公元327年),历阳太守苏峻举兵反,后攻入建康,迁晋成帝司马衍于石头城。❷钟雅:钟雅字彦胄,颍川长社(今河南长葛市)人,官至侍中。❸刘超:刘超字世瑜,琅邪临沂(今山东临沂)人。苏峻之乱时,刘超任右卫将军,始终护卫晋成帝,与侍中钟雅密谋救出成帝,被叛军杀害。后追赠卫尉,谥号忠。❹许柳:许柳字季祖,高阳(今河北保定市)人,官淮南太守。协助苏峻举兵反晋,拜丹阳尹,后以罪伏诛。❺全:保全。

012 王丞相拜扬州,宾客数百人并加沾接[1],人人有说色[2]。唯有临海一客姓任《语林》曰："任名颙，时官在都，预王公坐。"及数胡人为未洽[3]。公因便还到过任边，云："君出临海便无复人。"任大喜说。因过胡人前，弹指云："兰阇！[4]兰阇！"群胡同笑，四坐并欢。《晋阳秋》曰："王导接诱应会，少有牾者。虽疏交常宾，一见多输写款诚，自谓为导所遇，同之旧昵。"

❶沾接：款待。❷说：同"悦"，喜悦。❸洽：融洽。❹兰阇（shé）：梵语音译，为褒赞之辞。

013 陆太尉诣王丞相咨事[1]，过后辄翻异[2]，王公怪其如此。后以问陆，《陆玩别传》曰："玩字士瑶，吴郡吴人。祖瑁，父英，仕郡有誉。玩器量淹雅，累迁侍中、尚书左仆射、尚书令，赠太尉。"陆曰："公长民短[3]，临时不知所言，既后觉其不可耳。"

❶陆太尉：指陆玩，陆玩字士瑶，吴郡吴县（今江苏苏州）人。东晋时期士族重臣。陆玩器量宽厚儒雅，有美誉。累迁侍中、尚书左仆射、尚书令，赠太尉。❷翻异：更改前说。❸公长民短：您位尊而我位卑。

014 丞相尝夏月至石头看庾公[1]，庾公正料事[2]。丞相云："暑，可小简之[3]。"庾公曰："公之遗事，天下亦未以为允[4]。"《殷羡言行》曰："王公薨后，庾冰代相，网密刑峻。羡时行，遇收捕者于途，慨然叹曰：'丙吉问牛喘，似不尔。'尝从容谓冰曰：'卿辈自是网目不失，皆是小道小善耳。至如王公，故能行无理事。'谢安石每叹咏此唱。庾赤玉曾问羡：'王公治何似？讵是所长？'羡曰：'其余令绩不复称论。然三捉三治，三休三败。'"

❶庾公：庾冰字季坚，颍川鄢陵（今河南鄢陵）人，中书令庾亮之弟。

王导死后以中书监身份在内朝掌权。及康帝即位，进车骑将军，出镇江州，假节，镇武昌，卒，赠侍中、司空，谥曰忠成。石头：石头城，在今南京城内。❷料事：处理政务。❸小：稍微，略微。❹允：公允，恰当。

015 丞相末年，略不复省事[1]，正封箓诺之[2]。自叹曰："人言我愦愦[3]，后人当思此愦愦。"徐广《历纪》曰："导阿衡三世，经纶夷险，政务宽恕，事从简易，故垂遗爱之誉也。"

❶略不：一点也不。省事：处理政务。❷正：只。封箓：指奏章、文书、簿籍之类。诺：在文书上签字画圈以表赞同。❸愦愦：糊涂。

016 陶公性检厉[1]，勤于事。《晋阳秋》曰："侃练核庶事，勤务稼穑，虽戎陈武士，皆劝厉之。有奉馈者，皆问其所由。若力役所致，欢喜慰赐；若他所得，则呵辱还之。是以军民勤于农稼，家给人足。性纤密好问，颇类赵广汉。尝课营种柳，都尉夏施盗拔武昌郡西门所种。侃后自出，驻车施门，问：'此是武昌西门柳，何以盗之？'施惶怖首伏，三军称其明察。侃勤而整，自强不息，又好督劝于人。常云：'民生在勤。大禹圣人，犹惜寸阴，至于凡俗，当惜分阴，岂可游逸？生无益于时，死无闻于后，是自弃也。'又：'《老》《庄》浮华，非先王之法，言而不敢行。君子当正其衣冠，摄以威仪，何有乱头养望，自谓宏达邪？'"《中兴书》曰："侃尝检校佐吏，若得樗蒲博弈之具，投之曰：'樗蒲，老子入胡所作，外国戏耳。围棋，尧、舜以教愚子。博弈，纣所造。诸君国器，何以为此？若王事之暇，患邑邑者，文士何不读书？武士何不射弓？'谈者无以易也。"作荆州时，敕船官悉录锯木屑[2]，不限多少，咸不解此意。后正会[3]，值积雪始晴，听事前除雪后犹湿[4]，于是悉用木屑覆之，都无所妨。官用竹，皆令录厚头，积之如山。后桓宣武伐蜀，装船[5]，悉以作钉。又云，尝发所在竹篙[6]，有一官长连根取之，仍当足[7]，乃超两阶用之[8]。

❶检厉：检束严厉。❷敕：命令。录：收集。❸正（zhēng）会：正月初一集会。❹听事：厅堂。前除：堂前台阶。❺装船：造船。❻发：征发，征集。❼仍：乃，于是。当足：指用坚硬的竹根当竹篙的铁足。❽阶：官阶。

017 何骠骑作会稽，《晋阳秋》曰："何充字次道，庐江人。思韵淹通，有文义才情。累迁会稽内史、侍中、骠骑将军、扬州刺史，赠司徒。"虞存弟謇作郡主簿，孙统《存诔叙》曰："存字道长，会稽山阴人也。祖阳，散骑常侍。父伟，州西曹。存幼而卓拔，风情高逸。历卫军长史、尚书吏部郎。"范汪《棋品》曰："謇字道真，仕至郡功曹。"以何见客劳损，欲白断常客[1]，使家人节量择可通者。作白事成[2]，以见存。存时为何上佐[3]，正与謇共食，语云："白事甚好，待我食毕作教[4]。"食竟，取笔题白事后云："若得门庭长如郭林宗者[5]，当如所白。《泰别传》曰："泰字林宗，有人伦鉴识，题品海内之士，或在幼童，或在里肆，后皆成英彦，六十余人。自著书一卷，论取士之本，未行，遭乱亡失。"汝何处得此人？"謇于是止。

❶白：报告。指下对上，卑对尊。❷白事：白事书。下对上的书面报告。❸上佐：部下属官的通称。❹作教：作批示。❺门庭长：即门亭长。在郡县中掌传达之事。

018 王、刘与林公共看何骠骑[1]，骠骑看文书，不顾之。《晋阳秋》曰："何充与王蒙、刘惔好尚不同，由此见讥于当世。"王谓何曰："我今故与林公来相看[2]，望卿摆拨常务[3]，应对玄言，那得方低头看此邪[4]？"何曰："我不看此，卿等何以得存[5]？"诸人以为佳。

❶王、刘、林公指王蒙、刘惔、支道林。何骠骑：何充于康帝时为骠骑将军，故称。❷故：特地，特意。❸摆拨：摆脱，抛开。❹方：仍然。❺存：生存，存活。

019 桓公在荆州，全欲以德被江、汉[1]，耻以威刑肃物[2]。《温别传》曰："温以永和元年自徐州迁荆州刺史，在州宽和，百姓安之。"令史受杖，正从朱衣上过[3]。桓式年少[4]，从外来，式，桓歆小字也。《桓氏谱》曰："歆字叔道，温第三子。仕至尚书。"云："向从阁下过[5]，见令史受杖，上捎云根，下拂地足[6]。"意讥不着。桓公云："我犹患其重。"

❶全：极。被：覆盖。❷肃物：整治、威慑百姓。❸正：只。❹桓式：桓歆，字叔道，小字式。谯国龙亢（今安徽怀远）人，桓温第三子。❺向：刚才。阁下：官署前。❻云根、地足：极喻其高和低。言行杖时，不及人身。

020 简文为相，事动经年[1]，然后得过。桓公甚患其迟，常加劝勉。太宗曰："一日万机，那得速！"《尚书·皋陶谟》："一日万机。"孔安国曰："机，微也。言当戒惧万事之微。"

❶动：动辄，动不动。经年：经过一年。

021 山遐去东阳[1]，王长史就简文索东阳[2]，云："承藉猛政[3]，故可以和静致治。"《东阳记》云："遐字彦林，河内人。祖涛，司徒。父简，仪同三司。遐历武陵王友，东阳太守。"《江惇传》曰："山遐为东阳，风政严苛，多任刑杀，郡内苦之。惇隐东阳，以仁恕怀物，遐感其德，为微损威猛。"

❶山遐：山遐字彦林，河内（今河南焦作沁阳市）人，山涛之孙，官为余姚令。后为东阳太守，为政严猛。去：离开。东阳：郡名。治所在长山县（今浙江金华）。❷就：向。索东阳：求东阳太守之职。❸承藉：继承并凭借。

022 殷浩始作扬州，《浩别传》曰："浩字渊源，陈郡长平人。祖识，濮阳相。父羡，光禄勋。浩少有重名，仕至扬州刺史、中军将军。"《中兴书》曰："建元初，庾亮兄弟、何充等相寻薨，太宗以抚军辅政，征浩为扬州，从民誉也。"刘尹行[1]，日小欲晚[2]，便使左右取襆。人问其故，答曰："刺史严，不敢夜行。"

❶刘尹：指刘惔。惔曾作丹阳尹，故名。❷小：稍稍，刚刚。

023 谢公时[1]，兵厮逋亡[2]，多近窜南塘下诸舫中[3]。或欲求一时搜索[4]，谢公不许，云："若不容置此辈，何以为京都？"《续晋阳秋》曰："自中原丧乱，民离本域。江左造创，豪族并兼，或客寓流离，名籍不立。太元中，外御强氐，搜简民实。三吴颇加澄检，正其里伍。其中时有山湖遁逸，往来都邑者。后将军安方接客，时人有于坐言宜纠舍藏之失者。安每以厚德化物，去其烦细。又以强寇入境，不宜加动人情。乃答之云：'卿所忧在于客耳，然不尔，何以为京都？'言者有惭色。"

❶谢公：指谢安。❷兵厮：士卒与杂役。逋亡：逃亡。❸南塘：建康秦淮河南岸。舫：有仓房的船。❹或：有人。一时：同时。

024 王大为吏部郎[1]，王忱，已见。尝作选草[2]，临当奏，王僧弥来[3]，聊出示之[4]。僧弥，王珉小字也。《珉别传》曰："珉字季琰，琅邪人，丞相导孙，中领军洽少子。有才艺，善行书，名出兄珣右。累迁侍中、中书令，赠太常。”僧弥得，便以己意改易所选者近半，王大甚以为佳，更写即奏[5]。

❶吏部郎：官名。主管官吏选拔。❷选草：选用官吏名单的草稿。❸王僧弥：王珉字季琰，小字僧弥，琅邪（今山东省临沂市）人，丞相王导孙。累迁侍中、中书令，赠太常。❹聊：随便，姑且。❺更写：重新誊写。

025 王东亭与张冠军善[1]。张玄，已见。王既作吴郡，人问小令曰[2]：《续晋阳秋》曰：“王献之为中书令，王珉代之。时人曰‘大、小王令’。”“东亭作郡，风政何似[3]？”答曰：“不知治化何如，唯与张祖希情好日隆耳。”

❶王东亭：指王珣。丞相王导孙，封东亭侯。❷小令：指王珉。王献之曾为中书令，而后王珉代之，世称大小王令。❸风政：风教政令。何似：何如，怎么样。

026 殷仲堪当之荆州[1]，王东亭问曰：“德以居全为称，仁以不害物为名。方今宰牧华夏[2]，处杀戮之职，与本操将不乖乎[3]？”殷答曰：“皋陶造刑辟之制[4]，不为不贤；《古史考》曰：“庭坚号曰皋陶，舜谋臣也。舜举之于尧，尧令作士，主刑。”孔丘居司寇之任[5]，未为不仁。”《家语》曰：“孔子自鲁司空为大司寇，七日而诛乱法大夫少正卯。”

❶当：将，正要。❷宰牧：统治。❸本操：固有的操守。将不：莫不，也许。乖：违背。❹皋陶：舜时掌管刑狱的大臣。刑辟：刑法。❺司寇：春秋时掌刑狱纠察的官。

文学第四

“文学”乃孔门四科最后一科，其意旨与今日之纯文学概念大相径庭，类似于《论语》中的“文章”。所谓“大哉尧之为君也！巍巍乎，唯天为大，唯尧则之。荡荡乎，民无能名焉。巍巍乎其有成功也，焕乎其有文章”(《论语·泰伯》)；所谓“夫子之文章，可得而闻也。夫子之言性与天道，不可得而闻也”(《论语·公冶长》)。这里的文章即文学，指的是有关礼乐制度、经传典章、学问渊源方面的才能。

魏晋南北朝乃文学的自觉时代，文学概念发生了根本性的变化。曹丕的《典论·论文》“盖文章，经国之大业，不朽之盛事”，已经发生了概念漂移；陆机的《文赋》中的“文”，与现代意义的文学几乎等而同之；至刘宋设“儒、玄、史、文”四馆，已将文学从经史学术中独立出来。

《世说新语》叙“文学”，其排列顺序尽管还受到传统思维的制约：经史→玄学→清谈→佛理→文学（近似于纯文学概念），但轻重缓急全然不同。言经史，仅区区四则，从第五则到第六十五则为玄学、清谈、佛理，写得波澜起伏，妙趣横生。尤其是清谈，渗入各种生活场景，融入魏晋士人的血液。就清谈场所言，有书斋雅集，以论讲添趣；有市井设局，围观者数众。就清谈人物言，有务虚空灵的刘惔、王蒙，如云中之鹤，渊雅超迈；有竞技型选手支道林，机锋锐利，杀气腾腾。

自第六十六则曹植七步成诗开始，叙的便是真正意义上的文学，可以把它当作魏晋诗话来读。文体涉及诗、赋、文，作品论及《七步诗》《三都赋》《酒德颂》《意赋》《扬都赋》《庾公诔》《天台赋》《北征赋》《东征赋》《筝赋》《琴赋》《雪赋》等等。其中不乏精当的文学见解，如“烂若披锦，无处不善”“排沙简金，往往见宝”；如“浅而净”和“深而芜”。读此，既悟文学之妙趣，又审学理之脉络。

001 郑玄在马融门下[1]，融《自叙》曰：“融字季长，右扶风茂陵人。少而好问，学无常师。大将军邓骘召为舍人，弃游武都。会羌虏起，自关以西道断。融以谓古人有言：‘左手据天下之图，而右手刎其喉，愚夫不为。’何则？生贵于天下也。岂以曲俗咫尺为羞，灭无限之身哉？因往应之，为校书郎，出为南郡太守。”三年不得相见，高足弟子传授而已。尝算浑天不合[2]，诸弟子莫能解。或言玄能者，融召令算，一转便决，众咸骇服[3]。及玄业成辞归，既而融有“礼乐皆东”之叹[4]，《高士传》曰：“玄字康成，北海高密人。八世祖崇，汉尚书。”《玄别传》曰：“玄少好学书数，十三诵五经，好天文、占候、风角、隐术。年十七，见大风起，诣县曰：‘某时当有火灾。’至时果然，智者异之。年二十一博极群书，精历数图纬之言，兼精算术。遂去吏，师故兖州刺史第五元先。就东郡张恭祖受《周礼》《礼记》《春秋传》。周流博观，每经历山川，及接颜一见，皆终身不忘。扶风马季长以英儒著名，玄往从之，参考同异。季长后戚，嫚于待士，玄不得见，住左右，自起精庐，既因绍介得通。时涿郡卢子干为门人冠首，季长又不解剖裂七事，玄思得五，子干得三。季长谓子干曰：‘吾与汝皆弗如也。’季长临别执玄手曰：‘大道东矣，子勉之！’后遇党锢，隐居著述，凡百余万言。大将军何进辟玄，乃缝掖相见。玄长八尺余，须眉美秀，姿容甚伟。进待以宾礼，授以几杖。玄多所匡正，不用而退。袁绍辟玄，及去，饯之城东，欲玄必醉。会者三百余人，皆离席奉觞，自旦及暮，度玄饮三百余杯，而温克之容，终日无怠。献帝在许都，征为大司农，行至元城，卒。”恐玄擅名而心忌焉。玄亦疑有追，乃坐桥下，在水上据屐[5]。融果转式逐之[6]，告左右曰：“玄在土下水上而据木，此必死矣。”遂罢追，玄竟以得免。马融海内大儒，被服仁义；郑玄名列门人，亲传其业，何猜忌而行鸩毒乎？委巷之言，贼夫人之子。

❶郑玄：郑玄字康成，北海高密（今山东省高密市）人，汉末儒家学者、经学大师。曾师事马融。遍注五经，终身不仕，以教授著书为业，有弟子数千人。马融：马融字季长。扶风茂陵（今陕西兴平东）人。东汉时期著名经学家，东汉名将马援的从孙。历任校书郎、郡功曹、议郎、大将军从事中郎及武都、南郡太守等职。马融一生注书颇丰，尤长于古文经学。设帐授徒，门人常有千人之多。❷浑天：即浑天仪。张衡发明的观测天体位置的仪器。❸骇服：惊讶佩服。❹礼乐皆东：马融为右扶风茂陵（今陕西）人，郑玄是北海高密（今山东）人，故有此叹。❺屐：木屐。一种木制的鞋。❻转式：古代的一种占卜方法。即转动栻盘推测凶吉。

002郑玄欲注《春秋传》，尚未成，时行与服子慎遇[1]，宿客舍。先未相识，服在外车上与人说已注《传》意，《汉南纪》曰："服虔字子慎，河南荥阳人。少行清苦，为诸生，尤明《春秋左氏传》，为作训解，举孝廉，为尚书郎、九江太守。"玄听之良久，多与己同。玄就车与语曰："吾久欲注，尚未了。听君向言[2]，多与吾同，今当尽以所注与君。"遂为《服氏注》[3]。

❶服子慎：服虔字子慎，初名重，又名祇，后更名虔，河南荥阳东北人。东汉经学家，存《春秋左氏传解谊》。少年清苦励志，尝入太学受业，举孝廉，官至尚书侍郎、高平令，中平末，迁九江太守。❷向：刚才。❸《服氏注》：即服虔《春秋左氏传解谊》。

003郑玄家奴婢皆读书。尝使一婢，不称旨[1]，将挞之。方自陈说[2]，玄怒，使人曳箸泥中。须臾，复有一婢来，问曰："胡为乎泥中[3]？"卫《式微》诗也。毛公曰："泥中，卫邑名也。"答曰：

“薄言往愬，逢彼之怒。[4]”卫《邶·柏舟》之诗。

❶称旨：称心合意。❷方自：仍然，还。❸胡为乎泥中：语出《诗经·式微》：“式微式微！胡不归？微君之躬，胡为乎泥中？”❹薄言往愬，逢彼之怒：语出《诗经·柏舟》，意为：进前申诉，正碰上他发怒。薄言：语助词，无实义。愬：同“诉”。

004 服虔既善《春秋》，将为注，欲参考同异。闻崔烈集门生讲《传》[1]，挚虞《文章志》曰：“烈字威考，高阳安平人，骃之孙，瑗之兄子也。灵帝时，官至司徒、太尉，封阳平亭侯。”遂匿姓名，为烈门人赁作食[2]。每当至讲时，辄窃听户壁间。既知不能逾己，稍共诸生叙其短长[3]。烈闻，不测何人。然素闻虔名，意疑之。明蚤往，及未寤[4]，便呼：“子慎！子慎！”虔不觉惊应，遂相与友善。

❶崔烈：崔烈字威考，高阳安平（今河北）人。灵帝时，官至司徒、太尉，封阳平亭侯。❷赁：受雇佣。作食：做饭。❸稍：渐渐。共：和，与。❹寤：睡醒。

005 钟会撰《四本论》始毕[1]，甚欲使嵇公一见。置怀中，既定[2]，畏其难[3]，怀不敢出，于户外遥掷，便回急走。《魏志》曰：“会论才性同异，传于世。”四本者，言才性同，才性异，才性合，才性离也。尚书傅嘏论同，中书令李丰论异，侍郎钟会论合，屯骑校尉王广论离。文多不载。

❶《四本论》：论才、性同异离合的论著。此书已亡佚。❷既定：已到嵇康住宅。❸难：驳难，辩难。

006 何晏为吏部尚书，有位望，时谈客盈坐[1]。《文章叙录》曰：

“晏能清言，而当时权势、天下谈士多宗尚之。”《魏氏春秋》曰：“晏少有异才，善谈《易》《老》。”王弼未弱冠❷，往见之。晏闻弼名，《弼别传》曰：“弼字辅嗣，山阳高平人。少而察惠，十余岁，便好《庄》《老》，通辩能言，为傅嘏所知。吏部尚书何晏甚奇之，题之曰：‘后生可畏。若斯人者，可与言天人之际矣。’以弼补台郎。弼事功雅非所长，益不留意，颇以所长笑人，故为时士所嫉。又为人浅而不识物情。初与王黎、荀融善，黎夺其黄门郎，于是恨黎；与融亦不终好。正始中，以公事免。其秋，遇疠疾亡，时年二十四，弼之卒也。晋景帝嗟叹之累日，曰：‘天丧予！’其为高识悼惜如此。”因条向者胜理语弼曰❸：“此理仆以为极，可得复难不？”弼便作难，一坐人便以为屈。于是弼自为客主数番❹，皆一坐所不及。

❶谈客：清谈之客。❷王弼：王弼字辅嗣，三国曹魏山阳（今河南焦作）人，经学家、哲学家，魏晋玄学的主要代表人物及创始人之一。逝时年仅二十四岁，有《老子注》《老子指略》《周易注》《周易略例》《道德经注》传世。弱冠：古代男子二十行加冠礼，标志成年。❸条：整理。❹自为客主：自为客主双方，自难自答。

007 何平叔注《老子》始成，诣王辅嗣，见王注精奇，乃神伏❶，曰：“若斯人，可与论天人之际矣❷！”因以所注为《道德二论》。《魏氏春秋》曰：“弼论道约美不如晏，自然出拔过之。”

❶神伏：即神服，心悦诚服。❷天人之际：天道与人事的相互关系。

008 王辅嗣弱冠诣裴徽❶，《永嘉流人名》曰：“徽字文季，河东闻喜人，太常潜少弟也。仕至冀州刺史。”徽问曰：“夫无者❷，诚万物之所资❸，圣人莫肯致言❹，而老子申之无已❺，何邪？”《弼别传》曰：“弼父为尚书郎，裴徽为吏部郎，徽见异之，故问。”

弼曰："圣人体无[6]，无又不可以训[7]，故言必及有；老、庄未免于有，恒训其所不足[8]。"

❶裴徽：裴徽字文季，河东闻喜人，三国时曹魏官员。官至冀州刺史。故又称裴冀州。❷无：指老庄"以无为本"的命题，属于哲学本体论的范畴。❸资：依托，凭借。❹圣人：指孔子。致言：发表言论。❺申：申说。无已：不止。❻体：体悟。❼训：解释。❽不足：即"无"。

009 傅嘏善言虚胜[1]，《魏志》曰："嘏字兰硕，北地泥阳人，傅介子之后也。累迁河南尹、尚书。嘏尝论才性同异，钟会集而论之。"《傅子》曰："嘏既达治好正，而有清理识要，如论才性，原本精微，鲜能及之。司隶钟会年甚少，嘏以明知交会。"荀粲谈尚玄远[2]，《粲别传》曰："粲字奉倩，颍州颍阴人，太尉彧少子也。粲诸兄儒术论议各知名。粲能言玄远，常以子贡称'夫子之言性与天道，不可得而闻也'。然则六籍虽存，固圣人之糠粃。能言者不能屈。"每至共语，有争而不相喻[3]。裴冀州释二家之义[4]，通彼我之怀，常使两情皆得，彼此俱畅。《粲别传》曰："粲太和初到京邑，与傅嘏谈，嘏善名理，而粲尚玄远，宗致虽同，仓卒时或格而不相得意。裴徽通彼我之怀，为二家释。顷之，粲与嘏善。"《管辂传》曰："裴使君有高才逸度，善言玄妙也。"

❶傅嘏（gǔ）：傅嘏字兰石（一字昭先），北地泥阳（今陕西铜川市耀州区）人。累迁河南尹、尚书。好论才性四本，持才性相同。虚胜：指道之本体的无形无象的超然境界。❷荀粲：荀粲字奉倩，颍川颍阴（今河南许昌）人。三国时期曹魏著名玄学家，东汉名臣荀彧幼子。性简贵，以善谈玄理名噪一时。❸喻：明白。❹裴冀州：指裴徽。

010 何晏注《老子》未毕，见王弼自说注《老子》旨。何意多所短，不复得作声，但应诺诺[1]，遂不复注，因作《道德论》。《文章叙录》曰：“自儒者论以老子非圣人，绝礼弃学。晏说与圣人同，著论行于世也。”

❶但：只是。诺诺：应答声。犹“嗯嗯”“对对”。

011 中朝时有怀道之流[1]，有诣王夷甫咨疑者[2]，值王昨已语多，小极不复相酬答[3]，乃谓客曰：“身今少恶[4]，裴逸民亦近在此，君可往问。”《晋诸公赞》曰：“裴頠谈理，与王夷甫不相推下。”

❶中朝：指南渡之前的晋朝。怀道之流：指崇奉老庄学说的人。❷咨疑：咨询。❸小极：小疲乏。❹少恶：小有不适。

012 裴成公作《崇有论》[1]，时人攻难之，莫能折[2]，唯王夷甫来，如小屈[3]。时人即以王理难裴，理还复申[4]。《晋诸公赞》曰：“自魏太常夏侯玄、步兵校尉阮籍等皆著《道德论》。于时，侍中乐广、吏部郎刘汉亦体道而言约，尚书令王夷甫讲理而才虚，散骑常侍戴奥以学道为业，后进庾敳之徒，皆希慕简旷。頠疾世俗尚虚无之理，故著《崇有》二论以折之，才博喻广，学者不能究。后乐广与頠清闲，欲说理，而頠辞喻丰博，广自以体虚无，笑而不复言。”《惠帝起居注》曰：“頠著二论以规虚诞之弊，文词精富，为世名论。”

❶《崇有论》：裴頠的哲学著作。认为无不能生有，与王弼以还风行的以无为本体的“贵无论”相抗衡。❷折：使屈服。❸小屈：小小的挫折。❹还复：仍然。

013 诸葛厷年少不肯学问[1]，始与王夷甫谈，便已超诣[2]。王叹曰："卿天才卓出，若复小加研寻[3]，一无所愧。"厷后看《庄》《老》，更与王语，便足相抗衡。王隐《晋书》曰："厷字茂远，琅邪人，魏雍州刺史绪之子。有逸才，仕至司空主簿。"

❶诸葛厷：厷一作宏，字茂远，琅邪阳都（山东临沂市沂南县）人。有逸才，官至司空主簿。学问：学习。❷超诣：超迈卓异。❸研寻：研究探求。

014 卫玠总角时[1]，问乐令梦，乐云："是想。"卫曰："形神所不接而梦，岂是想邪？"乐云："因也[2]。未尝梦乘车入鼠穴，捣齑啖铁杵[3]，皆无想无因故也。"《周礼》有六梦：一曰正梦，谓无所感动，平安而梦也；二曰噩梦，谓惊愕而梦也；三曰思梦，谓觉时所思念也；四曰寤梦，谓觉时道之而梦也；五曰喜梦，谓喜说而梦也；六曰惧梦，谓恐惧而梦也。按乐所言"想"者，盖思梦也；"因"者，盖正梦也。卫思因经日不得，遂成病。乐闻，故命驾为剖析之，卫即小差[4]。乐叹曰："此儿胸中当必无膏肓之疾[5]。"《春秋传》曰："晋景公有疾，求医于秦，秦伯使医缓为之。未至，公梦疾为二竖子，曰：'彼良医也，惧伤我焉。'其一曰：'居肓之上，膏之下，若我何？'医至，曰：'疾不可为也！在肓之上，膏之下，攻之不可达，刺之不可及，药不至焉。'公曰：'良医也！'"注："肓，鬲也，心下为膏。"

❶总角：指未成年。古人未成年时把头发梳成双髻，状如角，故称总角。❷因：因由，根据。❸捣齑啖铁杵：齑（jī），切成细末的菜，或捣碎的姜蒜酸辣之物；啖，吃；铁杵，捣东西用的铁棒。此句意为舂捣菜成细末而把捣菜用的铁棒也吃下去。❹小差（chài）：病稍愈。差，同"瘥"。❺膏肓（huāng）之疾：不治之症。古代医学称心尖

脂肪为膏，心脏与隔膜之间为肓。

015 庾子嵩读《庄子》[1]，开卷一尺许便放去[2]，曰："了不异人意[3]。"《晋阳秋》曰："庾敳字子嵩，颍川人，侍中峻第三子。恢廓有度量，自谓是老庄之徒。曰：'昔未读此书，意尝谓至理如此。今见之，正与人意暗同。'仕至豫州长史。"

❶庾子嵩：庾敳（ái）字子嵩。颍川鄢陵（今河南鄢陵北）人。西晋时期名士、清谈家，先为陈留相，后为吏部郎，皆静默无为，不预世事。❷开卷一尺许：魏晋时代的书籍为竹简或帛书，皆可卷曲，故开卷多少可用长短计算。❸了：完全。

016 客问乐令"旨不至"者[1]，乐亦不复剖析文句，直以麈尾柄确几[2]，曰："至不？"客曰："至。"乐因又举麈尾，曰："若至者，那得去？"夫藏舟潜往，交臂恒谢。一息不留，忽焉生灭。故飞鸟之影，莫见其移；驰车之轮，曾不掩地。是以去不去矣，庸有至乎？至不至矣，庸有去乎？然则前至不异后至，至名所以生；前去不异后去，去名所以立。今天下无去矣，而去者非假哉！既为假矣，而至者岂实哉？于是客乃悟服。乐辞约而旨达，皆此类。

❶旨不至：魏晋清谈话题之一，语出《庄子·天下篇》："指不至，至不绝。"指同"旨"，是事物的概念。概念与事物不能完全相称，故曰"不至"。要完全相称是没有止境的，故曰"至不绝"。一说指即指事，意为指事达到事物的实际，凭借外物，即使达到了也不能绝对的穷尽。❷麈尾：用麈尾毛制成的形似羽扇的饰物，又称拂尘。魏晋名士多执此物，用以增添清谈时的仪止风度。确：同"推"。敲击。

017 初，注《庄子》者数十家，莫能究其旨要。向秀于旧注外为解义，妙析奇致，大畅玄风。《秀别传》曰：“秀与嵇康、吕安为友，趣舍不同。嵇康傲世不羁，安放逸迈俗，而秀雅好读书，二子颇以此嗤之。后秀将注《庄子》，先以告康、安，康、安咸曰：‘此书讵复须注，徒弃人作乐事耳。’及成，以示二子。康曰：‘尔故复胜不？’安乃惊曰：‘庄周不死矣！’后注《周易》，大义可观，而与汉世诸儒互有彼此，未若隐庄之绝伦也。”《秀本传》或言“秀游托数贤，萧屑卒岁，都无注述。唯好《庄子》，聊应崔譔所注，以备遗忘”云。《竹林七贤论》云：“秀为此义，读之者无不超然，若已出尘埃而窥绝冥，始了视听之表，有神德玄哲，能遗天下，外万物。虽复使动竞之人顾观所徇，皆怅然自有振拔之情矣。”唯《秋水》《至乐》二篇未竟，而秀卒。秀子幼，义遂零落，然犹有别本[1]。郭象者[2]，为人薄行，有俊才，《文士传》曰：“象字子玄，河南人。少有才理，慕道好学，托志老、庄，时人咸以为王弼之亚。辟司空掾、太傅主簿。”见秀义不传于世，遂窃以为己注，乃自注《秋水》《至乐》二篇，又易《马蹄》一篇，其余众篇，或定点文句而已[3]。《文士传》曰：“象作《庄子注》，最有清辞遒旨。”后秀义别本出，故今有向、郭二《庄》，其义一也。

❶别本：副本。❷郭象：郭象字子玄，河南洛阳人。西晋哲学家。少有才理，好老庄，能清言，常闲居。辟司徒掾，稍迁黄门侍郎、太傅主簿。尝以向秀《庄子注》为己注，述而广之。一说窃注之事，恐未必信。❸定点文句：改定文稿。

018 阮宣子有令闻[1]，太尉王夷甫见而问曰：“老庄与圣教同异[2]？”对曰：“将无同[3]。”太尉善其言，辟之为掾[4]。世谓“三语掾”。卫玠嘲之曰：“一言可辟，何假于三[5]！”宣子曰：“苟是天下人望，亦可无言而辟，复何假一！”遂相与为友。《名士传》曰：“阮修字宣子，陈留尉氏人。好《老》《易》，能言理，不喜见俗人，时误相逢，即舍去。傲然无营，家无儋石之储，晏如也。琅邪王处仲为鸿胪卿，谓曰：‘鸿胪丞差有禄，卿常无食，能作不？’修曰：‘为复可耳。’遂为鸿胪丞、太子洗马。”

❶阮宣子：阮修字宣子，陈留尉氏人。性简任，不修人事。好《易》《老》，善清言。令闻：好名声。❷圣教：儒家学说。❸将无：莫非，恐怕。❹辟：征召入仕，授官。掾：属官，较低级的官吏。❺假：借，凭借，借助。

019 裴散骑娶王太尉女[1]，婚后三日，诸婿大会，《晋诸公赞》曰：“裴遐字叔道，河东人。父纬，长水校尉。遐少有理称，辟司空掾、散骑郎。”《永嘉流人名》：“衍字夷甫，第四女适遐也。”当时名士，王、裴子弟悉集。郭子玄在坐，挑与裴谈[2]。子玄才甚丰赡，始数交未快。郭陈张甚盛，裴徐理前语，理致甚微，四坐咨嗟称快[3]。邓粲《晋纪》曰：“遐以辩论为业，善叙名理，辞气清畅，泠然若琴瑟。闻其言者，知与不知无不叹服。”王亦以为奇，谓诸人曰：“君辈勿为尔，将受困寡人女婿[4]。”

❶裴散骑：裴遐字叔道，河东郡闻喜（山西运城市闻喜）人。太尉王衍女婿。曾任散骑郎，善言玄理，曾与郭象谈论，满座叹服。❷挑：挑头。❸咨嗟：赞叹。❹寡人：六朝时有地位的士大夫亦自称寡人。

020 卫玠始度江，见王大将军，《敦别传》曰：“敦字处仲，琅邪临沂人。少有名理，累迁青州刺史。避地江左，历侍中、丞相、大将军、扬州牧，以罪伏诛。”因夜坐，大将军命谢幼舆[1]。《晋阳秋》曰：“谢鲲字幼舆，陈郡人。父衡，晋硕儒。鲲性通简，好《老》《易》，善音乐，以琴书为业。避乱江东，为豫章太守，王敦引为长史。”《鲲别传》曰：“鲲四十三卒，赠太常。”玠见谢，甚说之[2]，都不复顾王，遂达旦微言[3]。王永夕不得豫[4]，玠体素羸[5]，恒为母所禁[6]，尔夕忽极[7]，于此病笃，遂不起。《玠别传》曰："玠少有名理，善《易》《老》。自抱羸疾，初不于外擅相酬对，时友叹曰：'卫君不言，言必入真。'武昌见大将军王敦，敦与谈论，咨嗟不能自已。"

❶命：召。❷说：同"悦"。喜爱，喜悦。❸微言：此处作动词，指谈玄。❹永夕：整夜。豫：同"预"。参预。❺羸：体弱。❻恒：常常，总是。❼尔夕忽极：这一晚过度疲劳。

021 旧云，王丞相过江左，止道《声无哀乐》、嵇康《声无哀乐论》略曰："夫殊方异俗，歌笑不同，使错而用之，或闻哭而欢，或听歌而戚，然哀乐之情均也。今用均同之情，发万殊之声，斯非音声之无常乎？"《养生》、嵇叔夜《养生论》曰："夫虱着头而黑，麝食柏而香，颈处险而瘿，齿居晋而黄。岂惟蒸之使重无使轻，芬之使香而无使延哉？诚能蒸以灵芝，润以醴泉，无为自得，体妙心玄，庶与羡门比寿，王乔争年，何为不可养生哉？"《言尽意》欧阳坚石《言尽意论》略曰："夫理得于心，非言不畅；物定于彼，非名不辨。名逐物而迁，言因理而变，不得相与为二矣。苟无其二，言无不尽矣。"三理而已[1]，然宛转关生[2]，无所不入[3]。

❶止道：只说。《声无哀乐》：指嵇康的《声无哀乐论》。嵇康认为音乐只有和与不和、善与不善之分，是一种自然的谐和，并没有哀伤与快乐的区别。《养生》：指嵇康的《答难养生论》。嵇康认为养生要淘洗自我，去掉"名利""喜乐""声色""滋味""神虑"等杂念，投身于自然本体之中，才能达到养生的精神境界。《言尽意》：指欧阳建的《言尽意论》。❷宛转关生：辗转关联而派生。❸无所不入：无所不包。

022殷中军为庾公长史，按《庾亮僚属名》及《中兴书》，浩为亮司马，非为长史也。下都[1]，王丞相为之集，桓公、王长史、王蓝田、《王述别传》曰："述字怀祖，太原晋阳人。祖湛，父承，并有高名。述蚤孤，事亲孝谨。箪瓢陋巷，宴安永日。由是为有识所知，袭爵蓝田侯。"谢镇西并在[2]。丞相自起解帐带麈尾[3]，语殷曰："身今日当与君共谈析理。"既共清言，遂达三更。丞相与殷共相往反[4]，其余诸贤略无所关[5]。既彼我相尽，丞相乃叹曰："向来语乃竟未知理源所归[6]。至于辞喻不相负[7]。正始之音，正当尔耳。"明旦，桓宣武语人曰："昨夜听殷、王清言，甚佳，仁祖亦不寂寞，我亦时复造心[8]，顾看两王掾，王蒙、王述，并为王导所辟。辄翣如生母狗馨[9]。"

❶下都：顺长江而下到京都。❷王蓝田：王述字怀祖，太原晋阳（今山西太原市）人，东海太守王承之子。王述早孤，事亲孝谨。袭爵蓝田侯。❸解帐带麈尾：解下系在帐带上的麈尾。❹往反：一来一往，反复辩难。❺关：参与。❻向来：刚才。乃竟：竟然。❼辞喻不相负：言辞、譬喻不相悖。❽造心：心灵有所领悟。❾翣：古代礼仪装饰，形似扇。生母狗：初来的母狗。母狗初来未驯而畏人。馨：助词。犹"似的"。

023殷中军见佛经，云："理亦应阿堵上[1]。"佛经之行中国尚矣，莫详其始。《牟子》曰："汉明帝夜梦神人，身有日光。明日，博问群臣、通人。傅毅对曰：'臣闻天竺有道者号曰佛，轻举能飞，身有日光。殆将其神也。'于是遣羽林将军秦景、博士弟子王遵等十二人之大月氏国，写取佛经四十二部，在兰台石室。"刘子政《列仙传》曰："历观百家之中，以相检验，得仙者百四十六人，其七十四人已在佛经，故撰得七十，可以多闻博识者遐观焉。"如此即汉成、哀之间已有经矣，与《牟子》传记便为不同。《魏略·西戎传》曰："天竺城中有临儿国。《浮屠经》云：'其国王生浮图。浮图者，太子也。父曰屑头邪，母曰莫邪。浮图者，身服色黄，发如青丝，爪如铜。其母梦白象而孕，及生，从右胁出而有髻，坠地能行七步。'天竺又有神人曰沙律。昔汉哀帝元寿元年，博士弟子景虑，受大月氏王使伊存口传《浮屠经》。曰复豆者，其人也。"《汉武故事》曰："昆邪王杀休屠王，以其众来降，得其金人之神，置之甘泉宫。金人皆长丈余，其祭不用牛羊，唯烧香礼拜。上使依其国俗祀之。"此神全类于佛，岂当汉武之时，其经未行于中土，而但神明事之邪？故验刘向、鱼豢之说，佛至自哀、成之世明矣。然则牟传所言四十二者，其文今存非妄。盖明帝遣使广求异闻，非是时无经也。

❶阿堵：这个。

024 谢安年少时，请阮光禄道《白马论》[1]，《孔丛子》曰："赵人公孙龙云：'白马非马。马者所以命形，白者所以命色。夫命色者，非命形。故曰白马非马也。'"为论以示谢。于时谢不即解阮语，重相咨尽[2]。阮乃叹曰："非但能言人不可得，正索解人亦不可得[3]！"《中兴书》曰："裕甚精论难。"

❶《白马论》：战国赵人公孙龙所著，文中提出"白马非马"的论题。❷重相咨尽：一再询问以便尽晓义理。❸正：即使，就是。索解人：求解人。

025 褚季野语孙安国褚裒、孙盛，并已见。云："北人学问，渊综广博。"孙答曰："南人学问，清通简要。"支道林闻之曰："圣贤固所忘言[1]，自中人以还，北人看书，如显处视月；南人学问，如牖中窥日。"支所言但譬成孙、褚之理也。然则学广则难周，难周则识暗，故如显处视月；学寡则易核，易核则智明，故如牖中窥日也。

❶忘言：指《庄子·外物》中提出的“言者所以在意，得意而忘言”。

026 刘真长与殷渊源谈，刘理如小屈[1]，殷曰：“恶[2]！卿不欲作将善云梯仰攻[3]？”《墨子》曰：“公输般为高云梯，欲以攻宋。墨子闻之，自鲁往。裂裳裹足，日夜不休，十日十夜而至于郢。见楚王曰：‘闻大王将攻宋，有之乎？’王曰：‘然。’墨子曰：‘请令公输般设攻宋之具，臣请试守之。’于是公输般设攻宋之计，墨子萦带守之。输九攻之，而墨子九却之。不能入，遂辍兵。”

❶小屈：稍处劣势。❷恶（wū）：驳斥声。❸作将：制作。善：好。

027 殷中军云：“康伯未得我牙后慧[1]。”《浩别传》曰：“浩善《老》《易》，能清言。康伯，浩甥也，甚爱之。”

❶牙后慧：指言论或见解。

028 谢镇西少时，闻殷浩能清言，故往造之[1]。殷未过有所通[2]，为谢标榜诸义[3]，作数百语。既有佳致，兼辞条丰蔚，甚足以动心骇听。谢注神倾意，不觉流汗交面。殷徐语左右：“取手巾与谢郎拭面。”按殷浩大谢尚三岁，便是时流，或当贵其胜致，故为之挥汗。

❶造：拜访。❷过：表程度，犹“甚”。通：阐发。❸标榜：揭示。

029 宣武集诸名胜讲《易》[1]，《易乾凿度》曰：“孔子曰：‘《易》者，易也，变易也，不易也。三成德，为道包钥者，易也。其德也，光明四通，日月星辰布，八卦序，四时和也。变也者，天地不变，不能成朝；夫妇不变，不能成家。不易者，其位也。天在上，地在下；君南面，臣北面；父坐子伏，此其不易也。故《易》者，天地人道也。’”郑玄序《易》曰：“《易》之为名也，一言而函三义：简易一也，变易二也，不易三也。"《系辞》曰："乾坤，《易》之蕴也，《易》之门户也。"又曰："《乾》，确然示人易矣；《坤》，隤然示人简矣。易则易知，简则易从。"此言其简易法则也。又曰："其为道也屡迁，变动不居，周流六虚，上下无常，刚柔相易。不可以为典要，唯变所适。"此则言其从时出入移动也。又曰："天尊地卑，乾坤定矣。卑高以陈，贵贱位矣。动静有常，刚柔断矣。"此则言其张设布列不易也。据此三义，而说《易》之道，广矣，大矣。日说一卦。简文欲听，闻此便还，曰："义自当有难易，其以一卦为限邪？"

❶名胜：名士，名流。

030 有北来道人好才理❶，与林公相遇于瓦官寺❷，讲小品❸。于时竺法深、孙兴公悉共听。此道人语，屡设疑难，林公辩答清析，辞气俱爽。此道人每辄摧屈。孙问深公："上人当是逆风家❹，向来何以都不言❺？"庾法畅《人物论》曰："法深学义渊博，名声蚤著，弘道法师也。"深公笑而不答。林公曰："白旃檀非不馥，焉能逆风❻？"《成实论》曰："波利质多天树，其香则逆风而闻。"深公得此义，夷然不屑❼。

❶道人：魏晋时称僧人为道人。才理：才思义理，此处偏指义理。❷瓦官寺：佛寺名。晋哀帝兴宁二年修建。寺在都城凤凰台。❸小品：佛经的简本。❹上人：上德之人，对僧人的尊称。逆风家：逆风而上的辩难大家。❺向来：刚才。❻白旃檀：即檀香树。❼夷然：泰然。不屑：不在乎，不介意。

031 孙安国往殷中军许共论❶，往反精苦❷，客主无间❸。左右进食，冷而复暖者数四。彼我奋掷麈尾❹，悉脱落满餐饭中。宾主遂至莫忘食❺。殷乃语孙曰："卿莫作强口马❻，我当穿卿鼻！"孙曰："卿不见决鼻牛[7]，人当穿卿颊！"《续晋阳秋》曰："孙盛善理义。时中军将军殷浩擅名一时，能与剧谈相抗者，唯盛而已。"

❶许：处所。论：清谈。❷往反精苦：双方辩论精辟激烈。❸客主无间：客主论辩激烈，毫无间隙。❹彼我：彼此。❺莫：同"暮"。❻强口马：嘴硬、犟嘴的马。❼决鼻牛：缺鼻子的牛。

032《庄子·逍遥篇》旧是难处[1]，诸名贤所可钻味[2]，而不能拔理于郭、向之外[3]。支道林在白马寺中，将冯太常共语[4]，《冯氏谱》曰："冯怀字祖思，长乐人。历太常、护国将军。"因及《逍遥》。支卓然标新理于二家之表，立异义于众贤之外，皆是诸名贤寻味之所不得。后遂用支理。向子期、郭子玄《逍遥义》曰："夫大鹏之上九万，尺鷃之起榆枋，小大虽差，各任其性，苟当其分，逍遥一也。然物之芸芸，同资有待，得其所待，然后逍遥耳。唯圣人与物冥而循大变，为能无待而常通，岂独自通而已。又从有待者不失其所待，不失则同于大通矣。"支氏《逍遥论》曰："夫逍遥者，明至人之心也。庄生建言大道，而寄指鹏鷃，鹏以营生之路旷，故失适于体外；鷃以在近而笑远，有矜伐于心内。至人乘天正而高兴，游无穷于放浪。物物而不物于物，则遥然不我得；玄感不为，不疾而速，则逍然靡不适。此所以为逍遥也。若夫有欲，当其所足，足于所足，快然有似天真，犹饥者一饱，渴者一盈，岂忘蒸尝于糗粮，绝觞爵于醪醴哉？苟非至足，岂所以逍遥乎？"此向、郭之注所未尽。

❶旧：长久。❷钻味：钻研体味。❸拔：超出。郭、向：郭象、向秀。❹将：与。

033 殷中军浩也。尝至刘尹所清言。良久，殷理小屈，游辞不已[1]，刘亦不复答。殷去后，乃云："田舍儿强学人作尔馨语[2]！"

刘惔，已见。

❶游辞：无关紧要的话。❷田舍儿：农家子，庄稼汉。尔馨：这样。

034 殷中军虽思虑通长[1]，然于才性偏精。忽言及《四本》[2]，便若汤池铁城[3]，无可攻之势。《神农书》曰："夫有石城七仞，汤池百步，带甲百万而无粟者，不能自固也。"

❶通长：即"通常"，即普通、一般的意思。❷忽：若。《四本》：指魏晋才性之学的代表作——钟会《四本论》。所谓"四本"，指的是才与性的四种存在状态，即才性同、才性异、才性合、才性离。❸汤池铁城：形容城池坚不可摧。汤池，护城河；铁城，金属铸的城墙。

035 支道林造《即色论》[1]，《支道林集·妙观章》云："夫色之性也，不自有色。色不自有，虽色而空，故曰：'色即为空，色复异空。'"论成，示王中郎，王坦之，已见。中郎都无言。支曰："默而识之乎[2]？"《论语》曰："默而识之，诲人不倦，何有于我哉？"王曰："既无文殊，谁能见赏？[3]"《维摩诘经》曰："文殊师利问维摩诘云：'何者是菩萨入不二法门？'时维摩诘默然无言。文殊师利叹曰：'是真入不二法门也。'"

❶造：写作。《即色论》：《即色游玄论》。❷默而识之：语出《论语·述而》："默而识之，学而不厌，诲人不倦，何有于我哉？"意为把所见所闻默默地记在心里。识（zhì）：记住。❸既无文殊，谁能见赏：借文殊师利问维摩诘不二法门事，隐喻"王中郎都无言"乃无言无说、无示无识，是理解的最高境界。

036 王逸少作会稽[1]，初至，支道林在焉。孙兴公谓王曰："支道林拔新领异❷，胸怀所及乃自佳❸，卿欲见不?”王本自有一往隽气❹，殊自轻之❺。后孙与支共载往王许❻，王都领域❼，不与交言，须臾支退。后正值王当行，车已在门，支语王曰：“君未可去，贫道与君小语❽。”因论《庄子·逍遥游》。支作数千言，才藻新奇，花烂映发。王遂披襟解带❾，留连不能已。《支法师传》曰：“法师研十地，则知顿悟于七住；寻庄周，则辩圣人之逍遥。当时名胜，咸味其音旨。”《道贤论》以七沙门比竹林七贤，遁比向秀，雅尚《庄》《老》，二子异时，风尚玄同也。

❶作会稽：作会稽内史。❷拔新领异：犹“标新立异”。❸乃自：确实。❹本自：本来。一往：一贯。隽气：傲气。❺殊自：特别。❻共载：同车。许：住处。❼都：完全。领域：意为设立疆界，闭关守险。❽贫道：犹言“贫僧”。小语：略谈几句。❾披襟解带：敞开衣襟，解开衣带。形容酣畅快意。

037 三乘佛家滞义❶，支道林分判❷，使三乘炳然❸。诸人在下坐听，皆云可通。支下坐，自共说❹，正当得两❺，入三便乱❻。今义弟子虽传，犹不尽得。《法华经》曰：“三乘者，一曰声闻乘，二曰缘觉乘，三曰菩萨乘。声闻者，悟四谛而得道也。缘觉者，悟因缘而得道也。菩萨者，行六度而得道也。然则罗汉得道，全由佛教，故以声闻为名也。辟支佛得道，或闻因缘而解，或听环佩而得悟，神能独达，故以缘觉为名也。菩萨者，大道之人也。方便则止行六度，真教则通修万善，功不为己，志存广济，故以大道为名也。”

❶三乘：佛家以车轮喻佛法，根据接受者的能力分为三种境界，称为三乘。即声闻乘、缘觉乘、菩萨乘。滞义：晦涩难懂的教义。❷分判：辨明剖析。❸炳然：明显的样子。❹自共说：自己互相讲说。❺正当：只能。两：指两乘。❻三：指三乘。

038 许掾询也。年少时，人以比王苟子[1]，苟子，王修小字也。《文字志》曰：“修字敬仁，太原晋阳人。父蒙，司徒左长史。修明秀有美称，善隶行书，号曰‘流逸清举’。起家著作佐郎、琅邪王文学，转中军司马，未拜而卒，时年二十四。昔王弼之没，与修同年，故修弟熙乃叹曰：‘无愧于古人，而年与之齐也。’”许大不平。时诸人士及于法师并在会稽西寺讲[2]，王亦在焉。许意甚忿，便往西寺与王论理，共决优劣。苦相折挫[3]，王遂大屈[4]。许复执王理，王执许理，更相覆疏[5]，王复屈。许谓支法师曰：“弟子向语何似[6]？”支从容曰：“君语佳则佳矣，何至相苦邪？岂是求理中之谈哉[7]？”

❶王苟子：王修字敬仁，小字苟子，琅邪临沂（今山东省临沂市）人，王蒙之子。擅长隶书、行书，与王羲之、许询交好。逝时年仅二十四岁。❷于法师：当为“支法师”之误。支法师即支道林。❸苦相折挫：极力攻讦反驳。❹大屈：大受挫折。❺更相覆疏：互相执对方观点疏通义理。❻向：刚才。何似：何如，怎么样。❼理中：理之中，即折中至当之理。

039 林道人诣谢公[1]，东阳时始总角[2]，新病起，体未堪劳，与林公讲论[3]，遂至相苦。东阳，谢朗也，已见。《中兴书》曰：“朗博涉有逸才，善言玄理。”母王夫人在壁后听之，再遣信令还[4]，而太傅留之。王夫人因自出，云：“新妇少遭家难[5]，一生所寄，唯在此儿。”因流涕抱儿以归。谢公语同坐曰：“家嫂辞情慷慨，致可传述[6]，恨不使朝士见[7]！”《谢氏谱》曰：“朗父据，娶太康王韬女，名绥。”

❶诣：到……去，拜访。❷总角：古代男女未成年时束发为两髻，状如角，故称。❸讲论：清谈。❹信：传信人。❺新妇：当时习惯，已婚女自称新妇。少遭家难：指早年守寡。❻致：同“至”，极。传述：

传颂赞扬。❼恨：遗憾。朝士：朝廷官员。

040 支道林、许掾诸人共在会稽王斋头[1]，简文。支为法师，许为都讲[2]。《高逸沙门传》曰："道林时讲维摩诘经。"支通一义[3]，四坐莫不厌心[4]；许送一难[5]，众人莫不抃舞[6]。但共嗟咏二家之美[7]，不辩其理之所在。

❶会稽王：指晋简文帝司马昱，即位前曾封会稽王。斋头：书房。❷法师、都讲：主讲者为法师，唱经者为都讲。❸通：疏通，阐释。❹厌心：心悦诚服。厌，满足。❺送一难：传送一个诘难，即唱诵一段经文。❻抃舞：拍手起舞。抃，鼓掌。❼嗟咏：赞叹。

041 谢车骑在安西艰中[1]，安西，谢奕，已见。林道人往就语，将夕乃退。有人道上见者，问云："公何处来？"答云："今日与谢孝剧谈一出来[2]。"《玄别传》曰："玄能清言，善名理。"

❶谢车骑：谢玄。安西：谢奕。艰：父母之丧。❷谢孝：犹谢孝子。指谢玄。剧谈：畅谈，清谈中一种激烈的方式。一出：一番。来：句末语气助词，无实义。

042 支道林初从东出[1]，住东安寺中。《高逸沙门传》曰："遁居会稽，晋哀帝钦其风味，遣中使至东迎之。遁遂辞丘壑，高步天邑。"王长史宿构精理[2]，并撰其才藻[3]，往与支语，不大当对。王叙致作数百语，自谓是名理奇藻。支徐徐谓曰："身与君别多年[4]，君义言了不长进[5]。"王大惭而退。

❶从东出：从会稽到都城建康。会稽在京都之东，故有此说。❷宿构精理：预先构思精微义理。❸撰：持有。此处引申为倚仗。❹身：

我。❺了不：全无，一点也不。

043 殷中军读小品[1]，《释氏辨空经》有详者焉，有略者焉。详者为大品，略者为小品。下二百签[2]，皆是精微，世之幽滞[3]。尝欲与支道林辩之，竟不得。今小品犹存。《高逸沙门传》曰："殷浩能言名理，自以有所不达，欲访之于遁，遂邂逅不遇，深以为恨。其为名识赏重，如此之至焉。"《语林》曰："浩于佛经有所不了，故遣人迎林公。林乃虚怀欲往。王右军驻之曰：'渊源思致渊富，既未易为敌，且己所不解，上人未必能通。纵复服从，亦名不益高。若佻脱不合，便丧十年所保。可不须往。'林公亦以为然，遂止。"

❶小品：佛经的简本。❷下二百签：在书中加二百个书签作标记。❸幽滞：晦涩难懂。

044 佛经以为祛练神明[1]，则圣人可致[2]。《释氏经》曰："一切众生，皆有佛性。但能修智慧，断烦恼，万行具足，便成佛也。"简文云："不知便可登峰造极不[3]？然陶练之功，尚不可诬[4]。"

❶祛练神明：祛除杂念，修炼身心。❷圣人：指佛。❸登峰造极：指修炼的最高境界。❹诬：抹杀。

045 于法开始与支公争名[1]，后情渐归支[2]，意甚不分[3]，遂遁迹剡下[4]。遣弟子出都[5]，语使过会稽[6]。于时支公正讲小品[7]。开戒弟子："道林讲，比汝至[8]，当在某品中。"因示语攻难数十番，云："旧此中不可复通。"弟子如言诣支公[9]。正值讲，因谨述开意，往反多时[10]，林公遂屈。厉声曰："君何足复受人寄载来[11]！"《名德沙门题目》曰："于法开，才辩从横，以数术弘教。"《高逸沙门传》曰："法开初以义学著名，后与支遁有竞，故遁居剡县，更学医术。"

❶于法开：东晋高僧、医家，剡县（今浙江嵊州）人，精于医术及佛释之道。❷情：人心。❸不分：不甘，不服。❹遁迹：隐居。剡下：剡县。今浙江嵊州一带。❺出都：到京都。出，赴，到。❻过：探访。❼小品：佛经的简本。❽比：等到。❾诣：到……去，拜访。❿往反：一来一往，反复诘难。⓫寄载：本意为搭车乘船，此处意为照搬师父授意的内容。来：句末语词，无实义。

046 殷中军问："自然无心于禀受[1]，何以正善人少[2]，恶人多？"诸人莫有言者。刘尹答曰："譬如写水著地[3]，正自纵横流漫，略无正方圆者[4]。"一时绝叹，以为名通[5]。《庄子》曰："天籁者，吹万不同，而使其自已也。"郭子玄注曰："无既无矣，则不能生有。有之未生，又不能为生。然则生生者谁哉？块然而自生耳，非我生也。我不生物，物不生我，则自然而已然，谓之天然。天然非为也，故以天言之，所以明其自然故也。"

❶自然：本然。指道家自然无为、不受约束的状态。禀受：接受。❷正：只。以下"正自纵横流漫"之"正"释义同。❸写：同"泻"。著：着。❹略：几乎，完全。❺名通：至理名言。

047 康僧渊初过江[1]，未有知者，恒周旋市肆[2]，乞索以自营[3]。忽往殷渊源许[4]，值盛有宾客，殷使坐，粗与寒温[5]，遂及义理。语言辞旨，曾无愧色[6]，领略粗举[7]，一往参诣[8]。由是知之。僧渊氏族所出未详，疑是胡人。尚书令沈约撰《晋书》，亦称其有义学。

❶康僧渊：晋朝人，本西域人，生于长安。❷恒：常常。周旋：徘徊。

市肆：城市中的商业市场。❸乞索：要饭。自营：自我维持生计。❹许：住所。❺寒温：寒暄。❻曾无：毫无。❼粗举：粗略题意，基本命题。❽参诣：谈理参义，渐至深远。

048 殷、谢诸人共集。殷浩、谢安。谢因问殷："眼往属万形[1]，万形来入眼不？"《成实论》曰："眼识不待到，而知虚尘，假空与明，故得见色。若眼到色到，色间则无空明。如眼触目，则不能见彼。当知眼识不到而知。"依如此说，则眼不往，形不入，遥属而见也。谢有问，殷无答，疑阙文。

❶属：追随，连接。万形：万物。

049 人有问殷中军："何以将得位而梦棺器，将得财而梦矢秽[1]？"殷曰："官本是臭腐，所以将得而梦棺尸；财本是粪土，所以将得而梦秽污。"时人以为名通[2]。

❶矢秽：粪污。❷名通：至理名言。

050 殷中军被废东阳[1]，浩黜废事别见。始看佛经。初视维摩诘[2]，僧肇注《维摩经》曰："维摩诘者，秦言净名，盖法身之大士，见居此土，以弘道也。"疑《般若波罗密》太多[3]，后见小品[4]，恨此语少[5]。波罗密，此言到彼岸也。经云："到者有六焉：一曰檀，檀者，施也；二曰毗黎，毗黎者，持戒也；三曰羼提，羼提者，忍辱也；四曰尸罗，尸罗者，精进也；五曰禅，禅者，定也；六曰般若，般若者，智慧也。然则五者为舟，般若为导，导则俱绝有相之流，升无相之彼岸也。故曰波罗密也。"渊源未畅其致，少而疑其多；已而究其宗，多而患其少也。

❶殷中军被废东阳：晋穆帝永和六年（公元350年），扬州刺史殷浩为中军将军，督师北伐，后兵败，于永和十年（公元354年）遭罢黜，迁居东阳。❷维摩诘：指《维摩经》。❸般若波罗密：佛经梵文音译。般，音bō。佛教名词，“六度”之一，亦简称“般若”。意思是通过智慧到达涅槃之彼岸。❹小品：佛经的简本。❺恨：遗憾。

051 支道林、殷渊源俱在相王许[1]，简文。相王谓二人：“可试一交言。而才性殆是渊源崤、函之固[2]，崤，谓二陵之地；函，函谷关也。并秦之险塞，王者之居。左思《魏都赋》曰：“崤、函，帝王之宅。”君其慎焉！”支初作，改辙远之[3]，数四交，不觉入其玄中。相王抚肩笑曰：“此自是其胜场[4]，安可争锋。”

❶相王：指晋简文帝司马昱。昱曾以会稽王居相位，故称。❷才性：指才性四本。才与性的四种存在状态，即才性同、才性异、才性合、才性离。崤、函：指崤山和函谷关。❸改辙远之：改换论题，远远避开。❹胜场：擅长的领域。

052 谢公因弟子集聚[1]，问《毛诗》何句最佳[2]。遏称曰：谢玄小字，已见。“昔我往矣，杨柳依依；今我来思，雨雪霏霏。[3]”公曰：“讦谟定命，远猷辰告。[4]”《大雅》诗也。毛苌注曰：“讦，大也；谟，谋也；辰，时也。”郑玄注曰：“猷，图也。大谋定命，谓正月始和，布政于邦国都鄙。”谓此句偏有雅人深致[5]。

❶因：趁着。❷《毛诗》：毛亨、毛苌所传的《诗经》版本。❸语出《诗经·小雅·采薇》，写出征战士久戍归来悲喜交加的心情。❹语出《诗经·大雅·抑》，叙写治国之道。意为：宏图大略确定号令，长远国策诏告群臣。❺偏：最。

053 张凭举孝廉[1]，出都[2]，负其才气，谓必参时彦[3]。欲诣刘尹，乡里及同举者共笑之。张遂诣刘。刘洗濯料事，处之下坐，唯通寒暑[4]，神意不接。张欲自发无端[5]。顷之，长史诸贤来清言。客主有不通处，张乃遥于末坐判之，言约旨远，足畅彼我之怀，一坐皆惊。真长延之上坐，清言弥日，因留宿至晓。张退，刘曰："卿且去，正当取卿共诣抚军[6]。"张还船，同侣问何处宿，张笑而不答。须臾，真长遣传教觅张孝廉船[7]，同侣惋愕。即同载诣抚军，至门，刘前进谓抚军曰："下官今日为公得一太常博士妙选[8]。"既前，抚军与之话言，咨嗟称善曰："张凭勃窣为理窟[9]。"即用为太常博士。宋明帝《文章志》曰："凭字长宗，吴郡人。有意气，为乡闾所称。学尚所得，敏而有文。太守以才选举孝廉，试策高第，为惔所举。补太常博士，累迁吏部郎、御史中丞。"

❶张凭：张凭字长宗，吴郡（今江苏苏州）人。少聪慧。举孝廉。用为太常博士。累迁吏部郎、御史中丞、司空长史。孝廉：魏晋选拔人才的科目。有孝行而又廉洁者可举孝廉。❷出都：到京都。❸时彦：当时的名流。❹通寒暑：说嘘寒问暖的客套话。❺无端：没有缘由。❻抚军：指晋简文帝司马昱。❼传教：传达教令的小吏。❽太常博士：掌导引车舆、议定王公以下谥号等职的官员。❾勃窣：才气纵横，辞采缤纷。

054 汰法师云[1]："六通三明同归[2]，正异名耳[3]！"《安法师传》曰："竺法汰者，体器弘简，道情冥到，法师友而善焉。"一说法汰即安公弟子也。《经》云："六通者，三乘之功德也。一曰天眼通，见远方之色；二曰天耳通，闻障外之声；三曰身通，飞行隐显；四曰它心通，水镜万虑；五曰宿命通，神知已往；六曰漏尽通，慧解累世。三明者，解脱在心，朗照三世者也。"然则天眼、天耳、身通、它心、漏尽，此五者，皆见在心之明也。宿命，则过去心之明也。因天眼发未来之智，则未来心之明也。同归异名，义在斯矣。

❶汰法师：即竺法汰。东莞人，少与道安、竺法雅等师事佛图澄。佛图澄圆寂后，法汰以师礼事道安。道安避难至新野，即命法汰下京。❷六通、三明：见本条刘注。同归：旨意相同。❸正：只。

055 支道林、许、谢盛德共集王家。许询、谢安、王蒙。谢顾谓诸人："今日可谓彦会❶，时既不可留，此集固亦难常，当共言咏，以写其怀❷。"许便问主人："有《庄子》不？"正得《渔父》一篇❸。《庄子》曰："孔子游乎缁帷之林，休坐乎杏坛之上。孔子弦歌鼓琴，奏曲未半，有渔者下船而来，须眉交白，被发揄袂，行原以上，距陆而止。左手据膝，右手持颐以听。曲终而招子贡、子路语曰：'彼何为者也？'曰：'孔氏。'曰：'孔氏何治？'子贡曰：'服忠信，行仁义，饰礼乐，选人伦，孔氏之所治也。'曰：'有土之君欤？'曰：'非也。'渔父曰：'仁则仁矣，恐不免其身。'孔子闻而求问之，遂言八疵、四病，以诫孔子。"谢看题❹，便各使四坐通❺。支道林先通，作七百许语，叙致精丽，才藻奇拔，众咸称善。于是四坐各言怀毕。谢问曰："卿等尽不？"皆曰："今日之言，少不自竭。"谢后粗难❻，因自叙其意，作万余语，才峰秀逸。《文士志》曰："安神情秀悟，善谈玄远。"既自难干❼，加意气拟托❽，萧然自得❾，四坐莫不厌心❿。支谓谢曰："君一往奔诣⓫，故复自佳耳⓬。"

❶彦会：名士的集会。彦：才能卓绝之人，指当时名士。❷写：同"泻"，抒发。❸正：只。《渔父》：《庄子》篇名。❹看：选择。❺通：阐发义理。❻粗难：简略地诘难。❼既自：已然，已经。难干：难以达到。❽拟托：虚拟假设。❾萧然：潇洒的样子。❿厌心：心满意足，心悦诚服。厌，满足。⓫一往：径直。奔诣：趋向高深的境界。⓬故复自：确实是。

056 殷中军、孙安国、王、谢能言诸贤[1]，悉在会稽王许[2]。殷与孙共论《易象妙于见形》[3]，其论略曰："圣人知观器不足以达变，故表圆应于著龟；圆应不可为典要，故寄妙迹于六爻。六爻周流，唯化所适。故虽一画而吉凶并彰，微一则失之矣。拟器托象而庆咎交着，系器则失之矣。故设八卦者，盖缘化之影迹也。天下者，寄见之一形也。圆影备未备之象，一形兼未形之形。故尽二仪之道，不与乾坤齐妙；风雨之变，不与巽坎同体矣。"孙语道合[4]，意气干云。一坐咸不安孙理[5]，而辞不能屈[6]。会稽王慨然叹曰："使真长来，故应有以制彼。"即迎真长，孙意已不如。真长既至，先令孙自叙本理。孙粗说己语，亦觉殊不及向[7]。刘便作二百许语，辞难简切，孙理遂屈。一坐同时拊掌而笑[8]，称美良久。

❶王、谢：王蒙、谢尚。❷会稽王：指晋简文帝司马昱。许：住所。❸《易象妙于见形》：指孙盛所著《易象妙于见形论》。❹道合：议论周到圆通。❺安：满意。❻辞不能屈：言词不能驳倒。❼向：刚才。❽拊掌：拍掌。

057 僧意在瓦官寺中[1]，未详僧意氏族所出。王苟子来，苟子，王修小字。与共语，便使其唱理[2]。意谓王曰："圣人有情不？"王曰："无。"重问曰："圣人如柱邪？"王曰："如筹算[3]，虽无情，运之者有情。"僧意云："谁运圣人邪？"苟子不得答而去。诸本无僧意最后一句，意疑其阙。庆校众本皆然，唯一书有之，故取以成其义。然王修善言理，如此论特不近人情，犹疑斯文为谬也。

❶僧意：东晋僧人，氏族、事迹不详。瓦官寺：佛寺名。晋哀帝兴宁二年修建。寺在都城凤凰台。❷唱理：提出论题进行阐发。唱，同"倡"。❸筹算：计算用具。

058 司马太傅问谢车骑[1]："惠子其书五车[2]，何以无一言入玄？"谢曰："故当是其妙处不传[3]。"《庄子》曰："惠施多方，其书五车，其道舛驳，其言不中。谓卵有毛，鸡三足，马有卵，犬可为羊，火不热，目不见，龟长于蛇，丁子有尾，白狗黑，连环可解。能胜人之口，不能服人之心，盖辩者之囿也。"

❶司马太傅：司马道子。谢车骑：谢玄。❷惠子：施惠。战国宋人，名家代表人物，善诡辩。❸故当：可能，也许。

059 殷中军被废[1]，徙东阳，大读佛经，皆精解，唯至事数处不解[2]。事数，谓若五阴、十二入、四谛、十二因缘、五根、五力、七觉之属。遇见一道人[3]，问所签[4]，便释然[5]。

❶殷中军被废：见 4/50 注❶。❷事数处：关涉数字的地方。如"五阴、十二入、四谛、十二因缘、五根、五力、七觉"之类的佛学概念与理论。❸道人：僧人。❹签：在书中作的标记。❺释然：疑惑消除的样子。

060 殷仲堪精核玄论[1]，人谓莫不研究。殷乃叹曰："使我解四本[2]，谈不翅尔[3]。"周祇《隆安记》曰："仲堪好学，而有理思也。"

❶精核：深入研究。玄论：老庄玄远之论。❷四本：指才性四本。❸不翅：同"不啻"。不止，不但。

061 殷荆州曾问远公[1]：张野《远法师铭》曰："沙门释惠远，雁门楼烦人。本姓贾氏，世为冠族。年十二，随舅令狐氏游学许、洛。年二十一，欲南渡就范宣子学，道阻不通，遇释道安以为师。

抽簪落发，研求法藏。释昙翼每资以灯烛之费。诵鉴淹远，高悟冥赜。安常叹曰：‘道流东国，其在远乎？’襄阳既没，振锡南游，结宇灵岳，自年六十，不复出山。名被流沙，彼国僧众皆称汉地有大乘沙门。每至，燃香礼拜，辄东向致敬。年八十三而终。”“《易》以何为体[2]？”答曰：“《易》以感为体[3]。”殷曰：“铜山西崩，灵钟东应[4]，便是《易》耶？”《东方朔传》曰：“孝武皇帝时，未央宫前殿钟无故自鸣，三日三夜不止。诏问太史待诏王朔，朔言恐有兵气。更问东方朔，朔曰：‘臣闻铜者，山之子；山者，铜之母。以阴阳气类言之，子母相感，山恐有崩弛者，故钟先鸣。《易》曰：“鸣鹤在阴，其子和之。”精之至也。其应在后五日内。’居三日，南郡太守上书言山崩，延袤二十余里。”《樊英别传》曰：“汉顺帝时，殿下钟鸣。问英，对曰：‘蜀岷山崩，山于铜为母，母崩子鸣，非圣朝灾。’后蜀果上山崩，日月相应。”二说微异，故并载之。远公笑而不答。

❶远公：指惠远和尚，东晋名僧。俗姓贾，雁门郡楼烦县（今山西宁武附近）人，出身于世代书香之家。东渡后，隐居庐山，讲经授业，传教布道。❷体：本体，根本。❸感：感应。❹铜山西崩，灵钟东应：相传魏时殿前大钟无故自鸣。张华以为蜀郡铜山崩，故钟鸣应之耳。不久蜀郡上禀其事，果如华言。

062 羊孚弟娶王永言女[1]，孚弟，辅也。《羊氏谱》曰：“辅字幼仁，泰山人。祖楷，尚书郎。父绥，中书郎。辅仕至卫军功曹，娶琅邪王纳之女，字僧首。”及王家见婿，孚送弟俱往。时永言父东阳尚在[2]，《王氏谱》曰：“讷之字永言，琅邪人。祖彪之，光禄大夫。父临之，东阳太守。讷之历尚书左丞、御史中丞。”殷仲堪是东阳女婿，亦在坐。《殷氏谱》曰：“仲堪娶琅邪王临之女，字英彦。”孚雅善理义，乃与仲堪道《齐物》[3]。《庄子》篇也。殷难之，羊云：“君四番后当得见同[4]。”殷笑曰：“乃可得尽[5]，何必相同？”乃至四番后一通[6]。殷咨嗟曰："仆便无以相异！"叹为新拔者久之[7]。

❶王永言：王讷之字永言，琅邪（山东临沂市）人。历尚书左丞、御史中丞。❷东阳：指东阳太守王临之，王永言之父。❸《齐物》：《齐物论》《庄子》篇名。❹当得：一定会。❺乃：才，始。尽：尽理。❻一通：见解相同。❼新拔：新颖卓异。

063 殷仲堪云："三日不读《道德经》[1]，便觉舌本间强[2]。"《晋安帝纪》曰："仲堪有思理，能清言。"

❶《道德经》：老子《道德经》。玄学文本三玄之一。❷舌本：舌根。强：僵硬。

064 提婆初至[1]，为东亭第讲《阿毗昙》[2]。《出经叙》曰："僧伽提婆，罽宾人，姓瞿昙氏，俊朗有深鉴。苻坚至长安，出诸经。后渡江，远法师请译《阿毗昙》。"远法师《阿毗昙叙》曰："《阿毗昙心》者，三藏之要领，咏歌之微言。源流广大，管综众经，领其宗会，故作者以心为名焉。有出家开士字法胜，以《阿毗昙》源流广大，卒难寻究，别撰斯部，凡二百五十偈，以为要解，号之曰'心'。罽宾沙门僧伽提婆少玩斯文，因请令译焉。"《阿毗昙》者，晋言大法也。道标法师曰："《阿毗昙》者，秦言无比法也。"始发讲，坐裁半[3]，僧弥便云："都已晓。"即于坐分数四有意道人[4]，更就余屋自讲。提婆讲竟[5]，东亭问法冈道人曰：法冈，未详氏族。"弟子都未解，阿弥那得已解？所得云何[6]？"曰："大略全是，故当小未精核耳[7]。"《出经叙》曰："提婆以隆安初游京师，东亭侯王珣迎至舍，讲《阿毗昙》。提婆宗致既明，振发义奥，王僧弥一听，便自讲，其明义易启人心如此。未详年卒。"

❶提婆：即僧伽提婆，佛教僧人，译经师，本姓瞿昙氏，北印度罽宾人。他出家以后，远访明师，学通三藏，尤精于《阿毗昙心论》。又经常诵习《三法度论》，奉之为入道指南。❷第：疑为“弟”之误。或解为府第，亦通。《阿毗昙》：阿毗（pí）昙（tán）（梵文：Abhidharma），简称毗昙，亦称阿毗达磨，意译为“对法”“无比法”“大法”，在佛典三藏中列为论藏。论典为某些高僧大德对佛经的见解和注疏，通常会将某些佛经的零散观点进行系统、完整、深入地阐述，能帮助人们对佛学观点进行总体认识和系统研究。❸裁：同“才”。❹数四：三四个，数个。❺竟：完毕，结束。❻云何：如何，怎么样。❼故当：也许，可能。小：稍微。精核：深入研究。

065 桓南郡与殷荆州共谈[1]，每相攻难。年余后但一两番[2]，桓自叹才思转退[3]。殷云：“此乃是君转解[4]。”周祇《隆安记》曰：“玄善言理，弃郡还国，常与殷荆州仲堪终日谈论不辍。”

❶谈：清谈，谈玄。❷但：只。番：回合。❸转退：逐渐衰退。❹转解：逐渐理解。

066 文帝尝令东阿王七步中作诗[1]，不成者行大法[2]。应声便为诗曰：“煮豆持作羹，漉菽以为汁[3]。萁在釜下然[4]，豆在釜中泣。本自同根生，相煎何太急？”帝深有惭色。《魏志》曰：“陈思王植，字子建，文帝同母弟也。年十余岁，诵诗论及辞赋数万言。善属文，太祖尝视其文曰：‘汝倩人耶？’植跪曰：‘出言为论，下笔成章。顾当面试，奈何倩人？’时邺铜雀台新成，太祖悉将诸子登之，使各为赋。植援笔立成，可观。性简易，不治威仪。舆马服饰，不尚华丽。每见难问，应声而答。太祖宠爱之，几为太子者数矣。文帝即位，封鄄城侯，后徙雍丘，复封东阿。植每求试不得，而国亟迁易，汲汲无欢。年四十一薨。”

❶东阿王：指曹植。❷大法：指死刑。❸漉：过滤。菽：豆类的总称。❹萁：豆秸。釜：锅。然：同“燃”。

067 魏朝封晋文王为公[1]，备礼九锡[2]，文王固让不受。公卿将校当诣府敦喻[3]。司空郑冲冲，已见。驰遣信就阮籍求文[4]。籍时在袁孝尼家[5]，《袁氏世纪》曰：“准字孝尼，陈郡阳夏人。父涣，魏郎中令。准忠信居正，不耻下问，唯恐人不胜己也。世事多险，故恬退不敢求进。著书十万余言。”荀绰《兖州记》曰：“准有俊才，泰始中，位给事中。”宿醉扶起[6]，书札为之[7]，无所点定[8]，乃写付使[9]。时人以为神笔。顾恺之《晋文章记》曰：“阮籍劝进，落落有宏致，至转说徐而摄之也。”一本注阮籍《劝进文》略曰：“窃闻明公固让，冲等眷眷，实怀愚心。以为圣王作制，百代同风，褒德赏功，其来久矣。周公籍已成之业，据既安之势，光宅曲阜，奄有龟、蒙。明公宜奉圣旨，受兹介福也。”

❶公：五等爵位（公、侯、伯、子、男）之一。❷九锡：古代帝王尊礼大臣所赐予的九种器物。❸公卿将校：泛指朝中文武大臣。当：将。诣：拜访。敦喻：敦促劝说。❹信：信使，使者。❺袁孝尼：袁准字孝尼，陈郡扶乐人。入晋拜给事中。著书十万余言。❻宿醉：隔夜酒醉。❼书札：动宾结构。书写信札。❽点定：修改定稿。❾写：誊写，抄写。

068 左太冲作《三都赋》初成[1]，《思别传》曰：“思字太冲，齐国临淄人。父雍，起于笔札，多所掌练，为殿中御史。思蚤丧母，雍怜之，不甚教其书学。及长，博览名文，遍阅百家。司空张华辟为祭酒，贾谧举为秘书郎。谧诛，归乡里，专思著述。齐王冏请为记室参军，不起，时为《三都赋》未成也。后数年，疾终。其《三都赋》改定，至终乃上。初作《蜀都赋》云：‘金马电发于高冈，碧鸡振翼而云披。鬼弹飞丸以礌礉，火井腾光以赫曦。’今无‘鬼弹’，故其赋往往不同。思为人无吏干，而有文才。又颇以椒房自矜，故齐人不重也。”时人互有讥訾[2]，思意不惬[3]。后示张公[4]，张华，已见。张曰：“此‘二京’可三[5]，然君文未重于世，宜以经高名之士。”思乃询求于皇甫谧。王隐《晋书》曰：“谧字士安，安定朝那人，汉太尉嵩曾孙也。祖叔献，灞陵令。父叔侯，举孝廉。谧族从皆累世富贵，独守寒素。所养叔母叹曰：‘昔孟母以三徙成子，曾父以烹豕存教。岂我居不卜邻，何尔鲁之甚乎？修身笃学，自汝得之，于我何有？’因对之流涕，谧乃感激。年二十余，就乡里席坦受书，遭人而问，少有宁日。武帝借其书二车，遂博览。太子中庶子、议郎征，并不就，终于家。”谧见之嗟叹，遂为作叙。于是先相非贰者[6]，莫不敛衽赞述焉[7]。《思别传》曰：“思造张载，问岷、蜀事。交接亦疏。”皇甫谧西州高士，挚仲治宿儒知名，非思伦匹。刘渊林、卫伯舆并蚤终，皆不为思赋序注也。凡诸注解，皆思自为，欲重其文，故假时人名姓也。

❶左太冲：左思字太冲，齐国临淄（今山东淄博）人。西晋著名文学家，其《三都赋》颇被当时称颂，造成“洛阳纸贵”。《咏史诗》语言质朴凝练。后人辑有《左太冲集》。❷讥訾：讥讽诋毁。❸惬：惬意，满意。❹张公：指张华。❺“二京”可三：言左思的《三都赋》可与张衡的《西京赋》《东京赋》并列为三。二京：指张衡的《西京赋》和《东京赋》。❻非贰：非议。❼敛衽：收敛衣襟，形容表示敬意。

069 刘伶著《酒德颂》[1]，意气所寄。《名士传》曰：“伶字伯伦，沛郡人。肆意放荡，以宇宙为狭。常乘鹿车，携一壶酒，使人荷锸随之，云：‘死便掘地以埋。’土木形骸，遨游一世。”《竹林七贤论》曰：“伶处天地间，悠悠荡荡，无所用心。常与俗士相牾，其人攘袂而起，欲必辱之。伶和其色曰：‘鸡肋岂足以当尊拳！’其人不觉废然而返。未尝措意文章，终其世，凡著《酒德颂》一篇而已。其辞曰：‘有大人先生者，以天地为一朝，万期为须臾，日月为扃牖，八荒为庭衢。行无辙迹，居无室庐，幕天席地，纵意所如。行则操卮执瓢，动则挈榼提壶，唯酒是务，焉知其余。有贵介公子、缙绅处士，闻吾风声，议其所以。乃奋袂攘襟，怒目切齿，陈说礼法，是非锋起。先生于是方捧罂承槽，衔杯漱醪，奋髯箕踞，枕曲藉糟，无思无虑，其乐陶陶。兀然而醉，慌尔而醒。静听不闻雷霆之声，熟视不见泰山之形。不觉寒暑之切肌，利欲之感情，俯观万物之扰扰，如江汉之载浮萍。二豪侍侧焉，如蜾蠃之与螟蛉。’”

❶刘伶：刘伶字伯伦，沛国（今安徽淮北）人，竹林七贤之一。嗜酒不羁，被称为“醉侯”。好老庄之学，追求自由逍遥、无为而治。曾在建威将军王戎幕府任参军，因无所作为而罢官。

070 乐令善于清言，而不长于手笔❶。将让河南尹❷，请潘岳为表。《晋阳秋》曰：“岳字安仁，荥阳人。夙以才颖发名。善属文，清绮绝世，蔡邕未能过也。仕至黄门侍郎，为孙秀所害。”潘云：“可作耳，要当得君意❸。”乐为述已所以为让，标位二百许语❹。潘直取错综，便成名笔❺。时人咸云：“若乐不假潘之文，潘不取乐之旨，则无以成斯矣。”

❶手笔：撰写文章。❷让：辞让。河南尹：河南郡最高行政长官。❸要当：必须。❹标位：列举，揭示，阐明。❺名笔：名篇。

071 夏侯湛作《周诗》成❶，《文士传》曰：“湛字孝若，谯国人，魏征西将军夏侯渊曾孙也。有盛才，文章巧思，善补雅词，名亚潘岳。历中书侍郎。”《湛集》载其《叙》曰：“《周诗》者，《南陔》《白华》《华黍》《由庚》《崇丘》《由仪》六篇，有其义而亡其辞，湛续其亡，故云《周诗》也。”示潘安仁。安仁曰：“此非徒温雅[2]，乃别见孝悌之性。”其诗曰：“既殷斯虔，仰说洪恩。夕定晨省，奉朝侍昏。宵中告退，鸡鸣在门。孳孳恭诲，夙夜是敦。”潘因此遂作《家风诗》。岳《家风诗》载其宗祖之德，及自戒也。

❶《周诗》:《诗经》存目311首，实际存诗305首。其中六首《南陔》《白华》《华黍》《由庚》《崇丘》《由仪》有目无词，称之为“笙诗”。夏侯湛有意续其亡，故云《周诗》。❷非徒：不但，不仅。

072 孙子荆除妇服[1]，作诗以示王武子。《孙楚集》云：“妇，胡毋氏也。”其诗曰：“时迈不停，日月电流。神爽登遐，忽已一周。礼制有叙，告除灵丘。临祠感痛，中心若抽。”王曰：“未知文生于情，情生于文？一作“文于情生，情于文生”。览之凄然，增伉俪之重[2]。”

❶除妇服：除去为妻服丧的丧礼之服。夫为妻服丧一年。❷伉俪：夫妻。

073 太叔广甚辩给[1]，而挚仲治长于翰墨[2]，俱为列卿[3]。每至公坐，广谈，仲治不能对；退，著笔难广[4]，广又不能答。王隐《晋书》曰：“广字季思，东平人。拜成都王为太弟，欲使诣洛。广子孙多在洛，虑害，乃自杀。挚虞字仲治，京兆长安人。祖茂，秀才。父模，太仆卿。虞少好学，师事皇甫谧，善校练文义，多所著述。历秘书监、太常卿，从惠帝至长安，遂流离鄠、杜间。性好博古，而文籍荡尽。永嘉五年，洛中大饥，遂饿而死。”虞与广名位略同，广长口才，虞长笔才，俱少政事。众坐广谈，虞不能对；广退，笔难广，广不能答。于是更相嗤笑，纷然于世。广无可记，虞多所录，于斯为胜也。

❶太叔广：太叔广字季思，西晋时期人物，曾任太常博士，有口才，和挚虞同朝为官。辩给：能言善辩。❷挚仲治：挚虞字仲治，京兆长安（今陕西西安）人，西晋著名谱学家。历秘书监、太常卿。翰墨：笔墨。指写文章。❸列卿：九卿之列。❹著笔：作文。

074 江左殷太常父子并能言理[1]，亦有辩讷之异[2]。扬州口谈至剧[3]，太常辄云："汝更思吾论。"《中兴书》曰："殷融字洪远，陈郡人。桓彝有人伦鉴，见融，甚叹美之。著《象不尽意》《大贤须易论》，理义精微，谈者称焉。兄子浩，亦能清言，每与浩谈，有时而屈。退而著论，融更居长。为司徒左西属。饮酒善舞，终日啸咏，未尝以世务自婴。累迁吏部尚书、太常卿，卒。

❶殷太常父子：指殷融、殷浩叔侄二人。六朝时习惯称叔侄为父子。殷融：殷融字洪远，陈郡长平（今河南西华）人。殷融好《易》《老》之学，善属文而不善口辩。累迁吏部尚书、太常卿。❷辩讷：善辩与口讷。❸扬州：指殷浩。殷浩曾作扬州刺史，故称。

075 庾子嵩作《意赋》成，《晋阳秋》曰："敳，永嘉中为石勒所害。先是，敳见王室多难，知终婴其祸，乃作《意赋》以寄怀。"从子文康见[1]，问曰："若有意邪，非赋之所尽；若无意邪，复何所赋？"答曰："正在有意无意之间。"

❶从子：侄子。文康：庾亮。

076 郭景纯诗云[1]："林无静树，川无停流。"王隐《晋书》曰："郭璞字景纯，河东闻喜人。父瑗，建平太守。"《璞别传》曰："璞奇博德通，文藻粲丽，才学赏豫，足参上流。其诗赋诔颂，并传于世。而讷于言，造次咏语，常人无异。又不持仪检，形质颓索，纵情嫚惰，时有醉饱之失。友人干令升戒之曰：‘此伐性之斧也。’璞曰：‘吾所受有分，恒恐用之不尽，岂酒色之能害？’王敦取为参军。敦纵兵都辇，乃咨以大事，璞极言成败，不为回屈。敦忌而害之。”诗，璞《幽思篇》者。阮孚云[2]：阮孚，别见。“泓峥萧瑟[3]，实不可言。每读此文，辄觉神超形越。”

[1]郭景纯：郭璞字景纯，河东郡闻喜县（今山西省闻喜县）人。两晋时期著名游仙诗人。西晋末年，郭璞为宣城太守殷祐参军。晋元帝时拜著作佐郎，与王隐共撰《晋史》。后为大将军王敦记室参军，以卜筮不吉劝阻王敦谋反而遇害。王敦之乱平定后，追赠弘农太守。[2]阮孚：阮孚字遥集，阮咸之子。西晋陈留尉氏（今河南）人。饮酒史上“兖州八伯”之一。阮孚为“诞伯”。历元、明、成数帝，官至广州刺史。[3]泓峥萧瑟：泓峥，水深山高，形容郭诗境界高妙；萧瑟，风吹林木声，形容郭诗境界苍凉深沉。

077 庾阐始作《扬都赋》[1]，道温、庾云[2]：“温挺义之标[3]，庾作民之望。方响则金声[4]，比德则玉亮。”庾公闻赋成，求看，兼赠贶之[5]。阐更改“望”为“俊”，以“亮”为“润”云[6]。《中兴书》曰：“阐字仲初，颍川人，太尉亮之族也。少孤，九岁便能属文。迁散骑侍郎，领大著作，为《扬都赋》，邈绝当时，五十四卒。”

[1]《扬都赋》：东晋庾阐作。赋作极力夸饰扬州城的宏伟壮丽，一时传为名篇。[2]温、庾：指温峤、庾亮。[3]挺义：伸张正义。标：榜样，楷模。[4]方：比。[5]赠贶：馈赠，奖赏。[6]改“亮”为“润”是为避庾亮名讳，为求与“润”押韵，又改“望”为“俊”。

078 孙兴公作《庾公诔》[1]，袁羊曰：“见此张缓[2]。”于时以为名赏。《袁氏家传》曰：“乔有文才。”

❶《庾公诔》：庾公，指庾亮。诔：哀悼死者，追叙其生平事迹的纪念性文体。❷张缓：紧张与松弛。指文章形式上的张弛有度和跌宕起伏，暗含对庾亮一生功过的褒贬适宜。

079 庾仲初作《扬都赋》成，以呈庾亮。亮以亲族之怀，大为其名价❶，云："可三'二京'，四'三都'❷。"于此人人竞写，都下纸为之贵。谢太傅云："不得尔，此是屋下架屋耳❸。事事拟学，而不免俭狭。"王隐《论扬雄太玄经》曰："《玄经》虽妙，非益也。是以古人谓其屋下架屋。"

❶大为其名价：大力推介，提升其身价。❷三"二京"，四"三都"：与"二京赋"并列为三，与"三都赋"并列为四。❸屋下架屋：比喻重复多余。

080 习凿齿史才不常，宣武甚器之，未三十，便用为荆州治中❶。凿齿谢笺亦云："不遇明公，荆州老从事耳❷！"后至都见简文，返命❸，宣武问："见相王何如❹？"答云："一生不曾见此人！"从此忤旨❺，出为衡阳郡❻，性理遂错❼。于病中犹作《汉晋春秋》❽，品评卓逸。《续晋阳秋》曰："凿齿少而博学，才情秀逸，温甚奇之。自州从事，岁中三转，至治中。后以忤旨，左迁户曹参军、衡阳太守。在郡著《汉晋春秋》，斥温觊觎之心也。"《凿齿集》载其论，略曰："静汉末累世之交争，廓九域之蒙晦，大定千载之盛功者，皆司马氏也。若以魏有代王之德，则不足；有静乱之功，则孙、刘鼎立。共王秦政，犹不见叙于帝王，况暂制数州之众哉。且汉有系周之业，则晋无所承魏之迹矣。春秋之时，吴、楚称王。若推有德，彼必自系于周，不推吴、楚也。况长辔庙堂，吴、蜀两定，天下之功也。"

❶治中：官名。掌文书卷案，为州刺史助理。❷从事：从事史，州郡

属官。❸返命：复命，回报。❹相王：司马昱。❺忤旨：违抗意旨。❻出为衡阳郡：降为衡阳太守。❼性理：神志。❽《汉晋春秋》：书名，习凿齿撰。写东汉至西晋的历史，凡54卷。原书亡佚，今只存辑本。

081 孙兴公云："《三都》《二京》[1]，五经鼓吹[2]。"言此五赋是经典之羽翼。

❶《三都》：即左思《三都赋》。《二京》：即张衡《二京赋》。❷五经：儒家的五部经典。即《诗》《书》《礼》《易》《春秋》。鼓吹：宣扬。

082 谢太傅问主簿陆退[1]：《陆氏谱》曰："退字黎民，吴郡人。高祖凯，吴丞相。祖仰，吏部郎。父伊，州主簿。退仕至光禄大夫。""张凭何以作母诔[2]，而不作父诔？"退答曰："故当是丈夫之德[3]，表于事行；妇人之美，非诔不显。"《陆氏谱》曰："退，凭婿也。"

❶主簿：属官名。掌管文书簿籍、印鉴等。陆退：陆退字黎民，吴郡（今江苏苏州）人。官至光禄大夫。❷诔：叙述死者生平德行以示哀悼的文体。❸故当：也许，可能。丈夫：成年男子。

083 王敬仁年十三作《贤人论》[1]，长史送示真长[2]，真长答曰："见敬仁所作论，便足参微言[3]。"《修集》载其论曰："或问：'《易》称贤人，黄裳元吉，苟未能暗与理会，何得不求通？求通则有损，有损则元吉之称将虚设乎？'答曰：'贤人诚未能暗与理会，当居然人从，比之理尽，犹一豪之领一梁。一豪之领一梁，虽于理有损，不足以挠梁。贤有情之至寡，豪有形之至小，豪不至挠梁，于贤人何有损之者哉？'"

❶《贤人论》：王修所作文章，文今不存。❷长史：王蒙。❸微言：玄言。

084 孙兴公云："潘文烂若披锦，无处不善；《续文章志》曰："岳为文，选言简章，清绮绝伦。"陆文若排沙简金[1]，往往见宝。"《文章传》曰："机善属文，司空张华见其文章，篇篇称善，犹讥其作文大治。谓曰：'人之作文，患于不才，至子为文，乃患才多也。'"

❶排沙简金：拨开沙砾挑选金子。比喻从大量东西中挑选精华。

085 简文称许掾云："玄度五言诗[1]，可谓妙绝时人。"《续晋阳秋》曰："询有才藻，善属文。自司马相如、王褒、扬雄诸贤，世尚赋颂，皆体则诗、骚，傍综百家之言。及至建安，而诗章大盛。逮乎西朝之末，潘、陆之徒虽时有质文，而宗归不异也。正始中，王弼、何晏好庄老玄胜之谈，而世遂贵焉。至过江，佛理尤盛，故郭璞五言始会合道家之言而韵之。询及太原孙绰转相祖尚，又加以三世之辞，而诗骚之体尽矣。询、绰并为一时文宗，自此作者悉体之。至义熙中，谢混始改。"

❶玄度：指许询，许询字玄度。

086 孙兴公作《天台赋》成[1]，以示范荣期[2]，《中兴书》曰："范启字荣期，慎阳人。父坚，护军。启以才义显于世，仕至黄门郎。"云："卿试掷地，要作金石声[3]。"范曰："恐子之金石，非宫商中声[4]。"然每至佳句，"赤城霞起而建标，瀑布飞流而界道。"此赋之佳处。辄云："应是我辈语[5]。"

❶《天台赋》：即孙绰《天台山赋》，以优美的文辞写天台山的壮丽景色。赋见《昭明文选》。❷范荣期：范启字荣期，南阳郡顺阳（今河南淅川）人。以才义显于当世，与清谈之士袁宏等交好。初为秘书郎，累迁黄门侍郎。❸金石声：钟、磬等发出的声音。比喻文辞优美，音韵铿锵。❹宫商：即宫商角徵羽，古代五音。❺应：的确，确实。

087 桓公见谢安石作简文谥议[1]，看竟，掷于坐上诸客曰："此是安石碎金[2]。"刘谦之《晋纪》载安《议》曰："谨按谥法：'一德不懈曰简，道德博闻曰文。'《易》简而天下之理得，观乎人文，化成天下，仪之景行，犹有仿佛。宜尊号曰太宗，谥曰简文。"

❶谥议：追加司马昱谥号的奏议。❷碎金：比喻篇幅简短的美文。

088 袁虎少贫，虎，袁宏小字也。尝为人佣载运租[1]。谢镇西经船行，其夜清风朗月，闻江渚间估客船上有咏诗声[2]，甚有情致。所诵五言，又其所未尝，闻叹美不能已。即遣委曲讯问[3]，乃是袁自咏其所作《咏史》诗。因此相要[4]，大相赏得[5]。《续晋阳秋》曰："虎少有逸才，文章绝丽。曾为《咏史》诗，是其风情所寄。少孤而贫，以运租为业。镇西谢尚时镇牛渚，乘秋佳风月，率尔与左右微服泛江。会虎在运租船中讽咏，声既清会辞文藻拔，非尚所曾闻，遂住听之。乃遣问讯，答曰：'是袁临汝郎，诵诗即其《咏史》之作也。'尚佳其率有胜致，即遣要迎，谈话申旦。自此名誉日茂。"

❶佣载运租：被雇佣运送租谷。❷江渚：江中沙洲。估客：贩货行商。❸委曲：辗转。讯问：打听。❹相要：相邀请。要，同"邀"。❺赏得：赏识。

089 孙兴公云："潘文浅而净，陆文深而芜。"

090 裴郎作《语林》[1]，始出，大为远近所传。时流年少[2]，无不传写[3]，各有一通[4]。载王东亭作《经王公酒垆下赋》[5]，甚有才情。《裴氏家传》曰："裴荣字荣期，河东人。父稚，丰城令。荣期少有风姿才气，好论古今人物，撰《语林》数卷，号曰《裴子》。"檀道鸾谓裴松之，以为启作《语林》，荣傥别名启乎？

❶裴郎：指裴启。郎，年轻男子的美称。裴启名荣，字荣期。东晋河东闻喜（今山西闻喜县）人，处士，以一部《语林》蜚声文坛，遂有风靡一时的"裴氏学"。《语林》：笔记小说，晋裴启撰。今书已不存，有辑本。❷时流：世俗之辈。❸传写：传抄。❹一通：一份。❺《经王公酒垆下赋》：考《轻诋》《伤逝》篇中诸条，"王公"当为"黄公"。

091 谢万作《八贤论》[1]，与孙兴公往反[2]，小有利钝[3]。《中兴书》曰："万善属文，能谈论。"万《集》载其叙四隐四显，为八贤之论，谓渔父、屈原、季主、贾谊、楚老、龚胜、孙登、嵇康也。其旨以处者为优，出者为劣。孙绰难之，以谓体玄识远者，出处同归。文多不载。谢后出以示顾君齐[4]，《顾氏谱》曰："夷字君齐，吴郡人。祖廞，孝廉。父霸，少府卿。夷辟州主簿，不就。"顾曰："我亦作，知卿当无所名[5]。"

❶《八贤论》：八贤指四隐四显，其思想境界以隐逸者为优，以出仕为官为劣。❷往反：谈玄论辩。❸小：稍，略。利钝：偏义复词，指迟滞、滞阻。❹顾君齐：顾夷字君齐，东晋学者、文学家。吴郡吴县（今苏州）人。曾征召为州主簿，不肯就职。❺无所名：没有什么可称赞的。

092 桓宣武命袁彦伯作《北征赋》[1]，《续晋阳秋》曰："宏从温征鲜卑，故作《北征赋》，宏文之高者。"既成，公与时贤共看，咸嗟叹之[2]。时王珣在坐，云："恨少一句[3]，得'写'字足韵[4]，当佳。”袁即于坐揽笔益云[5]：“感不绝于余心，溯流风而独写[6]。”公谓王曰：“当今不得不以此事推袁。”宏集载其赋云：“闻所闻于相传，云获麟于此野。诞灵物以瑞德，奚授体于虞者！悲尼父之恸泣，似实恸而非假。岂一物之足伤，实致伤于天下。感不绝于余心，溯流风而独写。”《晋阳秋》曰：“宏尝与王珣、伏滔同侍温坐。温令滔读其赋，至‘致伤于天下’，于此改韵，云：‘此韵所咏，慨深千载。今于“天下”之后便移韵，于写送之致，如为未尽。’滔乃云：‘得益“写”一句，或当小胜。’桓公语宏：‘卿试思益之。’宏应声而益，王、伏称善。”

❶《北征赋》：袁宏作。时宏任桓温记室参军，随桓温北征鲜卑，《北征赋》为此而作。❷嗟叹：赞叹。❸恨：遗憾。❹足韵：补足韵脚。❺益：增益。❻溯：追溯。流风：遗风。独写：独自抒发情怀。写，同“泻”。

093 孙兴公道曹辅佐才如白地明光锦[1]，《中兴书》曰：“曹毗字辅佐，谯国人，魏大司马休曾孙也。好文籍，能属词，累迁太学博士、尚书郎、光禄勋。”裁为负版绔[2]，《论语》曰：“孔子式负版者。”郑氏注曰：“版谓邦国籍也；负之者，贱隶人也。”非无文采，酷无裁制[3]。

❶曹辅佐：曹毗字辅佐，谯国（今安徽亳州）人。历任著作郎、句章令、太学博士、尚书郎、下邳太守等职。后累迁至光禄勋。好文籍，能属词，曾作《扬州赋》流传于世。今存《涉江赋》《秋兴赋》《箜篌赋》等。道：评论。地：质地，底子。明光锦：晋代一种著名的织锦。❷负版绔：粗制的衣服。❸酷：极，甚。裁制：裁剪制作。

094 袁彦伯作《名士传》成[1]，宏以夏侯太初、何平叔、王辅嗣为正始名士，阮嗣宗、嵇叔夜、山巨源、向子期、刘伯伦、阮仲容、王濬冲为竹林名士，裴叔则、乐彦辅、王夷甫、庾子嵩、王安期、阮千里、卫叔宝、谢幼舆为中朝名士。见谢公。公笑曰："我尝与诸人道江北事❷，特作狡狯耳❸，彦伯遂以著书。"

❶《名士传》：据《晋书》本传记载，袁宏作《名士传》三巨卷。❷江北：长江下游以北地区，特指渡江前的西晋。❸狡狯：游戏。

095 王东亭到桓公吏，既伏阁下，桓令人窃取其白事❶。东亭即于阁下更作❷，无复向一字❸。《续晋阳秋》曰："珣学涉通敏，文高当世。"

❶白事：奏事书。❷更作：重新作。❸向：刚才，先前。

096 桓宣武北征，《温别传》曰："温以太和四年，上疏自征鲜卑。"袁虎时从，被责免官。会须露布文❶，唤袁倚马前令作。手不辍笔❷，俄得七纸❸，殊可观。东亭在侧，极叹其才。袁虎云："当令齿舌间得利❹。"

❶会：碰巧。露布文：此处指檄文。❷辍：停。❸俄：一会儿。❹当令：应当。

097 袁宏始作《东征赋》❶，都不道陶公❷。胡奴诱之狭室中❸，临以白刃❹，胡奴，陶范，别见。曰："先公勋业如是，君作《东征赋》，云何相忽略❺？"宏窘蹙无计❻，便答："我大道公，何以云无？"因诵曰："精金百炼，在割能断。❼功则治人，职思靖乱。❽长沙之勋，为史所赞❾。"《续晋阳秋》曰："宏为大司马记室参军，后为《东征赋》，悉称过江诸名望。时桓温在南州，宏语众云：'我决不及桓宣城。’时伏滔在温府，与宏善，苦谏之。宏笑而不答，滔密以启温，温甚忿。以宏一时文宗，又闻此赋有声，不欲令人显问之。后游青山，饮酌既归，公命宏同载，众为危惧。行数里，问宏曰：‘闻君作《东征赋》，多称先贤，何故不及家君？’宏答曰：‘尊公称谓，自非下官所敢专，故未呈启，不敢显之耳。’温乃云：‘君欲为何辞？’宏即答云：‘风鉴散朗，或投或引。身虽可亡，道不可陨。则宣城之节，信为允也。’温泫然而止。”二说不同，故详载焉。

❶《东征赋》：袁宏作，主旨是赞颂过江诸名臣的功业。❷都不：完全不。❸胡奴：陶范，小名胡奴，陶侃之子，太元初年官至光禄勋。❹临以白刃：以锋利的刀剑相逼。❺云何：为什么。❻窘蹙：窘迫为难的样子。❼精金百炼，在割能断：好钢经过千锤百炼，什么都能割断。比喻陶侃能当大任。❽功则治人，职思靖乱：功劳在于治理百姓，平定叛乱。❾长沙：指长沙王陶侃。

098 或问顾长康：“君《筝赋》何如嵇康《琴赋》❶？”顾曰：“不赏者作后出相遗❷，深识者亦以高奇见贵❸。”《中兴书》曰：“恺之博学有才气，为人迟钝而自矜尚，为时所笑。”宋明帝《文章志》曰：“桓温云：‘顾长康体中痴黠各半，合而论之，正平平耳！’世云有三绝：画绝、文绝、痴绝。”《续晋阳秋》曰：“恺之矜伐过实，诸年少因相称誉以为戏弄。为散骑常侍，与谢瞻连省，夜于月下长咏，自云得先贤风制。瞻每遥赞之，恺之得此，弥自力忘倦。瞻将眠，语捶脚人令代，恺之不觉有异，遂几申旦而后止。”

❶《筝赋》：顾恺之作。《琴赋》：嵇康作。❷遗：遗弃，抛弃。❸见贵：看重。

099 殷仲文天才宏赡，《续晋阳秋》曰：“仲文雅有才藻，著文数十篇。”而读书不甚广博，亮叹曰：亮，别见。“若使殷仲文读书半袁豹[1]，丘渊之《文章叙》曰：“豹字士蔚，陈郡人。祖耽，历阳太守。父质，琅邪内史。豹隆安中著作佐郎，累迁太尉长史、丹阳尹。义熙九年卒。”才不减班固[2]。”《续汉书》曰：“固字孟坚，右扶风人。幼有俊才，学无常师。善属文，经传无不究览。”

❶半袁豹：有袁豹的一半多。袁豹：袁豹字士蔚，陈郡阳夏（今河南太康县）人。博学善文辞，有经国才。初为著作佐郎，后为太尉长史、丹阳尹。❷减：比……差。

100 羊孚作《雪赞》云[1]：“资清以化，乘气以霏。遇象能鲜，即洁成辉。”桓胤遂以书扇[2]。《中兴书》曰：“胤字茂祖，谯国人。祖冲，太尉。父嗣，江州刺史。胤少有清操，以恬退见称。仕至中书令。玄败，徙安成郡，后见诛。”

❶《雪赞》：羊孚所作玄言诗。借雪的形态变化，寄寓魏晋玄学天地万物生成说的理论和魏晋文人清高的风度。❷桓胤：桓胤字茂远，谯国龙亢（今安徽怀远县龙亢镇）人。少有清操，恬静谦退，深得桓玄喜爱。迁中书令，转吏部尚书。玄败，徙安成郡，后见诛。书扇：写在扇子上。

101 王孝伯在京行散[1]，至其弟王睹户前[2]，睹，王爽小字也。《中兴书》曰：“爽字季明，恭第四弟也。仕至侍中。恭事败，赠太常。”问：“古诗中何句为最？”睹思未答。孝伯咏：“‘所遇无故物，焉得不速老’[3]此句为佳。”

❶行散：魏晋士大夫喜服五石散，服后体内发热，需行走发散药性，谓之行散。❷王睹：王爽字季明，小名睹，王恭之弟，官至侍中，赠

太常。❸“所遇无故物”二句：句出《古诗十九首·回车驾言迈》。主题是人生苦短的咏叹。

102 桓玄尝登江陵城南楼云[1]：“我今欲为王孝伯作诔。”因吟啸良久[2]，随而下笔，一坐之间[3]，诔以之成。《晋安帝纪》曰：“玄文翰之美，高于一世。”《玄集》载其《诔叙》曰：“隆安二年九月十七日，前将军青、兖二州刺史太原王孝伯薨。川岳降神，哲人是育。既爽其灵，不贻其福。天道茫昧，孰测倚伏？犬马反噬，豺狼翘陆。岭摧高梧，林残故竹。人之云亡，邦国丧牧。于以诔之，爰旌芳郁。”文多，不尽载。

❶江陵：南郡治所，在今湖北。❷因：于是。❸一坐之间：众人座谈的工夫。

103 桓玄初并西夏[1]，领荆、江二州，二府一国[2]。《玄别传》曰：“玄既克殷仲堪后，杨佺期遣使讽朝廷，朝廷以玄都督八州，领江州、荆州二刺史。”于时始雪，五处俱贺，五版并入[3]。玄在听事上[4]，版至即答版后，皆粲然成章，不相揉杂。

❶桓玄初并西夏：晋安帝隆安四年（公元 400 年），桓玄打败殷仲堪，克荆、雍，朝廷命桓玄督荆、江八州及扬、豫八郡，加后将军，并开府。西夏：中原的西部。六朝时多指荆楚地区。❷二府一国：二府指八州都督府和后将军府。一国指南郡公的封国。❸版：简牍。五版：指二州、二府、一国五处的贺笺。❹听事：厅堂。

104 桓玄下都[1]，羊孚时为兖州别驾[2]，从京来诣门[3]，笺云：“自顷世故睽离[4]，心事沦蕴[5]。明公启晨光于积晦，澄百流以一源[6]。”桓见笺，驰唤前[7]，云：“子道，子道，来何迟？”即用为记室参军。孟昶[8]别见。为刘牢之主簿[9]，《续晋阳秋》曰："牢之字道坚，彭城人，世以将显。父遁，征虏将军。牢之沉毅多计数，为谢玄参军。苻坚之役，以骁猛成功。及平王恭，转徐州刺史。桓玄下都，以牢之为前锋，行征西将军。玄至，归降，用为会稽内史。欲解其兵，奔而缢死。"诣门谢[10]，见云："羊侯，羊侯，百口赖卿[11]。"

❶桓玄下都：晋安帝元兴元年（公元402年），桓玄率军南下，进逼京城建康。❷兖州：指南兖州。在今镇江。别驾：官名。总理众务，为州刺史重要佐吏。❸京：京口。诣门：登门拜访。❹自顷：自……以来，近来。睽离：分离。❺沦蕰：沉郁。❻启晨光于积晦，澄百流以一源：在黑暗中指出了光明前景，在混乱中治理出头绪。❼驰唤：急忙传唤。❽孟昶（chǎng）：孟昶字彦达，平昌安丘（治今山东）人。官至尚书仆射。❾刘牢之：刘牢之字道坚。彭城（今江苏徐州）人，东晋名将。初为谢玄参军，因淝水之战有功，赐封武冈县男。平王恭，讨桓玄，刘拜都督、征西将军。后归降桓玄，为会稽太守，释其兵权。转而袭玄，未果自缢。❿诣门谢：登门谢罪。⓫百口：百口之家。指全家人的性命。

方正第五

方正，即端方正直之意。意即有棱有角、爱憎分明、磊落坦荡、正直无邪。拿孟子的话来说，就是“富贵不能淫，贫贱不能移，威武不能屈，此之谓大丈夫”(《孟子·滕文公章句下》)。危难之刻，宁为玉碎，不为瓦全，杀身成仁，舍生取义；闲暇之时，不急不躁，不卑不亢，从容大器，端严整肃。

《世说新语》将《方正》置于孔门四科之后，可见方正在人物品评中的重要地位和特殊意义。凡六十六则，无论是叙时艰，道困顿，抒闲情，都尽显方正之气。如：夏侯玄被桎梏，临刑东市，颜色不异；周伯仁被王敦威逼，临难不屈，义正词严；钟雅当苏峻之乱，临危不惧，舍身护主；何充面对王含的贪浊狼籍，仗义执言；嵇绍拒绝在百官集会中如俳优般操琴；王献之不肯为太极殿题匾。凡此种种，无不显示出魏晋士人的端方正直。

魏晋时代是一个思想大解放的时代，所谓“越名教而任自然”，标榜自我，张扬个性。因而这“方正”就带有强烈的个性色彩，由群体确认之品性，漂移为狂放任诞，甚至变本加厉为使气斗狠。《方正》中不乏此类段子，如：羊稚舒不屑杜预连榻坐客，和峤不屑与荀勖共车，罗君章不屑与客共语，江仲凯独自饮酒怠慢王恭，陆机与卢志互相拿对方父母开骂……至于刘惔则纯粹是摆士族架子欺负人，乘醉“牵脚加桓公颈”，还不兴别人犯点小嘀咕。这些都是《方正》中的异调，体现出魏晋时期“众声喧哗”的文化景观，看官当用巨眼。

001 陈太丘与友期行[1]，期日中[2]。过中不至，太丘舍去，去后乃至。元方时年七岁，门外戏。陈寔及纪，并已见。客问元方："尊君在不[3]？"答曰："待君久不至，已去。"友人便怒，曰："非人哉！与人期行，相委而去[4]。"元方曰："君与家君期日中。日中不至，则是无信；对子骂父，则是无礼。"友人惭，下车引之[5]，元方入门不顾。

❶期行：相约外出。❷日中：中午。❸尊君：令尊。尊称对方的父亲。❹委：舍弃。❺引：拉。

002 南阳宗世林[1]，魏武同时，而甚薄其为人[2]，不与之交。及魏武作司空[3]，总朝政，从容问宗曰："可以交未？"答曰："松柏之志犹存[4]。"世林既以忤旨见疏，位不配德[5]。文帝兄弟每造其门[6]，皆独拜床下[7]，其见礼如此。《楚国先贤传》曰："宗承字世林，南阳安众人。父资，有美誉。承少而修德雅正，确然不群，征聘不就，闻德而至者如林。魏武弱冠，屡造其门，值宾客猥积，不能得言。乃伺承起，往要之，捉手请交，承拒而不纳。帝后为司空，辅汉朝，乃谓承曰：'卿昔不顾吾，今可为交未？'承曰：'松柏之志犹存。'帝不说，以其名贤，犹敬礼之。敕文帝修子弟礼，就家拜汉中太守。武帝平冀州，从至邺，陈群等皆为之拜。帝犹以旧情介意，薄其位而优其礼，就家访以朝政，居宾客之右。文帝征为直谏大夫。明帝欲引以为相，以老固辞。"

❶宗世林：宗承字世林，荆州南阳郡安众（河南南阳市邓州东北二十公里）人。汉末名士，品德高尚，受世人敬重，素有威名，官至直谏大夫。❷薄：轻视。❸司空：官名，为三公之一，是掌水土之事的最高行政长官。❹松柏之志犹存：比喻志行高洁，坚贞不屈。❺位不配德：官位与德行不符。❻文帝兄弟：指曹丕、曹植。❼独拜床下：

偏偏以子弟礼拜于坐榻之下。

003 魏文帝受禅[1]，陈群有慽容。帝问曰："朕应天受命，卿何以不乐？"群曰："臣与华歆，服膺先朝[2]，今虽欣圣化[3]，犹义形于色。"华峤《谱叙》曰："魏受禅，朝臣三公以下，并受爵位。华歆以形色忤时，徙为司空，不进爵。文帝久不怿，以问尚书令陈群曰：'我应天受命，百辟莫不说喜，形于声色，而相国及公独有不怡者，何邪？'群起离席长跪曰：'臣与相国曾事汉朝，心虽说喜，义干其色，亦惧陛下实应见憎。'帝大说，叹息良久，遂重异之。"

❶魏文帝受禅：公元 220 年，曹丕废汉称帝，建立魏朝。受禅：接受帝位。❷服膺：衷心信服。先朝：前朝。❸欣：欣喜。圣化：圣王教化。

004 郭淮作关中都督[1]，甚得民情，亦屡有战庸[2]。《魏志》曰："淮字伯济，太原阳曲人。建安中，除平原府丞。黄初元年，奉使贺文帝践阼，而稽留不及。群臣欢会，帝正色责之曰：'昔禹会诸侯于涂山，防风氏后至，便行大戮。今溥天同庆，而卿最留迟，何也？'淮曰：'臣闻五帝先教，导民以德，夏后政衰，始用刑辟。今臣遭唐、虞之世，是以知免防风氏之诛。'帝说之，擢为雍州刺史，迁征西将军。淮在关中三十余年，功绩显著，迁仪同三司，赠大将军。"淮妻，太尉王凌之妹，坐凌事[3]，当并诛。《魏略》曰："凌字彦云，太原祁人。历司空、太尉、征东将军。密欲立楚王彪，司马宣王自讨之，凌自缚归罪，遥谓太傅曰：'卿宜以折简召我，我当不至邪！'太傅曰：'以卿非肯逐折简者也。'遂使人送至西，凌自知罪重，试索棺钉以观太傅意，太傅给之。凌行至项城，夜呼掾属与决曰：'行年八十，身名俱灭，命邪？'遂自杀。"使者征摄甚急[4]，淮使戒装[5]，克日当发[6]。州府文武及百姓劝淮举兵，淮不许。至期遣妻，百姓号泣追呼者数万人。行数十里，淮乃命左右追夫人还，于是文武奔驰，如徇身首之急[7]。既至，淮与宣帝书曰[8]："五子哀恋，思念其母。其母既亡，则无五子；五子若殒，亦复无淮。"宣帝乃表[9]，特原淮妻[10]。《世语》曰："淮妻当从坐，侍御史往收。督将及羌胡渠帅数千人叩头，请淮上表留妻，淮不从。妻上道，莫不流涕，人人扼腕，欲劫留之。淮五子叩头流血请淮，淮不忍视，乃命追之。于是，数千骑往追还。淮以书白司马宣王曰：'五子哀母，不惜其身。若无其母，是无五子；五子若亡，亦无淮也。今辄追还，若于法未通，当受罪于主者。'书至，宣王乃表原之。"

❶郭淮：郭淮字伯济。太原阳曲（今山西太原）人。三国时期魏国名将。官至雍州刺史，迁征西将军。迁仪同三司，赠大将军。关中：指函谷关以西的地区。都督：武官名。掌一州或数州军事。❷战庸：战功。❸坐：坐罪，因……而遭株连。❹征摄：追捕缉拿。❺戒装：准备行装。❻克日：限定日期。❼徇：营救。身首：性命。❽宣帝：司马懿。懿在魏明帝时为大将军，封宣王。司马炎称帝后，追尊为宣帝。❾表：上表，给皇帝上奏书。❿原：赦免。

005 诸葛亮之次渭滨[1]，关中震动[2]。《蜀志》曰："亮字孔明，琅邪阳都人。客于荆州，躬耕陇亩，好为《梁甫吟》。长八尺，每自比管仲、乐毅，时人莫之许也，唯博陵崔州平、颍川徐元直谓为信然。先主屯新野，徐庶见先主曰：'诸葛孔明，卧龙也。将军岂愿见之乎？'先主曰：'君与俱来。'庶曰：'此人可就见，不可屈致也。'先主遂诣亮，谓关羽、张飞曰：'孤之有孔明，犹鱼之有水也。'累迁丞相、益州牧。率众北征，卒于渭南。"魏明帝深惧晋宣王战[3]，乃遣辛毗为军司马[4]。《魏志》曰："毗字佐治，颍川阳翟人。累迁卫尉。"宣王既与亮对渭而陈[5]，亮设诱谲万方[6]，宣王果大忿，将欲应之以重兵。亮遣间谍觇之[7]，还曰："有一老夫，毅然仗黄钺[8]，当军门立，军不得出。"亮曰："此必辛佐治也。"《晋阳秋》曰："诸葛亮寇于郿，据渭水南原，诏使高祖拒之。亮善抚御，又戎政严明，且侨军远征，粮运艰涩，利在野战。朝廷每闻其出，欲以不战屈之，高祖亦以为然。而拥大军御侮于外，不宜远露怯弱之形，以亏大势，故秣马坐甲，每见吞并之威。亮虽挑战，或遗高祖巾帼。巾帼，妇女之饰，欲以激怒，冀获曹咎之利。朝廷虑高祖不胜忿愤，而卫尉辛毗骨鲠之臣，帝乃使毗仗节为高祖军司马。亮果复挑战，高祖乃奋怒，将出应之。毗仗节中门而立，高祖乃止。将士闻见者，益加勇锐。识者以人臣虽拥众千万，而屈于王人。大略深长，皆如此之类也。”

❶诸葛亮：诸葛亮字孔明，号卧龙，徐州琅邪阳都（今山东临沂市沂南县）人，三国时期蜀国丞相，杰出的政治家、军事家、外交家。早年客于荆州，躬耕陇亩，隐居襄阳隆中。刘备三顾茅庐请其出仕，隆中决策，联吴抗曹，三分天下，帮助刘备建立蜀汉政权，迁为丞相。后辅佐后主刘禅，迁武乡侯，领益州牧。六出祁山，九伐中原，知其不可为而为之，积劳成疾而死，追封忠武侯。次：屯兵。渭滨：渭水之滨。❷关中：指函谷关以西的地区。❸魏明帝：曹叡。❹辛毗（pí）：辛毗字佐治，颍川阳翟（今河南禹州）人。三国时期曹魏大臣。军司马：官名。参谋军事，即军师。❺陈：排列，布阵。❻诱谲：诱惑、谲诈之计。❼觇（chān）：刺探。❽黄钺（yuè）：饰以黄金之钺。钺，古代兵器，形似板斧而稍大。

006 夏侯玄既被桎梏[1]，《魏氏春秋》曰：“玄字太初，谯国人，夏侯尚之子，大将军前妻兄也。风格高朗，弘辩博畅。正始中，护军曹爽诛，征为太常。内知不免，不交人事，不畜笔研。及太傅薨，许允谓玄曰：‘子无复忧矣！’玄叹曰：‘士宗，卿何不见事乎？此人犹能以通家年少遇我，子元、子上不吾容也。’后中书令李丰恶大将军执政，遂谋以玄代之。大将军闻其谋，诛丰，收玄送廷尉。”干宝《晋纪》曰："初，丰之谋也，使告玄，玄答曰：'宜详之尔！'不以闻也，故及于难。"时钟毓为廷尉[2]，钟会先不与玄相知[3]，因便狎之[4]。玄曰："虽复刑余之人，未敢闻命[5]。"《世语》曰："玄至廷尉，不肯下辞。廷尉钟毓自临履玄，玄正色曰：'吾当何辞，为令史责人邪？卿便为吾作。'毓以玄名士，节高不可屈，而狱当竟，夜为作辞，令与事相附。流涕以示玄，玄视之曰：'不当若是邪！'钟会年少于玄，玄不与交。是日，于毓坐狎玄，玄正色曰：'钟君何得如是！'"《名士传》曰："初，玄以钟毓志趣不同，不与之交。玄被收时，毓为廷尉，执玄手曰：'太初何至于此？'玄正色曰：'虽复刑余之人，不可得交。'"按郭颁，西晋人，时世相近，为《晋魏世语》，事多详核。孙盛之徒，皆采以著书，并云玄距钟会。而袁宏《名士传》最后出，不依前史，以为钟毓，可谓谬矣！考掠初无一言[6]，临刑东市[7]，颜色不异。《魏志》曰："玄格量弘济，临斩，颜色不异，举止自若。"

❶夏侯玄：夏侯玄字太初，沛国谯（今安徽亳州）人。任征西将军，都督雍凉军事。曹爽被诛，玄被夺兵权。后与李丰等谋杀大将军司马师，事泄被杀。桎梏：脚镣手铐。指被捕。❷廷尉：掌刑狱，九卿之一。❸相知：融洽。❹狎：戏弄。❺闻命：听从命令。❻考掠：考问鞭打。初无：毫无，完全没有。❼东市：因汉代在长安东市处决判死刑的人，后便以东市代指刑场。

007 夏侯太初与广陵陈本善[1]，本与玄在本母前宴饮，《世语》曰："本字休元，临淮东阳人。"《魏志》曰："本广陵东阳人。父矫，司徒。本历郡守、廷尉，所在操纲领，举大体，能使群下自尽，有率御之才，不亲小事，不读法律，而得廷尉之称。迁镇北将军。"本弟骞[2]《晋阳秋》曰："骞字休渊，司徒第二子。无謇谔风，滑稽而多智谋。仕至大司马。"行还[3]，径入至堂户[4]。太初因起曰："可得同，不可得而杂[5]。”《名士传》曰：“玄以乡党贵齿，本不论德位，年长者必为拜。与陈本母前饮，骞来而出，其可得同不可得而杂者也。”

[1]广陵：郡名。治所在淮阴。陈本：陈本字休元，临淮东阳（今安徽天长）人。陈本历任郡守、廷尉，迁镇北将军。善：友好。[2]本弟骞：陈本之弟陈骞，西晋开国功臣，官至大司马。[3]行还：外出归来。[4]堂户：厅堂门。[5]可得同，不可得而杂：可以以礼相交，不可违礼杂处。按：夏侯玄鄙薄陈骞的为人，故有此言。

008 高贵乡公薨[1]，内外喧哗[2]。《魏志》曰：“高贵乡公讳髦，字彦士，文帝孙，东海定王霖之子也。初封郯县。高贵乡公好学夙成。齐王废，群臣迎之，即皇帝位。”《汉晋春秋》曰：“自曹芳事后，魏人省彻宿卫，无复铠甲，诸门戎兵，老弱而已。曹髦见威权日去，不胜其忿。召侍中王沈、尚书王经、散骑常侍王业，谓曰：‘司马昭之心，路人所知也。吾不能坐受废辱，今日当与卿自出讨之。’王经谏，不听，乃出怀中板令投地，曰：‘行之决矣！正使死，何所恨！况不必死邪？’于是入白太后。沈、业奔走告昭，昭为之备。髦遂率僮仆数百，鼓噪而出。昭弟屯骑校尉伷入，遇髦于东止车门，左右诃之，伷众奔走。中护军贾充又逆髦，战于南阙下。髦自用剑，众欲退。太子舍人成济问充曰：‘事急矣！当云何？’充曰：‘公畜汝等，正为今日。今日之事，无所问也。’济即前刺髦，刃出于背。”《魏氏春秋》曰：“帝将诛大将军，诏有司复进位相国，加九锡。帝夜自将冗从仆射李昭、黄门从官焦伯等下凌云台，铠仗授兵，欲因际会，遣使自出致讨。会雨而却。明日，遂见王经等出黄素诏于怀，曰：‘是可忍也，孰不可忍？今当决行此事。’帝遂拔剑升辇，率殿中宿卫仓头官僮击战鼓，出云龙门。贾充自外而入，帝师溃散，帝犹称天子，手剑奋击，众莫敢逼。充率厉将士，骑督成倅弟济以矛进，帝崩于师。时暴雨，雷电晦冥。”司马文王问侍中陈泰曰[3]：《魏志》曰："泰字玄伯，司空群之子也。""何以静之？"泰云："唯杀贾充以谢天下。"文王曰："可复下此不？"对曰："但见其上，未见其下。"干宝《晋纪》曰："高贵乡公之杀，司马文王召朝臣谋其故。太常陈泰不至，使其舅荀𫖮召之，告以可不。泰曰：'世之论者，以泰方于舅，今舅不如泰也。'子弟内外咸共逼之，垂涕而入。文王待之曲室，谓曰：'玄伯，卿何以处我？'对曰：'可诛贾充以谢天下。'文王曰：'为吾更思其次。'泰曰：'唯有进于此，不知其次。'文王乃止。"《汉晋春秋》曰："曹髦之薨，司马昭闻之，自投于地曰：'天下谓我何？'于是召百官议其事。昭垂涕问陈泰曰：'何以居我？'泰曰：'公光辅数世，功盖天下，谓当并迹古人，垂美于后。一旦有杀君之事，不亦惜乎！速斩贾充，犹可以自明也。'昭曰：'公闾不可得杀也，卿更思余计。'泰厉声曰：'意唯有进于此耳，余无足委者也！'归而自杀。"《魏氏春秋》曰："泰劝大将军诛贾充，大将军曰：'卿更思其它。'泰曰：'岂可使泰复发后言！'遂呕血死。"

❶高贵乡公：曹髦字彦士，豫州沛国谯县（今安徽省亳州市）人，三国时期曹魏第四位皇帝（公元254—260年在位）。魏文帝曹丕之孙，东海定王曹霖之子，即位前封为高贵乡公。甘露五年（公元260年）被司马昭所杀。薨：侯王死曰薨。❷内外：朝廷内外。❸陈泰：字玄伯，颍川许昌人。魏司空陈群之子。官至侍中、左仆射。

009 和峤为武帝所亲重，语峤曰："东宫顷似更成进[1]，卿试往看。"还，问何如。答云："皇太子圣质如初[2]。"《晋诸公赞》曰："峤字长舆，汝南西平人。父逌，太常，知名。峤少以雅量称，深为贾充所知，每向世祖称之。历尚书、太子少傅。"干宝《晋纪》曰："皇太子有醇古之风，美于信受。侍中和峤数言于上曰：'季世多伪，而太子尚信，非四海之主。忧太子不了陛下家事，愿追思文、武之祚。'上既重长适，又怀齐王，朋党之论弗入也。后上谓峤曰：'太子近入朝，吾谓差进，卿可与荀侍中共往言。'及颉奉诏还，对上曰：'太子明识弘新，有如明诏。'问峤，峤对曰：'圣质如初。'上默然。"《晋阳秋》曰："世祖疑惠帝不可承继大业，遣和峤、荀勖往观察之。既见，勖称叹曰：'太子德更进茂，不同于故。'峤曰：'皇太子圣质如初。此陛下家事，非臣所尽。'天下闻之，莫不称峤为忠，而欲灰灭勖也。"按荀颉清雅，性不阿谀。校之二说，则孙盛为得也。

❶东宫：太子所居之宫。指太子司马衷，以痴呆著称。顷：近来。成进：长进。❷质：资质。

010 诸葛靓后入晋，除大司马[1]，召不起[2]。以与晋室有仇，常背洛水而坐[3]。与武帝有旧[4]，帝欲见之而无由，乃请诸葛妃呼靓[5]。既来，帝就太妃间相见。礼毕，酒酣，帝曰："卿故复忆竹马之好不[6]？"靓曰："臣不能吞炭漆身[7]，今日复睹圣颜。"因涕泗百行。帝于是惭悔而出。《晋诸公赞》曰："吴亡，靓入洛，以父诞为太祖所杀，誓不见世祖。世祖叔母琅邪王妃，靓之姊也。帝后因靓在姊间，往就见焉，靓逃于厕中。于是以至孝发名。时嵇康亦被法，而康子绍死荡阴之役。谈者咸曰：'观绍、靓二人，然后知忠孝之道区以别矣。'"

❶除：拜官。❷召不起：征召不受。❸背洛水而坐：表示不归顺西晋。❹有旧：有老交情。❺诸葛妃：诸葛靓之姐，晋武帝司马炎叔母，故又称太妃。❻故复：还能再。竹马之好：儿童以竹竿当马来游戏，此指童年之谊。❼吞炭漆身：典出《史记·刺客列传》。战国晋智伯被赵襄子所杀，门客豫让吞咽木炭，用漆涂身，毁容变音去刺杀赵襄子，事败而死。

011 武帝语和峤曰："我欲先痛骂王武子，然后爵之[1]。"峤曰："武子俊爽，恐不可屈。"帝遂召武子，苦责之，因曰："知愧不？"《晋诸公赞》曰："齐王当出藩，而王济陈请无数。又累遣常山王与妇长广公主共入稽颡，陈乞留之。世祖甚恚，谓王戎曰：'我兄弟至亲，今出齐王，自朕家计，而甄德、王济连遣妇入来，生哭人邪？济等尚尔，况余者乎？'济自此被责，左迁国子祭酒。"武子曰："尺布斗粟之谣[2]，常为陛下耻之。《汉书》曰："淮南厉王长，高祖少子也。有罪，文帝徙之于蜀，不食而死。民作歌曰：'一尺布，尚可缝；一斗粟，尚可舂，兄弟二人，不能兼容。'"瓒注曰："言一尺布帛，可缝而共衣；一斗米粟，可舂而共食。况以天下之广，而不兼容也。"他人能令疏亲，臣不能使亲疏。以此愧陛下！"

❶爵之：给他加官爵。"爵"活用为动词。❷尺布斗粟之谣：典出《汉书·淮南衡山传》："淮南厉王长，高祖少子也。有罪，文帝徙之于蜀，不食而死。民作歌曰：'一尺布，尚可缝；一斗粟，尚可舂，兄弟二人，不能兼容。'"借文帝流放淮南王至蜀以致其绝食而死，暗讽晋武帝司马炎放逐兄弟齐王攸之事。

012 杜预之荆州[1]，顿七里桥[2]，朝士悉祖[3]。王隐《晋书》曰："预字元凯，京兆杜陵人，汉御史大夫延年十一世孙。祖畿，魏太保。父恕，幽州、荆州刺史。预智谋渊博，明于治乱，常称：'立德者非所企及，立功、立言，所庶几也。'累迁河南尹，为镇南将军，都督荆州诸军事，镇襄阳。以平吴勋封当阳侯。预无伎艺之能，身不跨马，射不穿札，而每有大事，辄在将帅之限。赠征南将军、仪同三司。"预少贱，好豪侠，不为物所许[4]。杨济既名氏雄俊[5]，不堪[6]，不坐而去。《八王故事》曰："济字文通，弘农人，杨骏弟也。有才识，累迁太子太保。与骏同诛。"须臾，和长舆来，问："杨右卫何在？"客曰："向来不坐而去[7]。"长舆曰："必大夏门下盘马[8]。”往大夏门，果大阅骑[9]，长舆抱内车[10]，共载归，坐如初。

❶杜预：杜预字元凯，京兆杜陵（今陕西西安东南）人。智谋渊博，明于治乱。历任曹魏尚书郎、西晋河南尹、安西军司、秦州刺史、度支尚书、镇南大将军，官至司隶校尉。之：到……去。指上任。❷顿：停留。七里桥：在洛阳城东。❸祖：祭名，出行前祭路神。引申为饯别。❹物：世人，众人。许：嘉许，赞扬。❺杨济：杨济字文通，弘农华阴（今陕西华阴市）人。历任镇南、征北将军，迁太子太傅。名氏雄俊：名门望族出身而又雄放俊逸之人。❻不堪：不堪与之饯行。❼向：刚才。❽大夏门：洛阳城门名。盘马：骑马盘旋。❾阅骑：盘马。❿内：通“纳”。

013 杜预拜镇南将军，朝士悉至，皆在连榻坐[1]，《语林》曰：“中朝方镇还，不与元凯共坐。预征吴还，独榻，不与宾客共也。”时亦有裴叔则。羊稚舒后至[2]，曰：“杜元凯乃复连榻坐客[3]！”不坐便去。《晋诸公赞》曰：“羊琇字稚舒，泰山人。通济有才干。与世祖同年相善，谓世祖曰：‘后富贵时，见用作领、护军各十年。’世祖即位，累迁左将军、特进。”杜请裴追之，羊去数里住马[4]，既而俱还杜许[5]。

❶连榻：榻为古代坐具，矮而狭长。数人同坐为连榻，一人坐者为独榻。独榻待客有尊敬之意，连榻坐客有怠慢之嫌。❷羊稚舒：羊琇字稚舒，泰山南城（今山东新泰市）人。通济有才干，官至左将军。❸乃复：竟然。❹住马：让马停下来。❺既而：然后，过后。许：处所。

014 晋武帝时，荀勖为中书监[1]，虞预《晋书》曰：“勖字公曾，颍川颍阴人，汉司空爽曾孙也。十余岁能属文，外祖钟繇曰：

‘此儿当及其曾祖。’为安阳令，民生为立祠。累迁侍中、中书监。”和峤为令❷。故事❸，监、令由来共车❹。峤性雅正❺，常疾勖谄谀。王隐《晋书》曰：“勖性佞媚，誉太子，出齐王。当时私议，损国害民，孙、刘之匹也。后世若有良史，当着佞幸传。”后公车来，峤便登，正向前坐，不复容勖。勖方更觅车❻，然后得去。监、令各给车，自此始。曹嘉之《晋纪》曰：“中书监、令常同车入朝，至和峤为令，而荀勖为监，峤意强抗，专车而坐。乃使监、令异车，自此始也。”

❶荀勖：荀勖字公曾，颍川颍阴（今河南省许昌市魏都区）人。官至中书监。中书监：官名。中书省的副职。❷令：中书令。官名，掌中书省。❸故事：旧例，惯例。❹由来：向来，从来。❺雅正：正直，正派。❻方：还要。更：重新。

015 山公大儿着短帢❶，车中倚。武帝欲见之，山公不敢辞，问儿，儿不肯行❷。时论乃云胜山公。《晋诸公赞》曰：“山该字伯伦，司徒涛长子也。雅有器识，仕至左卫将军。”

❶短帢（qià）：便帽。曹操创制，以颜色不同区别贵贱。❷儿不肯行：据《晋书·山涛传》，涛有五子：该、淳、允、谟、简。拒见武帝的是三子山允，而不是大儿山该。

016 向雄为河内主簿❶，有公事不及雄，而太守刘淮横怒❷，遂与杖遣之❸。雄后为黄门郎❹，刘为侍中❺，初不交言❻。武帝闻之，敕雄复君臣之好❼。雄不得已，诣刘再拜曰❽：“向受诏而来，而君臣之义绝，何如？”于是即去。武帝闻尚不和，乃怒问雄曰：“我令卿复君臣之好，何以犹绝？”《汉晋春秋》曰：“雄字茂伯，河内人。”《世语》曰：“雄有节概，仕至黄门郎、护军将军。”按王隐

《孙盛不与故君相闻议》曰："昔在晋初，河内温县领校向雄，送御牺牛，不先呈郡，辄随比送洛。值天大热，郡送牛多暍死。台法甚重，太守吴奋召雄与杖，雄不受杖，曰：'郡牛者亦死也，呈牛者亦死也。'奋大怒，下雄狱，将大治之。会司隶辟雄都官从事。数年，为黄门侍郎。奋为侍中，同省，相避不相见。武帝闻之，给雄酒礼，使诣奋解，雄乃奉诏。"此则非刘淮也。《晋诸公赞》曰："淮字君平，沛国杼秋人。少以清正称，累迁河内太守、侍中、尚书仆射、司徒。"雄曰："古之君子，进人以礼，退人以礼。今之君子，进人若将加诸膝，退人若将坠诸渊。[9]臣于刘河内不为戎首[10]，亦已幸甚，安复为君臣之好？"武帝从之。《礼记》曰："穆公问于子思曰：'为旧君反服，古邪？'子思曰：'古之君子，进人以礼，退人以礼，故有旧君反服之礼。今之君子，进人若将加诸膝，退人若将坠诸渊。无为戎首，不亦善乎，又何反服之有？'"郑玄曰："为兵主求攻伐，故曰戎首也。"

❶向雄：向雄字茂伯，河内山阳（今河南焦作市）人。初仕魏为郡主簿，晋太康初年为河南尹，赐爵关内侯。河内：郡名。晋代治所在野王（今河南沁阳市）。主簿：官名。中央或地方之属官。❷刘淮：当为"刘准"之误。准字君平，《晋书》无传。横怒：暴怒。❸杖：杖责。遣：遣送。指罢官。❹黄门郎：官名，即黄门侍郎。与侍中俱掌门下事，职责为侍从皇帝，传达诏命等。❺侍中：官名。侍从皇帝左右，职掌傧赞礼仪、护驾陪乘、应对顾问等。❻初不：一点也不。❼君臣之好：君臣的情谊。太守较主簿、侍中较黄门侍郎，均是上下级关系，故称君臣。❽诣：到……去。再拜：拜了又拜。❾"古之君子"句：语出《礼记·檀弓下》。进：进用，提拔。退：罢官。❿戎首：发动战争的人。此处指主动挑起事端之人。

017 齐王冏为大司马辅政[1]，虞预《晋书》曰："冏字景治，齐王攸子也。少聪惠，及长，谦约好施。赵王伦篡位，冏起义兵诛伦，拜大司马，加九锡，政皆决之。而恣用群小，不复朝觐，遂为长沙王所诛。”嵇绍为侍中，诣冏咨事[2]。冏设宰会[3]，召葛旟[4]、《齐王官属名》曰：“旟字虚旟，齐王从事中郎。”《晋阳秋》曰：“齐王起义，转长史。既克赵王伦，与董艾等专执威权，冏败见诛。”董艾等[5]《八王故事》曰：“艾字叔智，弘农人。祖遇，魏侍中。父绥，秘书监。艾少好功名，不修士检。齐王起义，艾为新汲令，赴军，用艾领右将军。王败见诛。”共论时宜[6]。旟等白冏[7]：“嵇侍中善于丝竹，公可令操之。”遂送乐器。绍推却不受。冏曰：“今日共为欢，卿何却邪？”绍曰：“公协辅王室，令作事可法[8]。绍虽官卑，职备常伯[9]，操丝比竹盖乐官之事[10]，不可以先王法服为伶人之业[11]。今逼高命[12]，不敢苟辞，当释冠冕[13]，袭私服[14]。此绍之心也。”旟等不自得而退。

❶齐王冏：司马冏字景治，河内温县（今河南温县）人，晋文帝司马昭之孙，晋朝宗室，八王之乱中的其中一王。大司马：官名。晋设大司马，与大将军、丞相共掌朝政。❷诣：到……去。咨：咨询，请教。❸宰会：官员集会。❹葛旟：葛旟字虚旟，齐王从事中郎。❺董艾：董艾字叔智，弘农（今河南灵宝市）人。艾少好功名，不修士检。齐王起义，艾为新汲令，赴军，用艾领右将军。王败见诛。❻时宜：时政。❼白：禀告。❽可法：符合法度。❾常伯：指侍中。❿操丝比竹：指演奏丝竹乐器。⓫法服：礼法规定的正式官服。伶人：乐人，乐工。⓬高命：尊贵的命令。⓭冠冕：官员的礼帽。⓮袭：穿。私服：便服。

018 卢志于众坐[1]《世语》曰：“志字子通，范阳人，尚书珽少子。少知名，起家邺令，历成都王长史、卫尉卿、尚书郎。”问陆士衡：“陆逊、陆抗是君何物[2]？”抗，已见。《吴书》曰：“逊字伯言，吴郡人，世为冠族。初领海昌令，号‘神君’，累迁丞相。”答曰："如卿于卢毓、卢珽[3]。"《魏志》曰："毓字子家，涿人。父植，有名于世。累迁吏部郎、尚书。选举，先性行而后言才，进司空。珽，咸熙中为泰山太守，字子笏，位至尚书。"士龙失色[4]。云，别见。既出户[5]，谓兄曰："何至如此？彼容不相知也[6]。"士衡正色曰："我父、祖名播海内，宁有不知，鬼子敢尔[7]！"《孔氏志怪》曰："卢充者，范阳人。家西三十里有崔少府墓。充先冬至一日，出家西猎，见一獐，举弓而射，即中之。獐倒而复起，充逐之，不觉远。忽见一里门如府舍，门中一铃下，有唱家前。充问：'此何府也？'答曰：'少府府也。'充曰：'我衣恶，那得见贵人？'即有人提袱新衣迎之。充着，尽可体。便进见少府，展姓名。酒炙数行，崔曰：'近得尊府君书，为君索小女婚，故相延耳。'即举书示充。充父亡时虽小，然已见父手迹，便歔欷无辞。崔即敕内，令女郎庄严，使充就东廊。充至，妇已下车，立席头共拜。为三日毕，还见崔。崔曰：'君可归矣！女有娠相，生男当以相还，生女当留自养。'敕外严车送客。崔送至门，执手零涕，离别之感，无异生人。复致衣一袭，被褥一副。充便上车，去如电逝，须臾至家。家人相见，悲喜推问，知崔是亡人，而入其墓，追以懊惋。居四年，三月三日临水戏。忽见一犊车，乍浮乍没。既上岸，充往开车后户，见崔氏女与三岁男儿共载。充见之，忻然欲捉其手。女举手指后车曰：'府君见人。'即见少府。充往问讯，女抱儿还充，又与金碗，别，并赠诗曰：'煌煌灵芝质，光丽何猗猗！华艳当时显，嘉异表神奇。含英未及秀，中夏罹霜萎。荣曜长幽灭，世路永无施。不悟阴阳运，哲人忽来仪。会浅离别速，皆由灵与祇。何以赠余亲？金碗可颐儿。爱恩从此别，断绝伤肝脾！'充取儿、碗及诗，忽不见二车处。将儿还，四坐谓是鬼魅，佥遥唾之，形如故。问儿：'谁是汝父？'儿径就充怀。众初怪恶，传省其诗，慨然叹死生之玄通也。充诣市卖碗，高举其价，不欲速售，冀有识者。欻有一老婢问充得碗之由，还报其大家，即女姨也。遣视之，果是。谓充曰：'我姨姊崔少府女，未嫁而亡，家亲痛之，赠一金碗着棺中。今视卿碗甚似。得碗本末可得闻不？’充以事对。即诣充家迎儿。儿有崔氏状，又似充貌。姨曰：‘我舅甥三月末间产。父曰：“春暖温也，愿休强也。”即字温休，“温休”，盖幽婚也。其兆先彰矣！’儿遂成为令器，历数郡二千石，皆著绩。其后生植，为汉尚书。植子毓，为魏司空。冠盖相承至今也。”议者疑二陆优劣，谢公以此定之。

❶卢志：卢志字子道，范阳涿（今河北涿州市）人。成都王司马颖的心腹谋士。官至尚书郎。众坐：大庭广众。❷何物：什么，什么人。❸卢毓：卢毓字子家，涿郡涿县（河北涿州市）人。三国时代曹魏政治家，先后侍奉了从曹操到曹髦五位君主。官至司空，进爵容城侯。卢珽：卢珽（tǐng），字子笏，曹魏司空卢毓之子。初仕曹魏，任泰山太守。西晋建立，入为卫尉卿，官至尚书。❹士龙：陆云字士龙，吴郡吴县（今江苏苏州）人，西晋官员、文学家，东吴丞相陆逊之孙，大司马陆抗第五子。与其兄陆机合称“二陆”，曾任清河内史，故世称“陆清河”。❺户：门。❻容：可能，或许。❼鬼子：鬼儿子。骂人之语。敢尔：竟敢如此。

019 羊忱性甚贞烈[1]。赵王伦为相国，忱为太傅长史，乃版以参相国军事[2]。使者卒至[3]，忱深惧豫祸[4]，不暇被马[5]，于是帖骑而避[6]。使者追之，忱善射，矢左右发，使者不敢进，遂得免。《文字志》曰：“忱字长和，一名陶，泰山平阳人。世为冠族。父繇，车骑掾。忱历太傅长史、扬州刺史，迁侍中。永嘉五年，遭乱被害，年五十余。”

❶贞烈：忠直刚烈。❷版：因王封官用版，称为版授或版诏，此为授官之意。❸卒：通“猝”。突然。❹豫：参与，卷入。❺被马：即备马。❻帖骑：乘骑不配鞍勒的马。

020 王太尉不与庾子嵩交，王夷甫、庾敳。庾卿之不置[1]。王曰：“君不得为尔。”庾曰：“卿自君我，我自卿卿；我自用我法，卿自用卿法。”

❶卿之不置：称卿不止。卿：魏晋以来对爵位较低者或平辈表示亲昵称卿。王官高于庾，且年长，故不愿听此称。

021 阮宣子伐社树[1]，阮修，已见。《春秋传》曰：“共工氏有子曰勾龙，为后土，后土为社。”《风俗通》曰：“《孝经》称：社者，土也。广博不可备敬，故封土以为社而祀之，报功也。”然则社自祀勾龙，非土之祭也。有人止之。宣子曰：“社而为树[2]，伐树则社亡；树而为社[3]，伐树则社移矣。”

❶社：土地神或祭祀土地神的地方。如社庙。❷社而为树：建社庙是为了种树。❸树而为社：种树是为了建社庙。

022 阮宣子论鬼神有无者，或以人死有鬼[1]，宣子独以为无，曰：“今见鬼者，云著生时衣服，若人死有鬼，衣服复有鬼邪?”《论衡》曰：“世谓人死为鬼，非也。人死不为鬼，无知，不能害人。如审鬼者死人精神，人见之宜从裸袒之形，无为见衣带被服也。何则？衣无精神也。由此言之，见衣服象人，则形体亦象人，象人，知非死人之精神也。凡天地之间有鬼，非人死之精神也。”

❶或：有人。

023 元皇帝既登阼[1]，以郑后之宠，欲舍明帝而立简文[2]。时议者咸谓舍长立少，既于理非伦[3]，且明帝以聪亮英断，益宜为储副[4]。周、王诸公并苦争恳切[5]，《中兴书》曰：“郑太后字阿春，荥阳人。

少孤，先嫁田氏，夫亡，依舅吴氏。时中宗敬后虞氏先崩，将纳吴氏。后与吴氏女游后园，有言之于中宗者，纳为夫人，甚宠，生简文帝。即位，尊之曰文宣太后。”唯刁玄亮独欲奉少主[6]，以阿帝旨[7]。元帝便欲施行，虑诸公不奉诏，于是先唤周侯、丞相入，然后欲出诏付刁。刁协。周、王既入，始至阶头，帝逆遣传诏遏使就东厢[8]。周侯未悟，即却略下阶[9]。丞相披拨传诏[10]，径至御床前[11]，曰："不审陛下何以见臣？”帝默然无言，乃探怀中黄纸诏裂掷之。由此皇储始定[12]。周侯方慨然愧叹曰："我常自言胜茂弘，今始知不如也！”《中兴书》曰："元皇以明帝及琅邪王裒并非敬后所生，而谓裒有大成之度，胜于明帝。因从容问王导曰：'立子以德不以年。今二子孰贤？'导曰：'世子、宣城俱有爽明之德，莫能优劣，如此，故当以年。'于是更封裒为琅邪王。”而此与《世说》互异。然法盛采摭典故，以何为实。且从容讽谏，理或可安，岂有登阶一言，曾无奇说，便为之改计乎？

❶元皇帝：晋元帝司马睿。登阼：登基，即位做皇帝。❷明帝：晋明帝司马绍，元帝长子。公元323—325年在位。❸非伦：不合，不相类。❹储副：储君，皇位继承人。❺周：周顗。王：王导。❻刁玄亮：刁协字玄亮，一作元亮，渤海饶安（今河北盐山西南）人。西晋时任太常博士，官至颍川太守。东渡后入晋元帝司马睿幕府，引为心腹。历任左仆射、尚书令，参与制定朝廷的典章制度。❼阿：阿谀逢迎。❽逆：预先。传诏：皇帝身边供役使差遣的人。遏：阻止。❾却略：后退。❿披拨：拨开。⓫御床：御座，皇帝宝座。⓬皇储：皇位继承人。

024 王丞相初在江左[1]，欲结援吴人，请婚陆太尉[2]。对曰："培塿无松柏[3]，薰莸不同器[4]。杜预《左传注》曰："培塿，小阜；松柏，大木也。熏，香草。莸，臭草。”玩虽不才，义不为乱伦之始。”玩，已见。

❶江左：长江下游以东地区，指东晋辖区。❷请婚：联姻。陆太尉：陆玩。❸培塿：小山，小土丘。❹薰莸不同器：香草和臭草不能放在同一个器皿中。熏：香草。莸：臭草。

025 诸葛恢大女适太尉庾亮儿[1]，《恢别传》曰：“恢字道明，琅邪阳都人。祖诞，司空。父靓，亦知名。恢少有令问，称为明贤。避难江左，中宗召补主簿，累迁尚书令。”《庾氏谱》曰：“庾亮子会，娶恢女，名文彪。”庾会，别见。次女适徐州刺史羊忱儿[2]。《羊氏谱》曰：“羊楷字道茂。祖繇，车骑掾。父忱，侍中。楷仕至尚书郎，娶诸葛恢次女。”亮子被苏峻害[3]，改适江虨[4]。虨，别见。恢儿娶邓攸女[5]。《诸葛氏谱》曰：“恢子衡，字峻文。仕至荥阳太守，娶河南邓攸女。”于时谢尚书求其小女婚[6]，恢乃云：“羊、邓是世婚，江家我顾伊，庾家伊顾我，不能复与谢裒儿婚[7]。”《永嘉流人名》曰：“裒字幼儒，陈郡人。父衡，博士。裒历侍中、吏部尚书、吴国内史。”及恢亡，遂婚。《谢氏谱》曰：“裒子石，娶恢小女，名文熊。”《中兴书》曰：“石字石奴，历尚书令。聚敛无厌，取讥当世。”于是王右军往谢家看新妇，犹有恢之遗法：威仪端详，容服光整。王叹曰：“我在遣女[8]，裁得尔耳[9]！”

❶诸葛恢：诸葛恢字道明，琅邪阳都（今山东沂南县）人。恢少有令誉，称为明贤。避难江左，中宗召补主簿，累迁尚书令。适：女子出嫁。庾亮儿：指庾会。庾会，太尉庾亮长子，娶诸葛恢女。❷羊忱儿：指羊楷。羊楷字道茂。羊忱之子，娶诸葛恢次女。官至尚书郎。❸苏峻：苏峻字子高，长广郡掖县（今属山东）人。晋朝将领，叛臣。晋明帝崩，庾亮执掌朝政，苏峻疑其加害，故以讨亮为名起兵反，攻陷京城。晋成帝咸和六年，庾亮子庾会被杀。❹江虨：江虨字思玄，西

晋陈留圉人。博学知名，兼善弈，为中兴之冠。累官国子祭酒。其妻诸葛文彪是诸葛恢的长女，庾会被苏峻杀害后改嫁江虨。❺恢儿：指诸葛衡。诸葛恢子衡，字峻文。仕至荥阳太守，娶河南邓攸女。❻谢尚书：指谢裒。谢裒字幼儒，陈郡阳夏（今河南太康）人，出身于陈郡谢氏，东晋元帝的吏部尚书，谢安之父。❼谢裒儿：指谢石。谢石字石奴，陈郡阳夏（今河南太康）人。太常谢裒第五子、太保谢安之弟。早年历任秘书郎、黄门侍郎等职，曾领水军在涂中抵御前秦军，以功封兴平县伯，后升任尚书仆射。后因淝水之战大破秦军，以功迁任中军将军、尚书令，进封南康郡公。❽遣女：嫁女。❾裁：通“才”。

026 周叔治作晋陵太守[1]，周侯、仲智往别[2]。叔治以将别，涕泗不止。仲智恚颤之曰[3]：“斯人乃妇女，与人别，唯啼泣。”便舍去。邓粲《晋纪》曰：“周谟字叔治，颤次弟也，仕至中护军。嵩字仲智，谟兄也。性绞直果侠，每以才气陵物。颤被害，王敦使人吊焉。嵩曰：‘亡兄天下有义人，为天下无义人所杀，复何所吊？’敦甚衔之，犹取为从事中郎。因事诛嵩。”《晋阳秋》曰：“嵩事佛，临刑犹诵经。”周侯独留与饮酒言话，临别流涕，抚其背曰：“奴好自爱[4]。”阿奴，谟小字。

❶周叔治：周谟字叔治，周浚之子。周顗、周嵩之弟，历仕元帝、明帝、成帝三朝。至明帝时为后军将军。成帝时为少府、丹杨尹、侍中、中护军，封西平侯。卒赠金紫光禄大夫，谥曰贞。晋陵：郡名。辖区犹今镇江、常州、无锡及周边地区。❷仲智：周嵩字仲智，汝南安成（今河南汝南县）人，周顗之弟。为人狷直果侠，每以才气凌物，累迁御史中丞。❸恚：生气，发怒。❹奴：你，昵称。刘注非。自爱：自我珍重。

027 周伯仁为吏部尚书，在省内[1]，夜疾危急。时刁玄亮为尚书令[2]，营救备亲好之至[3]，良久小损[4]。虞预《晋书》曰：“刁协字玄亮，勃海饶安人。少好学，虽不研精，而多所博涉。中兴制度，皆禀于协。累迁尚书令。中宗信重之。为王敦所忌，举兵讨之。奔至江南，败死。”明旦，报仲智，仲智狼狈来[5]。始入户，刁下床对之大泣，说伯仁昨危急之状。仲智手批之[6]，刁为辟易于户侧[7]。既前，都不问病，直云：“君在中朝[8]，与和长舆齐名[9]，那与佞人刁协有情？”径便出。

❶省：官署。指尚书省。❷尚书令：尚书省长官。魏晋后为诸尚书之长。❸备：尽。❹小损：稍微减轻。❺狼狈：匆忙，急速。❻批：推，击打。❼辟易：惊退，退后。❽中朝：指西晋。❾和长舆：和峤。

028 王含作庐江郡[1]，贪浊狼籍[2]。王敦护其兄，故于众坐称：“家兄在郡定佳，庐江人士咸称之。”时何充为敦主簿，在坐，正色曰：“充即庐江人，所闻异于此。”敦默然。旁人为之反侧[3]，充晏然神意自若[4]。《中兴书》曰：“王敦以震主之威，收罗贤俊，辟充为主簿。充知敦有异志，逡巡疏外。及敦称含有惠政，一坐畏敦，击节而已，充独抗之。其时，众人为之失色。由是忤敦，出为东海王文学。”

❶庐江郡：晋代郡名。统寻阳、居巢等十县。治所在舒县（今安徽庐江）。❷贪浊狼籍：贪赃枉法，名声败坏。❸反侧：不安。❹晏然：平静的样子。

029 顾孟著尝以酒劝周伯仁[1]，伯仁不受。顾因移劝柱，而语柱曰：“讵可便作栋梁自遇[2]！”周得之欣然，遂为衿契[3]。徐广《晋纪》曰：“顾显字孟著，吴郡人，骠骑荣兄子。少有重名。泰兴中，为骑郎。蚤卒，时为悼惜之。”

❶顾孟著：顾显字孟著，吴郡（今江苏苏州）人，骠骑荣兄子。少有重名。❷讵：怎么。作栋梁自遇：把自己当作栋梁。❸衿契：情投意合的朋友。

030 明帝在西堂会诸公饮酒，未大醉，帝问："今名臣共集，何如尧、舜时？"周伯仁为仆射[1]，因厉声曰："今虽同人主，复那得等于圣治[2]！"帝大怒，还内，作手诏满一黄纸[3]，遂付廷尉令收[4]，因欲杀之。按明帝未即位，顗已为王敦所杀。此说非也。后数日，诏出周[5]，群臣往省之。周曰："近知当不死[6]，罪不足至此。"

❶仆射：尚书省主事官员。❷复：无实义，起强调作用。❸手诏：皇帝直接手拟而颁行的诏书。黄纸：皇帝文告专用之黄色纸。❹廷尉：掌刑狱的官员。❺出：释放。❻近知：早就知道。

031 王大将军当下[1]，时咸谓无缘尔[2]。伯仁曰："今主非尧、舜，何能无过？且人臣安得称兵以向朝廷[3]？处仲狼抗刚愎[4]，王平子何在？"《顗别传》曰："王敦讨刘隗，时温太真为东宫庶子，在承华门外，与顗相见曰：'大将军此举有在，义无有滥？'顗曰：'君年少，希更事。未有大臣若此而不作乱，共相推戴数年而为此者乎！处仲狼抗而强忌，平子何在？'"《晋阳秋》曰："王澄为荆州，群贼并起，乃奔豫章，而恃其宿名，犹陵侮敦。敦伏勇士路戎等扼而杀之。"《裴子》曰："平子从荆州下，大将军因欲杀之。而平子左右有二十人，甚健，皆持铁楯、马鞭。平子恒持玉枕。大将军乃犒荆州文武，二十人积饮食，皆不能动。乃借平子玉枕，便持下床。平子手引大将军带绝，与力士斗甚苦，乃得上屋上，久许而死。"

❶当下：举兵顺江而下。❷缘：缘由，理由。❸称兵：举兵。❹处仲：王敦字处仲。狼抗刚愎：狂妄自大，傲慢固执。

032 王敦既下[1]，住船石头[2]，欲有废明帝意。宾客盈坐，敦知帝聪明，欲以不孝废之。每言帝不孝之状，而皆云："温太真所说。温尝为东宫率[3]，后为吾司马，甚悉之。"须臾，温来，敦便奋其威容，问温曰："皇太子作人何似？"温曰："小人无以测君子。"敦声色并厉，欲以威力使从己，乃重问温："太子何以称佳？"温曰："钩深致远[4]，盖非浅识所测。然以礼侍亲，可称为孝。"刘谦之《晋纪》曰："敦欲废明帝，言于众曰：'太子子道有亏，温司马昔在东宫，悉其事。'峤既正言，敦忿而愧焉。"

❶下：顺江而下。❷石头：即石头城，在京城建康西。❸东宫率：皇太子官属，主门卫。❹钩深致远：语出《易·系辞上》。指才学精深广博。

033 王大将军既反，至石头，周伯仁往见之。谓周曰："卿何以相负？"对曰："公戎车犯正[1]，下官忝率六军[2]，而王师不振，以此负公。"《晋阳秋》曰："王敦既下，六军败绩。顗长史郝嘏及左右文武劝顗避难。顗曰：'吾备位大臣，朝廷倾挠，岂可草间求活，投身胡虏邪？'乃与朝士诣敦。敦曰：'近日战有余力不？'对曰：'恨力不足，岂有余邪？'"

❶戎车犯正：指军队冒犯朝廷。❷忝：谦辞。言不够格，辱没率六军之举。

034 苏峻既至石头[1]，百僚奔散，王隐《晋书》曰："峻字子高，长广掖人。少有才学，仕郡主簿，举孝廉。值中原乱，招合流旧三千余家，结垒本县，宣示王化，收葬枯骨，远近感其恩义，咸共宗焉。讨王敦有功，封公，迁历阳太守。峻外营将表曰：'鼓自鸣。'峻自斫鼓曰：'我乡里时，有此则空城。'有顷，诏书征峻。峻曰：‘台下云我反，反岂得活邪？我宁山头望廷尉，不能廷尉望山头。’乃作乱。”《晋阳秋》曰：“峻率众二万，济自横江，至于蒋山，王师败绩。”唯侍中钟雅独在帝侧。或谓钟曰：“见可而进，知难而退，古之道也。君性亮直[2]，必不容于寇雠。何不用随时之宜[3]，而坐待其弊耶？”钟曰：“国乱不能匡[4]，君危不能济，而各逊遁以求免[5]，吾惧董狐将执简而进矣[6]！”

❶苏峻既至石头：公元327年，苏峻举兵反，攻入都城建康，迁成帝于石头城。后被陶侃、温峤等率军击败，峻被杀。❷亮直：光明正直。❸随时之宜：随机应变，相机行事。❹匡：匡救，匡正。❺逊遁：逃避。❻董狐：春秋时晋史官。以秉笔直书著称，旧时誉为良史。

035 庾公临去[1]，顾语钟后事[2]，深以相委。钟曰：“栋折榱崩[3]，谁之责邪？”庾曰：“今日之事，不容复言，卿当期克复之效耳[4]！”钟曰：“想足下不愧荀林父耳[5]。”《春秋传》曰：“楚庄王围郑，晋使荀林父率师救郑，与楚战于邲，晋师败绩。桓子归，请死。晋平公将许之，士贞子谏而止。后林父败赤狄于曲梁，赏桓子、狄臣千室，亦赏士伯以瓜衍之田，曰：‘吾获狄田，子之功也。微子，吾丧伯氏矣。’”

❶临去：指苏峻兵临城下时，百官奔散。❷顾语：叮嘱。❸栋折榱（cuī）崩：房屋倒塌，指国家覆亡。❹当：将。克复：收复失地。❺荀林父：春秋时晋国大臣。姬姓，荀氏，名林父，因曾任中行之将，以官为氏，别为中行氏，中行林父。

036 苏峻时，孔群在横塘[1]，为匡术所逼[2]。王丞相保存术，《会稽后贤记》曰：“群字敬休，会稽山阴人。祖竺，吴豫章太守。父弈，全椒令。群有智局，仕至御史中丞。”《晋阳秋》曰：“匡术为阜陵令，逃亡无行。庾亮征苏峻，术劝峻诛亮，遂与峻同反，后以宛城降。”因众坐戏语[3]，令术劝群酒，以释横塘之憾[4]。群答曰：“德非孔子，厄同匡人。[5]《家语》曰：“孔子之宋，匡简子以甲士围之。子路怒，奋戟将战，孔子止之。曰：‘夫《诗》《书》之不讲，礼乐之不习，是丘之过也。若述先王之道，而为咎者，非丘罪也，命也夫！歌，予和汝。’子路弹剑，孔子和之。曲三终，匡人解甲罢。”虽阳和布气[6]，鹰化为鸠[7]，至于识者，犹憎其眼。”《礼记·月令》曰：“仲春之月，鹰化为鸠。”郑玄曰：“鸠，播谷也。”《夏小正》曰：“鹰则为鸠。鹰也者，其杀之时也；鸠也者，非杀之时也。善变而之仁，故具之。”

❶孔群：孔群字敬林，会稽山阴（今浙江绍兴）人，官至御史中丞。横塘：古堤塘名，在今南京南。❷匡术：匡术本为阜陵令，苏峻反，为其心腹。苏峻迁成帝于石头城，令匡术守宛城。以宛城降，官至司徒中郎。❸因：趁，借……机会。❹释：消解。憾：怨恨，仇恨。❺德非孔子，厄同匡人：孔子至宋，遭到匡人围攻，孔子以礼乐感化，得以解围。此借匡人指匡术。厄，困厄。❻阳和：春天的暖融之气。❼鹰化为鸠：比喻恶人放下屠刀。

037 苏子高事平[1]，《灵鬼志·谣征》曰：“明帝初，有谣曰：‘高山崩，石自破。’高山，峻也；硕，峻弟也。后诸公诛峻，硕犹据石头，溃散而逃，追斩之。”王、庾诸公欲用孔廷尉为丹阳[2]。孔坦。乱离之后，百姓雕弊。孔慨然曰：“昔肃祖临崩[3]，诸君亲升御床，并蒙眷识[4]，共奉遗诏。孔坦疏贱，不在顾命之列[5]。既有艰难，则以微臣为先，今犹俎上腐肉[6]，任人脍截耳[7]！”于是拂衣而去，诸公亦止。按王隐《晋书》：“苏峻事平，陶侃欲将坦上，用为豫章太守，坦辞母老不行。台以为吴郡，吴郡多名族，而坦年少，乃授吴兴内史。”不闻尹京。

❶苏子高：苏峻。❷丹阳：郡名。晋时治所在建业。❸肃祖：晋明帝司马绍。❹眷识：垂爱器重。❺顾命：临终之命曰顾命，即皇帝遗诏。❻俎：砧板。❼脍截：宰割。

038 孔车骑与中丞共行[1]，《孔愉别传》曰："愉字敬康，会稽山阴人。初辟中宗参军，讨华轶有功，封余不亭侯。愉少时，尝得一龟，放于余不溪中，龟中路左顾者数过。及后铸印，而龟左顾，更铸，犹如此。印师以闻，愉悟，取而佩焉。累迁尚书左仆射，赠车骑将军。"中丞，孔群也。在御道逢匡术[2]，宾从甚盛[3]，因往与车骑共语。中丞初不视[4]，直云[5]："鹰化为鸠，众鸟犹恶其眼。"术大怒，便欲刃之。车骑下车抱术曰："族弟发狂[6]，卿为我宥之！"始得全首领[7]。

❶孔车骑：孔愉字敬康，会稽山阴（今浙江绍兴）人。迁尚书左仆射，赠车骑将军。中丞：孔群。❷御道：皇帝车驾经由的道路。❸宾从：宾客和随从。❹初不：一点也不。❺直：只。❻族弟：同宗兄弟。❼首领：性命。

039 梅颐尝有惠于陶公[1]。后为豫章太守，有事[2]，王丞相遣收之[3]。侃曰："天子富于春秋[4]，万机自诸侯出[5]，王公既得录[6]，陶公何为不可放？"乃遣人于江口夺之。《晋诸公赞》曰："颐字仲真，汝南西平人。少好学隐退，而求实进止。"《永嘉流人名》曰："颐，领军司马。颐弟陶，字叔真。"邓粲《晋纪》曰："初有谮侃于王敦者，乃以从弟廙代侃为荆州，左迁侃广州。侃文武距廙而求侃，敦闻，大怒。及侃将莅广州，过敦，敦陈兵欲害侃。敦咨议参军梅陶谏敦，乃止，厚礼而遣之。"王隐《晋书》亦同。按二书所叙，则有惠于陶是梅陶，非颐也。颐见陶公拜，陶公止之。颐曰："梅仲真膝，明日岂可复屈邪？"

❶梅颐：梅颐字仲真，汝南西平（今河南西平县）人。少好学隐退，而求实进止。官至领军司马。❷有事：指犯事。❸收：拘捕。❹富于春秋：年纪轻。❺万机：指众多国家政务、政令。❻录：逮捕。

040 王丞相作女伎[1]，施设床席[2]。蔡公先在坐，不说而去[3]，王亦不留。《蔡司徒别传》曰："谟字道明，济阳考城人。博学有识，避地江左。历左光禄，录尚书事，扬州刺史。薨赠司空。"

❶女伎：歌女，舞女。❷床席：床榻坐席。❸说：同"悦"。

041 何次道、庾季坚二人并为元辅[1]。《晋阳秋》曰："庾冰字季坚，太尉亮之弟也。少有检操，兄亮常器之曰：'吾家晏平仲。'累迁车骑将军、江州刺史。"成帝初崩[2]，于时嗣君未定[3]。何欲立嗣子[4]，庾及朝议以外寇方强，嗣子冲幼[5]，乃立康帝。《中兴书》曰："帝讳岳，字世同，成帝同母弟也。成帝崩，即位，年二十二。"康帝登阼[6]，会群臣，谓何曰："朕今所以承大业，为谁之议？"何答曰："陛下龙飞[7]，此是庾冰之功，非臣之力。于时用微臣之议，今不睹盛明之世。"《晋阳秋》曰："初，显宗临崩，庾冰议立长君，何充谓宜奉皇子。争之不得，充不自安，求处外任。及冰出镇武昌，充自京驰还，言于帝曰：'冰不宜出。昔年陛下龙飞，使晋德再隆者，冰之勋也，臣无与焉。'"帝有惭色。

❶元辅：宰相。❷成帝：晋成帝司马衍。❸嗣君：继位的国君。❹嗣子：嫡长子。❺冲幼：年幼。❻登阼：登基。❼龙飞：比喻君主继位。

042 江仆射年少，王丞相呼与共棋。王手尝不如两道许[1]，而欲敌道戏[2]，试以观之。江不即下。王曰："君何以不行？"江曰：

“恐不得尔。”徐广《晋纪》曰：“江虨字思玄，陈留人。博学知名，兼善弈，为中兴之冠。累迁尚书左仆射、护军将军。”傍有客曰：“此年少戏乃不恶[3]。”王徐举首曰：“此年少，非唯围棋见胜。”范汪《棋品》曰：“虨与王恬等棋第一品，导第五品。”

❶手：下棋的技巧。道：围棋盘上两线交叉点，今称“目”。许：表约数。❷敌道戏：对等地下棋。❸不恶：不坏，不错。

043 孔君平疾笃，庾司空为会稽[1]，省之[2]，庾冰。相问讯甚至[3]，为之流涕。庾既下床，孔慨然曰：“大丈夫将终，不问安国宁家之术，乃作儿女子相问[4]！”庾闻，回谢之[5]，请其话言[6]。王隐《晋书》曰：“坦方直而有雅望。”

❶为会稽：作会稽内史。❷省：探望。❸问讯：问候。甚至：备至。❹儿女子：小女子，妇人。❺谢：道歉。❻话言：留下遗言。

044 桓大司马诣刘尹[1]，卧不起。桓弯弹弹刘枕，丸迸碎床褥间。刘作色而起曰：“使君如馨地[2]，宁可斗战求胜！”《中兴书》曰：“温曾为徐州刺史，沛国属徐州，故呼温使君，斗战者，以温为将也。”桓甚有恨容[3]。刘尹，真长，已见。

❶诣：到……去。❷如馨：这样。❸恨容：愤怒的神情。

045 后来年少多有道深公者[1]，深公谓曰：“黄吻年少[2]，勿为评论宿士[3]。昔尝与元明二帝、王庾二公周旋[4]。”《高逸沙门传》曰：“晋元、明二帝，游心玄虚，托情道味，以宾友礼待法师。王公、庾公倾心侧席，好同臭味也。”

❶后来：后辈。深公：东晋名僧竺法深。❷黄吻：黄嘴，雏鸟之嘴黄。用以形容人年轻。❸宿士：老前辈，老名士。❹周旋：交往，打交道。

046 王中郎年少时[1]，坦之，已见。江虨为仆射领选[2]，欲拟之为尚书郎[3]。有语王者。王曰："自过江来，尚书郎正用第二人[4]，何得拟我？"江闻而止。按《王彪之别传》曰："彪之从伯导谓彪之曰：'选曹举汝为尚书郎，幸可作诸王佐邪？'"此知郎官寒素之品也。

❶王中郎：王坦之。❷仆射：晋尚书省设左右仆射，主省事。领选：兼任选拔官吏之事。❸尚书郎：尚书省属官。晋时尚书郎主文书起草，属寒素之品，名士不屑。❹正：只。第二人：第二流的人。

047 王述转尚书令[1]，事行便拜[2]。文度曰[3]："故应让杜、许[4]。"蓝田云[5]："汝谓我堪此不？"文度曰："何为不堪！但克让自是美事[6]，恐不可阙[7]。"蓝田慨然曰："既云堪，何为复让？人言汝胜我，定不如我[8]。"《述别传》曰："述常以谓人之处世，当先量己而后动，义无虚让，是以应辞便当固执。其贞正不逾，皆此类。"

❶转：调任。尚书令：尚书省长官。❷事行：公文到来。拜：接受官职。❸文度：王坦之。❹故：本来。杜、许：不详。❺蓝田：王述袭爵蓝田侯，故称。❻克让：克己让人。❼阙：缺少。❽定：终究。

048 孙兴公作《庾公诔》，文多托寄之辞[1]。《绰集》载《诔》文曰："咨予与公，风流同归。拟量托情，视公犹师。君子之交，相与无私。虚中纳是，吐诚诲非。虽实不敏，敬佩弦韦。永戢话言，口诵心悲。"既成，示庾道恩[2]。庾见，慨然送还之，曰："先君与君自不至于此[3]。"道恩，庾羲小字。徐广《晋纪》曰："羲字叔和，太尉亮第三子。拔尚率到，位建威将军、吴国内史。”

❶托寄：攀附寄托。❷庾道恩：庾羲字叔和，小名道恩，庾亮之子，颍川鄢陵（今河南鄢陵）人。少有时誉，初为吴国内史。❸自：本来。

049 王长史求东阳[1]，抚军不用[2]。简文。后疾笃，临终，抚军哀叹曰：“吾将负仲祖[3]。”于此命用之。长史曰：“人言会稽王痴，真痴。”王蒙，已见。

❶东阳：东阳郡，治所在长山（今浙江金华）。❷抚军：晋简文帝司马昱。用：任用。❸将：恐怕。负：辜负，对不起。仲祖：王蒙字仲祖。

050 刘简作桓宣武别驾[1]，后为东曹参军[2]，《刘氏谱》曰：“简字仲约，南阳人。祖乔，豫州刺史。父挺，颍川太守。简仕至大司马参军。”颇以刚直见疏。尝听记[3]，简都无言。宣武问：“刘东曹何以不下意[4]？”答曰：“会不能用[5]。”宣武亦无怪色。

❶刘简：刘简字仲约，南阳（今河南南阳市）人。官至大司马参军。别驾：官名，是刺史的重要佐吏。❷东曹参军：东曹掾属一类的官，掌府内诸事。❸听记：听候处理公文的意见。❹下意：提出意见。❺会：终归，必定。

051 刘真长、王仲祖共行，日旰未食[1]。有相识小人贻其餐[2]，肴案甚盛[3]，真长辞焉。仲祖曰：“聊以充虚[4]，何苦辞？”真长曰：“小人都不可与作缘[5]。”孔子称：“唯女子与小人为难养，近之则不逊，远之则怨。”刘尹之意，盖从此言也。

❶日旰：天晚。❷贻：馈赠。❸肴案：盛放菜肴的食盘。指菜肴。

❹充虚：充饥。❺小人：魏晋士族将普通百姓统统目之为小人。都：完全。作缘：交往，打交道。

052 王修龄尝在东山[1]，甚贫乏。司州，已见。陶胡奴为乌程令[2]，胡奴，陶范小字也。《陶侃别传》曰："范字道则，侃第十子也，侃诸子中最知名。历尚书、秘书监。"何法盛以为第九子。送一船米遗之[3]。却不肯取，直答语："王修龄若饥，自当就谢仁祖索食[4]，不须陶胡奴米。"

❶东山：在今浙江。谢安曾于此隐居。❷乌程令：乌程县令。乌程县，晋属吴兴郡（今浙江吴兴）。❸遗（wèi）：馈赠。❹索：求取。

053 阮光禄阮裕，已见。赴山陵[1]，至都，不往殷、刘许[2]，过事便还。诸人相与追之[3]。阮亦知时流必当逐己[4]，乃遄疾而去[5]，至方山不相及[6]。《中兴书》曰："裕终日颓然，无所错综，而物自宗之。"刘尹时为会稽，乃叹曰："我入，当泊安石渚下耳[7]，不敢复近思旷傍[8]，伊便能捉杖打人[9]，不易。[10]"

❶山陵：帝王陵墓，此指成帝丧事。❷殷：殷浩。刘：刘惔。许：处所。❸相与：一起。❹时流：当时名流。❺遄疾：迅速，急速。❻方山：山名。在江苏江宁。❼泊：停船。❽思旷：阮裕字思旷。❾杖：木杖。❿不易：不易靠近。

054 王、刘与桓公共至覆舟山看[1]。酒酣后，刘牵脚加桓公颈。桓公甚不堪，举手拨去。既还，王长史语刘曰："伊讵可以形色加人不[2]？"《温别传》曰："温有豪迈风气也。"

❶王：王蒙。刘：刘惔。覆舟山：山名。钟山西部，因形如覆舟，故名。

看：游览。❷伊：他。讵：难道。形色加人：对人加以形色，指对人发怒。

055 桓公问桓子野[1]："谢安石料万石必败，何以不谏？"子野，桓伊小字也。《续晋阳秋》曰："伊字叔夏，谯国铚人。父景，护军将军。伊少有才艺，又善声律，加以标悟省率，为王蒙、刘惔所知。累迁豫州刺史，赠右将军。"子野答曰："故当出于难犯耳[2]！"桓作色曰："万石挠弱凡才[3]，有何严颜难犯？"

❶桓子野：桓伊字叔夏，小字子野（一作野王），谯国铚县（今安徽濉溪临涣镇）人。官至豫州刺史，赠右将军。❷故当：当然是，肯定是。❸挠弱：懦弱。

056 罗君章曾在人家[1]，主人令与坐上客共语[2]。答曰："相识已多，不烦复尔。"《罗府君别传》曰："含字君章，桂阳枣阳人。盖楚熊姓之后，启土罗国，遂氏族焉。后寓湘境，故为桂阳人。含，临海太守彦曾孙，荥阳太守绥少子也。桓宣武辟为别驾，以官廨喧扰，于城西池小洲上立茅茨，伐木为床，织苇为席，布衣蔬食，晏若有余。桓公尝谓众坐曰：'此自江左之清秀，岂唯荆楚而已。'累迁散骑常侍、廷尉、长沙相，致仕中散大夫，门施行马。含自在官舍，有一白雀栖集堂宇，及致仕还家，阶庭忽兰菊挺生。岂非至行之征邪？"

❶罗君章：罗含字君章，号富和，东晋桂阳郡耒阳县（今衡阳市耒阳市）人。累迁散骑常侍、廷尉、长沙相，加封中散大夫。❷共语：一起说话。

057 韩康伯病，拄杖前庭消摇[1]。韩伯，已见。见诸谢皆富贵，轰隐交路[2]，叹曰："此复何异王莽时[3]？"《汉书》曰："王莽宗族，凡十侯、五大司马。”

❶消摇：同“逍遥”。漫步散心，悠闲自得。❷轰隐：车轮滚动的声音。❸王莽：西汉末以外戚掌握政权，一门多人封侯，贵盛无比。于公元8年篡汉，建立新朝。

058 王文度为桓公长史时，桓为儿求王女，王许咨蓝田❶。王坦之、王述，并已见。既还，蓝田爱念文度，虽长大，犹抱着膝上。文度因言桓求已女婚。蓝田大怒，排文度下膝❷。曰：“恶见文度已复痴❸，畏桓温面？兵，那可嫁女与之！”文度还报云：“下官家中先得婚处。”桓公曰：“吾知矣，此尊府君不肯耳❹。”后桓女遂嫁文度儿。《王氏谱》曰：“坦之子恺，娶桓温第二女，字伯子。”《中兴书》曰：“恺字茂仁，历吴国内史、丹阳尹，赠太常。”

❶许：答应。咨：询问。❷排：推开。❸恶（wū）：怎么。已复：竟然。❹尊府君：尊称对方的父亲。

059 王子敬数岁时，尝看诸门生摴蒱❶。见有胜负，因曰：“南风不竞❷。”《春秋传》曰：“楚伐郑，师旷曰：‘不害，吾骤歌南风，南风不竞，多死声，楚必无功。’”杜预曰：“歌者吹律，以咏八风，南风音微，故曰不竞也。”门生辈轻其小儿，乃曰：“此郎亦管中窥豹，时见一斑。”子敬瞋目曰：“远惭荀奉倩❸，近愧刘真长❹。”遂拂衣而去。荀、刘已见。

❶摴蒱（chū pú）：摴蒱是一种古代博戏。博戏中用于掷采的投子最初是用樗木制成，故称樗蒲或摴蒱。又由于这种木制掷具系五枚一组，所以又叫五木之戏，或简称五木。❷南风不竞：南风不强劲。语出《左传·襄公十八年》：“楚伐郑，师旷曰：‘不害，吾骤歌南风，南

风不竞，多死声，楚必无功。'" ❸荀奉倩：荀粲。见4/9刘注。❹刘真长：刘惔。见1/35刘注。

060 谢公闻羊绥佳[1]，致意令来，终不肯诣[2]。《羊氏谱》曰："绥字仲彦，太山人。父楷，尚书郎。绥仕至中书侍郎。"后绥为太学博士，因事见谢公，公即取以为主簿[3]。

❶羊绥：羊绥字仲彦，泰山（今山东泰安）人。官至中书侍郎。❷诣：到……去。❸取：录用。

061 王右军与谢公诣阮公，阮思旷也。至门，语谢："故当共推主人[1]。"谢曰："推人正自难[2]。"

❶故当：当然，一定。推：推崇，推尊。❷正自：恰，就是。

062 太极殿始成，徐广《晋纪》曰："孝武宁康二年，尚书令王彪之等启改作新宫。太元三年二月，内外军六千人始营筑，至七月而成。太极殿高八丈，长二十七丈，广十丈。尚书谢万监视，赐爵关内侯。大匠毛安之关中侯。"王子敬时为谢公长史，谢送版[1]，使王题之，王有不平色，语信云[2]："可掷着门外。"谢后见王，曰："题之上殿何若？昔魏朝韦诞诸人[3]，亦自为也。"王曰："魏阼所以不长[4]。"谢以为名言。宋明帝《文章志》曰："太元中，新宫成，议者欲屈王献之题榜，以为万代宝。谢安与王语次，因及魏时起凌云阁忘题榜，乃使韦仲将县梯上题之，比下，须发尽白，裁余气息。还语子弟云：'宜绝楷法！'安欲以此风动其意，王解其旨，正色曰：'此奇事。韦仲将魏朝大臣，宁可使其若此，有以知魏德之不长。'安知其心，乃不复逼之。"

❶版：做匾额用的木板。❷信：使者。❸韦诞：韦诞字仲将，三国魏京兆人。有文才，善书法，官至光禄大夫。❹魏阼：魏朝国运。

063 王恭欲请江卢奴为长史[1]，晨往诣江，江犹在帐中。王坐，不敢即言。良久乃得及，江不应。卢奴，江敳小字也。《晋安帝纪》曰："敳字仲凯，济阳人。祖正，散骑常侍。父彪，仆射。并以义正器素，知名当世。敳历位内外，简退著称。历黄门侍郎、骠骑咨议。"直唤人取酒，自饮一碗，又不与王。王且笑且言："那得独饮？"江云："卿亦复须邪？"更使酌与王[2]。王饮酒毕，因得自解去[3]。未出户，江叹曰："人自量，固为难！"《宋书》曰："敳，即湘州江夷之父也。夷字茂远，湘州刺史。"

❶江卢奴：江敳字仲凯，小字卢奴，济阳考城（今河南省开封市兰考县）人。历任黄门侍郎、骠骑咨议。❷更：再。❸因得自解去：趁势脱身离去。

064 孝武问王爽："卿何如卿兄？"王答曰："风流秀出，臣不如恭，忠孝亦何可以假人[1]！"《中兴书》曰："爽忠孝正直，烈宗崩，王国宝夜开门入，为遗诏。爽为黄门郎，距之曰：'大行晏驾，太子未立，敢有先入者斩！'国宝惧乃止。"

❶假：借。此句意即忠孝应属于王爽自己。

065 王爽与司马太傅饮酒。太傅醉，呼王为"小子"[1]。王曰："亡祖长史，与简文皇帝为布衣之交[2]。亡姑、亡姊，伉俪二宫[3]。何小子之有？"《中兴书》曰："王蒙女讳穆之，为哀帝皇后。王蕴女讳法惠，为孝武皇后。"

❶小子：对人的蔑称。❷布衣之交：贫贱之交。❸伉俪二宫：做两宫的皇后。

066 张玄与王建武先不相识[1]，张玄，已见。建武，王忱也。《晋安帝纪》曰："忱初作荆州刺史，后为建武将军。"后遇于范豫章许[2]，范令二人共语。范宁，已见。张因正坐敛衽[3]，王孰视良久[4]，不对[5]。张大失望，便去。范苦譬留之[6]，遂不肯住。范是王之舅，《王氏谱》曰："王坦之娶顺阳郡范汪女，名盖，即宁妹也，生忱。"乃让王曰[7]："张玄，吴士之秀，亦见遇于时[8]，而使至于此，深不可解。"王笑曰："张祖希若欲相识，自应见诣。"范驰报张，张便束带造之。遂举觞对语，宾主无愧色。

❶王建武：王忱。❷许：住所。❸正坐敛衽：正襟危坐，提起衣襟。表示认真，恭敬。❹孰视：仔细看。❺不对：不与之交谈。❻苦：极力。譬：劝喻。❼让：叱责。❽见遇：被礼遇，被赏识。

雅量第六

如果说《方正》显示的是一种操守，一种气节；那么《雅量》标榜的就是一种情怀，一种气度。这是一种真力弥满的主体精神境界：自信、强旺、淡定、从容。处变不惊，临危不惧，不以物喜，不以己悲。表现在物我关系上，则为“泰山崩于前而色不变，麋鹿兴于左而目不瞬”(苏洵《心术》)；表现在人我关系上则为“举世誉之而不加劝，举世非之而不加沮”(《庄子 · 逍遥游》)。这是一种强大的主体意志，有了它，就能够以不变应万变，甚至于无可无不可。

《雅量》凡四十二则，集中展现了魏晋名士这种宏大的胸襟和气度，波谲云诡，流光溢彩。如嵇康临刑东市，神气不变，索琴弹奏《广陵散》，慨叹《广陵散》从此绝矣，其强旺意志，气冲牛斗；王羲之值郗太尉“求女婿”之时，旁若无人，坦腹而卧，成就东床快婿的千古佳话；褚季野从章安至建康，被不识面亭吏“移牛屋下”“言色无异”“状如不觉”。当然，《雅量》的男一号非谢安莫属。谢安乃《世说新语》中的第一要人，出镜达114次之多，其于“雅量”更是领袖群伦。如谢太傅尝“与孙兴公诸人泛海戏，风起浪涌”“诸人色并遽”，唯“太傅神情方王，吟啸不言”；如赴“桓公伏甲设馔”的鸿门宴，“神意不变”，成竹在胸，从容不迫，作洛生咏，以气度使桓温惧惮；如“与人围棋”，接淝水大捷书信，“意色举止，不异于常”。小到日常风景，大到朝廷政事，谢安总是那样处变不惊，张弛有度。

《世说新语》叙“雅量”极富文学色彩，用对比法，行夸张术。有时夸张太过，就未免不近人情。如：夏侯太初倚柱作书，“霹雳破所倚柱，衣服焦然，神色无变”；谢万石被人“合褥举谢掷地”，还能“振衣就席，神意甚平”；顾和为扬州从事，“停车州门外”“搏虱如故”。此等所谓“雅量”，则纯为矫情，万万不可张扬。

001 豫章太守顾劭[1]，环济《吴纪》曰：“劭字孝则，吴郡人。年二十七，起家为豫章太守，举善以教民，风化大行。”是雍之子。劭在郡卒[2]，雍盛集僚属[3]，自围棋[4]。《江表传》曰：“雍字元叹，曾就蔡伯喈，伯喈赏异之，以其名与之。”《吴志》曰：“雍累迁尚书令，封阳遂乡侯，拜侯还第，家人不知。为人不饮酒，寡言语。孙权尝曰：‘顾侯在坐，令人不乐。’位至丞相。”外启信至[5]，而无儿书，虽神气不变，而心了其故。以爪掐掌，血流沾褥。宾客既散，方叹曰：“已无延陵之高，岂可有丧明之责？[6]”《礼记》曰：“延陵季子适齐，及其反也，其长子死，葬于嬴、博之间。孔子曰：‘延陵季子，吴之习于礼者也。’往而观其葬焉。其坎深不至于泉，其敛以时服。既葬而封，广轮掩坎，其高可隐也。既封，左袒，右还其封，且号者三，曰：‘骨肉归复于土，命也，若魂气则无不之也。’而遂行。孔子曰：‘延陵季子之于礼也，其合矣乎！’子夏哭其子而丧其明，曾子吊之曰：‘朋友丧明则哭之。’曾子哭，子夏亦哭，曰：‘天乎，予之无罪也！’曾子怒曰：‘商，汝何无罪也？吾与汝事夫子于洙、泗之间，退而老于西河之上。使西河之民疑汝于夫子，尔罪一也；丧尔亲，使民未有闻焉，尔罪二也；丧尔子，丧尔明，尔罪三也。’子夏投其杖而拜曰：‘吾过矣，吾过矣！’”于是豁情散哀，颜色自若。

[1]顾劭：顾劭字孝则，吴郡吴县（今江苏苏州）人，顾雍长子。博览群书，远近称之。娶孙策女为妻。年二十七任豫章太守。在郡五年，善知人，有治绩。卒于官。[2]卒：去世。[3]雍：顾雍字元叹。吴郡吴县（今江苏苏州）人。汉末至三国时吴国重臣。顾雍少时受学于蔡邕，

后入孙权幕府为左司马，迁大理、奉常，领尚书令，封阳遂乡侯。位至丞相、平尚书事，进封醴陵侯。为相十九年，多有匡弼辅正之词。❹自：正在。❺外：男仆，吏役。❻“已无延陵之高”二句：典出《礼记·檀弓》。高：高雅。责：指责。意为：虽然不能做到如季子般忘情，也不能像子夏那样因丧子而毁伤身体，受到人们的指责。

002 嵇中散临刑东市，神气不变。索琴弹之，奏《广陵散》❶。曲终，曰：“袁孝尼尝请学此散，吾靳固不与❷，《广陵散》于今绝矣！”《晋阳秋》曰：“初，康与东平吕安亲善。安嫡兄逊淫安妻徐氏，安欲告逊遣妻，以咨于康，康喻而抑之。逊内不自安，阴告安挝母，表求徙边。安当徙，诉自理，辞引康。”《文士传》曰：“吕安罹事，康诣狱以明之。钟会庭论康曰：‘今皇道开明，四海风靡，边鄙无诡随之民，街巷无异口之议。而康上不臣天子，下不事王侯，轻时傲世，不为物用，无益于今，有败于俗。昔太公诛华士，孔子戮少正卯，以其负才乱群惑众也。今不诛康，无以清洁王道。’于是录康闭狱，临死而兄弟亲族咸与共别。康颜色不变，问其兄曰：‘向以琴来不邪？’兄曰：‘以来。’康取调之，为《太平引》。曲成，叹曰：‘《太平引》于今绝也！’”太学生三千人上书，请以为师，不许。文王亦寻悔焉❸。王隐《晋书》曰：“康之下狱，太学生数千人请之。于时豪俊皆随康入狱，悉解喻，一时散遣。康竟与安同诛。”

❶《广陵散》：又名《广陵止息》。中国音乐史上著名古琴曲，十大古琴曲之一。❷靳：吝惜。❸寻：不久。

003 夏侯太初尝倚柱作书。时大雨，霹雳破所倚柱，衣服焦然，神色无变，书亦如故。宾客左右，皆跌荡不得住❶。见顾恺之《书赞》。《语林》曰：“太初从魏帝拜陵，陪列于松柏下。时暴雨，霹雳正中所立之树，冠冕焦坏。左右睹之皆伏，太初颜色不改。”臧荣绪又以为诸葛诞也。

❶跌荡：跌仆摇荡，站立不稳的样子。

004 王戎七岁，尝与诸小儿游。看道边李树多子折枝[1]。诸儿竞走取之[2]，唯戎不动。人问之，答曰："树在道边而多子，此必苦李。"取之，信然[3]。《名士传》曰："戎由是幼有神理之称也。"

❶多子折枝：果实多而压弯树枝。❷竞：争先恐后。走：跑。❸信然：果然如此。

005 魏明帝于宣武场上断虎爪牙，纵百姓观之[1]。王戎七岁，亦往看。虎承间攀栏而吼[2]，其声震地，观者无不辟易颠仆[3]。戎湛然不动[4]，了无恐色。《竹林七贤论》曰："明帝自阁上望见，使人问戎姓名，而异之。"

❶纵百姓观之：观人虎相搏的表演。❷承间：趁机会。❸辟易：惊退。颠仆：跌倒。❹湛然：冷静沉着的样子。

006 王戎为侍中，南郡太守刘肇遗筒中笺布五端[1]，戎虽不受，厚报其书。《晋阳秋》曰："司隶校尉刘毅奏：'南郡太守刘肇以布五十匹杂物遗前豫州刺史王戎，请槛车征付廷尉治罪，除名终身。'戎以书未达，不坐。"《竹林七贤论》曰："戎报肇书，议者佥以为讥。世祖患之，乃发口诏曰：'以戎之为士，义岂怀私？'议者乃息。戎亦不谢。"

❶南郡：郡名，晋治所在江陵（今湖北荆州）。刘肇：晋南郡太守。生平事迹不详。筒中：装布的容器。笺布：细布，布细如笺。

007 裴叔则被收[1]，神气无变，举止自若。求纸笔作书，书成，救者多，乃得免。后位仪同三司[2]。《晋诸公赞》曰："楷息瓒，取杨骏女。骏诛，以相婚党，收付廷尉。侍中傅祗证楷素意，由此得免。"《名士传》曰："楚王之难，李肇恶楷名重，收将害之。楷神色不变，举动自若。诸人请救得免。"《晋阳秋》曰："楷与王戎俱加仪同三司。"

❶收：拘捕。❷仪同三司：官名，其仪制与三公同。

008 王夷甫尝属族人事[1]，经时未行。遇于一处饮燕[2]，因语之曰："近属尊事，那得不行？"族人大怒，便举樏掷其面[3]。夷甫都无言[4]，盥洗毕，牵王丞相臂，与共载去。在车中照镜，语丞相曰："汝看我眼光，乃出牛背上[5]。"王夷甫盖自谓风神英俊，不至与人校。

❶属：嘱托。❷饮燕：即宴饮。燕：通"宴"。❸樏：一种食盒。❹都：完全。❺出牛背上：晋人驾车用牛。此谓目光从容前视，毫不以刚才之事挂怀。

009 裴遐在周馥所[1]，馥设主人[2]。邓粲《晋纪》曰："馥字祖宣，汝南人。代刘准为镇东将军，镇寿阳。移檄四方，欲奉迎天子。元皇使甘卓攻之，馥出奔，道卒。"遐与人围棋[3]。馥司马行酒[4]。遐正戏，不时为饮[5]。司马恚[6]，因曳遐坠地[7]。遐还坐，举止如常，颜色不变，复戏如故。王夷甫问遐："当时何得颜色不异？"答曰："直是暗当故耳[8]！"一作"暗故当耳"，一作"真是斗将故耳"。

❶周馥：周馥字祖宣，汝南（今河南）人。累迁司徒左长史、吏部郎，选举精密，论望益美。转御史中丞、侍中，拜徐州刺史，加冠军将军、

假节。征为廷尉。❷设主人：以东道主的身份请客。❸围棋：下棋。❹馥司马：指周馥。行酒：挨个劝酒。❺不时：不及时。❻恚：愤怒。❼曳：拖。❽直：只。

010 刘庆孙在太傅府[1]，于时人士，多为所构[2]。唯庾子嵩纵心事外，无迹可间[3]。后以其性俭家富，说太傅令换千万[4]，冀其有吝，于此可乘。《晋阳秋》曰："刘舆字庆孙，中山人。有豪侠才算，善交结，为范阳王虓所昵。虓薨，太傅召之，大相委仗，用为长史。"《八王故事》曰："司马越字元超，高密王泰长子。少尚布衣之操，为中外所归。累迁司空太傅。"太傅于众坐中问庾，庾时颓然已醉，帻堕几上[5]，以头就穿取[6]。徐答云："下官家故可有两娑千万[7]，随公所取。"于是乃服。后有人向庾道此，庾曰："可谓以小人之虑，度君子之心。"

❶刘庆孙：刘舆字庆孙，中山魏昌（今河北定州）人，司空刘琨之兄。历任中书侍郎、颍川太守。东海王司马越辅政，以为左长史，封定襄侯。❷构：构陷。❸间（jiàn）：离间。❹说（shuì）：劝说。换：借支。❺帻：巾帻，包头巾。❻就：靠近。❼故：确实。娑：三。古吴语。

011 王夷甫与裴景声志好不同[1]。景声恶欲取之[2]，卒不能回[3]。乃故诣王肆言极骂，要王答己，欲以分谤[4]。王不为动色，徐曰："白眼儿遂作[5]。"《晋诸公赞》曰："邈字景声，河东闻喜人。少有通才，从兄頠器赏之。每与清言，终日达曙。自谓理构多如，辄每谢之，然未能出也。历太傅从事中郎、左司马，监东海王军事。少为文士，而经事为将，虽非其才，而以军重称也。"

❶裴景声：裴邈，字景声，河东闻喜（今山西闻喜县）人。少有通才，深得从兄裴頠器赏。历太傅从事中郎、左司马，假节、监东海王诸军事。

❷恶（wù）：厌恶。取：取其从己，意欲得到回应。❸卒：始终。❹分谤：分担指责，即一同受到指责。❺白眼：眼因躁怒而多白。

012 王夷甫长裴成公四岁，不与相知[1]。时共集一处，皆当时名士，谓王曰："裴令令望何足计[2]？"王便卿裴[3]。裴曰："自可全君雅志。"裴颜，已见。

❶相知：知心，知己。❷令望：美好的声望。❸卿裴：以卿称裴。"卿"本为官爵，后为对人的美称。魏晋时，转为上对下、长对幼之称。同辈之间称卿，则为狎昵、不礼貌的行为。

013 有往来者云[1]："庾公有东下意[2]。"或谓王公："可潜稍严[3]，以备不虞[4]。"王公曰："我与元规虽俱王臣，本怀布衣之好[5]。若其欲来，吾角巾径还乌衣[6]。《丹阳记》曰："乌衣之起，吴时乌衣营处所也。江左初立，琅邪诸王所居。"何所稍严！"《中兴书》曰："于是风尘自消，内外缉穆。"

❶往来者：指来往于京城和武昌的人。❷庾公：庾亮。陶侃去世后，庾代之都督江、荆、豫、益、梁、雍六州军事，镇武昌。东下：顺江东下。指夺取朝廷。❸稍严：稍作戒备。❹不虞：不测，意料之外的事。❺布衣之好：贫贱之交。❻角巾：古代男子戴的方巾，大凡为隐者冠饰。乌衣：乌衣巷。此句指弃官为民。

014 王丞相主簿欲检校帐下[1]。公语主簿："欲与主簿周旋[2]，无为知人几案间事[3]。"

❶主簿：丞相府属官，掌文书簿籍。检校：检查，核准。帐下：古代将帅设帐办公，帐下指办公人员，幕僚。❷周旋：交涉，通融。❸无为：

不要，不必。几案间事：指案卷文牍方面的事。

015 祖士少好财[1]，阮遥集好屐[2]，并恒自经营[3]。同是一累而未判其得失[4]。《祖约别传》曰：“约字士少，范阳遒人。累迁平西将军、豫州刺史，镇寿阳。与苏峻反，峻败，约投石勒。约本幽州冠族，宾客填门。勒登高望见车骑，大惊。又使占夺乡里先人田地，地主多恨。勒恶之，遂诛约。”《晋阳秋》曰：“阮孚字遥集，陈留人，咸第二子也。少有智调，而无俊异。累迁侍中、吏部尚书、广州刺史。”人有诣祖，见料视财物[5]。客至，屏当未尽[6]，余两小簏[7]，着背后，倾身障之，意未能平。或有诣阮，见自吹火蜡屐[8]，因叹曰：“未知一生当着几量屐[9]？”神色闲畅。于是胜负始分。《孚别传》曰：“孚风韵疏诞，少有门风。”

❶祖士少：祖约字士少，范阳遒县（今河北涞水）人。累迁平西将军、豫州刺史，镇寿阳。与苏峻反，峻败，约投石勒。后被石勒所诛。❷阮遥集：阮孚，字遥集，阮咸之子。西晋陈留尉氏（今河南开封尉氏县）人。饮酒史上“兖州八伯”之一。累迁侍中、吏部尚书、广州刺史。屐：木屐。底上有齿的木鞋。❸恒自：总是，经常。❹判：判别。得失：高下，对错。❺料视：料理。❻屏当：收拾，料理。❼簏（lù）：竹箱。❽自：正在。蜡屐：给屐打蜡。❾着：穿。量：量词，犹“双”。

016 许侍中、顾司空俱作丞相从事[1]，尔时已被遇[2]，游宴集聚，略无不同[3]。《晋百官名》曰：“许璪字思文，义兴阳羡人。”《许氏谱》曰：“璪祖艳，字子良，永兴长。父裴，字季显，乌程令。璪仕至吏部侍郎。”尝夜至丞相许戏[4]，二人欢极，丞相便命使入己帐眠。顾至晓回转，不得快孰[5]。许上床便咍台大鼾[6]。丞相顾诸客曰：“此中亦难得眠处。”顾和字君孝，少知名。族人顾荣曰：“此吾家骐骥也，必兴吾宗！”仕至尚书令。五子：治、隗、淳、履、之。

❶许侍中：许璪字思文，义兴阳羡（今江苏宜兴）人。仕至吏部侍郎。❷被遇：被器重，受赏识。❸略无：毫无。❹许：住所。❺快孰：睡得沉酣而踏实。孰，通“熟”。❻咍（hāi）台：睡觉时的打鼾声。

017 庾太尉风仪伟长❶，不轻举止❷，时人皆以为假。亮有大儿数岁，雅重之质❸，便自如此，人知是天性。温太真尝隐幔怛之❹，此儿神色恬然，乃徐跪曰：“君侯何以为此❺？”论者谓不减亮。苏峻时遇害。《庾氏谱》曰：“会字会宗，太尉亮长子，年十九，咸和六年遇害。”或云：“见阿恭，知元规非假。”阿恭，会小字也。

❶风仪：风度仪表。伟长：壮伟优异。❷不轻举止：举止稳重不轻薄。❸雅重：端严持重。❹怛：恐吓，吓唬。❺君侯：古时称列侯为君侯。

018 褚公于章安令迁太尉记室参军❶，按庾亮《启参佐名》，裒时直为参军，不掌记室也。名字已显而位微，人未多识。公东出，乘估客船❷，送故吏数人❸，投钱唐亭住❹。《钱唐县记》曰：“县近海，为潮漂没。县诸豪姓敛钱雇人，辇土为塘，因以为名也。”尔时，吴兴沈充为县令❺，未详。当送客过浙江，客出❻，亭吏驱公移牛屋下❼。潮水至，沈令起彷徨，问：“牛屋下是何物人❽？”吏云“昨有一伧父来寄亭中❾，《晋阳秋》曰：“吴人以中州人为伧。”有尊贵客，权移之。”令有酒色，因遥问：“伧父欲食饼不？姓何等❿？可共语。”褚因举手答曰：“河南褚季野。”远近久承公名⓫，令于是大遽⓬，不敢移公，便于牛屋下修刺诣公⓭。更宰杀为馔具⓮，于公前鞭挞亭吏，欲以谢惭。公与之酌宴，言色无异，状如不觉。令送公至界。

❶褚公：指褚裒。章安令：章安县令。太尉记室参军：太尉府属官，

掌表章文书等。❷估客：贩货的行商。❸送故：送别原任长官。❹亭：供旅客食宿的公舍叫亭。❺吴兴：郡名。治所在乌程（今浙江）。沈充：沈充字士居，吴兴武康（今浙江湖州）人。出身于吴兴沈氏豪族，少习兵书，颇以雄豪闻于乡里。时为钱唐令。❻客出：客至。❼牛屋：牛棚。❽何物人：何等人。❾伧父：犹“北方佬”，六朝时南方人骂北方人的话。❿何等：什么。⓫承：闻，听说。⓬遽：惊慌。⓭修刺：指写名帖，作通报姓名之用。⓮馔具：酒食。

019 郗太傅在京口[1]，遣门生与王丞相书[2]，求女婿。丞相语郗信[3]：“君往东厢，任意选之。”门生归白郗曰：“王家诸郎，亦皆可嘉，闻来觅婿，咸自矜持。唯有一郎，在东床上坦腹卧[4]，如不闻。”郗公云：“正此好[5]！”访之，乃是逸少，因嫁女与焉。《王氏谱》曰：“逸少，羲之小字。羲之妻太傅郗鉴女，名璿，字子房。”

❶京口：今江苏镇江。❷门生：门客。❸信：信使，使者。❹东床：东厢房之床。正因此典，后“东床”“东床客”“东床袒腹”“东床之选”遂成为“佳婿”的代名词。坦：通“袒”。❺正：只。

020 过江初[1]，拜官[2]，舆饰供馔[3]。羊曼拜丹阳尹[4]，客来蚤者[5]，并得佳设[6]。日晏渐罄[7]，不复及精，随客早晚，不问贵贱。《曼别传》曰：“曼字延祖，泰山南城人。父暨，阳平太守。曼颓纵宏任，饮酒诞节，与陈留阮放等号‘兖州八达’。累迁丹阳尹，为苏峻所害。”羊固拜临海[8]，竟日皆美供[9]。虽晚至，亦获盛馔。时论以固之丰华，不如曼之真率。《明帝东宫僚属名》曰：“固字道安，太山人。”《文字志》曰：“固父坦，车骑长史。固善草行，著名一时。避乱渡江，累迁黄门侍郎，褒其清俭，赠大鸿胪。”

❶过江：指晋室南渡，建都建康。❷拜官：授官。❸舆饰供馔：

大办酒席。舆，多；饰，整饬。❹羊曼：羊曼字延祖，泰山南城（今山东泰安）人。曼颓纵宏任，饮酒诞节，与陈留阮放等号“兖州八伯”。累迁丹阳尹，为苏峻所害。丹阳：郡名。治所在建业。❺蚤：通“早”。❻设：饮食。❼晏：晚。罄：尽，完。❽羊固：羊固字道安，泰山南城（今山东泰安）人。累迁黄门侍郎，临海太守，赠大鸿胪。善草行，名著一时。临海：郡名。治所在今浙江临海市。❾供：酒食。

021 周仲智饮酒醉，瞋目还面[1]，谓伯仁曰：“君才不如弟，而横得重名[2]！”须臾，举蜡烛火掷伯仁。伯仁笑曰：“阿奴火攻[3]，固出下策耳！”《孙子兵法》曰：“火攻有五：一曰火人，二曰火积，三曰火车，四曰火军，五曰火队。凡军必知五火之变，故以火攻者，明也。”

❶还面：转过脸。❷横：凭空，无缘无故。❸阿奴：表亲昵。晋时父兄泛称子弟之词。

022 顾和始为扬州从事[1]，月旦当朝[2]，未入顷[3]，停车州门外。周侯诣丞相，历和车边。《语林》曰：“周侯饮酒已醉，着白袷凭两人，来诣丞相。”和觅虱，夷然不动。周既过，反还，指顾心曰：“此中何所有？”顾搏虱如故，徐应曰：“此中最是难测地。”周侯既入，语丞相曰：“卿州吏中有一令仆才[4]。”《中兴书》曰：“和有操量，弱冠知名。”

❶从事：州郡属官。❷月旦：农历每月初一。朝：朝会。❸顷：时，时候。❹令仆：尚书令和仆射。泛指宰辅。

023 庾太尉与苏峻战，败，率左右十余人，乘小船西奔。《晋阳秋》曰：“苏峻作逆，诏亮都督征讨。战于建阳门外，王师败绩。亮于陈携二弟奔温峤。”乱兵相剥掠，射，误中舵工，应弦而倒，举船上咸失色分散。亮不动容，徐曰：“此手那可使着贼[1]！”众乃安。

❶此手：此种射技。

024 庾小征西尝出未还。妇母阮是刘万安妻[1]，《刘氏谱》曰：“刘绥妻，陈留阮蕃女，字幼娥。”绥别见。与女上安陵城楼上[2]。俄顷[3]，翼归，策良马，盛舆卫[4]。阮语女：“闻庾郎能骑，我何由得见？”妇告翼，《庾氏谱》曰：“翼娶高平刘绥女，字静女。”翼便为于道开卤簿盘马[5]，始两转，坠马堕地，意色自若。

❶妇母：岳母。刘万安：刘绥字万安，晋高平人。官至骠骑长史。❷安陵：晋代县名，在今河南鄢陵县西北。❸俄顷：一会儿。❹舆卫：车舆侍卫。❺卤簿：帝王驾出时扈从的仪仗队，汉以后也用于后妃、太子、王公大臣。盘马：跨马盘旋。

025 宣武桓温。与简文、太宰[1]武陵王晞。共载，密令人在舆前后鸣鼓大叫，卤簿中惊扰[2]。太宰惶怖，求下舆。顾看简文，穆然清恬[3]。宣武语人曰：“朝廷间故复有此贤[4]。”《续晋阳秋》曰：“帝性温深，雅有局镇。尝与桓温、太宰武陵王晞同乘，至板桥，温密敕令无因鸣角鼓噪，部伍并惊驰。温阳骇异，晞大震，帝举止自若，音颜无变。温每以此称其德量。故论者谓温服惮也。”

❶太宰：指武陵王司马晞。司马晞字道叔，晋元帝司马睿第四子，晋明帝司马绍、晋简文帝司马昱异母兄弟。晋穆帝时官太宰，为桓温所忌。简文即位，奏徙新安。❷卤簿：帝王驾出时扈从的仪仗队，汉以后也用于后妃、太子、王公大臣。❸穆然：端庄严肃的样子。清恬：安静闲适。❹故复：仍然，还。

026 王劭、王荟共诣宣武[1]，《劭荟别传》曰："劭字敬伦，丞相导第五子。清贵简素，研味玄赜，大司马桓温称为'凤雏'。累迁尚书仆射、吴国内史。荟字敬文，丞相最小子。有清誉，夷泰无竞。仕至镇军将军。"正值收庾希家[2]。《中兴书》曰："希字始彦，司空冰长子。累迁徐、兖二州刺史。希兄弟贵盛，桓温忌之，讽免希官。遂奔于暨阳。初郭璞筮冰子孙必有大祸，唯固三阳可以有后。故希求镇山阳，弟友为东阳，希自家暨阳。及温诛希弟柔、倩，闻希难，逃于海陵，后还京口聚众，事败，为温所诛。"荟不自安，逡巡欲去[3]；劭坚坐不动，待收信还[4]，得不定乃出[5]。论者以劭为优。

❶王劭（shào）：王劭字敬伦，小字大奴，琅邪临沂（今山东临沂）人，丞相王导第五子。清贵简素，研味玄赜，大司马桓温称为"凤雏"。累迁尚书仆射、吴国内史。王荟：王荟字敬文，小字小奴，丞相王导第六子。恬虚守静，不竞荣利，承家学，善行书。仕至镇军将军。❷收：拘捕。❸逡巡：有所顾虑而徘徊。❹收信：拘捕的使者。❺得不定：得知没有被牵涉。

027 桓宣武与郗超议芟夷朝臣[1]，条牒既定[2]，其夜同宿。《续晋阳秋》曰："超谓温雄武，当乐推之运，遂深自委结，温亦深相器重，故潜谋密计，莫不预焉。"明晨起，呼谢安、王坦之入，掷疏示之[3]，郗犹在帐内。谢都无言[4]，王直掷还，云："多。"宣武取笔欲除，郗不觉，窃从帐中与宣武言。谢含笑曰："郗生可谓入幕宾也[5]。""帐"，一作"帷"。

❶芟夷：裁减。❷条牒：授官的簿录、名单。❸疏：指呈给皇帝的文书。❹都：完全。❺幕宾：幕府宾客。

028 谢太傅盘桓东山时[1]，与孙兴公诸人泛海戏[2]。《中兴书》

曰："安元居会稽，与支道林、王羲之、许询共游处，出则渔弋山水，入则谈说属文，未尝有处世意也。"风起浪涌，孙、王诸人色并遽，便唱使还[3]。太傅神情方王[4]，吟啸不言[5]。舟人以公貌闲意说[6]，犹去不止。既风转急，浪猛，诸人皆喧动不坐[7]。公徐云："如此，将无归[8]！"众人即承响而回[9]。于是审其量，足以镇安朝野[10]。

❶盘桓：逗留。指隐居会稽东山。❷泛海戏：泛舟海上游玩。❸王：指王羲之。遽：惊慌。唱：同"倡"，提议。❹王：通"旺"，旺盛。❺吟啸：亦称歌啸、长啸。其啸法为动唇有曲，撮口发音。晋代文人视此为名士风度和文人逸态。❻貌闲意说：容色安静，神情愉悦。说，通"悦"。❼喧动：喧哗骚动。❽将无：莫非，还是。❾承响：应声。❿镇安：安定。朝野：朝廷和民间，即朝廷内外。

029 桓公伏甲设馔[1]，广延朝士[2]，因此欲诛谢安、王坦之[3]。《晋安帝纪》曰："简文晏驾，遗诏桓温依诸葛亮、王导故事。温大怒，以为黜其权，谢安、王坦之所建也。入赴山陵，百官拜于道侧，在位望者，战栗失色。"或云自此欲杀王、谢。王甚遽[4]，问谢曰："当作何计？"谢神意不变，谓文度曰："晋阼存亡[5]，在此一行。"相与俱前。王之恐状，转见于色。谢之宽容[6]，愈表于貌。望阶趋席，方作洛生咏[7]，讽"浩浩洪流"[8]。桓惮其旷远，乃趣解兵[9]。按宋明帝《文章志》曰："安能作洛下书生咏，而少有鼻疾，语音浊。后名流多斅其咏，弗能及，手掩鼻而吟焉。桓温止新亭，大陈兵卫，呼安及坦之，欲于坐害之。王入失厝，倒执手版，汗流沾衣。安神姿举动，不异于常，举目遍历温左右卫士，谓温曰：'安闻诸侯有道，守在四邻，明公何有壁间着阿堵辈？'温笑曰：'正自不能不尔。'于是矜庄之心顿尽，命却左右，促燕行觞，笑语移日。"王谢旧齐名，于此始判优劣。

❶伏甲：埋伏兵士。设馔：安排宴席。❷延：宴请。❸因此：趁此。❹遽：惊慌。❺晋阼：晋朝皇位、国统。❻宽容：从容不迫的神态。❼洛生咏：汉代洛阳书生吟咏时声音重浊。谢安有鼻疾，语重浊，善作洛生咏。❽浩浩洪流：指嵇康《赠秀才入军》诗："浩浩洪流，带我邦畿。"❾趣（cù）：通"促"。急忙。

030 谢太傅与王文度共诣郗超❶，日旰未得前❷。王便欲去，谢曰："不能为性命忍俄顷❸？"超得宠桓温，专杀生之威。

❶诣：到……去，拜访。❷旰：晚。❸俄顷：片刻，一会儿。

031 支道林还东❶，《高逸沙门传》曰："遁为哀帝所迎，游京邑久，心在故山，乃拂衣王都，还就岩穴。"时贤并送于征虏亭❷。《丹阳记》曰："太安中，征虏将军谢安立此亭，因以为名。"蔡子叔前至❸，坐近林公。《中兴书》曰："蔡系字子叔，济阳人，司徒谟第二子。有文理，仕至抚军长史。"谢万石后来，坐小远❹。蔡暂起，谢移就其处。蔡还，见谢在焉，因合褥举谢掷地❺，自复坐。谢冠帻倾脱❻，乃徐起，振衣就席，神意甚平，不觉瞋沮❼。坐定，谓蔡曰："卿奇人，殆坏我面❽。"蔡答曰："我本不为卿面作计❾。"其后二人俱不介意。

❶还东：回会稽去。❷时贤：当时名士。征虏亭：亭名，在建康石头坞。相传为征虏将军谢安所建，后遂为送别之所。❸蔡子叔：蔡系字子叔，济阳（今属山东）人，司徒谟第二子。有才华，善谈论。官至抚军长史。前至：先到。❹小远：稍远。❺合褥：连着座褥。❻冠帻：帽子头巾。❼瞋沮：瞋怒沮丧。❽殆：几乎，差点儿。❾计：考虑，打算。

032 郗嘉宾钦崇释道安德问[1],《安和上传》曰:“释道安者,常山薄柳人。本姓卫,年十二作沙门。神性聪敏,而貌至陋,佛图澄甚重之。值石氏乱,于陆浑山木食修学,为慕容俊所逼,乃住襄阳。以佛法东流,经籍错谬,更为条章,标序篇目,为之注解。自支道林等皆宗其理。无疾卒。”饷米千斛[2],修书累纸[3],意寄殷勤[4]。道安答直云:“损米[5],愈觉有待之为烦[6]。”

❶道安:东晋高僧,本姓卫,常山扶柳(今河北冀州)人。幼聪敏,十二岁出家。后事佛图澄为师,甚受赏识。因北方战乱,南下襄阳,居十五载。后入长安,居七载,竟卒。德问:道德声望。❷饷:馈赠。斛(hú):量器名。古代十斗为一斛。❸累纸:很多纸张。❹殷勤:诚恳亲切。❺损:破费。❻有待:受条件限制。庄子《逍遥游》中所说的不逍遥的状态。如鲲鹏、列子都有所待(待于风),尚未达到逍遥境界。

033 谢安南免吏部尚书[1],还东[2],《晋百官名》曰:“谢奉字弘道,会稽山阴人。”《谢氏谱》曰:“奉祖端,散骑常侍。父凤,丞相主簿。奉历安南将军、广州刺史、吏部尚书。”谢太傅赴桓公司马,出西[3],相遇破冈[4]。既当远别[5],遂停三日共语。太傅欲慰其失官,安南辄引以它端。虽信宿中途[6],竟不言及此事。太傅深恨在心未尽[7],谓同舟曰:“谢奉故是奇士[8]。”

❶谢安南:谢奉字弘道,号道欣,东晋会稽山阴(今绍兴市)人。初为佐吏。累历安南将军、广州刺史。晋穆帝时,任吏部尚书。后坐事免。❷还东:回会稽山阴。❸出西:到京都去。❹破冈:即破冈渎,水渠名。在建康东,三国时开凿。❺当:将。❻信宿:连宿两晚。❼恨:遗憾。❽故:确实。

034 戴公从东出[1]，谢太傅往看之。谢本轻戴，见，但与论琴书[2]，戴既无吝色[3]，而谈琴书愈妙。谢悠然知其量[4]。《晋安帝纪》曰："戴逵字安道，谯国人。少有清操，恬和通任，为刘真长所知。性甚快畅，泰于娱生。好鼓琴，善属文，尤乐游燕，多与高门风流者游。谈者许其通隐。屡辞征命，遂著高尚之称。"

❶戴公：指戴逵。戴逵字安道，谯郡铚县（今安徽濉溪）人，居会稽剡县（今浙江绍兴嵊州市）。博学多才，善鼓琴，工人物、山水。终身不仕，孝武帝时累征不就。著《戴逵集》九卷，已散佚。从东出：从会稽来。❷但：只。❸吝色：为难不情愿的神色。❹悠然：慢慢地。

035 谢公与人围棋[1]，俄而谢玄淮上信至[2]。看书竟，默然无言，徐向局[3]。客问淮上利害[4]，答曰："小儿辈大破贼[5]。"意色举止，不异于常。《续晋阳秋》曰："初，苻坚南寇，京师大震。谢安无惧色，方命驾出墅，与兄子玄围棋。夜还乃处分，少日皆办。破贼又无喜容。其高量如此。"《谢车骑传》曰："氐贼苻坚倾国大出，众号百万。朝廷遣诸军距之，凡八万。坚进屯寿阳。玄为前锋都督，与从弟琰等选精锐决战。射伤坚，俘获数万计，得伪辇及云母车，宝器山积，锦罽万端，牛、马、驴、骡、驼十万头匹。"

❶围棋：下棋。❷信：信史，使者。❸向局：转向棋局。❹淮上利害：淮水之上的胜负。此指"淝水之战"。❺小儿辈：晚辈。

036 王子猷、子敬曾俱坐一室[1]，上忽发火。子猷遽走避[2]，不遑取屐[3]；《晋百官名》曰："王徽之字子猷。"《中兴书》曰："徽之，羲之第五子，卓荦不羁，欲为傲达。仕至黄门侍郎。"子敬神色恬然，徐唤左右扶凭而出[4]，不异平常。《续晋阳秋》曰："献之虽不修赏贯，而容止不妄。"世以此定二王神宇[5]。

❶王子猷：王徽之字子猷，王羲之第五子。曾历任车骑参军、大司马参军、黄门侍郎。生性高傲，放诞不羁，后索性辞官，半隐于山阴（今浙江省绍兴市）。❷遽：惊慌。❸不遑：来不及。屐：底上有齿的木鞋。❹扶凭：搀扶。❺神宇：精神气宇。

037 苻坚游魂近境[1]，坚，别见。谢太傅谓子敬曰："可将当轴[2]，了其此处[3]。"

❶苻坚：十六国时前秦皇帝。建元十九年（公元383年）攻晋，在淝水大败。游魂：似鬼魂般到处游荡，形容侵扰活动。❷将：捉拿。当轴：当权之要害人物。❸了：了结，解决。

038 王僧弥、谢车骑共王小奴许集[1]，王珉、谢玄，并已见。小奴，王荟小字也。僧弥举酒劝谢云："奉使君一觞[2]。"谢曰："可尔。"谢玄曾为徐州，故云使君。僧弥勃然起[3]，作色曰[4]："汝故是吴兴溪中钓碣耳[5]，何敢诪张[6]！"玄叔父安，曾为吴兴，玄少时从之游，故珉云然。谢徐抚掌而笑曰："卫军[7]，僧弥殊不肃省[8]，乃侵陵上国也[9]！"

❶许：住所。❷使君：汉以后对州郡长官的尊称。谢玄曾为刺史，故有使君之说。❸勃然：突然。❹作色：变了脸色。❺故：本来。钓碣：钓徒。谢玄好垂钓，小字羯，与碣同音，故为此双关语。❻诪张：猖狂放肆。❼卫军：指王荟。荟死后赠卫军将军。❽肃省：恭敬醒悟。❾侵陵上国：侵犯大国。

039 王东亭为桓宣武主簿，既承藉[1]，有美誉，公甚欲其人地[2]，为一府之望[3]。初，见谢失仪[4]，而神色自若，坐上宾客即相贬笑。公曰："不然。观其情貌，必自不凡，吾当试之。"后因月朝阁下伏[5]，公于内走马直出突之[6]，左右皆宕仆[7]，而王不动。名价于是大重，咸云："是公辅器也。"《续晋阳秋》曰："珣初辟大司马掾，桓温至重之，常称'王掾必为黑头公，未易才也'。"

❶承藉：继承父祖名位而以为凭借。❷人地：人的才能和门第。❸望：仰望崇敬的人。❹见谢：晋见和告退。❺月朝：每月初一日下属对长官的朝拜。阁下：办公衙署前。❻突：冲。❼宕仆：因站立不稳而倒下。

040 太元末[1]，长星见[2]，孝武心甚恶之[3]。徐广《晋纪》曰："太元二十年九月，有蓬星如粉絮，东南行，历须、女，至央星。"按太元末，唯有此妖，不闻长星也。且汉文八年，有长星出东方。文颖注曰："长星有光芒，或竟天，或长十丈，或二三丈，无常也。"此星见，多为兵革事。此后十六年，文帝乃崩。盖知长星非关天子，《世说》虚也。夜，华林园中饮酒[4]，举杯属星云："长星，劝尔一杯酒，自古何时有万岁天子？"

❶太元：晋孝武帝司马曜年号，公元376—396年。❷长星见：彗星出现。❸孝武：指晋孝武帝司马曜。❹华林园：宫苑名。本吴旧宫，晋渡江后，仿洛阳园名修葺而成。

041 殷荆州有所识，作赋，是束皙慢戏之流[1]。《文士传》曰："皙字广微，阳平元城人，汉太子太傅疎广后也。王莽末，广曾孙孟达自东海避难元城，改姓去'疎'之'足'以为束氏。皙博学多识，问无不对。元康中，有人自嵩高山下得竹简一枚，上两行科斗书。司空张华以问皙，皙曰：'此明帝显节陵中策文也。'检校果然。曾为《饼赋》诸文，文甚俳谑。三十九岁卒，元城为之废市。"殷甚以为有才，语王恭："适见新文[2]，甚可观。"便于手巾函中出之[3]。

王读，殷笑之不自胜[4]。王看竟，既不笑，亦不言好恶，但以如意帖之而已[5]。殷怅然自失。

❶束皙：束皙字广微。阳平元城（今河北大名东）人。祖姓踈，因避难徙居沙鹿山南，去踈字足旁，改姓为束。以博学多闻、善为文辞而知名。少时游国学，作《玄居释》，张华见而奇之，召为掾，升著作佐郎，撰《晋书·帝纪》，迁博士。慢戏：轻慢诙谐。❷适：刚才。❸手巾函：手巾袋。❹不自胜：不能自止。❺如意：古人用以搔痒、指划的一种器物。帖：通“贴”。指用如意抚平文稿。

042 羊绥第二子孚，少有俊才，与谢益寿相好。益寿，谢混小字也。尝蚤往谢许，未食。俄而王齐、王睹来[1]，王睹，已见。齐，王熙小字也。《中兴书》曰：“熙字叔和，恭次弟，尚鄱阳公主，太子洗马，早卒。”既先不相识，王向席有不说色[2]，欲使羊去。羊了不眄[3]，唯脚委几上[4]，咏瞩自若[5]。谢与王叙寒温数语毕，还与羊谈赏[6]，王方悟其奇，乃合共语。须臾食下，二王都不得餐，唯属羊不暇[7]。羊不大应对之，而盛进食，食毕便退。遂苦相留，羊义不住[8]，直云：“向者不得从命，中国尚虚[9]。”二王是孝伯两弟。

❶王齐：王熙字叔和，小字齐，王恭次弟。尚鄱阳公主，太子洗马，早卒。❷说：通“悦”。❸了不：一点也不，完全不。眄（miǎn）：斜视。❹委：放置。几：几案。❺瞩：望，看。❻谈赏：谈论品评，即谈玄。❼属：劝请。❽义：坚决。❾中国尚虚：腹中还空虚。

识鉴第七

若以魏晋“才性”论题来衡定，《方正》《雅量》属于“性”，《识鉴》则无疑属于“才”。所谓“识鉴”，即识别鉴定人才之意，与先秦儒道两家所说的“知人”意义相符。老子就尝言“知人者智，自知者明”(《道德经》)；孔子更是在“知人”和“知己”之间强调知人，“不患人之不己知，患不知人也”(《论语·学而》)；孟子则在此基础上提出“知人论世”的经典见解。

魏晋之世，天下大乱，在群雄逐鹿的纷扰时局中，虚廓的德行显得有些缥缈，而实际的才能显得尤为重要。自曹操任人唯才、不拘资限始，魏晋士人识鉴人物更注重安邦济世、运筹帷幄、审时度势、见微知著之才能，一时形成风气。

《识鉴》凡二十八则，几乎无一例外都是对人物的识察鉴定：乔玄识（识，即识察鉴定）曹操，裴潜识刘备，山涛识王夷甫，潘滔识王敦，卫瓘识卫玠，刘越石识华轶，王澄识王玄，王应识王彬，庾太傅识孟嘉，王蒙识戴逵，刘惔识桓温，简文识谢安，郗超识谢玄，韩康伯识谢玄，郗超识傅亮兄弟，王胡之识车胤……或正识，或反识；或危急时识，或闲适时识；或不善时识，或交好时识……或识于书，或识于画，或识于言语，或识于面目，或识于蜂目，或识于蒱博。其中不乏真知灼见，可为人才学之生动素材，当然也有迂腐之论，甚至有近似于“相面术”的妖异卮言。这些都不重要，重要的是“识鉴”本身。对人物的“识鉴”会引发人才的勃发，演绎为云蒸霞蔚的人才风景。

001 曹公少时见乔玄[1]，玄谓曰："天下方乱，群雄虎争，拨而理之[2]，非君乎？然君实是乱世之英雄，治世之奸贼。恨吾老矣，不见君富贵，当以子孙相累[3]。"《续汉书》曰："玄字公祖，梁国睢阳人。少治《礼》及《严氏春秋》，累迁尚书令。玄严明有才略，长于知人。初，魏武帝为诸生，未知名也，玄甚异之。"《魏书》曰："玄见太祖曰：'吾见士多矣，未有若君者。天下将乱，非命世之才不能济也。能安之者，其在君乎？'"按《世语》曰："玄谓太祖：'君未有名，可交许子将。'太祖乃造子将，子将纳焉。"孙盛《杂语》曰："太祖尝问许子将：'我何如人？'固问，然后子将答曰：'治世之能臣，乱世之奸雄。'太祖大笑。"《世说》所言谬矣。

❶乔玄：乔玄字公祖。梁国睢阳县（今河南省商丘市睢阳区）人。玄严明有才略，长于知人。累迁尚书令。❷拨而理之：拨乱反正，治理天下。拨，治理。❸相累：烦劳照料的意思。

002 曹公问裴潜曰[1]："卿昔与刘备共在荆州[2]，卿以备才如何？"潜曰："使居中国[3]，能乱人，不能为治。若乘边守险[4]，足为一方之主。"《魏志》曰："潜字文行，河东人。避乱荆州，刘表待之宾客礼。潜私谓王粲、司马芝曰：'刘牧非霸王之才，而欲以西伯自处，其败无日矣。'遂南渡，适长沙。"

❶裴潜：裴潜字文行，河东郡闻喜县（今山西闻喜）人。曾避乱荆州，刘表待之宾客礼。曹操平定荆州，裴潜归附曹操，入京任丞相府仓曹掾，代郡太守。后任沛国相、兖州刺史。❷共在荆州：在荆州共事。指裴潜与刘备在刘表处共事。❸中国：指中原地区。❹乘边：占据边塞。

003 何晏、邓飏、夏侯玄并求傅嘏交[1]，而嘏终不许。《魏略》

曰："邓飏字玄茂，南阳宛人，邓禹之后也。少得士名，明帝时为中书郎，以与李胜等为浮华，被斥。正始中，迁侍中、尚书。为人好货，臧艾以父妾与飏，得显官。京师为之语曰：'以官易富邓玄茂。'何晏选不得人，颇由飏。以党曹爽诛。"诸人乃因荀粲说合之，谓嘏曰："夏侯太初一时之杰，士虚心于子[2]，而卿意怀不可交。合则好成[3]，不合则致隙。二贤若穆[4]，则国之休[5]，此蔺相如所以下廉颇也。"《史记》曰："相如以功大拜上卿，位在廉颇右。颇怒，欲辱之。相如每称疾，望见，引车避匿。其舍人欲去之，相如曰：'夫以秦王之威，而吾廷叱之。何畏廉将军哉？顾秦强赵弱，秦以吾二人，故不敢加兵于赵。今两虎斗，势不俱生。吾以公家急而后私雠也。'颇闻谢罪。"傅曰："夏侯太初志大心劳[6]，能合虚誉，诚所谓利口覆国之人[7]。何晏、邓飏有为而躁[8]，博而寡要[9]，外好利而内无关钥[10]，贵同恶异，多言而妒前[11]。多言多衅[12]，妒前无亲。以吾观之，此三贤者皆败德之人尔，远之犹恐罹祸[13]，况可亲之邪？"后皆如其言。《傅子》曰："是时，何晏以才辩显于贵戚之间；邓飏好交通，合徒党，鬻声名于闾阎；夏侯玄以贵臣子，少有重名。皆求交于嘏，嘏不纳也。嘏友人荀粲有清识远志，然犹劝嘏结交云。"

❶邓飏：邓飏字玄茂，南阳新野（今河南新野）人。邓飏为人贪财好色，曾历任尚书郎、洛阳县令等职。魏少帝曹芳权臣曹爽任邓飏为侍中、尚书。后被诛杀，夷三族。❷虚心于子：对你没有成见。❸合：和合，和睦。好成：结下友谊，成为朋友。❹穆：通"睦"。和睦。❺休：善，吉。❻志大心劳：志大于才，难免力不从心，故心必劳苦。❼利口覆国：空言于事无补，反而误国。❽有为而躁：有作为而心浮气躁。❾博而寡要：广博而不精专。❿关钥：门闩。引申为检点、约束。⓫前：指居于前者，比己强之人。⓬衅：事端。⓭罹祸：遭遇灾祸。

004晋武帝讲武于宣武场[1]。帝欲偃武修文[2]，亲自临幸，悉召群臣。山公谓不宜尔。因与诸尚书言孙、吴用兵本意[3]，遂究论。举坐无不咨嗟[4]，皆曰："山少傅乃天下名言。"《史记》曰："孙武，齐人；吴起，卫人，并善兵法。"《竹林七贤论》曰："咸宁中，吴既平，上将为桃林、华山之事，息役弭兵，示天下以大安。于是州郡悉去兵，大郡置武吏百人，小郡五十人。时京师犹讲武，山涛因论孙吴用兵本意。涛为人常简默，盖以为国者不可以忘战，故及之。"《名士传》曰："涛居魏、晋之间，无所标明。尝与尚书卢钦言及用兵本意，武帝闻之，曰：'山少傅名言也。'"后诸王骄汰，轻遘祸难。[5]于是寇盗处处蚁合，郡国多以无备不能制服，遂渐炽盛，皆如公言。时人以谓山涛不学孙、吴[6]，而暗与之理会。王夷甫亦叹云："公暗与道合。"《竹林七贤论》曰："永宁之后，诸王构祸，狡虏欻起，皆如涛言。"《名士传》曰："王夷甫推叹涛'晻晻为与道合，其深不可测'。皆此类也。"

❶宣武场：魏晋都城讲武之地。❷偃武修文：停息战备，修明文教。❸本意：主旨。❹咨嗟：赞叹。❺诸王骄汰，轻遘祸难：指八王之乱。❻以谓：认为。

005 王夷甫父乂，为平北将军，有公事[1]，使行人论[2]，不得。时夷甫在京师，命驾见仆射羊祜、尚书山涛[3]。夷甫时总角[4]，姿才秀异，叙致既快[5]，事加有理，涛甚奇之。既退，看之不辍，乃叹曰："生儿不当如王夷甫邪？"羊祜曰："乱天下者，必此子也！"《晋阳秋》曰："夷甫父乂，有简书，将免官。夷甫年十七，见所继从舅羊祜，申陈事状，辞甚俊伟。祜不然之，夷甫拂衣而起。祜顾谓宾客曰：'此人必将以盛名处当世大位，然败俗伤化者，必此人也。'"《汉晋春秋》曰："初，羊祜以军法欲斩王戎，夷甫又忿祜言其必败，不相贵重。天下为之语曰：'二王当朝，世人莫敢称羊公之有德。'"

❶公事：公案诉讼之事。❷行人：官名。掌朝觐聘问。❸命驾：命令御者驾驭车马。❹总角：指未成年时。❺快：畅快。

006 潘阳仲见王敦小时[1]，谓曰[2]："君蜂目已露[3]，但豺声未振耳。必能食人，亦当为人所食。"《晋阳秋》曰："潘滔字阳仲，荥阳人，太常尼从子也。有文学才识。永嘉末，为河南尹，遇害。"《汉晋春秋》曰："初，王夷甫言东海王越，转王敦为扬州。潘滔初为太傅长史，言于太傅曰：'王处仲蜂目已露，豺声未发。今树之江外，肆其豪强之心，是贼之也。'"《晋阳秋》曰："敦为太子舍人，与滔同僚，故有此言。"习、孙二说，便小迁异。《春秋传》曰："楚令尹子上谓世子商臣蜂目而豺声，忍人也。"

❶潘阳仲：潘滔字阳仲，荥阳中牟（今河南）人。西晋大臣，太常潘尼从子。有文学才识。永嘉末，为河南尹，遇害。❷谓：评论。❸蜂目：毒蜂似的目光。

007 石勒不知书[1]，《石勒传》曰："勒字世龙，上党武乡人，匈奴之苗裔也。雄勇好骑射。晋元康中，流宕山东，与平原茌平人师欢家庸，耳恒闻鼓角鞞铎之音，勒私异之。初，勒乡里原上地中生石，日长，类铁骑之象。国中生人参，葩叶甚盛。于时父老相者皆云：'此胡体貌奇异，有不可知。'劝邑人厚遇之，人多哂而不信。永嘉初，豪杰并起，与胡王阳等十八骑诣汲桑，为左前督。桑败，共推勒为主，攻下州县，都于襄国。后僭正号，死，谥明皇帝。"使人读《汉书》。闻郦食其劝立六国后[2]，刻印将授之，大惊曰："此法当失，云何得遂有天下？"至留侯谏[3]，乃曰："赖有此耳！"邓粲《晋纪》曰："勒手不能书，目不识字，每于军中令人诵读，听之皆解其意。"《汉书》曰："项羽急围汉王于荥阳，汉王与郦食其谋挠楚权。食其劝立六国后，王令趣刻印，张良入谏，以为不可。辍食吐哺，骂郦生曰：‘竖儒几败乃公事！’趣令销印。”

❶石勒：石勒字世龙，初名匐，小字匐勒，羯族，上党武乡（今山西榆社）人。部落小帅石周曷朱之子，十六国时期后赵建立者，史称后赵明帝。不知书：不识字。❷郦食（yì）其（jī）：汉刘邦的谋士，陈留高阳（今河南）人。❸留侯：张良。辅佐刘邦得天下，因功而封留侯。

008 卫玠年五岁，神矜可爱❶。祖太保曰❷：“此儿有异，顾吾老❸，不见其大耳！”《晋诸公赞》曰：“瓘字伯玉，河东安邑人。少以明识清允称，傅嘏极贵重之，谓之宁武子。仕至太保，为楚王玮所害。”《玠别传》曰：“玠有虚令之秀，清胜之气，在群伍之中，有异人之望。祖太保见玠五岁，曰：‘此儿神爽聪令，与众大异，恐吾年老，不及见尔！’”

❶神矜：神情气度。矜：胸怀。❷太保：指卫瓘。卫瓘字伯玉，河东安邑（今山西夏县西北）人。少以明识清允称，傅嘏极贵重之，谓之宁武子。仕至太保，为楚王玮所害。❸顾：只是，不过。

009 刘越石云：“华彦夏识能不足❶，强果有余❷。”虞预《晋书》曰：“华轶字彦夏，平原人，魏太尉歆曾孙也。累迁江州刺史，倾心下士，甚得士欢心。以不从元皇命见诛。”《汉晋春秋》曰：“刘琨知轶必败，谓其自取之也。”

❶华彦夏：华轶字彦夏，平原郡高唐（今山东高唐县）人。西晋末年大臣，曹魏太尉华歆曾孙。少有才气，闻于当世，泛爱博纳，众论美之。累迁散骑常侍，永嘉年间，官至振威将军、江州刺史。识能：识鉴能力。❷强果：坚强果敢。

010 张季鹰辟齐王东曹掾[1]，在洛，见秋风起，因思吴中菰菜羹、鲈鱼脍[2]，曰："人生贵得适意尔，何能羁宦数千里以要名爵[3]？"遂命驾便归。俄而齐王败，时人皆谓其见机[4]。《文士传》曰："张翰字季鹰，父俨，吴大鸿胪。翰有清才美望，博学善属文，造次立成，辞义清新。大司马齐王冏辟为东曹掾。翰谓同郡顾荣曰：'天下纷纷未已，夫有四海之名者，求退良难。吾本山林间人，无望于时久矣。子善以明防前，以智虑后。'荣捉其手，怆然曰：'吾亦与子采南山蕨，饮三江水尔。'翰以疾归，府以辄去除吏名。性至孝，遭母艰，哀毁过礼。自以年宿，不营当世，以疾终于家。"

❶张季鹰：张翰，字季鹰，吴郡吴县（今江苏苏州）人。有清才，善属文，性格放纵不拘，时人比之为阮籍，号为"江东步兵"。齐王司马冏执政，辟为大司马东曹掾。见祸乱方兴，以莼鲈之思为由，辞官而归。辟（bì）：帝王召见并授予官职。齐王：指司马冏。东曹掾：大司马府属官。❷菰菜：即茭白。产于江南。❸羁宦：旅居为官。要：求取。❹见机：洞察事物的细微迹象。机：征兆。

011 诸葛道明初过江左，自名道明，名亚王、庾之下[1]。《中兴书》曰："恢避难过江，与颍川荀道明、陈留蔡道明俱有名誉，号曰'中兴三明'。时人为之语曰：'京都三明各有名，蔡氏儒雅荀葛清。'"先为临沂令[2]，丞相谓曰："明府当为黑头公[3]。"《语林》曰："丞相拜司空，诸葛道明在公坐，指冠冕曰：'君当复着此。'"

❶王、庾：王导、庾亮。❷临沂：县名，旧治在今山东费县东。
❸黑头公：指发未白而位跻三公的人。

012 王平子素不知眉子[1]，曰："志大其量，终当死坞壁间[2]。"《晋诸公赞》曰："王玄字眉子，夷甫子也。东海王越辟为掾，后行陈留太守，大行威罚，为坞人所害。”

❶眉子：王玄，字眉子，王衍之子，王澄之侄。少慕简旷，亦有俊才，与卫玠齐名。荀藩用为陈留太守，屯尉氏。玄素名家，有豪气，荒弊之时，人情不附，将赴祖逖，为盗所害焉。知：赏识，交好。❷坞壁：军事壁垒。

013 王大将军始下[1]，杨朗苦谏不从[2]，遂为王致力[3]。乘中鸣云露车径前[4]，曰：“听下官鼓音，一进而捷。”王先把其手曰：“事克[5]，当相用为荆州[6]。”既而忘之，以为南郡[7]。《晋百官名》曰：“朗字世彦，弘农人。”《杨氏谱》曰：“朗祖嚣，典军校尉。父淮，冀州刺史。”王隐《晋书》曰：“朗有器识才量，善能当世。仕至雍州刺史。”王败后，明帝收朗[8]，欲杀之。帝寻崩[9]，得免。后兼三公，署数十人为官属[10]。此诸人当时并无名，后皆被知遇[11]。于时称其知人。

❶下：顺江东下攻打建康。❷杨朗：杨朗字世彦，弘农（今河南灵宝市）人。有器识才量，善能当世。仕至雍州刺史，官至三公曹郎。❸致力：尽力。❹中鸣云露车：古代作战时用的一种指挥车。径前：直接前来见面。❺克：战胜，成功。❻相用：犹用你。❼南郡：郡名。治所在江陵。❽收：拘捕。❾寻：不久。❿署：任用。⓫知遇：赏识器重。

014 周伯仁母冬至举酒赐三子曰[1]：“吾本谓度江托足无所。尔家有相[2]，尔等并罗列吾前，复何忧？”周嵩起，长跪而泣曰[3]：“不如阿母言。伯仁为人志大而才短，名重而识暗[4]，好乘人之弊[5]，此非自全之道。嵩性狼抗[6]，亦不容于世。唯阿奴碌碌[7]，当在阿母目下耳！”邓粲《晋纪》曰：“阿奴，嵩之弟周谟也。”三周，并已见。

❶周伯仁母：汝南李氏女，名络秀，为晋安东将军周浚妻，生周顗、周嵩、周谟。❷相：福相。❸长跪：直身而跪。❹暗：糊涂。❺弊：危难。❻狼抗：狂妄自大。❼阿奴：对年幼者的爱称。碌碌：碌碌无为。

015 王大将军既亡，王应欲投世儒❶，世儒为江州。王含欲投王舒❷，舒为荆州。含语应曰："大将军平素与江州云何❸，而汝欲归之？"应曰："此乃所以宜往也。《晋阳秋》曰："应字安期，含子也。敦无子，养为嗣，以为武卫将军，用为副贰，伏诛。"江州当人强盛时，能抗同异❹，此非常人所行。及睹衰厄，必兴愍恻❺。《王彬别传》曰："彬字世儒，琅邪人。祖览，父正，并有名德。彬爽气出侪类，有雅正之韵。与元帝姨兄弟，佐佑皇业，累迁侍中。从兄敦下石头，害周伯仁。彬与颉素善，往哭其尸，甚恸。既而见敦，敦怪其有惨容而问之，答曰：'向哭周伯仁，情不能已。'敦曰：'伯仁自致刑戮，汝复何为者哉！'彬曰：'伯仁清誉之士，有何罪？'因数敦曰：'抗旌犯上，杀戮忠良。'音辞慷慨，与泪俱下。敦怒甚，丞相在坐，代为之解，命彬曰：'拜谢。'彬曰：'有足疾，比来见天子尚不能拜，何跪之有？'敦曰：'脚疾何如颈疾？'以亲故，不害之。累迁江州刺史、左仆射，赠卫将军。"荆州守文❻，岂能作意表行事❼？"含不从，遂共投舒，舒果沈含父子于江。《王舒传》曰："舒字处明，琅邪人。祖览，知名。父会，御史。舒器业简素，有文武干。中宗用为北中郎将、荆州刺史、尚书仆射，出为会稽太守。以父名会，累表自陈。讨苏峻有功，封彭泽侯，赠车骑大将军。"彬闻应当来❽，密具船以待之。竟不得来，深以为恨。含之投舒，舒遣军逆之，含父子赴水死。昔郦寄卖友见讥，况贩兄弟以求安，舒非人矣。

❶王应：王应字安期，王含之子。王敦无子，养为嗣，以为武卫将军，用为副贰，伏诛。世儒：王彬字世儒，琅邪临沂（今山东临沂）人。累

迁江州刺史、左仆射，赠卫将军。❷王舒：王舒字处明，琅邪人。中宗用为北中郎将、荆州刺史、尚书仆射，出为会稽太守。因讨苏峻有功，封彭泽侯，赠车骑大将军。❸云何：如何，怎么样。❹同异：偏义复词，偏指异。❺愍恻：怜悯同情。❻守文：遵守现成礼法。❼意表：意外，出乎成法之外。❽当：将要。

016 武昌孟嘉作庾太尉州从事[1]，已知名。褚太傅有知人鉴[2]，罢豫章还，过武昌，问庾曰："闻孟从事佳，今在此不？"庾云："卿自求之。"褚眄睐良久[3]，指嘉曰："此君小异，得无是乎[4]？"庾大笑曰："然！"于时既叹褚之默识[5]，又欣嘉之见赏。《嘉别传》曰："嘉字万年，江夏鄳人。曾祖父宗，吴司空。祖父揖，晋庐陵太守。宗葬武昌阳新县，子孙家焉。嘉少以清操知名，太尉庾亮领江州，辟嘉部庐陵从事。下都还，亮引问风俗得失。对曰：'待还当问从事吏。'亮举麈尾，掩口而笑，语弟翼曰：'孟嘉故是盛德人。'转劝学从事。太傅褚裒有器识，亮正旦大会，裒问亮：'闻江州有孟嘉，何在？'亮曰：'在坐，卿但自觅。'裒历观久之，指嘉曰：'将无是乎？'亮欣然而笑，喜裒得嘉，奇嘉为裒所得，乃益器之。后为征西桓温参军。九月九日，温游龙山，参僚毕集。时佐史并着戎服，风吹嘉帽堕落，温戒左右勿言，以观其举止。嘉初不觉，良久如厕。命取还之，令孙盛作文嘲之，成，着嘉坐。嘉还，即答，四坐嗟叹。嘉喜酣畅，愈多不乱。温问：'酒有何好，而卿嗜之？'嘉曰：'明公未得酒中趣尔。'又问：'听伎，丝不如竹，竹不如肉，何也？'答曰：'渐近自然。'转从事中郎，迁长史。年五十三而卒。"

❶孟嘉：孟嘉，字万年。江夏郡鄳（méng）（今河南）人。嘉少以清操知名，太尉庾亮领江州，辟嘉部庐陵从事。后为征西桓温参军，转从事中郎，迁长史。州从事：州府所设属官。❷知人鉴：识别人的能力。❸眄睐：打量，观察。❹得无：莫非，该不会。❺默识：深

秘的识人能力。

017 戴安道年十余岁，在瓦官寺画[1]。王长史见之曰：“此童非徒能画，《续晋阳秋》曰：“逵善图画，穷巧丹青也。”亦终当致名。恨吾老[2]，不见其盛时耳！”

❶瓦官寺：寺名。在建康晋哀帝时建。❷恨：遗憾。

018 王仲祖、谢仁祖、刘真长俱至丹阳墓所省殷扬州[1]，殊有确然之志[2]。《中兴书》曰：“浩栖迟积年，累聘不至。”既反，王、谢相谓曰：“渊源不起[3]，当如苍生何[4]？”深为忧叹。刘曰：“卿诸人真忧渊源不起邪？”

❶丹阳墓所：丹阳隐居之所。❷确然：坚定的样子。❸不起：不出仕。❹如……何：把……怎么样。苍生：众生，百姓。

019 小庾临终[1]，自表以子园客为代[2]。园客，爰之小字也。《庾氏谱》曰：“爰之字仲真，翼第二子。”《中兴书》曰：“爰之有父翼风，桓温徙于豫章，年三十六而卒。”朝廷虑其不从命，未知所遣，乃共议用桓温。刘尹曰：“使伊去，必能克定西楚[3]，然恐不可复制[4]。”《陶侃别传》曰：“庾翼薨，表其子爰之代为荆州。何充曰：‘陶公重勋也，临终高让。丞相未薨，敬豫为四品将军，于今不改。亲则道恩，优游散骑，未有超卓若此之授。’乃以徐州刺史桓温为安西将军、荆州刺史。”宋明帝《文章志》曰：“翼表其子代任，朝廷畏惮之。议者欲以授桓温。时简文辅政，然之。刘惔曰：‘温去必能定西楚，然恐不能复制。愿大王自镇上流，惔请为从军司马。’简文不许，温后果如惔所算也。”

❶小庾：指庾翼。庾翼与其兄庾亮并有名气，时称小庾。❷园客：庾爰之字仲真，小字园客。庾翼次子，有庾翼之风，后为桓温所废。与兄长庾方之均被流放至豫章。自表以子园客为代：上表推荐自己的儿子园客代己之任。❸西楚：晋时指荆州地区。❹复制：再制伏。指制伏桓温。

020 桓公将伐蜀，在事诸贤[1]，咸以李势在蜀既久[2]，承藉累叶[3]，且形据上流，三峡未易可克。唯刘尹云："伊必能克蜀。观其蒱博[4]，不必得，则不为。"《华阳国志》曰："李势字子仁，洛阳临渭人，本巴西宕渠賨人也。其先李特，因晋乱据蜀。特子雄，称号成都。势祖骧，特弟也。骧生寿，寿篡位自立。势即寿子也。晋安西将军伐蜀，势归降，迁之扬州。自起至亡，六世，三十七年。"《温别传》曰："初，朝廷以蜀处险远，而温众寡少，悬军深入，甚以忧惧。而温直指成都，李势面缚。"《语林》曰："刘尹见桓公，每嬉戏必取胜，谓曰：'卿乃尔好利，何不焦头？'及伐蜀，故有此言。"

❶在事：执掌政事。❷李势：李势字子仁，洛阳临渭人。其先李特，因晋乱据蜀。其父李寿篡位自立。后李势即位，改元太和。李势骄狂吝啬，贪财好色，杀人夺妻，不理国事，残害大臣，滥用刑法，当时人人自危。公元 347 年，桓温率军讨伐李势，李势兵败投降，成汉灭亡。❸承藉累叶：继承凭借几代祖业。❹蒱博：古代一种赌博游戏。

021 谢公在东山畜妓[1]，简文曰："安石必出，既与人同乐，亦不得不与人同忧。"宋明帝《文章志》曰："安纵心事外，疏略常节，每畜女妓，携持游肆也。"

❶畜：养。

022 郗超与谢玄不善。苻坚将问晋鼎[1]，既已狼噬梁、岐[2]，又虎视淮阴矣。车频《秦书》曰："苻坚字永固，武都氐人也。本姓蒲，祖父洪，诈称谶文，改曰苻。言己当王，应符命也。坚初生，有赤光流其室。及诞，背赤色，隐起若篆文。幼有美度。石虎司隶徐正名知人，坚六岁时，尝戏于路，正见而异焉，问曰：'苻郎，此官街，小儿行戏，不畏缚邪？'坚曰：'吏缚有罪，不缚小儿。'正谓左右曰：'此儿有王霸相。'石氏乱，伯父健及父雄西入关，健梦天神使者朱衣冠，拜肩头为龙骧将军。肩头，坚小字也。健即拜为龙骧，以应神命。后健僭帝号，死，子生立，凶暴，群臣杀之而立坚。坚立十五年，遣长乐公丕攻没襄阳。十九年，大兴师伐晋，众号百万，水陆俱进，次于项城。自项城至长安，连旗千里，首尾不绝。乃遣告晋曰：'已为晋君于长安城中建广夏之室，今故大举渡江相迎，克日入宅也。'"于时朝议遣玄北讨，人间颇有异同之论[3]。唯超曰："是必济事[4]。吾昔尝与共在桓宣武府，见使才皆尽，虽履屐之间[5]，亦得其任。以此推之，容必能立勋[6]。"元功既举[7]，时人咸叹超之先觉，又重其不以爱憎匿善。《中兴书》曰："于时氐贼强盛，朝议求文武良将可镇靖北方者。卫大将军安曰：'唯兄子玄可任此事。'中书郎郗超闻而叹曰：'安违众举亲，明也。玄必不负其举。'"

❶问晋鼎：指谋夺东晋政权。鼎为国家权力的象征。❷狼噬：像狼一样吞噬。梁、岐：梁指梁州，古代九州岛之一。岐指岐山，在今陕西。❸异同：偏义复词，此处偏指异。❹济事：成事。❺履屐之间：比喻小事。❻容：或许。❼元功：大功，首功。

023 韩康伯与谢玄亦无深好，玄北征后，巷议疑其不振。康伯曰："此人好名，必能战。"《续晋阳秋》曰："玄识局贞正，有经国之才略。"玄闻之甚忿，常于众中厉色曰[1]："丈夫提千兵，入死地，以事君亲故发[2]，不得复云为名！"

❶常：通“尝”，曾经。❷君亲：君王。

024 褚期生少时[1]，谢公甚知之[2]，恒云：“褚期生若不佳者，仆不复相士[3]！”期生，褚爽小字也。《续晋阳秋》曰：“爽字茂弘，河南人，太傅裒之孙，秘书监韶之子。太傅谢安见其少时，叹曰：‘若期生不佳，我不复论士！’及长，果俊迈有风气。好老庄之言，当世荣誉，弗之屑也，唯与殷仲堪善。累迁中书郎、义兴太守。女为恭帝皇后。”

❶褚期生：褚爽字茂弘，小字期生。爽少有令称，谢安甚重之。及长，果俊迈有风气。累迁中书郎、义兴太守。女为恭帝皇后。❷知：赏识。❸仆：我之谦称。相：鉴定，品评。

025 郗超与傅瑗周旋[1]。瑗见其二子[2]，并总发[3]，超观之良久，谓瑗曰：“小者才名皆胜，然保卿家，终当在兄。”即傅亮兄弟也[4]。《傅氏谱》曰：“瑗字叔玉，北地灵州人。历护军长史、安城太守。”《宋书》曰：“迪字长猷，瑗长子也。位至五兵尚书，赠太常。”丘渊之《文章录》曰：“亮字季友，迪弟也。历尚书令，任光禄大夫。元嘉三年，以罪伏诛。”

❶傅瑗：傅瑗字叔玉，北地灵州（今宁夏吴忠市）人。历护军长史、安城太守。周旋：交往。❷见（xiàn）：引见。❸总发：指未成年，与“总角”同义。❹傅亮兄弟：指傅迪和傅亮。傅迪字长猷，傅瑗长子。位至五兵尚书，赠太常。傅亮字季友，傅瑗次子。历尚书令，任光禄大夫。元嘉三年，以罪伏诛。

026 王恭随父在会稽，王大自都来拜墓。恭父蕴、王忱，并已见。恭暂往墓下看之，二人素善，遂十余日方还。父问恭：“何故多日？”

对曰："与阿大语，蝉连不得归[1]。"因语之曰："恐阿大非尔之友，终乖爱好[2]。"果如其言。忱与恭为王绪所间，终成怨隙。别见。

❶蝉连：连续不断。❷乖：违背。

027 车胤父作南平郡功曹[1]，太守王胡之避司马无忌之难[2]，置郡于酆阴。是时胤十余岁，胡之每出，尝于篱中见而异焉[3]。谓胤父曰："此儿当致高名。"后游集，恒命之。胤长，又为桓宣武所知[4]，清通于多士之世[5]，官至选曹尚书[6]。《续晋阳秋》曰："胤字武子，南平人。父育，为郡主簿。太守王胡之有知人识，裁见，谓其父曰：'此儿当成卿门户，宜资令学问。'胤就业恭勤，博览不倦。家贫，不常得油，夏月，则练囊盛数十萤火以继日焉。及长，风姿美劭，机悟敏率。桓温在荆州，取为从事，一岁至治中。胤既博学多闻，又善于激赏。当时每有盛坐，胤必同之。皆云'无车公不乐'。太傅谢公游集之日，开筵以待之。累迁丹阳尹、护军将军、吏部尚书。"

❶南平郡：郡名。治所在江安（今湖北公安县）。功曹：官名。州郡属官。❷避司马无忌之难：司马无忌字公寿，谯王司马承子，位至郡守。王敦杀谯王丞，假手于王廙。无忌为父报仇，欲攻杀廙子胡之，故王胡之避之。❸尝：通"常"。❹知：器重，赏识。❺清通：高尚显达。❻选曹尚书：即吏部尚书。

028 王忱死，西镇未定[1]，朝贵人人有望。时殷仲堪在门下[2]，虽居机要，资名轻小，人情未以方岳相许[3]。晋孝武欲拔亲近腹心，遂以殷为荆州。事定，诏未出，王珣问殷曰："陕西何故未有处分[4]？"殷曰："已有人。"王历问公卿，咸云："非。"王自计才地，必应在己。复问："非我邪？"殷曰："亦似非。"其夜，诏出用殷。王语所亲曰："岂有黄门郎而受如此任[5]？仲堪此举[6]，乃是国之亡征[7]。"《晋安帝纪》曰："孝武深为晏驾后计，擢仲堪代王忱为荆州。仲堪虽有美誉，议者未以方岳相许也。既受腹心之任，居上流之重，议者谓其殆矣。终为桓玄所败。"

❶西镇：荆州在建康西，故称西镇。❷门下：即黄门，后称门下省。❸人情：人们的思想、看法。方岳：地方长官。此指大州的刺史。❹陕西：指荆州。处分：安排，处置。❺黄门郎：黄门侍郎。侍从皇帝，传达诏命的官员。❻举：举用。❼亡征：亡国的征兆。

赏誉第八

魏晋时代是人的自觉时代，认知维度已从外在事功回归内在才性。以主观内省、适己从心的玄学解构扬名立万的两汉经学，将自然之性的个体价值提升到前所未有的高度。重视个体，品鉴个体的精神境界、气质风神、聪明才智，遂成为这个时代的风气。铺天盖地的人物品评五光十色，构成《世说新语》的第一大户。

顾名思义，“赏誉”，即鉴赏赞誉的意思，也就是对人物的品鉴爱赏。《世说新语》之“赏誉”与孔圣人以德行知人全然不同，体现出极具时代性的两大特点：其一，漠视人物的外在事功，钦羡生命个体的内在才性——人格之高标、玄心之超迈、气质之绰约、心智之颖慧、举止之风雅、言辞之便捷；其二，以极具才性的手段品评人物的才性，即品评方式的个人化和特异化——眼光独到，表述鲜明。

如此特异化的人物品评，又导致《世说新语·赏誉》在书写形式上的两大特点：其一，好用比附，生动形象。如，目（品评）李元礼：谡谡如劲松下风；目山涛：如登山临下，幽然深远；目王衍：岩岩清峙，壁立千仞；目顾荣：凤鸣朝阳；目周顗：嶷如断山；目王述：掇皮皆真……如此等等，不一而足。其二，语言精警，鲜活可感。如，目阮咸：清真寡欲；目王右军：清鉴贵要；目谢尚：神怀挺率；目支道林：器朗神俊。其他如“裴楷清通，王戎简要”；“杜弘治标鲜，季野穆少”；“卫君谈道，平子三倒”。尤其是用“丰年玉”与“荒年谷”来概括太平盛世之治国之才与乱世凶年之匡世之才，真令人拍案叫绝。

林林总总、色彩斑斓的人物品评，尽管有客套应酬羼杂其中，但总体趋向是对人的关注，是自我觉醒之后的相互审视和相互珍爱，其文化底色是雅致而温润的。其实，若往深里开掘，魏晋时期的人物品评已经超越了对人的珍视，成为心灵深处的审美需求。如同一种心志游戏，在人物品评中可以充分展示自己的见识和聪颖，即在赏人的过程中了自己的智慧和怀抱，从而获得一种纯形式的审美愉悦。

001 陈仲举尝叹曰："若周子居者，真治国之器[1]。《汝南先贤传》曰："周乘字子居，汝南安城人。天资聪朗，高峙岳立，非陈仲举、黄叔度之俦则不交也。仲举尝叹曰：'周子居者，真治国之器也。'为太山太守，甚有惠政。"譬诸宝剑[2]，则世之干将。"《吴越春秋》曰："吴王阖闾请干将作剑。干将者，吴人，其妻曰莫邪。干将采五山之精，六金之英，候天地，伺阴阳，百神临视，而金铁之精未流，夫妻乃剪发及爪而投之垆中。金铁乃濡，遂成二剑。阳曰'干将'，而作龟文；阴曰'莫邪'，而作漫理。干将匿其阳，出其阴以献阖闾，阖闾甚宝重之。"

❶器：人才。❷诸：兼词。相当于"之于"。

002 世目李元礼[1]："谡谡如劲松下风[2]。"《李氏家传》曰："膺岳峙渊清，峻貌贵重，华夏称曰：'颍川李府君，頵頵如玉山。汝南陈仲举，轩轩如千里马。南阳朱公叔，飂飂如行松柏之下。'"

❶目：品评。❷谡谡（sù sù）：象声词。劲挺有力的样子。

003 谢子微见许子将兄弟[1]，曰："平舆之渊[2]，有二龙焉。"见许子政弱冠之时[3]，叹曰："若许子政者，有干国之器[4]。正色忠謇[5]，则陈仲举之匹；《汝南先贤传》曰："谢甄字子微，汝南邵陵人。明识人伦，虽郭林宗不及甄之鉴也。见许子将兄弟弱冠时，则曰：'平舆之渊有二龙。'仕为豫章从事。许虔字子政，平舆人。体尚高洁，雅正宽亮。谢子微见虔兄弟，叹曰：'若许子政者，干国之器也。'虔弟劭，声未发时，时人以谓不如虔，虔恒抚髀称劭，自以为不及也。释褐，为郡功曹，黜奸废恶，一郡肃然。年三十五卒。"《海内先贤传》曰："许劭字子将，虔弟也。山峙渊停，行应规表。邵陵谢子微高才远识，见劭十岁时，叹曰：'此乃希世之伟人也。'初，劭拔樊子昭于市肆，出虞承贤于客舍，召李叔才于无闻，擢郭子瑜于小吏。广陵徐孟本来临汝南，闻劭高名，召功曹。时袁绍以公族为濮阳长，弃官还。副车从骑将入郡界，乃叹曰：'许子将秉持清格，岂可以吾舆服见之耶？'遂单马而归。辟公府掾，敦辟皆不就。避地江南，卒于豫章也。"伐恶退不肖[6]，范孟博之风[7]。"张璠《汉纪》曰："范滂字孟博，汝南伊阳人。为功曹，辟公府掾，升车揽辔，有澄清天下之志。百城闻滂高名，皆解印绶去。为党事见诛。"

❶谢子微：谢甄字子微，汝南郡邵陵（今河南省郾城东）人，东汉时期名士。后因不拘小节被时人诋毁，其后事迹不详。许子将兄弟：指许虔、许劭兄弟。许虔：字子政，东汉末年汝南平舆（今河南平舆县）人。许劭之兄，兄弟二人被合称为平舆二龙。许劭：字子将，东汉末年著名人物评论家。据说他每月都要对当时人物进行一次品评，人称为"月旦评"。曾任汝南郡功曹，后南渡投靠扬州刺史刘繇。刘繇被孙策击败后，许劭随其逃往豫章郡，并在豫章去世。❷平舆：县名。汉晋时属汝南郡。❸弱冠：古代男子二十岁成人时加冠，因体格尚幼，故称弱冠。❹干国：治理国家。器：才能。❺忠謇：忠诚正直。❻不肖：不才，不贤。❼范孟博：范滂字孟博，汝南征羌（今河南漯河市）人，东汉时期党人名士。仕至功曹，辟公府掾，为党事见诛。

004 公孙度目邴原[1]："所谓云中白鹤，非燕雀之网所能罗也。"《魏书》曰："度字叔济，襄平人。累迁冀州刺史、辽东太守。"《邴原别传》曰："原字根矩，东管朱虚人。少孤，数岁时，过书舍而泣。师问曰：'童子何泣也?'原曰：'凡得学者，有亲也。一则愿其不孤，二则羡其得学，中心感伤，故泣耳。'师恻然曰：'苟欲学，不须资也。'于是就业。长则博览洽闻，金玉其行。知世将乱，避地辽东，公孙度厚礼之。中国既宁，欲还乡里，为度禁绝。原密自治严，谓部落曰：'移北近郡。'以观其意。皆曰：'乐移。'原旧有捕鱼大船，请村落皆令熟醉，因夜去之。数日，度乃觉。吏欲追之，度曰：'邴君所谓云中白鹤，非鹑鷃之网所能罗也。'魏王辟祭酒，累迁五官中郎长史。"

❶公孙度：公孙度字叔济，辽东襄平（今辽宁辽阳）人，东汉末年辽东地区割据军阀。累迁冀州刺史、辽东太守。邴原：邴原字根矩，北海朱虚（今山东临朐东南）人。邴原家贫、早孤。初为北海相孔融所举。曹操为司空时，任其为东阁祭酒。迁丞相征事，后随曹操征吴，于途中去世。

005 钟士季目王安丰："阿戎了了解人意❶。"王隐《晋书》曰："戎少清明晓悟。"谓裴公之谈❷，经日不竭。裴頠，已见。吏部郎阙❸，文帝问其人于钟会❹，会曰："裴楷清通❺，王戎简要，皆其选也。"于是用裴。按诸书皆云钟会荐裴楷、王戎于晋文王。文王辟以为掾。不闻为吏部郎。

❶阿戎：指王戎。了了：聪明伶俐。❷裴公：当指裴楷，刘孝标注误。❸吏部郎：主管官吏选拔的官。阙：空缺。❹文帝：指司马昭。死后谥文王，追尊为文皇帝。❺清通：高尚通达。

006 王濬冲、裴叔则二人总角诣钟士季❶，须臾去。后客问钟曰："向二童何如❷？"钟曰："裴楷清通，王戎简要。后二十年，此二贤当为吏部尚书，冀尔时天下无滞才[3]。"《晋阳秋》曰："戎为儿童，钟会异之。"

❶总角：指未成年时。❷向：刚才。❸滞才：滞留不用的人才。

007 谚曰："后来领袖有裴秀[1]。"虞预《晋书》曰："秀字季彦，河东闻喜人。父潜，魏太常。秀有风操，八岁能著文。叔父徽，有声名。秀年十余岁，有宾客诣徽，出则过秀，时人为之语曰：'后进领袖有裴秀。'大将军辟为掾。父终，推财与兄。年二十五，迁黄门侍郎。晋受禅，封巨鹿公，后累迁左光禄、司空。四十八薨，谥元公，配食宗庙。"

❶裴秀：裴秀字季彦。河东闻喜（今山西省闻喜县）人。魏晋时期名臣，著名地图学家。少有才名，八岁能文，年二十五迁黄门侍郎。晋受禅，封巨鹿公，后累迁左光禄、司空。

008 裴令公目夏侯太初："肃肃如入廊庙中[1]，不修敬而人自敬[2]。"《礼记》曰："周丰谓鲁哀公曰：'宗庙社稷之中，未施敬而民自敬。'"一曰[3]："如入宗庙[4]，琅琅但见礼乐器[5]。见钟士季，如观武库，但睹矛戟。见傅兰硕，汪廧靡所不有[6]。见山巨源，如登山临下，幽然深远。"玄、会、嘏、涛，并已见上。

❶廊庙：朝廷。❷修：修饰。❸一曰：另一种说法。❹宗庙：天子、诸侯祭祀祖先的场所。❺琅琅：形容玉石的光彩。❻汪廧：通"汪洋"。

009 羊公还洛，郭奕为野王令[1]。《晋诸公赞》曰："奕字泰业，太原阳曲人。累世旧族。奕有才望，历雍州刺史、尚书。"羊至界，遣人要之[2]，郭便自往。既见，叹曰："羊叔子何必减郭太业[3]！"

复往羊许[4]，小悉还[5]，又叹曰："羊叔子去人远矣！"羊既去，郭送之弥日[6]，一举数百里，遂以出境免官。复叹曰："羊叔子何必减颜子[7]！"

❶郭奕：郭奕字泰业，太原阳曲（今山西太原）人。累世旧族，官至尚书、雍州刺史，封平陵县男。野王：县名。晋代属河内郡。❷要（yāo）：拦截。❸何必：为什么一定。减：不如。❹许：处所。❺小悉：顷刻，一会儿。❻弥日：整日。❼颜子：孔子弟子颜回。

010 王戎目山巨源："如璞玉浑金，人皆钦其宝[1]，莫知名其器[2]。"顾恺之《画赞》曰："涛无所标明，淳深渊默，人莫见其际，而其器亦入道。故见者莫能称谓，而服其伟量。"

❶钦：钦佩，钦羡。❷名：估量。器：才能。

011 羊长和父繇与太傅祜同堂相善[1]，仕至车骑掾[2]，蚤卒。长和兄弟五人，幼孤。《羊氏谱》曰："繇字堪甫，太山人。祖续，汉太尉，不拜。父秘，京兆太守。繇历车骑掾，娶乐国祯女，生五子：秉、洽、式、亮、悦也。"祜来哭，见长和哀容举止，宛若成人，乃叹曰："从兄不亡矣！"

❶父繇：指羊忱的父亲羊繇。羊繇字堪甫，泰山南城（今山东平邑南武城）人。官车骑掾。同堂：同祖亲属。❷车骑掾：车骑将军的属官。

012 山公举阮咸为吏部郎[1]，目曰："清真寡欲，万物不能移也。"《名士传》曰："咸字仲容，陈留人，籍兄子也。任达不拘，当世皆怪其所为。及与之处，少嗜欲，哀乐至到，过绝于人，然后皆忘其向议。为散骑侍郎。山涛举为吏部，武帝不用。太原郭奕见之心醉，不觉叹服。解音，好酒以卒。”山涛《启事》曰：“吏部郎史曜出处缺，当选。涛荐咸曰：‘真素寡欲，深识清浊，万物不能移也。若在官人之职，必妙绝于时。’诏用陆亮。”《晋阳秋》曰：“咸行已多违礼度，涛举以为吏部郎，世祖不许。”《竹林七贤论》曰：“山涛之举阮咸，固知上不能用，盖惜旷世之俊，莫识其意故耳。夫以咸之所犯，方外之意；称其清真寡欲，则迹外之意自见耳。”

❶阮咸：阮咸字仲容，陈留尉氏（今河南开封）人。阮籍之侄，与阮籍并称为“大小阮”，同为“竹林七贤”之一。官散骑侍郎，后贬为始平太守。精通音律，善弹琵琶，时号“妙达八音”，有“神解”之誉。吏部郎：主管官吏选拔的官。

013 王戎目阮文业❶：“清伦有鉴识❷，汉元以来未有此人❸。”杜笃《新书》曰：“阮武字文业，陈留尉氏人。父谌，侍中。武阔达博通，渊雅之士。”《陈留志》曰：“武，魏末河清太守。族子籍，年总角，未知名。武见而伟之，以为胜己。知人多此类。著书十八篇，谓之《阮子》。终于家。”郭泰友人宋子俊称泰：“自汉元以来，未有林宗之匹。”

❶阮文业：阮武字文业，陈留尉氏（今河南开封）人，阮籍族兄。三国魏清河太守。❷清伦：高雅脱俗。鉴识：鉴赏之识。指善于品评人物。❸汉元：汉初。

014 武元夏目裴、王曰❶：“戎尚约，楷清通。”虞预《晋书》曰：“武陔字元夏，沛国竹邑人。父周，魏光禄大夫。陔及二弟韶、茂皆总角见称，并有器望，乡人诸父未能觉其多少。时同郡刘公荣名知人，尝造周，周见其三子。公荣曰：‘君三子皆国士，元夏器量最优，有辅佐之风。力仕宦，可为亚公。叔夏、季夏不减常伯、纳言也。’陔至左仆射。”

❶武元夏：武陔字元夏，西晋沛国竹邑（今安徽宿州）人。泰始初年，拜任尚书，掌管吏部，升任左仆射、左光禄大夫、开府仪同三司。

015 庾子嵩目和峤：“森森如千丈松[1]，虽磊砢有节目[2]，施之大厦，有栋梁之用。”《晋诸公赞》曰：“峤常慕其舅夏侯玄为人，故于朝士中峨然不群，时类惮其风节。”

❶森森：树木高耸的样子。❷磊砢：树木多节目的样子。节目：树木枝干纹理交错缠结的地方。

016 王戎云：“太尉神姿高彻[1]，如瑶林琼树[2]，自然是风尘外物[3]。”《名士传》曰：“夷甫天形奇特，明秀若神。”《八王故事》曰：“石勒见夷甫，谓长史孔苌曰：‘吾行天下多矣，未尝见如此人，当可活不？’苌曰：‘彼晋三公，不为我用。’勒曰：‘虽然，要不可加以锋刃也。’夜使推墙杀之。”

❶太尉：指王衍。❷瑶林琼树：瑶、琼皆美玉，比喻人之品格高洁。❸风尘外物：尘世之外的人。

017 王汝南既除所生服[1]，遂停墓所。兄子济每来拜墓，略不过叔[2]，叔亦不候。济脱时过[3]，止寒温而已[4]。后聊试问近事，答对甚有音辞[5]，出济意外，济极惋愕[6]。仍与语[7]，转造精微[8]。济先略无子侄之敬，既闻其言，不觉懔然[9]，心形俱肃。遂留共语，弥日累夜[10]。济虽俊爽，自视缺然，乃喟然叹曰：“家有名士，三十年而不知！”济去，叔送至门。济从骑有一马绝难乘，少能骑者。济聊问叔：“好骑乘不？”曰：“亦好尔。”济又使骑难乘马，叔姿形既妙，回策如萦[11]，名骑无以过之。济益叹其难测，非复一事。邓粲《晋纪》曰："王湛字处冲，太原人。隐德，人莫之知，虽兄弟宗族亦以为痴，唯父昶异焉。昶丧，居墓次，兄子济往省湛，见床头有《周易》，谓湛曰：'叔父用此何为，颇曾看不？'湛笑曰：'体中佳时，脱复看耳。今日当与汝言。'因共谈《易》，剖析入微，妙言奇趣，济所未闻，叹不能测。济性好马，而所乘马骏驶，意甚爱之。湛曰：'此虽小驶，然力薄不堪苦。近见督邮马，当胜此，但养不至耳。'济取督邮马，谷食十数日，与湛试之。湛未尝乘马，卒然便驰骋，步骤不异于济，而马不相胜。湛曰：'今直行车路，何以别马胜不？唯当就蚁封耳。'于是就蚁封盘马，果倒踣。其俊识天才乃尔。"既还，浑问济[12]："何以暂行累日？"济曰："始得一叔。"浑问其故，济具叹述如此。浑曰："何如我？"济曰："济以上人。"武帝每见济，辄以湛调之[13]，曰："卿家痴叔死未？"济常无以答。既而得叔后，武帝又问如前，济曰："臣叔不痴。"称其实美。帝曰："谁比？"济曰："山涛以下，魏舒以上[14]。"《晋阳秋》曰："济有人伦鉴识，其雅俗是非，少所优润。见湛叹服其德宇。时人谓湛上方山涛不足，下比魏舒有余。湛闻之曰：'欲以我处季孟之间乎？'"王隐《晋书》曰："魏舒字阳元，任城人。幼孤，为外氏宁家所养。宁氏起宅，相者曰：'当出贵甥。'外祖母意以魏氏甥小而惠，谓应相也。舒曰：'当为外祖成此宅相。'少名迟钝，叔父衡使守水碓，每言：'舒堪八百户长，我愿毕矣！'舒不以介意。身长八尺二寸，不修常人近事。少工射，着韦衣入山泽，每猎大获。为后将军钟毓长史。毓与参佐射戏，舒常为坐画筹。后值朋人少，以舒充数。于是发无不中，加博措闲雅，殆尽其妙。毓叹谢之曰：'吾之不足尽卿，如此射矣！'转相国参军。晋王每朝罢，目送之曰：'魏舒堂堂，人之领袖。'累迁侍中、司徒。"于是显名，年二十八始宦。

[1]王汝南：指汝南内史王湛（zhàn）。王湛字处冲，西晋太原晋阳（今

山西太原）人，司徒王浑之弟。曾历任秦王文学、太子洗马、尚书郎、太子中庶子、汝南内史。除所生服：脱掉为亡父服丧的丧服。❷略不：毫不。过：探望，问候。❸脱时：偶然。❹寒温：寒暄。❺音辞：言词。❻惋愕：叹惋惊愕。❼仍：于是。❽转造：渐渐达到。❾懔然：敬畏、危惧的样子。❿弥日累夜：指整日整夜。⓫回策：挥动马鞭。萦：环绕。⓬浑：指王浑。王浑字玄冲，太原晋阳（今山西太原）人。因伐吴有功，进爵为公。拜尚书左仆射，迁司徒。⓭调：调侃。⓮魏舒：魏舒字阳元。任城樊县（今山东兖州西南）人。官至司徒，领兖州中正。

018 裴仆射，时人谓为"言谈之林薮"❶。《惠帝起居注》曰："颜理甚渊博，赡于论难。"

❶林薮：山林水泽积聚之处。比喻渊雅。

019 张华见褚陶❶，语陆平原曰："君兄弟龙跃云津❷，顾彦先凤鸣朝阳❸。谓东南之宝已尽，不意复见褚生。"陆曰："公未睹不鸣不跃者耳！"《褚氏家传》曰："陶字季雅，吴郡钱塘人，褚先生后也。陶聪惠绝伦，年十三，作《鸱鸟》《水碓》二赋，宛陵严仲弼见而奇之，曰：'褚先生复出矣。'弱不好弄，清淡闲默，以坟典自娱。语所亲曰：'圣贤备在黄卷中，舍此何求？'州郡辟，不就。吴归命，世祖补台郎、建忠校尉。司空张华与陶书曰：'二陆龙跃于江、汉，彦先凤鸣于朝阳，自此以来，常恐南金已尽，而复得之于吾子。故知延州之德不孤，渊岱之宝不匮。'仕至中尉。"

❶褚陶：褚陶字季雅，吴郡钱塘（今浙江杭州）人。少而聪慧且好学不倦，清淡闲默，以坟典自娱。❷龙跃云津：像龙在天河中腾跃。喻英才崛起。❸凤鸣朝阳：像凤凰迎着朝阳鸣叫。喻贤才遇时而起。

020 有问秀才[1]：“吴旧姓何如[2]？”答曰：“吴府君[3]，圣王之老成[4]，明时之俊乂[5]；朱永长[6]，理物之至德[7]，清选之高望[8]；严仲弼[9]，九皋之鸣鹤[10]，空谷之白驹[11]；顾彦先，八音之琴瑟[12]，五色之龙章[13]；张威伯[14]，岁寒之茂松[15]，幽夜之逸光[16]；陆士衡、士龙，鸿鹄之裴回[17]，悬鼓之待槌[18]。秀才，蔡洪也。集载洪与刺史周俊书曰：“一日侍坐，言及吴士，询于刍荛，遂见下问。造次承颜，载辞不举，敕令条列名状，退辄思之。今称疏所知：吴展字士季，下邳人。忠足矫非，清足厉俗，信可结神，才堪干世。仕吴为广州刺史、吴郡太守。吴平，还下邳，闭门自守，不交宾客。诚圣王之老成，明时之俊乂也。朱诞字永长，吴郡人。体履清和，黄中通理。吴朝举贤良，累迁议郎。今归在家。诚理物之至德，清选之高望也。严隐字仲弼，吴郡人。禀气清纯，思度渊伟。吴朝举贤良，宛陵令。吴平，去职。九皋之鸣鹤，空谷之白驹也。张畅字威伯，吴郡人。禀性坚明，志行清朗，居磨涅之中，无淄磷之损。岁寒之松柏，幽夜之逸光也。”《陆云别传》曰：“云字士龙，吴大司马抗之第五子，机同母之弟也。儒雅有俊才，容貌瑰伟，口敏能谈，博闻强记。善著述，六岁便能赋诗，时人以为项托、杨乌之俦也。年十八，刺史周俊命为主簿，俊常叹曰：‘陆士龙，当今之颜渊也。’累迁太子舍人、清河内史。为成都王所害。”凡此诸君，以洪笔为锄耒[19]，以纸札为良田，以玄默为稼穑[20]，以义理为丰年，以谈论为英华，以忠恕为珍宝，著文章为锦绣，蕴五经为缯帛[21]，坐谦虚为席荐[22]，张义让为帷幕，行仁义为室宇，修道德为广宅。”按蔡所论士十六人，无陆机兄弟。又无“凡此诸君”以下，疑益之。

❶秀才：指蔡洪。❷旧姓：旧有的世家大姓。❸吴府君：指吴展。吴展字士季，下邳（今江苏）人。仕为广州刺史、吴郡太守。❹老成：年高望重。❺俊乂：俊秀出众的人。❻朱永长：朱诞字永长，吴郡（治今江苏苏州）人。体履清和，黄中通理，累迁议郎，吴平归家。❼

理物：犹治民。❽清选：犹清班。❾严仲弼：严隐字仲弼，吴郡（今江苏苏州）人。禀气清纯，思度渊伟。官宛陵令。❿九皋之鸣鹤：鹤鸣于九皋。比喻人声名高远。九皋：深远的水潭淤地。⓫空谷之白驹：《诗经·小雅·白驹》："皎皎白驹，在彼空谷。"此句喻贤才。⓬八音：古称金（钟）、石（磬）、丝（琴瑟）、竹（箫管）、匏（笙竽）、土（埙）、革（鼓）、木（柷 zhù 敔 yǔ）为八音。⓭五色：青黄赤白黑为五色。龙章：龙形图纹。⓮张威伯：张畅字威伯，吴郡（今江苏苏州）人。禀性坚明，志行清朗。⓯岁寒之茂松：语出《论语·子罕》："岁寒，然后知松柏之后凋也。"比喻在逆境中保持节操。⓰幽夜之逸光：黑暗中放出的光芒。⓱鸿鹄：天鹅。裴回：通"徘徊"。⓲槌：敲打。⓳锄耒：锄和耒，泛指农具。⓴玄默：清静无为。稼穑：耕耘、播种、收获。泛指农作。㉑缯帛：丝织品的总称。㉒席荐：草席，草垫。

021 人问王夷甫："山巨源义理何如？是谁辈❶？"王曰："此人初不肯以谈自居❷，然不读《老》《庄》，时闻其咏，往往与其旨合。"顾恺之《画赞》曰："涛有而不恃，皆此类也。"

❶是谁辈：和谁一个档次。❷初不：从不，完全不。谈：谈玄。

022 洛中雅雅有三嘏❶：刘粹字纯嘏，宏字终嘏，漠字冲嘏，是亲兄弟，王安丰甥，并是王安丰女婿。宏，真长祖也。《晋诸公赞》曰："粹，沛国人，历侍中、南中郎将。宏，历秘书监，光禄大夫。"《晋后略》曰："漠，少以清识为名，与王夷甫友善，并好以人伦为意。故世人许以才智之名。自相国右长史出为襄州刺史，以贵简称。"按《刘氏谱》，刘邠妻武周女，生粹、宏、漠，非王氏甥。洛中铮铮冯惠卿❷，名荪，是播子。《晋后略》曰："播字友声，长乐人，位至大宗正。生荪。"《八王故事》曰："荪少以才悟，识当世之宜，蚤历清职，仕至侍中，为长沙王所害。”苏与邢乔俱司徒李胤外孙[3]，及胤子顺并知名。时称“冯才清，李才明，纯粹邢”[4]。《晋诸公赞》曰：“乔字曾伯，河间人。有才学，仕至司隶校尉。顺字曼长，仕至太仆卿。”

❶雅雅：温文娴雅。三嘏：指刘粹、刘宏、刘漠三兄弟。❷铮铮：比喻名声响亮。❸邢乔：邢乔字曾伯，河间鄚（今河北任丘北）人。司徒李胤外孙。官至司隶校尉。李胤：字宣伯，辽东人，官至司徒。❹冯才清：指冯荪方正高洁。李才明：指李顺明达事理。纯粹邢：邢乔道德高尚。

023 卫伯玉为尚书令[1]，见乐广与中朝名士谈议[2]，奇之，曰：“自昔诸人没已来[3]，常恐微言将绝[4]，今乃复闻斯言于君矣！”命子弟造之[5]，曰：“此人，人之水镜也[6]，见之若披云雾睹青天。”《晋阳秋》曰：“尚书令卫瓘见广曰：‘昔何平叔诸人没，常谓清言尽矣。今复闻之于君。’”王隐《晋书》曰：“卫瓘有名理，及与何晏、邓飏等数共谈讲，见广，奇之，曰：‘每见此人则莹然，犹廓云雾而睹青天。’”

❶卫伯玉：指卫瓘。尚书令：尚书之长，始掌奏章等，魏晋后总理朝政。❷中朝：晋南渡以后称渡江前为中朝。❸没：通“殁”，死亡。❹微言：玄言。❺造：登门拜访。❻水镜：像水一样清澈明朗的镜子。比喻明鉴事理。

024 王太尉曰：“见裴令公精明朗然，笼盖人上，非凡识也。若死而可作[1]，当与之同归[2]。”或云王戎语。《礼记》曰：“赵文子与叔誉观于九原，文子曰：‘死者如可作也，吾谁与归？’”郑玄曰：“作，起也。”

❶死而可作：指死而复活。❷同归：同属。指与之为伍，做朋友。

025 王夷甫自叹："我与乐令谈，未尝不觉我言为烦。"《晋阳秋》曰："乐广善以约言厌人心，其所不知，默如也。太尉王夷甫、光禄大夫裴叔则能清言，常曰：'与乐君言，觉其简至，吾等皆烦。'"

026 郭子玄有俊才，能言老庄，庾敳尝称之[1]，每曰[2]："郭子玄何必减庾子嵩[3]！"《名士传》曰："郭象字子玄，自黄门郎为太傅主簿，任事用势，倾动一府。敦谓象曰：'卿自是当世大才，我畴昔之意都已尽矣！'其伏理推心，皆此类也。"

❶尝：通"常"，常常。❷每：常常。❸减：不如，比……差。

027 王平子目太尉："阿兄形似道[1]，而神锋太俊[2]。"太尉答曰："诚不如卿落落穆穆[3]。"王隐《晋书》曰："澄通朗好人伦，情无所系。"

❶道：僧。魏晋称僧人为道人。❷神锋：神韵。❸落落穆穆：疏淡静美的样子。

028 太傅府有三才：刘庆孙长才，《晋阳秋》曰："太傅将召刘舆，或曰：'舆犹腻也，近将污人。'太傅疑而御之。舆乃密视天下兵簿，诸屯戍及仓库处所，人谷多少，牛马器械，水陆地形，皆默识之。是时军国多事，每会议事，自潘滔以下皆不知所对，舆便屈指筹计所发兵仗处所、粮廪运转，事无凝滞。于是太傅遂委仗之。"潘阳仲大才，裴景声清才。《八王故事》曰："刘舆才长综核，潘滔以博学为名，裴邈强立方正。皆为东海王所昵，俱显一府。故时人称曰：'舆长才，滔大才，邈清才也。'"

029 林下诸贤[1]，各有俊才子：籍子浑[2]，器量弘旷[3]；《世语》曰：“浑字长成，清虚寡欲，位至太子中庶子。”康子绍，清远雅正；已见。涛子简[4]，疏通高素[5]；虞预《晋书》曰：“简字季伦，平雅有父风，与嵇绍、刘漠等齐名，迁尚书，出为征南将军。”咸子瞻[6]，虚夷有远志[7]；瞻弟孚，爽朗多所遗[8]；《名士传》曰：“瞻字千里，夷任而少嗜欲，不修名行，自得于怀，读书不甚研求而识其要。仕至太子舍人，年三十卒。”《中兴书》曰：“孚风韵疏诞，少有门风。初为安东参军，蓬发饮酒，不以王务婴心。”秀子纯、悌，并令淑有清流[9]；《竹林七贤论》曰：“纯字长悌，位至侍中。悌字叔逊，位至御史中丞。”《晋诸公赞》曰：“洛阳败，纯、悌出奔，为贼所害。”戎子万子，有大成之风[10]，苗而不秀[11]；《晋诸公赞》曰：“王绥字万子，辟太尉掾，不就，年十九卒。”《晋书》曰：“戎子万，有美号而太肥，戎令食糠，而肥愈甚也。”唯伶子无闻。凡此诸子，唯瞻为冠[12]，绍、简亦见重当世。

❶林下诸贤：指竹林七贤：嵇康、阮籍、山涛、刘伶、阮咸、向秀、王戎。❷籍子浑：阮浑字长成，陈留尉氏（今河南开封）人，阮籍之子。有父风。少慕通达，不饰小节。位至太子中庶子。❸器量：器宇度量。❹涛子简：山简字季伦，河内怀县（今河南武陟西南）人。山涛第五子。平雅有父风，迁尚书，出为征南将军。❺疏通：疏放通达。高素：高雅朴素。❻咸子瞻：阮瞻字千里，陈留尉氏（今河南开封）人。“竹林七贤”之一阮咸之子。仕至太子舍人，年三十卒。❼虚夷：谦虚平和。❽多所遗：不拘小节。❾令淑：美好善良。❿大成：成大器。⓫苗而不秀：原为孔子叹颜渊早死，后比喻人资质虽好，但未有所成就而早夭。⓬冠：冠首。

030 庾子躬有废疾[1]，甚知名，家在城西，号曰“城西公府”。虞预《晋书》曰：“琮字子躬，颍川人，太常峻第二子，仕至太尉掾。”

❶庾子躬：庾琮字子躬，颍川（今河南）人。仕至太尉掾。废疾：残疾。

031 王夷甫语乐令："名士无多人，故当容平子知[1]。"《王澄别传》曰："澄风韵迈达，志气不群。从兄戎、兄夷甫名冠当年，四海人士一为澄所题目，则二兄不复措意，云：'已经平子。'其见重如此，是以名闻益盛。天下知与不知，莫不倾注。澄后事迹不逮，朝野失望。及旧游识见者，犹曰：'当今名士也！'"

❶故当：当然，肯定。平子：王澄字平子，太尉王衍弟。善品评人物，为当时所宗仰。

032 王太尉云："郭子玄语议如悬河写水[1]，注而不竭[2]。"《名士传》曰："子玄有俊才，能言《庄》《老》。"

❶悬河：瀑布。写：通"泻"。倾泻。❷注：流下。

033 司马太傅府多名士，一时俊异[1]。庾文康云："见子嵩在其中，常自神王[2]。"《晋阳秋》曰："敳为太傅从事中郎。"

❶一时：当时。❷神王：精神旺盛。王：通"旺"。

034 太傅东海王镇许昌，以王安期为记室参军[1]，雅相知重[2]。敕世子毗曰[3]："夫学之所益者浅，体之所安者深。闲习礼度[4]，不如式瞻仪形[5]；讽味遗言[6]，不如亲承音旨[7]。王参军人伦之表，汝其师之！"或曰："王、赵、邓三参军，人伦之表，汝其师之！"谓安期、邓伯道、赵穆也[8]。《赵吴郡行状》曰："穆字季子，汲郡人。贞淑平粹，少识清通，历尚书郎、太傅参军。后太傅越与穆及王承、阮瞻、邓攸书曰：'《礼》，八岁出就外傅，十年曰幼学，明可以渐先王之教也。然学之所受者浅，体之所安者深。是以闲习礼度，不如式瞻轨仪；讽味遗言，不如亲承辞旨。小儿毗既无令淑之资，未闻道德之风，欲屈诸君时以闲豫，周旋燕诲也。’穆历晋明帝师、冠军将军、吴郡太守，封南乡侯。”袁宏作《名士传》[9]，直云王参军。或云赵家先犹有此本。

❶记室参军：诸王、三公、大将军之属官，掌表章文书等。❷雅：表程度，犹“非常”“十分”等。知重：赏识器重。❸敕：告诫。世子：王侯正妻所生的长子。毗：司马毗，司马越之子。❹闲习：熟习。❺式瞻：瞻。式，发语词。仪形：礼仪形式。❻讽味：诵读玩味。❼亲承：亲自聆听。音旨：言辞旨趣。❽邓伯道：邓攸字伯道，曾作司马越记室参军。赵穆：赵穆字季子，汲郡人。贞淑平粹，才识清通，历尚书郎、太傅参军。❾《名士传》：据《晋书·袁宏传》记载，袁宏撰《竹林名士传》三卷。

035 庾太尉少为王眉子所知。庾过江，叹王曰：“庇其宇下，使人忘寒暑。”《晋诸公赞》曰：“玄少希慕简旷。”《八王故事》曰：“玄为陈留太守，或劝玄过江投琅邪王，玄曰：‘王处仲得志于彼，家叔犹不免害，岂能容我？’谓其器宇不容于敦也。”

036 谢幼舆曰：“友人王眉子清通简畅，嵇延祖弘雅劭长[1]，董仲道卓荦有致度[2]。”王隐《晋书》曰：“董养字仲道。泰始初，到洛，不干禄求荣。永嘉中，洛城东北角步广里中地陷，中有二鹅，苍者飞去，白者不能飞。问之博识者，不能知。养闻，叹曰：‘昔周时所盟会狄泉，此地也。卒有二鹅，苍者胡象，后明当入洛；白者不能飞，此国讳也。’”谢鲲《元化论·序》曰：“陈留董仲道于元康中见惠帝废杨悼后，升太学堂叹曰：‘建此堂也，将何为乎？每见国家赦书，谋反逆皆赦，孙杀王父母、子杀父母，不赦，以为王法所不容也。奈何公卿处议，文饰礼典，以至此乎？天人之理既灭，大乱斯起。’顾谓谢鲲、阮孚曰：‘《易》称知几其神乎，君等可深藏矣！’乃与妻荷担入蜀，莫知其所终。”

❶弘雅劭长：大度儒雅，美好高尚。❷董仲道：董养字仲道，陈留浚仪（今河南开封市）人。泰始初，到洛下，不干禄求荣。及杨后废，养因游太学。卓荦：卓越超群。致度：风度，情趣。

037 王公目太尉：“岩岩清峙[1]，壁立千仞[2]。”顾恺之《夷甫画赞》曰：“夷甫天形环特，识者以为岩岩秀峙，壁立千仞。”

❶岩岩：形容山峰高耸的样子。清峙：清朗挺拔。❷仞：古代长度单位。东汉末一仞为五尺六寸。

038 庾太尉在洛下[1]，问讯中郎[2]。庾敳。中郎留之云：“诸人当来[3]。”寻温元甫[4]、《晋诸公赞》曰：“温几字元甫，太原人。才性清婉。历司徒右长史、湘州刺史。卒官。”刘王乔[5]、曹嘉之《晋纪》曰：“刘畴字王乔，彭城人。父讷，司隶校尉。畴善谈名理，曾避乱坞壁，有胡数百欲害之。畴无惧色，援笳而吹之，为《出塞》《入塞》之声，以动其游客之思。于是群胡皆泣而去之。位至司徒左长史。”裴叔则俱至，酬酢终日[6]。庾公犹忆刘、裴之才俊，元甫之清中。“中”一作“平”。

❶洛下：洛阳。❷问讯：礼节性问安。❸当：将。❹寻：不久，一会儿。温元甫：温几字元甫，太原人。才性清婉。历司徒右长史、湘州刺史。❺刘王乔：刘畴字王乔，彭城（今江苏徐州）人。官至司徒左长史。❻酬酢：主敬客为酬，客敬主为酢。引申为朋友间交往。

039 蔡司徒在洛，见陆机兄弟住参佐廨中[1]，三间瓦屋，士龙住东头，士衡住西头。士龙为人文弱可爱，士衡长七尺余，声作钟声，言多慷慨。《文士传》曰："云性弘静，怡怡然为士友所宗。机清厉有风格，为乡党所惮。"

[1]参佐：僚属，部下。廨：官署。

040 王长史是庾子躬外孙，《王氏谱》曰："蒙父讷，娶颍州庾琮之女，字三寿也。"丞相目子躬云："入理泓然[1]，我已上人。"子躬，子嵩兄也。

[1]入理：钻研玄理。泓然：深澈的样子。

041 庾太尉目庾中郎："家从谈谈之许[1]。"《名士传》曰："敳不为辨析之谈，而举其旨要，太尉王夷甫雅重之也。"一作"家从谈之祖"，"从"一作"诵"，"许"一作"辞"。

[1]家从：本家叔父。谈谈：言谈深邃。

042 庾公目中郎："神气融散，差如得上[1]。"《晋阳秋》曰："敳颓然渊放，莫有动其听者。"

[1]差如：颇为。得上：能够超越向上。

043 刘琨称祖车骑为朗诣[1]，曰："少为王敦所叹[2]。"虞预《晋书》曰："逖字士稚，范阳道人。豁荡不修仪检，轻财好施。"《晋阳秋》曰："逖与司空刘琨俱以雄豪著名。年二十四，与琨同辟司州主簿，情好绸缪，共被而寝。中夜闻鸡鸣，俱起曰：'此非恶声也。'每语世事，则中宵起坐，相谓曰：'若四海鼎沸，豪杰共起，吾与足下相避中原耳。'为汝南太守，值京师倾覆，率流民数百家南度，行达泗口，安东板为徐州刺史。逖既有豪才，常慷慨以中原为己任。乃说中宗雪复神州之计，拜为豫州刺史，使自招募。逖遂率部曲百余家北度江，誓曰：‘祖逖若不清中原而复济此者，有如大江！’攻城略地，招怀义士。屡摧石虎，虎不敢复窥河南。石勒为逖母墓置守吏。刘琨与亲旧书曰：‘吾枕戈待旦，志枭逆虏，常恐祖生先吾着鞭耳！’会其病卒，先有妖星见豫州分。逖曰：‘此必为我也，天未欲灭寇故耳！’赠车骑将军。”

❶祖车骑：祖逖字士稚，范阳遒县（今保定市涞水县）人，东晋军事家。晋室乱，率部北征，数年间收复黄河以南大片领土，进封镇西将军。后国事日非，忧愤而死，追赠车骑将军。朗诣：豪放超逸。诣，通“逸”。❷叹：叹服，赞赏。

044 时人目庾中郎：“善于托大[1]，长于自藏[2]。”《名士传》曰：“敳虽居职任，未尝以事自婴，从容博畅，寄通而已。是时天下多故，机事屡起，有为者拔奇吐异，而祸福继之。敳常默然，故忧喜不至也。”

❶托大：托身于清静无为的玄学大道。即超迈，不为世事所累。
❷自藏：指不表现自己，不引别人关注。

045 王平子迈世有俊才，少所推服[1]。每闻卫玠言，辄叹息绝倒[2]。《玠别传》曰：“玠少有名理，善通《庄》《老》。琅邪王平子高气不群，迈世独傲。每闻玠之语议，至于理会之间，要妙之际，辄绝倒于坐。前后三闻，为之三倒。时人遂曰：‘卫君谈道，平子三倒。’”

❶推服：推崇佩服。❷辄：总是。绝倒：因佩服而倾倒。

046 王大将军与元皇表云[1]："舒风概简正[2]，允作雅人[3]，自多于邃[4]，王舒，已见。《王邃别传》曰："邃字处重，琅邪人，舒弟也。意局刚清，以政事称。累迁中领军、尚书左仆射。"舒、邃，并敦从弟。最是臣少所知拔[5]。中间夷甫、澄见语[6]：'卿知处明、茂弘[7]。茂弘已有令名，真副卿清论[8]；处明亲疏无知之者。吾常以卿言为意，殊未有得，恐已悔之。'臣慨然曰：'君以此试[9]。'顷来始乃有称之者[10]。言常人正自患知之使过[11]，不知使负实[12]。""使"一作"便"。

❶元皇：指晋元帝司马睿。❷风概：风度气概。简正：简约刚正。❸允：确实。❹邃：王邃字处重，琅邪临沂（今山东省临沂市）人，王舒之弟。累迁中领军，尚书左仆射。❺最是：特别是，尤其是。知拔：知遇提拔。❻见语：对……说。❼处明、茂弘：王舒、王导。❽副：符合。清论：指对人的品评。❾君：指王衍、王澄。此：指王敦对处明（王舒）的品评。❿顷来：近来。⓫言：认为。正自：只是。⓬负：辜负。

047 周侯于荆州败绩还，未得用。王丞相与人书曰："雅流弘器[1]，何可得遗？"邓粲《晋纪》曰："顗为荆州，始至，而建平民傅密等叛，迎蜀贼，顗狼狈失据，陶侃救之，得免。顗至武昌投王敦，敦更选侃代顗，顗还建康，未即得用也。"

❶雅流：高雅之流。弘器：宏大之器。比喻有大才干的人。

048 时人欲题目高坐而未能[1]。桓廷尉以问周侯，周侯曰："可谓卓朗[2]。"桓公曰："精神渊著[3]。"《高坐传》曰："庾亮、周顗、桓彝，一代名士，一见和尚，披衿致契。曾为和尚作目，久之未得。有云：'尸利密可称卓朗。'于是桓始咨嗟，以为摽之极似。宣武尝云：‘少见和尚，称其精神渊著，当年出伦。’其为名士所叹如此。”

❶题目：评量，品评。高坐：指高坐道人。❷卓朗：卓越朗明。❸渊著：渊深。

049 王大将军称其儿云❶：“其神候似欲可❷。”王应也。

❶其儿：指王敦之子王应。❷神候：精神状态。似欲：仿佛，好像。可：可意。

050 卞令目叔向❶：“朗朗如百间屋❷。”《春秋左氏传》曰：“叔向，羊舌肸也，晋大夫。”

❶卞令：卞壶。叔向：《世说》品藻，止于魏晋两朝。刘孝标注不妥。或疑为卞壶叔卞向，但无据。❷朗朗：明朗豁亮，气度恢宏。

051 王敦为大将军，镇豫章❶。卫玠避乱，从洛投敦，相见欣然，谈话弥日。于时谢鲲为长史，敦谓鲲曰：“不意永嘉之中❷，复闻正始之音❸。阿平若在❹，当复绝倒❺。”《玠别传》曰：“玠至武昌见王敦，敦与之谈论，弥日信宿。敦顾谓僚属曰：‘昔王辅嗣吐金声于中朝，此子今复玉振于江表，微言之绪，绝而复续。不悟永嘉之中，复闻正始之音。阿平若在，当复绝倒。’”

❶豫章：郡名，管辖范围相当于今江西省，治所在南昌。❷不意：不料，想不到。永嘉：晋怀帝司马炽年号（公元307—313年）。永嘉中，晋宗室内讧，史称永嘉之乱，又称八王之乱。❸正始之音：指正始年间的谈玄之风。❹阿平：指王澄。❺绝倒：因佩服而倾倒。

052 王平子与人书，称其儿“风气日上[1]，足散人怀”。《永嘉流人名》曰：“澄第四子微。”《澄别传》曰：“微迈上有父风。”

❶风气：风度气质。

053 胡毋彦国吐佳言如屑，后进领袖[1]。言谈之流，靡靡如解木出屑也。

❶后进：晚辈。

054 王丞相云：“刁玄亮之察察[1]，戴若思之岩岩[2]，虞预《书》曰：“戴俨字若思，广陵人。才义辩济，有风标锋颖。累迁征西将军，为王敦所害。赠左光禄大夫、仪同三司。”卞望之之峰距[3]。”《卞壶别传》曰：“壶字望之，济阴冤句人。父粹，太常卿。壶少以贵正见称，累迁御史中丞，权门屏迹。转领军、尚书令。苏峻作乱，率众距战，父子二人，俱死王难。”邓粲《晋纪》曰：“初，咸和中，贵游子弟能谈嘲者，慕王平子、谢幼舆等为达。壶厉色于朝曰：‘悖礼伤教，罪莫斯甚，中朝倾覆，实由于此。’欲奏治之。王导、庾亮不从，乃止。其后皆折节为名士。”《语林》曰：“孔坦为侍中，密启成帝，不宜往拜曹夫人。丞相闻之，曰：‘王茂弘驽痾耳！若卞望之之岩岩，刁玄亮之察察，戴若思之峰距，当敢尔不？’”此言殊有由绪，故聊载之耳。

❶察察：精严明察。❷戴若思：戴俨字若思，广陵（今江苏扬州市广陵区）人。才义辩济，有风标锋颖。累迁征西将军，为王敦所害。赠左光禄大夫、仪同三司。岩岩：高峻的样子。❸峰距：山峰耸立高峻的样子。比喻人品高洁刚正。

055 大将军语右军："汝是我佳子弟[1]，按《王氏谱》，羲之是敦从父兄子。当不减阮主簿。"《中兴书》曰："阮裕少有德行，王敦闻其名，召为主簿。知敦有不臣之心，纵酒昏酣，不综其事。"

❶子弟：指年轻后辈。

056 世目周侯："嶷如断山[1]。"《晋阳秋》曰："顗正情嶷然，虽一时侪类，皆无敢媟近。"

❶嶷：高峻，陡峭。

057 王丞相招祖约夜语，至晓不眠。明旦有客[1]，公头鬓未理，亦小倦。客曰："公昨如是，似失眠。"公曰："昨与士少语，遂使人忘疲。"

❶明旦：第二天早上。

058 王大将军与丞相书，称杨朗曰："世彦识器理致[1]，才隐明断[2]。既为国器[3]，且是杨侯淮之子[4]。《世语》曰："淮字始立，弘农华阴人。曾祖彪，祖修，有名前世。父嚣，典军校尉。淮元康末为冀州刺史。"荀绰《冀州记》曰："淮见王纲不振，遂纵酒，不以官事规意，消摇卒岁而已。成都王知淮不治，犹以其名士，惜而不遣，召为军咨议祭酒。府散停家，关东诸侯欲以淮补三事，以示怀贤尚德之事，未施行而卒，时年二十有七。"位望殊为陵迟[5]，卿亦足与之处。"

❶识器理致：识鉴才能、思想情趣。❷才隐明断：才深而善断。❸国器：具有治国才能的人。❹杨侯淮：杨淮字始立，弘农华阴（今陕西华阴市）人，元康末为冀州刺史。❺位望：地位和名望。陵迟：

衰落不振。

059 何次道往丞相许[1]，丞相以麈尾指坐[2]，呼何共坐曰："来！来！此是君坐。"何充，已见。

❶许：处所。❷麈尾：魏晋名士清谈时手持的一种用麈尾毛做成的拂子。

060 丞相治扬州廨舍[1]，按行而言曰[2]："我正为次道治此尔[3]！"何少为王公所重，故屡发此叹。《晋阳秋》曰："充，导妻姊之子，明穆皇后之妹夫也。思韵淹济，有文义才情。导深器之，由是少有美誉，遂历显位。导有副贰已使继相意，故屡显此指于上下。"

❶治：修建。廨舍：官吏办公及居住的处所。❷按行：巡行。❸正：只，只是。

061 王丞相拜司徒而叹曰[1]："刘王乔若过江，我不独拜公[2]。"曹嘉之《晋纪》曰："畴有重名，永嘉中为阎鼎所害。司徒蔡谟每叹曰：'若使刘王乔得南渡，司徒公之美选也。'"

❶司徒：官名。魏晋时司徒为三公之一。❷公：指三公。

062 王蓝田为人晚成，时人乃谓之痴。《晋阳秋》曰："述体道清粹，简贵静正，怡然自足，不交非类。虽群英纷纷，俊乂交驰，述独蔑然，曾不慕羡。由是名誉久蕴。"王丞相以其东海子[1]，辟为掾[2]。常集聚，王公每发言，众人竞赞之。述于末坐曰："主非尧舜，何得事事皆是！"丞相甚相叹赏。言非圣人，不能无过，意讥赞述之徒。

❶东海：指王承。❷辟：征召。掾：属官。

063 世目杨朗沉审经断[1]。蔡司徒云："若使中朝不乱[2]，杨氏作公方未已[3]。"谢公云："朗是大才。"《八王故事》曰："杨淮有六子，曰乔、髦、朗、琳、俊、仲，皆得美名，论者以谓悉有台辅之望。文康庾公每追叹曰：'中朝不乱，诸杨作公未已也！'"

❶沉审：深沉审慎。经断：长于判断。❷中朝：晋南渡后称西晋为中朝。❸公：指三公。魏晋时，以太尉、司徒、司空为三公。方：将。

064 刘万安，即道真从子[1]，庾公琮，字子躬。所谓"灼然玉举"[2]。又云："千人亦见，百人亦见。"《刘氏谱》曰："绥字万安，高平人。祖奥，太祝令。父斌，著作郎。绥历骠骑长史。"

❶从子：侄子。❷灼然：名显貌。玉举：美好的人性。

065 庾公为护军[1]，属桓廷尉觅一佳吏[2]，乃经年[3]。桓后遇见徐宁而知之[4]，遂致于庾公曰："人所应有，其不必有；人所应无，己不必无，真海岱清士[5]。"《徐江州本事》曰："徐宁，字安期，东海郯人。通朗有德素，少知名。初为舆县令，谯国桓彝有人伦鉴识，尝去职无事，至广陵寻亲旧，遇风，停浦中累日，在船忧邑，上岸消遥，见一空宇，有似廨署。彝访之，云：'舆县廨也，令姓徐名宁。'彝既独行，思逢悟赏，聊造之。宁清惠博涉，相遇怡然。遂停宿，因留数夕，与宁结交而别。至都谓庾亮曰：'吾为卿得一佳吏部郎。'亮问所在，彝即叙之。累迁吏部郎、左将军、江州刺史。"

❶护军：护军将军的省称。❷属：通"嘱"。嘱托。❸乃：竟然。❹徐宁：徐宁字安期，东海郯（今山东郯城）人。通朗有德素，少知

名。累迁吏部郎、左将军、江州刺史。知：知遇，赏识。❺海岱：指东海郡与泰山一带。

066 桓茂伦云："褚季野皮里阳秋[1]。"谓其裁中也[2]。《晋阳秋》曰："裒简穆有器识，故为彝所目也。"

❶皮里阳秋：指表面不加评论，内心却自有褒贬。皮里：腹中。阳秋：本当作"春秋"，因晋简文帝郑太后名阿春，为避讳，以"阳"代"春"。孔子作《春秋》，暗寓褒贬，春秋遂成为褒贬之代名词。❷裁中：内心有裁决。

067 何次道尝送东人[1]，瞻望，见贾宁在后轮中[2]，曰："此人不死，终为诸侯上客。"《晋阳秋》曰："宁字建宁，长乐人，贾氏孽子也。初自结于王应、诸葛瑶。应败，浮游吴、会，吴人咸侮辱之。闻京师乱，驰出，投苏峻，峻甚昵之，以为谋主。及峻闻义军起，自姑孰屯于石头，是宁之计。峻败，先降，仕至新安太守。"

❶东人：东边来的人，指会稽人。❷贾宁：贾宁字建宁，长乐人，贾氏庶子。闻京师乱，投苏峻，以为谋主。峻败，先降，仕至新安太守。后轮：指随从在后的车辆。

068 杜弘治墓崩[1]，哀容不称[2]。庾公顾谓诸客曰："弘治至羸[3]，不可以致哀[4]。"《晋阳秋》曰："杜乂字弘治，京兆人。祖预，父锡，有誉前朝。乂小有令名，仕丹阳丞，蚤卒。成帝纳乂女为后。"又曰："弘治哭不可哀。"

❶墓崩：祖坟崩坏。❷不称：不相称。指悲伤程度不够。❸羸（léi）：虚弱，瘦弱。❹致哀：极哀，过分悲哀。

069 世称庾文康为“丰年玉”[1]，稚恭为“荒年谷”[2]。庾家论云是文康称恭为“荒年谷”，庾长仁为“丰年玉”[3]。谓亮有廊庙之器，翼有匡世之才，各有用也。

❶丰年玉：比喻太平盛事的治国人才。❷荒年谷：比喻匡扶乱世之才。❸庾长仁：庾统字长仁，小字赤玉，少有令名。累迁建威将军、宁夷护军、寻阳太守。

070 世目杜弘治标鲜[1]，季野穆少[2]。《江左名士传》曰：“乂清标令上也。”

❶标鲜：标举鲜明。❷穆少：静穆少言。

071 有人目杜弘治，标鲜清令[1]，盛德之风[2]，可乐咏也。《语林》曰：“有人目杜弘治标鲜，甚清令，初若熙怡，容无韵，盛德之风，可乐咏也。”

❶清令：清雅美好。❷盛德：大德。

072 庾公云：“逸少国举[1]。”故庾倪为碑文云[2]：“拔萃国举[3]。”倪，庾倩小字也。徐广《晋纪》曰：“倩字少彦，司空冰子，皇后兄也。有才具，仕至太宰长史。桓温以其宗强，使下邳王晃诬与谋反而诛之。”

❶国举：国中所推崇的人。❷庾倪：庾倩字少彦，小字倪。颍川鄢陵（今河南鄢陵）人，有才具，仕至太宰长史。❸拔萃：出众。

073 庾稚恭与桓温书，称：“刘道生日夕在事[1]，大小殊快。义怀通乐既佳[2]，且足作友，正实良器[3]，推此与君，同济艰不者也[4]。”

宋明帝《文章志》曰："刘恢字道生，沛国人。识局明济，有文武才。王蒙每称其思理淹通，蕃屏之高选。为车骑司马，年三十六卒，赠前将军。"

❶刘道生：刘恢字道生，沛国（今安徽）人。识局明济，有文武才。官至车骑司马，赠前将军。日夕：日夜，整天。在事：在做事。❷义怀：胸怀仁义。通乐：通达乐观。❸良器：优良人才。❹艰不（pǐ）：艰难困苦。

074 王蓝田拜扬州❶，主簿请讳❷，教云❸："亡祖先君❹，名播海内，远近所知。内讳不出于外❺，《礼记》曰："妇人之讳不出门。"余无所讳。"

❶拜：授官。❷主簿：负责文书、印鉴的属官。请讳：请教家讳。即询问长辈姓名，以免冒犯。❸教：上对下的告谕。❹亡祖先君：指已故的祖父、父亲。❺内讳：妇人之讳，指女眷的名字。

075 萧中郎❶，孙丞公妇父❷，刘尹在抚军坐❸，时拟为太常❹。刘尹云："萧祖周不知便可作三公不❺？自此以还❻，无所不堪❼。"《晋百官名》曰："萧轮字祖周，乐安人。"刘谦之《晋纪》曰："轮有才学，善《三礼》，历常侍、国子博士。"

❶萧中郎：萧轮字祖周，乐安（今山东省东营市广饶县）人。有才学，善《三礼》，历任常侍、国子博士。❷孙丞公：孙统字承公，太原中都人。诞任不羁，而善属文，性好山水，纵游名山胜川。后为余姚令。妇父：岳父。❸抚军：晋简文帝司马昱。❹太常：官名。指太常卿。❺三公：魏晋以太尉、司徒、司空为三公。❻以还：以下。❼堪：胜任。

076 谢太傅未冠[1]，始出西[2]，诣王长史[3]，清言良久。去，苟子问曰：王蒙、子修，并已见。“向客何如尊[4]？”长史曰：“向客亹亹[5]，为来逼人[6]。”

❶未冠：未成年。❷出西：到都城建康去。谢安家在会稽，由会稽入都，是由东往西。❸诣：到……去，拜访。❹向：刚才。何如：与……相比，怎么样。尊：对父亲的称呼。❺亹亹：侃侃而谈的样子。❻为来：为时，指清谈时。

077 王右军语刘尹：“故当共推安石[1]。”刘尹曰：“若安石东山志立[2]，当与天下共推之。”《续晋阳秋》曰：“初，安家于会稽上虞县，优游山林，六七年间，征召不至。虽弹奏相属，继以禁锢，而晏然不屑也。”

❶故当：肯定，当然。❷东山志立：确立隐居东山的志向。

078 谢公称蓝田：“掇皮皆真[1]。”徐广《晋纪》曰：“述贞审，真意不显。”

❶掇皮：去皮。

079 桓温行经王敦墓边过，望之云：“可儿[1]！可儿！”孙绰《与庾亮笺》曰：“王敦可人之目，数十年间也。”

❶可儿：可人。即可意之人，能干之人。

080 殷中军道王右军云：“逸少清贵人[1]，吾于之甚至[2]，一时无所后[3]。”《文章志》曰：“羲之高爽有风气，不类常流也。”

❶清贵：清高尊贵。❷于之：待他。甚至：非常优厚。❸一时：当时。

081 王仲祖称殷渊源："非以长胜人，处长亦胜人[1]。"《晋阳秋》曰："浩善以通和接物也。"

❶处长：把握自己的长处。

082 王司州与殷中军语，叹云："己之府奥[1]，早已倾写而见[2]；殷陈势浩汗[3]，众源未可得测。"徐广《晋纪》曰："浩清言妙辩玄致，当时名流皆为其美誉。"

❶府奥：怀抱。❸倾写：倾泻。写：通"泻"。❸陈势：阵势。浩汗：浩瀚。

083 王长史谓林公："真长可谓金玉满堂[1]。"林公曰："金玉满堂，复何为简选[2]？"王曰："非为简选，直致言处自寡耳[3]！"谓吉人之辞寡，非择言而出也。

❶金玉满堂：比喻才学富足。❷简选：选择。❸直：只，只是。

084 王长史道江道群[1]："人可应有[2]，乃不必有；人可应无，已必无。"《中兴书》曰："江灌字道群，陈留人，仆射彪从弟也。有才器，与从兄道名相亚。仕尚书、中护军。"

❶道：评论。江道群：江灌字道群，陈留圉（今河南省开封市杞县西南）人，少知名。为治中，转别驾，历司徒属、北中郎中长史，领晋陵太守等职。为人刚正不阿，蔑视权贵。❷可：通"所"。

085 会稽孔沈、魏颉、虞球、虞存、谢奉并是四族之俊[1]，于时之杰[2]。沈、存、颉、奉并别见。《虞氏谱》曰："球字和琳，会稽余姚人。祖，吴广州刺史。父基，右军司马。球仕至黄门侍郎。"孙兴公目之曰："沈为孔家金，觊为魏家玉，虞为长、琳宗[3]，谢为弘道伏[4]。"长、琳即存及球字也。弘道，谢奉字也。言虞氏宗长琳之才，谢氏伏弘道之美也。

❶魏觊：魏觊字长齐，晋会稽人，官至山阴令。虞球：虞球字和琳，会稽余姚人。官至黄门侍郎。❷于时：当时。❸宗：尊崇。❹伏：通"服"。佩服。

086 王仲祖、刘真长造殷中军谈，谈竟俱载去[1]。刘谓王曰："渊源真可[2]。"王曰："卿故堕其云雾中。"《中兴书》曰："浩能言理，谈论精微，长于《老》《易》，故风流者皆宗归之。"

❶俱载：一起乘车。❷可：可意。

087 刘尹每称王长史云："性至通，而自然有节[1]。"《蒙别传》曰："蒙之交物，虚己纳善，恕而后行，希见其喜愠之色。凡与一面，莫不敬而爱之。然少孤，事诸母甚谨，笃义穆族，不修小洁，以清贫见称。"

❶节：节制。

088 王右军道谢万石"在林泽中，为自遒上"[1]；叹林公"器朗神俊"[2]；《支遁别传》曰："遁任心独往，风期高亮。"道祖士少"风领毛骨，恐没世不复见如此人"[3]；道刘真长"标云柯而不扶疏"[4]。《刘尹别传》曰："惔既令望，姻娅帝室，故屡居达官。然性不偶俗，心淡荣利，虽身登显列，而每挹降，闲静自守而已。"

❶林泽：本为隐居之地。指隐者或出家人。为自：是，算得上。自，无

实义。遒上：挺拔高迈。❷器朗神俊：襟怀宽广，天资杰出。❸风领毛骨：风范骨相不凡。❹云柯：高耸入云的枝条。扶疏：枝叶分披的样子。

089 简文目庾赤玉："省率治除[1]。"谢仁祖云："庾赤玉胸中无宿物[2]。"赤玉，庾统小字。《中兴书》曰："统字长仁，颍川人，卫将军择子也。少有令名，仕至寻阳太守。"

❶省率：简要率直。治除：扫除，即办理事情。❷宿物：隔夜的东西。

090 殷中军道韩太常曰："康伯少自标置[1]，居然是出群器[2]。及其发言遣辞，往往有情致。"《续晋阳秋》曰："康伯清和有思理，幼为舅殷浩所称。"

❶标置：标举，排定。指自我标榜。❷居然：显然。出群器：出类拔萃的人才。

091 简文道王怀祖："才既不长，于荣利又不淡，直以真率少许[1]，便足对人多多许。"《晋阳秋》曰："述少贫约，箪瓢陋巷，不求闻达，由是为有识所重。"

❶直：只。

092 林公谓王右军云："长史作数百语，无非德音[1]，如恨不苦[2]。"苦谓穷人以辞。王曰："长史自不欲苦物[3]。"

❶德音：美善之言。❷如：只是。恨：遗憾。苦：使动，使人苦，即使人理屈词穷。❸自：本来。物：人。

093 殷中军与人书，道谢万："文理转遒，成殊不易[1]。"《中兴书》曰："万才器俊秀，善自炫耀，故致有时誉。兼善属文，能谈论，时人称之。"

❶成：通"诚"。确实，实在。

094 王长史云："江思悛思怀所通[1]，不翅儒域[2]。"徐广《晋纪》曰："江惇字思悛，陈留人，仆射虨弟也。性笃学，手不释书，博览坟典，儒道兼综。征聘无所就，年四十九而卒。"

❶江思悛：江惇字思悛，江虨之弟，陈留圉（今河南省开封市杞县圉镇）人。孝友淳粹，高节迈俗。性好学，儒玄并综。多次征辟不就，年四十九而卒。❷不翅：不止，不仅。儒域：儒学领域。

095 许玄度送母，始出都[1]，人问刘尹："玄度定称所闻不[2]？"刘曰："才情过于所闻。"《许氏谱》曰："玄度母，华轶女也。"按询集，询出都迎姊，于路赋诗。《续晋阳秋》亦然。而此言送母，疑缪矣。

❶出都：入都，进入京都。❷定：究竟，到底。称所闻：与所闻相称。

096 阮光禄云："王家有三年少：右军、安期、长豫。"阮裕、王悦、安期、王应并已见。

097 谢公道豫章[1]："若遇七贤，必自把臂入林[2]。"《江左名士传》曰："鲲通简有识，不修威仪。好迹逸而心整，形浊而言清。居身若秽，动不累高。邻家有女，尝往挑之，女方织，以梭投折其两齿。既归，傲然长啸，曰：'犹不废我啸歌。'其不事形骸如此。"

❶豫章：指谢鲲。❷必自：一定。自，副词词尾，无实义。把：拉，挽。

098 王长史叹林公："寻微之功[1]，不减辅嗣。"《支遁别传》曰："遁神心警悟，清识玄远。尝至京师，王仲祖称其造微之功，不异王弼。"

❶寻微：探询精微深奥的玄学义理。

099 殷渊源在墓所几十年[1]。于时朝野以拟管、葛[2]，起不起以卜江左兴亡[3]。《续晋阳秋》曰："时穆帝幼冲，母后临朝，简文亲贤民望，任登宰辅。桓温有平蜀、洛之勋，擅强西陕。帝自料文弱，无以抗之。陈郡殷浩素有盛名，时论比之管、葛，故征浩为扬州。温知意在抗己，甚忿焉。"

❶几：将近。❷朝野：朝廷内外。拟：比。管、葛：指管仲、诸葛亮。❸起：出仕。卜：占卜。此指预测。

100 殷中军道右军"清鉴贵要"[1]。《晋安帝纪》曰："羲之风骨清举也。"

❶清鉴贵要：识鉴清雅高明，地位尊贵显要。

101 谢太傅为桓公司马[1]。《续晋阳秋》曰："初，安优游山水，以敷文析理自娱。桓温在西蕃，钦其盛名，讽朝廷请为司马。以世道未夷，志存匡济，年四十，起家应务也。"桓诣谢[2]，值谢梳头[3]，遽取衣帻[4]。桓公云："何烦此！"因下共语至暝[5]。既去，谓左右曰："颇曾见如此人不[6]？"

❶司马：官名。为军府之职，掌兵事。❷诣：到……去，拜访。❸值：

正当。❹帻：头巾。❺暝：天黑。❻颇曾：可曾。

102 谢公作宣武司马，属门生数十人于田曹中郎赵悦子[1]。伏滔《大司马寮属名》曰："悦字悦子，下邳人。历大司马参军、左卫将军。"悦子以告宣武，宣武云："且为用半。"赵俄而悉用之[2]，曰："昔安石在东山[3]，搢绅敦逼[4]，恐不豫人事。况今自乡选，反违之邪？"

❶属：通"嘱"。嘱托。门生：门客。田曹中郎：官名。掌农政。赵悦子：赵悦字悦子，下邳（今江苏）人。历大司马参军、左卫将军。❷俄而：不久。悉：全部。❸东山：指谢安隐居之地东山。❹搢绅：士大夫。敦逼：敦促。

103 桓宣武表云："谢尚神怀挺率[1]，少致民誉。"《温集》载其《平洛表》曰："今中州既平，宜时绥定。镇西将军、豫州刺史尚，神怀挺率，少致人誉。是以入赞百揆，出蕃方司。宜进据洛阳，抚宁黎庶。谓可本官都督司州诸军事。"

❶神怀挺率：思想情怀卓异真率。

104 世目谢尚为"令达"[1]。阮遥集云："清畅似达[2]。"或云："尚自然令上[3]。"《晋阳秋》曰："尚率易挺达，超悟令上也。"

❶令达：美善通达。❷清畅：清明晓畅。❸自然：本然，天然。令上：美好卓越。

105 桓大司马病，谢公往省病[1]，从东门入。温时在姑孰。桓公遥望叹曰："吾门中久不见如此人！"

❶省（xǐng）：探望，问候。

106 简文目敬豫为“朗豫”[1]。王恬，已见。《文字志》曰：“恬识理明贵，为后进冠冕也。”

❶朗豫：开朗快乐。

107 孙兴公为庾公参军[1]，共游白石山[2]，卫君长在坐。《卫氏谱》曰：“永字君长，成阳人。位至左军长史。”孙曰：“此子神情都不关山水，而能作文。”庾公曰：“卫风韵虽不及卿诸人，倾倒处亦不近[3]。”孙遂沐浴此言[4]。

❶参军：军府和侯国中所设属官。❷白石山：山名。在今江苏省。❸近：浅显。❹沐浴：沉浸，回味。

108 王右军目陈玄伯：“垒块有正骨[1]。”陈泰已见。

❶块垒：胸中郁结不平。正骨：正气。

109 王长史云：“刘尹知我，胜我自知。”《蒙别传》曰：“蒙与沛国刘惔齐名，时人以蒙比袁曜卿，惔比荀奉倩，而共交友，甚相知赏也。”

110 王、刘听林公讲，王语刘曰：“向高坐者[1]，故是凶物[2]。”复更听，王又曰：“自是钵釪后王、何人也[3]。”《高逸沙门传》曰：“王蒙恒寻遁，遇祇洹寺中讲，正在高坐上。每举麈尾，常领数百言，而情理俱畅，预坐百余人皆结舌注耳。蒙云：‘听讲众僧，向高坐者，是钵釪后王、何人也。’”

❶向：刚才。❷故：确实。❸钵釪后：钵釪即钵盂，佛门传法之器。钵釪后指如来传法之后的佛界。王、何：指王弼、何宴。

111 许玄度言："《琴赋》所谓'非至精者，不能与之析理'，刘尹其人；'非渊静者[1]，不能与之闲止[2]'，简文其人。"嵇叔夜《琴赋》也。刘惔真长，丹阳尹。

❶渊静：深沉。❷闲止：闲居。

112 魏隐兄弟少有学义[1]，《魏氏谱》曰："隐字安时，会稽上虞人。历义兴太守、御史中丞。弟遢，黄门郎。"总角诣谢奉[2]。奉与语，大说之[3]，曰："大宗虽衰，魏氏已复有人[4]。"

❶魏隐兄弟：魏隐字安时，会稽上虞（今浙江省绍兴市上虞区）人。历义兴太守、御史中丞。其弟魏遢，官黄门郎。学义：学识。❷总角：未成年。诣：到……去，拜访。❸说：通"悦"。❹大宗：始祖的嫡长子为大宗，其余为小宗。

113 简文云："渊源语不超诣简至[1]，然经纶思寻处[2]，故有局陈[3]。"

❶超诣：超迈卓越。简至：简要精到。❷经纶：整理丝缕。指整理思路。❸故：确实。局陈：排布，布局。

114 初，法汰北来[1]，未知名，车频《秦书》曰："释道安为慕容晋所掠，欲投襄阳，行至新野，集众议曰：'今遭凶年，不依国主，则法事难举。'乃分僧众，使竺法汰诣扬州，曰：'彼多君子，上胜可投。'法汰遂渡江至扬土焉。"王领军供养之[2]。《中兴书》曰：

“王洽字敬和，丞相导第三子。累迁吴郡内史，为士民所怀。征拜中领军，寻加中书令，不拜。年二十六而卒。”每与周旋行来[3]，往名胜许[4]，辄与俱，不得汰，便停车不行。因此名遂重。《名德沙门题目》曰：“法汰高亮开达。”孙绰为汰赞曰：“凄风拂林，明泉映壑，爽爽法汰，校德无怍。事外潇洒，神内恢廓。实从前起，名随后跃。”《太元起居注》曰：“法汰以十二卒[5]，烈宗诏曰：‘法汰师丧逝，哀痛伤怀，可赠钱十万。’”

❶法汰：即竺法汰，晋僧人。❷王领军：王洽字敬和，琅邪临沂（今山东临沂）人。宰相王导第三子，王羲之堂弟。历官吴郡内史，征拜中书令，苦让不受。众书通善，尤能隶行。供养：佛教称供奉神佛或设饭食款待僧人为“供养”。❸周旋：交往。行来：往来。❹名胜：名流。许：处所。❺法汰以十二卒：“十二”下脱“年”。

115 王长史与大司马书，道渊源“识致安处，足副时谈”[1]。

❶识致：识见情趣。副：符合。时谈：时人的品评。

116 谢公云：“刘尹语审细[1]。”孙绰为惔诔叙曰：“神犹渊镜，言必珠玉。”

❶审细：审慎详细。

117 桓公语嘉宾：“阿源有德有言[1]，向使作令仆[2]，足以仪刑百揆[3]，朝廷用违其才耳[4]！”嘉宾，郗超小字也。阿源，殷浩也。

❶阿源：指殷浩。❷向使：假使。令仆：尚书令和仆射的合称。❸仪刑：同仪型。即典型，模范。百揆：百官。❹朝廷用违其才耳：

指永和中任用殷浩为中军将军，率军北伐，大败而回，被废黜。

118 简文语嘉宾："刘尹语末后亦小异，回复其言[1]，亦乃无过[2]。"

❶回复：回味。❷乃：竟，竟然。

119 孙兴公、许玄度共在白楼亭，《会稽记》曰："亭在山阴，临流映壑也。"共商略先往名达[1]。林公既非所关[2]，听讫，云："二贤故自有才情[3]。"

❶商略：品评。名达：名流贤达。❷非所关：没有介入。关，关涉。❸故自：确实。

120 王右军道东阳[1]："我家阿林，章清太出[2]。""林"应为"临"。《王氏谱》曰："临之字仲产，琅邪人，仆射彪之子，仕至东阳太守。"

❶东阳：指王临之，因做过东阳太守，故名。❷章清：明朗高洁。太出：最杰出。

121 王长史与刘尹书，道渊源"触事长易"[1]。

❶触事：遇事，处事。长：通"常"。易：平易，平和。

122 谢中郎云[1]："王修载乐托之性[2]，出自门风[3]。"《王氏谱》曰："耆之字修载，琅邪人，荆州刺史廙第三子。历中书郎、鄱阳太守、给事中。"

❶谢中郎：指谢万。❷王修载：王耆之字修载，琅邪人，荆州刺史王廙第三子。历中书郎、鄱阳太守、给事中。乐托：即落拓，落拓不羁，放纵而不拘小节。❸门风：家风。

123 林公云："王敬仁是超悟人[1]。"《文字志》曰："修之少有秀令之称。"

❶超悟：绝顶聪明。

124 刘尹先推谢镇西，谢后雅重刘[1]，曰："昔尝北面[2]。"按谢尚年长于惔，神颖夙彰。而曰北面于刘，非可信。

❶雅重：极为推重。❷北面：北面称臣。此指拜师于刘。

125 谢太傅称王修龄曰："司州可与林泽游[1]。"《王胡之别传》曰："胡之常遗世务，以高尚为情，与谢安相善也。"

❶林泽：指隐居的地方。

126 谚曰："扬州独步王文度[1]，后来出人郗嘉宾[2]。"《续晋阳秋》曰："超少有才气，越世负俗，不循常检，时人为一代盛誉者语曰：'大才盘盘谢家安，江东独步王文度，盛德日新郗嘉宾。'"其语小异，故详录焉。

❶独步：独一无二。❷出人：出人头地，犹卓尔不群。

127 人问王长史江虨兄弟群从[1]。王答曰："诸江皆复足自生活[2]。"虨及弟淳，从灌，并有德行，知名于世。

❶群从：指堂兄弟及子侄晚辈。❷足自：完全能够。

128 谢太傅道安北："见之乃不使人厌[1]，然出户去，不复使人思。"安北，王坦之也。《续晋阳秋》曰："谢安初携幼稚同好，养志海滨，襟情超畅，尤好声律，然抑之以礼，在哀能至。弟万之丧，不听丝竹者将十年。及辅政，而修室第园馆，丽车服，虽期功之惨，不废妓乐。王坦之因苦谏焉。"按谢公盖以王坦之好直言，故不思尔。

❶厌：厌烦，厌恶。

129 谢公云："司州造胜遍决[1]。"宋明帝《文章志》曰："胡之性简，好达玄言也。"

❶造胜：进入胜境。指进入玄学胜境。遍决：全面解决疑惑。

130 刘尹云："见何次道饮酒，使人欲倾家酿[1]。"充饮酒能温克。

❶倾家酿：竭家资以酿酒。

131 谢太傅语真长："阿龄于此事故欲太厉[1]。"修龄，王胡之小字也。刘曰："亦名士之高操者。"《胡之别传》曰："胡之治身清约，以风操自居。"

❶阿龄：王胡之小字。故欲：确实好像。

132 王子猷说："世目士少为朗[1]，我家亦以为彻朗[2]。"《晋诸公赞》曰："祖约少有清称。"

❶士少：祖约字士少。❷我家：我。

133 谢公云："长史语甚不多，可谓有令音[1]。"《王蒙别传》曰："蒙性和畅，能清言，谈道贵理中，简而有会。商略古贤显默之际，辞旨劭令，往往有高致。"

❶令音：善言，妙言。

134 谢镇西道敬仁"文学镞镞，无能不新"[1]。《语林》曰："敬仁有异才，时贤皆重之。王右军在郡，迎敬仁，叔仁辄同车，常恶其迟。后以马迎敬仁，虽复风雨，亦不以车也。"

❶文学：官名。汉代在州郡及王国置文学，掌学校教育，或称文学掾、文学史。镞镞：挺拔杰出的样子。无能不新：无所不新。

135 刘尹道江道群"不能言而能不言"[1]。江灌，已见。

❶能：擅长。

136 林公云："见司州，警悟交至[1]，使人不得住[2]，亦终日忘疲。"《王胡之别传》曰："胡之少有风尚，才器率举，有秀悟之称。"

❶警悟：机警聪慧。❷住：停止。

137 世称"苟子秀出，阿兴清和"[1]。苟子，已见。阿兴，王蕴小字。

❶秀出：优秀杰出。清和：清静平和。

138 简文云："刘尹茗柯有实理。""柯"，一作"打"，又作"仃"，又作"打"。

139 谢胡儿作著作郎[1]，尝作《王堪传》[2]，《晋诸公赞》曰："堪字世胄，东平寿张人。少以高亮义正称。为尚书左丞，有准绳操。为石勒所害，赠太尉。"不谙堪是何似人[3]，咨谢公。谢公答曰："世胄亦被遇[4]。堪，烈之子。《晋诸公赞》曰："烈字阳秀，蚤知名，魏朝为治书御史。"阮千里姨兄弟，潘安仁中外[5]，安仁诗所谓'子亲伊姑，我父唯舅[6]'。是许允婿[7]。"《岳集》曰："堪为成都王军司马，岳送至北邙别，作诗曰：'微微发肤，受之父母。峨峨王侯，中外之首。子亲伊姑，我父唯舅。'"

❶著作郎：官名。掌编修国史。❷王堪：王堪字世胄，东平寿张（今山东）人。少以高亮义正闻名。官至尚书左丞，为石勒所害，赠太尉。❸何似：怎样。❹被遇：受赏识、器重。❺中外：中指舅父母子女；外指姑父母子女。❻子亲伊姑，我父唯舅：出自潘岳诗。意为：你的母亲是我的姑姑，我的父亲是你的舅舅。❼许允：许允字士宗，高阳（今河北）人。魏明帝时为吏部郎，后被晋景王司马师所杀。

140 谢太傅重邓仆射，常言"天地无知，使伯道无儿"[1]。《晋阳秋》曰："邓攸既弃子，遂无复继嗣，为有识伤惜。"

❶常：通"尝"。曾经。

141 谢公与王右军书曰："敬和栖托好佳[1]。"《中兴书》曰："洽于公子中最知名，与颍川荀羡俱有美称。"

❶敬和：王洽字敬和。栖托：寄托，安身。

142 吴四姓旧目云[1]："张文[2]，朱武[3]，陆忠[4]，顾厚[5]。"《吴录·士林》曰："吴郡有顾、陆、朱、张为四姓，三国之间，四姓盛焉。”

❶旧目：旧时品评。❷张：张昭之族。❸朱：朱然、朱桓之族。❹陆：陆逊之族。❺顾：顾雍之族。

143 谢公语王孝伯：“君家蓝田，举体无常人事[1]。”按述虽简，而性不宽裕。投火怒蝇，方之未甚。若非太傅虚相褒饰，则《世说》谬设斯语也。

❶举体：通体。

144 许掾尝诣简文[1]，尔夜风恬月朗，乃共作曲室中语[2]。襟怀之咏，偏是许之所长，辞寄清婉，有逾平日。简文虽契素[3]，此遇尤相咨嗟[4]。不觉造膝[5]，共叉手语[6]，达于将旦。既而曰[7]：“玄度才情，故未易多有许[8]。”《续晋阳秋》曰：“询能言理，曾出都迎姊。简文皇帝、刘真长说其情旨及襟怀之咏，每造膝赏对，夜以系日。”

❶诣：到……去，拜访。❷曲室：密室。❸契素：一贯交好，一向投缘。❹咨嗟：赞叹。❺造膝：到膝前。❻叉手：拱手。❼既而：不久，一会儿。此指事情过后。❽故：确实。许：句末语气词。

145 殷允出西[1]，郗超与袁虎书云：“子思求良朋，托好足下，勿以开美求之[2]。”《中兴书》曰：“允字子思，陈郡人，太常康第六子。恭素谦退，有儒者之风，历吏部尚书。”世目袁为“开美”，故子敬诗曰：“袁生开美度[3]。”

❶殷允：殷允字子思，陈郡长平（今河南西华）人。恭素谦退，有儒者之风，历吏部尚书。出西：到京都。因都城建康在会稽西，故有此说。❷开美：开朗韵美。❸开美度：开朗韵美的气度。

146 谢车骑问谢公："真长性至峭[1]，何足乃重[2]？"答曰："是不见耳！阿见子敬[3]，尚使人不能已[4]。"《语林》曰："羊骕因酒醉，抚谢左军谓太傅曰：'此家讵复后镇西？'太傅曰：'汝阿见子敬，便沐浴为论兄辈。'推此言意，则安以玄不见真长，故不重耳。见子敬尚重之，况真长乎？"

❶峭：严厉苛刻。❷乃：这样，如此。重：敬重。❸阿：我。❹不能已：指身不由己。

147 谢公领中书监，王东亭有事应同上省[1]。王后至，坐促[2]，王、谢虽不通[3]，太傅犹敛膝容之。王、谢不通事，别见。王神意闲畅[4]，谢公倾目[5]。还谓刘夫人曰[6]："向见阿瓜[7]，故自未易有[8]，按王珣小字法护，而此言阿瓜，未为可解，傥小名有两耳。虽不相关[9]，正自使人不能已已[10]。"

❶上省：到省台。❷坐促：座位狭窄。❸王、谢虽不通：指王、谢两家不交往，有隔阂。《晋书·王珣传》："珣兄弟皆谢氏婿，以猜嫌至隙。太傅安既与珣绝婚，又离珉妻，由是二族遂成仇衅。"❹神意：神态。闲畅：闲雅舒畅。❺倾目：侧目而视。❻刘夫人：谢安之妻，刘惔之妹。❼向：刚才。❽故自：确实。❾关：交往。❿正自：真是，确实。已已：止。

148 王子敬语谢公："公故萧洒[1]。"谢曰："身不萧洒[2]，君道身最得，身正自调畅[3]。"《续晋阳秋》曰："安弘雅有气，风神调畅也。"

❶故：确实。萧洒：即"潇洒"。❷身：我。❸正自：只，只是。调畅：和谐舒畅。

149 谢车骑初见王文度，曰：“见文度，虽萧洒相遇[1]，其复愔愔竟夕[2]。”

❶萧洒：偶然，无意。❷愔愔：和悦安闲的样子。竟夕：终日，整天。

150 范豫章谓王荆州：范宁、王忱，并已见。“卿风流俊望[1]，真后来之秀。”王曰：“不有此舅，焉有此甥。”

❶俊望：俊秀而有名望。

151 子敬与子猷书，道：“兄伯萧索寡会[1]，遇酒则酣畅忘反[2]，乃自可矜[3]。”

❶兄伯：兄长。萧索寡会：落落寡合，卓然不群之意。❷反：同“返”。❸乃自：确实。可矜：可贵，值得骄傲。

152 张天锡世雄凉州[1]，以力弱诣京师[2]，虽远方殊类，亦边人之桀也。天锡，已见。闻皇京多才，钦羡弥至[3]。犹在渚住[4]，司马著作往诣之。未详。言容鄙陋，无可观听。天锡心甚悔来，以遐外可以自固[5]。王弥有俊才美誉[6]，当时闻而造焉[7]。《续晋阳秋》曰：“珉风情秀发，才辞富赡。”既至，天锡见其风神清令[8]，言话如流，陈说古今，无不贯悉[9]。又谙人物氏族中来[10]，皆有证据。天锡讶服[11]。

❶世雄：世代称雄。凉州：古代指今甘肃、宁夏、青海地区。❷诣：到……去。❸弥：更。表程度。❹渚：江中小洲。住：停留。❺遐外：边远之地。❻王弥：王珉小字僧弥。❼造：拜访。❽清令：清秀美好。❾贯悉：通晓。❿中来：“来”为“表”之误。中表，指亲戚关系。

⑪讶服：惊讶佩服。

153 王恭始与王建武甚有情，后遇袁悦之间[1]，遂致疑隙[2]。《晋安帝纪》曰：“初，忱与族子恭少相善，齐声见称。及并登朝，俱为主相所待，内外始有不咸之论。恭独深忧之，乃告忱曰：‘悠悠之论，颇有异同，当由骠骑简于朝觐故也，将无从容切言之邪？若主相谐睦，吾徒得戮力明时，复何忧哉？’忱以为然。而虑弗见令，乃令袁悦具言之。悦每欲间恭，乃于王坐责让恭曰：‘卿何妄生同异，疑误朝野！’其言切厉。恭虽惋怅，谓忱为构己也。忱虽心不负恭，而无以自亮。于是情好大离，而怨隙成矣。”然每至兴会[3]，故有相思时[4]。恭尝行散至京口射堂[5]，于时清露晨流，新桐初引[6]。恭目之曰：“王大故自濯濯[7]。”

❶间：离间。❷疑隙：怀疑而产生嫌隙。❸兴会：动情，思想情感被触动、引发。❹故：仍然，依旧。相思：思念。❺行散：服五石散后散步以发散药力。京口：古城名，在今江苏镇江。射堂：公卿士大夫司射搏戏的场所。❻初引：刚发芽。❼故自：确实。濯濯：明净清新。

154 司马太傅为二王目曰：“孝伯亭亭直上[1]，阿大罗罗清疏[2]。”恭，正亮沉烈；忱，通朗诞放。

❶亭亭：耸立挺拔的样子。❷罗罗：疏阔放诞的样子。清疏：高洁疏放。

155 王恭有清辞简旨，能叙说，而读书少，颇有重出。《中兴书》曰：“恭虽才不多，而清辩过人。”有人道孝伯常有新意，不觉为烦。

156 殷仲堪丧后，桓玄问仲文：“卿家仲堪，定是何似人[1]？”

仲文曰："虽不能休明一世[2]，足以映彻九泉。"《续晋阳秋》曰："仲堪，仲文之从兄也，少有美誉。"

❶定：究竟。何似：怎样。❷休明：美善明亮。

品藻第九

《识鉴》《赏誉》《品藻》犹如三驾马车，一齐奔向人物品评的名士论坛，构成魏晋南北朝人物品评的蔚然景观。若考其意旨，三者意义指向各不相同。“识鉴”重在单个地静态地识察鉴别人才，其要在“知人”；“赏誉”的兴奋点是对人物的欣赏和赞誉，言语之间就不免多了些客套和溢美之词；“品藻”则是在比较中品第人物，在比较中甄别流品，区分高下，厘定优劣，推敲雅俗。

天地造人，参差错落，禀性各异，品相万方，自然而然就会有高下、优劣、雅俗之别。孔圣人在《论语·季氏》中开启人物品第之先河：“生而知之者，上也；学而知之者，次也；困而学之，又其次也；困而不学，民斯为下矣。”此后经董仲舒、王充的改造，形成具有先验论基因的“性三品”。至班固《古今人表》，论人以九品，为曹魏之“九品中正”制提供了文献依据。“三品”“九品”之意义内涵值得商榷，但以品第论人由此形成。

《品藻》篇表现出浓厚的类型学兴趣，毫无例外地把人才归锁于一定类型，然后比较其高下，甄别其优劣，厘定其雅俗，以获得清晰鲜明的效果。的确，魏晋士人，如满天星斗，熠熠生辉，如不比次排列，按部归纳，则会令人眼花缭乱，茫无头绪。

《品藻》诸条，处处皆比，其经典句式为：“某某何如某某”“某某等比某某”。就形式言，有友朋之比、同僚之比、兄弟之比、父子之比、叔侄之比、家族之比、门派之比……；就内容言，有才德之比、才性之比、才望之比、王霸之比、温雅峻急之比、聪慧谨厚之比、高飘博大之比、进退出处之比。尽管老是比来比去有点烦，但其用意是在比较中界定类型，凸显差异，使物归其属，人尽其才。

001 汝南陈仲举，颍川李元礼，二人共论其功德[1]，不能定先后。蔡伯喈[2]《续汉书》曰："蔡伯喈，陈留圉人。通达有俊才，博学善属文，伎艺术数无不精综。仕至左中郎将，为王允所诛。"评之曰："陈仲举强于犯上[3]，李元礼严于摄下[4]，犯上难，摄下易。"张璠《汉纪》曰："时人为之语曰：'不畏强御陈仲举，天下模楷李元礼。'"仲举遂在三君之下，谢沈《汉书》曰："三君者，一时之所贵也。窦武、刘淑、陈蕃，少有高操，海内尊而称之，故得因以为目。"元礼居八俊之上[5]。薛莹《汉书》曰："李膺、王畅、荀绲、朱寓、魏朗、刘佑、杜楷、赵典为八俊。"《英雄记》曰："先是张俭等相与作衣冠纠弹，弹中人相调，言：'我弹中诚有八俊、八乂，犹古之八元、八凯也。'"谢沈书曰："俊者，卓出之名也。"姚信《士纬》曰："陈仲举体气高烈，有王臣之节；李元礼忠壮正直，有社稷之能。海内论之未决，蔡伯喈抑一言以变之，疑论乃定也。"

❶二人：当为"士人"之误。❷蔡伯喈：蔡邕（yōng）字伯喈。陈留郡圉县（今河南省开封市圉镇）人。东汉时期著名文学家、书法家，才女蔡文姬之父。博学善属文，伎艺术数无不精综。仕至左中郎将，封高阳乡侯，世称"蔡中郎"。为王允所诛。❸强于：敢于。❹摄下：摄同"慑"。威慑部下。❺三君、八俊：当时对所崇敬的人给予的称号。

002 庞士元至吴，吴人并友之[1]。《蜀志》曰："周瑜领南郡，士元为功曹。瑜卒，士元送丧至吴，吴人多闻其名，及当还西，并会阊门，与士元言。"见陆绩[2]、《文士传》曰："绩字公纪，幼有俊朗才数，博学多通。庞士元年长于绩，共为交友。仕至郁林太守。自知亡日，年三十二而卒。"顾劭、全琮[3]环济《吴纪》曰："琮字子黄，吴郡钱塘人。有德行义概，为大司马。”而为之目曰：“陆子所谓驽马有逸足之用[4]，顾子所谓驽牛可以负重致远[5]。”或问：“如所目，陆为胜邪?”曰：“驽马虽精速[6]，能致一人耳。驽牛一日行百里，所致岂一人哉?”吴人无以难[7]。“全子好声名，似汝南樊子昭。”蒋济《万机论》曰：“许子将褒贬不平，以拔樊子昭而抑许文休。刘晔难曰：‘子昭拔自贾竖，年至七十，退能守静，进不苟竞。’济答曰：‘子昭诚自幼至长，容貌完洁。然观其插齿牙，树颊颏，吐唇吻，自非文休之敌。’”

❶友之：与之友。❷陆绩：陆绩字公纪，吴郡吴县（今江苏苏州）人。博学多识，通晓天文、历算。曾作《浑天图》，注《易经》，撰写《太玄经注》。❸全琮：全琮字子黄，吴郡钱塘（今浙江杭州西）人，三国时期吴国名将。有德行义概，官至大司马。❹驽马：劣马。逸足：快足。❺驽牛：笨牛。❻精速：神速。指跑得快。❼难：诘难。

003 顾劭尝与庞士元宿语[1]，问曰：“闻子名知人[2]，吾与足下孰愈[3]?”曰：“陶冶世俗[4]，与时浮沉[5]，吾不如子；《吴志》曰：“劭好乐人伦，自州郡庶几及四方人事，往来相见，或讽议而去，或结友而别，风声流闻，远近称之。”论王霸之余策[6]，览倚伏之要害[7]，吾似有一日之长[8]。”劭亦安其言[9]。《吴录》曰：“劭安其言，更亲之。”

❶宿语：夜晚交谈。❷名知人：以知人闻名。知人：鉴赏、品评人物。❸愈：较好。❹陶冶：陶铸，指化育世态人心。❺浮沉：随波逐流。❻王霸：王业与霸业。❼倚伏：指祸福。语出《老子》：“祸兮福之所倚，福兮祸之所伏。”❽一日之长：稍强一点。❾安：满意，妥当。

004 诸葛瑾、弟亮及从弟诞[1]，《吴书》曰：“瑾字子瑜，其先葛氏，琅邪诸县人，后徙阳都。阳都先有姓葛者，时人谓诸葛，因为氏。瑾少以至孝称，累迁豫州牧，六十八卒。"《魏志》曰："诞字公休，为吏部郎。人有所属托，辄显其言而亟用之，后有当不，则公议其得失以为褒贬。自是群僚莫不慎其所举。累迁扬州刺史、镇东将军、司空，谋逆伏诛。"并有盛名，各在一国。于时以为蜀得其龙，吴得其虎，魏得其狗❷。诞在魏，与夏侯玄齐名；瑾在吴，吴朝服其弘量。《吴书》曰："瑾避乱渡江，大皇帝取为长史，遣使蜀，但与弟亮公会相见，反无私面。而又有容貌思度，时人服其弘量。"

❶诸葛瑾：诸葛瑾字子瑜，琅邪阳都（今山东沂南）人，诸葛亮之兄。瑾少以至孝称，官至大将军，领豫州牧。从弟诞：诸葛诞字公休，琅邪阳都（今山东沂南）人，诸葛亮之族弟。累迁扬州刺史、镇东将军、司空，谋逆伏诛。❷狗：太公兵书《六韬》以"文、武、龙、虎、豹、犬"为排列顺序，知古人视狗仅次于虎豹，并非轻蔑之词。

005 司马文王问武陔："陈玄伯何如其父司空？"陔曰："通雅博畅，能以天下声教为己任者❶，不如也；明练简至，立功立事❷，过之。"《魏志》曰："陔与泰善，故文王问之。"

❶声教：教化。❷立功立事：建功立业。

006 正始中❶，人士比论❷，以五荀方五陈❸：荀淑方陈寔，荀靖方陈谌，《逸士传》曰："靖字叔慈，颍川人。有俊才，以孝著名。兄弟八人，号'八龙'。隐身修学，动止合礼。弟爽，亦有才学，显名当世。或问汝南许章：'爽与靖孰贤？'章曰：'二人皆玉也。慈明外朗，叔慈内润。'太尉辟不就。年五十终，时人惜之，号玄行先生。"荀爽方陈纪，荀彧方陈群，《典略》曰："彧字文若，颍川人。为汉侍中、守尚书令。彧为人英伟，折节待士，坐不累席。其在台阁间，不以私欲挠意。年五十薨，谥曰敬侯，以其名德高，追赠太尉。”荀𫖮方陈泰。《晋诸公赞》曰：“𫖮字景倩，彧之子。蹈礼立德，思义温雅，加深识国体，累迁光禄大夫。晋受禅，封临淮公。典朝仪，刊正国式，为一代之制。转太尉，为台辅，德望清重，留心礼教。卒，谥康公。”又以八裴方八王：裴徽方王祥，裴楷方王夷甫，裴康方王绥❹，《晋百官名》曰：“康字仲豫，徽之子。”《晋诸公赞》曰：“康有弘量，历太子左率。”裴绰方王澄❺，《王朝目录》曰：“绰字仲舒，楷弟也。名亚于楷，历中书、黄门侍郎。”裴瓒方王敦❻，《晋诸公赞》曰：“瓒字国宝，楷之子。才气爽俊，终中书郎。”裴遐方王导，裴頠方王戎，裴邈方王玄。

❶正始：三国魏齐王曹芳年号（公元240—249年）。❷比论：等比而论。❸方：比。❹裴康：裴康字仲豫，裴徽之子。有弘量，历太子左率。❺裴绰：裴绰字仲舒，裴楷之弟。器宇宏旷，官至黄门侍郎、长水校尉。❻裴瓒：裴瓒字国宝，裴楷之子。才气爽俊，终中书郎。

007 冀州刺史杨淮二子乔与髦❶，俱总角为成器❷。淮与裴頠、乐广友善，遣见之。頠性弘方❸，爱乔之有高韵❹，谓淮曰：“乔当及卿❺，髦小减也❻。”广性清淳，爱髦之有神检❼，谓淮曰：“乔自及卿，然髦尤精出❽。”淮笑曰：“我二儿之优劣，乃裴、乐之优劣。”论者评之，以为乔虽高韵，而检不匝❾，乐言为得，然并为后出之俊。荀绰《冀州记》曰：“乔字国彦，爽朗有远意；髦字士彦，清平有贵识。并为后出之俊，为裴頠、乐广所重。”《晋诸公赞》曰：“乔似淮而疏，皆为二千石，髦为石勒所害。”

❶乔与髦：指杨乔与杨髦。杨乔字国彦，爽朗有远意；杨髦字士彦，清平有贵识。并为后出之俊，为裴頠、乐广所重。❷总角：指未成年。成器：成材。❸弘方：大度正直。❹高韵：高雅的气质。❺当：将要，

将会。❻小减：稍差。❼神检：精神检视，即操守。❽精出：杰出。❾检不匝：神检不够周全。

008 刘令言始入洛[1]，《刘氏谱》曰："纳字令言，彭城丛亭人。祖瑾，乐安长。父甝，魏洛阳令。纳历司隶校尉。"见诸名士而叹曰[2]："王夷甫太解明[3]，乐彦辅我所敬，张茂先我所不解，周弘武巧于用短[4]，王隐《晋书》曰："周恢字弘武，汝南人。祖斐，永宁少府。父隆，州从事。恢仕至秦相，秩中二千石。"杜方叔拙于用长[5]。"《晋诸公赞》曰："杜育字方叔，襄城邓陵人，杜袭孙也。育幼便岐嶷，号'神童'。及长，美风姿，有才藻，时人号曰'杜圣'。累迁国子祭酒。洛阳将没，为贼所杀。"

❶刘令言：刘纳字令言，彭城丛亭（今江苏徐州市铜山区）人。历司隶校尉。❷叹：赞叹。❸解明：鲜明。❹周弘武：周恢字弘武，汝南安成（今河南省汝南县）人。世载名德，称重臣宗，才华横溢，与潘岳、陆云、左思、和郁等并称二十四友。官至散骑常侍。❺杜方叔：杜育字方叔，襄城邓陵（今河南襄城县）人，号为神童。及长，美风姿，有才藻，时人号曰杜圣。累迁国子祭酒。洛阳将陷，为敌兵所杀。

009 王夷甫云："闾丘冲[1]荀绰《兖州记》曰："冲字宾卿，高平人，家世二千石。冲清平有鉴识，博学有文义。累迁太傅长史，虽不能立功盖世，然闻义不惑，当世莅事，务于平允。操持文案，必引经诰，饰以文采，未尝有滞。性尤通达，不矜不假。好音乐，侍婢在侧，不释弦管。出入乘四望车，居之甚夷，不能亏损恭素之行，淡然肆其心志。论者不以为侈，不以为僭，至于白首，而清名令望不渝于始。为光禄勋。京邑未溃，乘车出，为贼所害，时人皆痛惜之。"优于满奋、郝隆。《晋诸公赞》曰："隆字弘始，高平人。为人通亮清识，为吏部郎、扬州刺史。齐王冏起义，隆应檄稽留，为参军王邃所杀。”此三人并是高才，冲最先达。”《兖州记》曰：“于时高平人士偶盛，满奋、郗隆达在冲前，名位已显，而刘宝、王夷甫犹以冲之虚贵足先二人。”

❶闾丘冲：闾丘冲字宾卿，高平（今山东）人。清平有鉴识，博学有文义。官至太傅长史、光禄勋。

010 王夷甫以王东海比乐令，《江左名士传》曰：“承言理辩物，但明其旨要，不为辞费，有识伏其约而能通。太尉王夷甫一世龙门，见而雅重之，以比南阳乐广。”故王中郎作碑云[1]：“当时标榜[2]，为乐广之俪[3]。”

❶王中郎：指王坦之。❷标榜：品评。❸俪：并列。

011 庾中郎与王平子雁行[1]。《晋阳秋》曰：“初，王澄有通朗称，而轻薄无行。兄夷甫有盛名，时人许以人伦鉴识。常为天下士目曰：‘阿平第一，子嵩第二，处仲第三。’敳以澄、敦莫己若也。及澄丧，敦败，敳世誉如初。”

❶雁行：比翼齐飞。比喻不分高下。

012 王大将军在西朝时[1]，见周侯，辄扇障面不得住[2]。敦性强梁，自少及长。季伦斩妓，曾无异色。若斯傲狠，岂惮于周顗乎？其言不然也。后度江左[3]，不能复尔[4]。王叹曰：“不知我进，伯仁退？”沈约《晋书》曰：“周顗，王敦素惮之，见辄面热，虽复腊月，亦扇面不休，其惮如此。”

❶西朝：指西晋王朝。❷不得住：不能停止。❸江左：长江下游以

东地区。❹复尔：再这样。

013 会稽虞骙[1]，元皇时与桓宣武同侠[2]，其人有才理胜望[3]。《虞光禄传》曰："骙字思行，会稽余姚人，虞翻曾孙，右光禄潭兄子也。虽机干不及潭，而至行过之。历吏部郎、吴兴守，征为金紫光禄大夫，卒。"王丞相尝谓骙曰："孔愉有公才而无公望[4]，丁潭有公望而无公才，愉已见。《会稽后贤记》曰："潭字世康，山阴人，吴司徒固曾孙也。沉婉有雅望，少与孔愉齐名。仕至光禄大夫。"《晋阳秋》曰："孔敬康、丁世康、张伟康俱著名，时谓'会稽三康'。伟康名茂，尝梦得大象，以问万雅，雅曰：'君当为大郡而不善也。象，大兽也，取其音狩，故为大郡，然象以齿丧身。'后为吴郡，果为沈充所杀。"兼之者其在卿乎？"骙未达而丧[5]。《虞光禄传》曰："骙未登台鼎，时论称屈。"

❶虞骙：虞骙字思行，会稽余姚人。历吏部郎、吴兴守，征为金紫光禄大夫。❷桓宣武：据《晋书·虞潭传》："与谯国桓彝俱为吏部郎，情好甚笃。"彝，桓温父，疑"桓宣武"下脱一"父"字。同侠：不可解。应为同僚。"侠"当为"僚"之坏字。❸才理：才情义理。胜望：很高的声望。❹公：三公。❺达：显达。

014 明帝问周伯仁："卿自谓何如郗鉴[1]？"周曰："鉴方臣如有功夫[2]。"复问郗，郗曰："周顗比臣有国士门风[3]。"邓粲《晋纪》曰："伯仁清正嶷然，以德望称之。"

❶谓：认为。何如：与……相比怎么样。❷方：比。如：好像。功夫：造诣，本事。❸国士：一国之中才能出众者。门风：门派的风气。

015 王大将军下[1]，庾公问："闻卿有四友，何者是？"答曰：

“君家中郎[2]，我家太尉、阿平[3]，胡毋彦国。《八王故事》曰：“胡毋辅之少有雅俗鉴识，与王澄、庾敳、王敦、王夷甫为四友。”今故答也。阿平故当最劣[4]。”庾曰：“似未肯劣[5]。”庾又问：“何者居其右[6]？”王曰：“自有人。”又问：“何者是？”王曰：“噫！其自有公论。”左右蹑公[7]，公乃止。敦自谓右者在己也。

❶时王敦镇武昌，在上流，至都城建康，故称“下”。❷君家中郎：指庾敳。❸我家太尉：指王衍。❹故当：当然是。❺未肯：未必。❻右：上。❼蹑：踩。蹑公，踩庾亮的脚。

016 人问丞相：“周侯何如和峤[1]？”答曰：“长舆嵯蘖[2]。”虞预《晋书》曰：“峤厚自封植，嶷然不群。”

❶何如：与……相比怎么样。和峤：字长舆。见5/9刘注。❷嵯蘖：高耸貌。引申为超凡出众。

017 明帝问谢鲲：“君自谓何如庾亮[1]？”答曰：“端委庙堂[2]，使百僚准则[3]，臣不如亮；一丘一壑[4]，自谓过之。”《晋阳秋》曰：“鲲随王敦下，入朝见太子于东宫，语及夕。太子从容问鲲曰：‘论者以君方庾亮，自谓孰愈？’对曰：‘宗庙之美，百官之富，臣不如亮；纵意丘壑，自谓过之。’”邓粲《晋纪》曰：“鲲与王澄之徒，慕竹林诸人，散首披发，裸袒箕踞，谓之‘八达’。故邻家之女，折其两齿。世为谣曰：‘任达不已，幼舆折齿。’鲲有胜情远概，为朝廷之望，故时以庾亮方焉。”

❶自谓：自认为。何如：与……相比怎么样。❷端委庙堂：穿着朝服，端坐庙堂。指治理朝政。❸准则：典范，表率。活用为动词，意为“效仿”。❹一丘一壑：喻纵情山水，隐居不仕。

018 王丞相二弟不过江[1]，曰颖，曰敞。时论以颖比邓伯道，敞比温忠武。议郎、祭酒者也[2]。《王氏谱》曰：“颖字茂英，位至议郎，年二十卒。敞字茂平，丞相祭酒，不就。袭爵堂邑公，年二十有二而卒。”

[1]二弟：指王导的两个弟弟王颖和王敞。王颖字茂英，位至议郎，年二十卒。王敞字茂平，丞相祭酒，不就。袭爵堂邑公，年二十有二而卒。[2]议郎、祭酒：指王颖、王敞。

019 明帝问周侯：“论者以卿比郗鉴，云何[1]？”周曰：“陛下不须牵颛比[2]。”按颛死弥年，明帝乃即位。《世说》此言妄矣。

[1]云何：怎么看，怎么说。[2]不须：不应该。

020 王丞相云：“顷下论以我比安期、千里[1]，亦推此二人。唯共推太尉[2]，此君特秀。”《晋诸公赞》曰：“夷甫性矜峻，少为同志所推。”

[1]顷下：时下，近来。[2]唯：只是。

021 宋祎曾为王大将军妾[1]，后属谢镇西。镇西问祎：“我何如王[2]？”答曰：“王比使君，田舍贵人耳[3]。”镇西妖冶故也[4]。未详宋祎。

[1]宋祎：石崇妾绿珠弟子，国色，善吹笛。[2]何如：与……相比怎么样。[3]田舍：即田舍儿，乡下佬。[4]妖冶：艳丽。

022 明帝问周伯仁：“卿自谓何如庾元规？”对曰：“萧条方外[1]，

亮不如臣；从容廊庙[2]，臣不如亮。”按诸书皆以谢鲲比亮，不闻周顗。

[1]萧条方外：指隐居。萧条，闲适；方外，世俗之外。[2]从容廊庙：在朝廷执政。

023 王丞相辟王蓝田为掾[1]，庾公问丞相：“蓝田何似[2]？”王曰：“真独简贵[3]，不减父祖，然旷淡处故当不如尔[4]。”王述狷隘故也。

[1]辟：征召。掾：官署属官。[2]何似：怎么样。[3]真独简贵：真率孤傲，简约高贵。[4]旷淡：旷达淡泊。故当：当然，确实。

024 卞望之云：“郗公体中有三反[1]：方于事上[2]，好下佞己[3]，一反；治身清贞[4]，大修计校[5]，二反；自好读书，憎人学问，三反。”按太尉刘寔论王肃方于事上，好下佞己，性嗜荣贵，不求苟合，治身不秽，尤惜财物。王、郗志性，傥亦同乎？

[1]反：矛盾。[2]方：端方正直。[3]佞：谄谀。[4]清贞：廉洁正派。[5]计校：计较。

025 世论温太真，是过江第二流之高者。时名辈共说人物，第一将尽之间[1]，温常失色。《温氏谱·序》曰：“晋大夫郤至封于温，子孙因氏，居太原祁县，为郡著姓。”

[1]之间：之时。

026 王丞相云：“见谢仁祖，恒令人得上[1]。与何次道语，唯举手指地曰：‘正自尔馨[2]。’”前篇及诸书皆云王公重何充，谓必代己相。而此章以手指地，意如轻诋。或清言析理，何不逮谢故邪？

❶得上：精神振奋，使人向上。❷尔馨：当时方言，犹“这样”“如此”。

027 何次道为宰相，人有讥其信任不得其人。《晋阳秋》曰：“充所昵庸杂，以此损名。”阮思旷慨然曰：“次道自不至此。但布衣超居宰相之位[1]，可恨唯此一条而已[2]！”《语林》曰：“阮光禄闻何次道为宰相，叹曰：‘我当何处生活？’”此则阮未许何为鼎辅，二说便相符也。

❶布衣：平民。❷恨：遗憾。

028 王右军少时，丞相云：“逸少何缘复减万安邪[1]？”刘绥，已见。

❶何缘：反诘副词。岂，哪里。

029 郗司空家有伧奴[1]，知及文章，事事有意[2]。王右军向刘尹称之。刘问：“何如方回？”《郗愔别传》曰：“愔字方回，高平金乡人，太宰鉴长子也。渊靖纯素，无执无竞，简私昵，罕交游。历会稽内史、侍中、司徒。”王曰：“此正小人有意向耳[3]！何得便比方回？”刘曰：“若不如方回，故是常奴耳[4]！”

❶伧奴：低贱的奴仆。南北朝时，南人鄙称北人为伧。❷有意：用心留意。❸正：只。意向：想法，心思，意图。❹故：仍然。

030 时人道阮思旷，骨气不及右军，简秀不如真长[1]，韶润不如仲祖[2]，思致不如渊源[3]，而兼有诸人之美。《中兴书》曰：“裕以人不须广学，正应以礼让为先。故终日颓然无所修综，而物自宗之。”

❶简秀：简约俊秀。❷韶润：美好温润。❸思致：思想意趣。

031 简文云："何平叔巧累于理，嵇叔夜俊伤其道。"理本真率，巧则乖其致；道唯虚淡，俊则违其宗。所以二子不免也。

032 时人共论晋武帝出齐王之与立惠帝[1]，其失孰多。《晋阳秋》曰："齐王攸字大猷，文帝第二子。孝敬忠肃，清和平允，亲贤下士，仁惠好施。能属文，善尺牍。初，荀勖、冯紞为武帝亲幸，攸恶勖之佞，勖惧攸或嗣立，必诛己，且攸甚得众心，朝贤景附。会帝有疾，攸及皇太子入问讯，朝士皆属目于攸，而不在太子。至是，勖从容曰：'陛下万年后，太子不得立也。'帝曰：'何故？'勖曰：'百僚内外，皆归心于齐王，太子安得立乎？陛下试诏齐王归国，必举朝谓之不可，若然，则臣言征矣。'侍中冯紞又曰：'陛下必欲建诸侯，成五等，宜从亲始。亲莫若齐王。'帝从之。于是下诏使攸之国，攸闻勖、紞间己，忧忿不知所为。入辞，出，呕血薨。帝哭之恸。冯紞侍曰：'齐王名过其实，而天下归之。今自薨殒，陛下何哀之甚！'帝乃止。刘毅闻之，故终身称疾焉。"多谓立惠帝为重。桓温曰："不然，使子继父业[2]，弟承家祀[3]，有何不可？"武帝兆祸乱，覆神州，在斯而已。舆隶且知其若此，况宣武之弘俊乎！此言非也。

❶齐王：司马攸字大猷，小字桃符。晋文帝司马昭次子，晋武帝司马炎同母弟。司马攸生性温和聪慧，有治理才能。西晋建立后封齐王，历任骠骑将军、司空、开府仪同三司等要职，所任颇有建树。惠帝：司马衷，武帝子。在位十七年，昏庸无能，酿成八王之乱。❷子继父业：指立惠帝为太子事。❸弟承家祀：指遣齐王攸归封国事。

033 人问殷渊源："当世王公，以卿比裴叔道，云何[1]？"殷曰："故当以识通暗处[2]。"遐与浩并能清言。

❶云何：为什么。❷故当：当然，自然是。识通暗处：识见洞明隐晦精微之处。

034 抚军问殷浩："卿定何如裴逸民[1]？"良久答曰："故当胜耳[2]。"

❶定：究竟，到底。何如：与……相比怎么样。❷故当：当然，自然是。

035 桓公少与殷侯齐名，常有竞心[1]。桓问殷："卿何如我？"殷云："我与我周旋久[2]，宁作我。"

❶竞心：争胜之心。❷周旋：交往，应酬。

036 抚军问孙兴公："刘真长何如？"曰："清蔚简令[1]。""王仲祖何如？"曰："温润恬和[2]。"徐广《晋纪》曰："凡称风流者，皆举王、刘为宗焉。""桓温何如？"曰："高爽迈出。""谢仁祖何如？"曰："清易令达[3]。""阮思旷何如？"曰："弘润通长[4]。""袁羊何如？"曰："洮洮清便[5]。""殷洪远何如？"曰："远有致思[6]。""卿自谓何如？"曰："下官才能所经[7]，悉不如诸贤；至于斟酌时宜，笼罩当世[8]，亦多所不及。然以不才[9]，时复托怀玄胜，远咏《老》《庄》，萧条高寄[10]，不与时务经怀[11]，自谓此心无所与让也。"

❶清蔚简令：清淳明丽，简约美好。❷温润恬和：温雅仁慈，恬淡圆融。❸清易令达：高洁平易，美好通达。❹弘润通长：大度宽和，博专兼善。❺洮洮（táo）：通"滔滔"，话多的样子。清便：善清谈。❻远有致思：旷远而有深邃的思想。❼经：擅长。❽斟酌、笼罩：指推敲、考虑、洞察。❾不才：对自己的谦称。❿萧条：闲情逸致。⓫经怀：萦怀。

037 桓大司马下都[1]，问真长曰："闻会稽王语奇进[2]，尔邪[3]？"《桓温别传》曰："兴宁九年，以温克复旧京，肃静华夏，进都督中外诸军事、侍中、大司马，加黄钺，使入参朝政。"刘曰："极进，然故是第二流中人耳[4]！"桓曰："第一流复是谁？"刘曰："正是我辈耳！"

❶下都：到京都建康。❷会稽王：指晋简文帝司马昱。奇进：大有长进。❸尔邪：是这样吗。❹故：仍然。

038 殷侯既废[1]，桓公语诸人曰："少时与渊源共骑竹马[2]，我弃去，己辄取之[3]，故当出我下[4]。"《续晋阳秋》曰："简文辅政，引殷浩为扬州，欲以抗桓，桓素轻浩，未之惮也。"

❶殷侯既废：永和十年（公元354年）殷浩因督师北伐屡败，被废为庶人，徙东阳。❷骑竹马：孩提游戏，以竹竿为马跨而骑之。❸己：他。❹故当：当然，自然是。

039 人问抚军："殷浩谈竟何如[1]？"答曰："不能胜人，差可献酬群心[2]。"

❶竟：究竟，到底。❷差可：尚可，大体上。献酬：劝酒。指应酬。

040 简文云："谢安南清令不如其弟[1]，安南，谢奉也。已见。《谢氏谱》曰："奉弟聘，字弘远，历侍中、廷尉卿。"学义不及孔岩[2]，《中兴书》曰："岩字彭祖，会稽山阴人。父侩，黄门侍郎。岩有才学，历丹阳尹、尚书、西阳侯，在朝多所匡正。为吴兴太守，大得民和。后卒于家。"居然自胜[3]。"言奉任天真也。

❶清令：清雅美好。❷学义：才学义理。孔岩：孔岩字彭祖，会稽

山阴人。历丹阳尹、尚书、西阳侯，在朝多所匡正。❸自胜：自认为胜过别人。

041 未废海西公时，王元琳问桓元子："箕子、比干[1]，迹异心同[2]，不审明公孰是孰非[3]？"曰："仁称不异[4]，宁为管仲[5]。"《论语》曰："微子去之，箕子为之奴，比干谏而死。子曰：'殷有三仁焉。'子路曰：'桓公杀公子纠，召忽死之，管仲不死，曰未仁乎？'子曰：'桓公九合诸侯，一匡天下，不以兵车，管仲之力。如其仁！如其仁！'"

❶箕子：商纣王时贤人。纣王暴虐，苦谏不听，披发佯狂为人奴。比干：殷末大臣，因强谏纣王，被剖心而死。❷迹：行迹。❸不审：不知。明公：对权贵长官的尊称。❹仁称不异：同样可以称为仁。❺管仲：春秋时贤相。九合诸侯，一匡天下，使齐桓公成为春秋五霸之一。

042 刘丹阳、王长史在瓦官寺集[1]，桓护军亦在坐，桓伊，已见。共商略西朝及江左人物[2]。或问："杜弘治何如卫虎？"桓答曰："弘治肤清[3]，卫虎弈弈神令[4]。"王、刘善其言。虎，卫玠小字。《玠别传》曰："永和中，刘真长、谢仁祖共商略中朝人，或问：'杜弘治可方卫洗马不？'谢曰：'安得比！其间可容数人。'"《江左名士传》曰："刘真长曰：'吾请评之，弘治肤清，叔宝神清。'论者谓为知言。"

❶瓦官寺：佛寺名。集：聚会。❷商略：品评。西朝：指西晋。江左：指东晋。❸肤清：仪容清丽。❹弈弈：通"奕奕"。指神采飞扬。神令：精神美善。

043 刘尹抚王长史背曰："阿奴比丞相[1]，但有都长[2]。"阿奴，蒙小字也。都，美也。《司马相如传》曰："闲雅甚都。"《语林》曰："刘真长与丞相不相得，每曰：'阿奴比丞相，条达清长。'"

❶阿奴：魏晋间人，每呼子弟为阿奴，盖亲昵之称。孝标注误也。❷但有：仅有，只有。都长：体貌闲雅，性情淳厚。

044 刘尹、王长史同坐，长史酒酣起舞。刘尹曰："阿奴今日不复减向子期[1]。"类秀之任率也。

❶减：比……差。

045 桓公问孔西阳："安石何如仲文？"西阳，即孔岩也。孔思未对，反问公曰："何如？"答曰："安石居然不可陵践[1]，其处故乃胜也[2]。"

❶居然：显然。陵践：践踏，侵犯。❷处：处世。故：确实。

046 谢公与时贤共赏说[1]，遏、胡儿并在坐。公问李弘度曰："卿家平阳何如乐令[2]？"《晋诸公赞》曰："李重字茂曾，江夏钟武人。少以清尚见称。历吏部郎、平阳太守。"于是李潸然流涕曰："赵王篡逆[3]，乐令亲授玺绶[4]。《晋阳秋》曰："赵王伦篡位，乐广与满奋、崔随进玺绶。"亡伯雅正[5]，耻处乱朝，遂至仰药[6]，恐难以相比。此自显于事实[7]，非私亲之言[8]。"《晋诸公赞》曰："赵王为相国，取重为左司马。重以伦将篡，辞疾不就。敦喻之，重不复自治，至于笃甚，扶曳受拜，数日卒，时人惜之。赠散骑常侍。"谢公语胡儿曰："有识者果不异人意[9]。"

❶赏说：品评人物。❷平阳：指平阳太守李重。李重字茂曾，江夏

钟武（今河南信阳东南）人。少时好学习，有文才，后历任太子舍人、尚书郎、太熙、中书郎、尚书吏部郎等。❸赵王篡逆：司马懿子司马伦，咸宁中封赵王。永康元年，杀贾后及其党羽，自称相国、大都督，永宁元年篡位称帝，同年被齐王冏诛灭。❹玺绶：指印玺。❺亡伯：亡故之伯。指李弘度从父平阳太守李重。❻仰药：服毒自杀。❼自：本来。❽私：爱。❾不异人意：和人们的看法相同。

047 王修龄问王长史："我家临川何如卿家宛陵[1]？"长史未答，修龄曰："临川誉贵[2]。"长史曰："宛陵未为不贵。"《中兴书》曰："羲之自会稽王友改授临川太守。王述从骠骑功曹出为宛陵令。述之为宛陵，多修为家之具，初有劳苦之声。丞相王导使人谓之曰：'名父之子，屈临小县，甚不宜尔！'述答曰：'足自当止。'时人未之达也。后屡临州郡，无所造作，世始叹服之。"

❶临川：指王羲之。宛陵：指王述。❷誉贵：声誉显贵。

048 刘尹至王长史许清言[1]，时苟子年十三，倚床边听。既去，问父曰："刘尹语何如尊[2]？"长史曰："韶音令辞不如我[3]，往辄破的胜我[4]。"《刘惔别传》曰："惔有俊才，其谈咏虚胜，理会所归，王蒙略同，而叙致过之，其词当也。"

❶许：处所。❷尊：此指父亲。❸韶音令辞：优美的语言与辞令。❹破的：射中箭靶。指说话切中要害。

049 谢万寿春败后[1]，简文问郗超："万自可败，那得乃尔失士卒情[2]？"超曰："伊以率任之性，欲区别智勇。[3]"《中兴书》曰："万之为豫州，氐、羌暴掠司、豫，鲜卑屯结并、冀。万既受方任，自率众入颍，以援洛阳。万矜豪傲物，失士众之心。北中郎郗昙以疾还彭城，万以为贼盛致退，便向还南，遂自溃乱，狼狈单归。太宗责之，废为庶人。”

❶谢万受命率军北征，在寿春大败而归，晋丧失大片土地。❷那得：为什么。乃尔：这样，如此。❸此句意为：他把轻率任性当作大智大勇。

050 刘尹谓谢仁祖曰：“自吾有四友[1]，门人加亲。”谓许玄度曰：“自吾有由[2]，恶言不及于耳[3]。”二人皆受而不恨[4]。《尚书大传》曰：“孔子曰：‘文王有四友，自吾得回也，门人加亲，是非胥附邪？自吾得赐也，远方之士至，是非奔走邪？自吾得师也，前有辉，后有光，是非先后邪？自吾得由也，恶言不入于耳，是非御侮邪？’”

❶自吾有四友：“四友”疑为“回也”之误。“回”，指孔子弟子颜回。此处刘尹以孔子自比，以颜回比谢尚。❷由：仲由，即孔子弟子子路。此处以“由”比许询。❸恶言：中伤之言。❹受：接受。恨：怨。

051 世目殷中军“思纬淹通，比羊叔子”[1]。羊祜德高一世，才经夷险。渊源蒸烛之曜，岂喻日月之明也。

❶淹通：深彻明达。

052 有人问谢安石、王坦之优劣于桓公。桓公停欲言[1]，中悔[2]，曰：“卿喜传人语，不能复语卿。”

❶停：正，正要。❷悔：改变主意。

053 王中郎尝问刘长沙[1]，曰：“我何如荀子？”《大司马官属名》曰：“刘奭字文时，彭城人。”《刘氏谱》曰：“奭祖昶，彭城内史。父济，临海令。奭历车骑咨议、长沙相、散骑常侍。”刘答曰：“卿才乃当不胜苟子[2]，然会名处多[3]。”王笑曰：“痴。”

❶刘长沙：刘爽（shì）字文时，彭城（今江苏省徐州市）人。历车骑咨议、长沙相、散骑常侍。❷乃当：自然是。❸会名处多：领悟名理的地方多。

054 支道林问孙兴公：“君何如许掾？”孙曰：“高情远致，弟子蚤已服膺[1]；一吟一咏，许将北面[2]。”

❶蚤：通“早”。服膺：佩服。❷北面：面向北行礼拜师。

055 王右军问许玄度：“卿自言何如安石？”许未答，王因曰：“安石故相为雄[1]，阿万当裂眼争邪[2]！”《中兴书》曰：“万器量不及安石，虽居藩任，安在私门之时，名称居万上也。”

❶故：确实，当然。❷阿万：谢万。裂眼：瞪眼，即怒目而视。

056 刘尹云：“人言江虨田舍[1]，江乃自田宅屯[2]。”谓能多出有也。

❶田舍：犹“田舍翁”。❷田宅屯：屯聚田宅。

057 谢公云：“金谷中苏绍最胜[1]。”绍是石崇姊夫[2]，苏则孙，愉子也。石崇《金谷诗叙》曰：“余以元康六年，从太仆卿出为使持节，监青、徐诸军事，征虏将军。有别庐在河南县界金谷涧中，或高或下，有清泉茂林，众果、竹柏、药草之属，莫不毕备。又有水碓、鱼池、土窟，其为娱目欢心之物备矣。时征西大将军祭酒王诩当还长安，余与众贤共送往涧中，昼夜游宴，屡迁其坐，或登高临下，或列坐水滨。时琴瑟笙筑，合载车中，道路并作。及住，令与鼓吹递奏。遂各赋诗以叙中怀，或不能者，罚酒三斗。感性命之不永，惧凋落之无期。故具列时人官号、姓名、年纪，又写诗著后。后之好事者，其览之哉！凡三十人，吴王师、议郎、关中侯始平武功苏绍，字世嗣，年五十，为首。"《魏书》曰："苏则字文师，扶风武功人。刚直疾恶，常慕汲黯之为人，仕至侍中、河东相。"《晋百官名》曰："愉字休豫，则次子。"山涛《启事》曰："愉忠义有智意。"位至光禄大夫。

❶金谷：即石崇所建金谷园，在河南洛阳市东北。公元296年，石崇邀集当时名流苏绍等三十人在金谷宴游赋诗。苏绍：苏绍字世嗣，司隶扶风武功（陕西咸阳市武功县）人。石崇妻，绍之女兄也。❷石崇：石崇字季伦，小名齐奴。渤海南皮（今河北南皮东北）人。累官南中郎将、荆州刺史、南蛮校尉、鹰扬将军等职，在任上劫掠往来富商，因而致富。其后任徐州刺史、卫尉等职。贾后专权时，石崇阿附外戚贾谧。

058 刘尹目庾中郎："虽言不愔愔似道[1]，突兀差可以拟道[2]。"《名士传》曰："敳颓然渊放，莫有动其听者。"

❶愔愔：幽深的样子。❷突兀：挺拔，奇特。差：尚，还。拟：类似，相比。

059 孙承公云："谢公清于无奕，《中兴书》曰："孙统字承公，太原人。善属文，时人谓其有祖楚风。仕至余姚令。"润于林道[1]。"《陈逵别传》曰："逵字林道，颍川许昌人。祖淮，太尉。父畛，光禄大夫。逵少有干，以清敏立名。袭封广陵公、黄门郎、西中郎将，领梁、淮南二郡太守。"

❶润：仁慈宽厚。林道：陈逵字林道，颍川许昌人。逵少有才干，以

清敏立名。袭封广陵公、黄门郎、西中郎将，领梁、淮南二郡太守。

060 或问林公："司州何如二谢[1]？"林公曰："故当攀安提万[2]。"《王胡之别传》曰："胡之好谈谐，善属文辞，为当世所重。"

❶司州：指王胡之。二谢：指谢安、谢万。❷故当：当然是。攀：攀缘。提：提携。

061 孙兴公、许玄度皆一时名流。或重许高情[1]，则鄙孙秽行；或爱孙才藻，而无取于许[2]。宋明帝《文章志》曰："绰博涉经史，长于属文，与许询俱有负俗之谈。询卒不降志，而绰婴纶世务焉。"《续晋阳秋》曰："绰虽有文才，而诞纵多秽行，时人鄙之。"

❶高情：高洁的情操。❷无取：没有可取的地方，即一无是处。

062 郗嘉宾道谢公[1]："造膝虽不深彻[2]，而缠绵纶至[3]。"又曰："右军诣嘉宾[4]。"嘉宾闻之云："不得称诣，政得谓之朋耳[5]！"谢公以嘉宾言为得。凡彻、诣者，盖深核之名也，谢不彻，王亦不诣。谢、王于理，相与为朋俦也。

❶道：品评。❷造膝：促膝。犹促膝谈心。引申为谈玄、清谈。❸缠绵：周详绵密。纶至：极有条理。❹诣：造诣。句义为王羲之造诣胜过郗嘉宾。❺政：通"正"。朋：朋比，等同。

063 庾道季云："思理伦和[1]，吾愧康伯；志力强正[2]，吾愧文度。自此以还[3]，吾皆百之[4]。"庾龢，已见。

❶伦和：条理清晰，和谐匀称。❷志力：意志力。强正：刚强正直。

❸以还：以下。❹百之：胜过百倍。

064 王僧恩轻林公❶，蓝田曰："勿学汝兄❷，汝兄自不如伊❸。"僧恩，王祎之小字也。《王氏世家》曰："祎之字文劭，述次子。少知名，尚寻阳公主。仕至中书郎，未三十而卒。坦之悼念，与桓温称之。赠散骑常侍。"

❶王僧恩：王祎之字文劭，小字僧恩，王述次子。少知名，尚寻阳公主。仕至中书郎，未三十而卒。❷汝兄：指王坦之。❸自：本来。伊：你。

065 简文问孙兴公："袁羊何似❶？"答曰："不知者不负其才❷，知之者无取其体❸。"言其有才而无德也。

❶何似：怎么样。❷负：违背。引申为舍弃、忽略。❸体：德行。

066 蔡叔子云："韩康伯虽无骨干❶，然亦肤立❷。"

❶无骨干：言韩康伯肥胖。《语林》曰："韩康伯似肉鸭。"❷肤立：外表看上去挺拔。

067 郗嘉宾问谢太傅曰："林公谈何如嵇公？"谢云："嵇公勤着脚❶，裁可得去耳❷。"《支遁传》曰："遁神悟机发，风期所得，自然超迈也。"又问："殷何如支？"谢曰："正尔有超拔❸，支乃过殷；然亹亹论辩❹，恐□欲制支❺。"

❶勤着脚：不停地跑。❷裁：通"才"。去：脱身。❸正尔：刚好，恰好，碰巧。超拔：超凡拔俗之论。❹亹亹：形容说话滔滔不绝。❺方框应为"殷"。制：取胜。

068 庾道季云："廉颇、蔺相如虽千载上死人，懔懔恒如有生气[1]；《史记》曰："廉颇者，赵良将也，以勇气闻诸侯。蔺相如者，赵人也。赵惠文王时，得楚和氏璧，秦昭王请以十五城易之。赵遣相如送璧，秦受之，无还城意。相如请璧示其瑕，因持璧却立倚柱，怒发上冲冠，曰：'王欲急臣，臣头今与璧俱碎。'秦王谢之。后秦王使赵王鼓瑟，相如请秦王击筑。赵以相如功大，拜上卿，位在廉颇上。"曹蜍[2]、蜍，曹茂之小字也。《曹氏谱》曰："茂之字永世，彭城人也。祖韶，镇东将军司马。父曼，少府卿。茂之仕至尚书郎。"李志[3]《晋百官名》曰："志字温祖，江夏钟武人。"《李氏谱》曰："志祖重，散骑常侍。父慕，纯阳令。志仕至员外常侍、南康相。"虽见在，厌厌如九泉下人[4]。人皆如此，便可结绳而治[5]，但恐狐狸猯狢啖尽[6]。"言人皆如曹、李质鲁淳悫，则天下无奸民，可结绳致治。然才智无闻，功迹俱灭，身尽于狐狸，无擅世之名也。

❶懔懔：严正的样子。❷曹蜍：曹茂之字永世，小字蜍，彭城（今江苏省徐州市）人。官至尚书郎。❸李志：李志字温祖，江夏钟武（今河南信阳东南）人。官至员外常侍、南康相。❹厌厌：同"奄奄"。气息微弱的样子。❺结绳而治：上古以结绳记事。比喻原始简单的治理方法。❻猯（tuān）：猪獾。狢：一种似狸的野兽。啖：吃。

069 卫君长是萧祖周妇兄[1]，谢公问孙僧奴[2]：僧奴，孙腾小字也。《晋百官名》曰："腾字伯海，太原人。"《中兴书》曰："腾，统子也。博学。历中庶子、廷尉。""君家道卫君长云何[3]？"孙曰："云是世业人[4]。"谢曰："殊不尔[5]，卫自是理义人[6]。"于时以比殷洪远。

❶妇兄：妻兄。❷孙僧奴：孙腾字伯海，小字僧奴，太原人。累官中庶子、廷尉。❸君家：尊称对方，相当于"您"。云何：怎么样。

❹世业人：办实事、干事业的人。❺殊不尔：完全不是这样。❻理义人：长于谈玄论理的人。

070 王子敬问谢公："林公何如庾公？"谢殊不受[1]，答曰："先辈初无论[2]，庾公自足没林公[3]。"《殷羡言行》曰："时有人称庾太尉理者，羡曰：'此公好举宗本槌人。'"

❶殊不受：很不愿意接受提问。❷初无：从无，从来没有。❸自：自然，当然。没：淹没。指盖过、超过。

071 谢遏诸人共道"竹林"优劣[1]，谢公云："先辈初不臧贬'七贤'[2]。"《魏氏春秋》曰："山涛通简有德，秀、咸、戎、伶朗达有俊才。于时之谈，以阮为首，王戎次之，山、向之徒，皆其伦也。"若如盛言，则非无臧贬。此言谬也。

❶谢遏：谢玄小字遏。竹林：竹林七贤。指嵇康、阮籍、山涛、向秀、阮咸、王戎、刘伶。❷初不：从不，一点也不。臧贬：褒贬。

072 有人以王中郎比车骑[1]，车骑闻之曰："伊窟窟成就[2]。"《续晋阳秋》曰："坦之雅贵有识量，风格峻整。"

❶车骑：指谢玄，死后封车骑将军，故名。❷伊：他。窟窟：勤奋不懈的样子。余嘉锡《世说新语笺疏》认为"窟窟"当为"掘掘"或"搰搰"，用力之貌。

073 谢太傅谓王孝伯："刘尹亦奇自知[1]，然不言胜长史。"

❶奇：极。

074 王黄门兄弟三人俱诣谢公，子猷、子重多说俗事，《王氏谱》曰：“操之字子重，羲之第六子，历秘书监、侍中、尚书、豫章太守。”子敬寒温而已[1]。既出，坐客问谢公：“向三贤孰愈[2]？”谢公曰：“小者最胜。”客曰：“何以知之？”谢公曰：“吉人之辞寡，躁人之辞多。[3]推此知之。”

❶寒温：寒暄。❷向：刚才。愈：逾越，超过。❸吉人之辞寡，躁人之辞多：语出《周易·系辞下》。吉人：善人，贤人。躁人：浮躁的人。

075 谢公问王子敬：“君书何如君家尊[1]？”答曰：“固当不同[2]。”公曰：“外人论殊不尔[3]。”王曰：“外人那得知！”宋明帝《文章志》曰：“献之善隶书，变右军法为今体，字画秀媚，妙绝时伦，与父俱得名。其章草疏弱，殊不及父。或讯献之云：‘羲之书胜不？’‘莫能判。’有问羲之云：‘世论卿书不逮献之。’答曰：‘殊不尔也。’它日见献之，问：‘尊君书何如？’献之不答。又问：‘论者云，君固当不如。’献之笑而答曰：‘人那得知之也。’”

❶何如：与……相比怎么样。君家尊：你父亲。❷固：本来。❸殊不尔：完全不是这样。

076 王孝伯问谢太傅：“林公何如长史？”太傅曰：“长史韶兴[1]。”问：“何如刘尹？”谢曰：“噫，刘尹秀[2]。”王曰：“若如公言，并不如此二人邪？”谢云：“身意正尔也[3]。”

❶韶兴：美好有意趣。❷秀：俊秀，卓越。❸身：我。

077 人有问太傅：“子敬可是先辈谁比？”谢曰：“阿敬近撮王、刘之标[1]。”《续晋阳秋》曰：“献之文义并非所长，而能撮其胜会，故擅名一时，为风流之冠也。”

❶近：差不多。撮：撮取。标：风度。撮标：得其风度。

078 谢公语孝伯：“君祖比刘尹，故为得逮❶。”孝伯云：“刘尹非不能逮，直不逮❷。”言蒙质而惔文也。

❶故：本来。逮：赶上。❷直：只，只是。

079 袁彦伯为吏部郎❶，子敬与郗嘉宾书曰：“彦伯已入❷，殊足顿兴往之气❸。故知捶挞自难为人❹，冀小却❺，当复差耳❻。”

❶吏部郎：掌主选官吏的官。❷已入：指进入吏部。❸殊足：特别能。顿：摧挫。兴往之气：勇往直前的锐气。❹自：确实。捶挞：杖刑。❺冀：希望。却：退让。❻当复：将。复为词缀，无实义。差：减。这里指好一些。

080 王子猷、子敬兄弟共赏《高士传》人及赞❶，子敬赏“井丹高洁”，子猷云：“未若‘长卿慢世’❷。”嵇康《高士传》曰：“丹字大春，扶风郿人。博学高论，京师为之语曰：‘《五经》纷纶井大春。’未尝书刺谒一人。北宫五王更请莫能致，新阳侯阴就使人要之，不得已而行。侯设麦饭、葱菜，以观其意，丹推却曰：‘以君侯能供美膳，故来相过，何谓如此！’乃出盛馔。侯起，左右进辇，丹笑曰：‘闻桀、纣驾人车，此所谓人车者邪？’侯即去辇。越骑梁松，贵震朝廷，请交丹，丹不肯见。后丹得时疾，松自将医视之。病愈久之，松失大男磊，丹一往吊之。时宾客满廷，丹裘褐不完，入门，坐者皆悚望其颜色。丹四向长揖，前与松语。客主礼毕后，长揖径坐，莫得与语，不肯为吏，径出，后遂隐遁。其赞曰：‘井丹高洁，不慕荣贵，抗节五王，不交非类。显讥辇车，左右失气，披褐长揖，义陵群萃。’”“司马相如者，蜀郡成都人，字长卿。初为郎，事景帝。梁孝王来朝，从游说士邹阳等，相如说之，因病免游梁。后过临邛，富人卓王孙女文君新寡，好音，相如以琴心挑之，文君奔之，俱归成都。后居贫，至临邛买酒舍，文君当垆，相如着犊鼻裈，涤器市中。为人口吃，善属文。仕宦不慕高爵，常托疾，不与公卿大事。终于家。其赞曰：长卿慢世，越礼自放。犊鼻居市，不耻其状。托疾避官，蔑此卿相。乃赋《大人》，超然莫尚。”

❶《高士传》：嵇康所著《圣贤高士传》的简称。所记人物自远古而至管宁，凡 119 人。今存 52 传 5 赞。❷慢世：玩世不恭。

081 有人问袁侍中[1]《袁氏谱》曰：“恪之字元祖，陈郡阳夏人。祖王孙，司徒从事中郎。父绘，临汝令。恪之仕黄门侍郎。义熙初，为侍中。”曰：“殷仲堪何如韩康伯？”答曰：“理义所得[2]，优劣乃复未辨[3]；然门庭萧寂[4]，居然有名士风流，殷不及韩。”故殷作诔云[5]：“荆门昼掩[6]，闲庭晏然[7]。”

❶袁侍中：袁恪之字元祖，陈郡阳夏（今河南省周口市太康县）人。仕黄门侍郎，义熙初，为侍中，故名。❷理义：玄学义理。❸乃复：竟然。❹萧寂：萧索寂静。❺诔：纪念哀悼死者的一种文体。❻荆门：柴门。❼晏然：悠然。

082 王子敬问谢公：“嘉宾何如道季？”答曰：“道季诚复钞撮清悟[1]，嘉宾故自上[2]。”谓超拔也。

❶钞撮：撮取，摘要。❷故自：确实。

083 王珣疾，临困，问王武冈曰[1]：《中兴书》曰：“谧字雅远，丞相导孙，车骑劭子。有才器，袭爵武冈侯，位至司徒。”“世论以我家领军比谁？”武冈曰：“世以比王北中郎。”东亭转卧向壁，叹曰：“人固不可以无年[2]！”领军王洽，珣之父也。年二十六卒。珣意以其父名德过坦之而无年，故致此论。

❶王武冈：王谧字雅远，琅邪临沂（今山东临沂）人，丞相王导之孙。少有美誉，历任中军长史、黄门侍郎。官至中书监，领司徒，封武昌县公。❷固：确实，一定。无年：短寿，早亡。

084 王孝伯道谢公“浓至”[1]。又曰：“长史虚[2]，刘尹秀[3]，谢公融[4]。”谓条畅也。

❶浓：指人品性格厚重深沉。❷虚：清虚，虚静。❸秀：秀拔。❹融：圆融，融通。

085 王孝伯问谢公：“林公何如右军？”谢曰：“右军胜林公。林公在司州前，亦贵彻[1]。”不言若羲之，而言胜胡之。

❶贵彻：显贵而通达。

086 桓玄为太傅[1]，大会，朝臣毕集。坐裁竟[2]，问王桢之曰[3]：“我何如卿第七叔[4]？”《王氏谱》曰：“桢之字公干，琅邪人，徽之子。历侍中、大司马长史。”第七叔，献之也。于时宾客为之咽气[5]。王徐徐答曰：“亡叔是一时之标[6]，公是千载之英。”一坐欢然。

❶据史书记载，桓玄不曾为太傅，太傅当为太尉之误。❷裁：通“才”。竟：毕。❸王桢之：王桢之字公干，琅邪临沂（今山东临沂）人，王羲之之孙，王徽之之子。历任侍中、大司马长史。❹第七叔：指王献

之。❺咽气：屏住呼吸。❻标：楷模。

087 桓玄问刘太常曰[1]："我何如谢太傅？"《刘瑾集叙》曰："瑾字仲璋，南阳人。祖遐，父畅。畅娶王羲之女，生瑾。瑾有才力，历尚书、太常卿。"刘答曰："公高，太傅深。"又曰："何如贤舅子敬？"答曰："楂梨橘柚，各有其美。"《庄子》曰："楂梨橘柚，其味相反，皆可于口也。"

❶刘太常：刘瑾字仲璋，南阳（今河南）人。瑾有才力，历尚书、太常卿。

088 旧以桓谦比殷仲文[1]。《中兴书》曰："谦字敬祖，冲第三子。尚书仆射、中军将军。"《晋安帝纪》曰："仲文有器貌才思。"桓玄时[2]，仲文入，桓于庭中望见之，谓同坐曰："我家中军那得及此也[3]！"

❶桓谦：桓谦字敬祖，谯国龙亢（今安徽省怀远县）人，车骑将军桓冲次子。官至尚书仆射、中军将军。❷桓玄时：晋安帝时，桓玄为太尉，掌朝政。❸我家中军：指桓谦。那得：怎么能够。

规箴第十

“规箴”者，劝诫、规谏之谓也。所谓良药苦口，忠言逆耳，诫人之过，谏君之失，要收到成效绝非易事，必须具备忠贞的品格、勇毅的胆略、随机的智慧、敏捷的言辩，或者可以奏效之一二，稍一不慎，便会招致祸端。说实话，规箴不是魏晋名士的强项，不是《世说新语》的强项，甚至也不是中国文化的强项。中国文化擅长自上而下的教化，自下而上往往是美誉多，怨刺少。

不要指望在区区二十七则“规箴”中见到太多的死谏之臣和诛心之词，《世说新语》的“规箴”具有别种意趣。第一，《世说新语》的兴趣不在于记录“规箴”之词，而在于叙述一个“规箴”的故事，故事本身隐潜着“规箴”的意味，有的深，有的浅，需要读者寻绎而出。第二，拓宽了“规箴”的身份视阈，将之延展到民间闾巷。“规箴”不仅关涉台阁大臣和朝政变迁，亦波及黎民百姓和市井纷争，“规箴”就多了几分人间情味。第三，“规箴”诸篇，大多有一些小说的味道。故事有起因，有发展，有高潮，有结尾，也有起伏，写来腾挪跌宕，读来兴味盎然。

001 汉武帝乳母尝于外犯事[1]，帝欲申宪[2]，乳母求救东方朔[3]。《汉书》曰：“朔字曼倩，平原厌次人。”《朔别传》曰：“朔，南阳步广里人。”《列仙传》曰：“朔是楚人，武帝时，上书说便宜，拜郎中。宣帝初，弃官而去，共谓岁星也。”朔曰：“此非唇舌所争[4]，尔必望济者[5]，将去时，但当屡顾帝，慎勿言，此或可万一冀耳[6]。”乳母既至，朔亦侍侧[7]，因谓曰："汝痴耳！帝岂复忆汝乳哺时恩邪[8]？"帝虽才雄心忍[9]，亦深有情恋，乃凄然愍之[10]，即敕免罪。《史记·滑稽传》曰："汉武帝少时，东武侯母尝养帝，后号大乳母。其子孙从奴，横暴长安中，当道夺人衣物，有司请徙乳母于边，奏可。乳母入辞。帝所幸倡郭舍人，发言陈辞虽不合大道，然令人主和说。乳母乃先见，为下泣。舍人曰：'即入辞，勿去，数还顾。'乳母如其言，舍人疾言骂之曰：'咄！老女子，何不疾行？陛下已壮矣，宁尚须乳母活邪！尚何还顾邪？'于是人主怜之，诏止毋徙，罚请者。"

❶汉武帝：刘彻，西汉第五代皇帝。在位五十四年，为西汉鼎盛时期。❷申宪：依法惩处。❸东方朔：东方朔，本姓张，字曼倩，西汉平原郡厌次县（今山东省德州市陵城区）人，西汉时期著名的文学家，官至太中大夫。性格诙谐，言词敏捷，滑稽多智，有作品《答客难》传世。❹唇舌：指言辞。❺尔必望济者：你一定希望成事的话。济：成事，成功。❻万一：万分之一。冀：希望。❼侍侧：在旁边陪侍。❽忆：记得，记住。❾才雄心忍：才能杰出，心肠坚硬。❿愍：哀怜。

002 京房与汉元帝共论[1]，因问帝[2]："幽、厉之君何以亡[3]？所任何人？"答曰："其任人不忠。"房曰："知不忠而任之，何邪？"曰："亡国之君各贤其臣[4]，岂知不忠而任之？"房稽首曰[5]："将恐今之视古，亦犹后之视今也。"《汉书》曰："京房字君明，东郡顿丘人。尤好钟律，知音声，以孝廉为郎。是时，中书令石显专权，及友人五鹿充宗为尚书令，与房同经，论议相是非，而此二人用事。房尝宴见，问上曰：'幽、厉之君何以亡？所任何人？'上曰：'君亦不明而臣巧佞。'房曰：'知其巧佞而任之邪？将以为贤邪？'上曰：'贤之。'房曰：'然则今何以知其不贤？'上曰：'以其时乱而君危知之。'房曰：'是任贤而理，任不肖而乱，自然之道也。幽、厉何不觉悟而蚤纳贤，何为卒任不肖以至亡？’于是上曰：‘乱亡之君，各贤其臣，令皆觉悟，安得乱亡之君？’房曰：‘齐桓、二世何不以幽、厉疑之，而任竖刁、赵高，政治日乱邪？’上曰：‘唯有道者能以往知来耳。’房曰‘自陛下即位，盗贼不禁，刑人满市’云云，问上曰：‘今治也？乱也？’上曰：‘然愈于彼。’房曰：‘前二君皆然。臣恐后之视今，犹今之视前也。’上曰：‘今为乱者谁？’房曰：‘上所亲与图事帷幄中者。’房指谓石显及充宗。显等乃建言：宜试房以郡守。遂以房为东郡。显发其私事，坐弃市。”

❶京房：京房，本姓李，字君明，推律自定为京氏，东郡顿丘（今河南清丰西南）人。西汉学者，汉元帝时为郎、魏郡太守。治易学，师从梁人焦延寿，详于灾异，开创了京氏易学，有《京氏易传》存世。汉元帝：刘奭，汉第八代皇帝，在位十六年。重儒术，多才艺，少决断。❷因：趁机。❸幽、厉之君：指周幽王、周厉王，是西周的荒淫暴虐之君。❹各贤其臣：各以其臣为贤。❺稽首：叩首。古代跪拜礼。

003 陈元方遭父丧，哭泣哀恸，躯体骨立[1]。其母愍之[2]，窃以锦被蒙上[3]。郭林宗吊而见之，谓曰：“卿海内之俊才，四方是则[4]，如何当丧[5]，锦被蒙上？孔子曰：‘衣夫锦也，食夫稻也，于汝安乎？[6]’《论语》曰：“宰我问：‘三年之丧，期已久矣。’子曰：‘食夫稻，衣夫锦，于汝安乎？夫君子居丧，食旨不甘，闻乐不乐，居处不安，故不为也。今汝安，则为之。’”吾不取也[7]。”奋衣而去[8]。自后宾客绝百所日[9]。所一作许。

❶躯体骨立：身体消瘦如骨架的样子。❷愍：哀怜。❸窃：私下。❹则：榜样，楷模。❺当丧：居丧期间。❻典出《论语·阳货》。衣（yì）：穿。锦：锦衣，锦绣彩衣。稻：古代指糯稻。❼取：赞成。❽奋衣：振衣。表示愤怒不满。❾百所日：百余日。

004 孙休好射雉[1]，至其时则晨去夕反。群臣莫不止谏："此为小物，何足甚耽[2]？"休曰："虽为小物，耿介过人，朕所以好之。"环济《吴纪》曰："休字子烈，吴大帝第六子。初封琅邪王，梦乘龙上天，顾不见尾。孙綝废少主，迎休立之。锐意典籍，欲毕览百家之事。颇好射雉，至春，晨出暮反，唯此时舍书。崩，谥景皇帝。"《条列吴事》曰："休在位烝烝，无有遗事，唯射雉可讥。"

❶孙休：孙休，即吴景帝，字子烈，三国时期吴国的第三位皇帝，孙权第六子。十八岁时，受封为琅邪王。太平三年（公元258年），孙綝发动政变，罢黜孙亮为会稽王，迎立孙休为帝，改元永安。雉：鸟名，又名野鸡，鹑鸡类。汉魏以来，帝王流行射雉。❷耽：沉溺。

005 孙皓问丞相陆凯曰[1]："卿一宗在朝有几人？"陆曰："二相、五侯、将军十余人。"皓曰："盛哉！"陆曰："君贤臣忠，国之盛也；父慈子孝，家之盛也。今政荒民弊，覆亡是惧[2]，臣何敢言盛。"《吴录》曰："凯字敬风，吴人，丞相逊族子。忠鲠有大节，笃志好学。初为建忠校尉，虽有军事，手不释卷。累迁左丞相。时后主暴虐，凯正直强谏，以其宗族强盛，不敢加诛也。"

❶陆凯：陆凯字敬风。吴郡吴县（今江苏苏州）人。三国时吴国后期重臣，丞相陆逊之侄。忠鲠有大节，笃志好学。初为建忠校尉，虽有军事，手不释卷。累迁左丞相。❷覆亡是惧：惟恐覆亡。是，助词，起宾语前置的作用。

006 何晏、邓飏令管辂作卦[1]，云："不知位至三公不？"卦成，辂称引古义，深以戒之。飏曰："此老生之常谈。"《辂别传》曰："辂字公明，平原人也。明《周易》，声发徐州。冀州刺史裴徽举秀才，谓曰：'何、邓二尚书，有经国才略，于物理无不精也。何尚书神明清彻，殆破秋毫，君当慎之！自言不解《易》中九事，必当相问，比至洛，宜善精其理。’辂曰：‘若九事皆至义，不足劳思。若阴阳者，精之久矣。’辂至洛阳，果为何尚书问九事，皆明。何曰：‘君论阴阳，此世无双也。’时邓尚书在，曰：‘此君善《易》，而语初不论《易》中辞义，何邪？’辂答曰：‘夫善《易》者，不论《易》也。’何尚书含笑赞之曰：‘可谓要言不烦也。’因谓辂曰：‘闻君非徒善论《易》，至于分蓍思爻，亦为神妙。试为作一卦，知位当至三公不？又顷梦青蝇数十来鼻头上，驱之不去，有何意故？’辂曰：‘鸱鸮，天下贱鸟也，及其在林食桑椹，则怀我好音。况辂心过草木，注情葵藿，敢不尽忠！唯察之尔。昔元、凯之相重华，宣慈惠和，仁义之至也。周公之翼成王，坐以待旦，敬慎之至也。故能流光六合，万国咸宁。然后据鼎足而登金铉，调阴阳而济兆民。此履道之休应，非卜筮之所明也。今君侯位重山岳，势若雷霆，望云赴景，万里驰风。而怀德者少，畏威者众，殆非小心翼翼多福之士。又鼻者，艮也，此天中之山，高而不危，所以长守贵也。今青蝇，臭恶之物，而集之焉。位峻者颠，轻豪者亡，必至之分也。夫变化虽相生，极则有害；虚满虽相受，溢则有竭。圣人见阴阳之性，明存亡之理，损益以为衰，抑进以为退。是故山在地中曰《谦》，雷在天上曰《大壮》。《谦》则裒多益寡，《大壮》则非礼不履。伏愿君侯上寻文王六爻之旨，下思尼父彖象之义，则三公可决，青蝇可驱。’邓曰：‘此老生之常谈。’辂曰：‘夫老生者见不生，常谈者见不谈也。’”晏曰：“知几其神乎[2]，古人以为难；交疏吐诚[3]，今人以为难。今君一面，尽二难之道，可谓‘明德惟馨[4]’。诗不云乎，‘中心藏之，何日忘之！[5]’”《名士传》曰：“是时曹爽辅政，识者虑有危机。晏有重名，与魏姻戚，内虽怀忧，而无复退也。著五言诗以言志曰：‘鸿鹄比翼游，群飞戏太清。常畏大网罗，忧祸一旦并。岂若集五湖，从流唼浮萍。永宁旷中怀，何为怵惕惊？’盖因辂言，惧而赋诗。”

❶管辂：管辂字公明，平原（今山东）人。三国时期曹魏术士。精通《周易》，善于卜筮、相术，习鸟语，相传每言辄中，出神入化。体性宽大，常以德报怨。官至少府丞。❷知几：了解事物发展变化的征兆。❸交疏吐诚：交谊疏浅，吐露真言。❹明德惟馨：语出《尚书·君陈》。意为圣明之德流芳后世。❺中心藏之，何日忘之：语出《诗经·小雅·隰桑》。意为牢记心中，永生不忘。

007 晋武帝既不悟太子之愚[1]，必有传后意[2]，诸名臣亦多献直言。帝尝在陵云台上坐[3]，卫瓘在侧，欲申其怀，因如醉跪帝前，以手抚床曰[4]："此坐可惜！"帝虽悟，因笑曰："公醉邪？"《晋阳秋》曰："初，惠帝之为太子，咸谓不能亲政事。卫瓘每欲陈启废之，而未敢也。后因会醉，遂跪床前曰：'臣欲有所启。'帝曰：'公所欲言者何邪？'瓘欲言而复止者三，因以手抚床曰：'此坐可惜！'帝意乃悟，因谬曰：'公真大醉也！'帝后悉召东宫官属大会，令左右赍尚书处事以示太子，令处决，太子不知所对。贾妃以问外人，代太子对，多引古词义。给使张弘曰：'太子不学，陛下所知，宜以见事断，不宜引书也。'妃从之。弘具草奏，令太子书呈，帝大说，以示瓘。于是贾充语妃曰：'卫瓘老奴，几败汝家！'妃由是怨瓘，后遂诛之。"

❶太子：司马衷，后为晋惠帝。❷传后：传授后事。指传帝位。❸陵云台。楼台名。魏明帝时建于洛阳，今不存。❹床：坐榻。

008 王夷甫妇，郭泰宁女[1]，《晋诸公赞》曰："郭豫字太宁，太原人。仕至相国参军，知名，早卒。"才拙而性刚，聚敛无厌[2]，干豫人事[3]。夷甫患之而不能禁。时其乡人幽州刺史李阳，京都大侠，《晋百官名》曰："阳字景祖，高平人，武帝时为幽州刺史。"《语林》曰："阳性游侠，盛暑，一日诣数百家别，宾客与别，常填门，遂死于几下，故惧之。”犹汉之楼护，《汉书·游侠传》曰：“护字君卿，齐人。学经传，甚得名誉。母死，送葬车三千两。仕至天水太守。”郭氏惮之。夷甫骤谏之[4]，乃曰：“非但我言卿不可，李阳亦谓卿不可。”郭氏小为之损[5]。

[1]郭泰宁：郭豫字太宁，太原（今山西）人。仕至相国参军，知名，早卒。[2]厌：满足。[3]干豫：即“干预”。[4]骤：屡次，反复。[5]小为之损：稍微有点收敛。

009 王夷甫雅尚玄远[1]，常嫉其妇贪浊，口未尝言“钱”字。《晋阳秋》曰：“夷甫善施舍，父时有假贷者，皆与焚券，未尝谋货利之事。”王隐《晋书》曰：“夷甫求富贵得富贵，资财山积，用不能消，安须问钱乎？而世以不问为高，不亦惑乎？”妇欲试之，令婢以钱绕床，不得行。夷甫晨起，见钱阂行[2]，呼婢曰：“举却阿堵物[3]！”

[1]玄远：指道家精妙而超越尘俗的境界。[2]阂：阻碍。[3]举却：拿开，拿去。阿堵物：这个东西。后以“阿堵物”代指钱。

010 王平子年十四五，见王夷甫妻郭氏贪欲，令婢路上儋粪[1]。平子谏之，并言不可。郭大怒，谓平子曰：“昔夫人临终[2]，以小郎嘱新妇[3]，不以新妇嘱小郎。”《永嘉流人名》曰：“澄父乂，第三取乐安任氏女，生澄。”急捉衣裾[4]，将与杖。平子饶力[5]，争得脱，逾窗而走[6]。

[1]儋：通“担”。[2]夫人：指王澄母，郭氏婆母。[3]小郎：犹今之小叔子。新妇：古时已婚妇女之谦称。[4]衣裾：衣襟。[5]饶力：力大。饶，多。[6]逾：越过。

011 元帝过江犹好酒，王茂弘与帝有旧[1]，常流涕谏。帝许之，命酌酒一酣，从是遂断。邓粲《晋纪》曰："上身服俭约，以先时务。性素好酒，将渡江，王导深以谏。帝乃令左右进觞，饮而覆之，自是遂不复饮。克己复礼，官修其方，而中兴之业隆焉。"

❶有旧：有老交情。

012 谢鲲为豫章太守[1]，从大将军下至石头[2]。敦谓鲲曰："余不得复为盛德之事矣[3]！"鲲曰："何为其然？但使自今已后，日亡日去耳[4]！"《鲲别传》曰："鲲之讽切雅正，皆此类也。"敦又称疾不朝[5]，鲲谕敦曰："近者明公之举，虽欲大存社稷，然四海之内，实怀未达[6]。若能朝天子，使群臣释然，万物之心于是乃服[7]。仗民望以从众怀，尽冲退以奉主上[8]，如斯则勋侔一匡[9]，名垂千载。"时人以为名言。《晋阳秋》曰："鲲为豫章太守，王敦将肆逆，以鲲有时望，逼与俱行。既克京邑，将旋武昌，鲲曰：'不就朝觐，鲲惧天下私议也。'敦曰：'君能保无变乎？'对曰：'鲲近日入觐，主上侧席，迟得见公，宫省穆然，必无不虞之虑。公若入朝，鲲请侍从。'敦曰：'正复杀君等数百，何损于时！'遂不朝而去。"

❶豫章：郡名，治所在南昌。❷从大将军下至石头：晋元帝永昌元年（公元322年），王敦以"清君侧"为名，起兵反，攻陷石头（建康西）杀了晋元帝亲信大臣周顗、戴渊、刁协等，自为丞相。谢鲲被逼与敦同下。❸盛德之事：指辅佐君主建功立业之事。❹日亡日去：指日复一日，随着时间流失，将忘却君臣之嫌隙。亡，通"忘"。❺称疾不朝：称病不朝见皇帝。❻实怀未达：实际用意不清楚。❼万物：万众，众人。❽冲退：谦虚退让。❾勋侔一匡：功勋和管仲一样。侔：相同，相等。一匡：指《论语·宪问》所说"管仲相桓公，霸诸侯，一匡天下"。

013 元皇帝时，廷尉张闿[1]葛洪《富民塘颂》曰：“闿字敬绪，丹阳人，张昭孙也。”《中兴书》曰：“闿，晋陵内史，甚有威德，转至廷尉卿。”在小市居，私作都门[2]，蚤闭晚开。群小患之[3]，诣州府诉，不得理，遂至挝登闻鼓[4]，犹不被判。闻贺司空出，至破冈[5]，连名诣贺诉。《贺循别传》曰：“循字彦先，会稽山阴人。本姓庆，高祖纯，避汉帝讳，改为贺氏。父劭，吴中书令，以忠正见害。循少婴家祸，流放荒裔，吴平乃还。秉节高举，元帝为安东王，循为吴国内史。”贺曰：“身被征作礼官[6]，不关此事。”群小叩头曰：“若府君复不见治，便无所诉。”贺未语，令且去，见张廷尉当为及之[7]。张闻，即毁门，自至方山迎贺[8]。贺出见辞之曰[9]：“此不必见关，但与君门情[10]，相为惜之。”张愧谢曰[11]：“小人有如此，始不即知，蚤已毁坏。”

❶廷尉：掌管刑狱的官员。张闿：张闿字敬绪，丹阳（今江苏南京）人，张昭曾孙。早年受到司马睿的礼遇，东晋建立后曾担任晋陵刺史，参与平定苏峻叛乱，封宜阳伯，官至廷尉、紫金光禄大夫。据《晋书·贺循传》记载：“廷尉张闿住在小市，将夺左右近宅以广其居，乃私作都门，早闭晏开，人多患之。”❷都门：都中里门。❸患：怨恨。❹挝（zhuā）：敲击。登闻鼓：古时官府悬鼓于衙门外，臣民有谏议或冤情则击鼓上闻，称之为登闻鼓。❺破冈：即破冈渎，水渠名。在建康句容县。❻身：我。礼官：贺此时拜太常卿之职，掌宗庙礼仪。❼及之：提及此事。❽方山：地名。在江苏南京江宁区。❾出见辞之：或为“出辞见之”之误。意为把百姓诉辞拿给他看。❿门情：通家世交。贺祖曾任吴将军，与张曾祖张昭交善。⓫谢：谢罪。

014 郗太尉晚节好谈，既雅非所经[1]，而甚矜之[2]。《中兴书》曰：“鉴少好学博览，虽不及章句，而多所通综。”后朝觐[3]，以王丞相末年多可恨[4]，每见，必欲苦相规诫。王公知其意，每引作他言。临还镇[5]，故命驾诣丞相。丞相翘须厉色[6]，上坐便言："方当乖别[7]，必欲言其所见[8]。"意满口重[9]，辞殊不流[10]。王公摄其次[11]，曰："后面未期[12]，亦欲尽所怀[13]，愿公勿复谈！"郗遂大瞋[14]，冰衿而出[15]，不得一言。

❶雅非所经：不是平素所擅长的。雅，平素，素来。经，擅长。❷矜：自负。❸朝觐：朝见皇帝。❹恨：遗憾。❺还镇：返回镇戍之地。❻翘须厉色：撅着胡须绷着脸。❼方当乖别：将要离别。❽见：意见，见解。❾意满口重：气盛语重。❿流：流畅。⓫摄其次：抓住他说话停顿的机会。⓬后面未期：下次见面不知什么时候。⓭尽所怀：畅叙胸怀。⓮瞋：瞪大眼睛，形容生气发怒。⓯冰衿：脸色冷若冰霜。

015 王丞相为扬州，遣八部从事之职[1]。顾和时为下传还[2]，同时俱见。诸从事各奏二千石官长得失[3]，至和独无言。王问顾曰："卿何所闻？"答曰："明公作辅[4]，宁使网漏吞舟[5]，何缘采听风闻[6]，以为察察之政[7]？"丞相咨嗟称佳[8]，诸从事自视缺然也[9]。

❶八部从事：当时扬州统八郡，每郡设从事一人，代表刺史督察所属之郡。❷下传：巡行视察。❸二千石：汉代郎将、郡守俸禄均为二千石，后因称郎将、郡守、知府为二千石。❹作辅：为辅佐大臣，此指作宰相。❺网漏吞舟：网目稀疏而漏掉足以吞舟的大鱼。❻风闻：传闻。❼察察之政：清明苛察的政治。❽咨嗟：赞叹。❾缺然：若有所失的样子。

016 苏峻东征沈充，《晋阳秋》曰："充字士居，吴兴人。少好兵，谄事王敦。敦克京邑，以充为车骑将军，领吴国内史。明帝伐王敦，充率众就王含。谓其妻曰：'男儿不建豹尾，不复归矣！'敦死，充将吴儒斩首于京都。”请吏部郎陆迈与俱[1]。《陆碑》曰：“迈字功高，吴郡人。器识清敏，风检澄峻，累迁振威太守、尚书吏部郎。”将至吴，密敕左右[2]，令入阊门放火以示威[3]。陆知其意，谓峻曰：“吴治平未久，必将有乱，若为乱阶[4]，请从我家始。”峻遂止。

❶陆迈：陆迈字功高，吴郡（今江苏苏州）人。器识清敏，风检澄峻，累迁振威太守、尚书吏部郎。❷敕：命令。❸阊门：吴县城门名，即苏州古城西门。❹乱阶：祸端。

017 陆玩拜司空，《玩别传》曰：“是时王导、郗鉴、庾亮相继薨殂，朝野忧惧，以玩德望，乃拜司空。玩辞让不获，乃叹息谓朋友曰：‘以我为三公，是天下无人矣。’时人以为知言。”有人诣之，索美酒，得，便自起，泻著梁柱间地，祝曰[1]：“当今乏才，以尔为柱石之用[2]，莫倾人栋梁[3]。”玩笑曰：“戢卿良箴[4]。”

❶祝：祈祷。❷柱石：屋柱下的基石。❸栋梁：房屋的梁柱。❹戢：收藏。引申为记住。

018 小庾在荆州，公朝大会[1]，问诸僚佐曰：“我欲为汉高、魏武[2]，何如？”翼，别见。宋明帝《文章志》曰：“庾翼名辈，岂应狂狷如此哉！时若有斯言，亦传闻者之谬矣。”一坐莫答。长史江虨曰：“愿明公为桓、文之事[3]，不愿作汉高、魏武也。”

❶公朝：官署。❷汉高、魏武：指汉高祖刘邦和魏武帝曹操。二人皆是乱世雄武之君。❸桓、文：指齐桓公、晋文公。均为春秋诸侯国盟主。

019 罗君章为桓宣武从事[1]，《含别传》曰：“刺史庾亮初命含为部从事，桓温临州，转参军。”谢镇西作江夏，往检校之[2]。《中兴书》曰："尚为建武将军，江夏相。"罗既至，初不问郡事[3]，径就谢数日饮酒而还。桓公问："有何事？"君章云："不审公谓谢尚何似人[4]？"桓公曰："仁祖是胜我许人[5]。"君章云："岂有胜公人而行非者，故一无所问。"桓公奇其意而不责也。

❶从事：郡所设属官，负责督察检校。❷检校：检查，查核。❸初不：完全不，一点也不。❹不审：不知。谓：认为。何似：怎样。❺我许：我辈，我等。

020 王右军与王敬仁、许玄度并善。二人亡后，右军为论议更克[1]。孔岩诫之曰："明府昔与王、许周旋有情[2]，及逝没之后，无慎终之好[3]，民所不取[4]。"右军甚愧。

❶克：苛刻。❷明府：汉魏以来称太守、牧尹为府君或明府君，简称明府。周旋：交往。❸慎终：本意是指居父母之丧依礼尽哀。泛指尊重和正确对待已去世的人。❹民：孔岩自称。取：赞成。

021 谢中郎在寿春败，临奔走，犹求玉帖镫[1]。太傅在军，前后初无损益之言[2]。尔日犹云："当今岂须烦此！"按万未死之前，安犹未仕。高卧东山，又何肯轻入军旅邪？《世说》此言，迂谬已甚。

❶玉帖镫：玉饰的马镫。❷初无：从无，一点都没有。损益之言：指批评规劝的话。

022 王大语东亭："卿乃复论成不恶[1]，那得与僧弥戏[2]！"《续晋阳秋》曰："珉有俊才，与兄珣并有名，声出珣右。故时人为之语曰：'法护非不佳，僧弥难为兄。'"

❶乃复：确实。论成：犹“定论”。不恶：不坏。❷戏：角力，较量。

023 殷觊病困，看人政见半面[1]。殷荆州兴晋阳之甲[2]，《春秋公羊传》曰：“晋赵鞅取晋阳之甲以逐荀寅、士吉射。寅、吉射者，君侧之恶人。”往与觊别，涕零，属以消息所患[3]。觊答曰：“我病自当差[4]，正忧汝患耳[5]！”《晋安帝纪》曰：“殷仲堪举兵，觊弗与同，且以己居小任，唯当守局而已。晋阳之事，非所宜豫也。仲堪每邀之，觊辄曰：‘吾进不敢同，退不敢异。’遂以忧卒。”

❶政：同“正”。只，仅。❷殷荆州兴晋阳之甲：称地方长吏不满朝廷而兴兵向内者为兴“晋阳之甲”。晋安帝隆安元年，王恭在京口以清君侧为名起兵，殷仲堪在荆州举兵响应。❸属：通“嘱”。嘱托。消息：将息，调养。❹差：即“瘥”。病愈。❺正：只。

024 远公在庐山中，《豫章旧志》曰：“庐俗字君孝，本姓匡，夏禹苗裔东野王之子。秦末，百越君长与吴芮助汉定天下，野王亡军中。汉八年，封俗鄡阳男，食邑兹部，印曰‘庐君’。俗兄弟七人，皆好道术，遂寓于洞庭之山，故世谓庐山。孝武元封五年，南巡狩，浮江，亲睹神灵，乃封俗为大明公，四时秩祭焉。”远法师《庐山记》曰：“山在江州寻阳郡，左挟彭泽，右傍通川。有匡俗先生出自殷、周之际，遁世隐时，潜居其下。或云匡俗受道于仙人，而共游其岭，遂托室崖岫，即岩成馆，故时人谓为神仙之庐而命焉。”法师《游山记》曰：“自托此山，二十三载，再践石门，四游南岭。东望香炉峰，北眺九江，传闻有石井、方湖，中有赤鳞踊出。野人不能叙，直叹其奇而已矣。”虽老，讲论不辍[1]。弟子中或有惰者，远公曰：“桑榆之光[2]，理无远照，但愿朝阳之晖，与时并明耳。”执经登坐，讽诵朗畅，词色甚苦[3]。高足之徒，皆肃然增敬[4]。

❶辍：停止。❷桑榆之光：夕阳映照在桑树、榆树之上。比喻垂暮之年。❸词色：言词神情。苦：恳切。❹增敬：增加敬意。

025 桓南郡好猎，每田狩，车骑甚盛。五六十里中，旌旗蔽隰❶，骋良马，驰击若飞，双甄所指❷，不避陵壑❸。或行陈不整❹，麏兔腾逸❺，参佐无不被系束❻。桓道恭，玄之族也，《桓氏谱》曰："道恭字祖猷，彝同堂弟也。父赤之，太学博士。道恭历淮南太守、伪楚江夏相，义熙初伏诛。"时为贼曹参军❼，颇敢直言。常自带绛绵绳着腰中❽，玄问："此何为？"答曰："公猎，好缚人士，会当被缚，手不能堪芒也❾。"玄自此小差❿。

❶隰（xí）：低洼潮湿的地方。❷双甄：军队的左右两翼。❸陵壑：山岭和深谷。❹行陈：即"行阵"。行列阵势。❺麏：（jūn）：獐子。腾逸：逃脱。❻参佐：僚属。❼贼曹参军：军府中掌管盗贼事的属官。❽绛：大红。❾手不能堪芒：手受不了粗麻绳上的芒刺。❿小差：稍微缓解。

026 王绪、王国宝相为唇齿❶，并上下权要❷。《王氏谱》曰："绪字仲业，太原人。祖延。父乂，抚军。"《晋安帝纪》曰："绪为会稽王从事中郎，以佞邪亲幸。王珣、王恭恶国宝与绪乱政，与殷仲堪克期同举，内匡朝廷。及恭表至，乃斩绪以说诸侯。国宝，平北将军坦之第三子。太傅谢安，国宝妇父也，恶而抑之不用。安薨，相王辅政，迁中书令，有妾数百。从弟绪，有宠于王，深为其说，国宝权动内外。王珣、王恭、殷仲堪为孝武所待，不为相王所眄。恭抗表讨之，车胤又争之，会稽王既不能拒诸侯兵，遂委罪国宝，付廷尉赐死。"王大不平其如此，乃谓绪曰："汝为此欻欻❸，曾不虑狱吏之为贵乎？"《史记》曰："有上书告汉丞相欲反，文帝下之廷尉。勃既出，叹曰：'吾尝将百万之军，安知狱吏之为贵也！'"

❶王绪、王国宝：晋安帝隆安初年，王绪、王国宝受宠于会稽王司马道子，掌握军政大权，干预朝政，致使王恭、殷仲堪等以清君侧为名，向朝廷兴师举兵。相为唇齿：喻关系密切。此处指相互勾结。❷上下权要：玩弄权柄。❸歘歘（xū xū）：轻忽。指轻举妄动。

027 桓玄欲以谢太傅宅为营[1]，谢混曰："召伯之仁，犹惠及甘棠；[2]《韩诗外传》曰："昔周道之隆，召伯在朝，有司请召民。召伯曰：'以一身劳百姓，非吾先君文王之志也。'乃暴处于棠下而听讼焉。诗人见召伯休息之棠，美而歌之曰：'蔽芾甘棠，勿翦勿伐，召伯所茇。'"文靖之德[3]，更不保五亩之宅[4]？"玄惭而止。

❶营：军营。❷召伯之仁，犹惠及甘棠：《韩诗外传》记载：周召公在朝，官吏要为他建造屋宇。召伯说："以一身劳百姓，非吾先君文王之志也。"于是就在甘棠树下理政。《诗经·甘棠》"蔽芾（fèi）甘棠，勿翦勿伐，召伯所茇（bá）"，即赞美、感怀召公的诗篇。❸文靖：谢安谥号。❹五亩之宅：住宅。语出《孟子·梁惠王章句上》。

捷悟第十一

“捷悟”，即才思捷达、聪悟敏慧之意，这是人类心智的自由境界。

《捷悟》凡七则，有四则与杨修相关，几乎是杨修的独角戏，可见杨修的确是绝顶聪明之人，但正是杨修的聪明，招致了他的杀身之祸。在中国文化中，聪明不见得是件好事。聪明往往与狡黠相连，而狡黠又意味着德行的亏欠，是靠不住的，至少是不踏实的。聪明对他人构成一种危机，小则让人脸面难堪，就如杨修每每识破魏王的小把戏，使其没趣；大则危及他人的生存，让不聪明的人无地自容。因此，聪明人特打眼，特招人嫉恨，其人生旅程很难一帆风顺。杀掉杨修的曹操又何尝不是如此？曹操一生，英明果决，用法峻急，平定北方，执掌朝政，治国之术可谓酣畅淋漓，但中国文化选择了并不聪明的刘备，而将聪明的曹操妖魔化为白脸奸臣。在中国文化中，聪明必须加以修饰，方能昭示于人，这实际上就是中国式的智慧：大智若愚。清代的郑板桥历经数十载磨难，方悟出其中真谛，凝结为四个大字：难得糊涂。郑板桥的道行依然不够，把“难得糊涂”作为条幅挂着，实际上是不打自招，糊涂得带有痕迹，甚至有些招摇，与大智若愚依然相差甚远。

魏晋以降，才性之学大兴，捷悟之人颇受推重。《世说新语》顺时而动，在整体文化环境中逆风飞扬，特辟《捷悟》一门而标榜之。然总共七则，真正属于捷悟者仅只四则，第五则属于“规箴”；第六则是老谋深算，那不是捷悟，而是官油子的一种经验；第七则只是精力旺盛而已，和捷悟完全不搭界。捷悟之人，何其之少！区区七则，尚有凑数之嫌。吾为“捷悟”一叹！

001 杨德祖为魏武主簿[1]，时作相国门，始构榱桷[2]，魏武自出看，使人题门作"活"字，便去。杨见，即令坏之，既竟[3]，曰："'门'中'活'，'阔'字，王正嫌门大也。"《文士传》曰："杨修字德祖，弘农人，太尉彪子。少有才学思干。魏武为丞相，辟为主簿。修常白事，知必有反复教，豫为答对数纸，以次牒之而行。敕守者曰：'向白事必教出相反复，若按此次第连答之。'已而风吹纸次乱，守者不别而遂错误。公怒，推问，修惭惧。然以所白甚有理，终亦是修。后为武帝所诛。"

❶杨德祖：杨修字德祖，东汉司隶部弘农郡华阴（今陕西华阴）人。杨修学问渊博，极聪慧，建安年间被推选为孝廉，不久改任郎中、丞相府仓曹属主簿。后被曹操所杀。主簿：中央或地方郡县属官，负责文书、印鉴等。❷榱桷（cuī jué）：屋椽。❸竟：完毕。

002 人饷魏武一杯酪[1]，魏武啖少许[2]，盖头上题"合"字以示众[3]，众莫能解。次至杨修[4]，修便啖，曰："公教人啖一口也，复何疑！"

❶饷：馈赠。酪：奶酪。❷啖：吃。❸合：拆字为"人一口"。示众：给众人看。❹次：依次。

003 魏武尝过曹娥碑下[1]，杨修从，碑背上见题作"黄绢幼妇，外孙齑臼[2]"八字。魏武谓修曰："解不？"答曰："解。"魏武曰："卿未可言，待我思之。"行三十里，魏武乃曰："吾已得。"令修别记所知。修曰："黄绢，色丝也，于字为'绝'；幼妇，少女也，于字为'妙'；外孙，女子也，于字为'好'；齑臼，受辛也，于字为'辞'[3]。所谓'绝妙好辞'也。"魏武亦记之，与修同，乃叹曰："我才不及卿，乃觉三十里[4]。"《会稽典录》曰："孝女曹娥者，上虞人。父盱，能抚节按歌，婆娑乐神。汉安二年，迎伍君神，溯涛而上，为水所淹，不得其尸。娥年十四，号慕思盱，乃投瓜于江，存其父尸曰：'父在此，瓜当沉。'旬有七日，瓜偶沉，遂自投于江而死。县长度尚悲怜其义，为之改葬，命其弟子邯郸子礼为之作碑。"按曹娥碑在会稽中，而魏武、杨修未尝过江也。《异苑》曰："陈留蔡邕避难过吴，读碑文，以为诗人之作，无诡妄也。因刻石旁作八字。魏武见而不能了，以问群僚，莫有解者。有妇人浣于汾渚，曰：'第四车解。'既而祢正平也，衡即以离合义解之。或谓此妇人即娥灵也。"

❶曹娥：曹娥，东汉会稽上虞人，其父曹盱在五月五日迎伍神（伍子胥）的祭祀活动中溺于舜江（今曹娥江）中，数日不见尸体。当时孝女曹娥年仅十四岁，昼夜沿江号哭。过了十七天，在五月二十二日也投江，五日后曹娥的尸体抱父尸浮出水面。就此传为神话，继而为之立碑。曹娥所住之村镇即更名为曹娥镇，殉父之江为曹娥江，并建以寺庙慰其孝心。❷齑臼（jī jiù）：捣齑用的器具。齑，姜蒜或韭菜末。❸于字为"辞"："受""辛"合成"辤"字，是"辞"的异体字。❹觉（jiào）：通"较"。相差。

004 魏武征袁本初[1]，治装，余有数十斛竹片[2]，咸长数寸，众云并不堪用，正令烧除。太祖思所以用之，谓可为竹椑楯[3]，而未显其言。驰使问主簿杨德祖[4]，应声答之，与帝心同。众伏其辩悟[5]。

❶袁本初：袁绍字本初，汝南汝阳（今河南商水）人。出身四世三公之大官僚家族，拥冀、青、幽、并四州，与曹操争雄。建安五年（公元 200 年）官渡之战大败，绍亦随亡。❷斛（hú）：古代量器名。十斗为一斛，后改为五斗。❸椑楯：椭圆形盾牌。❹驰：迅疾，急速。❺辩悟：敏慧聪悟。

005 王敦引军垂至大桁[1]，明帝自出中堂[2]。温峤为丹阳尹[3]，帝令断大桁，故未断[4]，帝大怒瞋目，左右莫不悚惧。按《晋阳秋》《邓纪》皆云：敦将至，峤烧朱雀桥以阻其兵。而云“未断大桁致帝怒”，大为讹谬。一本云“帝自劝峤入”，一本作“啖饮，帝怒”，此则近也。召诸公来，峤至，不谢[5]，但求酒炙[6]。王导须臾至，徒跣下地[7]，谢曰：“天威在颜[8]，遂使温峤不容得谢。”峤于是下谢，帝乃释然[9]。诸公共叹王机悟名言[10]。

❶垂：将要。大桁：浮桥名。在建康朱雀门外。❷自出：亲自到。中堂：京城屯兵之所，在建康宣阳门外。❸丹阳尹：丹阳郡行政长官。❹故：仍然。❺不谢：不谢罪。❻酒炙：酒肉。❼徒跣：赤脚。表示谢罪。❽天威在颜：指皇上发怒。❾释然：指消除怒气而心情平静。❿机悟：机敏聪悟。

006 郗司空在北府[1]，桓宣武恶其居兵权[2]。《南徐州记》曰：“徐州人多劲悍，号精兵。故桓温常曰：‘京口酒可饮，箕可用，兵可使。’”郗于事机素暗[3]，遣笺诣桓[4]，方欲共奖王室[5]，修复园陵[6]。世子嘉宾出行[7]，于道上闻信至[8]，急取笺，视竟，寸寸毁裂，便回还更作笺，自陈老病，不堪人间[9]，欲乞闲地自养[10]。宣武得笺大喜，即诏转公督五郡、会稽太守[11]。《晋阳秋》曰：“大司马将讨慕容暐，表求申劝平北将军愔及袁真等严办。愔以羸疾求退，诏大司马领愔所任。”按《中兴书》，愔辞此行，温责其不从，转授会稽。《世说》为谬。

❶北府：京口。❷恶：憎恨。❸暗：糊涂，迟钝。❹遣笺：送信。❺奖：辅佐。❻修复园陵：本意是修复帝王陵墓，因西晋帝王陵墓在洛阳，故修复园陵意指收复中原。❼世子：被指定承袭父爵的公卿之子。❽信：信使。❾不堪人间：胜任不了世间的繁重职务。

⑩闲地：闲职。自养：养老。⑪转：转任。此指升任。督五郡：都督五郡军事。

007 王东亭作宣武主簿，尝春月与石头兄弟乘马出郊[1]。时彦同游者[2]，连镳俱进[3]。石头，桓遐小字。《中兴书》曰："遐字伯道，温长子也，仕至豫州刺史。"唯东亭一人常在前，觉数十步[4]，诸人莫之解。石头等既疲倦，俄而乘舆回，诸人皆似从官，唯东亭弈弈在前[5]。其悟捷如此。

❶春月：春季。石头兄弟：桓温共六子，唯桓遐、桓玄知名。❷时彦：当时名流。❸连镳俱进：并马齐进。镳，马嚼子两端露于嘴外的部分。❹觉（jiào）：通"较"。相差。❺弈弈：同"奕奕"。精神饱满的样子。

夙惠第十二

就人才成长速度言，分早慧型和晚慧型，中国文化对早慧型和晚慧型人才的态度判然有别。大概是中国文化对聪慧、机巧心存疑虑，而对厚重、浑朴特别偏好，因而，对早慧型的人才总是持一种谨慎的乐观，往往是惊诧于几岁能诗、几岁能文之后，便用江郎才尽予以解构，而对大器晚成总是肃然起敬。也许是历尽坎坷终成大器的逆境挣扎让人悲悯，也许是千锤百炼凝铸的才智更令人放心，因为那不仅仅是一种才情，而是意志品质的堆积和锻造。偏重德行的中国文化倾情于晚慧型的人才，是一种顺理成章的选择。

《世说新语》别出心裁，不复依傍，特意为“夙惠”立门，已属于石破天惊。但整体语境依然厚重，“夙惠”依然难于摆脱整个封建文化的笼盖。综观《夙惠》七则，真正与智商沾得上边的只有三则，其中还有两则重复。由此可见，中国文化对早慧儿童的期待不在于智商，不在于创造力，更谈不上叛逆性和创新精神，而是遵从德行轨迹的心性聪颖。除何晏外，《夙惠》中大凡都是一些听话、乖巧和顺从的孩子，这使中国古代儿童过早地匍匐在成人的规范之下，缺少这个年龄段本该有的淘气和无拘无束，更缺少因幼稚、淘气甚至顽劣所犯下的令人啼笑皆非的错误。这种文化期待决定着中国古代偏重驯良的教育思想，也决定着中国古代士子老成持重的人才类型。

001 宾客诣陈太丘宿[1]，太丘使元方、季方炊[2]。客与太丘论议[3]，二人进火[4]，俱委而窃听[5]，炊忘着箄[6]，饭落釜中[7]。太丘问："炊何不馏[8]？"元方、季方长跪曰[9]："大人与客语，乃俱窃听，炊忘竹箄，饭今成糜[10]。"太丘曰："尔颇有所识不[11]？"对曰："仿佛志之[12]。"二子俱说，更相易夺[13]，言无遗失。太丘曰："如此但糜自可[14]，何必饭也！"

❶诣：到……去。❷炊：烧火做饭。❸论议：谈论玄理，即清谈。❹进火：烧火。❺委：丢弃。指丢下烧火之事。❻箄：蒸饭器具，犹今之竹屉。❼釜：锅。❽馏：蒸饭。❾长跪：直身而跪。❿糜：粥。⓫颇：与"不"搭配，表示疑问。识（zhì）：记住。⓬仿佛：依稀，大略。志：记住。⓭更相：互相。易夺：补充修正。⓮但：只。

002 何晏七岁，明惠若神，魏武奇爱之。因晏在宫内[1]，欲以为子。晏乃画地令方[2]，自处其中。人问其故，答曰："何氏之庐也。"魏武知之，即遣还。《魏略》曰："晏父蚤亡，太祖为司空时，纳晏母，其时秦宜禄、阿鳔亦随母在宫，并宠如子。常谓晏为假子也。"

❶晏在宫内：指晏母在宫内。晏少丧父，曹操纳晏母尹氏。晏小时养于魏宫。❷令方：使成方形。

003 晋明帝数岁，坐元帝膝上。有人从长安来，元帝问洛下消息[1]，潸然流涕[2]。明帝问何以致泣，具以东渡意告之[3]。因问明帝："汝意谓长安何如日远[4]？"答曰："日远。不闻人从日边来，居然可知[5]。"元帝异之。明日，集群臣宴会，告以此意，更重问之。乃答曰："日近。"元帝失色曰："尔何故异昨日之言邪？"答曰："举目见日，不见长安[6]。"

❶洛下：洛阳，西晋都城。❷潸然：流泪的样子。❸具：全，尽。

东渡：晋室渡江东迁，建都建康，史称东晋。意：缘故。❹谓：认为。何如：与……相比怎么样。❺居然：显然。❻“举目见日”句：以日喻元帝，故日近。

004 司空顾和与时贤共清言[1]，张玄之、顾敷是中外孙[2]，年并七岁，《顾恺之家传》曰：“敷字祖根，吴郡吴人。滔然有大成之量，仕至著作郎，二十三卒。”在床边戏[3]，于时闻语，神情如不相属[4]。瞑于灯下，二儿共叙客主之言，都无遗失。顾公越席而提其耳曰[5]：“不意衰宗复生此宝[6]。”

❶清言：清谈。❷中外孙：孙子和外孙。儿子所生为中，女儿所生为外。❸床：坐具。❹相属：专注。❺越席：离席。❻不意：不料，想不到。

005 韩康伯数岁，家酷贫，至大寒，止得襦[1]。母殷夫人自成之[2]，令康伯捉熨斗，谓康伯曰：“且著襦，寻作复裈[3]。”儿云：“已足，不须复裈也。”母问其故，答曰：“火在熨斗中而柄热，今既着襦，下亦当暖，故不须耳。”母甚异之，知为国器[4]。

❶襦：短袄。❷殷夫人：豫章太守殷羡女。❸寻：不久。复裈（kūn）：夹裤。❹国器：治国之才。

006 晋孝武年十二，时冬天，昼日不着复衣[1]，但着单练衫五六重[2]，夜则累茵褥[3]。谢公谏曰：“圣体宜令有常[4]，陛下昼过冷，夜过热，恐非摄养之术[5]。”帝曰：“昼动夜静。”《老子》曰：“躁胜寒，静胜热。”此言夜静寒，宜重肃也。谢公出叹曰：“上理不减先帝[6]。”简文帝善言理也。

❶复衣：有衣里，内可装入棉絮的衣服。❷单练衫：白色熟绢制成的单层上衣。❸累：重叠。茵褥：床垫。❹有常：有规律。❺摄养：养生。❻上：皇上。先帝：指晋简文帝司马昱。

007 桓宣武薨[1]，桓南郡年五岁，服始除[2]，桓车骑与送故文武别[3]，《桓冲别传》曰："冲字玄叔，温弟也。累迁车骑将军，都督七州诸军事。"因指语南郡："此皆汝家故吏佐[4]。"玄应声恸哭，酸感傍人。车骑每自目己坐曰："灵宝成人，当以此坐还之。"灵宝，玄小字也。鞠爱过于所生[5]。

❶薨：诸侯死曰"薨"。❷服始除：丧服刚脱。❸送故：州郡长官离任、升迁或死亡，僚属送资财或随迁转或送丧归里，称之为"送故"。❹故吏佐：旧僚属。❺鞠爱：疼爱。

豪爽第十三

“豪爽”绝对不是《世说新语》的主调，甚至都有些另类。魏晋名士，渊雅高迈，如天际真人，如云中之鹤，心中企羡的境界是“雅量”，至多再来点儿“任诞”，来点儿“简傲”。平日里端坐一隅，栖心玄远，谈点玄，喝点酒，赏点月，赋点诗，说点虚空的清要政务，弄点雅致的往来仪式，日子过得精致而优雅，理所当然就会对儒雅、超迈、清丽、精致的范型情有独钟，而对于豪爽、粗糙、峻急、巉刻的范型不屑一顾，觉得过于老土，唯恐玷污了名士的身份。

《豪爽》区区一十三则，数量少得可怜，而且没有谢安、王羲之那类顶尖名士，唱主角的是乱世豪雄王敦、桓玄辈。好在《世说新语》没有戴有色眼镜，没有把豪迈俊爽之人妖魔化，只是一味地写出其真性情。率真疏放，一任天然，哪怕这种性情有时失之粗鄙，但贵在从骨子里流出来，依然显得亲切可爱。诸如，王大将军炫鼓技，“杨槌奋击”，“神气豪上”；祖车骑危急时刻一席瞋目厉声之语，胜过万千雍容德音；桓宣武平蜀，集参僚置酒，“雄情爽气”，“一坐叹赏”。如同看腻了云霞灿烂、月白风清，偶然来点乌云密布、疾风劲草，会令人振奋而神旺。

001 王大将军年少时，旧有田舍名[1]，语音亦楚[2]。武帝唤时贤共言伎艺事[3]，人皆多有所知，唯王都无所关[4]，意色殊恶[5]。自言知打鼓吹，帝令取鼓与之，于坐振袖而起，杨槌奋击，音节谐捷[6]，神气豪上[7]，傍若无人。举坐叹其雄爽。或曰：“敦尝坐武昌钓台，闻行船打鼓，嗟称其能。俄而一槌小异，敦以扇柄撞几曰：‘可恨！’应侍侧，曰：‘不然，此是回帆挝。’使视之，云：‘船人入夹口。’

应知鼓，又善于敦也。”

❶田舍：犹言“乡巴佬”。❷语音亦楚：说话是楚地方音，土气而不雅正。❸伎艺：歌舞艺术。❹都无：全无。关：关涉。❺意色：神色。殊恶：非常不好。❻谐捷：和谐急促。❼豪上：豪迈激昂。

002 王处仲，世许高尚之目[1]。尝荒恣于色，体为之弊[2]。左右谏之，处仲曰：“吾乃不觉尔[3]，如此者甚易耳。”乃开后阁[4]，驱诸婢妾数十人出路[5]，任其所之[6]，时人叹焉。邓粲《晋纪》曰：“敦性简脱，口不言财，其存尚如此。”

❶目：品评。❷弊：疲困，败。❸乃：却，竟。❹后阁：内室。❺出路：出门。❻所之：所往。之，到……去。

003 王大将军自目“高朗疏率，学通左氏”[1]。《晋阳秋》曰：“敦少称高率通朗，有鉴裁。”

❶左氏：即《左传》，又称《春秋左氏传》《左氏春秋》。儒家经典之一，相传为左丘明所作。

004 王处仲每酒后，辄咏：“老骥伏枥，志在千里。烈士暮年，壮心不已。[1]”魏武帝乐府诗。以如意打唾壶[2]，壶口尽缺。

❶“老骥伏枥”四句：出自曹操《步出夏门行·龟虽寿》。意为：老马虽伏在马厩中，却志在驰骋千里；壮士虽然年迈，但雄心依然不减。❷如意：器物名。柄端作手指形，搔痒可如人意，因此得名。唾壶：痰盂。

005 晋明帝欲起池台[1]，元帝不许。帝时为太子，好养武士，一夕中作池，比晓便成。今太子西池是也。《丹阳记》曰："西池，孙登所创，《吴史》所称西苑也，明帝修复之耳。"

❶起池台：修建水池台榭。

006 王大将军始欲下都[1]，处分树置[2]，先遣参军告朝廷，讽旨时贤[3]。祖车骑尚未镇寿春[4]，瞋目厉声语使人曰："卿语阿黑：敦小字也。何敢不逊！催摄面去[5]，须臾不尔，我将三千兵槊脚令上[6]。"王闻之而止。

❶下都：到京都。时王敦镇武昌，建康在武昌下游，故称。❷处分：处置，安排。树置：设置，建立。此指重新安排、设置官员。❸讽旨：委婉地暗示意图。❹祖车骑：指祖逖。寿春：淮南郡治所（今安徽寿县）。❺摄面：收敛脸面。意思是少张狂，放规矩老实点。❻将：带领。槊脚：用长矛戳脚。上：溯江而上。指回武昌。

007 庾稚恭既常有中原之志[1]，文康时[2]，权重未在己。及季坚作相[3]，忌兵畏祸，与稚恭历同异者久之[4]，乃果行[5]。倾荆、汉之力，穷舟车之势，师次于襄阳[6]。《汉晋春秋》曰："翼风仪美劭，才能丰赡，少有经纬大略。及继兄亮居方州之任，有匡维内外、扫荡群凶之志。是时，杜乂、殷浩诸人盛名冠世，翼未之贵也。常曰：'此辈宜束之高阁，俟天下清定，然后议其所任耳！'其意气如此。唯与桓温友善，相期以宁济宇宙之事。初，翼辄发所部奴及车马万数，率大军入沔，将谋伐狄，遂次于襄阳。"《翼别传》曰："翼为荆州，雅有正志。每以门地威重，兄弟宠授，不陈力竭诚，何以报国。虽蜀阻险塞，胡负凶力，然皆无道酷虐，易可乘灭。当此时，不能扫除二寇以复王业，非丈夫也。于是征役三州，悉其帑实，成众五万，兼率荒附，治戎大举，直指魏、赵，军次襄阳，耀威汉北也。”大会参佐[7]，陈其旌甲[8]，亲授弧矢曰[9]：“我之此行，若此射矣。”遂三起三叠[10]。徒众属目[11]，其气十倍。

❶中原之志：收复中原的志向。❷文康时：指其兄庾亮当政时。亮死后谥文康。❸季坚：庾冰字。❹历同异者久之：经过长时间的意见不统一。❺乃果行：才得以成行。❻次：驻扎。❼参佐：僚属，部下。❽陈其旌甲：摆开作战阵势。❾亲授弧矢：亲手拉弓放箭。❿三起三叠：三发三中。⓫属目：注目。

008 桓宣武平蜀[1]，集参僚置酒于李势殿[2]，巴、蜀搢绅莫不来萃[3]。桓既素有雄情爽气，加尔日音调英发[4]，叙古今成败由人，存亡系才，其状磊落，一坐叹赏。既散，诸人追味余言。于时寻阳周馥曰：“恨卿辈不见王大将军[5]！”《中兴书》曰：“馥，周抚孙也，字湛隐，有将略，曾作敦掾。”

❶桓宣武平蜀：晋穆帝永和二年（公元346年），桓温率晋军伐蜀，永和三年，汉李势降。❷参僚：僚属。❸搢绅：士大夫。萃：聚集。❹音调：语调。英发：英气勃发。❺恨：遗憾。

009 桓公读《高士传》[1]，至于陵仲子，便掷去，曰：“谁能作此溪刻自处[2]！”皇甫谧《高士传》曰：“陈仲子字子终，齐人。兄戴，相齐，食禄万钟。仲子以兄禄为不义，乃适楚，居于陵。曾乏粮三日，匍匐而食井李之实，三咽而后能视。身自织屦，令妻擗纑，以易衣食。尝归省母，有馈其兄生鹅者，仲子嚬颇曰：‘恶用此鶂鶂为哉！’后母杀鹅，仲子不知而食之。兄自外入，曰：‘鶂鶂肉邪？’仲子出门，哇而吐之。楚王闻其名，聘以为相，乃夫妇逃去，为人灌园。”

❶《高士传》：晋皇甫谧撰。记载古代隐士的生平事迹。原书已佚，今存辑本。❷溪刻：苛刻。

010 桓石虔，司空豁之长庶也[1]。《豁别传》曰："豁字朗子，温之弟。累迁荆州刺史，赠司空。"小字镇恶，年十七八，未被举[2]，而童隶已呼为镇恶郎[3]。尝住宣武斋头[4]。从征枋头[5]，车骑冲没陈[6]，左右莫能先救。宣武谓曰："汝叔落贼，汝知不？"石虔闻之，气甚奋，命朱辟为副，策马于数万众中，莫有抗者，径致冲还，三军叹服。河朔后以其名断疟[7]。《中兴书》曰："石虔有才干，有史学，累有战功，仕至豫州刺史，赠后军将军。"

❶司空豁：桓豁字朗子。谯国龙亢（今安徽省怀远县）人，大司马桓温之弟。累迁荆州刺史，逝后追赠司空。长庶：庶出长子。❷举：正式承认身份地位。❸童隶：幼小仆役。❹斋头：书斋。❺从征枋（fāng）头：晋废帝太和四年，桓温第三次北伐。秋至枋头（今河南浚县），因粮运断绝，退兵途中遭燕军追击，大败。❻车骑冲：桓冲。没陈：没入敌阵。❼河朔：黄河以北地区。断疟：断绝疟疾。

011 陈林道在西岸[1]，《晋阳秋》曰："逵为西中郎将，领淮南太守，戍历阳。"都下诸人共要至牛渚会[2]。陈理既佳，人欲共言折[3]。陈以如意拄颊，望鸡笼山叹曰[4]："孙伯符志业不遂！"《吴录》曰："长沙桓王讳策，字伯符，吴郡富春人。少有雄姿风气，年十九而袭业，众号孙郎。平定江东，为许贡客射破其面，引镜自照，谓左右曰：'面如此，岂可复立功乎？'乃谓张昭曰：'中国方乱，夫以吴越之众，三江之固，足以观成败。公等善相吾弟！'呼大皇帝，授以印绶，曰：'举江东之众，决机于两陈之间，卿不如我；任贤使能，各尽其心，我不如卿。慎勿北渡！'语毕而薨，年二十有六。"于是竟坐不得谈[5]。

❶西岸：指长江北岸。❷都下：京都。要：通“邀”。牛渚：牛渚山。山脚突入长江部分叫采石矶。❸言折：言析之误。言析，谈析玄理。❹鸡笼山：山名。在建康西北。❺竟坐：终坐。指一直到聚会结束。

012 王司州在谢公坐，咏“入不言兮出不辞，乘回风兮载云旗”[1]，《离骚·九歌·少司命》之辞。语人云：“当尔时，觉一坐无人。”

❶“入不言兮”句：语出《离骚·九歌·少司命》，意为：进来不言语，出去不辞行，乘着旋风，插上云彩幻化的旗帜。

013 桓玄西下[1]，入石头[2]，外白司马梁王奔叛[3]。《续晋阳秋》曰：“梁王珍之字景度。”《中兴书》曰：“初，桓玄篡位，国人有孔璞者，奉珍之奔寻阳，义旗既兴，归朝廷，仕至太常卿，以罪诛。”玄时事形已济[4]，在平乘上笳鼓并作[5]，直高咏云[6]：“箫管有遗音，梁王安在哉？[7]”阮籍《咏怀诗》也。

❶安帝元兴元年（公元 402 年）桓玄率荆州军攻入建康，第二年废晋称帝，国号楚。❷石头：石头城。在建康西，是建康的屏障。❸外白：吏役报告。外，男仆、吏役。奔叛：逃亡。❹事形已济：大势已定。济：成。❺平乘：大船名。笳鼓：两种古乐器名。❻直：只。❼“箫管”句：出自阮籍《咏怀诗》第三十一首。意为：当年魏王宴乐时吹奏的音乐仍余音袅袅，而宴乐的主人梁王在哪里呢？

容止第十四

所谓“容止”，“容”指容貌、容颜，即静态的漂亮；“止”指行为举止，即动态的风度。二者合一，构成了魏晋士人所推崇的姣好面目和渊雅风神。

魏晋士人爱美，追求唯美人生，尤其是对人物的容貌风仪之美、精神人格之美格外情有独钟，加上民间推波助澜，使其蔚然而成为一种社会风气。潘岳貌美，“挟弹出洛阳道”，妇人“连手共萦之”；左思貌丑，“亦复效岳游遨”，其结果是“群妪齐共乱唾之”；美男卫玠“从豫章至下都”，倾城人看美男，“观者如堵墙”，竟活生生将卫玠“看杀”；庾亮美风仪，深得陶侃激赏，竟因此免遭杀身之祸。容止之美与丑，竟能使人物命运天差地别，不得不令人拍案惊奇。

然晋人品容止，于阳刚与阴柔两端，偏于阴柔；于形神之间，侧重气质风神。叙容貌则“面如凝脂，眼如点漆”，说身形则“蒹葭倚玉树”，论气质则“轩轩如朝霞举”“濯濯如春月柳”，其最高范型便是所谓“玉类”人物。在通常情况下，玉颜、玉指、玉立、玉照、玉人无疑为女性符号，但在晋代，玉人则是男性容止的高贵范式，它和渊雅娴静的内在气质组合在一起，形成晶莹透亮的境界。

晋人的美男有些像当下的小鲜肉，偏于精细化和女性化，刻意求之，就不免流于病态。为什么会这样，原因无外乎以下四点：第一，道家抱柔守雌的哲学理念为晋人的容止典范提供了精神原型。《庄子·逍遥游》中藐姑射之山的神人，其外貌特征是“肌肤若冰雪，淖约若处子”，很显然，带有鲜明的女性特征。第二，儒家温良恭俭让的处事态度锤锻出宁静柔顺的文化性格。第三，偏安江左的政治处境约束了宏大粗犷的审美眼光。晋室东迁，以江南为栖身地，江南秀丽的地理环境和婉约的人文风情可以抚慰受伤的政治情怀，同时，又和玄理的雅趣叠合为一。第四，文学艺术上对精致艳丽的过分追求加剧了容止审美的女性化倾向。四者合一，演绎为声势浩大的审美时尚，形成对“玉类”人物顶礼膜拜的现象。

001 魏武将见匈奴使，自以形陋，不足雄远国❶，《魏氏春秋》曰：“武王姿貌短小，而神明英发。”使崔季珪代❷，帝自捉刀立床头❸。既毕，令间谍问曰❹：“魏王何如？”匈奴使答曰：“魏王雅望非常❺，《魏志》曰：“崔琰字季珪，清河东武城人。声姿高畅，眉目疏朗，须长四尺，甚有威重。”然床头捉刀人，此乃英雄也。”魏武闻之，追杀此使。

❶雄远国：称雄远国。❷崔季珪：崔琰字季珪，冀州清河郡东武城县（今河北省故城县）人。东汉末年名士，曹操帐下谋士。崔琰声姿高畅，眉目疏朗，须长四尺，甚有威重。❸床：坐榻。❹间谍：侦探。❺雅望：美好的仪容。

002 何平叔美姿仪，面至白。魏明帝疑其傅粉，正夏月，与热汤饼❶。既啖❷，大汗出，以朱衣自拭，色转皎然❸。《魏略》曰：“晏性自喜，动静粉帛不去手，行步顾影。”按此言，则晏之妖丽本资外饰；且晏养自宫中，与帝相长，岂复疑其形姿，待验而明也。

❶汤饼：汤面。❷啖：吃。❸转：更加。皎然：洁白明亮的样子。

003 魏明帝使后弟毛曾与夏侯玄共坐❶，时人谓“蒹葭倚玉树”❷。《魏志》曰：“玄为黄门侍郎，与毛曾并坐，玄甚耻之，不说形于色。明帝恨之，左迁玄为羽林监。”

❶毛曾：毛皇后之弟。官驸马都尉、散骑侍郎。因出身寒门，为豪门权贵耻笑。❷蒹葭：芦苇。玉树：传说中的仙树。比喻姿容姣好、才情超迈之人。

004 时人目："夏侯太初朗朗如日月之入怀❶，李安国颓唐如玉山之将崩❷。"《魏略》曰："李丰字安国，卫尉李义子也。识别人物，海内注意。明帝得吴降人，问江东闻中国名士为谁？以安国对之。是时，丰为黄门郎，改名宣。上问安国所在，左右公卿即具以丰对。上曰：'丰名乃被于吴越耶？'仕至中书令，为晋王所诛。"

❶朗朗：光明磊落的样子。❷李安国：李丰字安国，卫尉李义子。仕至中书令，为晋王所诛。颓唐：损坠貌，引申为精神萎靡不振。

005 嵇康身长七尺八寸，风姿特秀。《康别传》曰："康长七尺八寸，伟容色，土木形骸，不加饰厉，而龙章凤姿，天质自然。正尔在群形之中，便自知非常之器。"见者叹曰："萧萧肃肃❶，爽朗清举❷。"或云："肃肃如松下风❸，高而徐引❹。"山公曰："嵇叔夜之为人也❺，岩岩若孤松之独立❻；其醉也，傀俄若玉山之将崩❼。"

❶萧萧肃肃：潇洒严正。❷清举：高洁卓异。❸肃肃：形容风声。❹徐引：舒缓绵长。❺为人：指作为人的形貌特征。❻岩岩：高峻的样子。❼傀俄：倾颓的样子。

006 裴令公目王安丰"眼烂烂如岩下电"。王戎形状短小，而目甚清照，视日不眩。

007 潘岳妙有姿容，好神情❶。《岳别传》曰："岳姿容甚美，风仪闲畅。"少时挟弹出洛阳道，妇人遇者，莫不连手共萦之❷。左太冲绝丑，《续文章志》曰："思貌丑悴，不持仪饰。"亦复效岳游遨，于是群妪齐共乱唾之[3]，委顿而返[4]。《语林》曰："安仁至美，每行，老妪以果掷之满车。张孟阳至丑，每行，小儿以瓦石投之，亦满车。"二说不同。

[1]神情：神采，风度。[2]连手：手拉手。萦：围绕。[3]妪：妇人。[4]委顿：萎靡狼狈。

008 王夷甫容貌整丽，妙于谈玄，恒捉白玉柄麈尾，与手都无分别。

009 潘安仁、夏侯湛并有美容，喜同行，时人谓之连璧[1]。《八王故事》曰："岳与湛著契，故好同游。"

[1]连璧：双璧。

010 裴令公有俊容姿，一旦有疾，至困，惠帝使王夷甫往看。裴方向壁卧，闻王使至[1]，强回视之。王出，语人曰："双眸闪闪若岩下电，精神挺动[2]，体中故小恶[3]。"《名士传》曰："楷病困，诏遣黄门郎王夷甫省之。楷回眸属夷甫云：'竟未相识。'夷甫还，亦叹其神俊。"

[1]王使：皇帝的使者。[2]挺动：晃动。指精神恍惚。[3]小恶：小毛病。

011 有人语王戎曰："嵇延祖卓卓如野鹤之在鸡群。"答曰："君未见其父耳。"康已见上。

012 裴令公有俊容仪，脱冠冕，粗服乱头皆好[1]，时人以为"玉人"。见者曰："见裴叔则如玉山上行，光映照人。"

❶粗服乱头：指不加修饰，穿粗糙的衣服，蓬着头发。

013 刘伶身长六尺，貌甚丑悴❶，而悠悠忽忽❷，土木形骸❸。梁祚《魏国统》曰："刘伶字伯伦，形貌丑陋，身长六尺；然肆意放荡，悠焉独畅。自得一时，常以宇宙为狭。"

❶丑悴：丑陋而憔悴。❷悠悠忽忽：飘忽超然、酒醉迷离的样子。❸土木形骸：指不加修饰，形体如土木般自然质朴。

014 骠骑王武子是卫玠之舅，俊爽有风姿，见玠辄叹曰："珠玉在侧，觉我形秽。"《玠别传》曰："骠骑王济，玠之舅也。尝与同游，语人曰：'昨日吾与外生共坐，若明珠之在侧，朗然来照人。'"

015 有人诣王太尉，遇安丰、大将军、丞相在坐，往别屋，见季胤、平子❶。石崇《金谷诗叙》曰："王诩字季胤，琅邪人。"《王氏谱》曰："诩，夷甫弟也，仕至修武令。"还，语人曰："今日之行，触目见琳琅珠玉。"

❶季胤：王诩字季胤，琅邪（今山东）人。王夷甫之弟，官至修武令。

016 王丞相见卫洗马❶，曰："居然有羸形❷，虽复终日调畅❸，若不堪罗绮❹。"《玠别传》曰："玠素抱羸疾。"《西京赋》曰："始徐进而羸形，似不胜乎罗绮。"

❶卫洗马：指卫玠。❷居然：显然。羸形：病弱的身形。❸虽复：尽管。调畅：调养舒畅。❹不堪：承受不起。罗绮：丝织品。

017 王大将军称太尉"处众人中，似珠玉在瓦石间"。

018 庾子嵩长不满七尺，腰带十围[1]，颓然自放[2]。

❶围：计量圆周的量词。一说两手的拇指和食指合拢的长度，一说两臂合抱的长度。❷颓然自放：宽松随意，自然疏放。

019 卫玠从豫章至下都[1]，人久闻其名，观者如堵墙[2]。玠先有羸疾[3]，体不堪劳，遂成病而死。时人谓“看杀卫玠”。《玠别传》曰：“玠在群伍之中，实有异人之望。龆龀时，乘白羊车于洛阳市上，咸曰：‘谁家璧人？’于是家门州党号为璧人。”按《永嘉流人名》曰：“玠以永嘉六年五月六日至豫章，其年六月二十日卒。”此则玠之南度豫章四十五日，岂暇至下都而亡乎？且诸书皆云玠亡在豫章，而不云在下都也。

❶豫章：郡名。治所在南昌。下都：指东晋都城建康。西晋都洛阳，故称建康为下都。❷堵墙：墙壁。❸羸疾：瘦弱多病。

020 周伯仁道桓茂伦“嵚崎历落[1]，可笑人”，或云谢幼舆言。

❶嵚崎：山高峻的样子，喻人卓尔不群。历落：磊落。

021 周侯说王长史父[1]：《王氏谱》曰：“讷字文开，太原人。祖默，尚书。父祜，散骑常侍。讷始过江，仕至新淦令。”“形貌既伟，雅怀有概[2]，保而用之，可作诸许物也[3]。”

❶王长史父：指王蒙的父亲王讷。王讷字文开，太原人。官至新淦令。❷概：风度气概。❸诸许物：许多事情。

022 祖士少见卫君长云：“此人有旄杖下形[1]。”

❶旌杖：旗帜和仪仗。

023 石头事故，朝廷倾覆[1]，《晋阳秋》曰："苏峻自姑孰至于石头，逼迁天子。峻以仓屋为宫，使人守卫。"《灵鬼志·谣征》曰："明帝末，有谣歌：'恻恻力，放马出山侧，大马死，小马饿。'后峻迁帝于石头，御膳不具。"温忠武与庾文康投陶公求救[2]。陶公云："肃祖顾命不见及[3]。且苏峻作乱，衅由诸庾[4]，诛其兄弟，不足以谢天下。"徐广《晋纪》曰："肃祖遗诏，庾亮、王导辅幼主而进大臣官，陶侃、祖约不在其例。侃、约疑亮寝遗诏也。"《中兴书》曰："初，庾亮欲征苏峻，卞壸不许。温峤及三吴欲起兵卫帝室，亮不听，下制曰：'妄起兵者诛。'故峻得作乱京邑也。"于时庾在温船后，闻之，忧怖无计。别日，温劝庾见陶，庾犹豫未能往。温曰："溪狗我所悉[5]，卿但见之[6]，必无忧也。"庾风姿神貌，陶一见便改观，谈宴竟日[7]，爱重顿至。

❶"石头事故"二句：晋成帝即位，外戚庾亮执政，谋加强皇权，命历阳镇将苏峻交出兵权，入都任大司农。咸和二年（公元 327 年），苏峻举兵反，次年攻陷建康，自掌朝政，迁晋成帝于石头城。后被陶侃、温峤等率军讨灭。❷陶侃时为征西大将军、荆州刺史，兵强位重。❸肃祖：晋明帝庙号。顾命：帝王临终遗命。❹衅：嫌隙，争端。诸庾：庾姓诸人。❺溪狗：即"傒狗"。南朝士人对江西一带人的篾称。侃为豫章人，故称。❻但：尽管，只管。❼竟日：终日。

024 庾太尉在武昌[1]，秋夜气佳景清，使吏殷浩、王胡之之徒登南楼理咏[2]。音调始遒，闻函道中有屐声甚厉[3]，定是庾公。俄而率左右十许人步来，诸贤欲起避之。公徐云："诸君少住，老子于此处兴复不浅[4]！"因便据胡床与诸人咏谑[5]，竟坐甚得任乐[6]。后王逸少下[7]，与丞相言及此事。丞相曰："元规尔时风范[8]，不得不小颓[9]。”右军答曰：“惟丘壑独存[10]。”孙绰《庾亮碑文》曰：“公雅好所托，常在尘垢之外，虽柔心应世，蠖屈其迹，而方寸湛然，固以玄对山水。”

❶庾太尉在武昌：时庾亮都督江、荆等六州军事，镇武昌。❷使吏：《晋书·庾亮传》作“佐吏”，是军府中的参佐僚属。理咏：谈诵名理。❸函道：楼梯。厉：急促。❹老子：老夫。于此处：对于此事。❺据：靠，坐。胡床：由胡地传入的一种可折叠的轻便坐具。❻竟坐：满座。任乐：纵情欢乐。❼下：由武昌顺江而下至建康。❽元规：庾亮字。❾小颓：稍有颓败。❿丘壑：闲雅超迈的情怀。独：仍然。

025 王敬豫有美形，问讯王公[1]。王公抚其肩曰：“阿奴恨才不称[2]！”又云[3]：“敬豫事事似王公。”《语林》曰：“谢公云：‘小时在殿廷会见丞相，便觉清风来拂人。’”

❶问讯：问安。❷阿奴：长辈对晚辈表亲昵的称呼。恨：遗憾。❸又云：当为“人云”“或云”。

026 王右军见杜弘治，叹曰：“面如凝脂[1]，眼如点漆[2]，此神仙中人。”《江左名士传》曰：“永和中，刘真长、谢仁祖共商略中朝人士，或曰：‘杜弘治清标令上，为后来之美；又面如凝脂，眼如点漆，粗可得方诸卫玠。’”时人有称王长史形者，蔡公曰：“恨诸人不见杜弘治耳[3]！”

❶凝脂：凝固的油脂。形容脸白净光滑。❷眼如点漆：形容眼睛又黑又亮。❸恨：遗憾。

027 刘尹道桓公：鬓如反猬皮[1]，眉如紫石棱[2]，自是孙仲谋、司马宣王一流人[3]。宋明帝《文章志》曰："温为温峤所赏，故名温。"《吴志》曰："孙权字仲谋，策弟也。汉使者刘琬语人曰：'吾观孙氏兄弟，虽并有才秀明达，皆禄胙不终。惟中弟孝廉，形貌魁伟，骨体不恒，有大贵之表。'"《晋阳秋》曰："宣王天姿杰迈，有英雄之略。"

❶反猬皮：刺猬毛反转。指鬓毛粗硬不顺。❷紫石棱：形容眉骨突出，像紫石的棱角。❸自：自然。

028 王敬伦风姿似父。作侍中[1]，加授桓公，公服从大门入[2]。桓公望之曰："大奴固自有凤毛[3]。"大奴，王劭也，已见。《中兴书》曰："劭美姿容，持仪操也。"

❶作侍中：此句有误。作侍中的应为桓温。❷公服：官服。此指穿着官服。❸大奴：年长者对年幼者的亲昵之称。固自：确实。有凤毛：得老凤之毛羽，即得先人之风采。

029 林公道王长史："敛衿作一来[1]，何其轩轩韶举[2]。"《语林》曰："王仲祖有好仪形，每览镜自照，曰：'王文开那生如馨儿。'时人谓之达也。"

❶敛衿：提起衣襟。作一来：做某一动作时。❷轩轩：气宇轩昂。韶举：美好的举止。

030 时人目王右军："飘如游云，矫若惊龙。"

031 王长史尝病，亲疏不通[1]。林公来，守门人遽启之曰[2]："一异人在门，不敢不启。"王笑曰："此必林公。"按《语林》曰："诸人尝要阮光禄共诣林公，阮曰：‘欲闻其言，恶见其面。’”此则林公之形，信当丑异。

❶亲疏不通：指闭门谢客，断绝一切来往。❷遽：急忙。启：禀告。

032 或以方谢仁祖不乃重者[1]，桓大司马曰：“诸君莫轻道仁祖[2]，企脚北窗下弹琵琶[3]，故自有天际真人想[4]。”《晋阳秋》曰：“尚善音乐。”《裴子》云：“丞相尝曰：‘坚石挈脚枕琵琶，有天际想。’”坚石，尚小名。

❶或：有人。方：比，比拟。不乃：不太，不怎么。❷轻道：轻视。道：品评。❸企脚：跷脚。❹故自：确实。真人：道教称修真得道者为真人。想：情怀。

033 王长史为中书郎，往敬和许[1]。敬和，王洽，已见。尔时积雪，长史从门外下车，步入尚书[2]，着公服[3]。敬和遥望叹曰：“此不复似世中人。”

❶敬和：指王洽。许：处所。❷尚书：指尚书省。❸公服：官吏的礼服。

034 简文作相王时[1]，与谢公共诣桓宣武。王珣先在内，桓语王：“卿尝欲见相王，可住帐里[2]。”二客既去，桓谓王曰：“定何如[3]？”王曰：“相王作辅，自然湛若神君[4]，《续晋阳秋》曰：“帝美风姿，举止端详。”公亦万夫之望，不然，仆射何得自没[5]。”仆射，谢安。

❶相王：宰相而封王称相王。简文曾以会稽王进位丞相，故称。❷住：停留。❸定：究竟，到底。❹湛：清澈明亮的样子。❺仆射：指谢安。一说应为王彪之。自没：自甘居人之后。

035 海西时[1]，诸公每朝，朝堂犹暗，惟会稽王来[2]，轩轩如朝霞举[3]。

❶海西：晋废帝司马奕。❷会稽王：简文帝司马昱。曾封会稽王，故称。❸轩轩：气宇轩昂的样子。举：升起。

036 谢车骑道谢公："游肆复无乃高唱[1]，但恭坐捻鼻顾睐[2]，便自有寝处山泽间仪[3]。"

❶游肆：恣意游览。乃：那样。高唱：高声歌唱。❷但：只。顾睐：环顾。❸寝处山泽：坐卧山川林泽，指隐居。仪：仪态。

037 谢公云："见林公双眼黯黯明黑[1]。"孙兴公见林公："棱棱露其爽[2]。"

❶黯黯：颜色黑。❷棱棱：形容目光凌厉有威势。

038 庾长仁与诸弟入吴，欲住亭中宿[1]。诸弟先上，见群小满屋[2]，都无相避意[3]。长仁曰："我试观之。"乃策杖将一小儿[4]，始入门，诸客望其神姿，一时退匿[5]。长仁，已见。一说是庾亮。

❶住：停留。亭：古时行人停留宿食处。❷群小：众小人，指老百姓。❸都无：全无。❹策杖：拄着手杖。将：携带。小儿：小人，即下人。❺一时：顿时，一下子。

039 有人叹王恭形茂者[1]，云："濯濯如春月柳[2]。"

❶形：形貌。茂：丰美。❷濯濯：明净清朗的样子。春月：春天。

自新第十五

“自新”，即改过向善、重新做人的意思。在《世说新语》三十六门中，唯《自新》最短，仅只区区两则。很显然，它是《世说新语》的细枝末节，体现不出《世说新语》的时代精神和主流话语。但它又不是可有可无的，理由有三：其一，改过自新历来为古代道德建设者所重视。所谓“君子以见善则迁，有过则改”(《周易·益》)，“过则勿惮改”(《论语·学而》)，“朝闻道，夕死可矣”(《论语·里仁》)，可见，改过自新于道德建设是不可或缺的。其二，《世说新语》是一部文人轶事与人物品评之书，就文人轶事来说，无论是周处还是戴渊，他们之事都太是轶事啦，较其他的轶事更生动有趣；就人物品评来说，所谓金无足赤，人无完人，知错就改，善莫大焉。其三，故事的跌宕起伏具有小说之雏形，可为《世说新语》的小说属性张本。正因为故事的曲折性和趣味性，周处的故事还被改编为戏剧《除三害》，流传广泛，影响深远。

当然，从小说的角度来考虑，无论是周处还是戴渊，其悔过自新都缺乏情理依据，既没有强烈的外在震撼，又缺乏内在的灵魂拷问，看不出性格走向的合理性，乃作者强力所为，近乎于道德说教。不过，在门第观念深入人心的晋世，居然有如此通达的人才观，让打家劫舍者“仕至征西将军”，实属难得。

001 周处年少时[1]，凶强侠气[2]，为乡里所患。《处别传》曰：“处字子隐，吴郡阳羡人。父鲂，吴鄱阳太守。处少孤，不治细行。”《晋阳秋》曰：“处轻果薄行，州郡所弃。”又义兴水中有蛟[3]，山中有邅迹一作“白额”。虎[4]，并皆暴犯百姓，义兴人谓为三横[5]，而处尤剧。或说处杀虎斩蛟[6]，实冀三横惟余其一。处即刺杀虎，又入水击蛟，蛟或浮或没，行数十里，处与之俱。经三日三夜，乡里皆谓已死[7]，更相庆[8]，竟杀蛟而出。闻里人相庆，始知为人情所患，有自改意。《孔氏志怪》曰："义兴有邪足虎，溪渚长桥有苍蛟，并大啖人，郭西周，时谓郡中三害。"周即处也。乃自吴寻二陆[9]，平原不在，正见清河[10]，具以情告，并云："欲自修改而年已蹉跎[11]，终无所成。"清河曰："古人贵朝闻夕死[12]，况君前途尚可。且人患志之不立，亦何忧令名不彰耶[13]？"处遂改励[14]，终为忠臣孝子。《晋阳秋》曰："处仕晋为御史中丞，多所弹纠。氐人齐万年反，乃令处距万年。伏波孙秀欲表处母老，处曰：'忠孝之道，何当得两全？'乃进战，斩首万计，弦绝矢尽，左右劝退。处曰：'此是吾授命之日。'遂战而没。"

❶周处：周处字子隐。义兴阳羡（今江苏宜兴）人，鄱阳太守周鲂之子。周处年少时纵情肆欲，为祸乡里，为了改过自新去找名人陆机、陆云，后来浪子回头，改过自新，功业更胜乃父，留下"周处除三害"的传说。吴亡后周处仕西晋，刚正不阿，得罪权贵，被派往西北平定氐羌叛乱，遇害于沙场。❷凶强侠气：凶狠强横，任性使气。❸义兴：郡名。晋代治所在阳羡县。蛟：蛟龙。❹邅迹虎：跛足虎。❺横（hèng）：恃强妄为。三横，犹"三害"。❻或：有人。说（shuì）：游说，劝说。❼谓：认为。❽更相：互相。❾吴：吴郡。治所在今江苏苏州。二陆：陆机，曾任平原内史；陆云，曾任清河内史。❿正：只。⓫蹉跎：虚掷光阴。⓬朝闻夕死：典出《论语·里仁》："朝闻道，夕死可矣。"意谓早上得知真理，即使晚上死去也值得。⓭令名：美名。彰：彰显。⓮改励：改正错误，勉励上进。

002 戴渊少时[1]，游侠不治行检[2]，尝在江淮间攻掠商旅。陆机赴假还洛[3]，辎重甚盛[4]，渊使少年掠劫。渊在岸上，据胡床[5]，指麾左右，皆得其宜。渊既神姿峰颖[6]，虽处鄙事，神气犹异。机于船屋上遥谓之曰："卿才如此，亦复作劫邪[7]？"渊便泣涕，投剑归机，辞厉非常[8]。机弥重之，定交[9]，作笔荐焉[10]。虞预《晋书》曰："机荐渊于赵王伦曰：'盖闻繁弱登御，然后高墉之功显；孤竹在肆，然后降神之曲成。伏见处士戴渊，砥节立行，有井渫之洁；安穷乐志，无风尘之慕。诚东南之遗宝，朝廷之贵璞也。若得寄迹康衢，必能结轨骥騄；耀质廊庙，必能垂光瑜璠。夫枯岸之民，果于输珠；润山之客，烈于贡玉。盖明暗呈形，则庸识所甄也。'伦即辟渊。"过江仕至征西将军。

❶戴渊：戴渊字若思，广陵郡（今江苏）人。年轻时受陆机推荐，在东海王司马越幕府任职，累官散骑侍郎，封秣陵侯。❷行检：品性节操。❸赴假：销假还任。❹辎重：外出所带物资。❺据：坐。胡床：一种胡地传入的可折叠的轻便坐具。❻既：本，本来。峰颖：杰出，不同凡响。❼亦复：亦。复为词缀，无实义。❽辞厉：言词激切。❾定交：确立朋友关系。❿笔：文章，特指无韵的散文。此处指推荐书信。

企慕第十六

“企慕”者，举踵仰慕也，即踮着脚仰望而流露出钦羡之色。《企慕》凡六则，似与《赏誉》《品藻》类似，但细细甄别，却又同中有异。

与《赏誉》相比，二者都是对他人德望、才情的赞誉，但《赏誉》主要是通过语言表达对“赏誉”对象的评价以及评价的逻辑情理依据，而《企慕》则重在描摹钦羡之神色。与《品藻》相比，二者都是在比较中品评人物，但《品藻》是在冷静客观的比较中品第人物，在比较中甄别流品，区分高下，厘定优劣，推敲雅俗，而《企慕》则是由我及人，见贤思齐，在比较中溢出欣然之态，多了几分钦羡之情，少了几分冷峻之态。

倘若不为贤者讳，去掉《企慕》而并入《赏誉》和《品藻》，也是使得的。

001 王丞相拜司空[1]，桓廷尉作两髻[2]，葛裙策杖[3]，路边窥之，叹曰：“人言阿龙超[4]，阿龙故自超[5]。”阿龙，丞相小字。不觉至台门[6]。

[1]司空：官名。魏晋时为三公之一。[2]桓廷尉：桓彝。[3]葛裙：麻布裙。裙，下裳。策杖：拄着手杖。[4]超：卓越。[5]故自：确实。[6]台门：禁城门。

002 王丞相过江，自说昔在洛水边，数与裴成公、阮千里诸贤共谈道。羊曼曰：“人久以此许卿[1]，何须复尔？”王曰：“亦不言我须此[2]，但欲尔时不可得耳[3]！”欲一作叹。

❶许：赞许。❷亦：并。❸但：只，只是。

003 王右军得人以《兰亭集序》方《金谷诗序》[1]，又以己敌石崇，甚有欣色。王羲之《临河叙》曰：“永和九年，岁在癸丑，暮春之初，会于会稽山阴之兰亭，修禊事也。群贤毕至，少长咸集。此地有崇山峻岭，茂林修竹，又有清流激湍，映带左右，引以为流觞曲水，列坐其次。是日也，天朗气清，惠风和畅，娱目骋怀，信可乐也。虽无丝竹管弦之盛，一觞一咏，亦足以畅叙幽情矣。故列序时人，录其所述。右将军司马太原孙丞公等二十六人赋诗如左，前余姚令、会稽谢胜等十五人不能赋诗，罚酒各三斗。”

❶《兰亭集序》：永和九年（公元353年）三月三日，王羲之与谢安等四十一人燕集会稽山阴之兰亭，修祓禊之礼，各赋诗咏怀，后汇集成册，王羲之为之作序，名《兰亭集序》。方：与……相比。《金谷诗序》：晋惠帝元康六年（公元296年），石崇、苏绍等三十人于石崇别庐为征西大将军王诩送行，昼夜游宴，琴瑟笙歌，饮酒赋诗。集诗成册，石崇为之序。

004 王司州先为庾公记室参军[1]，后取殷浩为长史[2]。始到，庾公欲遣王使下都[3]，王自启求住曰[4]：“下官希见盛德[5]，渊源始至，犹贪与少日周旋[6]。”

❶记室参军：属官名。掌表章文书等。❷取：聘用。长史：丞相、三公、将军、都督府所设辅佐官吏。❸使：出使。下都：指东晋都城建康，与西晋洛阳相对而言。❹启：启禀。住：停留。❺希：同“稀”。少。盛德：大德，指德高望重之人。❻周旋：交往。

005 郗嘉宾得人以己比苻坚，大喜。

006 孟昶未达时，家在京口[1]。《晋安帝纪》曰："昶字彦达，平昌人。父馥，中护军。昶矜严有志局，少为王恭所知，豫义旗之勋，迁丹阳尹。卢循既下，昶虑事不济，仰药而死。"尝见王恭乘高舆[2]，被鹤氅裘[3]。于时微雪，昶于篱间窥之，叹曰："此真神仙中人。"

❶京口：今江苏镇江。❷高舆：轿子。❸被：披。鹤氅裘：用鸟羽制作的外套。

伤逝第十七

“伤逝”者，伤悼逝者，追怀亡人之谓也。《伤逝》门凡一十九则，从生命的极端模式“生死”视阈，表现了魏晋名士的一往情深。

魏晋以还，有关圣人有情抑或无情的命题，一直是名士清谈的品目之一。何晏主“圣人无情”，王衍倡“圣人忘情”，尽管魏晋士人从理论上主张不为情累，所谓“太上忘情”，但在行为领域，真情的流露却被视为真性情而得到肯定。正如王戎所说：“情之所钟，正在我辈。”

考《伤逝》一十九则，没有一则是传统意义上的伤悼父母先人，除了三则是伤悼亡儿，其余皆为友朋之伤、知音之伤。的确，知音长逝，最让人揪心动容。因为逝去的不仅仅是一个外人，也是自己心灵的纽带、情绪的响应，因而逝去的也就是自己的一部分。知音的陨灭，如松折，如雪崩，如天塌，天崩地裂，日月无光，让人顾不得虚头巴脑的排场和正襟端严的体面，悲哀在我心中，用真情至性的方式表达真情至性的伤悼。“王仲宣好驴鸣”“赴客皆一作驴鸣”送葬；“顾彦先平生好琴”，张季鹰为其鼓琴壮行；或长歌当哭，或“埋玉树着土中”，或“以犀柄麈尾着柩中”，读来如抚血诚肝胆，令人怦然心动。

001 王仲宣好驴鸣❶。《魏志》曰：“王粲字仲宣，山阳高平人。曾祖龚，父畅，皆为汉三公。粲至长安，见蔡邕，邕奇之，倒屣迎之，曰：‘此王公孙，有异才，吾不及也。吾家书籍尽当与之。’避乱荆州，依刘表，以粲貌寝通脱，不甚重之。太祖以从征吴，道中卒。”既葬，文帝临其丧❷，顾语同游曰：“王好驴鸣，可各作一声以送之。”赴客皆一作驴鸣❸。按戴叔鸾母好驴鸣，叔鸾每为驴鸣以说其母。人之所好，傥亦同之。

❶王仲宣：王粲字仲宣。山阳郡高平县（今山东邹城西南）人。东汉末年文学家，“建安七子”之一。少有才名，因关中骚乱，前往荆州依靠刘表，客居荆州十五年，志不获展，心情抑郁。建安十三年（公元208年），曹操南征荆州，王粲归顺曹操，深得曹氏父子信赖，赐爵关内侯，任侍中。建安二十二年（公元217年），王粲随曹操南征孙权，于北还途中病逝，终年四十一岁。❷文帝：曹丕。❸赴客：送葬的客人。

002 王濬冲为尚书令，着公服[1]，乘轺车[2]，经黄公酒垆下过，韦昭《汉书注》曰：“垆，酒肆也。以土为堕，四边高似垆也。”顾谓后车客：“吾昔与嵇叔夜、阮嗣宗共酣饮于此垆，竹林之游[3]，亦预其末[4]。自嵇生夭、阮公亡以来，便为时所羁绁[5]。今日视此虽近，邈若山河[6]。”《竹林七贤论》曰：“俗传若此。颍川庾爰之尝以问其伯文康，文康云：‘中朝所不闻，江左忽有此论，盖好事者为之耳！’”

❶公服：官吏的礼服。❷轺车：一马所驾的小型轻便车。❸竹林：指竹林七贤。❹预其末：参加其中，名列末位。❺羁绁：羁绊，束缚。❻邈：遥远。

003 孙子荆以有才，少所推服[1]，惟雅敬王武子[2]。武子丧时，名士无不至者。子荆后来，临尸恸哭，宾客莫不垂涕。哭毕，向灵床曰：“卿尝好我作驴鸣，今我为卿作。”体似真声[3]，宾客皆笑。孙举头曰：“使君辈存，令此人死！”《语林》曰：“王武子葬，孙子荆哭之甚悲，宾客莫不垂涕。既作驴鸣，宾客皆笑。孙曰：‘诸君不死，而令武子死乎？’宾客皆怒。”

❶推服：推崇佩服。❷雅敬：极敬重。雅，甚，极。❸体：模仿。

004 王戎丧儿万子[1]，山简往省之[2]，王悲不自胜。简曰："孩抱中物[3]，何至于此？"王曰："圣人忘情[4]，最下不及情；情之所钟，正在我辈。"王隐《晋书》曰："戎子绥，欲取裴遁女。绥既早亡，戎过伤痛，不许人求之，遂至老无敢取者。"简服其言，更为之恸。一说是王夷甫丧子，山简吊之。

❶万子：王绥字，王戎之子。❷省（xǐng）：探望。❸孩抱中物：指年幼尚须人抱的婴儿。据《晋书·王戎传》记载，万子死时已年十九，不得云孩抱中物。又，《晋书·王衍传》有"衍尝丧幼子，山简吊之"的记载，《世说》误衍作戎。❹圣人忘情：修炼到极高境界的人则能超越喜怒哀乐等世俗之情，不为情所累。

005 有人哭和长舆曰："峨峨若千丈松崩[1]。"

❶峨峨：高峻特立的样子。

006 卫洗马以永嘉六年丧[1]，谢鲲哭之，感动路人。《永嘉流人名》曰："玠以六年六月二十日亡，葬南昌城许征墓东。玠之薨，谢幼舆发哀于武昌，感恸不自胜。人问：'子何恤而致哀如是？'答曰：'栋梁折矣，何得不哀！'"咸和中[2]，丞相王公教曰[3]："卫洗马当改葬。此君风流名士，海内所瞻，可修薄祭，以敦旧好[4]。"《玠别传》曰："玠咸和中改迁于江宁。丞相王公教曰：'洗马明当改葬。此君风流名士，海内民望，可修三牲之祭，以敦旧好。'"

❶永嘉六年：公元312年。永嘉，西晋怀帝司马炽年号。❷咸和：东晋成帝司马衍年号（326—334）。❸教：诸侯言曰教。❹敦：笃厚，加深。

007 顾彦先平生好琴，及丧，人常以琴置灵床上。张季鹰往哭之，不胜其恸，遂径上床❶，鼓琴，作数曲竟，抚琴曰："顾彦先颇复赏此不❷？"因又大恸，遂不执孝子手而出。

❶径：径直，直接。❷颇：与"不"搭配，表疑问语气，犹"是否""可"等。

008 庾亮儿遭苏峻难遇害。诸葛道明女为庾儿妇，既寡，将改适❶，亮子会，会妻文彪，并已见上。与亮书及之。亮答曰："贤女尚少，故其宜也❷。感念亡儿，若在初没❸。"

❶改适：改嫁。❷故：确实，本来。❸初没：刚刚去世。没，通"殁"，死亡。

009 庾文康亡，何扬州临葬云："埋玉树着土中，使人情何能已已❶！"《搜神记》曰："初，庾亮病，术士戴洋曰：'昔苏峻事，公于白石祠中许赛车下牛，从来未解，为此鬼所考，不可救也。'明年，亮果亡。"《灵鬼志·谣征》曰："文康初镇武昌，出石头，百姓看者于岸歌曰：'庾公上武昌，翩翩如飞鸟；庾公还扬州，白马牵旒旐。'又曰：'庾公初上时，翩翩如飞鸦；庾公还扬州，白马牵旐车。'后连征不入，寻薨，下都葬焉。"

❶已已：停止。

010 王长史病笃❶，寝卧灯下，转麈尾视之❷，叹曰："如此人，曾不得四十❸！"及亡，刘尹临殡，以犀柄麈尾着柩中，因恸绝❹。《蒙别传》曰："蒙以永和初卒，年三十九。沛国刘惔与蒙至交，及卒，惔深悼之，虽友于之爱，不能过也。"

❶病笃：病重。❷麈尾：魏晋名士清谈，常手执以麈的尾毛做成的拂子（麈尾）以助谈兴。❸曾：竟然。❹恸绝：悲痛得昏死过去。

011 支道林丧法虔之后[1]，精神賈丧[2]，风味转坠[3]。《支遁传》曰："法虔，道林同学也。俊朗有理义，遁甚重之。"常谓人曰："昔匠石废斤于郢人[4]，《庄子》曰："郢人垩漫其鼻端，若蝇翼，使匠石运斤斫之，垩尽而鼻不伤，郢人立不失容。"牙生辍弦于钟子[5]，《韩诗外传》曰："伯牙鼓琴，钟子期听之。方鼓琴，志在太山，子期曰：'善哉乎鼓琴，巍巍乎若太山。'莫景之间，志在流水，子期曰：'善哉乎鼓琴，洋洋乎若流水。'钟子期死，伯牙擗琴绝弦，终身不复鼓之。以为在者，无足为之鼓琴也。"推己外求[6]，良不虚也！冥契既逝[7]，发言莫赏，中心蕴结，余其亡矣[8]！"却后一年[9]，支遂殒[10]。

❶法虔：法虔，支道林的同学。俊朗有理义，支道林非常器重他。❷賈丧：萎靡颓丧。❸风味：风采。转坠：逐渐消失。❹废：废置。斤：斧子。❺牙生：伯牙。辍：停止。❻推己外求：根据自己推想别人。❼冥契：意气相投的知己好友。❽其：将要。❾却后：过后。❿殒：死亡。

012 郗嘉宾丧，左右白郗公"郎丧"，既闻，不悲，因语左右："殡时可道[1]。"公往临殡，一恸几绝[2]。《中兴书》曰："超年四十一，先愔卒。超所交友，皆一时俊乂。及死之日，贵贱为诔者四十余人。"《续晋阳秋》曰："超党戴桓氏，为其谋主。以父愔忠于王室，不令知之。将亡，出一小书箱付门生，云：'本欲焚此，恐官年尊，必以伤愍为毙。我亡后，若大损眠食，则呈此箱。'愔后果恸悼成疾，门生乃如超旨，则与桓温往反密计。愔见即大怒曰：'小子死恨晚！'后不复哭。"

❶殡：殡殓。停置灵柩。❷恸：大哭。绝：昏厥。

013 戴公见林法师墓，《支遁传》曰："遁，太和元年终于剡之石城山，因葬焉。"曰"德音未远[1]，而拱木已积[2]。冀神理绵绵[3]，不与气运俱尽耳[4]！"王珣《法师墓下诗序》曰："余以宁康二年命驾之剡石城山，即法师之丘也。高坟郁为荒楚，丘陇化为宿莽，遗迹未灭，而其人已远。感想平昔，触物凄怀。"其为时贤所惜如此。

❶德音：善言。此指宣讲佛理之言。❷拱木：坟墓旁的树木。❸冀：希望。神理：精神理致。❹气运：年寿。

014 王子敬与羊绥善。绥清淳简贵，为中书郎[1]，少亡。绥已见。王深相痛悼，语东亭云："是国家可惜人！"

❶中书郎：即中书侍郎，为中书监、令之副职。

015 王东亭与谢公交恶[1]。《中兴书》曰："珣兄弟皆婿谢氏，以猜嫌离婚。太傅既与珣绝婚，又离妻，由是二族遂成仇衅。"王在东闻谢丧[2]，便出都诣子敬[3]，道欲哭谢公[4]。子敬始卧，闻其言，便惊起曰："所望于法护。"法护，珣小字。王于是往哭。督帅刁约不听前[5]，曰："官平生在时，不见此客。"王亦不与语，直前，哭甚恸，不执末婢手而退[6]。末婢，谢琰小字。琰字瑗度，安少子。开率有大度，为孙恩所害，赠侍中、司空。

❶交恶：相互结仇。❷东：会稽。因在都城建康以东，故称。❸出都：到京城。诣：到……去，拜访。❹哭：哭吊。❺督帅：帐下领兵之官。刁约：谢安属吏，事迹不详。不听：不允许。❻末婢：谢琰字瑗度，小字末婢，陈郡阳夏人。东晋后期重要将领，太保谢安次子、车

骑将军谢玄从弟。初拜著作郎，之后累任秘书丞、散骑常侍等职。

016 王子猷、子敬俱病笃❶，而子敬先亡。献之以泰元十三年卒，年四十五。子猷问左右："何以都不闻消息❷？此已丧矣！"语时了不悲❸。便索舆来奔丧❹，都不哭。子敬素好琴，便径入坐灵床上，取子敬琴弹，弦既不调❺，掷地云："子敬，子敬，人琴俱亡！"因恸绝良久，月余亦卒。《幽明录》曰："泰元中，有一师从远来，莫知所出。云：'人命应终，有生乐代者，则死者可生；若逼人求代，亦复不过少时。'人闻此，咸怪其虚诞。王子猷、子敬兄弟特相和睦。子敬疾，属纩。子猷谓之曰：'吾才不如弟，位亦通塞，请以余年代弟。'师曰：'夫生代死者，以己年限有余，得以足亡者耳。今贤弟命既应终，君侯算亦当尽，复何所代？'子猷先有背疾，子敬疾笃，恒禁来往。闻亡，便抚心悲惋，都不得一声，背即溃裂。推师之言，信而有实。"

❶病笃：病重。❷都：完全。下文"都不哭"意同。❸了：完全。❹索：索要。❺既：已经。不调：不谐调，不成调。

017 孝武山陵夕❶，王孝伯入临❷，告其诸弟曰："虽榱桷惟新❸，便自有黍离之哀❹！"《中兴书》曰："烈宗丧，会稽王道子执政，宠幸王国宝，委以机任。王恭入赴山陵，故有此叹。"

❶孝武：晋武帝司马曜。山陵夕：驾崩时。山陵，本指帝王陵墓，动词化指帝王驾崩。❷入临：入都哭吊。❸榱桷（cuī jué）：椽子。常喻担负国家重任之人。此处指司马道子、王国宝等人。❹黍离：《诗经·王风》篇名。周大夫过故宗庙宫室，满目皆是禾黍，悲而作是诗。后为哀叹亡国之辞。此时司马道子执政，王恭心怀不满，终于在安帝隆安元年以诛王国宝为名，在京口起兵，殷仲堪也在荆州起兵响应。

018 羊孚年三十一卒，桓玄与羊欣书曰："贤从情所信寄[1]，暴疾而殒。孚，已见。《宋书》曰："欣字敬元，泰山南城人。少怀静默，秉操无竞，美姿容，善笑言，长于草隶。"《羊氏谱》曰："孚即欣从祖（兄）。"祝予之叹[2]，如何可言！"《公羊传》曰："颜渊死，子曰：'噫，天丧予！'子路亡，子曰：'噫，天祝予！'"何休曰："祝者，断也。天将亡夫子耳。"

❶贤从：指贤从兄。信寄：信赖寄托。❷祝予：天将亡我。祝，断。

019 桓玄当篡位[1]，语卞鞠云[2]：卞范，已见。"昔羊子道恒禁吾此意。今腹心丧羊孚[3]，爪牙失索元[4]，《索氏谱》曰："元字天保，燉煌人。父绪，散骑常侍。元历征虏将军、历阳太守。"《幽明录》曰："元在历阳疾病。西界一年少女子姓某，自言为神所降，来与元相闻，许为治护。元性刚直，以为妖惑，收以付狱，戮之于市中。女临死曰：'却后十七日，当令索元知其罪。'如期，元果亡。"而匆匆作此诋突[5]，讵允天心[6]？"

❶当：将，将要。❷卞鞠：卞范之。少与桓玄交好，桓玄辅政时用为丹阳尹。与殷仲文共助桓玄篡逆，为桓玄心腹。❸腹心：亲信，谋士。❹爪牙：具有进攻和防卫作用的武臣。❺诋突：抵触，冒犯。指犯上作乱。❻讵：怎能，哪里。允：合乎，符合。天心：天意。

栖逸第十八

“栖逸”，即栖隐山林、避世高蹈之意，说得直白一点，就是隐逸。

魏晋六朝，朝隐之风大炽，究其原因，无外乎三：其一，魏晋六朝，宫廷政治形势险恶，王室与士族、士族与权贵、士族与士族之间的矛盾盘根错节，使一部分士人在世俗的功利追求、个人的全身远离之间，持一种首鼠两端的态度，为朝隐之风提供了政治环境；其二，魏晋以还，玄学大盛，玄学主张栖心玄远，自然超迈，为朝隐之风提供了生命态度；其三，佛学东渐，至东晋、十六国时期迅猛发展，且与玄学互相渗透，僧人参与清谈，士子研究佛理，成为一时风尚。以上诸端，导致朝隐之风的兴起。而且朝隐不仅能缓冲出处的矛盾，也能满足士人生活上溺于享乐、思想上耽于玄理的需求，因而弥散为上层社会的普遍风习。

所谓“朝隐”，即亦官亦隐，意即居位在朝，而淡泊恬退与隐居无异，这和真正的隐者终究隔了一层。考《栖逸》凡一十七则，的确鲜有真正的隐者。竹林名士，任诞使气，颇具颠覆性和破坏性，身上杀气太重，与隐者意趣不符；谢安辈的东山之隐，那是名士的狂欢，声色犬马，热闹异常；戴逵貌似隐居会稽，却居住着郗超以百万资建造的“如官舍”般的屋宇；许玄度身居幽穴，却堂而皇之地享受“四方诸侯之遗”，两边沾光，志得意满；何准之高情避世只是为了邀名，“予第五之名，何必减骠骑”。此乃以隐居得风雅，以隐居求其乐，而真正的隐士陶渊明因为出身庶族，不能侧身名士之流，故弃而不录，惜哉！

001 阮步兵啸闻数百步[1]。苏门山中[2]，忽有真人[3]，樵伐者咸共传说[4]。阮籍往观，见其人拥膝岩侧，籍登岭就之，箕踞相对[5]。籍商略终古[6]，上陈黄、农玄寂之道[7]，下考三代盛德之美以问之[8]，仡然不应[9]。复叙有为之教、栖神导气之术以观之[10]，彼犹如前，凝瞩不转[11]。籍因对之长啸。良久，乃笑曰："可更作。"籍复啸。意尽，退还半岭许[12]，闻上嗜然有声[13]，如数部鼓吹[14]，林谷传响，顾看，乃向人啸也。《魏氏春秋》曰："阮籍常率意独驾，不由径路，车迹所穷，辄恸哭而反。尝游苏门山，有隐者，莫知姓名，有竹实数斛、杵臼而已。籍闻而从之，谈太古无为之道，论五帝、三王之义，苏门先生翛然曾不眄之。籍乃嘐然长啸，韵响寥亮。苏门先生乃逌尔而笑。籍既降，先生喟然高啸，有如凤音。籍素知音，乃假苏门先生之论以寄所怀。其歌曰：'日没不周西，月出丹渊中。阳精晦不见，阴光代为雄。亭亭在须臾，厌厌将复隆。富贵俯仰间，贫贱何必终！'"《竹林七贤论》曰："籍归，遂著《大人先生论》，所言皆胸怀间本趣，大意谓先生与己不异也。观其长啸相和，亦近乎目击道存矣。"

❶啸：嘬口发出长而清越的声音。❷苏门山：又名苏岭、百门山，太行山支脉之一，在今河南辉县。❸真人：得道之人。❹樵伐者：樵夫，砍柴的人。咸：都。❺箕踞：伸两足屈膝而坐，是一种倨傲轻慢的坐姿。❻商略：品评，评论。终古：往古。❼黄、农：黄帝轩辕氏和炎帝神农氏。玄寂之道：顺应自然、清静无为的学说。❽考：研求。三代：指夏、商、周。❾仡（yì）然：屹然不动的样子。❿有为之教：此指佛教。有为，佛教指因缘所生的世间事物。栖神导气之术：道家保其根本、养其元神、导引胎息的方法。⓫凝瞩：凝视。⓬半岭：半山腰。许，处所。⓭嗜然：嗜同"啾"，声音悠长的样子。⓮鼓吹：用鼓、钲、箫、笳等乐器合奏。

002 嵇康游于汲郡山中[1]，遇道士孙登[2]，遂与之游。康临去，登曰："君才则高矣，保身之道不足。"《康集序》曰："孙登者，不知何许人。无家，于汲郡北山土窟住。夏则编草为裳，冬则被发自覆。好读《易》，鼓一弦琴。见者皆亲乐之。”《魏氏春秋》曰：“登性无喜怒。或没诸水，出而观之，登复大笑。时时出入人间，所经家设衣食者，一无所辞，去皆舍去。”《文士传》曰：“嘉平中，汲县民共入山中，见一人，所居悬岩百仞，丛林郁茂，而神明甚察。自云：‘孙姓登名，字公和。’康闻，乃从游三年，问其所图，终不答，然神谋所存良妙。康每荼然叹息。将别，谓曰：‘先生竟无言乎？’登乃曰：‘子识火乎？生而有光而不用其光，果然在于用光；人生有才而不用其才，果然在于用才。故用光在乎得薪，所以保其曜；用才在乎识物，所以全其年。今子才多识寡，难乎免于今之世矣。子无多求！’康不能用。及遭吕安事，在狱为诗自责云：‘昔惭下惠，今愧孙登。’”王隐《晋书》曰：“孙登即阮籍所见者也。嵇康执弟子礼而师焉。魏晋去就，易生嫌疑，贵贱并没，故登或默也。”

❶汲郡：西晋郡名，治所在今河南卫辉市西南。❷孙登：孙登字公和，汲郡共人。无家，居住在共城北山苏门山土窟中。夏天编草为裳，冬天披发自覆。喜欢读《易》，弹一弦琴，性无喜怒。

003 山公将去选曹[1]，欲举嵇康，康与书告绝[2]。《康别传》曰：“山巨源为吏部郎，迁散骑常侍，举康，康辞之，并与山绝。岂不识山之不以一官遇己情邪？亦欲标不屈之节以杜举者之口耳！乃答涛书，自说不堪流俗，而非薄汤、武。大将军闻而恶之。”

❶去：离开。选曹：主选拔官吏的官署，指吏部。❷与书告绝：嵇康作《与山巨源绝交书》，表明不愿出仕为官的决绝态度。

004 李廞是茂曾第五子[1]，清贞有远操[2]，而少羸病[3]，不肯婚宦。居在临海[4]，住兄侍中墓下[5]。既有高名，王丞相欲招礼之[6]，故辟为府掾[7]。廞得笺命[8]，笑曰："茂弘乃复以一爵假人[9]。"《文字志》曰："廞字宗子，江夏钟武人。祖康，秦州刺史。父重，平阳太守。世有名望。廞好学，善草隶，与兄式齐名。躄疾不能行坐，常仰卧弹琴，读诵不辍。河间王辟太尉掾，以疾不赴。后避难，随兄南渡，司徒王导复辟之。廞曰：'茂弘乃复以一爵加人。'永和中卒。廞尝为二府辟，故号李公府也。式字景则，廞长兄也。思理儒隐，有平素之誉。渡江，累迁临海太守、侍中。年五十四而卒。"

❶李廞：李廞字宗子，江夏钟武人。累迁临海太守、侍中。❷清贞：清廉正直。远操：高迈的情操。❸羸病：虚弱多病。❹临海：晋代治所在今临海市东南。❺侍中：指李廞长兄李式。❻招礼：招聘礼遇。❼辟：征召。府掾：府署辟置的属官。❽笺命：授官的文书。❾乃复：竟然。假：给予。

005 何骠骑弟以高情避世[1]，而骠骑劝之令仕。答曰："予第五之名，何必减骠骑[2]？"《中兴书》曰："何准字幼道，庐江灊人，骠骑将军充第五弟也。雅好高尚，征聘一无所就。充位居宰相，权倾人主，而准散带衡门，不及世事。于时名德皆称之。年四十七卒。有女为穆帝皇后。赠光禄大夫，子恢让不受。"

❶何骠骑弟：何准字幼道，庐江灊（今安徽省霍山县）人，骠骑将军何充第五弟。雅好高尚，散带衡门，不及世事。❷何必：未必，哪里一定。减：比……差。

006 阮光禄在东山[1]，萧然无事[2]，常内足于怀。《阮裕别传》曰："裕居会稽剡山，志存肥遁。"有人以问王右军，右军曰："此君近不惊宠辱[3]，《老子》曰："宠辱若惊，得之若惊，失之若惊。"虽古之沈冥[4]，何以过此？"《扬子》曰："蜀庄沈冥。"李轨注曰："沈冥，犹玄寂，泯然无迹之貌。”

❶东山：指会稽剡山。❷萧然：清静安逸的样子。❸近：接近，几乎。❹沈冥：隐晦，玄寂。指隐居避世之人。

007 孔车骑少有嘉遁意[1]，年四十余，始应安东命[2]。未仕宦时，常独寝，歌吹自箴诲[3]。自称孔郎，游散名山[4]。《孔愉别传》曰：“永嘉大乱，愉入临海山中，不求闻达，中宗命为参军。”百姓谓有道术，为生立庙[5]，今犹有孔郎庙。

❶嘉遁：指合乎正道的归隐。❷安东：晋元帝司马睿在永嘉年间曾任安东将军，征孔为参军。❸箴诲：劝诫，教诲。❹游散：游历，漫游。❺生立庙：立生祠，即为活着的人立庙。

008 南阳刘驎之[1]，高率善史传[2]，隐于阳岐[3]。于时苻坚临江，荆州刺史桓冲将尽讦谟之益[4]，征为长史[5]，遣人船往迎，赠贶甚厚[6]。驎之闻命便升舟，悉不受所饷[7]，缘道以乞穷乏[8]，比至上明亦尽[9]。一见冲，因陈无用，翛然而退[10]。居阳岐积年，衣食有无[11]，常与村人共。值己匮乏，村人亦如之。甚厚为乡闾所安。邓粲《晋纪》曰：“驎之字子骥，南阳安众人。少尚质素，虚退寡欲。好游山泽间，志存遁逸。桓冲尝至其家，驎之方条桑，谓冲：‘使君既枉驾光临，宜先诣家君。’冲遂诣其父。父命驎之，然后乃还，拂裋褐与冲言。父使驎之自持浊酒葅菜供宾，冲敕人代之，父辞曰：‘若使官人，则非野人之意也。’冲为慨然，至昏乃退。因请为长史，固辞。居阳岐，去道斥近，人士往来，必投其家。驎之身自供给，赠致无所受。去家百里，有孤妪疾，将死，谓人曰：‘惟有刘长史当埋我耳！’驎之身往候之，值终，为治棺殡，其仁爱皆如此。以寿卒。”

❶刘驎之：刘驎之字子骥，南阳安众（今河南省邓州市）人。少尚质素，虚退寡欲。好游山泽间，志存遁逸。❷高率：高尚率真。史传：历史。❸阳岐：荆州阳岐村。❹讦谟：宏大计划。❺长史：魏晋时，各府所设辅佐官吏。❻赠贶（kuàng）：馈赠，赠予。❼饷：馈赠。❽缘道：沿路。乞：给，与。❾比至：等到。上明：时为荆州治所，在今湖北松滋市北。❿翛（xiāo）然：自然超越的样子。⓫有无：偏义复词。偏指"有"。

009 南阳翟道渊与汝南周子南少相友[1]，共隐于寻阳[2]。庾太尉说周以当世之务，周遂仕，翟秉志弥固。其后周诣翟[3]，翟不与语。《晋阳秋》曰："翟汤字道渊，南阳人，汉方进之后也。笃行任素，义让廉洁，馈赠一无所受。值乱多寇，闻汤名德，皆不敢犯。"《寻阳记》曰："初，庾亮临江州，闻翟汤之风，束带蹑屐而诣焉。亮礼甚恭，汤曰：'使君直敬其枯木朽株耳！'亮称其能言，表荐之，征国子博士，不赴。主簿张玄曰：'此君卧龙，不可动也。'终于家。"

❶翟道渊：翟汤字道渊，南阳人。东晋隐士，有德行，为当世所称。周子南：周邵字子南，少与翟汤为友，共隐于寻阳。后为庾亮所举，官至西阳太守。❷寻阳：县名。故址在今九江市西。❸诣：到……去，拜访。

010 孟万年及弟少孤[1]，居武昌阳新县[2]。万年游宦，有盛名当世。少孤未尝出，京邑人士思欲见之，乃遣信报少孤[3]，云兄病笃，狼狈至都[4]。时贤见之者，莫不嗟重[5]，因相谓曰："少孤如此，万年可死。"袁宏《孟处士铭》曰："处士名陋，字少孤，武昌阳新人，吴司空孟宗后也。少而希古，布衣蔬食，栖迟蓬荜之下，绝人间之事，亲族慕其孝。大将军命会稽王辟之，称疾不至。相府历年虚位，而澹然无闷，卒不降志，时人奇之。"

❶少孤：孟陋字少孤，孟嘉之弟，武昌阳新（今湖北省黄石市阳新县）人。为人高洁，博闻广识，一生隐居不仕，为当世所重。❷阳新县：属武昌郡，旧治所在今湖北阳新县境内。❸信：信史。❹狼狈：急速，匆忙。❺嗟重：赞叹器重。

011 康僧渊在豫章[1]，去郭数十里立精舍[2]，旁连岭，带长川，芳林列于轩庭[3]，清流激于堂宇[4]。乃闲居研讲，希心理味[5]。庾公诸人多往看之，观其运用吐纳[6]，风流转佳，加已处之怡然[7]，亦有以自得[8]，声名乃兴。后不堪[9]，遂出。僧渊，已见。

❶豫章：郡名，治所在今南昌市。❷郭：外城为郭。精舍：僧人道人居住的处所。❸轩庭：指堂前有长廊围绕的庭院。❹堂宇：厅堂屋檐。❺希心：仰慕之心。指潜心。理味：体味。❻运用：灵活变通。吐纳：谈吐。❼加已：加以。❽亦：颇。❾不堪：不能忍受，指耐不住寂寞。

012 戴安道既厉操东山[1]，《续晋阳秋》曰："逵不乐当世，以琴书自娱，隐会稽剡山。国子博士征，不就。"而其兄欲建式遏之功[2]。《戴氏谱》曰："逯字安丘，谯国人。祖硕，父绥，有名位。逯以武勇显，有功，封广陵侯，仕至大司农。"谢太傅曰："卿兄弟志业，何其太殊？"戴曰："下官不堪其忧，家弟不改其乐。[3]"

❶厉操：磨砺操守。指隐居。东山：指会稽剡山。❷式遏之功：典出《诗经·大雅·民劳》："式遏寇虐，憯不畏明。"指功业。❸典出《论语·雍也篇》："一箪食，一瓢饮，在陋巷，人不堪其忧，回也不改其乐。"此指兄忍受不了隐居之忧，弟不想改变隐居之乐。

013 许玄度隐在永兴南幽穴中[1]，每致四方诸侯之遗[2]。或谓许曰："尝闻箕山人似不尔耳[3]！"许曰："筐篚苞苴[4]，故当轻于天下之宝耳[5]！"郑玄《礼记注》云："苞苴，裹肉也，或以苇，或以茅。"此言许由尚致尧帝之让，筐篚之遗，岂非轻耶？

❶永兴：县名，晋属会稽郡。❷四方诸侯：各地官员。遗（wèi）：馈赠。❸箕山人：指许由。相传尧让天下与许由，许由不受，隐居箕山。尔：这样。❹筐篚：竹筐。苞苴：用来裹肉的草苇。❺故当：当然。天下之宝：指天子之位。

014 范宣未尝入公门[1]，韩康伯与同载，遂诱俱入郡[2]，范便于车后趋下[3]。《续晋阳秋》曰："宣少尚隐遁，家于豫章，以清洁自立。"

❶公门：官府之门。❷郡：郡衙。❸趋：疾走，跑。

015 郗超每闻欲高尚隐退者[1]，辄为办百万资，并为造立居宇。在剡为戴公起宅[2]，甚精整。戴始往旧居[3]，与所亲书曰："近至剡，如官舍。"郗为傅约亦办百万资[4]，傅隐事差互[5]，故不果遗[6]。约，琼小字。

❶高尚：崇尚超迈，不出仕为官。❷剡：剡山。在会稽境内。戴公：戴逵。❸始往旧居："旧"疑为衍文。《太平御览》五一〇作"始往居"。❹傅约：傅瑗与郗超相善（见7/25），傅琼疑为傅瑗兄弟行。❺差互：蹉跎不遂。❻遗（wèi）：馈赠。

016 许掾好游山水，而体便登陟[1]。时人云："许非徒有胜情[2]，实有济胜之具[3]。"

❶登陟：攀登。❷胜情：美好的情致。❸济：成。具：条件。指健康的身体。

017 郗尚书与谢居士善[1]，常称“谢庆绪识见虽不绝人，可以累心处都尽”[2]。尚书，郗恢也，别见。檀道鸾《续晋阳秋》曰：“谢敷字庆绪，会稽人，崇信释氏。初入太平山中，十余年，以长斋供养为业，招引同事，化纳不倦。以母老，还南山若邪中。内史郗愔表荐之，征博士，不就。初，月犯少微星，一名处士星，占云：‘以处士当之。’时戴逵居剡，既美才艺，而交游贵盛，先敷著名，时人忧之。俄而敷死，会稽人士以嘲吴人云：‘吴中高士，便是求死不得。’”

❶郗尚书：郗恢字道胤，小名阿乞，高平金乡（今山东嘉祥西阿城铺）人。太尉郗鉴之孙，北中郎将郗昙之子。官至雍州刺史，尚书。谢居士：指谢敷。谢敷字庆绪，会稽人，笃信佛教，终身不仕，时称谢居士。居士：居家修道，虔心向佛的人。❷绝：超绝，超越。累心处：指世事烦恼。都：完全。

贤媛第十九

《世说新语》的视阈是名士风流，却于三十六门中特辟《贤媛》一门，书写贤淑睿智女性的日常风景，为其树碑立传，的确属于功德无量的创格。

《贤媛》门凡三十二则，挣脱了先秦以还对女性的道德笼盖和意义锁定。《贤媛》门中的女性，不是“女子无才便是德”的木乃伊，不是“未嫁从父，既嫁从夫，夫死从子”(《仪礼·丧服》)的附属品，也不是“妇德、妇言、妇容、妇功”(《周礼·天官冢宰·九嫔》)的道德旌表，而是有德行、有智慧、有才情的贤淑女性。作品饶有兴味地书写她们磊落耿直、临危不惧、相夫教子的风范，赞美她们审时度势、识鉴人物、辨明事理的智慧，钦羡她们心思细密、思维敏锐、言辞便捷的才情。

《贤媛》门中的众多贤母、贤妻、贤妃、贤姐、贤妹、贤女儿、贤侄女……，组成一个五光十色的女性世界。高雅渊迈者如谢道韫，“神情散朗”，“有林下风气”；志高行洁者如王昭君，“姿容甚丽”却“志不苟求”；识见超群者如山涛妻，能于嵇康、阮籍和山涛之间看出才致与识度的差异；言辞便捷者如诸葛诞女，枕边私语，反唇相讥，使新郎官窘困语塞；审时度势者如陈婴母，能于情急之间断识贵贱、祸福之机兆；识大体者如陶侃母，为了款待儿子的同僚，断发换米，斫柱为薪，锉荐供马，屈己而维护了儿子的脸面；勇毅果决者如玉台儿媳，为了救公公的性命，情急而“徒跣”、而“厉声”、而“突入”、而“号泣”，侠肝义胆，唯天可鉴。

尤为难得的是，《贤媛》的意蕴还突破了一般语义学意义上的框定，于才与德、才与貌之间倾心于才。那个奇丑无比的阮氏女，俨然《贤媛》的女一号。《贤媛》用一连三则的篇幅为阮氏树碑立传，集中展现她的智慧和才能，给人以深刻的印象，以至于她奇丑的相貌反倒为人淡忘。《贤媛》之女性意蕴，由此可见一斑。

001 陈婴者[1]，东阳人[2]，少修德行，著称乡党[3]。秦末大乱，东阳人欲奉婴为主[4]，母曰："不可，自我为汝家妇，少见贫贱[5]，一旦富贵[6]，不祥。不如以兵属人[7]，事成少受其利[8]，不成祸有所归。"《史记》曰："婴故东阳令史，居县素信，为长者。东阳人欲立长，乃请婴。婴母谏之。乃以兵属项梁，梁以婴为上柱国。"

❶陈婴：东阳人，为县令史。秦末起兵，为项梁将，封上柱国。项羽死后，归汉，封侯。❷东阳：秦时县名，在泗水南。❸乡党：乡里。❹主：首领，领袖。❺见：受，遭。❻一旦：一日，一下子。❼属：交给，托付。❽少：稍。

002 汉元帝宫人既多[1]，乃令画工图之[2]，欲有呼者，辄披图召之[3]。其中常者[4]，皆行货赂。王明君姿容甚丽，志不苟求，工遂毁为其状。后匈奴来和，求美女于汉帝，帝以明君充行[5]。既召见而惜之，但名字已去，不欲中改，于是遂行。《汉书·匈奴传》曰："竟宁元年，呼韩邪单于来朝，自言愿婿汉氏以自亲。元帝以后宫良家子王嫱字明君赐之。单于欢喜，上书愿保塞。"文颖曰："昭君本蜀郡秭归人也。"《琴操》曰："王昭君者，齐国王穰女也。年十七，仪形绝丽，以节闻国中，长者求之者，王皆不许，乃献汉元帝。帝造次不能别房帷，昭君恚怒之。会单于遣使，帝令宫人装出，使者请一女，帝乃谓宫中曰：'欲至单于者起。'昭君喟然越席而起，帝视之，大惊悔。是时使者并见，不得止，乃赐单于。单于大说，献诸珍物。昭君有子曰世违。单于死，世违继立。匈奴之俗，父死妻母。昭君问世违曰：‘汝为汉也，为胡也？’世违曰：‘欲为胡耳。’昭君乃吞药自杀。”石季伦曰：“‘昭’以触文帝讳，故改为‘明’。”

❶汉元帝：刘奭。宣帝子，汉第八代皇帝。宫人：宫女。❷图之：为她们画像。❸披：打开，翻开。❹中常：平常，中等。❺充行：充当宗室女出嫁。

003 汉成帝幸赵飞燕[1]，飞燕谗班婕妤祝诅[2]，于是考问。辞曰：“妾闻死生有命，富贵在天。[3]修善尚不蒙福，为邪欲以何望？若鬼神有知，不受邪佞之诉；若其无知，诉之何益？故不为也。”《汉书·外戚传》曰：“成帝赵皇后，本长安宫人。初生，父母不举，三日不死，乃收养之。及壮，属河阳主家，学歌舞，号曰飞燕。帝微行过主，见而说之，召入宫，大得幸，立为后。班婕妤者，雁门人。成帝初选入宫，大得幸，立为婕妤。帝游后庭，尝欲与同辇，婕妤辞之。赵飞燕谮许皇后及婕妤，婕妤对有辞致，上怜之，赐黄金百斤。飞燕娇妒，婕妤恐见危中，求供养太后于长信宫。帝崩，婕妤充奉园陵，薨，葬园中。”

❶汉成帝：刘骜，元帝子。性好酒色，在位期间外戚王氏专权。赵飞燕：本为长安宫女，美姿颜，善歌舞，号飞燕。为汉成帝所宠幸，立为皇后。❷谗：诬告。班婕妤：汉成帝宠姬，名字不详，后遭赵飞燕谗忌，遂失宠。祝诅：祈祷鬼神降祸于所恨之人。❸死生有命，富贵在天：语出《论语·颜渊》。

004 魏武帝崩，文帝悉取武帝宫人自侍。及帝病困，卞后出看疾[1]。太后入户，见直侍并是昔日所爱幸者。太后问：“何时来邪？”云：“正伏魄时过[2]。”因不复前而叹曰[3]：“狗鼠不食汝余[4]，死故应尔。”至山陵[5]，亦竟不临[6]。《魏书》曰：“武宣卞皇后，琅邪开阳人。以汉延熹三年生齐郡白亭，有黄气满室移日。父敬侯怪之，以问卜者王越。越曰：‘此吉祥也。’年二十，太祖纳于谯。性约俭，不尚华丽，有母仪德行。”

❶卞后：即卞太后。魏武帝后，曹丕、曹植之母。❷伏魄：招魂。古代迷信，认为人刚死魂魄离体未久，可持死者衣裙登高，北面三呼，招其魂魄归来。此指曹操刚死。❸前：前往。❹狗鼠不食汝余：古代俗语，意思是连狗鼠都看不起你。❺山陵：皇帝陵墓。引申为帝王驾崩。❻临：哭吊。

005 赵母嫁女[1]，女临去，敕之曰[2]：“慎勿为好！”女曰：“不为好，可为恶邪？”母曰：“好尚不可为，其况恶乎[3]？”《列女传》曰：“赵姬者，桐乡令东郡虞韪妻，颍川赵氏女也。才敏多览。韪既没，文皇帝敬其文才，诏入宫省。上欲自征公孙渊，姬上疏以谏。作《列女传解》，号赵母注，赋数十万言。赤乌六年卒。”《淮南子》曰：“人有嫁其女而教之者曰：‘尔为善，善人疾之。’对曰：‘然则当为不善乎？’曰：‘善尚不可为，而况不善乎？’”景献羊皇后曰：“此言虽鄙，可以命世人。”

❶赵母：三国吴人，桐乡令虞韪妻。韪死后孙权召入宫，称赵姬。有文才，作《列女传解》。❷敕：告诫。❸其况：犹“岂况”，连词。

006 许允妇是阮卫尉女[1]，德如妹[2]，《魏略》曰：“允字士宗，高阳人。少与清河崔赞俱发名于冀州，仕至领军将军。”《陈留志名》曰：“阮共字伯彦，尉氏人。清真守道，动以礼让，仕魏，至卫尉卿。少子侃，字德如，有俊才，而饬以名理。风仪雅润，与嵇康为友。仕至河内太守。”奇丑。交礼竟[3]，允无复入理[4]，家人深以为忧。会允有客至，妇令婢视之，还，答曰："是桓郎。"桓郎者，桓范也[5]。《魏略》曰："范字允明，沛郡人。仕至大司农，为宣王所诛。"妇云："无忧[6]，桓必劝入。"桓果语许云："阮家既嫁丑女与卿，故当有意[7]，卿宜察之。"许便回入内。既见妇，即欲出。妇料其此出，无复入理，便捉裾停之[8]。许因谓曰："妇有四德，卿有其几？"《周礼》："九嫔掌妇学之法，以教九御。妇德、妇言、妇容、妇功。"郑注曰："德谓贞顺，言谓辞令，容谓婉娩，功谓丝枲。"妇曰："新妇所乏惟容尔。然士有百行[9]，君有几？"许云："皆备。"妇曰："夫百行以德为首，君好色不好德，何谓皆备？"允有惭色，遂相敬重。

❶阮卫尉：阮共字伯彦，尉氏（今河南省开封市尉氏县）人。清真守道，动以礼让，仕魏，至卫尉卿。❷德如：阮侃字德如，阮共少子。有俊才，仕至河内太守。❸交礼：婚礼时的交拜礼。竟：完毕。❹理：意思。❺桓范：桓范字允明，沛郡（今属安徽）人。仕至大司农，后因谋反罪为宣王所诛。❻无：通"毋"。不要，不用。❼故当：当然，肯定。意：原因。❽裾：衣襟。❾百行：各种品行。

007 许允为吏部郎[1]，多用其乡里[2]，魏明帝遣虎贲收之[3]。其妇出诫允曰："明主可以理夺[4]，难以情求。"既至，帝核问之。允对曰："'举尔所知[5]'，臣之乡人，臣所知也。陛下检校[6]，为称职与不，若不称职，臣受其罪。"既检校，皆官得其人，于是乃释。允衣服败坏，诏赐新衣。初，允被收，举家号哭。阮新妇自若，云："勿忧，寻还。"作粟粥待，顷之允至。《魏氏春秋》曰："初，允为吏部，选迁郡守。明帝疑其所用非次，将加其罪。允妻阮氏跣出谓曰：'明主可以理夺，不可以情求。'允颔之而入。帝怒诘之，允对曰：'某郡太守虽限满，文书先至，年限在后，日限在前。'帝前取事视之，乃释然遣出。望其衣败，曰：'清吏也。'"

❶吏部郎：官名，主管选举。❷乡里：同乡之人。❸魏明帝：曹叡。虎贲：武士。收：拘捕。❹理夺：说理迫使其改变。❺举尔所知：语出《论语·子路》，意为举荐你所了解的人。❻检校：考查。

008 许允为晋景王所诛[1]，门生走入告其妇。妇正在机中，神色不变，曰："蚤知尔耳[2]！"《魏志》曰："初，领军与夏侯玄、李丰亲善。有诈作尺一诏书，以玄为大将军，允为太尉，共录尚书事。无何，有人天未明乘马以诏版付允门吏，曰：'有诏。'因便驱走，允投书烧之，不以关呈景王。"《魏略》曰："明年，李丰被收，允欲往见大将军。已出门，允回遑不定，中道还取袴。大将军闻而怪之，曰：'我自收李丰，士大夫何为匆匆乎？'会镇北将军刘静卒，以允代静。大将军与允书曰：'镇北虽少事，而都典一方。念足下震华鼓，建朱节，历本州。此所谓着绣昼行也。'会有司奏允前擅以厨钱谷，乞诸俳及其官属，减死徙边，道死。"《魏氏春秋》曰："允之为镇北，喜谓其妻曰：'吾知免矣！'妻曰：'祸见于此，何免之有？'"《晋诸公赞》曰："允有正情，与文帝不平，遂幽杀之。"《妇人集》载阮氏与允书，陈允祸患所起，辞甚酸怆，文多不录。门人欲藏其儿，妇曰："无豫诸儿事[3]。"后徙居墓所，景王遣钟会看之，若才流及父[4]，当收[5]。儿以咨母，母曰："汝等虽佳，才具不多[6]，率胸怀与语，便无所忧。不须极哀，会止便止[7]，又可少问朝事[8]。"儿从之。会反，以状对，卒免。《世语》曰："允二子：奇，字子太；猛，字子豹。并有治理。"《晋诸公赞》曰："奇，泰始中为太常丞。世祖尝祠庙，奇应行事，朝廷以奇受害之门，不令接近，出为长史。世祖下诏述允宿望，又称奇才，擢为尚书祠部郎。猛礼学儒博，加有才识，为幽州刺史。"

❶晋景王：司马师。见2/16刘注。❷蚤：通"早"。❸豫：关涉。❹才流：才智品位。❺收：拘捕。❻才具：才华，才干。❼会止便止：钟会停止哭泣，你们便停止哭泣。❽少：稍，稍微。

009 王公渊娶诸葛诞女[1]。入室，言语始交，王谓妇曰："新妇神色卑下，殊不似公休[2]！"妇曰："大丈夫不能仿佛彦云[3]，而令妇人比踪英杰[4]！"《魏氏春秋》曰："王广字公渊，王陵子也[5]。有风量才学，名重当世。与傅嘏等论才性同异，行于世。"《魏志》曰："广有志尚学行。陵诛，并死。"臣谓王广名士，岂以妻父为戏，此言非也。

❶王公渊：王广字公渊，王凌之子。有风量才学，名重当世。因拥戴曹魏政权，父子均被司马懿所杀。❷殊：颇，甚。公休：诸葛诞字。❸仿佛：效仿。彦云：王凌字彦云。❹比踪：与……并列，向……看齐。❺陵：当为"凌"，下同。

010 王经少贫苦[1]，仕至二千石[2]，母语之曰："汝本寒家子，仕至二千石，此可以止乎！"经不能用。为尚书，助魏，不忠于晋，被收[3]。涕泣辞母曰："不从母敕[4]，以至今日！"母都无慽容[5]，语之曰："为子则孝，为臣则忠。有孝有忠，何负吾邪？"《世语》曰："经字彦伟，清河人。高贵乡公之难，王沈、王业驰告文王，经以正直不出，因沈、业申意，后诛经及其母。"《晋诸公赞》曰："沈、业将出，呼经，不从，曰：'吾子行矣！'"《汉晋春秋》曰："初，曹髦将自讨司马昭，经谏曰：'昔鲁昭不忍季氏，败走失国，为天下笑。今权在其门久矣，朝廷四方皆为之致死，不顾逆顺之理，非一日也。且宿卫空阙，寸刃无有，陛下何所资用？而一旦如此，无乃欲除疾而更深之邪？'髦不听，后杀经并及其母。将死，垂泣谢母，母颜色不变，笑而谓曰：'人谁不死！往所以止汝者，恐不得其所也。以此并命，何恨之有？'"干宝《晋纪》曰："经正直不忠于我，故诛之。"按傅畅、干宝所记，则是经实忠贞于魏，而《世语》既谓其正直，复云因沈、业申意，何其相反乎？故二家之言深得之。

❶王经：王经字彦伟，清河郡（今河北清河东南）人。官至尚书。忠于曹魏，不满司马氏专权擅政。后死于高贵乡公之难，母亦被杀。
❷二千石：汉魏时内自九卿郎将，外至郡守尉的俸禄等级均为二千石。❸收：拘捕。❹敕：告诫。❺都：完全。

011 山公与嵇、阮一面，契若金兰[1]。山妻韩氏，觉公与二人异于常交，问公，公曰："我当年可以为友者[2]，惟此二生耳。"妻曰："负羁之妻亦亲观狐、赵[3]，意欲窥之，可乎？"他日，二人来，妻劝公止之宿，具酒肉[4]。夜穿墉以视之[5]，达旦忘反[6]。公入曰："二人何如？"妻曰："君才致殊不如[7]，正当以识度相友耳[8]。"公曰："伊辈亦常以我度为胜[9]。"《晋阳秋》曰："涛雅素恢达，度量弘远，心存事外，而与时俯仰。尝与阮籍、嵇康诸人著忘言之契。至于群子屯蹇于世，涛独保浩然之度。"王隐《晋书》曰："韩氏有才识，涛未仕时，戏之曰：'忍寒，我当作三公，不知卿堪为夫人不耳！'"

❶契若金兰：比喻情投意合。契，投合。典出《周易·系辞上》。
❷当年：应为"当今"。❸负羁：指僖负羁，春秋时曹国大夫。狐，狐偃；赵，赵衰。二人均为晋公子重耳从者，后为晋国大夫。典出《左传·僖公二十三年》。❹具：准备，备办。❺穿墉：穿透墙壁。❻反：通"返"。❼才致：才华。殊：颇，甚。❽正当：只是。正，只。❾伊辈：他们。

012 王浑妻钟氏生女令淑[1]，虞预《晋书》曰："浑字玄冲，太原晋阳人，魏司徒昶子。仕至司徒。"武子为妹求简美对而未得[2]，有兵家子，有俊才，欲以妹妻之，乃白母。《王氏谱》曰："钟夫人名琰之，太傅繇之孙。"曰："诚是才者，其地可遗[3]，然要令我见。"武子乃令兵儿与群小杂处，使母帷中察之。既而，母谓武子曰："如此衣形者，是汝所拟者非邪？"武子曰："是也。"母曰："此才足以拔萃，然地寒[4]，不有长年[5]，不得申其才用[6]。观其形骨，必不寿[7]，不可与婚。”武子从之，兵儿数年果亡。

❶令淑：美好贤淑。❷求简：寻找挑选。美对：好夫婿。❸地：门第。遗：弃置不顾。❹地寒：门第低微。❺长年：长寿。❻申：施展。才用：才能。❼寿：长寿。

013 贾充前妇是李丰女，丰被诛，离婚徙边[1]。《妇人集》曰：“充妻李氏，名婉，字淑文。丰诛，徙乐浪。”后遇赦得还，充先已取郭配女，《贾氏谱》曰：“郭氏名玉璜，即广宣君也。”武帝特听置左右夫人[2]。李氏别住外，不肯还充舍。《晋诸公赞》曰：“世祖践阼，李氏赦还。而齐献王妃欲令充遣郭氏，更纳其母。充不许，为李氏筑宅而不往来。充母柳氏将亡，充问所欲言者，柳曰：‘我教汝迎李新妇尚不肯，安问他事！’”郭氏语充，欲就省李，充曰：“彼刚介有才气，卿往不如不去。”《充别传》曰：“李氏有淑性令才也。”郭氏于是盛威仪，多将侍婢[3]。既至，入户，李氏起迎，郭不觉脚[4]自屈，因跪再拜[5]。既反，语充。充曰：“语卿道何物[6]？”按《晋诸公赞》曰：“世祖以李丰得罪晋室，又郭氏是太子妃母，无离绝之理，乃下诏敕断，不得往还。”而王隐《晋书》亦云：“充既与李绝婚，更取城阳太守郭配女，名槐。李禁锢解，诏充置左右夫人，充母柳亦敕充迎李。槐怒，攘臂责充曰：‘刊定律令，为佐命之功，我有其分。李那得与我并！’充乃架屋永年里中以安李，槐晚乃知，充出，辄使人寻充。诏许充置左右夫人，充答诏，以谦让不敢当盛礼。”《晋赞》既云：“世祖下诏，不遣李还。”而王隐《晋书》及《充别传》并言诏听置立左右夫人，充惮郭氏，不敢迎李。三家之说并不同，未详孰是。然李氏不还，别有余故。而《世说》云自不肯还，谬矣。且郭槐强狠，岂能就李而为之拜乎？皆为虚也。

❶徙边：将罪犯流放到边远地区服劳役。❷武帝：司马炎。听：听任，听凭。❸将：带领，率领。❹脚：腿。❺再拜：拜了又拜。❻何物：犹“什么”。

014 贾充妻李氏作《女训》[1]，行于世。李氏女，齐献王妃[2]，郭氏女，惠帝后[3]。充卒，李、郭女各欲令其母合葬，经年不决[4]。贾后废[5]，李氏乃祔葬[6]，遂定。《晋诸公赞》曰：“李氏有才德，世称《李夫人训》者。生女合[7]，亦才明，即齐王妃。”《妇人集》曰：“李氏至乐浪，遗二女《典式》八篇[8]。”王隐《晋书》曰：“贾后字南风，为赵王所诛。”

❶《女训》：晋朝贾充妻李婉撰，《隋书·经籍志》著录，已佚。❷齐献王：司马攸。晋文帝司马昭次子，晋武帝司马炎同母弟。司马攸生性温和聪慧，有治理才能，因伯父司马师无子而过继，袭封舞阳侯。西晋建立后封齐王，历任骠骑将军、司空、开府仪同三司等要职。因权位日盛，遭武帝猜忌，被贬抑，忧愤而死，年三十六岁。❸惠帝：司马衷，以痴呆著称，公元290—306年在位。❹经年：多年。❺贾后：即惠帝后。贾充女，名南风。❻祔（fù）葬：合葬。❼生女合：据《晋书·贾充传》，当为“生女荃”之误。❽《典式》：当为《典戒》之误。

015 王汝南少无婚[1]，自求郝普女[2]。《郝氏谱》曰：“普字道匡，太原襄城人。仕至洛阳太守。”司空以其痴[3]，会无婚处[4]，任其意，便许之。《魏氏志》曰[5]：“王昶字文舒，仕至司空。”既婚，果有令姿淑德，生东海[6]，遂为王氏母仪[7]。或问汝南：“何以知之？”曰：“尝见井上取水，举动容止不失常，未尝忤观[8]，以此知之。”《汝南别传》曰：“襄城郝仲将，门至孤陋，非其所偶也。君尝见其女，便求聘焉。果高朗英迈，母仪冠族。其通识余裕皆此类。”

❶王汝南：指王湛，因官至汝南内史，故称。❷郝普：郝普字道匡，太原襄城人。仕至洛阳太守。❸司空：指王湛父王昶。❹会无婚处：恰好没有婚配对象。❺《魏氏志》：当为《魏志》。“氏”为衍字。❻东海：指王承。因曾官东海太守，故称。❼母仪：良母的仪范。❽忤观：举目直视。

016王司徒妇[1]，钟氏女[2]，太傅曾孙，《王氏谱》曰：“夫人，黄门侍郎钟琰女[3]。”亦有俊才女德[4]。《妇人集》曰：“夫人有文才，其诗赋颂诔行于世。”钟、郝为娣姒[5]，雅相亲重[6]。钟不以贵陵郝[7]，郝亦不以贱下钟。东海家内则郝夫人之法[8]，京陵家内范钟夫人之礼[9]。

❶王司徒：指王浑。因官至司徒，故称。❷钟氏女：指黄门郎钟徽女，名琰，太傅钟繇曾孙女。❸黄门侍郎钟琰女：应为“黄门侍郎钟徽女”，刘孝标注误。❹亦：也。❺娣姒：妯娌。❻雅：颇，很。❼陵：欺负。❽则：效法。❾京陵：指京陵侯王浑。范：以……为规范。

017李平阳，秦州子[1]，李重，已见。《永嘉流人名》曰：“康字玄胄[2]，江夏人。魏秦州刺史。”中夏名士[3]，于时以比王夷甫。孙秀初欲立威权[4]，咸云：“乐令名望不可杀，减李重者又不足杀[5]。”《晋诸公赞》曰：“孙秀字俊忠，琅邪人。初赵王伦封琅邪，秀给为近职小吏。伦数使秀作书疏，文才称伦意。伦封赵，秀徙户为赵人，用为侍郎，信任之。”《晋阳秋》曰：“伦篡位，秀为中书令，事皆决于秀。为齐王所诛。”遂逼重自裁[6]。初，重在家，有人走从门入[7]，出髻中疏示重。重看之色动[8]，入内示其女，女直叫“绝”。了其意，出则自裁。按诸书皆云：重知赵王伦作乱，有疾不治，遂以致卒。而此书乃言自裁，甚乖谬。且伦、秀凶虐，动加诛夷，欲立威权，自当显戮，何为逼令自裁？此女甚高明，重每咨焉[9]。

❶秦州：指李秉。秉字玄胄，江夏（今湖北省武汉市）人。曾官秦州刺史。❷康字玄胄："康"当为"秉"之误。❸中夏：中原地区。此指西晋。❹孙秀：孙秀字俊忠，琅邪（今山东）人。晋赵王司马伦篡位，任孙秀为中书令，专朝政，杀石崇、欧阳建、潘岳等人，于司马伦落败后被杀。❺減：不如，不及。不足：不值得。❻自裁：自尽，自杀。❼走：跑。❽色动：变了脸色。❾咨：咨询。

018 周浚作安东时[1]，行猎，值暴雨，过汝南李氏[2]。李氏富足，而男子不在。有女名络秀[3]，闻外有贵人，与一婢于内宰猪羊，作数十人饮食，事事精办，不闻有人声。密觇之[4]，独见一女子，状貌非常。浚因求为妾，父兄不许。络秀曰："门户殄瘁[5]，何惜一女？若连姻贵族，将来或大益[6]。"父兄从之。《八王故事》曰："浚字开林，汝南安城人。少有才名。太康初，平吴，自御史中丞出为扬州刺史。元康初，加安东将军。"遂生伯仁兄弟[7]。络秀语伯仁等："我所以屈节为汝家作妾，门户计耳[8]！按《周氏谱》，浚取同郡李伯宗女，此云为妾，妾耳。汝若不与吾家作亲亲者[9]，吾亦不惜余年！"伯仁等悉从命。由是李氏在世，得方幅齿遇[10]。

❶周浚：周浚字开林，汝南安成（今河南汝南）人。因伐吴有功，封成武侯，历任侍中、少府，后代王浑都督扬州诸军事，封安东将军。❷过：拜访。❸络秀：汝南李伯宗女，字络秀，晋安东将军周浚妻，生周顗、周嵩、周谟兄弟。❹觇（chān）：窥视。❺殄瘁（tiǎn cuì）：困苦，衰败。语出《诗经·大雅·瞻卬》："人之云亡，邦国殄瘁。"❻或：或许，也许。❼伯仁兄弟：指周顗、周嵩、周谟。❽计：考虑，谋划。❾亲亲：亲戚。❿方幅齿遇：指方整有度，引申为正当。齿遇：平等相待，指受到礼遇。

019 陶公少有大志，家酷贫，与母湛氏同居[1]。同郡范逵素知名[2]，举孝廉[3]，逵未详。投侃宿。于时冰雪积日，侃室如悬磬[4]，而逵马仆甚多。侃母湛氏语侃曰："汝但出外留客[5]，吾自为计[6]。"湛头发委地[7]，下为二髲[8]，一作髢。卖得数斛米[9]。斫诸屋柱[10]，悉割半为薪，锉诸荐以为马草[11]。日夕，遂设精食，从者皆无所乏。逵既叹其才辩，又深愧其厚意[12]。明旦去，侃追送不已，且百里许[13]。逵曰："路已远，君宜还。"侃犹不返。逵曰："卿可去矣！至洛阳，当相为美谈[14]。"侃乃返。逵及洛，遂称之于羊晫、顾荣诸人[15]，大获美誉。《晋阳秋》曰："侃父丹，娶新淦湛氏女，生侃。湛虔恭有智筭，以陶氏贫贱，纺绩以资给侃，使交结胜己。侃少为寻阳吏，鄱阳孝廉范逵尝过侃宿。时大雪，侃家无草，湛彻所卧荐锉给，阴截发，卖以供调。逵闻之叹息。逵去，侃追送之。逵曰：'岂欲仕乎？'侃曰：'有仕郡意。'逵曰：'当相谈致。'过庐江，向太守张夔称之。召补吏，举孝廉，除郎中。时豫章顾荣或责羊晫曰：'君奈何与小人同舆？'晫曰：'此寒俊也。'"王隐《晋书》曰："侃母既截发供客，闻者叹曰：'非此母不生此子。'乃进之于张夔，羊晫亦简之。后晫为十郡中正，举侃为鄱阳小中正，始得上品也。"

❶湛氏：陶侃母，豫章新淦（今江西省樟树市）人，贤淑有才智。❷范逵：西晋鄱阳（治所在今江西鄱阳北）人，曾举孝廉，生平事迹不详。❸孝廉：孝廉是汉武帝时设立的察举考试中的科目，孝廉是"孝顺亲长、廉能正直"的意思。后代，"孝廉"这个称呼，也变成明朝、清朝对举人的雅称。❹室如悬磬：屋子里空无一物。磬，古代石制乐器。❺但：只管。❻自为计：自己想办法。❼委地：下垂至地。❽髲（bì）：假发。❾斛：容量单位，古以十斗为一斛。❿斫（zhuó）：用刀斧砍。⓫锉（cuò）：铡碎。荐：草垫。⓬愧：愧谢。⓭且：将近。⓮当：将，将要。⓯羊晫：陶侃的同乡好友，江西鄱阳人，豫章国郎中令。

020 陶公少时作鱼梁吏[1]，尝以坩鲊饷母[2]。母封鲊付使，反书责侃曰[3]："汝为吏，以官物见饷，非惟不益，乃增吾忧也[4]。"《侃别传》曰："母湛氏，贤明有法训。侃在武昌，与佐吏从容饮燕，常有饮限。或劝犹可少进，侃凄然良久曰：'昔年少，曾有酒失，二亲见约，故不敢逾限。'及侃丁母忧，在墓下，忽有二客来吊，不哭而退，仪服鲜异。知非常人，遣随视之，但见双鹤冲天而去。"《幽明录》曰："陶公在寻阳西南一塞取鱼，自谓其池曰鹤门。"按吴司徒孟宗为雷池监，以鲊饷母，母不受。非侃也。疑后人因孟假为此说。

❶鱼梁吏：管理水渠捕鱼的小官。❷坩（gān）：一种盛物的陶器。鲊（zhǎ）：腌制的鱼类食品。❸反书：回信。❹乃：而且。

021 桓宣武平蜀，以李势妹为妾，甚有宠，常着斋后[1]。主始不知[2]，既闻，与数十婢拔白刃袭之。《续晋阳秋》曰："温尚明帝女南康长公主。"正值李梳头，发委藉地[3]，肤色玉曜[4]，不为动容。徐曰："国破家亡，无心至此，今日若能见杀，乃是本怀。"主惭而退。《妒记》曰："温平蜀，以李势女为妾。郡主凶妒，不即知之。后知，乃拔刃往李所，因欲斫之。见李在窗梳头，姿貌端丽，徐徐结发，敛手向主，神色闲正，辞甚凄惋。主于是掷刀前抱之，曰：'阿子，我见汝亦怜，何况老奴！'遂善之。"

❶着：安置。斋后：书斋里屋。❷主：公主的简称。桓温妇为明帝女南康长公主。❸委：下垂，坠落。藉：铺，垫。❹玉曜：如白玉般光洁润泽。

022 庾玉台[1]，希之弟也。希诛，将戮玉台。希，已见。玉台，庾友小字。《庾氏谱》曰："友字惠彦，司空冰第三子，历中书郎、东阳太守。"玉台子妇，宣武弟桓豁女也，《庾氏谱》曰："友字弘之，长子宣，娶宣武弟桓豁之女，号女幼。”徒跣求进[2]。阍禁不内[3]，女厉声曰：“是何小人！我伯父门，不听我前[4]！”因突入[5]，号泣请曰：“庾玉台常因人[6]，脚短三寸[7]，当复能作贼不[8]？”宣武笑曰：“婿故自急[9]。”遂原玉台一门[10]。《中兴书》曰：“桓温杀庾希弟倩，希闻难而逃。希弟友当伏诛，子妇桓氏女请温，得宥。”

❶庾玉台：玉台，庾友小字。庾友字惠彦，司空庾冰第三子，历中书郎、东阳太守。❷徒跣：赤脚。❸阍：看门人。内：“纳”之古字。❹听：听任，允许。❺突入：冲入。❻因人：依靠、借助别人。❼脚：腿。❽当复：将会。作贼：造反。❾故自：确实，的确。❿原：宽恕，赦免。

023 谢公夫人帏诸婢[1]，使在前作伎[2]，使太傅暂见便下帏[3]。太傅索更开[4]，夫人云：“恐伤盛德[5]。”刘夫人，已见。

❶谢公夫人：即谢安刘夫人，刘真长之妹。帏：帐。此处作动词，指用帏帐隔开。❷作伎：表演歌舞。❸暂见：看一会儿。❹索：要求。❺盛德：大德。

024 桓车骑不好着新衣，浴后，妇故送新衣与[1]。《桓氏谱》曰：“冲娶琅邪王恬女，字女宗。”车骑大怒，催使持去。妇更持还[2]，传语云[3]：“衣不经新，何由而故？”桓公大笑，着之。

❶故：故意，特意。❷更：又，再。❸传语：传话，转告。

025 王右军郗夫人谓二弟司空、中郎曰[1]：司空愔，已见。《郗昙别传》曰：“昙字重熙，鉴少子。性韵方质，和正沉简。累迁丹阳尹，北中郎将，徐、兖二州刺史。”“王家见二谢，倾筐倒庋[2]；二谢：安、万。见汝辈来，平平尔。汝可无烦复往。”

❶郗夫人：王羲之妻，太尉郗鉴女。名璿，字子房。郗昙（chī tán）：郗昙字重熙，高平金乡（今山东嘉祥西阿城铺）人。东晋太尉郗鉴之子，司空郗愔之弟。性韵方质，和正沉简。累迁丹阳尹，北中郎将，徐、兖二州刺史。❷倾筐倒庋（guǐ）：倾其所有，盛情款待。庋，摆放器物的架子。

026 王凝之谢夫人既往王氏，大薄凝之[1]。既还谢家，意大不说[2]。太傅慰释之曰："王郎，逸少之子，人身亦不恶[3]，汝何以恨乃尔[4]？"答曰："一门叔父，则有阿大、中郎[5]；群从兄弟，则有封、胡、遏、末[6]。封胡，谢韶小字。遏末，谢渊小字。韶字穆度，万子，车骑司马。渊字叔度，奕第二子，义兴太守。时人称其尤彦秀者。或曰封、胡、遏、末，封谓朗，遏谓玄，末谓韶，朗玄渊。一作胡谓渊，遏谓玄，末谓韶也。不意天壤之中[7]，乃有王郎[8]！"

❶薄：轻视。❷说：通"悦"。高兴。❸人身：人品、才学。不恶：不坏，不差。❹恨：遗憾。乃尔：如此，这样。❺阿大：谢尚。中郎：谢据，小名虎子，字据石，又字元通，号中郎，谢安次兄。历任东阳太守、散骑侍郎。❻封：谢韶小字。韶字穆度，官至车骑司马。胡：谢朗小字。朗字长度，官至东阳太守。遏：谢玄小字。玄字幼度，死后赠车骑将军。末：谢渊小字。渊字叔度，官至义兴太守。❼不意：不料，想不到。天壤之中：天地之间。❽乃：竟。

027 韩康伯母隐古几毁坏[1]，卞鞠见几恶[2]，欲易之。鞠，卞范之，母之外孙也。答曰："我若不隐此，汝何以得见古物？"

❶隐（yìn）：倚靠，靠着。几：几案。❷恶：损坏。

028 王江州夫人语谢遏曰："汝何以都不复进[1]？夫人，玄之妹[2]。为是尘务经心[3]，天分有限？"

❶都：全，完全。❷玄之妹："妹"当为"姊"。❸为是：选择连词。相当于"是……还是……"。尘务：世间俗务。经心：烦心。

029 郗嘉宾丧，妇兄弟欲迎妹还，终不肯归。《郗氏谱》曰："超娶汝南周闵女，名马头。"曰："生纵不得与郗郎同室，死宁不同穴？[1]"《毛诗》曰："谷则异室，死则同穴。"郑玄注曰："穴谓圹中墟也。"

❶"生纵不得"二句：典出《诗经·王风·大车》："谷则异室，死则同穴。"谷，活着。

030 谢遏绝重其姊[1]，张玄常称其妹，欲以敌之[2]。有济尼者，并游张、谢二家[3]。人问其优劣，答曰："王夫人神情散朗[4]，故有林下风气[5]；顾家妇清心玉映[6]，自是闺房之秀[7]。"

❶绝：极。❷敌：匹敌。❸游：往来，交往。❹散朗：洒脱。❺林下风气：竹林名士的风度气质。❻顾家妇：即张玄妹，嫁与顾氏。清心玉映：心地清纯，如美玉生辉。❼闺房之秀：妇女中的优秀人物。

031 王尚书惠尝看王右军夫人[1]，《宋书》曰："惠字令明，琅邪人。历吏部尚书，赠太常卿。"问："眼耳未觉恶不[2]？"《妇人集》载谢表曰："妾年九十，孤骸独存。愿蒙哀矜，赐其鞠养。"答曰："发白齿落，属乎形骸[3]；至于眼耳，关于神明[4]，那可便与人隔！"

❶王尚书惠：王惠字令明，琅邪人。历吏部尚书，赠太常卿。王羲之

之从孙。❷恶：坏，差。指视听衰退。❸形骸：形体，身躯。❹神明：精神。

032 韩康伯母殷[1]，随孙绘之之衡阳[2]，《韩氏谱》曰："绘之字季伦。父康伯，太常卿。绘之仕至衡阳太守。"于阖庐洲中逢桓南郡[3]。卞鞠是其外孙，时来问讯。谓鞠曰："我不死，见此竖二世作贼[4]。"在衡阳数年，绘之遇桓景真之难也[5]。《续晋阳秋》曰："桓亮字景真，大司马温之孙。父济，给事中。叔父玄，篡逆见诛。亮聚众于长沙，自号湘州刺史，杀太宰甄恭、衡阳前太守韩绘之等十余人，为刘毅军人郭珍斩之。"殷抚尸哭曰："汝父昔罢豫章，征书朝至夕发[6]。汝去郡邑数年，为物不得动，遂及于难，夫复何言！"

❶韩康伯母殷：晋豫章太守殷羡女。❷绘之：韩绘之字季伦。韩康伯子，仕至衡阳太守。❸阖庐洲：长江中小洲名。❹竖：竖子，小子。二世作贼：桓玄父桓温晚年有不臣之志，及桓玄篡逆，故云"二世作贼"。❺桓景真：桓亮字景真，大司马温之孙。父济，叔父玄，篡逆见诛。亮聚众于长沙，自号湘州刺史，杀太宰甄恭、衡阳前太守韩绘之等十余人，为刘毅军人郭珍斩之。❻征书：征召的文书。

术解第二十

“术解”，解术之谓也。“解”，洞悟、通晓之意；“术”即方术。《后汉书》李贤注：“术，谓医、方、卜、筮。”中国古代把占卜、算卦、看风水、相面、相马，以及医药、音乐笼统归之于方术，究其原因，大概是它们都和巫脱不了干系（古代医巫不分家，音乐又是巫之仪式的必然衍生品）。

中国古代文化历来重道而轻术，所谓形而上者道，形而下者器。中国古代士子大多务虚不务实，平日里高谈阔论，空疏不学，崇德行为圭臬，视韬略为余技，久而久之便有些志大才疏。即如这《世说新语》，言“道”则连篇累牍，说“术”就只这区区十一则，小巫大巫也。

《世说新语》毕竟是文化转型时期之文本结晶，《术解》虽只寥寥数语，亦能窥探出变异之蛛丝马迹。其一，《世说新语》将精神领悟层面的音乐放在“术解”之首，又将属于灵感层面的妙赏之“神解”置于属于技术层面的“暗解”之上，足见其在形神之辩中，选择了遗形取神之价值趋向。其二，《术解》以卜筮、灵异为主要内容，但遵循的是“子不语怪力乱神”的现实原则，与《搜神记》《幽明录》大异其趣。其三，《术解》虽言及诸多妖异之事，但关注的是情节的曲折性和趣味性。如辨音正乐、相马占冢、食笋知劳薪、品酒明德行，读来煞是好玩！

001 荀勖善解音声❶，时论谓之“暗解”❷，遂调律吕❸，正雅乐❹。每至正会❺，殿庭作乐，自调宫商❻，无不谐韵。阮咸妙赏，时谓“神解”。每公会作乐❼，而心谓之不调。既无一言直勖❽，意忌之，遂出阮为始平太守❾。后有一田父耕于野，得周时玉尺，便是天下正尺[10]。荀试以校己所治钟鼓、金石、丝竹[11]，皆觉短一黍[12]，于是伏阮神识[13]。《晋后略》曰："钟律之器，自周之末废，而汉成、哀之间，诸儒修而治之。至后汉末，复隳矣。魏氏使协律知音者杜夔造之，不能考之典礼，徒依于时丝管之声、时之尺寸而制之，甚乖失礼度。于是世祖命中书监荀勖依典制定钟律。既铸律管，募求古器，得周时玉律数枚，比之不差。又诸郡舍仓库，或有汉时故钟，以律命之，皆不叩而应，声音韵合，又皆俱成。"《晋诸公赞》曰："律成，散骑侍郎阮咸谓勖所造声高，高则悲。夫亡国之音哀以思，其民困。今声不合雅，惧非德政中和之音，必是古今尺有长短所致。然今钟磬是魏时杜夔所造，不与勖律相应，音声舒雅，而久不知夔所造，时人为之，不足改易。勖性自矜，乃因事左迁咸为始平太守，而病卒。后得地中古铜尺，校度勖今尺，短四分，方明咸果解音，然无能正者。"干宝《晋纪》曰："荀勖始造《正德》《大象》之舞，以魏杜夔所制律吕校大乐，本音不和[14]。后汉至魏尺，长于古四分有余。而夔据之，是以失韵。乃依《周礼》积粟以起度量，以度古器，符于本铭。遂以为式，用之郊庙。"

❶音声：音乐声律。❷暗解：精通。❸律吕：乐律的统称。古代乐律阴阳各六，阳六曰律，阴六曰吕，合十二律。❹雅乐：用于郊庙朝会的正乐。❺正会：皇帝元旦朝会群臣称正会或元会。❻宫商：指古代五音（宫、商、角、徵、羽）。❼公会：因公事而集会。❽直：认为正确。❾出：出任地方官。始平：西晋郡名，治所在槐里（今陕西兴平市东南）。❿便：正，恰。正尺：标准尺。⓫钟鼓、金石、丝竹：泛指各种乐器。⓬短：差。一黍：指一粒米的长度。⓭伏：通"服"，佩服。⓮本音不和：当为"八音不和"之误。

002 荀勖尝在晋武帝坐上食笋进饭，谓在坐人曰[1]："此是劳薪炊也[2]。"坐者未之信，密遣问之，实用故车脚[3]。

❶坐：通“座”。❷劳薪：指以受过力的木器作薪柴。❸车脚：车轮。

003 人有相羊祜父墓[1]，后应出受命君[2]。祜恶其言，遂掘断墓后以坏其势。相者立视之，曰：“犹应出折臂三公[3]。”俄而祜坠马折臂，位果至公。《幽明录》曰：“羊祜工骑乘。有一儿五六岁，端明可喜，掘墓之后，儿即亡。羊时为襄阳都督，因盘马落地，遂折臂。于时士林咸叹其忠诚。”

❶相：占相，即看风水。❷应出：将出。❸三公：魏晋以太尉、司徒、司空为三公。

004 王武子善解马性。尝乘一马，着连钱障泥[1]，前有水，终日不肯渡。王云：“此必是惜障泥。”使人解去，便径渡[2]。《语林》曰：“武子性爱马，亦甚别之。故杜预道王武子有马癖，和长舆有钱癖。武帝问杜预：‘卿有何癖？’对曰：‘臣有左传癖。’”

❶着：披挂，佩带。连钱：钱文相连的花饰。障泥：马鞯。垂于马腹两侧以挡尘土泥水。❷径：径直，一下子。

005 陈述为大将军掾[1]，甚见爱重。及亡，郭璞往哭之，甚哀，乃呼曰：“嗣祖，焉知非福！”俄而大将军作乱，如其所言[2]。《陈氏谱》曰：“述字嗣祖，颍川许昌人。有美名。”

❶陈述：陈述字嗣祖，颍川许昌人。有美名。掾：属官。❷王敦乱平，其属官或杀或贬，故郭言陈之死是福。

006 晋明帝解占冢宅[1]，闻郭璞为人葬，帝微服往看。因问主人：“何以葬龙角[2]？此法当灭族！”主人曰：“郭云此葬龙耳，不出三年，当致天子[3]。”帝问：“为是出天子邪[4]？”答曰：“非出天子，能致天子问耳。”青乌子《相冢书》曰：“葬龙之角，暴富贵，后当灭门。”

❶占冢宅：相墓地风水以判断吉凶。❷葬龙角：风水术认为墓地整体是一条龙，把灵柩葬在龙的鼻子或额头上将大吉大利，葬在龙角或龙眼上就会招致灭门灭族之灾。❸当：将。致：招致。❹为：通“谓”。为是：说的是。

007 郭景纯过江[1]，居于暨阳[2]，墓去水不盈百步[3]。时人以为近水，景纯曰：“将当为陆[4]。”《璞别传》曰：“璞少好经术，明解卜筮。永嘉中，海内将乱，璞投策叹曰：‘黔黎将同异类矣。’便结亲昵十余家，南渡江，居于暨阳。”今沙涨，去墓数十里皆为桑田。其诗曰：“北阜烈烈，巨海混混，垒垒三坟，惟母与昆。[5]”

❶过江：指西晋灭亡，晋室东迁。❷暨阳：晋代县名。旧治在今江苏江阴市。❸去：距。盈：满，足。❹将当：将会。❺“北阜”四句：北山威武高峻，大海波涛滚滚。垒垒三座坟，埋着母与兄。

008 王丞相令郭璞试作一卦，卦成，郭意色甚恶[1]，云：“公有震厄[2]。”王问曰：“有可消伏理不[3]？”郭曰：“命驾西出数里，得一柏树，截断如公长，置床上常寝处，灾可消矣。”王从其语。数日中，果震柏粉碎，子弟皆称庆。王隐《晋书》曰：“璞消灾转福，扶厄择胜，时人咸言京、管不及。”大将军云：“君乃复委罪于树木[4]！”

❶意色：神色。恶：不好。❷震厄：遭雷劈之灾。❸消伏：消除。❹乃复：竟然。

009 桓公有主簿[1]，善别酒[2]，有酒辄令先尝。好者谓“青州从事”[3]，恶者谓“平原督邮”[4]。青州有齐郡，平原有鬲县。“从事”言到脐[5]，“督邮”言在鬲上住[6]。

❶主簿：负责文书簿籍，掌管印鉴的属官。❷别：鉴别。❸青州从事：比喻好酒。❹恶者：差的，不好的。平原督邮：比喻劣酒。❺“从事”言到脐：从事，即从事史，官名。青州从事管下属齐郡事，故言“到齐”，“齐”“脐”谐音。言好酒喝了一直下到肚脐处。❻“督邮”言在鬲上住：督邮，管巡察的官。住，停住，停留。平原督邮可以巡察下属鬲县，故言“鬲上住”，“鬲”“膈”谐音。言劣酒则停在膈部不往下去。

010 郗愔信道甚精勤[1]，常患腹内恶，诸医不可疗。闻于法开有名，往迎之。既来便脉[2]，云：“君侯所患[3]，正是精进太过所致耳[4]。”合一剂汤与之[5]。一服，即大下[6]，去数段许纸如拳大，剖看，乃先所服符也[7]。《晋书》曰：“法开善医术。尝行，暮投主人，妻产而儿积日不坠。法开曰：‘此易治耳。’杀一肥羊，食十余脔而针之。须臾儿下，羊膋裹儿出。其精妙如此。”

❶道：道教。精勤：虔诚勤奋。❷脉：切脉。❸君侯：古代称列侯为君侯，秦汉以后称丞相亦为君侯，后转为对尊贵者的敬称。❹正是：只是。精进：精诚修炼。❺合：配。汤：汤药。❻下：腹泻。❼符：符箓，亦称符字、墨字、丹书，是一种似字非字的图形。道教认为可用它遣神役鬼、震邪祛病。

011 殷中军妙解经脉[1]，中年都废。有常所给使[2]，忽叩头流血。浩问其故，云：“有死事[3]，终不可说。”诘问良久，乃云：“小人母年垂百岁，抱疾来久[4]，若蒙官一脉，便有活理，讫就屠戮无恨[5]。”浩感其至性[6]，遂令舁来[7]，为诊脉处方。始服一剂汤，便愈。于是悉焚经方[8]。

❶经脉：经络血脉。❷给使：供差遣的人。❸死事：人命关天之事。❹来：语气词，用在句中以足成音节或舒缓语气。❺讫：完毕，结束。❻至性：此指孝心。❼舁（yú）：抬。❽经方：古代医药方书的统称。

巧艺第二十一

《巧艺》与《术解》可视为姊妹篇，共同点在于“术”，即技艺，但其格调、境界乃天渊之别。《术解》之术乃方术，其文化内核是“巫”；《巧艺》之艺是艺术，是有关艺术学的系列见解。

《巧艺》之艺渊源于“六艺”。“六艺”者，礼、乐、射、御、书、数是也。尽管先秦儒学重道而轻术，但并没有完全抹杀“术”的作用。《论语·述而》以为“志于道，据于德，依于仁，游于艺”，并进而阐释艺与道之间的关系。所谓“兴于诗，立于礼，成于乐”(《论语·泰伯》)；所谓“不兴其艺，不能乐学”(《礼记·学记》)，说的就是道与艺之间的辩证关系。

《巧艺》凡十四则，内容涉及弹棋、围棋、建筑、书法、绘画诸多才艺，其中不乏妙语心解。如：记弈棋，便有“坐隐”“手谈”之妙解；谈建筑，臻于“无锱铢相负揭”的艺术化境；说书法，惟妙惟肖，以假乱真。当然，最值得称道的是论绘画，在中国画论史上具有里程碑的意义。顾恺之无疑是《巧艺》中的男一号，其画作之精湛与论画之妙思令人心悦诚服，为中国绘画史留下了诸多经典术语。如：颊上三毛、传神阿堵、手挥五弦、目送归鸿等等。

举撮顾恺之论画之要，至少在以下三点具有真知灼见。第一，绘画不是照相术，不能一味原样复制，为了表达的需要，有时需要遗形取神。即如这裴叔则，本无胡须，但“颊上益三毛”，更觉有神明。第二，眼睛是心灵的窗户，是最具内蕴和杀伤力的表意符码，在人物肖像画中显得尤为重要，须谨慎为之。所谓“传神写照，尽在阿堵中”。第三，绘画是视觉艺术，长于描摹物象，以二维平面展示三维空间，却短于书写时间概念和思想意蕴，故“画手挥五弦易，目送归鸿难”。“画圣”之誉，诚不虚也！

001 弹棋始自魏宫内❶，用妆奁戏。傅玄《弹棋赋·叙》曰：“汉成帝好蹴踘，刘向以谓劳人体，竭人力，非至尊所宜御。乃因其体作弹棋。今观其道，蹴踘道也。”按玄此言，则弹棋之戏其来久矣。且《梁冀传》云：“冀善弹棋格五。”而此云起魏世，谬矣。文帝于此戏特妙，用手巾角拂之，无不中。有客自云能，帝使为之。客着葛巾角❷，低头拂棋，妙逾于帝。《典论》常自叙曰：“戏弄之事少所喜，惟弹棋略尽其妙，少时尝为之赋。昔京师少工有二焉，合乡侯、东方世安、张公子，常恨不得与之对也。”《博物志》曰：“帝善弹棋，能用手巾角。时有一书生，又能低头以所冠葛巾角撇棋也。”

❶弹棋：古代一种游戏，已失传。❷葛巾：葛布制成的头巾。

002 陵云台楼观精巧❶，先称平众木轻重，然后造构，乃无锱铢相负揭❷。台虽高峻，常随风摇动，而终无倾倒之理。魏明帝登台，惧其势危，别以大材扶持之，楼即颓坏。论者谓轻重力偏故也❸。《洛阳宫殿簿》曰：“陵云台上壁方十三丈，高九尺；楼方四丈，高五丈。栋去地十三丈五尺七寸五分也。”

❶陵云台：三国魏时楼台名，在洛阳城内，据说是曹丕所建。❷锱铢：锱、铢为古代两个较小的重量单位。比喻轻微、细小。负揭：负，亏、欠。揭，高、举。犹言差别。❸轻重力：犹言重心。

003 韦仲将能书❶。魏明帝起殿❷，欲安榜❸，使仲将登梯题之❹。既下，头鬓皓然，因敕儿孙勿复学书❺。《文章叙录》曰：“韦诞字仲将，京兆杜陵人，太仆端子。有文学，善属辞。以光禄大夫卒。”卫恒《四体书势》曰：“诞善楷书，魏宫观多诞所题。明帝立陵霄观，误先钉榜，乃笼盛诞，辘轳长絙引上，使就题之。去地二十五丈，诞甚危惧，乃戒子孙绝此楷法，着之家令。”

❶韦仲将：韦诞字仲将，魏京兆（今陕西西安）人，擅长各种书体，三国魏书法家、制墨家，太仆端之子，官至侍中。❷起殿：建造宫殿。❸榜：匾额。❹题：书写。❺敕：告诫。

004 钟会是荀济北从舅[1]，二人情好不协[2]。荀有宝剑，可直百万[3]，常在母钟夫人许[4]。《孔氏志怪》曰：“勖以宝剑付妻。”会善书，学荀手迹，作书与母取剑[5]，仍窃去不还[6]。《世语》曰：“会善学人书。伐蜀之役，于剑阁要邓艾章表，皆约其言，令词旨倨傲，多自矜伐。艾由此被收也。”荀勖知是钟而无由得也，思所以报之。后钟兄弟以千万起一宅，始成，甚精丽，未得移住。荀极善画，乃潜往画钟门堂作太傅形象[7]，衣冠状貌如平生。二钟入门[8]，便大感恸，宅遂空废。《孔氏志怪》曰：“于时咸谓勖之报会，过于所失数十倍。彼此书画，巧妙之极。”

❶从舅：堂舅。❷情好：感情，情谊。不协：不好，不和。❸直：即“值”。价值。❹钟夫人：魏太傅钟繇从女，荀肸妻，荀勖母。许：处所。❺作书：写信。❻仍：就，于是。❼太傅：钟繇。❽二钟：指钟毓、钟会兄弟。

005 羊长和博学工书，《文字志》曰：“忱性能草书，亦善行隶，有称于一时。”能骑射，善围棋[1]。诸羊后多知书，而射弈余蓺莫逮[2]。

❶围棋：下棋。❷弈：下棋。蓺：同“艺”。技艺。

006 戴安道就范宣学，《中兴书》曰："逵不远千里往豫章诣范宣，宣见逵异之，以兄女妻焉。"视范所为：范读书亦读书，范抄书亦抄书。惟独好画，范以为无用，不宜劳思于此[1]。戴乃画《南都赋图》[2]，范看毕咨嗟[3]，甚以为有益，始重画。

❶劳思：劳神，费心思。❷《南都赋图》：以张衡《南都赋》为题材所作的画。南都：指南阳郡，治所在宛（今河南南阳市）。因东汉光武帝刘秀起家南阳，故称南都。❸咨嗟：赞叹。

007 谢太傅云："顾长康画，有苍生来所无[1]。"《续晋阳秋》曰："恺之尤好丹青，妙绝于时。曾以一厨画寄桓玄，皆其绝者，深所珍惜，悉糊题其前。桓乃发厨后取之，好加理。后恺之见封题如初，而画并不存，直云：'妙画通灵，变化而去，如人之登仙矣。'"

❶苍生：人类。

008 戴安道中年画行像甚精妙[1]。庾道季看之，语戴云："神明太俗[2]，由卿世情未尽[3]。"戴云："惟务光当免卿此语耳[4]。"《列仙传》曰："务光，夏时人也。耳长七寸，好鼓琴，服菖蒲韭根。汤将伐桀，谋于光，光曰：'非吾事也。'汤曰：'伊尹何如？'务光曰：'强力忍诟，不知其它。'汤克天下，让于光。光曰：'吾闻无道之世，不践其土，况让我乎？'负石自沉于卢水。"

❶行像：佛像之一种。❷神明：指精神气韵。❸世情：世俗之情。指凡人的七情六欲。❹务光：夏时隐士。传说商汤伐夏桀之后，曾以天下让务光，务光以为天下无道，负石自沉于卢水。当：大概。

009 顾长康画裴叔则，颊上益三毛[1]。人问其故，顾曰："裴楷俊朗有识具[2]，正此是其识具[3]。”看画者寻之[4]，定觉益三毛如有神明[5]，殊胜未安时[6]。恺之历画古贤，皆为之赞也。

❶颊：脸颊。益：添加。三毛：三撇胡须。❷俊朗：高迈俊逸。识具：识见才具。❸正：只，只有。❹寻：寻思，品味。❺定：确实。神明：精神气韵。❻殊：极，甚。安：安置。指添加胡须。

010 王中郎以围棋是坐隐[1]，支公以围棋为手谈[2]。《博物志》曰：“尧作围棋以教丹朱。”《语林》曰：“王以围棋为手谈，故其在哀制中，祥后客来，方幅会戏。”

❶以：认为。坐隐：坐下来隐语。指不用语言而以围棋无声地交谈。❷手谈：以手交谈。后成为围棋的代称。

011 顾长康好写起人形[1]，《续晋阳秋》曰：“恺之图写特妙。”欲图殷荆州[2]，殷曰：“我形恶[3]，不烦耳。”顾曰：“明府正为眼尔[4]。仲堪眇目故也。但明点童子[5]，飞白拂其上[6]，使如轻云之蔽日。”“日”，一作“月”。

❶写：画。人形：人的形貌。❷图：画。❸恶：不好。❹明府：指殷仲堪。汉魏以来对太守、牧尹皆称府君或明府君，省称明府。正：只，只是。❺但：只要。点：点染。童子：瞳孔。❻飞白：指飞白笔法。汉字书法之一种，笔画露白，似干枯之笔所写。

012 顾长康画谢幼舆在岩石里。人问其所以，顾曰：“谢云：‘一丘一壑，自谓过之。[1]’此子宜置丘壑中。”

❶“一丘一壑”二句：意为放情山水，隐居不仕。参见9/17：明帝问

谢鲲："君自谓何如庾亮？"答曰："端委庙堂，使百僚准则，臣不如亮；一丘一壑，自谓过之。"

013 顾长康画人，或数年不点目精❶。人问其故，顾曰："四体妍蚩❷，本无关于妙处；传神写照❸，正在阿堵中❹。"

❶目精：眼中瞳孔。❷妍蚩：美丑。❸写照：画人物肖像。❹阿堵：这个，指瞳孔。

014 顾长康道："画手挥五弦易，目送归鸿难。❶"

❶典出嵇康《赠秀才入军诗》："目送归鸿，手挥五弦，俯仰自得，游心太玄。"

宠礼第二十二

“宠礼”者，宠幸、礼遇之谓也。顾名思义，《宠礼》记的是君臣之道。

关于君臣之道，古来秩序森严，高悬为五伦之首。孔圣人特别讲究名分，不可越雷池半步。所谓“君君、臣臣、父父、子子”(《论语·颜渊》)，各司其职，各安其分。就君臣而言，“君使臣以礼，臣事君以忠”(《论语·八佾》)；“为人君，止于仁；为人臣，止于敬”(《礼记·大学》)。无论是君礼臣忠还是君仁臣敬，都要尽忠尽守，就如孟子所说的那样：“欲为君，尽君道；欲为臣，尽臣道。”(《孟子·离娄上》)

魏晋时期，风云激荡，政治界，腥风血雨，朝廷更迭频繁；思想界，礼崩乐坏，异端学说蜂起。皇权旁落，门阀士族进一步坐大，可与皇权分庭抗礼。因而皇族笼络门阀，门阀傲视王侯，先秦以还的君臣之道受到空前的挑战，全然没有了正形。

现实世界如此，则《宠礼》叙君臣之道就没有多少可取的素材，区区六则，实属寒碜。细考六则，只第一则挨着点君臣之道的边。元帝“引王丞相登御床”似乎是礼贤下士，君臣同乐，其实是不得已而为之。当时士族的力量过于强大，不网罗士族将无以立天下，而王丞相既为名门望族，又位居丞相要职，是举足轻重的人物，“引之弥苦”足见其用心良苦。其余五则，都有些离经叛道，与其说“宠礼”，不如说“过礼”。但秩序的混乱，引发君臣的诸多趣事，如胡子参军、矮子主簿，煞是好玩！

001 元帝正会[1]，引王丞相登御床[2]，王公固辞，中宗引之弥苦[3]。王公曰："使太阳与万物同辉[4]，臣下何以瞻仰！"《中兴书》曰："元帝登尊号，百官陪位，诏王导升御坐，固辞然后止。"

❶正会：皇帝在元旦朝见群臣称正会，也称元会。❷引：牵，拉。御床：御座，皇帝宝座。❸中宗：晋元帝庙号。弥：更加。❹使：假使。

002 桓宣武尝请参佐入宿[1]，袁宏、伏滔相次而至[2]。莅名[3]，府中复有袁参军[4]，彦伯疑焉，令传教更质[5]。传教曰："参军是袁、伏之袁[6]，复何所疑。"

❶参佐：僚属，部下。❷相次：先后，一个接一个。❸莅名：报名。莅：到。❹参军：官名。晋宋时为军府和王国重要官员。❺传教：郡吏。传达教令的小官。质：问明。❻袁、伏：《晋书·袁宏传》："与伏滔同在温府，府中呼为'袁伏'，宏心耻之。"

003 王珣、郗超并有奇才，为大司马所眷拔[1]。珣为主簿[2]，超为记室参军[3]。超为人多髯[4]，珣状短小。于时荆州为之语曰[5]："髯参军，短主簿，能令公喜，能令公怒。"《续晋阳秋》曰："超有才能，珣有器望，并为温所昵。"

❶眷拔：器重提拔。❷主簿：古代中央或地方郡县负责文书簿籍、印鉴的属官。❸记室参军：军府中掌文书的属官。❹为人：相貌。髯：两颊上的胡须。❺于时：当时。

004 许玄度停都一月[1]，刘尹无日不往，乃叹曰："卿复少时不去[2]，我成轻薄京尹[3]。"《语林》曰："玄度出都，真长九日十一诣之，曰：'卿尚不去，使我成薄德二千石。'"

❶都：京城。❷少时：短时间。❸轻薄：轻浮放荡。京尹：京兆尹。京城所在地区的行政长官。

005 孝武在西堂会[1]，伏滔预坐[2]。还，下车呼其儿，儿即系也。丘渊之《文章录》曰："系字敬鲁，仕至光禄大夫。"语之曰："百人高会[3]，临坐未得他语，先问：'伏滔何在？在此不？'此故未易得[4]。为人作父如此[5]，何如？"

❶孝武：晋孝武帝司马曜。西堂：宫殿的西厢。❷预坐：在座。❸高会：大会。❹故：确实。❺为人作父：指在社会上做人和在家为父。

006 卞范之为丹阳尹，羊孚南州暂还[1]，往卞许，云："下官疾动[2]，不堪坐。"卞便开帐拂褥，羊径上大床[3]，入被须枕[4]。卞回坐倾睐[5]，移晨达莫[6]。羊去，卞语曰："我以第一理期卿[7]，卿莫负我！"丘渊之《文章录》曰："范之字敬祖，济阴冤句人。祖嵎，下邳太守。父循，尚书郎。桓玄辅政，范之迁丹阳尹。玄败伏诛。"

❶南州：指姑孰。❷下官：用于自称的谦辞。疾动：疾病发作。❸径：径直。❹须：依赖，倚靠。❺回坐：扭身而坐。倾睐：偏侧而视。❻移晨达莫：从早到晚。莫即"暮"。❼第一理：头等重要的事理。

任诞第二十三

“任诞”者，任性、放诞之谓也。

这是《世说新语》中最具有辨识度，也是最为人津津乐道的一个门类，甚至有人把它和魏晋风度等而同之。其特征是“非汤武而薄孔丘，越名教而任自然”，即不受社会规范约束、以自我为本位的价值诉求。具体表现形式为蔑弃礼法，特立独行，孤怀矫俗，癫狂怪诞。此风滥觞于汉末戴良、孔融辈，至魏晋蔚为风气。就如《晋书·儒林》所言，魏晋名士都“指礼法为流俗，目纵诞以清高”。

《世说新语》言“任诞”，的确绘声绘色，精彩纷呈。矫俗者如阮籍，居丧饮酒，恸哭呕血，礼法荡然无存，悲哀在我心中；癫狂者如诸阮，饮酒“不复用常杯斟酌，以大瓮盛酒，围坐相向大酌”；高迈者如桓子野，“每闻清歌，辄唤‘奈何’”，入乎其里，一往情深；旷逸者如张季鹰，“使我有身后名，不如即时一杯酒”！更有重口味的刘伶，“纵酒放达，或脱衣裸形在屋中”，赤精条条，却拿天地屋宇开涮：“我以天地为栋宇，屋室为裈衣，诸君何为入吾裈中？”当然，魏晋风流的顶级段子当数王子猷的“兴尽而返”。如此举动，浅俗之人做不出，清高之人亦做不出，须是一点渣滓都没有的赤子之心方有此极天真而又极张狂、极自然而又极矫俗之举。无论是“夜乘小船就之”，还是“造门不前而返”，全由心做主。不沾不滞，不羁不绊，石破天惊而又踏雪无痕。

就外观而言，任诞之行为离不开酒，酒乃“任诞”之催化剂。考《任诞》五十四则，有二十八则与酒脱不了干系。居丧饮酒，求官为酒，竟而至于人猪同饮。在魏晋名士看来，饮酒可以得道，超越生死，物我两忘。此即所谓“酒正自引人着胜地”“酒正使人人自远”。

就内质而论，任诞之精神指向自我的觉醒，自我意识的觉醒膨胀了人格个体，导致了个体与社会的对立，也导致了士人人格的分裂。在士人身上仿佛同时存在着两个自我：一个是具有个体意识的、反叛的自我；一个是由传统熏陶的、因袭的自我。正是这种人格的二重性决定了士人的矛盾心态，而这种矛盾心态又使他们在现实面前处于一种两难境地。《任诞》男一号阮籍的“穷途哭返”，就是这种两难境地的形象写照。

001 陈留阮籍、谯国嵇康、河内山涛，三人年皆相比❶，康年少亚之❷。预此契者❸，沛国刘伶、陈留阮咸、河内向秀、琅邪王戎。七人常集于竹林之下，肆意酣畅❹，故世谓“竹林七贤”。《晋阳秋》曰：“于时风誉扇于海内，至于今咏之。”

❶相比：相近。❷亚：次于。❸预：参与。契：聚会。❹肆意：任意，尽情。酣畅：开怀畅饮。

002 阮籍遭母丧，在晋文王坐，进酒肉。司隶何曾亦在坐❶，《晋诸公赞》曰：“何曾字颖考，陈郡阳夏人。父夔，魏太仆。曾以高雅称，加性仁孝。累迁司隶校尉，用心甚正，朝廷师之。仕晋至太宰。”曰：“明公方以孝治天下，而阮籍以重丧显于公坐❷，饮酒食肉，宜流之海外，以正风教❸。”文王曰：“嗣宗毁顿如此❹，君不能共忧之，何谓？且有疾而饮酒食肉，固丧礼也。❺”籍饮啖不辍❻，神色自若。干宝《晋纪》曰：“何曾尝谓阮籍曰：‘卿恣情任性，败俗之人也。今忠贤执政，综核名实，若卿之徒，何可长也！’复言之于太祖，籍饮啖不辍。故魏、晋之间，有被发夷傲之事，背死忘生之人，反为行礼者，籍为之也。”《魏氏春秋》曰：“籍性至孝，居丧，虽不率常礼，而毁几灭性。然为文俗之士何曾等深所仇疾，大将军司马昭爱其通伟，而不加害也。”

❶司隶：司隶校尉。掌管百官的考察任免及京师近郡治安的官员。何曾：何曾，原名瑞谏，又名谏，字颖考。陈郡阳夏（今河南太康）人。曹魏太仆何夔之子，西晋开国元勋。累迁司隶校尉，用心甚正，朝廷师之。仕晋至太宰。❷重丧：父母之丧。❸正：端正。风教：风俗教化。❹毁顿：因过于悲伤而损害身体。❺且有疾而饮酒食肉，固丧礼也：典出《礼记·曲礼》："居丧之礼，头有创则沐，身有疡则浴，有疾则饮酒食肉，疾止复初。不胜丧，乃比于不慈不孝。"❻啖：吃。辍：停。

003 刘伶病酒，渴甚，从妇求酒[1]。妇捐酒毁器[2]，涕泣谏曰："君饮太过，非摄生之道[3]，必宜断之！"伶曰："甚善。我不能自禁，惟当祝鬼神[4]，自誓断之耳。便可具酒肉[5]。"妇曰："敬闻命。"供酒肉于神前，请伶祝誓。伶跪而祝曰："天生刘伶，以酒为名[6]，一饮一斛[7]，五斗解酲[8]。毛公注曰："酒病曰酲。"妇人之言，慎不可听！"便引酒进肉，隗然已醉矣[9]。见《竹林七贤论》。

❶从：向。❷捐：弃，丢掉。❸摄生：养生。❹祝：祈祷。❺便：即刻。具：准备，备办。❻名：通"命"。❼斛：古代量器名。十斗为一斛。❽解酲：解除酒醉的状态。❾隗（wěi）然：醉倒的样子。

004 刘公荣与人饮酒，杂秽非类[1]，人或讥之[2]。答曰："胜公荣者，不可不与饮；不如公荣者，亦不可不与饮；是公荣辈者，又不可不与饮。故终日共饮而醉。"《刘氏谱》曰："昶字公荣，沛国人。"《晋阳秋》曰："昶为人通达，仕至兖州刺史。"

❶杂秽：混杂。❷或：有的。

005 步兵校尉缺[1]，厨中有贮酒数百斛，阮籍乃求为步兵校尉。《文士传》曰："籍放诞有傲世情，不乐仕宦。晋文帝亲爱籍，恒与谈戏，任其所欲，不迫以职事。籍常从容曰：‘平生曾游东平，乐其土风，愿得为东平太守。’文帝说，从其意。籍便骑驴径到郡，皆坏府舍诸壁障，使内外相望，然后教令清宁，十余日便复骑驴去。后闻步兵厨中有酒三百石，忻然求为校尉。于是入府舍，与刘伶酣饮。”《竹林七贤论》又云：“籍与伶共饮步兵厨中，并醉而死。”此好事者为之言。籍景元中卒，而刘伶太始中犹在。

❶步兵校尉：官名。领宿卫营兵，下置司马等。

006 刘伶恒纵酒放达，或脱衣裸形在屋中。人见讥之，伶曰：“我以天地为栋宇❶，屋室为裈衣❷，诸君何为入吾裈中。”邓粲《晋纪》曰：“客有诣伶，值其裸袒。伶笑曰：‘吾以天地为宅舍，以屋宇为裈衣，诸君自不当入我裈中，又何恶乎？’其自任若是。”

❶栋宇：房屋。❷裈（kūn）：有裆的裤子。

007 阮籍嫂尝还家，籍见与别。或讥之，《曲礼》：“嫂叔不通问。”故讥之。籍曰：“礼岂为我辈设也！”

008 阮公邻家妇有美色，当垆酤酒❶。阮与王安丰常从妇饮酒❷，阮醉，便眠其妇侧。夫始殊疑之❸，伺察，终无他意。王隐《晋书》曰：“籍邻家处子有才色，未嫁而卒。籍与无亲，生不相识，往哭，尽哀而去。其达而无检，皆此类也。”

❶当垆酤酒：在酒肆卖酒。❷从妇：到妇人那里。❸殊：甚，极。

009 阮籍当葬母❶，蒸一肥豚❷，饮酒二斗，然后临诀。直言“穷矣”❸，都得一号❹，因吐血，废顿良久❺。邓粲《晋纪》曰：

"籍母将死，与人围棋如故，对者求止，籍不肯，留与决赌。既而饮酒三斗，举声一号，呕血数升，废顿久之。"

❶当：将。❷豚：小猪。❸直：只。穷矣：六朝时孝子哭丧语，犹言"完了""走投无路了"。❹都：总共。❺废顿：昏厥，昏倒。

010 阮仲容、咸也。步兵居道南[1]，诸阮居道北[2]。北阮皆富，南阮贫。七月七日[3]，北阮盛晒衣，皆纱罗锦绮。仲容以竿挂大布犊鼻裈于中庭[4]。人或怪之，答曰："未能免俗，聊复尔耳[5]。"《竹林七贤论》曰："诸阮前世皆儒学，善居室，惟咸一家尚道弃事，好酒而贫。旧俗七月七日法当晒衣，诸阮庭中烂然锦绮，咸时总角，乃竖长竿挂犊鼻裈也。"

❶步兵：指阮籍。❷诸阮：阮籍族中诸人。❸七月七日：古代民俗于此日晾晒衣服、书籍，不生虫。❹大布：粗布。犊鼻裈：一种做杂活时穿的裤子，无裆，形如牛鼻，故称。❺聊复：姑且。

011 阮步兵籍也。丧母，裴令公楷也。往吊之。阮方醉，散发坐床[1]，箕踞不哭[2]。裴至，下席于地。哭，吊喭毕[3]，便去。或问裴："凡吊，主人哭，客乃为礼。阮既不哭，君何为哭？"裴曰："阮方外之人[4]，故不崇礼制。我辈俗中人，故以仪轨自居[5]。"时人叹为两得其中[6]。《名士传》曰："阮籍丧亲，不率常礼。裴楷往吊之，遇籍方醉，散发箕踞，旁若无人。楷哭泣尽哀而退，了无异色，其安同异如此。"戴逵论之曰："若裴公之致吊，欲冥外以护内，有达意也，有弘防也。"

❶床：坐具。❷箕踞：两腿叉开而坐，状如簸箕，是一种随意轻慢的坐姿。❸吊喭：即"吊唁"。❹方外：世俗之外。❺仪轨：礼仪

规矩。自居：自处，要求自己。❻中：得当，要领。

012 诸阮皆能饮酒，仲容至宗人间共集[1]，不复用常杯斟酌，以大瓮盛酒，围坐相向大酌[2]。时有群猪来饮，直接去上，便共饮之。

❶宗人：同族人。❷相向：相对，面对面。

013 阮浑长成，风气韵度似父[1]，亦欲作达[2]。步兵曰："仲容已预之[3]，卿不得复尔！"《竹林七贤论》曰："籍之抑浑，盖以浑未识己之所以为达也。后咸兄子简，亦以旷达自居。父丧，行遇大雪，寒冻，遂诣浚仪令。令为他宾设黍臛，简食之，以致清议，废顿几三十年。是时竹林诸贤之风虽高，而礼教尚峻。迨元康中，遂至放荡越礼。乐广讥之曰：'名教中自有乐地，何至于此！'乐令之言有旨哉！谓彼非玄心，徒利其纵恣而已。"

❶风气韵度：风度气质。❷作达：效仿放达。❸预之：参与其中。

014 裴成公妇，王戎女。王戎晨往裴许[1]，不通径前[2]。裴从床南下，女从北下，相对作宾主[3]，了无异色[4]。《裴氏家传》曰："頠取戎长女。"

❶许：住所。❷通：通报。径前：径自前来相见。❸相对：面对面。❹异色：不自在的表情。

015 阮仲容先幸姑家鲜卑婢[1]。及居母丧，姑当远移[2]，初云当留婢，既发，定将去[3]。仲容借客驴着重服自追之[4]，累骑而返[5]，曰："人种不可失[6]！"即遥集之母也[7]。《竹林七贤论》曰："咸既追婢，于是世议纷然。自魏末沉沦闾巷，逮晋咸宁中始登王途。"《阮孚别传》曰："咸与姑书曰：'胡婢遂生胡儿。'姑答书曰：'《鲁灵光殿赋》曰："胡人遥集于上楹。"可字曰遥集也。'故孚字遥集。"

❶幸：宠爱。鲜卑：我国古代北方少数民族，系东胡的一支。❷当：将，将要。❸定：终究，终于。❹重服：重丧服。❺累骑：两人同乘一骑。❻人种：指婢女腹中之子。❼遥集：阮孚。

016 任恺既失权势[1]，不复自检括[2]。或谓和峤曰："卿何以坐视元裒败而不救？"和曰："元裒如北夏门[3]，拉攞自欲坏[4]，非一木所能支。"《晋诸公赞》曰："恺字元裒，乐安博昌人。有雅识国干，万几大小多综之。与贾充不平，充乃启恺掌吏部。又使有司奏恺用御食器，坐免官。世祖情遂薄焉。"

❶任恺：任恺字元裒，安乐博昌（今山东博兴南）人，曹魏太常卿任昊之子。娶魏明帝曹叡之女齐国长公主为妻，历任中书侍郎、员外散骑常侍。司马昭建晋国后，累官吏部尚书，加奉车都尉，获朝野赞誉。但与宠臣贾充有朋党之争，仕途受阻，忧郁而死。❷检括：检点约束。❸北夏门：即大夏门，洛阳城门之一。❹拉攞（luǒ）：断裂倾斜。

017 刘道真少时，常渔草泽[1]，善歌啸[2]，闻者莫不留连。有一老妪，识其非常人，甚乐其歌啸，乃杀豚进之[3]。道真食豚尽，了不谢[4]。妪见不饱，又进一豚。食半余半，乃还之。后为吏部郎[5]，妪儿为小令史[6]，道真超用之[7]。不知所由，问母，母告之。于是赍牛酒诣道真[8]，道真曰："去，去！无可复用相报。"刘宝，已见。

❶渔：捕鱼。❷歌啸：撮口发出长而清越的声音，被视为魏晋文人

雅士风流逸态。❸豚：小猪。❹了不：一点也不，完全不。❺吏部郎：吏部的属官。❻小令史：掌文书的小吏。❼超用：越级提拔。❽赍（jī）：携带。诣：拜访，到……去。

018 阮宣子常步行，以百钱挂杖头[1]，至酒店，便独酣畅[2]，虽当世贵盛[3]，不肯诣也[4]。《名士传》曰："修性简任。"

❶杖：手杖。❷酣畅：尽兴饮酒。❸贵盛：权贵显要。❹诣：拜访，到……去。

019 山季伦为荆州[1]，时出酣畅，人为之歌曰："山公时一醉[2]，径造高阳池[3]。日莫倒载归[4]，茗艼无所知[5]。复能乘骏马，倒着白接篱[6]。举手问葛强，何如并州儿？"高阳池在襄阳。强是其爱将，并州人也。《襄阳记》曰："汉侍中习郁，于岘山南，依范蠡养鱼法作鱼池。池边有高堤，种竹及长楸，芙蓉、菱芡覆水，是游燕名处也。山简每临此池，未尝不大醉而还，曰：'此是我高阳池也。'襄阳小儿歌之。"

❶山季伦：山简字季伦，山涛子。❷时：经常。❸径造：径直前往。❹日莫：即日暮。❺茗艼：即酩酊。❻倒着：倒转来戴着。接篱：古代的一种头巾。

020 张季鹰纵任不拘，时人号为"江东步兵"[1]。或谓之曰："卿乃可纵适一时[2]，独不为身后名邪[3]？"答曰："使我有身后名，不如即时一杯酒[4]！"《文士传》曰："翰任性自适，无求当世，时人贵其旷达。"

❶江东步兵：意为江东的阮籍。❷乃可：虽然能够。纵适：肆意享

乐。❸独：难道。❹即时：当下，眼前。

021 毕茂世云[1]："一手持蟹螯[2]，一手持酒杯，拍浮酒池中[3]，便足了一生。"《晋中兴书》曰："毕卓字茂世，新蔡人。少傲达，为胡毋辅之所知。太兴末为吏部郎，尝饮酒废职。比舍郎酿酒熟，卓因醉，夜至其瓮间取饮之。主者谓是盗，执而缚之，知为吏部也，释之。卓遂引主人燕瓮侧，取醉而去。温峤素知爱卓，请为平南长史，卒。"

❶毕茂世：毕卓，字茂世，新蔡鲖阳（今安徽临泉鲖城）人。少傲达，为胡毋辅之所知。太兴末为吏部郎，尝饮酒废职。❷蟹螯：螃蟹的第一对脚。❸拍浮：游泳。

022 贺司空入洛赴命[1]，为太孙舍人[2]，经吴阊门[3]，在船中弹琴。张季鹰本不相识，先在金阊亭[4]，闻弦甚清，下船就贺[5]，因共语[6]，便大相知说[7]。问贺："卿欲何之[8]？"贺曰："入洛赴命，正尔进路[9]。"张曰："吾亦有事北京[10]，因路寄载[11]。"便与贺同发。初不告家[12]，家追问乃知。

❶赴命：接受任命。❷太孙舍人：考《晋书·贺循传》，"太孙舍人"当为"太子舍人"之误。❸吴阊门：古代吴县（今苏州）城门名。❹金阊亭：亭名。在古代吴县阊门外。❺就：靠近。❻因：继而，接着。❼知说（yuè）：理解爱悦。❽何之：何往，到哪里去。❾正尔：正好。尔，词缀，没有实义。❿北京：指京城洛阳。洛阳在吴地之北，故有此说。⓫因路：沿路。寄载：搭乘。⓬初不：完全不，一定也不。

023 祖车骑过江时，公私俭薄[1]，无好服玩[2]。王、庾诸公共就祖[3]，忽见裘袍重迭，珍饰盈列[4]。诸公怪问之，祖曰："昨夜复南塘一出[5]。”祖于时恒自使健儿鼓行劫钞[6]，在事之人亦容而不问[7]。《晋阳秋》曰：“逖性通济，不拘小节。又宾从多是桀黠勇士，逖待之皆如子弟。永嘉中，流民以万数，扬土大饥。宾客攻剽，逖辄拥护全卫。谈者以此少之，故久不得调。”

❶公私：公库私府。❷服玩：服饰玩物。❸王、庾：指王导、庾亮。就：靠近，到……去。❹盈列：摆满。❺南塘：地名。在秦淮河南岸。一出：去一遭，走一趟。❻恒自：常常。“自”为词缀，无实义。鼓行：击鼓而行。劫钞：抢劫。钞，同“抄”。❼在事之人：当事负责官员。

024 鸿胪卿孔群好饮酒[1]。王丞相语云：“卿何为恒饮酒？不见酒家覆瓿布[2]，日月糜烂[3]？”群曰：“不尔。不见糟肉乃更堪久[4]？”群尝书与亲旧[5]：“今年田得七百斛秫米[6]，不了曲蘖事[7]。”群，已见上。

❶鸿胪卿：官名。掌管朝贺庆吊等礼仪。❷瓿（bù）：陶制盛酒器。❸日月：天长日久。❹糟肉：用酒或酒糟腌制的肉。乃：却。❺书：写信。亲旧：亲朋故友。❻斛：古代十斗为一斛。秫米：高粱。❼了：了结，解决。曲蘖（niè）：本意为酒曲，此处指酿酒。

025 有人讥周仆射与亲友言戏[1]，秽杂无检节[2]。邓粲《晋纪》曰：“王导与周顗及朝士诣尚书纪瞻观伎。瞻有爱妾能为新声，顗于众中欲通其妾，露其丑秽，颜无怍色。有司奏免顗官，诏特原之。”周曰：“吾若万里长江，何能不千里一曲[3]！”

❶言戏：言谈戏乐。❷秽杂：污秽不洁。检节：检束节制。❸千里一曲：比喻英豪阔大而不拘小节。

026 温太真位未高时，屡与扬州、淮中估客樗蒱[1]，与辄不竞[2]。尝一过大输物[3]，戏屈[4]，无因得反[5]。与庾亮善，于舫中大唤亮曰："卿可赎我？"庾即送直[6]，然后得还。经此数四[7]。《中兴书》曰："峤有俊朗之目，而不拘细行。"

❶估客：贩货的行商。樗蒱（chū pú）：晋代盛行的一种赌博游戏，今已失传。❷不竞：不能取胜。❸一过：一局，一场。大输物：指下大赌注。❹戏屈：玩输，赌输。❺无因：没有办法。反：同"返"。❻直：即"值"。指赎金。❼数四：多次。

027 温公喜慢语[1]，卞令礼法自居。《卞壸别传》曰："壸正色立朝，百僚严惮，贵游子弟莫不祗肃。"至庾公许[2]，大相剖击[3]。温发口鄙秽[4]，庾公徐曰："太真终日无鄙言。"重其达也。

❶慢语：轻佻不严肃地说话。❷许：处所。❸剖击：当为"掊击"之误，意为"攻击"。❹发口：开口。

028 周伯仁风德雅重[1]，深达危乱[2]。过江积年[3]，恒大饮酒，尝经三日不醒，时人谓之"三日仆射"[4]。《晋阳秋》曰："初，颉以雅望获海内盛名，后屡以酒失。庾亮曰：'周侯末年，可谓风德之衰也。'"《语林》曰："伯仁正有姊丧三日醉，姑丧二日醉，大损资望。每醉，诸公常共屯守。"

❶风德：作风品德。雅重：正派稳重。❷深达：深明。危乱：危机动荡的形势。❸过江：指晋室东迁。积年：多年。❹三日仆射：只饮酒不做事的仆射。

029 卫君长为温公长史[1]，温公甚善之[2]。每率尔提酒脯就卫[3]，箕踞相对弥日[4]。卫往温许亦尔[5]。卫永，已见。

❶卫君长：卫永字君长。长史：魏晋时为丞相、三公、都督府、将军府的辅佐官吏。❷善：友善。❸每：经常。率尔：率性不拘礼节。脯：干肉。就：靠近，到……去。❹箕踞：两腿叉开而坐，一种轻慢随意的坐姿。弥日：整天。❺许：处所。尔：这样。

030 苏峻乱[1]，诸庾逃散[2]。庾冰时为吴郡[3]，单身奔亡。民吏皆去，惟郡卒独以小船载冰出钱塘口[4]，蘧篨覆之[5]。时峻赏募觅冰[6]，属所在搜检甚急[7]。卒舍船市渚[8]，因饮酒醉还，舞棹向船曰："何处觅庾吴郡，此中便是！"冰大惶怖，然不敢动。监司见船小装狭[9]，谓卒狂醉，都不复疑[10]。自送过浙江[11]，寄山阴魏家[12]，得免。《中兴书》曰："冰为吴郡，苏峻作逆，遣军伐冰，冰弃郡奔会稽。"后事平，冰欲报卒，适其所愿。卒曰："出自厮下[13]，不愿名器[14]。少苦执鞭[15]，恒患不得快饮酒，使其酒足，余年毕矣[16]。无所复须。"冰为起大舍，市奴婢，使门内有百斛酒，终其身。时谓此卒非惟有智，且亦达生[17]。

❶苏峻乱：晋成帝咸和二年，苏峻以诛讨执政庾亮为口实，攻入建康，后为陶侃剿灭。❷诸庾：指庾亮等庾氏兄弟。❸为吴郡：做吴郡内史。❹郡卒：郡府差役。钱塘口：钱塘江口。❺蘧篨（qú chú）：粗制的芦席或篾席。❻赏募：悬赏搜捕。❼属：通"嘱"。嘱咐，命令。❽市渚：到江洲上买东西。❾监司：监察的人。❿都不：完全不，一点也不。⓫自：副词。⓬山阴：在会稽山北，即今浙江绍兴。⓭厮下：指卑贱的仆役。⓮名器："名"指爵位等级称号；"器"指车服仪仗。⓯执鞭：喻遭人驱使。⓰余年：后半生。毕矣：满足了。⓱达生：语出《庄子·达生》："达生之情者，不务生之所无以为。"后以达生指超越世务牵累，妙悟人生根底。

031 殷洪乔作豫章郡[1]，《殷氏谱》曰："羡字洪乔，陈郡人。父识，镇东司马。羡仕至豫章太守。"临去，都下人因附百许函书[2]。既至石头[3]，悉掷水中，因祝曰[4]："沉者自沉，浮者自浮，殷洪乔不能作致书邮[5]。"

❶殷洪乔：殷羡，殷浩之父，晋陈郡长平（今河南西华）人。历任豫章太守、光禄勋。豫章郡：今江西省。❷都下：京城。因附：顺便捎带。❸石头：即石头城。在建康西，为东晋军事重镇。❹祝：祷告。❺致书邮：送信的邮差。

032 王长史、谢仁祖同为王公掾[1]。《王蒙别传》曰："丞相王导辟名士时贤，协赞中兴。旌命所加，必延俊乂，辟蒙为掾。"长史云："谢掾能作异舞。"谢便起舞，神意甚暇。《晋阳秋》曰："尚性通任，善音乐。"《语林》曰："谢镇西酒后，于盘案间为洛市肆工鸲鹆舞，甚佳。"王公熟视[2]，谓客曰："使人思安丰。"戎性通任，尚类之。

❶掾：官署属员。❷熟视：仔细看。

033 王、刘共在杭南[1]，酣宴于桓子野家。伊，已见。谢镇西往尚书墓还[2]，葬后三日反哭[3]。诸人欲要之[4]，初遣一信[5]，犹未许，然已停车。重要[6]，便回驾。诸人门外迎之，把臂便下，裁得脱帻[7]，着帽酣宴。半坐，乃觉未脱衰[8]。尚书谢裒，尚叔也，已见。宋明帝《文章志》曰："尚性轻率，不拘细行。兄葬后，往墓还，王蒙、刘惔共游新亭，蒙欲招尚，先以问惔曰：'计仁祖正当不为异同耳！'惔曰：'仁祖韵中自应来。'乃遣要之。尚初辞，然已无归意。及再请，即回轩焉。其率如此。"

❶王、刘：指王蒙、刘惔。杭：即建康朱雀桁。❷尚书：指谢裒。谢尚从父，曾做吏部尚书。❸反哭：古代丧礼。安葬后，丧主要奉神主（灵位）返于庙而哭。❹要：通“邀”。❺信：信使。❻重要：再一次邀请。❼裁：通“才”。帻（zé）：包头发的头巾。❽衰（cuī）：丧服。

034 桓宣武少家贫，戏大输[1]，债主敦求甚切，思自振之方[2]，莫知所出。陈郡袁耽[3]，俊迈多能，《袁氏家传》曰：“耽字彦道，陈郡阳夏人，魏中郎令涣曾孙也。魁梧爽朗，高风振迈。少倜傥不羁，有异才，士人多归之。仕至司徒从事中郎。”宣武欲求救于耽。耽时居艰[4]，恐致疑[5]，试以告焉，应声便许，略无嫌吝[6]。遂变服怀布帽随温去[7]，与债主戏。耽素有艺名，债主就局曰：“汝故当不办作袁彦道邪[8]？”遂共戏。十万一掷，直上百万数，投马绝叫[9]，旁若无人，探布帽掷对人曰：“汝竟识袁彦道不？”《郭子》曰：“桓公樗蒱，失数百斛米，求救于袁耽。耽在艰中，便云：‘大快，我必作采，卿但大唤。’即脱其衰，共出门去。觉头上有布帽，掷去，着小帽。既戏，袁形势呼袒，掷必卢雉，二人齐叫，敌家顷刻失数百万也。”

❶戏：晋代盛行的樗蒱赌博游戏。❷自振：自救。❸袁耽：袁耽字彦道，陈郡阳夏（今河南太康）人。魏中郎令涣曾孙。少倜傥不羁，有异才，士人多归之。仕至司徒从事中郎。❹居艰：居丧。❺疑：迟疑，犹豫。❻略无：毫无。嫌吝：疑惑顾惜。❼变服：指换掉丧服。❽故当：当然。不办：不能，不会。❾马：樗蒱之马。绝叫：大声喊叫。

035 王光禄云：“酒正使人人自远[1]。”光禄，王蕴也。《续晋阳秋》曰：“蕴素嗜酒，末年尤甚。及在会稽，略少醒日。”

❶自远：指忘怀自我。

036 刘尹云："孙承公狂士，每至一处，赏玩累日，或回至半路却还[1]。"《中兴书》曰："承公少诞任不羁，家于会稽，性好山水。及求鄞县，遗心细务，纵意游肆，名阜胜川，靡不历览。"

❶或：有时。

037 袁彦道有二妹：一适殷渊源[1]，一适谢仁祖。《袁氏谱》曰："躭大妹名女皇，适殷浩；小妹名女正，适谢尚。"语桓宣武云："恨不更有一人配卿[2]。"

❶适：女子出嫁。❷恨：遗憾。配：许配。

038 桓车骑在荆州[1]，张玄为侍中[2]，使至江陵[3]，路经阳岐村。村临江，去荆州二百里。俄见一人，持半小笼生鱼[4]，径来造船[5]，云："有鱼，欲寄作脍[6]。"张乃维舟而纳之[7]，问其姓字，称是刘遗民[8]。《中兴书》曰："刘驎之一字遗民。"已见。张素闻其名，大相忻待[9]。刘既知张衔命[10]，问："谢安、王文度并佳不？"张甚欲话言，刘了无停意[11]。既进脍，便去，云："向得此鱼[12]，观君船上当有脍具，是故来耳。"于是便去。张乃追至刘家，为设酒，殊不清旨[13]。张高其人[14]，不得已而饮之。方共对饮，刘便先起，云："今正伐荻[15]，不宜久废。"张亦无以留之。

❶在荆州：作荆州刺史。❷侍中：官名。侍从皇帝左右，掌宾赞礼仪、护驾陪乘。❸江陵：在今湖北省，晋时为荆州治所。❹生鱼：活鱼。❺径：直接。造：到。❻寄：委托。脍：细切的鱼肉。❼维舟：系船。❽刘遗民：指刘驎之，隐于阳岐。❾忻待：高兴地接待。❿衔命：

受领使命。⑪了无：毫无，完全没有。⑫向：刚才。⑬清旨：清醇。⑭高其人：意动用法。以其人为高人。⑮伐荻：收割苇荻。

039 王子猷诣郗雍州[1]，《中兴书》曰："郗恢字道胤，高平人。父昙，北中郎将。恢长八尺，美髭髯，风神魁梧，烈宗器之，以为蕃伯之望。自太子左率擢为雍州刺史。"雍州在内[2]，见有毾㲪[3]，云："阿乞那得此物？"阿乞，恢小字。令左右送还家。郗出觅之，王曰："向有大力者负之而趋[4]。"《庄子》曰："夫藏舟于壑，藏山于泽，谓之固矣；然有大力者负之而走，昧者不知也。"郗无忤色[5]。

❶诣：拜访。❷内：内室。❸毾㲪（tà dēng）：毛毯。毾，一作毾。❹向：刚才。❺忤色：抵触的神色。

040 谢安始出西[1]，戏[2]，失车牛，便杖策步归[3]。道逢刘尹，语曰："安石将无伤[4]？"谢乃同载而归。

❶出西：指入都。因建康在会稽西，故有此说。❷戏：赌博。❸杖策：拄着手杖。策，手杖。❹将无：莫非，恐怕，大概。伤：妨碍。

041 襄阳罗友有大韵[1]，少时多谓之痴。尝伺人祠[2]，欲乞食，往太蚤，门未开。主人迎神出见[3]，问以非时何得在此。答曰："闻卿祠，欲乞一顿食耳。"遂隐门侧，至晓得食便退，了无怍容[4]。为人有记功，从桓宣武平蜀[5]，按行蜀城阙观宇[6]，内外道陌广狭，植种果竹多少，皆默记之。后宣武溧洲与简文集[7]，友亦预焉[8]。共道蜀中事，亦有所遗忘，友皆名列[9]，曾无错漏[10]。宣武验以蜀城阙簿[11]，皆如其言，坐者叹服。谢公云："罗友讵减魏阳元[12]。"后为广州刺史，当之镇[13]，刺史桓豁语令莫来宿[14]，答曰："民已有前期[15]，主人贫，或有酒馔之费，见与甚有旧[16]。请别日奉命。"

征西密遣人察之[17]，至夕乃往荆州门下书佐家[18]，处之怡然，不异胜达。在益州[19]，语儿云："我有五百人食器。"家中大惊，其由来清，而忽有此物，定是二百五十沓乌樏[20]。《晋阳秋》曰："友字宅仁，襄阳人。少好学，不持节检。性嗜酒，当其所遇，不择士庶。又好伺人祠，往乞余食，虽复营署垆肆，不以为羞。桓温常责之云：'君太不逮。须食，何不就身求，乃至于此。'友傲然不屑，答曰：'就公乞食，今乃可得，明日已复无。'温大笑之。始仕荆州，后在温府，以家贫乞禄。温虽以才学遇之，而谓其诞肆，非治民才，许而不用。后同府人有得郡者，温为席起别，友至尤晚。问之，友答曰：'民性饮道嗜味，昨奉教旨，乃是首旦出门，于中路逢一鬼，大见揶揄云："我只见汝送人作郡，何以不见人送汝作郡？"民始怖终惭，回还以解，不觉成淹缓之罪。'温虽笑其滑稽，而心颇愧焉。后以为襄阳太守，累迁广、益二州刺史。在藩，举其宏纲，不存小察，甚为吏民所安说。薨于益州。"

❶罗友：罗友字宅仁，襄阳人。少好学，不持节检。嗜酒放达，为大司马桓温器重，官至襄阳太守、广益二州刺史。大韵：大，极；韵，风度气韵；大韵，极有风度气韵。❷伺：探察。祠：祭祀。❸迎神：古风俗天亮之前出门迎接神。❹了无：一点也不。怍容：惭愧的神色。❺从：跟随。平蜀：公元346年，桓温率晋军伐蜀，第二年蜀降汉。❻按行：巡行。城阙观宇：城池楼宇。❼漂洲：当作"溧洲"，在今南京市西南长江中，以旁有烈山而得名。此皆因"烈"讹"洌"，因"洌"讹"溧"，遂误为"漂"。简文：晋简文帝司马昱。❽预焉：参与其中。❾名列：按名一一说出。❿曾无：竟无，毫无。⓫城阙簿：帝王宫阙的簿籍。⓬讵：怎么，哪里。减：比……差。魏阳元：魏舒字阳元，任城樊人，官至司徒，谥曰康。⓭当：将。之：到，去。⓮莫：即"暮"。⓯前期：前约。⓰见与：与我。⓱征西：指桓豁。桓豁曾为征西大将军。⓲乃：竟然。荆州：指荆州刺史桓豁。门下：

门客，下属官员。书佐：管文书的佐吏。⑲益州：州名。辖今四川、重庆、贵州、云南等省市大部，湖北省西北部及甘肃省小部分地区。⑳沓：量词，犹今之“套”。乌樏（lěi）：黑漆食盒。

042 桓子野每闻清歌[1]，辄唤：“奈何[2]！”谢公闻之曰：“子野可谓一往有深情[3]。”

❶清歌：挽歌。❷奈何：表感叹，犹言情不自禁。❸一往：一直，自始至终。

043 张湛好于斋前种松柏[1]。《晋东宫官名》曰：“湛字处度，高平人。”《张氏谱》曰：“湛祖嶷，正员郎。父旷，镇军司马。湛仕至中书郎。”时袁山松出游[2]，每好令左右作挽歌[3]。山松，别见。《续晋阳秋》曰：“袁山松善音乐。北人旧歌有《行路难曲》，辞颇疏质。山松好之，乃为文其章句，婉其节制。每因酒酣，从而歌之，听者莫不流涕。初，羊昙善唱乐，桓伊能挽歌，及山松以《行路难》继之，时人谓之‘三绝’。”今云“挽歌”，未详。时人谓“张屋下陈尸，袁道上行殡”[4]。裴启《语林》曰：“张湛好于斋前种松，养鸲鹆；袁山松出游，好令左右作挽歌。时人云云。”

❶张湛：张湛字处度，高平（山东巨野）人。仕至中书侍郎、光禄勋。著《列子注》八卷，其哲学思想对后世宋明理学影响很大，对佛教中国化、本土化也起了重要作用。❷袁山松：陈郡阳夏（今河南太康）人，官至吴郡太守。❸挽歌：古人送葬哀悼死者的歌。❹张屋下陈尸：古人往往在房舍前后植桑种柳，于墓地才种植松柏，故有此说。

044 罗友作荆州从事[1]，桓宣武为王车骑集别[2]。车骑，王洽。别见。友进，坐良久，辞出，宣武曰：“卿向欲咨事[3]，何以便去？”

答曰："友闻白羊肉美，一生未曾得吃，故冒求前耳[4]，无事可咨。今已饱，不复须驻[5]。"了无惭色。

❶从事：魏晋时州郡所设属官。❷集别：聚会饯行。❸向：刚才。咨事：询问事情。❹冒：冒昧。求前：要求会见。❺不复：不。复为词缀，无实义。驻：停留。

045 张驎酒后挽歌甚凄苦[1]。桓车骑曰："卿非田横门人[2]，何乃顿尔至致[3]？"驎，张湛小字也。《谯子法训》云："有丧而歌者，或曰：'彼为乐丧也，有不可乎？'谯子曰：'书云："四海遏密八音。"何乐丧之有？'曰：'今丧有挽歌者，何以哉？'谯子曰：'周闻之，盖高帝召齐田横，至于户乡亭，自刎奉首。从者挽至于宫，不敢哭而不胜哀，故为歌以寄哀音。彼则一时之为也。邻有丧，舂不相引，挽人衔枚，孰乐丧者邪？'"按《庄子》曰："绋讴所生，必于斥苦。"司马彪注曰："绋，引柩索也。斥，疏缓也。苦，用力也。引绋所以有讴歌者，为人有用力不齐，故促急之也。"《春秋左氏传》曰："鲁哀公会吴伐齐，其将公孙夏命歌《虞殡》。"杜预曰："《虞殡》，送葬歌，示必死也。"《史记·绛侯世家》曰："周勃以吹箫乐丧。"然则挽歌之来久矣，非始起于田横也。然谯氏引礼之文，颇有明据，非固陋者所能详闻。疑以传疑，以俟通博。

❶挽歌：古人送葬哀悼死者的歌。❷田横：秦末齐国贵族，楚汉之争中自立为王。汉立，羞为汉臣，自杀。从者作挽歌以寄哀。门人：门下弟子。❸顿尔：突然，骤然。

046 王子猷尝暂寄人空宅住，便令种竹。或问："暂住何烦尔？"王啸咏良久[1]，直指竹曰："何可一日无此君？"《中兴书》曰："徽之卓荦不羁，欲为傲达，放肆声色颇过度，时人钦其才，秽其行也。"

❶啸咏：亦称“歌啸”“吟啸”“长啸”“讽啸”等，六朝文人之时尚。其方法是激于舌端，发口而音清，以成曲调。

047 王子猷居山阴[1]，夜大雪，眠觉，开室，命酌酒。四望皎然，因起彷徨，咏左思《招隐诗》[2]，《中兴书》曰：“徽之任性放达，弃官东归，居山阴也。”左诗曰：“杖策招隐士，荒涂横古今。岩穴无结构，丘中有鸣琴。白云停阴冈，丹葩曜阳林。”忽忆戴安道。时戴在剡[3]，即便夜乘小船就之[4]。经宿方至[5]，造门不前而返[6]。人问其故，王曰：“吾本乘兴而行，兴尽而返，何必见戴？”

❶山阴：县名。在会稽山北，晋时属会稽郡。❷《招隐诗》：共二首，表达隐逸情怀。❸剡（shàn）：县名，在今浙江嵊州。❹就之：到他那里去。❺经宿：经过一夜。❻造门不前：到达门前不进去见面。前，见面，会见。

048 王卫军云：“酒正自引人着胜地[1]。”王荟，已见。

❶正自：确实，的确。“自”为词缀，无实义。着：到。胜地：美妙的境地。

049 王子猷出都[1]，尚在渚下[2]。旧闻桓子野善吹笛，《续晋阳秋》曰：“左将军桓伊善音乐，孝武饮燕，谢安侍坐，帝命伊吹笛。伊神色无忤，既吹一弄，乃放笛云：‘臣于筝乃不如笛，然自足以韵合歌管。臣有一奴，善吹笛，且相便串，请进之。’帝赏其放率，听召奴。奴既至，吹笛，伊抚筝而歌怨诗，因以为谏也。”而不相识。遇桓于岸上过，王在船中，客有识之者，云是桓子野。王便令人与相闻云[3]：“闻君善吹笛，试为我一奏。”桓时已贵显，素闻王名，即便回下车[4]，踞胡床[5]，为作三调。弄毕，便上车去。客主不交一言。

❶出都：到京都去。出，到、至。❷渚：指青溪渚。东晋建康青溪上的码头，是京都漕运要道。❸相闻：传话，通消息。❹回下车：转身下车。晋时皆于车后上下，故云“回下车”。❺踞：靠，倚。胡床：古代一种可折叠的轻便坐具。

050 桓南郡被召作太子洗马[1]，《玄别传》曰：“玄初拜太子洗马，时朝廷以温有不臣之迹，故抑玄为素官。”船泊荻渚[2]。王大服散后已小醉[3]，往看桓。桓为设酒，不能冷饮，频语左右，令温酒来。桓乃流涕呜咽，王便欲去。桓以手巾掩泪，因谓王曰：“犯我家讳[4]，何预卿事[5]？”《晋安帝纪》曰：“玄哀乐过人，每欢戚之发，未尝不至呜咽。”王叹曰：“灵宝故自达[6]！”灵宝，玄小字也。《异苑》曰：“玄生而有光照室。善占者云：‘此儿生有奇耀，宜目为天人。’宣武嫌其三文，复言为‘神灵宝’，犹复用三，既难重前，却减‘神’一字，名曰‘灵宝’。”《语林》曰：“玄不立忌日，止立忌时。其达而不拘皆此类。”

❶太子洗马：东宫太子属官。❷荻渚：地名，故址在今湖北荆州。❸王大：指王忱。散：即“寒石散”，又称“五石散”。服散风气始于何晏、裴秀，盛行于魏晋。服散后身体发热，须散步以散发药性，称之为“行散”。服散后忌饮冷酒，因为冷酒不利于散发药性。❹家讳：父祖的名讳。王令温酒，犯玄父桓温讳。❺预：关涉。❻故自：确实。

051 王孝伯问王大：“阮籍何如司马相如[1]？”王大曰：“阮籍胸中垒块[2]，故须酒浇之。”言阮皆同相如，而饮酒异耳。

❶何如：与……相比怎么样。❷胸中垒块：比喻胸中郁结不平。

052 王佛大叹言[1]：“三日不饮酒，觉形神不复相亲。”《晋安帝纪》曰："忱少慕达，好酒，在荆州转甚，一饮或至连日不醒，遂以此死。"宋明帝《文章志》曰："忱嗜酒，醉辄经日，自号'上顿'。世嘑以大饮为'上顿'起自忱也。"

❶王佛大：王忱小字佛大。

053 王孝伯言："名士不必须奇才，但使常得无事❶，痛饮酒，熟读《离骚》，便可称名士。"

❶但使：只要。

054 王长史登茅山❶，大恸哭曰："琅邪王伯舆，终当为情死！❷"《王氏谱》曰："廞字伯舆，琅邪人。父荟，卫将军。廞历司徒长史。"周祇《隆安记》曰："初，王恭将唱义，使喻三吴。廞居丧，拔以为吴国内史。国宝既死，恭罢兵，令廞反丧服。廞大怒，即日据吴都以叛。恭使司马刘牢之讨廞，廞败不知所在。"

❶王长史：王廞字伯舆，出身琅邪王氏，王导之孙。历任太子中庶子、司徒左长史。茅山：亦称三茅山，在今江苏句容市东南。❷"琅邪王伯舆"二句：王廞始应王恭之命起兵三吴，起兵方十日，即令中止，便愤而攻伐王恭，终被王恭所杀。

简傲第二十四

“简傲”者，怠慢、狂傲之谓也。

“傲”的词义为人所熟知，而“简”在这里的词义较为特殊。考古代文献，“简”有怠惰、放荡、怠慢、轻视的意思。如《管子·八观》中的“禁罚威严，则简慢之人整齐”，“简”即为怠惰、放荡；《孟子·离娄下》中的“诸君子皆与驩言，孟子独不与驩言，是简驩也”，“简”即为怠慢；《淮南子·俶真》中的“冬日之不用翣者，非简之也，清有余于适也”，“简”就是轻视的意思。

如此看来，《简傲》应该归入《任诞》门，是《任诞》的子栏目，但细考各条，又与《任诞》相去甚远。《任诞》的内在精神是自我的觉醒所导致的人格张力，是一种真情至性，对传统礼法形成强烈冲击；而《简傲》凡一十七则，除了阮籍在晋文王侧“箕踞啸歌，酣放自若”、嵇康打铁“旁若无人，移时不交一言”延续了任诞之风，表明了对传统的反叛和对权贵的蔑视之外，大多显得矫情。魏晋士人在“简傲”的招牌下，各自显摆名士的做派，或追慕老庄，不拘礼法，傲慢自纵；或飘逸方外，不问政事，玩忽职守；或标榜清高，超凡脱俗，目空一切；或依仗门第，高高在上，凌人傲物；或趋炎附势，攀龙附凤，骄人傲人。久而久之，就形成了魏晋的慢世之风。

魏晋慢世之风的形成，既有渊远的文化基因，又有真切的现实环境。就文化基因来说，道家的孤芳自赏烘焙了中国古代士子清高自许的性格气质，孟子的“浩然正气”又使古代读书人拥有一种政治上的优越感和古典英雄主义情怀。就现实环境来说，魏晋乱世，纷纷攘攘，司马氏根基未稳，不得不笼络士族，因而对名士的诸多做派百般容忍，甚至大加褒奖，惯出了文人的诸多毛病，慢世之风由是形成。

001 晋文王功德盛大，坐席严敬，拟于王者[1]。《汉晋春秋》曰："文王进爵为王，司徒何曾与朝臣皆尽礼，惟王祥长揖不拜。"惟阮籍在坐，箕踞啸歌[2]，酣放自若[3]。

❶拟：比，像……一样。❷箕踞：两腿叉开而坐，一种傲慢不敬的坐姿。❸酣放：纵酒狂放。

002 王戎弱冠诣阮籍[1]，时刘公荣在坐。阮谓王曰："偶有二斗美酒，当与君共饮。彼公荣者，无预焉。"二人交觞酬酢[2]，公荣遂不得一杯[3]，而言语谈戏，三人无异。或有问之者，阮答曰："胜公荣者，不得不与饮酒；不如公荣者，不可不与饮酒；惟公荣，可不与饮酒。"《晋阳秋》曰："戎年十五，随父浑在郎舍，阮籍见而说焉。每适浑俄顷，辄在戎室久之。乃谓浑：'濬冲清尚，非卿伦也。'戎尝诣籍共饮，而刘昶在坐，不与焉，昶无恨色。既而戎问籍曰：'彼为谁也？'曰：'刘公荣也。'濬冲曰：'胜公荣，故与酒；不如公荣，不可不与酒；惟公荣者，可不与酒。'"《竹林七贤论》曰："初，籍与戎父浑俱为尚书郎，每造浑，坐未安，辄曰：'与卿语，不如与阿戎语。'就戎，必日夕而返。籍长戎二十岁，相得如时辈。刘公荣通士，性尤好酒。籍与戎酬酢终日，而公荣不蒙一杯，三人各自得也。戎为物论所先皆此类。"

❶弱冠：古时男子二十岁成人，初加冠，体还未壮，故称弱冠。诣：拜访，到……去。❷交觞：轮流不停地举杯。酬酢：宾主相互敬酒。❸遂：始终。

003 钟士季精有才理[1]，先不识嵇康。钟要于时贤俊之士[2]，俱往寻康。康方大树下锻[3]，向子期为佐鼓排[4]。康扬槌不辍[5]，旁若无人，移时不交一言。钟起去，康曰："何所闻而来，何所见而去？"钟曰："闻所闻而来，见所见而去。"《文士传》曰："康性绝巧，能锻铁。家有盛柳树，乃激水以圜之，夏天甚清凉，恒居其下傲戏，乃身自锻。家虽贫，有人就锻者，康不受直，惟亲旧以鸡酒往，与共饮啖清言而已。"《魏氏春秋》曰："钟会为大将军兄弟所昵，闻康名而造焉。会，名公子，以才能贵幸。乘肥衣轻，宾从如云。康方箕踞而锻，会至，不为之礼，会深衔之。后因吕安事而遂谮康焉。"

❶精：极，甚。程度副词。才理：才思。❷要：通"邀"。贤俊之士：指当时贤达名流。❸锻：打铁。❹鼓排：鼓风吹火。❺辍：停止。

004 嵇康与吕安善[1]，每一相思，千里命驾[2]。《晋阳秋》曰："安字中悌，东平人，冀州刺史招之第二子。志量开旷，有拔俗风气。"干宝《晋纪》曰："初，安之交康也，其相思则率尔命驾。"安后来，值康不在，喜出户延之[3]，不入，《晋百官名》曰："嵇喜字公穆，历扬州刺史，康兄也。阮籍遭丧，往吊之。籍能为青白眼，见凡俗之士，以白眼对之。及喜往，籍不哭，见其白眼，喜不怿而退。康闻之，乃赍酒挟琴而造之，遂相与善。"干宝《晋纪》曰："安尝从康，或遇其行，康兄喜拭席而待之，弗顾，独坐车中。康母就设酒食，求康儿共语戏，良久则去。其轻贵如此。"题门上作"凤"字而去。喜不觉，犹以为欣[4]。故作"凤"字，凡鸟也。许慎《说文》曰："凤，神鸟也，从鸟凡声。"

❶吕安：吕安字仲悌，东平（今山东）人。志量闲旷，有拔俗风气。与嵇康、山涛、向秀友善，后为司马氏所杀。善：要好。❷命驾：叫

人驾车前往。❸喜：嵇喜字公穆，谯国铚县（今安徽省濉溪县临涣镇）人。历扬州刺史，嵇康兄。延：迎接，接待。❹欣：高兴，喜欢。

005 陆士衡初入洛，咨张公所宜诣[1]，刘道真是其一。陆既往，刘尚在哀制中[2]。性嗜酒，礼毕，初无他言[3]，惟问："东吴有长柄壶卢[4]，卿得种来不？"陆兄弟殊失望，乃悔往[5]。

❶咨：咨询，请教。张公：指张华。宜诣：值得拜访。❷哀制：为父母守丧的礼制。❸初无：全无，一点没有。❹东吴：吴地处江东，故称东吴。后指江东地区。长柄壶卢：即长柄葫芦。适宜做装酒的器皿，柄长好持拿，又不易泼酒。❺乃：于是。

006 王平子出为荆州[1]，《晋阳秋》曰："惠帝时，太尉王夷甫言于选者，以弟澄为荆州刺史，从弟敦为青州刺史。澄、敦俱诣太尉辞，太尉谓曰：'今王室将卑，故使弟等居齐、楚之地，外可以建霸业，内足以匡帝室，所望于二弟也！'"王太尉及时贤送者倾路[2]。时庭中有大树，上有鹊巢，平子脱衣巾，径上树取鹊子，凉衣拘阂树枝[3]，便复脱去。得鹊子还，下弄[4]，神色自若，傍若无人[5]。邓粲《晋纪》曰："澄放荡不拘，时谓之达。"

❶出：出任。为荆州：做荆州刺史。❷时贤：指当时贤达名流。倾路：挤满道路。❸凉衣：贴身单衣。拘阂：挂碍。❹弄：玩弄。❺傍若无人：即"旁若无人"。

007 高坐道人于丞相坐[1]，恒偃卧其侧[2]，见卞令，肃然改容云："彼是礼法人。"《高坐传》曰："王公曾诣和上，和上解带偃伏，悟言神解。见尚书令卞望之，便敛衿饰容，时叹皆得其所。"

❶丞相：指王导。❷恒：总是。偃卧：仰面而卧。

008 桓宣武作徐州[1]，时谢奕为晋陵[2]，《中兴书》曰："奕自吏部郎出为晋陵太守。"先粗经虚怀[3]，而乃无异常。及桓迁荆州[4]，将西之间[5]，意气甚笃[6]，奕弗之疑。惟谢虎子妇王悟其旨[7]，虎子，谢据小字，奕弟也。其妻王氏，已见。每曰："桓荆州用意殊异，必与晋陵俱西矣！"俄而引奕为司马[8]。奕既上，犹推布衣交[9]。在温坐，岸帻啸咏[10]，无异常日。宣武每曰："我方外司马[11]。"遂因酒，转无朝夕礼[12]。桓舍入内[13]，奕辄复随去，后至奕醉，温往主许避之[14]。主曰："君无狂司马，我何由得相见[15]？"

❶作徐州：作徐州刺史。❷为晋陵：作晋陵郡太守。❸粗：略为，大致。经：表述，述说。虚怀：心怀。❹迁：调任，徙官。❺之间：之时。❻意气：情意。笃：深厚。❼谢虎子：谢据小字虎子。王：谢据妻王绥。悟：领悟，明白。旨：意图。❽俄而：不久。引：推举，引荐。司马：军府、州郡中掌兵事的官。❾布衣交：贫贱之交。❿岸帻：推起头巾露出额头称为岸帻，形容衣衫简率不整。⓫方外：世俗之外。⓬朝夕礼：指一般常礼。⓭内：内宅。⓮主：公主。桓温妻为魏明帝女南康长公主。许：处所。⓯何由：怎么，如何。

009 谢万在兄前，欲起索便器[1]。于时阮思旷在坐，曰："新出门户，笃而无礼！"

❶索：找，要。便器：盛小便的器皿。

010 谢中郎是王蓝田女婿，《谢氏谱》曰："万取太原王述女，名荃。"尝著白纶巾[1]，肩舆径至扬州听事见王[2]，直言曰[3]："人言君侯痴[4]，君侯信自痴[5]。"蓝田曰："非无此论，但晚令耳[6]。"

《述别传》曰："述少真独退静，人未尝知，故有晚令之言。"

❶著：戴。纶巾：古时用粗丝编织的头巾。❷肩舆：轿子。因用肩抬而行，故称。听事：厅堂。❸直：只，只是。❹君侯：对尊者的敬称。❺信自：确实。❻但：只，只是。晚令：迟得美名。

011 王子猷作桓车骑骑兵参军[1]，桓问曰："卿何署[2]？"答曰："不知何署，时见牵马来，似是马曹[3]。"《中兴书》曰："桓冲引徽之为参军，蓬首散带，不综知其府事。"桓又问："官有几马？"答曰："'不问马'何由知其数[4]？"《论语》曰："厩焚，孔子退朝曰：'伤人乎？'不问马。"注："贵人贱畜，故不问也。"又问："马比死多少[5]？"答曰："未知生，焉知死？[6]"《论语》曰："子路问死。孔子曰：'未知生，焉知死！'"马融注曰："死事难明，语之无益，故不答。"

❶骑兵参军：官名。掌马匹喂养、供给等。❷署：官署。❸马曹：应为骑曹，掌管马匹的官署。马曹是王子猷戏谑之语。❹不问马：语出《论语·乡党》。王子猷故意断章取义，以为调侃。❺比：近来。❻未知生，焉知死：语出《论语·先进》。

012 谢公尝与谢万共出西[1]，过吴郡[2]，阿万欲相与共萃王恬许[3]，恬，已见，时为吴郡太守。太傅云："恐伊不必酬汝[4]，意不足尔[5]。"万犹苦要[6]，太傅坚不回[7]，万乃独往。坐少时，王便入门内，谢殊有欣色，以为厚待己。良久，乃沐头散发而出，亦不坐，仍据胡床[8]，在中庭晒头[9]，神色傲迈[10]，了无相酬对意[11]。谢于是乃还，未至船，逆呼太傅[12]，安曰："阿螭不作尔[13]。"王恬，小字螭虎。

❶出西：到都城建康去。二谢居会稽，故以入都为出西。❷吴郡：郡名。治所在吴县（今苏州市）。❸萃：聚集。许：处所。❹不必：不一定。酬：主答客为酬。指主人以酒食款待。❺意：认为。不足：不值。尔：如此，这样。❻苦：极力。要：通“邀”。❼回：改变。❽仍：就，便。据：靠，坐。胡床：古时胡地传入的一种可折叠的轻便坐具。❾中庭：庭中。❿傲迈：傲慢。⓫了无：完全没有，毫无。⓬逆：迎，迎面。⓭不作：不做作。

013 王子猷作桓车骑参军。桓谓王曰：“卿在府久，比当相料理❶。”初不答❷，直高视❸，以手版拄颊云❹：“西山朝来❺，致有爽气❻。”

❶比当：近期将。料理：照顾提拔。❷初不：完全不，根本不。❸直：只，只是。❹手版：即“笏”。古时官吏上朝或谒见上司时用以记事的板。❺朝来：早晨。“来”犹“时”。❻致：极，很。

014 谢万北征❶，常以啸咏自高，未尝抚慰众士。谢公甚器爱万，而审其必败❷，乃俱行。从容谓万曰❸：“汝为元帅，宜数唤诸将宴会，以说众心❹。”万从之。因召集诸将，都无所说，直以如意指四坐云❺：“诸君皆是劲卒❻！”诸将甚忿恨之。谢公欲深着恩信，自队主将帅以下❼，无不身造❽，厚相逊谢。及万事败，军中因欲除之。复云：“当为隐士❾。”故幸而得免。万败事已见上。

❶谢万北征：晋穆帝升平二年（公元358年），谢万受命北征前燕，于寿春大败而回，被废为庶人。❷审：明白，清楚。❸从容：引申为选择方便的谈话时机。❹说：通“悦”。❺直：只。如意：器物名。柄端作手指形，用以搔痒。❻劲卒：精壮的兵士。❼队主：某兵种的长官。❽身造：亲自拜访。❾当为隐士：看在隐士面上。隐士指

谢安，当时其隐居会稽，尚未出仕。

015 王子敬兄弟见郗公，蹑履问讯[1]，甚修外生礼。及嘉宾死，皆着高屐[2]，仪容轻慢。命坐，皆云："有事，不暇坐。"既去，郗公慨然曰："使嘉宾不死，鼠辈敢尔！"愔子超，有盛名，且获宠于桓温，故为超敬愔。

❶蹑履：穿着鞋子。表郑重恭敬。问讯：问候。❷高屐：高齿木底鞋。游览闲居时所着，正式场合穿着，视为不恭。

016 王子猷尝行过吴中[1]，见一士大夫家极有好竹。主已知子猷当往[2]，乃洒扫施设[3]，在听事坐相待[4]。王肩舆径造竹下[5]，讽啸良久[6]。主已失望，犹冀还当通[7]，遂直欲出门[8]。主人大不堪[9]，便令左右闭门，不听出[10]。王更以此赏主人[11]，乃留坐，尽欢而去。

❶吴中：指东晋吴郡地面。❷当：将。❸施设：置办酒食。设：菜肴，酒食。❹听事：厅堂。❺肩舆：轿子，以肩抬而行走，故称。径：直接。造：到，去。❻讽啸：即啸歌。❼当：将。通：问话，交谈。❽遂：竟然。❾不堪：不能忍受。❿不听：不让。听，听凭、任凭。⓫更：却。

017 王子敬自会稽经吴[1]，闻顾辟疆《顾氏谱》曰："辟疆，吴郡人，历郡功曹、平北参军。"有名园[2]。先不识主人，径往其家，值顾方集宾友酣燕[3]，而王游历既毕，指麾好恶[4]，傍若无人。顾勃然不堪曰[5]："傲主人，非礼也；以贵骄人，非道也。失此二者，不足齿之伧耳[6]！"便驱其左右出门。王独在舆上[7]，回转顾望，左右移时不至[8]。然后令送著门外，怡然不屑[9]。

❶会稽：郡国名。治所在山阴（今浙江绍兴）。吴：吴郡。治所在吴县（今苏州）。❷顾辟疆：顾辟疆，字不传。吴郡（今江苏苏州）人，历郡功曹、平北参军。❸值：碰上。燕：同“晏”。❹指麾：即“指挥”。指点评说之意。❺勃然：气愤的样子。不堪：不能忍受。❻不足齿：不足挂齿，不值一提。伧：当时南方人称北方人为伧，意为鄙俗不文。❼舆：即肩舆——轿子。❽移时：多时。❾不屑：不介意，不顾。

排调第二十五

“排调”者，俳调也，俳谐、调笑之谓也。

调笑嘲戏之风，汉末初现端倪，至魏晋而蔚为大观。究其原因，皆为社会的动荡，礼乐的废弛，环境的宽松，思想的解放，个性的张扬。名士们在正襟危坐的德行求解之外，在清雅高迈的谈玄论理之余，发现了一方更机智、更率性、更生活、更有趣的知性空间，于是倾情其中，乐此不疲。

这是才学、思辨、悟性、哲理、口才、智慧的竞技场，名士们于此摆下擂台，逞才使气，竞技斗法，嬉笑怒骂，皆成文章，令后人瞠目结舌，也给后人留下了津津乐道的谈资。崖岸高的手拈经典，巧妙化用，以炫其学识之渊博；思理深的穿越名理壁垒，组装嫁接，以成思辨之妙；才情广的沉溺于语言游戏，运用谐音、类比等修辞手法，以成幽默机智之趣。凡此种种，不一而足，创造出妙趣横生的语言奇观。如：“云间陆士龙，日下荀鸣鹤”，顾长康的“渐至佳境”，桓玄的“顾名思义”，等等。

一种文化风气一经形成，便有着自己的惯性，调控不当，便有些刹不住车，魏晋的“排调”之风更是如此。名士们玩得兴起，沉溺其中，便什么都拿来开涮。北方伧父，南方蛮夷，父母的名号，小孩的缺牙，周伯仁的大肚子，王子敬的瘦骨头，康僧渊的高鼻子，支道林的秃头，谢安的鼻疾……都成了开涮的对象。讥讽权贵、戏谑同僚、打趣友朋、调笑妻儿，居然连佛都不放过，直可追步当今践踏崇高之思潮。泥沙俱下，有的不免堕入恶趣。

古代正人君子都对此大加声讨，即便很文艺的刘勰亦不例外：“魏晋滑稽，盛相驱扇，遂乃应玚之鼻，方于盗削卵；张华之形，比乎握舂杵。曾是莠言，有亏德音，岂非溺者之妄笑，胥靡之狂歌欤？”（《文心雕龙·谐隐》）但我以为，中国古代士子，大凡正襟危坐，皓首穷经，迂阔木讷，就如道德木乃伊，了无生气。魏晋的这一股“排调”之风，虽浸淫太过，但矫枉必须过正，不如此唤醒不了道德的僵尸，不如此成就不了魏晋风流。

001 诸葛瑾为豫州❶，遣别驾到台❷，瑾已见。语云：“小儿知谈❸，卿可与语。”连往诣恪❹，《江表传》曰：“恪字元逊，瑾长子也。少有才名，发藻岐嶷，辩论应机，莫与为对。孙权见而奇之，谓瑾曰：‘蓝田生玉，真不虚也！’仕吴至太傅。为孙峻所害。”恪不与相见。后于张辅吴坐中相遇，环济《吴纪》曰：“张昭字子布，忠正有才义，仕吴，为辅吴将军。”别驾唤恪：“咄咄郎君❺！”恪因嘲之曰：“豫州乱矣，何咄咄之有？”答曰：“君明臣贤，未闻其乱。”恪曰：“昔唐尧在上❻，四凶在下❼。”答曰：“非唯四凶，亦有丹朱❽。”于是一坐大笑。

❶豫州：州名。治所在谯（今安徽亳州）。❷别驾：官名。刺史的重要佐吏。到台：入朝。晋宋时称朝廷禁省为台。❸知谈：善谈，健谈。❹连往诣洛：入朝后马上去拜访诸葛恪。恪：诸葛恪字元逊，琅邪阳都（今山东沂南）人。诸葛亮之侄，诸葛瑾长子。少有才名，发藻岐嶷，辩论应机，莫与为对。仕吴至太傅。为孙峻所害。❺咄咄：感叹声。犹言“好一个郎君”。郎君：门生故吏称其长官或师门子弟为郎君。❻唐尧：古帝名，帝喾子，初封于陶，后封于唐，号陶唐氏，为儒家贤君的典范。❼四凶：指不服从控制的四个部族首领。❽丹朱：唐尧之子。尧因丹朱不肖，禅位于舜。按：恪以唐尧喻其父瑾，以四凶喻别驾，别驾则以丹朱喻恪。

002 晋文帝与二陈共车[1]，过唤钟会同载[2]，即驶车委去[3]。比出[4]，已远。既至，因嘲之曰："与人期行[5]，何以迟迟？望卿遥遥不至[6]。"会答曰："矫然懿实，何必同群？[7]"帝复问会："皋繇何如人[8]？"答曰："上不及尧、舜[9]，下不逮周、孔[10]，亦一时之懿士[11]。"二陈，骞与泰也。会父名繇，故以"遥遥"戏之。骞父矫，宣帝讳懿，泰父群，祖父寔，故以此酬之。

❶二陈：指陈骞、陈泰。❷同载：同乘一车。❸驶：车马疾行。委：弃，丢下。❹比：等到。❺期：约定。❻遥遥不至：钟会父名"繇"，"遥""繇"同音，故司马昭以"遥遥"戏之。❼矫然懿实，何必同群：矫然：出众的样子。懿实：美好充实。陈骞父名矫，司马昭父名懿，陈泰父名群，祖父名寔（同"实"）。钟会以此组词连句予以回击。❽皋繇：又称皋陶，相传为舜的刑法官。❾尧、舜：传说中的上古贤君。❿逮：及，如。周、孔：周公、孔子。⓫一时：一世，一代。懿士：有美德的人。

003 钟毓为黄门郎[1]，有机警，在景王坐燕饮[2]。时陈群子玄伯、武周子元夏同在坐[3]，《魏志》曰："武周字伯南，沛国竹邑人。仕至光禄大夫。"共嘲毓。景王曰："皋繇何如人[4]？"对曰："古之懿士[5]。"顾谓玄伯、元夏曰："君子周而不比，群而不党。[6]"孔安国注《论语》曰："忠信为周，阿党为比。党，助也。君子虽众，不相私助。"

❶黄门郎：官名。侍从皇帝，传达诏谕。❷燕饮：晏饮。❸武周：武周字伯南，沛国竹邑（今安徽宿州）人。仕至光禄大夫。❹皋繇：又称皋陶，相传为舜的刑法官。司马师用钟父"繇"之谐音调笑。❺古之懿士：钟毓用司马师父"懿"之名讳回敬。❻周而不比：语出《论语·为政》。群而不党：语出《论语·卫灵公》。既犯了玄伯父群的名讳，又讥讽了其结党围攻的行为。

004 嵇、阮、山、刘在竹林酣饮，王戎后往，步兵曰[1]：“俗物已复来败人意[2]！”《魏氏春秋》曰：“时谓王戎未能超俗也。”王笑曰：“卿辈意亦复可败邪[3]？”

❶步兵：指阮籍。阮籍曾作步兵校尉，故名。❷俗物：俗人。已复：竟然。❸卿辈：你们这类人。

005 晋武帝问孙皓：《吴录》曰：“皓字元宗，一名彭祖，大皇帝孙也。景帝崩，皓嗣位，为晋所灭，封归命侯。”“闻南人好作《尔汝歌》[1]，颇能为不[2]？”皓正饮酒，因举觞劝帝而言曰[3]：“昔与汝为邻，今与汝为臣。上汝一杯酒，令汝寿万春[4]。”帝悔之。

❶《尔汝歌》：魏晋间盛行于南方的民歌。“尔”“汝”为古代尊长对卑幼的对称代词。❷颇：疑问副词，用于疑问句之动词前，相当于“可”。❸觞：酒杯。劝：劝酒。❹万春：万年。

006 孙子荆年少时欲隐，语王武子“当枕石漱流”[1]，误曰“漱石枕流”。王曰：“流可枕，石可漱乎？”孙曰：“所以枕流，欲洗其耳；《逸士传》曰：“许由为尧所让，其友巢父责之，由乃过清泠水洗耳拭目，曰：‘向闻贪言，负吾之友。’”所以漱石，欲砺其齿[2]。”

❶枕石漱流：以石为枕，以流水漱口。❷砺：磨砺。

007 头责秦子羽云[1]：子羽，未详。“子曾不如太原温颙、颍川荀寓、温颙，已见。《荀氏谱》曰：“寓字景伯，祖式，太尉。父保，御史中丞。”《世语》曰：“寓少与裴楷、王戎、杜默俱有名，仕晋至尚书。”范阳张华、士卿刘许、《晋百官名》曰：“刘许字文生，涿鹿郡人。父放，魏骠骑将军。许，惠帝时为宗正卿。”按许与张华同范阳人，故曰士卿，互其辞也。宗正卿或曰士卿。义阳邹湛、河南郑诩[2]。《晋诸公赞》曰：“湛字润甫，新野人。以文义达，仕至侍中。诩字思渊，荥阳开封人。为卫尉卿。祖泰，扬州刺史。父褒，司空。”此数子者，或謇吃无宫商[3]，或尪陋希言语[4]，或淹伊多姿态[5]，或欢哗少智谞[6]，或口如含胶饴[7]，或头如巾齑杵[8]，《文士传》曰：“华为人少威仪，多姿态。”推意此语，则此六句还以目上六人，而“口如含胶饴”则指邹湛，湛辩丽英博，而有此称，未详。而犹以文采可观，意思详序[9]，攀龙附凤[10]，并登天府[11]。”《张敏集》载《头责子羽文》曰：“余友有秦生者，虽有姊夫之尊，少而狎焉，同时好昵，有太原温长仁颙、颍川荀景伯寓、范阳张茂先华、士卿刘文生许、南阳邹润甫湛、河南郑思渊诩。数年之中，继踵登朝，而此贤身处陋巷，屡沽而无善价，亢志自若，终不衰堕，为之慨然。又怪诸贤既已在位，曾无《伐木》嘤鸣之声，甚违王贡弹冠之义。故因秦生容貌之盛，为头责之文以戏之，并以嘲六子焉。虽似谐谑，实有兴也。”其文曰：“维泰始元年，头责子羽曰：‘吾托子为头，万有余日矣。大块禀我以精，造我以形。我为子植发肤，置鼻耳，安眉须，插牙齿。眸子摛光，双颧隆起，每至出入之间，遨游市里，行者辟易，坐者竦跽，或称君侯，或言将军，捧手倾侧，伫立崎岖。如此者，故我形之足伟也。子冠冕不戴，金银不佩，钗以当笄，帢以代帼。旨味弗尝，食粟茹菜，隈摧园间，粪壤污黑。岁莫年过，曾不自悔。子厌我于形容，我贱子乎意态。若此者乎，必子行己之累也。子遇我如仇，我视子如仇，居常不乐，两者俱忧，何其鄙哉！子欲为人宝也，则当如皋陶、后稷、巫咸、伊陟，保乂王家，永见封殖。子欲为名高也，则当如许由、子威、卞随、务光，洗耳逃禄，千岁流芳。子欲为游说也，则当如陈轸、蒯通、陆生、邓公，转祸为福，令辞从容。子欲为进趣也，则当如贾生之求试，终军之请使，砥砺锋颖，以干王事。子欲为恬淡也，则当如老聃之守一，庄周之自逸，廓然离欲，志凌云日。子欲为隐遁也，则当如荣期之带索，渔父之瀺灂，栖迟神丘，垂饵巨壑。此一介之所以显身成名者也。今子上不希道德，中不效儒、墨，块然穷贱，守此愚惑。察子之情，观子之志，退不为于处士，进无望于三事，而徒玩日劳形，习为常人之所喜，不亦过乎！'于是子羽愀然深念而对曰：'凡所教敕，谨闻命矣！以受性拘系，不闲礼义。设以天幸，为子所寄，今欲使吾为忠也，即当如伍胥、屈平。欲使吾为信也，则当杀身以成名。欲使吾为介节邪，则当赴水火以全贞。此四者，人之所忌，故吾不敢造意。'头曰：'子所谓天刑地网，刚德之尤。不登山抱木，则褰裳赴流。吾欲告尔以养性，诲尔以优游，而以虮虱同情，不听我谋。悲哉！俱寓人体，而独为子头。且拟人其伦，喻子侪偶。子不如太原温颙、颍川荀寓、范阳张华、士卿刘许、南阳邹湛、河南郑诩。此数子者，或謇吃无宫商，或尪陋希言语，或淹伊多姿态，或欢哗少智谞，或口如含胶饴，或头如巾齑杵，而犹文采可观，意思详序，攀龙附凤，并登天府。夫舐痔得车，沉渊得珠，岂若夫子，徒令唇舌腐烂、手足沾濡哉！居有事之世，而耻为权图，譬犹凿池抱瓮，难以求富。嗟乎子羽！何异槛中之熊，深阱之虎，石间饥蟹，窦中之鼠。事力虽勤，见功甚苦，宜其拳局剪蹙，至老无所希也。支离其形，犹能不困，非命也夫？岂与夫子同处也。'"

❶头责秦子羽：《头责子羽》是张敏的一篇妙文，以子羽之头颅责备子羽之身，实则表达人生之困顿、之焦虑、之追问。❷曾：竟，竟然。温颙：晋初人，事迹不详。《晋书·任凯传》记载温颙与张华、向秀、和峤等人党附任凯。荀寓：荀寓字景伯。荀彧孙，官至尚书。刘许：刘许字文生，涿鹿郡（今河北）人。惠帝时为宗正卿。邹湛：邹湛字润甫，南阳郡新野（今河南省新野县）人，少以才学知名。仕魏，历任通事郎、太学博士。太康年间，出补渤海太守，转太子太傅，迁少府。郑诩：郑诩字思渊，荥阳开封人。官至卫尉卿。❸謇吃：口吃。宫商：代指五音。五音是中国古代五声音阶中的宫、商、角、徵、羽

五个音级。“无宫商”形容人口吃，说话不协调。❹尪（wāng）陋：瘦弱丑陋。❺淹伊：阿谀逢迎的样子。多姿态：搔首弄姿以取悦于人。❻欢哗：喧哗。智谞：才智。❼胶饴：胶糖。❽巾韲杵（jī chǔ）：形容头小而尖，如包着头巾的捣韲杵。❾意思：思想，意图。详序：谨严有序。❿攀龙附凤：比喻攀附帝王，投靠权贵。⓫天府：比喻朝廷。登天府喻入朝做官。

008 王浑与妇钟氏共坐[1]，见武子从庭过，浑欣然谓妇曰：“生儿如此，足慰人意。”妇笑曰：“若使新妇得配参军[2]，生儿故可不啻如此[3]！”《王氏家谱》曰：“伦字太冲，司空穆侯中子，司徒浑弟也。醇粹简远，贵老庄之学，用心淡如也。为《老子例略》《周纪》。年二十余举孝廉，不行。历大将军参军。年二十五卒，大将军为之流涕。”

❶钟氏：王浑妻。名琰之，魏太傅钟繇曾孙女。❷新妇：妇人自称。参军：指王浑弟王伦。❸故：本来。不啻：不只。

009 荀鸣鹤、陆士龙二人未相识[1]，俱会张茂先坐。张令共语，以其并有大才，可勿作常语。陆举手曰：“云间陆士龙[2]。”荀答曰：“日下荀鸣鹤[3]。”陆曰：“既开青云睹白雉[4]，何不张尔弓，布尔矢？”荀答曰：“本谓云龙骙骙[5]，定是山鹿野麋[6]，兽弱弩强，是以发迟。”张乃抚掌大笑[7]。《晋百官名》曰：“荀隐字鸣鹤，颍川人。”《荀氏家传》曰：“隐祖昕，乐安太守。父岳，中书郎。隐与陆云在张华坐语，互相反复，陆连受屈。隐辞皆美丽，张公称善。云世有此书，寻之未得。历太子舍人、廷尉平，蚤卒。”

❶荀鸣鹤：荀隐字鸣鹤，颍川（今河南）人。历任太子舍人、廷尉平，蚤卒。❷云间：陆逊封华亭侯，陆氏世居华亭，而华亭古称云间，故

陆云自称“云间陆士龙”，又含“云中之龙”意。❸日下：指京都。荀乃颍川人，与京都洛阳相近，故自称“日下荀鸣鹤”。❹白雉：白色的野鸡。嘲笑荀不是鹤。❺骙骙（kuí kuí）：马强壮貌。❻定：副词。终究，到底。此句嘲笑陆不是龙，而是麋。❼抚掌：拍手。

010 陆太尉诣王丞相[1]，陆玩，已见。王公食以酪[2]。陆还遂病。明日与王笺云：“昨食酪小过[3]，通夜委顿[4]。民虽吴人，几为伧鬼[5]。”

❶诣：拜访，到……去。❷食（sì）：给……吃。❸小过：略多。小，稍微。❹委顿：疲乏，狼狈。❺伧鬼：当时吴人骂北方人为伧。鬼：人死为鬼。

011 元帝皇子生，普赐群臣。殷洪乔谢曰：殷羡，已见。“皇子诞育[1]，普天同庆。臣无勋焉，而猥颁厚赉[2]。”中宗笑曰：“此事岂可使卿有勋邪！”

❶诞育：诞生。❷猥颁：承蒙分赐。猥：谦辞，表示使对方屈尊。赉（lài）：赏赐。

012 诸葛令、王丞相共争姓族先后，王曰：“何不言葛、王，而云王、葛[1]？”令曰：“譬言驴马，不言马驴，驴宁胜马邪[2]？”诸葛恢，已见。

❶晋时王氏、诸葛氏为世家大族，并称“王葛”。❷宁：难道。

013 刘真长始见王丞相，时盛暑之月，丞相以腹熨弹棋局[1]，曰：“何乃渹[2]？”吴人以冷为“渹”。刘既出，人问见王公云何[3]，刘曰："未见他异，唯闻作吴语耳！"《语林》曰："真长云：'丞相何奇，止能作吴语及细唾也。'"

❶弹棋局：弹棋盘，多用玉石做成，中间隆起、平滑。❷渹（chèng）：凉。古代吴语。❸云何：怎么样。

014 王公与朝士共饮酒[1]，举琉璃碗谓伯仁曰[2]："此碗腹殊空，谓之宝器，何邪？"以戏周之无能。答曰："此碗英英[3]，诚为清彻[4]，所以为宝耳。"

❶王公：指王导。朝士：指中央官吏。❷琉璃：一种宝石。❸英英：精美。❹诚：确实。

015 谢幼舆谓周侯曰："卿类社树[1]，远望之，峨峨拂青天[2]；就而视之[3]，其根则群狐所托[4]，下聚溷而已[5]！"谓顗好媟渎故。答曰："枝条拂青天，不以为高；群狐乱其下，不以为浊。聚溷之秽[6]，卿之所保[7]，何足自称？"

❶社树：古代立社种树，以为社之标志。社即土地庙。❷峨峨：高峻貌。❸就：走近，到跟前去。❹托：寄生，寄托。❺溷：粪便，污秽物。❻秽：粪便。❼保：拥有。

016 王长豫幼便和令[1]，丞相爱恣甚笃[2]。每共围棋，丞相欲举行[3]，长豫按指不听[4]。丞相笑曰："讵得尔[5]，相与似有瓜葛[6]。"蔡邕曰："瓜葛，疏亲也。"

❶和令：温顺美善。❷爱恣：爱宠娇惯。❸举行：拿棋重走，即悔棋。❹不听：不让，不允许。❺讵：岂。❻相与：与你。瓜葛：瓜、葛均为蔓生植物，比喻互相牵连，有亲戚关系。

017 明帝问周伯仁❶："真长何如人？"答曰："故是千斤犗特❷。"王公笑其言。伯仁曰："不如卷角牸❸，有盘辟之好❹。"以戏王也。

❶明帝：晋明帝司马绍，晋元帝子。东晋第二位皇帝，在位三年。❷故：本，确实。犗特：阉割过的公牛。形容力大而能任重致远。❸卷角牸（zì）：老母牛。❹盘辟：盘旋从容的样子。

018 王丞相枕周伯仁膝，指其腹曰："卿此中何所有？"答曰："此中空洞无物，然容卿辈数百人❶。"

❶卿辈：你这类人。

019 干宝向刘真长《中兴书》曰："宝字令升，新蔡人。祖正，吴奋武将军。父莹，丹阳丞。宝少以博学才器著称，历散骑常侍。"叙其《搜神记》❶，《孔氏志怪》曰："宝父有嬖人，宝母至妒，葬宝父时，因推著藏中。经十年而母丧，开墓，其婢伏棺上，就视犹暖，渐有气息。舆还家，终日而苏。说宝父常致饮食，与之接寝，恩情如生。家中吉凶辄语之，校之悉验。平复数年后方卒。宝因作《搜神记》，中云'有所感起'是也。"刘曰："卿可谓鬼之董狐❷。"《春秋传》曰："赵穿攻晋灵公于桃园，赵宣子未出境而复。太史书：'赵盾弑其君。'宣子曰：'不然。'对曰：'子为正卿，亡不越境，反不讨贼，非子而谁？'孔子曰：'董狐，古之良史也，书法不隐。赵盾，古之贤大夫也，为法受恶。'"

❶干宝：干宝字令升，新蔡（今河南）人，东晋文学家、史学家，著述颇丰。撰《搜神记》三十卷，多写鬼神故事，被称作"中国志怪小说的鼻祖"。❷董狐：春秋时晋国史官，被孔子称之为"古之良史"。

020 许文思往顾和许[1]，顾先在帐中眠，许至便径就床角枕共语[2]。许琛，已见。既而唤顾共行，顾乃命左右取杭上新衣[3]，易己体上所著。许笑曰："卿乃复有行来衣乎[4]？"

❶许：处所。❷角枕：以兽角作装饰的枕头。❸杭：同"桁"，衣架。❹乃复：竟然。复，词缀，没有实义。行来衣：出门穿的衣服。

021 康僧渊目深而鼻高，王丞相每调之[1]。僧渊曰："鼻者面之山，《管辂别传》曰："鼻者，天中之山。"《相书》曰："鼻之所在，为天中；鼻有山象，故曰山。"目者面之渊。山不高则不灵，渊不深则不清。"

❶调：调笑。

022 何次道往瓦官寺礼拜甚勤[1]，充崇释氏，甚加敬也。阮思旷语之曰："卿志大宇宙，《尹子》曰："天地四方曰宇，往古来今曰宙。"勇迈终古[2]。"终古，往古也。《楚辞》曰："吾不能忍此终古也。"何曰："卿今日何故忽见推[3]？"阮曰："我图数千户郡[4]，尚不能得；卿乃图作佛[5]，不亦大乎？"思旷，裕也。

❶瓦官寺：佛寺名。初名慧方寺，寺有瓦官阁。晋哀帝敕建于建康。礼拜：顶礼膜拜。此处指拜佛。❷迈：超越。❸见推：推崇我。❹图：希冀，谋求。❺乃：竟然。

023 庾征西大举征胡，既成行，止镇襄阳。《晋阳秋》曰："翼率众入沔，将谋伐狄。既至襄阳，狄尚强，未可决战。会康帝崩，兄冰薨，留长子方之守襄阳，自驰还夏口。"殷豫章与书，送一折角如意以调之[1]。豫章，殷羡。庾答书曰："得所致，虽是败物[2]，犹欲理而用之[3]。”

❶如意：器物名。柄端作手指形，搔痒可如人意，故名。折角如意，讥讽庾翼壮志受挫，如意算盘不如人意。❷败物：损坏的东西。❸理：治。治玉为理。

024 桓大司马乘雪欲猎，先过王、刘诸人许[1]。真长见其装束单急[2]，问：“老贼欲持此何作[3]？”桓曰：“我若不为此[4]，卿辈亦那得坐谈[5]？”《语林》曰：“宣武征还，刘尹数十里迎之。桓都不语，直云：‘垂长衣，谈清言，竟是谁功？’刘答曰：‘晋德灵长，功岂在尔？’”二人说小异，故详载之。

❶许：处所。❷单急：服装单薄而便捷。指戎装。❸老贼：戏称。犹言“老家伙”。❹为此：指戎装征战。❺那得：哪能。

025 褚季野问孙盛：“卿国史何当成[1]？”孙云：“久应竟，在公无暇，故至今日。”褚曰：“古人‘述而不作’[2]，何必在蚕室中[3]！”《汉书》曰：“李陵降匈奴，武帝甚怒，太史令司马迁盛明陵之忠，帝以迁为陵游说，下迁腐刑。乃述唐、虞以来至于获麟，为《史记》。”迁《与任安书》曰：“李陵既生降，仆又茸之以蚕室。”苏林注曰：“腐刑者，作密室蓄火，时如蚕室。”旧时平阴有蚕室狱。

❶国史：指孙盛所作《晋阳秋》。❷述而不作：语出《论语·述而》。传述成说而不自立新义。❸蚕室：古代受腐刑的密室。

026 谢公在东山[1]，朝命屡降而不动[2]。后出为桓宣武司马，将发新亭[3]，朝士咸出瞻送[4]。高灵时为中丞[5]，亦往相祖[6]。先时，多少饮酒[7]，因倚如醉[8]，戏曰：“卿屡违朝旨，高卧东山，诸人每相与言[9]：‘安石不肯出，将如苍生何[10]！’今亦苍生将如卿何？”

谢笑而不答。高灵，已见。《妇人集》载桓玄问王凝之妻谢氏曰："太傅东山二十余年，遂复不终，其理云何？"谢答曰："亡叔太傅先正以无用为心，显隐为优劣，始末正当动静之异耳。"

❶东山：在会稽上虞。❷降：降旨。❸新亭：亭名。故址在今江苏南京江宁区。❹朝士：京城官吏。瞻送：看望送行。❺中丞：官名。御史台长官。❻祖：祭祀路神，祈祷一路平安。引申为饯行送别。❼多少：稍微，少许。❽倚：凭借，倚靠。❾每：常常。❿如……何：拿……怎么办。苍生：指黎民百姓。

027 初，谢安在东山居，布衣时[1]，兄弟已有富贵者[2]，翕集家门[3]，倾动人物[4]。刘夫人戏谓安曰[5]："大丈夫不当如此乎？"谢乃捉鼻曰[6]："但恐不免耳[7]。"

❶布衣：庶人衣着，代指平民百姓。❷兄弟已有富贵者：谢安兄谢尚、谢奕，弟谢万均已入朝为官，显赫一时。❸翕（xī）集：聚集。家门：家族。❹倾动人物：使社会人士倾倒。❺刘夫人：谢安妻刘氏，晋陵太守刘耽女，刘惔妹。❻捉鼻：捏着鼻子。谢安少有鼻疾，语音浑浊，捏鼻以使语音轻细，嬉戏中示以鄙夷不屑之意。❼但恐不免耳：谢安不愿出山，朝廷屡降旨征召，形势所迫，出山只迟早事，故言不免。但，只。

028 支道林因人就深公买印山[1]，深公答曰："未闻巢、由买山而隐[2]。"《逸士传》曰："巢父者，尧时隐人。山居，不营世利，年老，以树为巢而寝其上，故号巢父。"《高逸沙门传》曰："遁得深公之言，惭恧而已。"

❶因：通过。印山："印山"为"岇山"之误。岇山在今浙江嵊州。

❷巢、由：巢父和许由，相传为尧时隐士。巢父在树上筑巢而居，许由则隐居箕山之下。

029 王、刘每不重蔡公[1]。二人尝诣蔡[2]，语良久，乃问蔡曰："公自言何如夷甫[3]？"答曰："身不如夷甫[4]。"王、刘相目而笑曰[5]："公何处不如？"答曰："夷甫无君辈客。"

❶每：常常。重：尊重。蔡公：指蔡谟。❷诣：拜访，到……去。❸何如：和……相比怎么样。❹身：我。❺相目：相视。

030 张吴兴年八岁，亏齿，玄之，已见。先达知其不常[1]，故戏之曰："君口中何为开狗窦[2]？"张应声答曰："正使君辈从此中出入。"

❶先达：前辈贤达。❷狗窦：狗洞。

031 郝隆七月七日出日中仰卧[1]。人问其故，答曰："我晒书。"《征西寮属名》曰："隆字佐治，汲郡人。仕吴至征西将军。"

❶郝隆：郝隆字佐治，汲郡人。东晋名士，生性诙谐。年轻时无书不读，有博学之名。后投奔桓温，官至南蛮府参军。出日中：到太阳底下。

032 谢公始有东山之志[1]，后严命屡臻[2]，势不获已[3]，始就桓公司马。于时人有饷桓公药草[4]，中有远志。公取以问谢："此药又名小草，何一物而有二称？"《本草》曰："远志一名棘宛，其叶名小草。"谢未即答。时郝隆在坐，应声答曰："此甚易解，处则为远志，出则为小草。[5]"谢甚有愧色。桓公目谢而笑曰："郝参军此过乃不恶[6]，亦极有会[7]。"

❶东山之志：隐居东山的志向。❷严命：指皇帝诏命。臻：到，至。❸不获已：不得已。❹饷：馈赠。❺处则为远志，出则为小草：处，指埋在土里的根，喻隐居；出，指长出地面的枝叶，喻出仕。一语双关，既解释了二名之义，又讥讽了谢安。❻过：《太平御览》九八九及《渚宫旧事》五并作"通"。通，解释、阐述。不恶：不坏。❼会：意趣。

033 庾园客诣孙监[1]，值行[2]，见齐庄在外[3]，尚幼，而有神意[4]。庾试之曰："孙安国何在？"即答曰："庾稚恭家[5]。"庾大笑曰："诸孙大盛[6]，有儿如此！"又答曰："未若诸庾之翼翼[7]。"还，语人曰："我故胜[8]，得重唤奴父名[9]。"《孙放别传》曰："放兄弟并秀异，与庾翼子园客同为学生。园客少有佳称，因谈笑嘲放曰：'诸孙于今为盛。''盛'，监君讳也。放即答曰：'未若诸庾之翼翼。'放应机制胜，时人仰焉。司马景王、陈、钟诸贤相酬，无以逾也。"

❶诣：拜访，到……去。❷值：适逢。行：出行，外出。❸齐庄：孙放字齐庄。❹神意：神韵意趣。❺齐庄父孙盛字安国，园客父庾翼字稚恭。对子称父讳不敬，故齐庄亦以父讳回敬。❻诸孙大盛：齐庄父名盛，庾园客故云"盛"以戏之。❼翼翼：繁盛貌。"盛""翼"皆彼此父讳，一语双关。❽故：确实。❾奴：对人的鄙称。

034 范玄平在简文坐[1]，谈欲屈[2]，引王长史曰[3]："卿助我！"《范汪别传》曰："汪字玄平，颍阳人，左将军略之孙。少有不常之志，通敏多识，博涉经籍，致誉于时。历吏部尚书、徐兖二州刺史。"王曰："此非拔山力所能助。"《史记》曰："项羽为汉兵所围，夜起歌曰：'力拔山兮气盖世，时不利兮骓不逝。'"

❶范玄平：范汪字玄平，颍阳（今河南省登封市）人。少有不常之志，通敏多识，博涉经籍，致誉于时。历吏部尚书、徐兖二州刺史。❷谈：

谈玄，清谈。屈：受挫。❸引：拉。

035 郝隆为桓公南蛮参军[1]。三月三日会[2]，作诗，不能者，罚酒三升。隆初以不能受罚，既饮，揽笔便作一句云："娵隅跃清池[3]。"桓问："娵隅是何物？"答曰："蛮名鱼为娵隅。"桓公曰："作诗何以作蛮语？"隆曰："千里投公，始得蛮府参军，那得不作蛮语也。"

❶南蛮参军：即南蛮校尉府参军。❷三月三日会：魏以后以三月三日为祓禊日。祓禊旧俗原本为水边沐浴祓除，此后便以宴饮游玩，曲水流觞为乐。❸娵隅（jū yú）：古代西南少数民族称鱼为娵隅。

036 袁羊尝诣刘恢[1]，恢在内眠未起。袁因作诗调之曰："角枕粲文茵[2]，锦衾烂长筵[3]。"《唐诗》曰："晋献公好攻战，国人多丧，其诗曰：'角枕粲兮，锦衾烂兮；予美亡此，谁与独旦？'"袁故嘲之。刘尚晋明帝女[4]，《晋阳秋》曰："恢尚庐陵长公主，名南弟。"主见诗不平[5]，曰："袁羊，古之遗狂[6]！"

❶刘恢：当为刘惔。"恢""惔"形似而误。❷角枕：用兽骨装饰的枕头。粲：使鲜艳。文茵：泛指华丽的褥子。❸锦衾：锦制的被子。烂：使光亮。长筵：长席。❹尚：娶帝王之女曰尚。晋明帝：司马绍。东晋第二主。❺主：公主。❻古之遗狂：《论语·阳货》："古之狂也肆，今之狂也荡。"

037 殷洪远答孙兴公诗云："聊复放一曲[1]。"刘真长笑其语拙，问曰："君欲云那放[2]？"殷曰："榻腊亦放[3]，何必其枪铃邪[4]？"殷融，已见。

❶聊复：暂且，姑且。放：放歌。❷那：如何，怎么。❸榻（tà）腊：

击鼓声。以手揩之，其声甚震。④枪铃：指金石乐器奏出的悦耳的音乐。

038 桓公既废海西，立简文[1]，《晋阳秋》曰："海西公讳奕，字延龄，成帝子也。兴宁中即位。少同阉人之疾，使宫人与左右淫通生子。大司马温自广陵还姑孰，过京都，以皇太后令，废帝为海西公。"侍中谢公见桓公拜[2]。桓惊笑曰："安石，卿何事至尔[3]？"谢曰："未有君拜于前，臣立于后。[4]"

①废海西，立简文：太和六年（公元371年），大司马桓温废晋帝司马奕为海西公，立相王司马昱为帝，即简文帝。②侍中谢公：即谢安，当时官拜侍中。③何事：为什么。尔：如此，这样。④以君臣关系指称桓温和自己的关系，意在讽刺桓温废海西、立简文有自立为君之嫌。

039 郗重熙与谢公书，道："王敬仁闻一年少怀问鼎[1]，郗昙、王修，已见。《史记》曰："楚庄王观兵于周郊，周定王使王孙满迎劳楚王。王问鼎大小轻重，对曰：'在德不在鼎。'庄王曰：'子无阻九鼎，楚国折钩之喙，足以为九鼎也。'"不知桓公德衰，为复后生可畏[2]？"《春秋传》曰："齐桓公伐楚，责苞茅之不贡。"《论语》曰："后生可畏，焉知来者之不如今。"孔安国曰："后生，少年。"

①年少：少年，年轻人。怀问鼎：即怀问鼎之志。问鼎，后来指图谋王位而取而代之为问鼎。②为复：表选择的连词。还是。

040 张苍梧是张凭之祖[1]，尝语凭父曰："我不如汝。"凭父未解所以，苍梧曰："汝有佳儿。"《张苍梧碑》曰："君讳镇，字义远，吴国吴人。忠恕宽明，简正贞粹。泰安中，除苍梧太守，讨王含有功，封兴道县侯。"凭时年数岁，敛手曰[2]："阿翁[3]，讵宜以子戏父[4]？"

❶张苍梧：张镇字义远，吴国吴人。曾任苍梧太守，故名。历任散骑常侍、建威将军。❷敛手：拱手。❸阿翁：祖父。❹讵：岂，难道。

041 习凿齿、孙兴公未相识，同在桓公坐。桓语孙："可与习参军共语。"孙云："蠢尔蛮荆，敢与大邦为仇！❶"习云："薄伐猃狁，至于太原。❷"《小雅》诗也。《毛诗注》曰："蠢，动也。荆蛮，荆之蛮也。猃狁，北夷也。"习凿齿，襄阳人；孙兴公，太原人。故因《诗》以相戏也。

❶蠢尔蛮荆，敢与大邦为仇：语出《诗经·小雅·采芑》："蠢而蛮荆，大邦为仇。"习凿齿是荆州襄阳人，故以此相戏。❷薄伐猃狁，至于太原：语出《诗经·小雅·六月》："薄伐猃狁，以奏肤公。"孙嘲习为"蛮荆"，习回敬孙为"猃狁"。

042 桓豹奴是王丹阳外生❶，形似其舅，桓甚讳之。豹奴，桓嗣小字。《中兴书》曰："嗣字恭祖，车骑将军冲子也。少有清誉，仕至江州刺史。"《王氏谱》曰："混字奉正，中军将军恬子。仕至丹阳尹。"宣武云："不恒相似❷，时似耳！恒似是形，时似是神。"桓逾不说❸。

❶桓豹奴：桓嗣，字恭祖，小字豹奴，谯国龙亢（今安徽怀远县龙亢镇）人，太尉桓冲长子。少有清誉，拜都督荆州之三郡、豫州之四郡军事，建威将军，江州刺史，莅事简约，转西阳、襄城二郡太守，镇守夏口，后领江夏相，卒于官，追赠南中郎将，谥号为靖。王丹阳：王混字奉正，中军将军恬子。仕至丹阳尹。❷恒：经常。❸逾：更加。说（yuè）：高兴，愉快。

043 王子猷诣谢万，林公先在坐，瞻瞩甚高❶。王曰："若林公须发并全，神情当复胜此不？[2]”谢曰：“唇齿相须[3]，不可以偏亡[4]。《春秋传》曰：“唇亡齿寒。”须发何关于神明[5]？”林公意甚恶[6]，曰：“七尺之躯，今日委君二贤[7]。”

❶瞻瞩：指人的眼光。❷林公乃僧人，须削发剃须，徽之以此嘲之。当复：将。❸须：依凭。❹偏亡：偏废。❺神明：指人的精神。❻意：意色。指脸色。恶：难看。❼委：交给，托付。

044 郗司空拜北府[1]，《南徐州记》曰：“旧徐州都督以东为称。晋氏南迁，徐州刺史王舒加北中郎将。‘北府’之号，自此起也。”王黄门诣郗门拜云：“应变将略，非其所长。[2]”骤咏之不已[3]。郗仓谓嘉宾曰：“公今日拜，子猷言语殊不逊，深不可容。”仓，郗融小字也。《郗氏谱》曰：“融字景山，愔第二子。辟琅邪王文学，不拜，而蚤卒。”嘉宾曰：“此是陈寿作诸葛评，《蜀志》陈寿评曰：“亮连年动众而无成功，盖应变将略非其所长也。”王隐《晋书》曰：“寿字承祚，巴西安汉人。好学，善著述，仕至中庶子。初，寿父为马谡参军，诸葛亮诛谡，髡其父头。亮子瞻又轻寿，故寿撰《蜀志》，以爱憎为评也。”人以汝家比武侯[4]，复何所言！”

❶北府：东晋军府广陵在都城建康之北，故称北府。❷应变将略，非其所长：语出《三国志·蜀志》，是陈寿对诸葛亮的品评。❸骤咏：反复咏诵。❹汝家：汝父。武侯：诸葛亮，死后谥忠武侯。

045 王子猷诣谢公，谢曰：“云何七言诗[1]？”《东方朔传》曰：“汉武帝在柏梁台上，使群臣作七言诗。”七言诗自此始也。子猷承问[2]，答曰：“昂昂若千里之驹，泛泛若水中之凫[3]。”出《离骚》。

❶云何：什么叫做。❷承：听。❸语出《楚辞·卜居》：“宁昂昂

若千里之驹乎？将泛泛若水中之凫乎？与波上下，偷以全吾躯乎？”

046 王文度、范荣期俱为简文所要[1]。范年大而位小，王年小而位大。将前[2]，更相推在前[3]，既移久[4]，王遂在范后[5]。王因谓曰：“簸之扬之，糠秕在前。”范曰：“洮之汰之[6]，沙砾在后。”王坦之、范启，已见。世说是孙绰、习凿齿言。

❶要：通“邀”。❷前：谒见。❸更相：互相。❹移久：很久。❺遂：终于。❻洮：通“淘”，即洗濯。

047 刘遵祖少为殷中军所知[1]，称之于庾公[2]。庾公甚忻然[3]，便取为佐[4]。既见，坐之独榻上与语[5]。刘尔日殊不称[6]，庾小失望，遂名之为“羊公鹤”。昔羊叔子有鹤善舞，尝向客称之，客试使驱来，氃氋而不肯舞[7]，故称比之。徐广《晋纪》曰：“刘爰之字遵祖，沛郡人。少有才学，能言理。历中书郎、宣城太守。”

❶刘遵祖：刘爰之字遵祖，沛郡（今属安徽）人。少有才学，能言理。历任中书郎、宣城太守。知：赏誉。❷称：举荐。❸忻然：即“欣然”。喜悦的样子。❹取：录用。佐：僚属。❺独榻：和可坐数人的连榻相比，一人独坐的独榻是尊贵的席位。❻殊：很，甚。称：称心，称意。❼氃氋（tóng méng）：羽毛松散貌。

048 魏长齐雅有体量[1]，而才学非所经[2]。初宦当出[3]，虞存嘲之曰：“与卿约法三章：谈者死[4]，文笔者刑[5]，商略抵罪[6]。”魏怡然而笑[7]，无忤于色[8]。《魏氏谱》曰：“颉字长齐，会稽人。祖胤，处士。父说，大鸿胪卿。颉仕至山阴令。”《汉书》曰：“沛公入咸阳，召诸父老曰：‘天下苦秦苛法久矣，今与父老约法三章耳：杀人者死，伤人及盗抵罪。’”应劭注曰：“抵，至也，但至于罪。”

❶体量：气量，度量。❷经：擅长。❸宦：做官。当：将。❹谈：指清谈，谈玄。❺文笔：指写诗作文。❻商略：指品鉴人物。❼怡然：平静和乐貌。❽忤：抵触。

049 郗嘉宾书与袁虎，道戴安道、谢居士云：“恒任之风❶，当有所弘耳❷。”以袁无恒❸，故以此激之。袁、戴、谢，并已见。

❶恒：持久。任：任心，任诞。❷弘：弘扬。袁虎名宏，“弘”“宏”谐音。❸无恒：无恒心。

050 范启与郗嘉宾书曰：“子敬举体无饶纵❶，掇皮无余润❷。”郗答曰：“举体无余润，何如举体非真者❸？”范性矜假多烦❹，故嘲之。

❶举体：全身。饶纵：丰腴。❷掇皮：同“剟皮”。意为去皮。润：膏腴。❸何如：与……相比怎么样。❹矜假多烦：矜持做作、絮烦多事。

051 二郗奉道❶，二何奉佛❷，皆以财贿。谢中郎云：“二郗谄于道❸，二何佞于佛❹。”《中兴书》曰：“郗愔及弟昙奉天师道。”《晋阳秋》曰：“何充性好佛道，崇修佛寺，供给沙门以百数。久在扬州，征役吏民，功赏万计，是以为遐迩所讥。充弟准，亦精勤，唯读佛经、营治寺庙而已矣。”

❶二郗：指郗愔、郗昙兄弟。❷二何：何充、何准兄弟。❸谄：奉承。❹佞：用花言巧语献媚。

052 王文度在西州❶，与林法师讲❷，韩、孙诸人并在坐❸。林公理每欲小屈[4]，孙兴公曰：“法师今日如著弊絮在荆棘中[5]，触地挂阂[6]。”

❶西州：东晋扬州刺史治所，此借指扬州。❷讲：讲论玄理。❸韩、孙：指韩伯、孙绰。❹屈：受挫。❺弊絮：破丝絮。❻触地：到处，处处。挂阂：挂碍。

053 范荣期见郗超俗情不淡[1]，戏之曰：“夷、齐、巢、许一诣垂名[2]，何必劳神苦形、支策据梧邪[3]？”郗未答，韩康伯曰：“何不使游刃皆虚？”《庄子》曰：“昭文之鼓琴，师旷之支策，惠子之据梧，三子之智几矣，皆其盛也，故载之末年。”“庖丁为文惠君解牛，三年之后，未尝见全牛也。用刀十九年矣，所解数千牛，而刀刃若新发于硎。文惠君问之，庖丁曰：‘彼节者有间，而刀刃无厚。以无厚入有间，恢恢乎其于游刃必有余地。’”

❶俗情不淡：世俗之情不减。❷夷、齐、巢、许：指伯夷、叔齐、巢父、许由，皆古时隐士。一诣垂名：一下子名垂千古。❸支策据梧：典出《庄子·齐物论》。支策：拄着打鼓棒。言师旷因疲惫而拄着打鼓棒。据梧：靠着梧桐树。言施惠与人在树下辩论，疲倦不堪，靠着梧桐树休息。

054 简文在殿上行，右军与孙兴公在后。右军指简文语孙曰：“此啖名客[1]！”简文顾曰：“天下自有利齿儿。”后王光禄作会稽[2]，谢车骑出曲阿祖之[3]，王蕴、谢玄，已见。王孝伯罢秘书丞在坐[4]，谢言及此事，因视孝伯曰：“王丞齿似不钝[5]。”王曰：“不钝，颇亦验。”

❶啖名客：贪求名声的人。戏指司马昱官职多，名声显赫。❷作会

稽：任会稽内史。❸出：到。曲阿：晋代县名，在今江苏丹阳。祖：饯行送别。❹罢秘书丞：王恭曾免秘书丞，升任中书郎。❺王丞齿似不钝：戏言，指王恭善啖名。此时王恭罢秘书丞，升转中书郎之职。

055 谢遏夏月尝仰卧[1]，谢公清晨卒来[2]，不暇著衣，跣出屋外[3]，方蹑履问讯[4]。公曰："汝可谓前倨而后恭[5]。"《战国策》曰："苏秦说惠王而不见用，黑貂之裘弊，黄金百斤尽，大困而归。父母不与言，妻不为下机，嫂不为炊。后为从长，行过洛阳，车骑辎重甚众，秦之昆弟妻嫂侧目不敢视。秦笑谓其嫂曰：'何先倨而后恭？'嫂谢曰：'见季子位高而金多。'秦叹曰：'一人之身，富贵则亲戚畏惧，贫贱则轻易之，而况于他人哉！'"

❶谢遏：谢玄字幼度，小字遏。夏月：夏天，夏季。❷卒：通"猝"，突然。❸跣：光着脚。❹方：才。蹑履：穿鞋。问讯：施礼问候。❺前倨而后恭：语出《战国策·秦策》。意为开始倨傲后来恭敬。

056 顾长康作殷荆州佐[1]，请假还东[2]。尔时例不给布帆[3]，顾苦求之，乃得。发至破冢[4]，遭风大败[5]。周祇《隆安记》曰："破冢，洲名，在华容县。"作笺与殷云："地名破冢，真破冢而出，行人安稳，布帆无恙。[6]"

❶佐：僚佐。❷东：指都城建康。建康在荆州东，故有此说。❸例：惯例。布帆：布制船帆。❹破冢：地名。在今湖北江陵县东南。❺败：坏。❻"地名破冢"四句："破冢而出"喻死里逃生；故意将行人无恙、布帆安稳错置，以喻风浪中人船颠倒。

057 苻朗初过江[1]，裴景仁《秦书》曰："朗字元达，苻坚从兄[2]。性宏放，神气爽悟，坚常曰：'吾家千里驹也。'坚为慕容冲所围，朗降谢玄，用为员外散骑侍郎。吏部郎王忱与兄国宝命驾诣之。沙门法汰问朗曰：‘见王吏部兄弟未？’朗曰：‘非一狗面人心，又一人面狗心者是邪？’忱丑而才，国宝美而狠故也。朗常与朝士宴，时贤并用唾壶，朗欲夸之，使小儿跪而张口，唾而含出。又善识味，会稽王道子为设精馔，讫，问：‘关中之食，孰若于此？’朗曰：‘皆好，唯盐味小生。’即问宰夫，如其言。或人杀鸡以食之，朗曰：‘此鸡栖恒半露。’问之，亦验。又食鹅炙，知白黑之处。咸试而记之，无毫厘之差。著《苻子》数十篇，盖老庄之流也。朗矜高忤物，不容于世，后众谗而杀之。”王咨议大好事[3]，问中国人物及风土所生[4]，终无极已[5]，《王氏谱》曰：“肃之字幼恭，右将军羲之第四子。历中书郎、骠骑咨议。”朗大患之[6]。次复问奴婢贵贱，郎云：“谨厚有识中者乃至十万[7]，无意为奴婢问者止数千耳[8]。”

❶苻朗：苻朗字元达，氐族。苻坚从兄子，十六国前秦将领。征拜镇东将军、青州刺史，封乐安男。坚败后降晋，为员外散骑侍郎，后为王国宝所杀。❷苻坚从兄：苻朗为苻坚从兄子。“兄”后当脱一“子”字。❸王咨议：王肃之，字幼恭，王羲之第四子。琅邪临沂（今山东省临沂市）人。历任中书郎、骠骑咨议。大好事：非常喜欢多事。❹中国：指中原。风土所生：风物特产。❺终无极已：始终没完没了。❻患：厌恶，讨厌。❼谨厚：谦恭质朴。有识中：有见地。乃：竟。❽无意：无识见。为奴婢问：提出有关奴婢的问题。

058 东府客馆是版屋[1]。谢景重诣太傅[2]，时宾客满中，初不交言[3]，直仰视云[4]：“王乃复西戎其屋[5]。”《秦诗》叙曰：“襄公备其兵甲以讨西戎，妇人闵其君子，故作诗曰：‘在其版屋，乱我心曲。’”毛公注曰：“西戎之版屋也。”

❶东府：扬州刺史治所。客馆：招待宾客的住所。版屋：木板房。

❷谢景重：谢重。诣：拜访，到……去。太傅：司马道子。❸初不：完全不，一点也不。❹直：只。❺乃复：竟然。

059 顾长康啖甘蔗[1]，先食尾。人问所以，云："渐至佳境。"

❶啖：吃。

060 孝武属王珣求女婿[1]，曰："王敦、桓温磊砢之流[2]，既不可复得[3]，且小如意[4]，亦好豫人家事[5]，酷非所须[6]。正如真长、子敬比[7]，最佳。"珣举谢混。后袁山松欲拟谢婚，《续晋阳秋》曰："山松，陈郡人。祖乔，益州刺史。父方平，义兴太守。山松历秘书监、吴国内史。孙恩作乱，见害。初帝为晋陵公主访婿于王珣，珣举谢混，云：'人才不及真长，不减子敬。'帝曰：'如此便已足矣。'"王曰："卿莫近禁脔[8]。"

❶孝武：晋孝武帝司马昌明。属：通"嘱"。嘱托。❷磊砢：树大多节，比喻人有奇才异能。❸既：已经。复得：再得。❹小：稍微。❺豫：通"预"。参与，干涉。❻酷：极。❼正：只。如……比：像……一样。❽禁脔：皇家、宫廷所属之物为禁，肉块为脔，禁脔则为皇室专用之肉块。《晋书·谢安传》附谢混，载曰："元帝始镇建业，公私窘罄，每得一㹠，以为珍膳。项上一脔尤美，辄将荐帝，群下未尝敢食。于是呼为禁脔。"或曰鹑炙也。故珣因以为戏。

061 桓南郡与殷荆州语次[1]，因共作了语[2]。顾恺之曰："火烧平原无遗燎[3]。"桓曰："白布缠棺竖旒旐[4]。"殷曰："投鱼深渊放飞鸟。"次复作危语[5]。桓曰："矛头淅米剑头炊[6]。"殷曰："百岁老翁攀枯枝。"顾曰："井上辘轳卧婴儿。"殷有一参军在坐[7]，云："盲人骑瞎马，夜半临深池。"殷曰："咄咄逼人[8]！"仲堪眇目故也。

《中兴书》曰："仲堪父尝疾患经时，仲堪衣不解带数年。自分剂汤药，误以药手拭泪，遂眇一目。"

❶语次：谈话之际。❷了语：以完了、终结之意为题所作的隐语。❸遗燎：余烬。❹旒旐（liú zhào）：出殡时灵前的巾幡。❺危语：以危险之事为题材所作的隐语。❻淅米：淘米。❼参军：军府中重要属官。❽咄咄逼人：一语双关，既言危险令人惊惧，又指责其以盲人瞎马影射"眇目"。

062 桓玄出射，有一刘参军与周参军朋赌❶，垂成❷，唯少一破❸。刘谓周曰："卿此起不破❹，我当挞卿❺。"周曰："何至受卿挞？"刘曰："伯禽之贵❻，尚不免挞，而况于卿？"《尚书大传》曰："伯禽与康叔见周公，三见而三笞。康叔有骇色，谓伯禽曰：'有商子者，贤人也，与子见之。'乃见商子而问焉。商子曰：'南山之阳有木焉，名乔。'二三子往观之，见乔，实高高然而上。反以告商子。商子曰：'乔者，父道也。南山之阴有木焉，名曰梓。'二三子复往观焉，见梓，实晋晋然而俯，反以告商子。商子曰：'梓者，子道也。'二三子明日见周公，入门而趋，登堂而跪。周公拂其首，劳而食之，曰：'尔安见君子乎？'"《礼记》曰："成王有罪，周公则挞伯禽。"亦其义也。周殊无忤色❼。桓语庾伯鸾曰❽：《晋东宫百官名》曰："庾鸿字伯鸾，颍川人。"《庾氏谱》曰："鸿祖义，吴国内史。父楷，左卫将军。鸿仕至辅国内史。""刘参军宜停读书，周参军且勤学问❾。"

❶朋赌：分组赌射箭。❷垂成：将要取利。❸一破：命中靶心一次。❹此起不破：此发不中。❺挞：鞭笞。❻伯禽：周公之子，封于鲁。❼殊无：完全没有。忤色：抵触不满的神色。❽庾伯鸾：庾鸿字伯鸾，颍川（今河南）人，官至辅国内史。❾勤学问：勤奋学习。

063 桓南郡与道曜讲《老子》[1]，王侍中为主簿[2]，在坐。桓曰："王主簿可顾名思义[3]。"王未答，且大笑。桓曰："王思道能作大家儿笑[4]。"道曜，未详。思道，王祯之小字也。《老子》明道，祯之字思道，故曰"顾名思义"。

❶道曜：姓名事迹不详，系当时道士。❷王侍中：指王祯之，曾官侍中，故名。主簿：中央或地方所设属官，掌文书簿籍等。❸顾名思义：王祯之字思道，《老子》之中心为言道，顾己之名，便可知《老子》之义，此为戏谑之语。❹大家儿：大家子弟。王祯之是王献之子，出身豪门士族，故有此说。

064 祖广行恒缩头[1]。诣桓南郡，始下车，桓曰："天甚晴朗，祖参军如从屋漏中来[2]。"《祖氏谱》曰："广字渊度，范阳人。父台之，仕光禄大夫。广仕至护军长史。"

❶祖广：祖广字渊度，范阳（今河北）人，官至护军长史。恒：常，总是。❷屋漏：漏雨之屋。

065 桓玄素轻桓崖[1]，崖在京下有好桃[2]，玄连就求之，遂不得佳者。崖，桓修小字。《续晋阳秋》曰："修少为玄所侮，于言端常嗤鄙之。"玄与殷仲文书，以为嗤笑曰："德之休明[3]，肃慎贡其楛矢[4]。如其不尔，篱壁间物亦不可得也[5]。"《国语》曰："仲尼在陈，有隼集陈侯之庭而死，楛矢贯之，石砮尺有咫。问于仲尼，对曰：'隼之来远矣，此肃慎之矢也。昔武王克商，信道于九夷百蛮，使各以方贿贡。于是肃慎氏贡楛矢。古者分异姓之职，使不忘服也，故分陈以肃慎之贡。若求之故府，其可得。'使求，得之金椟如初。"

❶桓崖：桓修字承祖，小字崖，谯国龙亢（今安徽怀远龙亢镇）人。

车骑将军桓冲第三子。迎娶晋简文帝之女武昌公主，历任吏部侍郎、左卫将军，迁中护军。桓玄执政，以为右将军、徐兖二州刺史，进位抚军将军，加散骑常侍。桓玄篡位，以为抚军大将军，封安成郡王。元兴三年（公元404年），为刘裕所杀。❷京下：京城。❸休明：美善昌明。❹肃慎：古民族名。楛矢：用楛木作杆的箭。❺篱壁间物：宅院中所产之物。指桓崖家的桃。

轻诋第二十六

“轻诋”即轻视、诋毁的意思，此与“赏誉”构成了魏晋臧否人物的正反两面。只不过《赏誉》洋洋一百五十六则，《轻诋》区区三十三则，孰轻孰重，一望而知。

曹丕的《典论·论文》劈头一句即为“文人相轻，自古而然”，“各以所长，相轻所短”，说的是文人的毛病，指向的是人性的共同弱点。考“轻诋”一词，“轻”即轻视、轻薄，也就是不重视、不认真、不严肃的意思；“诋”即诋毁，也就是说人坏话。怎么分析这都是一个贬义词，与放言无惮的批判精神相去甚远。

人生世相，纷纷攘攘，是非曲直，人预其中，必然有好恶，有爱憎，必然情动于中而形于言，若不如此，则为乡愿，为犬儒。因此，主张“温良恭俭让”的孔圣人也尝说：“唯仁者能好人，能恶人。”（《论语·里仁》）可见，古代圣人大凡正道直行，爱憎分明，臧否人物。

魏晋六朝是文化转型期，其本质特征是解构伦理群体，建构精神个体；其形式特征是具有颠覆意义的节日的狂欢。修身事功、中正平和、质朴厚重不再受到追捧，而恃才傲物、任诞使气、尖酸刻薄成为时代的宠儿。名士们扛起“非汤武而薄孔丘，越名教而任自然”的旗帜，纵心适性，怎么出格怎么玩，其爱与憎、赏誉与轻诋都不免趋于极致而显露个性化的特点。考《轻诋》三十三则，大凡出于文人相轻、意气相生、厉害相左的冷嘲，不免显得偏狭刻薄，但大都毫无掩饰，直抒胸臆，这也从侧面反映出魏晋名士自然率真的精神气质。从文学的角度说，这些“轻诋”之言大都生动传神，具有一定的文学价值。如，顾长康将“洛生咏”诋为“老婢声”，王导诋庾亮为“尘污人”，尤其是支道林冷嘲王衍的装模作样，“着腻颜帢，緰布单衣，挟《左传》，逐郑康成车后，问是何物尘垢囊？”读来令人喷饭。

001 王太尉问眉子[1]：“汝叔名士[2]，何以不相推重？”眉子，已见。叔，王澄也。眉子曰：“何有名士终日妄语？”

❶眉子：王玄字眉子，太尉王衍子。❷汝叔：指王澄。

002 庾元规语周伯仁：“诸人皆以君方乐[1]。”周曰：“何乐，谓乐毅邪？”《史记》曰：“乐毅，中山人。贤而为燕昭王将军，率诸侯伐齐，终于赵。”庾曰：“不尔，乐令耳[2]！”周曰：“何乃刻画无盐，以唐突西子也？[3]”《列女传》曰：“钟离春者，齐无盐之女也。其丑无双，黄头深目，长壮大节，鼻昂结喉，肥项少发，折腰出胸，皮肤若漆，行年三十，无所容入，衒嫁不售，乃自诣齐宣王乞备后宫，因说王以四殆。王拜为正后。”《吴越春秋》曰：“越王勾践得山中采薪女子，名曰西施，献之吴王。”

❶方：比，与……相比。❷乐令：指乐广。❸“何乃”二句：无盐是丑妇，西施是美女。周伯仁以为，拿乐广和他相比，如同以丑妇比美女，是对他的亵渎。唐突：冒犯，亵渎。

003 深公云：“人谓庾元规名士，胸中柴棘三斗许[1]。”

❶柴棘：柴火荆棘。比喻心胸狭窄，对人苛刻。

004 庾公权重，足倾王公[1]。庾在石头[2]，王在冶城坐[3]，大风扬尘，王以扇拂尘曰：“元规尘污人[4]。”按王公雅量通济，庾亮之在武昌，传其应下，公以识度裁之，嚣言自息。岂或回贰，有扇尘之事乎？王隐《晋书·戴洋传》曰：“丹阳太守王导，问洋得病七年。洋曰：‘君侯命在申，为土地之主，而于申上冶，火光昭天，此为金火相烁，水火相炒，以故相害。’导呼冶令奕逊使启镇东徙，今东冶是也。”《丹阳记》曰：“丹阳冶城，去宫三里，吴时鼓铸之所。吴平，犹不废。”又云：“孙权筑冶城，为鼓铸之所。”既立石头大坞，不容近立此小城，当是徙县治，空城而置冶尔。冶城疑是金陵本治，汉高六年，令天下县邑，秣陵不应独无。

❶倾：压倒。❷石头：即石头城。在东晋都城建康西，为军事重镇。❸冶城：古城名，为丹阳郡治所。❹元规尘污人：相传“庾公有东下意”，王导故有此轻诋之语。

005 王右军少时甚涩讷❶，在大将军许❷，王、庾二公后来❸，右军便起欲去。大将军留之曰：“尔家司空、王丞相，已见。元规❹，复可所难❺？”

❶涩讷：指言语迟钝。❷大将军：王敦。许：处所。❸王、庾：指王导、庾亮。❹尔家司空：王导、王羲之同出于琅邪临沂王氏，故称尔家；晋元帝时，王导曾为司空。❺可所：“可”通“何”。“可所”即“何所”。

006 王丞相轻蔡公❶，曰：“我与安期、千里共游洛水边❷，何处闻有蔡充儿❸？”《晋诸公赞》曰：“充字子尼，陈留雍丘人。”《充别传》曰：“充祖睦，蔡邕孙也。充少好学，有雅尚，体貌尊严，莫有媟慢于其前者。高平刘整有隽才，而车服奢丽，谓人曰：‘纱縠，人常服耳。’尝遇蔡子尼在坐，终日不自安。见惮如此。是时陈留为大郡，多人士。琅邪王澄尝经郡，入境，问：‘此郡多士，有谁乎？’

吏曰：‘有江应元、蔡子尼。’时陈留多居大位者，澄问：‘何以但称此二人？’吏曰：‘向谓君侯问人不谓位也。’澄笑而止。充历成都王东曹掾，故称东曹。”《妒记》曰：“丞相曹夫人性甚忌，禁制丞相不得有侍御，乃至左右小人亦被检简，时有妍妙，皆加诮责。王公不能久堪，乃密营别馆，众妾罗列，儿女成行。后元会日，夫人于青疏台中望见两三儿骑羊，皆端正可念。夫人遥见，甚怜爱之，语婢：‘汝出问，是谁家儿。’给使不达旨，乃答云：‘是第四、五等诸郎。’曹氏闻，惊愕大恚，命车驾，将黄门及婢二十人，人持食刀，自出寻讨。王公亦遽命驾，飞辔出门，犹患牛迟，乃以左手攀车栏，右手捉麈尾，以柄助御者打牛，狼狈奔驰，劣得先至。蔡司徒闻而笑之，乃故诣王公，谓曰：‘朝廷欲加公九锡，公知不？’王谓信然，自叙谦志。蔡曰：‘不闻余物，唯闻有短辕犊车，长柄麈尾。’王大愧。后贬蔡曰：‘吾昔与安期、千里共在洛水集处，不闻天下有蔡充儿！’正忿蔡前戏言耳。”

❶轻：看不起。蔡公：蔡谟。❷安期：王承。千里：阮瞻。共游洛水边：指早在西晋时，自己和王承、阮瞻就是显赫名士。❸何处：何曾。

007 褚太傅初渡江❶，尝入东，至金昌亭❷。吴中豪右❸，燕集亭中，谢歆《金昌亭诗·叙》曰：“余寻师，来入经吴，行达昌门，忽睹斯亭，傍川带河，其榜题曰‘金昌’。访之耆老，曰：‘昔朱买臣仕汉，还为会稽内史，逢其迎吏，逆旅比舍，与买臣争席。买臣出其印绶，群吏惭服自裁。因事建亭，号曰“金伤”，失其字义耳。’”褚公虽素有重名，于时造次不相识别❹。敕左右多与茗汁❺，少著粽❻，汁尽辄益❼，使终不得食。褚公饮讫，徐举手共语云：“褚季野。”于是四坐惊散，无不狼狈。

❶褚太傅：指褚季野。渡江：指渡江南下。❷金昌亭：亭名。在苏

州阊门外。❸吴中：吴县。豪右：豪门中的佼佼者，指豪门大族。❹造次：匆忙，仓促。识别：相识，认识。❺敕：吩咐。茗汁：茶水。❻著：放置。粽：蜜渍的瓜果，用来佐茶。❼益：添加。

008 王右军在南，丞相与书，每叹子侄不令[1]，云："虎犺、虎犊[2]，还其所如[3]。"虎犺，王彭之小字也。《王氏谱》曰："彭之字安寿，琅邪人。祖正，尚书郎。父彬，卫将军。彭之仕至黄门郎。虎犊，彪之小字也。彪之字叔虎，彭之第三弟，年二十，而头须皓白，时人谓之'王白须'。少有局干之称，累迁至左光禄大夫。"

❶不令：不优秀。❷虎犺、虎犊：王彭之字安寿，小字虎犺；王彪之字叔虎，小字虎犊。均为王导族人。❸还其所如：正像他们的小名一样。

009 褚太傅南下，孙长乐于船中视之。长乐，孙绰。言次[1]，及刘真长死，孙流涕，因讽咏曰："人之云亡，邦国殄瘁。[2]"《大雅》诗。毛公注曰："殄，尽；瘁，病也。"褚大怒曰："真长平生，何尝相比数[3]，而卿今日作此面向人！"孙回泣向褚曰[4]："卿当念我[5]。"时咸笑其才而性鄙。

❶言次：言谈之间。刘真长：刘惔。见 1/35 刘注。❷人之云亡，邦国殄瘁：语出《诗经·大雅·瞻卬》。意为：贤人亡去，国家困顿。❸比数：看重，重视。❹回泣：止泣。❺念：爱怜，怜悯。

010 谢镇西书与殷扬州，为真长求会稽[1]。殷答曰："真长标同伐异[2]，侠之大者[3]。常谓使君降阶为甚[4]，乃复为之驱驰邪[5]。"

❶求会稽：谋求会稽郡之职。❷标同伐异：即"党同伐异"，袒护

党羽，排斥异己。❸佚：通“狭”。狭隘。❹使君：对州郡长官的尊称。降阶：走下台阶。指谦恭礼让。❺乃复：竟然。驱驰：奔忙。

011 桓公入洛[1]，过淮、泗[2]，践北境[3]，与诸僚属登平乘楼[4]，眺瞩中原[5]，慨然曰：“遂使神州陆沈[6]，百年丘墟[7]，王夷甫诸人不得不任其责！”《八王故事》曰：“夷甫虽居台司，不以事物自婴，当世化之，羞言名教，自台郎以下，皆雅崇拱默，以遗事为高。四海尚宁，而识者知其将乱。”《晋阳秋》曰：“夷甫将为石勒所杀，谓人曰：‘吾等若不祖尚浮虚，不至于此。’”袁虎率尔对曰[8]：“运自有废兴，岂必诸人之过？”桓公懔然作色[9]，顾谓四坐曰：“诸君颇闻刘景升不[10]？《刘镇南铭》曰：“表字景升，山阳高平人。黄中通理，博识多闻，仕至镇南将军、荆州刺史。”有大牛重千斤，啖刍豆十倍于常牛[11]，负重致远，曾不若一羸牸[12]。魏武入荆州[13]，烹以飨士卒[14]，于时莫不称快。”意以况袁[15]。四坐既骇，袁亦失色。

❶桓公入洛：晋穆帝永和十二年（公元356年），桓温奉命北伐，征讨姚襄，收复洛阳。❷淮、泗：淮河、泗水。❸北境：中国北部地区，指中原一带。❹平乘楼：大船之楼。❺眺瞩：从高处远望。❻遂：终于。神州：中国。指中原地区。陆沈：喻国土沦陷。“沈”通“沉”。❼百年丘墟：指西晋沦为荒丘废墟。❽率尔：轻率、不假思索。❾凛然：严峻、令人生畏的样子。作色：因生气而改变脸色。❿刘景升：刘表字景升，山阳郡高平县（今山东邹城西南）人，东汉末年宗室。拜镇南将军，领荆州牧。占据荆州近二十年。建安十三年，曹操征讨荆州，刘表病逝。⓫啖：吃。刍豆：喂牲口的草料和豆类。⓬曾：竟。羸牸：（léi zì）：瘦弱的母牛。⓭魏武：曹操。⓮飨：犒赏。⓯况：比方，比拟。

012 袁虎、伏滔同在桓公府。桓公每游燕[1]，辄命袁、伏，袁甚耻之，恒叹曰："公之厚意，未足以荣国士[2]，与伏滔比肩[3]，亦何辱如之？"

❶游燕：游乐宴饮。❷国士：国中有才德、有声望的人。❸比肩：并肩。

013 高柔在东[1]，甚为谢仁祖所重。既出，不为王、刘所知[2]。仁祖曰："近见高柔大自敷奏[3]，然未有所得。"真长云："故不可在偏地居，轻在角䚡奴角反。中为人作议论[4]。"高柔闻之，云："我就伊无所求[5]。"人有向真长学言此者，真长曰："我实亦无可与伊者[6]。"然游燕犹与诸人书[7]："可要安固[8]。"安固者，高柔也。孙统为《柔集叙》曰："柔字世远，乐安人，才理清鲜，安行仁义。婚泰山胡毋氏女，年二十，既有倍年之觉，而姿色清惠，近是上流妇人。柔家道隆崇，既罢司空参军、安固令，营宅于伏川，驰动之情既薄，又爱玩贤妻，便有终焉之志。尚书令何充取为冠军参军，俛俛应命，眷恋绸缪，不能相舍。相赠诗书，清婉辛切。"

❶东：指会稽。因会稽在都城建康东边，故有此说。❷知：知遇，赏识。❸大自：极力，大力。敷奏：陈述奏进。❹轻：随便。角䚡（nuò）：角落。❺就：接近。伊：他。❻实：确实。❼游燕：游乐宴饮。❽要：通"邀"。邀请。

014 刘尹、江虨、王叔虎、孙兴公同坐，江、王有相轻色。虨以手歙叔虎云[1]："酷吏！"词色甚强。刘尹顾谓："此是瞋邪[2]？非特是丑言声、拙视瞻[3]。"言江此言非是丑拙，似有忿于王也。

❶歙（shè）：同"摄"。同提拿、捉持等胁迫动作。❷瞋：生气，发怒。❸非特：不仅，不只。视瞻：顾盼的样子。

015 孙绰作《列仙商丘子赞》曰："所牧何物[1]？殆非真猪[2]。傥遇风云[3]，为我龙摅[4]。"《列仙传》曰："商丘子晋者，商邑人。好吹竽，牧豕，年七十不娶妻，而不老。问其道要，言：'但食老术、菖蒲根，饮水，如此便不饥不老耳。'贵戚富室闻而服之，不能终岁，辄止，谓将有匿术。"孙绰为赞曰："商丘卓荦，执策吹竽，渴饮寒泉，饥食菖蒲。所牧何物？殆非真猪。傥逢风云，为我龙摅。"时人多以为能。王蓝田语人云："近见孙家儿作文，道'何物、真猪'也[5]。"

❶牧：放牧。❷殆：大概，可能。❸傥：如果，假使。❹龙摅（shū）：像龙那样腾跃。❺何物、真猪：讥讽"所牧何物？殆非真猪"乃强行凑对。

016 桓公欲迁都[1]，以张拓定之业[2]。孙长乐上表谏此议，甚有理。桓见表心服，而忿其为异[3]，令人致意孙云："君何不寻《遂初赋》[4]，而强知人家国事！"孙绰表谏曰："中宗龙飞，实赖万里长江，画而守之耳。不然胡马久已践建康之地，江东为豺狼之场矣。"绰赋《遂初》，陈止足之道。

❶桓公欲迁都：晋穆帝永和十二年（公元356年），桓温北伐，收复洛阳，上表请迁都于此。❷张：扩展。拓定之业：开疆拓土、安邦定国的事业。此指北伐收复失地。❸忿：恼怒。为异：提出异议。❹《遂初赋》：遂初是去官归隐，遂其初愿的意思。孙绰隐居会稽十余年，曾作《遂初赋》陈止足之道。桓温此言是让他待在一边，少管闲事。

017 孙长乐兄弟就谢公宿[1]，言至款杂[2]。刘夫人在壁后听之[3]，具闻其语。谢公明日还，问昨客何似[4]，刘对曰："亡兄门未有如此宾客。"夫人，刘惔之妹。谢深有愧色。

❶孙长乐兄弟：指孙绰、孙统。❷款杂：空洞杂乱。❸刘夫人：谢安妻。❹何似：怎么样。

018 简文与许玄度共语，许云："举君亲以为难[1]。"简文便不复答，许去后而言曰："玄度故可不至于此[2]。"按《邴原别传》："魏五官中郎将尝与群贤共论曰：'今有一丸药，得济一人疾，而君、父俱病，与君邪？与父邪？'诸人纷葩，或父或君。原勃然曰：'父子一本也。'亦不复难。"君亲相校，自古如此。未解简文诮许意。

❶举君亲：在君王和父亲中择其一。❷故：原本，本来。

019 谢万寿春败后还[1]，书与王右军云："惭负宿顾[2]。"右军推书曰："此禹、汤之戒[3]。"《春秋传》曰："禹、汤罪己，其兴也勃焉。"言禹、汤以圣德自罪，所以能兴。今万失律致败，虽复自咎，其可济焉。故王嘉万也。

❶谢万寿春败：晋穆帝升平三年（公元359年），谢万受命北伐，于寿春大败而归，被废为庶人。❷惭负宿顾：很惭愧辜负了你平素的期望。谢万出为豫州都督，王羲之曾遣书诫之曰："愿君每与士之下者同，则尽善矣。"谢万不用其言，故败。❸禹、汤之戒：典出《左传·庄公十一年》"禹、汤罪己"。王羲之引此是讥讽谢万"不过收买人心而已"。

020 蔡伯喈睹睐笛椽[1]，孙兴公听妓[2]，振且摆折[3]。伏滔《长笛赋·叙》曰："余同僚桓子野有故长笛，传之耆老，云蔡邕伯喈之所制也。初，邕避难江南，宿于柯亭之馆，以竹为椽。邕仰眄之，曰：'良竹也。'取以为笛，音声独绝，历代传之至于今。"王右军闻，大嗔曰："三祖寿一作台。乐器[4]，虺瓦一作尪凡。吊孙家儿打折[5]。"

❶睹睐笛椽：指蔡伯喈审慎观察，用椽竹制作笛子。❷听妓：听歌伎吹笛。❸振：振衣。摆折：敲断。摆，击打。❹三祖寿：三代相传。❺虺：（huǐ）毒蛇，毒虫。瓦吊：陶制纺锤。虺瓦吊，疑为骂人语。

021 王中郎与林公绝不相得❶。王谓林公诡辩❷，林公道王云："着腻颜帢❸，[糸翕]布单衣❹，挟《左传》❺，逐郑康成车后，问是何物尘垢囊❻？"中郎，坦之。帢，帽也。《裴子》曰："林公云文度著腻颜，挟《左传》，逐郑康成，自为高足弟子。笃而论之，不离尘垢囊也。"

❶不相得：不相投合。❷谓：认为。❸腻：腻垢。颜帢：白帽。东晋时，以颜帢为旧制，此讥笑王的死守陈规。❹[糸翕]布：即荅布，葛布之稍粗者。单衣：仅次于朝服的盛服。此讥笑王的正统。❺挟《左传》：王坦之父王述治《左传》，著《春秋左氏经传通解》四卷、《春秋旨通》十卷。林公讥其因循父学，毫无创新。❻何物：什么。尘垢囊：装尘垢的口袋。

022 孙长乐作王长史诔云❶："余与夫子，交非势利，心犹澄水，同此玄味❷。"《礼记》曰："君子之交淡若水，小人之交甘若醴。"王孝伯见曰："才士不逊，亡祖何至与此人周旋❸。"

❶诔：哀悼死者的祭奠文章。❷玄味：玄妙的旨趣。❸亡祖：已故祖父。周旋：交往。

023 谢太傅谓子侄曰❶："中郎始是独有千载❷！"车骑曰："中郎衿抱未虚❸，复那得独有？"中郎，谢万。

❶子侄：晚辈。❷始是：才是。独有：独一无二。❸衿抱：胸襟，

怀抱。未虚：傲慢不谦虚。

024 庾道季诧谢公曰[1]："裴郎云[2]：'谢安谓裴郎乃可不恶[3]，何得为复饮酒[4]？'庾龢、裴启，已见。裴郎又云：'谢安目支道林如九方皋之相马[5]，略其玄黄[6]，取其俊逸。'"《支遁传》曰："遁每标举会宗，而不留心象喻，解释章句，或有所漏，文字之徒，多以为疑。谢安石闻而善之曰：'此九方皋之相马也，略其玄黄而取其俊逸。'"《列子》曰："伯乐谓秦穆公曰：'臣所与共儋缧薪菜者有九方皋，此其于马非臣之下也。'公使行求马，反曰：'得矣，牡而黄。'使人取之，牝而骊。公曰：'毛物牡牝之不知，何马之能知也？'伯乐曰：'若皋之观马者，天机也。得其精，亡其粗；在其内，亡其外；见其所见，不见其所不见；视其所视，遗其所不视。若彼之所相，有贵于马也。'既而马果千里足。"谢公云："都无此二语[7]，裴自为此辞耳！"庾意甚不以为好，因陈东亭《经酒垆下赋》[8]。读毕，都不下赏裁[9]，直云[10]："君乃复作裴氏学[11]！"于此《语林》遂废。今时有者，皆是先写[12]，无复谢语。《续晋阳秋》曰："晋隆和中，河东裴启撰汉、魏以来迄于今时言语应对之可称者，谓之《语林》。时人多好其事，文遂流行。后说太傅事不实，而有人于谢坐叙其黄公酒垆，司徒王珣为之赋，谢公加以与王不平，乃云：'君遂复作裴郎学！'自是众咸鄙其事矣。安乡人有罢中宿县诣安者，安问其归资，答曰：'岭南凋弊，唯有五万蒲葵扇，又以非时为滞货。'安乃取其中者捉之。于是京师士庶竞慕而服焉，价增数倍，旬月无卖。夫所好生羽毛，所恶成疮痏。谢相一言，挫成美于千载，及其所与，崇虚价于百金。上之爱憎与夺，可不慎哉！"

❶诧：告知。❷裴郎：指裴启。❸乃可：的确，确实。不恶：不错。❹何得：怎么能够。❺目：品评。九方皋：春秋时善相马者，为伯乐赏识。❻略：忽略。玄黄：黑色和黄色。❼都无：全无，完全没有。

❽陈：陈述。东亭：王珣。❾都不：完全不。下赏裁：作评价。❿直：只。⓫乃复：竟然。⓬先写：先前的抄本。

025 王北中郎不为林公所知[1]，乃著论《沙门不得为高士论》[2]，大略云："高士必在于纵心调畅[3]，沙门虽云俗外，反更束于教，非情性自得之谓也[4]。"

❶知：赏识。❷沙门：僧徒。高士：志行高洁之士。❸调畅：调养心志，自然舒畅。❹情性：本性。自得：自适。

026 人问顾长康："何以不作洛生咏[1]？"答曰："何至作老婢声[2]！"洛下书生咏，音重浊，故云老婢声。

❶作：效仿。洛生咏：洛阳书生吟诗的腔调。❷老婢：老年女奴。

027 殷顗、庾恒并是谢镇西外孙[1]，《谢氏谱》曰："尚长女僧要适庾龢，次女僧韶适殷歆。"殷少而率悟[2]，庾每不推[3]。尝俱诣谢公[4]，谢公熟视殷曰："阿巢故似镇西[5]。"巢，殷顗小字也。于是庾下声语曰[6]："定何似[7]？"谢公续复云："巢颊似镇西。"庾复云："颊似，足作健不[8]？"《庾氏谱》曰："恒字敬则，祖亮，父龢。恒仕至尚书仆射。"

❶庾恒：庾恒字敬则，祖亮，父龢。官至尚书仆射。❷率悟：率真，聪颖。❸推：赞许，推崇。❹诣：拜访，到……去。❺故：确实。❻下声：低声，小声。❼定：到底，终究。❽作健：成为强者。

028 旧目韩康伯[1]：将肘无风骨[2]。《说林》曰："范启云：'韩康伯似肉鸭。'"

❶目：品目，品评。❷将：古代齐楚方言，壮、大的意思。肘：臂膀。风骨：指劲健挺拔的气质风格。

029 苻宏叛来归国[1]，谢太傅每加接引[2]。宏自以有才，多好上人[3]，坐上无折之者[4]。适王子猷来[5]，太傅使共语。子猷直熟视良久，回语太傅云："亦复竟不异人[6]。"宏大惭而退。《续晋阳秋》曰："宏，苻坚太子也。坚为姚苌所杀，宏将母妻来投，诏赐田宅。桓玄以宏为将，玄败，寇湘中，伏诛。"

❶苻宏叛来归国：晋孝武帝太元十年（公元385年），西燕王慕容冲攻苻坚，苻坚留太子苻宏守长安，宏不能守，携母、妻降晋。❷每：常常。接引：接待。❸上人：居人之上。❹折：使折服。❺适：刚好，碰巧。❻亦复：也。不异人：和别人没什么区别。

030 支道林入东[1]，见王子猷兄弟，还，人问："见诸王何如？"答曰："见一群白颈乌[2]，但闻唤哑哑声。"

❶入东：到会稽去。会稽在都城建康东面，故有此说。时王羲之任会稽内史，居家于此。❷白颈乌：白脖子乌鸦。

031 王中郎举许玄度为吏部郎[1]。郗重熙曰："相王好事[2]，不可使阿讷在坐。"讷，询小字。

❶举：推举，举荐。吏部郎：主管官吏选拔的官员。❷相王：指简文帝司马昱。时以会稽王辅政，故称相王。好事：喜欢多事。

032 王兴道谓谢望蔡霍霍如失鹰师[1]。《永嘉记》曰："王和之字兴道，琅邪人。祖翼[2]，平南将军。父胡之，司州刺史。和之历永嘉太守、正员常侍。”望蔡，谢琰小字也。[3]

❶王兴道：王和之字兴道，琅邪临沂人，王廙之孙，王胡之之子，历任永嘉太守、正员常侍。霍霍：闪动貌，此指慌乱。❷祖翼：“翼”当作“廙”。❸望蔡乃地名，非小字。谢琰以勋封望蔡公，故称谢望蔡。刘孝标注误。

033 桓南郡每见人不快[1]，辄嗔云[2]：“君得哀家梨[3]，当复不烝食不[4]？”旧语：秣陵有哀仲家梨，甚美，大如升，入口消释。言愚人不别味，得好梨，烝食之也。

❶不快：不聪慧，不爽利。❷嗔：发怒，生气。❸哀家梨：见刘孝标注。后以“哀梨蒸食”为成语，比喻不识货，暴殄天物。❹当复：该。“复”为词缀，无实义。

假谲第二十七

“假谲”，意即虚伪、诡诈。若单从才智的角度考量，“假谲”与“捷悟”“夙惠”同一机枢，表现的都是超人的聪明才智和随机应变的能力。所不同者，“捷悟”“夙惠”是纯粹的智慧，而“假谲”则意味着德行的亏欠。《说文》曰：“假，非真也”；“谲，权诈也”。所谓“假谲”，意即以虚伪之心、权诈之术诓人骗人而逞其一己之私欲。

《世说新语》特辟《假谲》门，就是要针砭人性中的奸诈和阴险，但其中的是非曲直又不可一概而论。考《假谲》凡一十四则，大概可以分为两个类别。第一类如曹操梦中杀人、愍度讲义救饥，其根本是猜忌阴狠、伪善贪婪。尤其是曹操的梦中杀人，其奸狠阴戾而不爱人如此，读之令人毛骨悚然。第二类如王羲之装睡逃命，谢安设赌戒侄，虽然也有虚伪和诡诈，但都情有可原。王羲之是为了保命，不装醉装睡，会招致杀身之祸；谢安用设赌的方式赢走谢玄身上的“紫罗香囊”“垂覆手”，是要去掉谢玄身上的女性气息，方法固然不可取，但出发点是好的。其他如曹操“望梅止渴”、温峤诈娶表妹，或机智精警，或幽默诙谐，均无关乎德行，是魏晋风流的另类展示。

001 魏武少时[1]，尝与袁绍好为游侠[2]，观人新婚，因潜入主人园中，夜叫呼云：“有偷儿贼！”青庐中人皆出观[3]，魏武乃入，抽刃劫新妇，与绍还出[4]，失道[5]，坠枳棘中[6]，绍不能得动，复大叫云：“偷儿在此！”绍遑迫自掷出[7]，遂以俱免。《曹瞒传》曰：“操小字阿瞒，少好谲诈，游放无度。”孙盛《杂语》云：“武王少好侠，放荡不修行业。尝私入常侍张让宅中，让乃手戟于庭，逾垣而出，有绝人力，故莫之能害也。”

❶魏武：曹操。❷袁绍：字本初，汉末汝阳（今河南商水）人。灵帝时为佐军校尉，与何进谋诛宦官。后兴兵讨董卓，破公孙瓒，据河北之地，与曹操争雄，兵败官渡，不久病死。❸青庐：六朝婚俗，以青布幔围成房屋，在此交拜迎妇，谓之青庐。❹还出：退出。❺失道：迷路。❻枳棘：枳木与棘木，皆多刺。❼遑迫：惶恐急迫。掷：跳。

002 魏武行役[1]，失汲道[2]，军皆渴，乃令曰：“前有大梅林，饶子[3]，甘酸，可以解渴。”士卒闻之，口皆出水，乘此得及前源。

❶行役：行军跋涉。❷汲道：取水之道。❸饶子：果实丰饶。

003 魏武常言[1]：“人欲危己，己辄心动[2]。”因语所亲小人曰[3]：“汝怀刃密来我侧[4]，我必说‘心动’，执汝使行刑，汝但勿言其使[5]，无他[6]，当厚相报。”执者信焉，不以为惧。遂斩之，此人至死不知也。左右以为实，谋逆者挫气矣[7]。《曹瞒传》曰：“操在军，廪谷不足，私语主者曰：‘何如？’主者云：‘可以小斛足之。’操曰：‘善。’后军中言操欺众，操题其主者背以狗曰：‘行小斛，盗军谷。’遂斩之。仍云：‘特当借汝死以厌众心。’其变诈皆此类也。”

❶常：通“尝”。曾经。❷心动：心跳。❸所亲小人：所亲近的侍从。❹怀刃：怀里揣着刀。❺但：只。使：指使的人。❻无他：没有其他什么事。指不会有什么危险。❼谋逆：指意图杀害曹操。挫气：泄气，丧气。

004 魏武常云[1]：“我眠中不可妄近[2]，近便斫人[3]，亦不自觉，左右宜深慎此！”后阳眠[4]，所幸一人窃以被覆之[5]，因便斫杀。自尔每眠[6]，左右莫敢近者。

❶常：通“尝”。曾经。❷妄：妄自，随便。❸斫：用刀斧砍。❹阳：通“佯”。假装。❺幸：宠幸。窃：暗中，悄悄地。❻自尔：从此。

005 袁绍年少时，曾遣人夜以剑掷魏武[1]，少下[2]，不著。魏武揆之[3]，其后来必高。因帖卧床上[4]，剑至果高。按袁、曹由鼎跱，迹始携贰。自斯以前，不闻仇隙，有何意故而剚之以剑也？

❶掷：刺。❷少下：稍微偏下。❸揆（kuí）：揣度。❹帖：通“贴”。紧贴。

006 王大将军既为逆[1]，顿军姑孰[2]。晋明帝以英武之才[3]，犹相猜惮[4]，乃著戎服[5]，骑巴賨马[6]，赍一金马鞭[7]，阴察军形势。未至十余里，有一客姥[8]，居店卖食，帝过愒之[9]，谓姥曰：“王敦举兵图逆，猜害忠良，朝廷骇惧，社稷是忧。故劬劳晨夕[10]，用相觇察[11]。恐形迹危露[12]，或致狼狈，追迫之日，姥其匿之[13]！”便与客姥马鞭而去[14]。行敦营匝而出[15]，军士觉，曰：“此非常人也！”敦卧心动，曰：“此必黄须鲜卑奴来[16]！”命骑追之，已觉多许里[17]，追士因问向姥[18]：“不见一黄须人骑马度此邪[19]？”姥曰：“去已久矣，不可复及。”于是骑人息意而反[20]。《异苑》曰：“帝躬往姑孰，敦时昼寝，卓然惊悟，曰：‘营中有黄头鲜卑奴来，何不缚取？’帝所生母荀氏，燕国人，故貌类焉。”

❶为逆：造反。❷顿：驻扎。姑孰：东晋军事重镇，故址在今安徽当涂。❸晋明帝：司马绍，晋元帝子。❹猜惮：猜疑惧怕。❺著：穿着。戎服：军装。❻巴賨：指巴郡地区，地产良马。❼赍（jī）：携带。❽客姥：客居老妇人。❾愒（qì）：同“憩”。休息。❿劬（qú）

劳晨夕：不舍昼夜地辛勤劳苦。⑪用：以。觇（chān）察：窥探侦察。⑫危露：败露。⑬其：副词，表祈使语气。⑭与：给。⑮匝：一圈。⑯黄须鲜卑奴：晋明帝司马绍生母荀氏乃北燕胡人，故其相貌与胡人相似。奴，对人的鄙称。⑰觉（jiào）：通"较"。相差，相去。多许：相当多。⑱向：刚才。⑲度：经过。⑳息意：打消追赶的念头。反：通"返"。

007 王右军年减十岁时[1]，大将军甚爱之，恒置帐中眠。大将军尝先出，右军犹未起。须臾，钱凤入[2]，屏人论事[3]，《晋阳秋》曰："凤字世仪，吴嘉兴尉子也。奸慝好利，为敦铠曹参军。知敦有不臣心，因进说。后敦败，见诛。"都忘右军在帐中[4]，便言逆节之谋。右军觉，既闻所论，知无活理，乃阳吐污头面被褥[5]，诈熟眠。敦论事造半[6]，方忆右军未起[7]，相与大惊曰[8]："不得不除之。"及开帐，乃见吐唾从横[9]，信其实孰眠[10]，于是得全。于时称其有智。按诸书皆云王允之事，而此言羲之，疑误。

❶减：不足，不到。❷钱凤：钱凤字世仪，晋吴郡人。奸慝好利，为王敦铠曹参军。多次怂恿王敦逆反，敦败被杀。❸屏：屏退。❹都：完全。❺阳：佯装。❻造半：到中途。❼忆：想起。❽相与：一起。❾从横：纵横。❿孰眠：熟睡。"孰"通"熟"。

008 陶公自上流来[1]，赴苏峻之难[2]，令诛庾公。谓必戮庾，可以谢峻。《晋阳秋》曰："是时成帝在襁褓，太后临朝，中书令庾亮以元舅辅政，欲以风轨格政，绳御四海。而峻拥兵近甸，为逋逃薮。亮图召峻，王导、卞壶并不欲。亮曰：'苏峻豺狼，终为祸乱。晁错所谓削亦反，不削亦反。'遂下优诏，以大司农征之。峻怒曰：'庾亮欲诱杀我也！'遂克京邑。平南温峤闻乱，号泣登舟，遣参军王愆期推征西陶侃为盟主，俱赴京师。时亮败绩奔峤，人皆尤而少之，峤愈相崇重，分兵以配给之。”庾欲奔窜则不可，欲会恐见执[3]，进退无计。温公劝庾诣陶，曰：“卿但遥拜，必无它，我为卿保之。”庾从温言诣陶，至便拜，陶自起止之，曰：“庾元规何缘拜陶士衡[4]？”毕，又降就下坐[5]，陶又自要起同坐[6]。坐定，庾乃引咎责躬[7]，深相逊谢，陶不觉释然。

❶自上流来：从长江上游来。时陶侃为荆州刺史，率兵东下，平苏峻之乱。❷赴……难：赶去拯救危难。❸会：见面，指与陶侃会晤。执：被捕。❹何缘：为什么。陶士衡：陶侃字士衡。❺就下坐：到下位就座。❻要：通“邀”。❼引咎责躬：主动承担错误的责任并作自我批评。

009 温公丧妇，从姑刘氏[1]，家值乱离散，唯有一女，甚有姿慧，姑以属公觅婚[2]。公密有自婚意，答曰：“佳婿难得，但如峤比[3]，云何[4]？”姑云：“丧败之余，乞粗存活[5]，便足慰吾余年，何敢希汝比？”却后少日[6]，公报姑云：“已觅得婚处[7]，门地粗可[8]，婿身名宦，尽不减峤。”因下玉镜台一枚[9]。姑大喜。既婚，交礼[10]，女以手披纱扇[11]，抚掌大笑曰：“我固疑是老奴[12]，果如所卜。”按《温氏谱》，峤初取高平李暅女，中取琅邪王诩女，后取庐江何邃女，都不闻取刘氏，便为虚谬。谷口云：“刘氏，政谓其姑尔，非指其女姓刘也。孝标之注，亦未为得。”玉镜台，是公为刘越石长史[13]，北征刘聪所得[14]。王隐《晋书》曰：“建兴二年，峤为刘琨假守左司马，都督上前锋诸军事，讨刘聪。”《晋阳秋》曰：“聪一名载，字玄明，屠各人。父渊，因乱起兵，死，聪嗣业。”

❶从姑：堂姑。❷属：通“嘱”。嘱托。❸比：辈，类。❹云何：怎么样。❺粗：简单。❻却后：过后。❼婚处：婚配对象。❽粗：大略。❾下：下聘礼。玉镜台：玉饰梳妆台。❿交礼：古代结婚时

男女交拜之礼。⑪纱扇：古时婚礼，侍儿以纱扇蔽新妇，与新郎交拜后撤扇。⑫老奴：对男子的戏称，犹老家伙、老东西。⑬刘越石：刘琨。⑭刘聪：刘聪，一名刘载，字玄明，匈奴族，新兴（今山西）人，汉赵（前赵）光文帝刘渊第四子，十六国时期汉赵君主。

010 诸葛令女，庾氏妇[1]，既寡，誓云不复重出[2]。此女性甚正强[3]，无有登车理[4]。即庾亮子会妻，父彪，已见上。恢既许江思玄婚[5]，乃移家近之。初诳女云："宜徙于是。"家人一时去[6]，独留女在后。比其觉[7]，已不复得出。江郎莫来[8]，女哭詈弥甚[9]，积日渐歇。江彪暝入宿，恒在对床上。后观其意转帖[10]，彪乃诈厌[11]，良久不寤，声气转急。女乃呼婢云："唤江郎觉！"江于是跃来就之，曰："我自是天下男子，厌何预卿事而见唤邪[12]？既尔相关[13]，不得不与人语。"女默然而惭，情义遂笃[14]。葛令之清英，江君之茂识，必不背圣人之正典，习蛮夷之秽行。康王之言，所轻多矣。

❶庾氏妇：诸葛恢女嫁庾亮子庾会。❷重出：再嫁。❸正强：正直刚强。❹登车：指出嫁乘车至男方家。❺江思玄：江彪。❻一时：同时，一下子。❼比：及，等到。❽莫：通"暮"，黄昏、傍晚。❾哭詈（lì）：哭骂。❿转帖：渐渐平息。⑪诈厌：假装做噩梦。"厌"通"魇"。⑫预：干。见唤：被唤醒。⑬既尔相关：既然如此关心我。尔，如此。⑭笃：厚。

011 愍度道人始欲过江[1]，与一伧道人为侣[2]。谋曰："用旧义往江东，恐不办得食[3]。"便共立"心无义"[4]。既而此道人不成渡，愍度果讲义积年。《名德沙门题目》曰："支愍度才鉴清出。"孙绰《愍度赞》曰："支度彬彬，好是拔新，俱禀昭见，而能越人。世重秀异，咸竞尔珍。孤桐峄阳，浮磬泗滨。"后有伧人来，先道人寄语云："为我致意愍度，无义那可立？"旧义者曰："种智有是，而能圆照。然则万累斯尽，谓之空无；常住不变，谓之妙有。”而无义者曰：“种智之体，豁如太虚。虚而能知，无而能应，居宗至极，其唯无乎？”治此计权救饥尔⑤，无为遂负如来也⑥！”

❶愍度道人：即支愍度，晋代高僧。创“心无义”说，著《传译经录》。❷伧道人：北方僧人。南北朝时，南人称北人为伧，含鄙夷之意。❸不办：不能。❹心无义：即“心无宗”，东晋佛教般若学“六家七宗”之一，为支愍度创立。主张“经中说诸法空者，欲令心体虚妄不执，故言无耳”。❺权：暂且，姑且。❻无为：不要。

012 王文度弟阿智①，恶乃不翅②，当年长而无人与婚。孙兴公有一女，亦僻错③，又无嫁娶理。因诣文度，求见阿智。既见，便阳言④：“此定可⑤，殊不如人所传，那得至今未有婚处⑥？我有一女，乃不恶⑦，但吾寒士，不宜与卿计，欲令阿智娶之。”文度欣然而启蓝田云⑧：“兴公向来⑨，忽言欲与阿智婚。”蓝田惊喜。既成婚，女之顽嚚⑩，欲过阿智⑪。方知兴公之诈。阿智，王虔之小字。虔之字文将，辟州别驾不就。娶太原孙绰女，字阿恒。

❶阿智：王虔之。小字阿智，王述子。❷不翅：不啻。此句意为“不仅是恶而已”。❸僻错：乖张悖理。❹阳：通“佯”。假装。❺定：确实。❻那得：怎么。婚处：婚配对象。❼不恶：不错，不差。❽蓝田：王述。❾向：刚才。❿顽嚚（yín）：顽劣猖獗，不讲道理。⓫欲：似。

013 范玄平为人，好用智数①，而有时以多数失会②。尝失官居东阳③，桓大司马在南州④，故往投之⑤。桓时方欲招起屈滞⑥，以倾朝廷，且玄平在京，素亦有誉，桓谓远来投己⑦，喜跃非常。比入至庭⑧，倾身引望，语笑欢甚。顾谓袁虎曰：“范公且可作太常卿[9]。”范裁坐[10]，桓便谢其远来意。范虽实投桓，而恐以趋时损名，乃曰：“虽怀朝宗[11]，会有亡儿瘗在此[12]，故来省视。”桓怅然失望，向之虚伫[13]，一时都尽。《中兴书》曰：“初，桓温请范汪为征西长史，复表为江州，并不就。还都，因求为东阳太守，温甚恨之。汪后为徐州，温北伐，令汪出梁国，失期，温挟憾奏汪为庶人。汪居吴，后至姑孰见温，温语其下曰：‘玄平乃来见，当以护军起之。’汪数日辞归，温曰：‘卿适来，何以便去？’汪曰：‘数岁小儿丧，往年经乱，权瘗此境，故来迎之，事竟去耳。’温愈怒之，竟不屑意。”

❶智数：智谋心计。❷多数：多计谋。失会：失掉机会。❸东阳：郡名。治所在今浙江金华。❹南州：此指姑孰。❺故：特地。❻招起：招揽起用。屈滞：屈处卑下职位，久不得升迁的人。❼谓：认为。❽比：等到，及至。❾太常卿：官名，九卿之一，掌宗庙礼乐事。❿裁：同“才”。⓫朝宗：原本指诸侯朝见帝王。晋时下属拜谒上司也称为朝宗。⓬会：刚好，碰巧。瘗（yì）：埋葬。⓭向：刚才。虚伫：虚心以待。

014 谢遏年少时，好著紫罗香囊[1]，垂覆手[2]。太傅患之，而不欲伤其意，乃谲与赌[3]，得即烧之。遏，谢玄小字。

❶著：穿，带。紫罗香囊：一种装有紫藤萝香料的香袋。❷覆手：手巾之类。❸谲：诡诈。

黜免第二十八

“黜免”，即废黜、罢免之意，也就是指官员的罢官免职。

魏晋南北朝是一个风云激荡，充满着杀伐和血腥的时代。国家长期分裂，政权更迭频繁，社会动荡不宁，民族矛盾尖锐，政治形势十分险恶，文人动辄得咎，官员的黜免如家常便饭，稍有不慎，便招致杀身之祸。按理说，《世说新语》可以将此写得波诡云谲、险象环生，但其主要视阈不在于此。说实话，《轻诋》以后诸门，不是《世说新语》的主流话语，显得有些力弱，尤其是与《言语》《文学》《方正》《雅量》《识鉴》《赏誉》《品藻》诸门相比，更是相形见绌。

《世说新语》记“黜免”，是一种另类书写，流露出典型的名士眼光，关注的不是黜免行为的政治因果逻辑，而是黜免之事件所引起的语言妙趣，说穿了，关注的依然是名士风流。叙桓温罢黜“得猿子者”，是为了带出“肝肠寸断”；述殷中军被废，是为了抖出“书空作字”的包袱——“咄咄怪事”；记殷仲文不满，“还为大司马咨议”，是为了引出“槐树婆娑”。《黜免》门，从黜免的政治事件角度言，可以说写得不够跌宕起伏，但从名士风流的角度说，正是因为这样一种视角，才维护了文本风格的一致性。

001 诸葛厷在西朝[1]，少有清誉，为王夷甫所重，时论亦以拟王[2]。后为继母族党所谗，诬之为狂逆。将远徙[3]，友人王夷甫之徒诣槛车与别[4]。厷问：“朝廷何以徙我？”王曰：“言卿狂逆。”厷曰：“逆则应杀，狂何所徙？”厷，已见。

❶西朝：指西晋。❷拟王：和王夷甫相比。❸徙：流放。❹诣：到……去。槛车：囚车。

002 桓公入蜀，至三峡中，部伍中有得猿子者[1]。《荆州记》曰："峡长七百里，两岸连山，略无绝处，重岩迭障，隐天蔽日。常有高猿长啸，属引清远。渔者歌曰：'巴东三峡巫峡长，猿鸣一声泪沾裳。'"其母缘岸哀号，行百余里不去，遂跳上船，至便即绝。破视其腹中，肠皆寸寸断。公闻之怒，命黜其人[2]。

❶部伍：部曲行伍，指军队。❷黜：罢免。

003 殷中军被废[1]，在信安[2]，终日恒书空作字[3]。扬州吏民寻义逐之[4]，窃视，唯作"咄咄怪事"四字而已[5]。《晋阳秋》曰："初，浩以中军将军镇寿阳，羌姚襄上书归降。后有罪，浩阴图诛之。会关中有变，符健死。浩伪率军而行，云'修复山陵'，襄前驱，恐，遂反。军至山桑，闻襄将至，弃辎重驰保谯。襄至，据山桑，焚其舟实。至寿阳，略流民而还。浩士卒多叛，征西温乃上表黜浩，抚军大将军奏免浩，除名为民。浩驰还谢罪，既而迁于东阳信安县。"

❶殷中军被废：晋穆帝永和九年（公元353年），扬州刺史殷浩为中军将军，假节都督扬、豫、徐、兖、青五州军事，北征许、洛，因前锋将平北将军叛，殷浩大败而归。桓温与殷浩有隙，上表弹劾，殷浩被削为庶人，徙居信安。❷信安：县名，治所在今浙江衢州市。❸恒：总是。书空作字：在空中虚写文字。❹扬州吏民：指殷浩做扬州刺史时的故旧。❺咄咄怪事：令人吃惊的怪事。咄咄：表惊诧的感叹词。

004 桓公坐有参军椅烝薤不时解[1]，共食者又不助，而椅终不放，举坐皆笑。桓公曰："同盘尚不相助，况复危难乎？"敕令免官[2]。

❶参军：军府中所设属官。椅：通"攲"，用筷子夹食物。烝薤（xiè）：同"蒸薤"。《齐民要求》有薤白蒸，是用米、薤同蒸，调以油豉，蒸熟后凝结，故难夹取。薤，藠头，鳞茎可食。不时解：一时夹不开。
❷敕令：命令。

005 殷中军废后，恨简文曰："上人著百尺楼上[1]，儋梯将去[2]。"《续晋阳秋》曰："浩虽废黜，夷神委命，雅咏不辍，虽家人不见其有流放之戚。外生韩伯始随至徙所，周年还都。浩素爱之，送至水侧，乃咏曹颜远诗曰：'富贵它人合，贫贱亲戚离。'因泣下。"其悲见于外者，唯此一事而已。则书空、去梯之言，未必皆实也。

❶上人著百尺楼上：让人登上百尺高的楼。❷儋（dān）：同"担"。负荷。将：持，拿。此句指撤走梯子。

006 邓竟陵免官后赴山陵[1]，过见大司马桓公。公问之曰："卿何以更瘦？"《大司马寮属名》曰："邓遐字应玄，陈郡人，平南将军岳之子。勇力绝人，气盖当世，时人方之樊哙。为桓温参军，数从温征伐，历竟陵太守。枋头之役，温既怀耻忿，且惮遐，因免遐官。病卒。"邓曰："有愧于叔达，不能不恨于破甑。[2]"《郭林宗别传》曰："巨鹿孟敏，字叔达，敦朴质直。客居太原，杂处凡俗，未有所名。尝至市贸甑，荷担堕地坏之，径去不顾。适遇林宗，见而异之，因问曰：'坏甑可惜，何以不顾？'客曰：'甑既已破，视之何益？'林宗赏其介决，因以知其德性，谓必为美士，劝令读书。游学十年，遂知名，三府并辟，不就。东夏以为美贤。"

❶邓竟陵：邓遐字应玄，陈郡（今河南）人。勇力绝人，气盖当世，

时人方之樊哙。为桓温参军，数从温征伐，历竟陵太守。山陵：帝王陵墓，也指帝王葬礼。赴山陵：指参加简文帝的葬礼。❷“有愧于叔达”二句：意为不能像叔达那样，对摔坏的东西不屑一顾。甑：瓦罐之类。

007 桓宣武既废太宰父子[1]，仍上表曰[2]：“应割近情[3]，以存远计[4]。若除太宰父子，可无后忧。”简文手答表曰[5]：“所不忍言，况过于言。”宣武又重表，辞转苦切[6]。简文更答曰：“若晋室灵长[7]，明公便宜奉行此诏[8]；如大运去矣[9]，请避贤路[10]。”桓公读诏，手战流汗，于此乃止。太宰父子远徙新安[11]。《司马晞传》曰：“晞字道升，元帝第四子。初封武陵王，拜太宰。少不好学，尚武凶恣。时太宗辅政，晞以宗长不得执权，常怀愤慨，欲因桓温入朝杀之。太宗即位，新蔡王晃首辞，引与晞及子综谋逆，有司奏晞等斩刑，诏原之，徙新安。晞未败四五年中，喜为挽歌，自摇大铃，使左右习和之。又燕会，倡妓作新安人歌舞离别之辞，其声甚悲。后果徙新安。”

❶桓宣武既废太宰父子：咸安元年（公元371年），桓温废海西，立简文帝。同年，又废太宰武陵王司马晞父子。晞好武功，为桓温所忌，诬以谋反，与子综并废黜。晞是晋元帝子，简文帝兄。太宰，官名，辅佐皇帝处理政务，相当于太师。❷仍：继而，接着。❸近情：亲情。❹存：保全。❺手答：亲笔批复。❻转：愈加。❼灵长：广远绵长。❽明公：对有官职有地位的人的尊称。❾大运：朝廷气数。❿避：避让。⓫徙：流放。新安：郡名，治所在今浙江淳安县西。

008 桓玄败后[1]，殷仲文还为大司马咨议[2]，意似二三[3]，非复往日。大司马府听前有一老槐[4]，甚扶疏[5]。殷因月朔[6]，与众在听，视槐良久，叹曰：“槐树婆娑[7]，无复生意！”《晋安帝纪》曰：“桓玄败，殷仲文归京师，高祖以其卫从二后，且以大信宣令，引为镇军长史。自以名辈先达，位遇至重，而后来谢混之徒，皆畴昔之所附也，今比肩同列，常怏然自失，后果徙信安。”

❶桓玄败后：晋安帝元兴二年（公元403年），桓玄篡晋称帝，建国号楚，次年被刘裕等讨灭。❷大司马咨议：官名，是大司马咨议参军的省称。刘裕平桓玄，拜官大司马。殷仲文投玄前曾为会稽王司马道子咨议参军，桓玄败后又为大司马刘裕咨议参军，故曰“还为”。❸意似二三：似乎有些三心二意。❹听：通“厅”。❺扶疏：枝叶繁茂纷披的样子。❻因：因循惯例。月朔：夏历每月初一。❼婆娑：枝叶散乱的样子。

009 殷仲文既素有名望，自谓必当阿衡朝政[1]。忽作东阳太守[2]，意甚不平。《晋安帝纪》曰：“仲文后为东阳，愈愤怨，乃与桓胤谋反，遂伏诛。仲文尝照镜不见头，俄而难及。”及之郡，至富阳[3]，慨然叹曰：“看此山川形势，当复出一孙伯符！[4]”孙策，富春人，故及此而叹。

❶阿衡：辅佐，主理。❷东阳：郡名。治所在长山（今浙江金华市）。❸富阳：县名，原称富春。在今浙江省杭州市西南。❹“看此山川形势”二句：观此慨叹，可窥其谋反之心。孙策字伯符，吴郡富春人。汉末天下大乱之时，策据江东奠定吴国基业。

俭啬第二十九

“俭啬”，即节俭、吝啬的意思。节俭是中华民族的传统美德，形而上之可升华为“一箪食、一瓢饮”的孔颜人格，此即安贫守贱、安贫乐道的心性圆满。节俭若不加节制，不建立德行维护，即毛诗序说的“俭不中礼”，任其自由发展，又可能出现另一种走向：节俭→吝啬→贪鄙。

考《俭啬》诸则，于“俭啬”二字中偏重于“啬”，因此，我宁愿把它看成一个偏义复词。《俭啬》的男一号，无疑是王戎，在区区九则中，一个人独占四则。王戎简直就是一个吝啬鬼、守财奴，和欧也妮·葛朗台几乎没有区别：侄儿结婚，送一件单衣本来就够小气，婚后还要讨回；女儿出嫁，贷钱数万，回门时却要索债；家中有好李，恐人得其种，别出心裁地钻核卖李；富贵荣华，洛下无比，精于计算，“每与夫人烛下散筹算计”。好在王戎尽管吝啬，自私无人情味，但并不贪鄙害人。《世说新语》设《俭啬》门，并不十分在意德行的张伐，而在于以小恙微疵嘲笑一把名士，得一乐呵。即如卫展以草药“王不留行”遣客，看重的是其间的语言智慧。因此，像王武子、郗嘉宾的捣乱行为，切不可做德行上的升华。至于庾亮的啖薤留白，更不可上纲上线，拔高为节俭而又有治实精神。庾亮明显是以作秀来取悦陶侃。苏峻之乱，部分原因是庾亮以帝舅执政而逞骄纵所致，陶公曾一度认为该杀庾亮以平苏峻之愤，亏得温峤从中斡旋，才使陶公尽释前嫌。陶公生性俭吝，庾亮只不过投其所好而已。

001 和峤性至俭，家有好李，王武子求之，与不过数十。王武子因其上直[1]，率将少年能食之者[2]，持斧诣园[3]，饱共啖毕[4]，伐之，送一车枝与和公，问曰：“何如君李[5]？”和既得，唯笑而已。《晋诸公赞》曰：“峤性不通，治家富拟王公，而至俭，将有犯义之名。”《语林》曰：“峤诸弟往园中食李，而皆计核责钱。故峤妇弟王济伐之也。”

❶因：趁，乘。上直：官吏上朝轮值，如今日之值班。❷率将：率领，带领。❸诣：到……去。❹啖：吃。❺何如：和……相比怎么样。

002 王戎俭吝，其从子婚[1]，与一单衣[2]，后更责之[3]。王隐《晋书》曰：“戎性至俭，不能自奉养，财不出外。天下人谓为膏肓之疾。”

❶从子：侄儿。❷单衣：单层衣服，也指便服。❸责：索取。

003 司徒王戎既贵且富，区宅、僮牧、膏田、水碓之属[1]，洛下无比[2]。契疏鞅掌[3]，每与夫人烛下散筹算计[4]。《晋诸公赞》曰：“戎性简要，不治仪望，自遇甚薄，而产业过丰。论者以为台辅之望不重。”王隐《晋书》曰：“戎好治生，园田周遍天下。翁妪二人，常以象牙筹昼夜算计家资。”《晋阳秋》曰：“戎多殖财贿，常若不足。或谓戎故以此自晦也。”戴逵论之曰：“王戎晦默于危乱之际，获免忧祸，既明且哲，于是在矣。”或曰：“大臣用心，岂其然乎？”逵曰：“运有险易，时有昏明。如子之言，则蘧瑗、季札之徒，皆负责矣。自古而观，岂一王戎也哉！”

❶区宅：房屋住宅。僮牧：泛指奴婢和劳动力。僮，奴婢；牧，放牧牲畜的人。膏田：良田。水碓（duì）：利用流水舂米的工具。❷洛下：洛阳。❸契疏：券契、账簿之类。鞅掌：烦扰。❹筹：计数用具，多用竹片制成。筭（suàn）：同“算”。

004 王戎有好李，卖之，恐人得其种，恒钻其核[1]。

[1]恒：总是。钻：钻破。

005 王戎女适裴頠[1]，贷钱数万[2]。女归，戎色不说[3]。女遽还钱[4]，乃释然。

[1]适：女子出嫁。[2]贷：借。[3]说（yuè）：通“悦”，高兴。[4]遽：立即，急忙。

006 卫江州在寻阳[1]，《永嘉流人名》曰：“卫展字道舒，河东安邑人。祖列，彭城护军。父韶，广平令。展，光熙初除鹰扬将军、江州刺史。”有知旧人投之[2]，都不料理[3]，唯饷“王不留行”一斤[4]，此人得饷，便命驾[5]。《本草》曰：“王不留行，生太山，治金疮，除风，久服之，轻身。”李弘范闻之曰[6]：“家舅刻薄，乃复驱使草木[7]。”《中兴书》曰：“李轨字弘范，江夏人。仕至尚书郎。”按轨，刘氏之甥。此应弘度，非弘范也。

[1]卫江州：卫展，字道舒，河东安邑（今山西夏县）人。历任尚书郎，迁南阳太守，转江州刺史。[2]知旧人：相识的旧友。[3]料理：招待，照顾。[4]饷：赠送。王不留行：中草药名。双关意为：不留客，请行。[5]命驾：命令御者驾驶马车。[6]李弘范：李轨字弘范，江夏（今湖北）人。仕至尚书郎。[7]乃复：竟然。驱使：役使。

007 王丞相俭节，帐下甘果[1]，盈溢不散[2]，涉春烂败。都督白之[3]，公令舍去，曰：“慎不可令大郎知。”王悦也。

[1]帐下：指幕府中。甘果：甜橙。[2]不散：不分发。[3]都督：帐下

总管庶务的人，犹总管家。白：禀告。

008 苏峻之乱[1]，庾太尉南奔见陶公[2]，陶公雅相赏重[3]。陶性俭吝，及食，啖薤[4]，庾因留白[5]。陶问："用此何为？"庾云："故可种[6]。"于是大叹庾非唯风流，兼有治实[7]。

❶苏峻之乱：晋明帝薨，庾亮以帝舅执政，欲夺苏峻兵权。咸和二年（公元 327 年），苏峻举兵反，攻入建康，后被陶侃、温峤等讨灭。❷庾太尉南奔见陶公：苏峻反，朝廷命庾亮都督征讨，兵败，亮携其弟南奔见陶侃，推陶侃为讨叛盟主。❸雅：很，极。赏重：赏识器重。❹啖：吃。薤：蔬菜名，一名藠头。❺因：顺便。白：根薤白。❻故：仍，还。❼治实：处理事务的实际才能。

009 郗公大聚敛，有钱数千万，嘉宾意甚不同。常朝旦问讯[1]，郗家法，子弟不坐，因倚语移时[2]，遂及财货事。郗公曰："汝正当欲得吾钱耳[3]！"乃开库一日，令任意用。郗公始正谓损数百万许[4]，嘉宾遂一日乞与亲友、周旋略尽[5]。郗公闻之，惊怪不能已已。《中兴书》曰："超少卓荦而不羁，有旷世之度。"

❶朝旦问讯：早上请安问候。❷倚语：站着说话。移时：很长时间。❸正当：只不过。❹正谓：只是以为。❺遂：竟然。乞与：给予。周旋：相与交往的人。略尽：几乎用尽。

汰侈第三十

“汰侈”，即骄奢之意，此门之设，恰与“俭啬”形成对照，构成魏晋士大夫生活作风的两个极端。

也许“俭啬”毕竟还带着一个“俭”字，也许中国文化历来崇尚安贫守贱，况且《俭啬》中的男一号是竹林七贤王戎，其次是名士和峤，和一代贤相王导，《世说新语》叙此，语带讥嘲，逗乐子的成分多，行张伐的成分少。《汰侈》则不同，中国文化历来尚质实而反奢华，贵简约而轻繁缛，何况《汰侈》的主人公是土豪石崇与外戚王恺，和名士差着那么一截距离，因此，《汰侈》之笔，辛辣巉刻，振脑诛心。

西晋一朝世风奢侈，开国皇帝司马炎首开此风气。司马炎贪财好利，骄奢淫逸，甚至卖官以自肥。于是上行下效，从风而靡，官僚豪族无不巧取豪夺，聚敛无厌，西晋世风遂尚汰侈。正如《晋书·何曾传》所言：“食日万钱，犹曰无下箸处。”何曾之子何劭“食必尽四方珍异，一日之供以钱二万为限”。

这石崇与王恺也太不像话，斗富比阔无所不用其极。比一比珊瑚树名贵到二尺高还是三尺、四尺高倒也罢了；甚至用饴糖、干饭洗锅，用蜡烛烧饭，厕所奢华到“有十余婢侍列”，都还能勉强忍受；但若变态到用人乳喂豚，残忍到以斩杀美女劝酒，甚至连杀三人，就不得不令人拍案而起。朝纲何在！王法何在！天理何在！骄奢淫逸到无所顾忌，简直人神共愤。《汰侈》凡十二则，全为西晋时事，可谓为五胡乱华、晋室东迁做了一个形象的注脚。

001 石崇每要客燕集[1]，常令美人行酒[2]，客饮酒不尽者，使黄门交斩美人[3]。王丞相与大将军尝共诣崇，丞相素不能饮，辄自勉强，至于沉醉[4]。每至大将军，固不饮[5]，以观其变。已斩三人，颜色如故，尚不肯饮。丞相让之[6]，大将军曰："自杀伊家人，何预卿事！"王隐《晋书》曰："石崇为荆州刺史，劫夺杀人，以致巨富。"《王丞相德音记》曰："丞相素为诸父所重，王君夫问王敦：'闻君从弟佳人，又解音律，欲一作妓，可与共来。'遂往。吹笛人有小忘，君夫闻，使黄门阶下打杀之，颜色不变。丞相还，曰：'恐此君处世，当有如此事。'"两说不同，故详录。

❶要（yāo）：通"邀"。燕集：宴饮聚会。"燕"通"宴"。❷行酒：斟酒劝饮。❸黄门：仆役中的宦者，专供内室使令。交：交替，轮流。❹沉醉：大醉。❺固：坚持。❻让：责备。

002 石崇厕常有十余婢侍列，皆丽服藻饰[1]，置甲煎粉、沉香汁之属[2]，无不毕备。又与新衣著令出，客多羞不能如厕[3]。王大将军往，脱故衣，著新衣，神色傲然。群婢相谓曰："此客必能作贼[4]！"《语林》曰："刘寔诣石崇，如厕，见有绛纱帐大床，茵蓐甚丽，两婢持锦香囊。寔遽反走，即谓崇曰：'向误入卿室内。'崇曰：'是厕耳！'"

❶藻饰：修饰打扮。❷甲煎粉：唇脂之类的化妆品。沉香汁：用沉香木制成的香料。❸如厕：上厕所。❹作贼：造反。

003 武帝尝降王武子家[1]，武子供馔，并用琉璃器[2]。婢子百余人，皆绫罗绔褶[3]，以手擎饮食，烝㹠肥美[4]，异于常味。帝怪而问之，答曰："以人乳饮㹠[5]。"帝甚不平，食未毕，便去。王、石所未知作。褶一作襬。

❶降：驾临。❷并：全，都。琉璃器：一种极其珍贵的有色半透明的矿石材料制成的器皿。❸绫罗绔襹：用丝绸绫罗制成的衣裙。绔，同“裤”；襹，女子上衣。❹㹠（tún）：同“豚”，乳猪。❺饮（yìn）：给……喝。

004 王君夫以粭糒澳釜[1]，石季伦用蜡烛作炊[2]。君夫作紫丝布步障碧绫里四十里[3]，石崇作锦步障五十里以敌之[4]。石以椒为泥[5]，王以赤石脂泥壁[6]。《晋诸公赞》曰：“王恺字君夫，东海人，王肃子也。虽无检行，而少以才力见名，有在公之称。既自以外戚，晋氏政宽，又性至豪。旧制：鸩不得过江，为其羽栎酒中，必杀人。恺为翊军时，得鸩于石崇而养之，其大如鹅，喙长尺余，纯食蛇虺。司隶奏按恺、崇，诏悉原之，即烧于都街。恺肆其意色，无所忌惮。为后军将军。卒谥曰‘丑’。”

❶王君夫：王恺，字君夫，西晋外戚、富豪。曹魏司徒王朗之孙，晋武帝司马炎之舅，文明皇后王元姬之弟。曾得晋武帝之助与石崇斗富攀比，为时论者所讥讽。粭糒：以饴糖拌饭。粭，同“饴”，糖膏。糒（bèi），干饭。澳釜：洗锅。❷作炊：烧饭。❸步障：夹道设置的屏障。❹敌：对抗，匹敌。❺以椒为泥：用花椒和泥涂抹墙壁。❻赤石脂：风化石的一种，道家炼丹的原料，又可以用来涂饰墙壁。

005 石崇为客作豆粥，咄嗟便办[1]。恒冬天得韭萍齑[2]。又牛形状气力不胜王恺牛，而与恺出游，极晚发，争入洛城，崇牛数十步后迅若飞禽，恺牛绝走不能及[3]。每以此三事为扼腕[4]，乃密货崇帐下都督及御车人[5]，问所以。都督曰：“豆至难煮，唯豫作熟末[6]，客至，作白粥以投之。韭蓱齑是捣韭根，杂以麦苗尔。”复问驭人牛所以驶[7]。驭人云：“牛本不迟，由将车人不及制之尔[8]。急时听偏辕[9]，则驶矣。”恺悉从之，遂争长[10]。石崇后闻，皆杀告者。《晋诸公赞》曰："崇性好侠，与王恺竞相夸炫也。

❶咄嗟（duō jiē）：呼吸之间，形容迅速。❷恒：经常，总是。韭萍（píng）齑（jī）：细碎的韭菜做的调味咸菜。❸绝走：极力奔跑。❹扼腕：情绪激动时的动作。❺货：贿赂，收买。帐下：指家中。都督：指总管家。❻豫：通"预"。预先，事先。末：碎末。❼驶：跑得快。❽将车人：驾车人。❾听：听任。偏辕：车的重心落在一只轮子上。❿争长：争胜。

006 王君夫有牛，名"八百里驳"[1]，常莹其蹄角[2]。王武子语君夫："我射不如卿，今指赌卿牛，以千万对之[3]。"君夫既恃手快[4]，且谓骏物无有杀理[5]，便相然可[6]，令武子先射。武子一起便破的[7]，却据胡床[8]，叱左右速探牛心来。须臾[9]，炙至[10]，一脔便去[11]。《相牛经》曰："《牛经》出宁戚，传百里奚。汉世河西薛公得其书，以相牛，千百不失。本以负重致远，未服辎軿，故文不传。至魏世，高堂生又传以与晋宣帝，其后王恺得其书焉。"臣按其相经云："阴虹属颈，千里。"注曰："阴虹者，双筋自尾骨属颈。宁戚所饭者也。"恺之牛，其亦有阴虹也。宁戚《经》曰："棰头欲得高，百体欲得紧，大肷疏肋难龉，龙头突目好跳。又角欲得细，身欲促，形欲得如卷。"

❶八百里驳：牛名。八百里，言牛日行八百里；驳，毛色不纯的牛。❷莹：玉色美石。莹其蹄角，指用莹石装饰蹄角。❸对之：指用钱和牛相抵。❹手快：射术好。❺骏物：指八百里驳。❻然可：答应，应允。❼一起：一发。破的：射中靶心。❽却：退回来。胡床：一种由胡地传入的可折叠的轻便坐具。❾须臾：一会儿。❿炙：烤肉。⓫脔：切成碎块的肉。

007 王君夫尝责一人无服余衵[1]，因直内著曲阁重闺里[2]，不听人将出[3]。遂饥经日，迷不知何处去。后因缘相为[4]，垂死，乃得出。

❶责：处罚。衵（nì）：内衣。❷直：通“值”，上朝。内著：放在。内，通“纳”。曲阁重闺：曲折的走廊，幽深的内室，指深宅内院。❸听：允许。将出：带出。❹因缘：亲近小吏。

008 石崇与王恺争豪，并穷绮丽，以饰舆服[1]。《续文章志》曰：“崇资产累巨万金，宅室舆马，僭拟王者。庖膳必穷水陆之珍。后房百数，皆曳纨绣，珥金翠，而丝竹之艺尽一世之选。筑榭开沼，殚极人巧。与贵戚羊琇、王恺之徒竞相高以侈靡，而崇为居最之首，琇等每愧羡，以为不及也。”武帝，恺之甥也，每助恺。尝以一珊瑚树，高二尺许赐恺，枝柯扶疏[2]，世罕其比。恺以示崇，崇视讫，以铁如意击之[3]，应手而碎。恺既惋惜，又以为疾己之宝，声色甚厉。崇曰：“不足恨，今还卿。”乃命左右悉取珊瑚树，有三尺、四尺，条干绝世，光彩溢目者六七枚，如恺许比甚众[4]。恺惘然自失[5]。《南州异物志》曰：“珊瑚生大秦国，有洲在涨海中，距其国七八百里，名珊瑚树洲。底有盘石，水深二十余丈，珊瑚生于石上。初生白，软弱似菌，国人乘大船载铁网先没在水下，一年便生网目中，其色尚黄，枝柯交错，高三四尺，大者围尺余。三年色赤，便以铁钞发其根，系铁网于船，绞车举网，还，裁凿恣意所作。若过时不凿，便枯索虫蛊。其大者输之王府，细者卖之。”《广志》曰：“珊瑚大者可为车轴。”

❶舆服：车服。车舆、衣冠之总称。❷扶疏：繁茂纷披的样子。
❸如意：器物名。柄端作手指形，用以搔痒可如人意，因此得名。
❹如……许：像……那样。❺惘然：失意的样子。

009 王武子被责[1]，移第北邙下[2]。《晋诸公赞》曰："济与从兄恬不平，济为河南尹，未拜，行过王宫，吏不时下道，济于车前鞭之，有司奏免官。论者以济为不长者。寻转太仆，而王恬已见委任，济遂斥外。"于时人多地贵，济好马射，买地作埒[3]，编钱匝地竟埒[4]。时人号曰"金沟"。"沟"，一作"埒"。

❶责：责罚，处罚。❷第：宅第，府邸。北邙：北邙山，在洛阳北。❸埒（liè）：作为地界的矮墙。❹编钱：把钱串起来。匝：环绕一圈。竟：尽。

010 石崇每与王敦入学戏[1]，见颜、原象《家语》曰："颜回字子渊，鲁人。少孔子二十九岁而发白，三十二岁蚤死。"原宪，已见。而叹曰[2]："若与同升孔堂[3]，去人何必有间[4]！"王曰："不知余人云何[5]，子贡去卿差近[6]。"《史记》曰："端木赐字子贡，卫人。尝相鲁，家累千金，终于齐。"石正色云："士当令身名俱泰[7]，何至以瓮牖语人[8]！"原宪以瓮为巨牖。

❶入学戏：到学校去玩耍。❷颜、原：即颜回与原宪，皆好学、安贫乐道之贤人。❸同升孔堂：一同作孔子的弟子。❹去人何必有间：和这些人相比没什么区别。去，距；有间，有距离、有差别。❺余人：其余的人。云何：怎么样。❻子贡：子贡复姓端木，字子贡，春秋末年卫国人，孔门十哲之一。能言善辩，长于商道，家累千金，和王侯贵族分庭抗礼。差近：差不多。❼士：士人，读书人。泰：安泰，亨通显达。❽瓮牖：以瓮为窗户。形容安于贫穷。

011 彭城王有快牛[1]，至爱惜之。朱凤《晋书》曰："彭城穆王权，字子舆，宣帝弟馗子。太始元年封。"王太尉与射，赌得之。彭城王曰："君欲自乘，则不论；若欲啖者[2]，当以二十肥者代之。既不废啖，又存所爱[3]。”王遂杀啖。

❶彭城王：司马权字子舆，司州河内温县（今河南温县）人。西晋宗室，晋宣帝司马懿四弟、东武城侯司马馗之子。曹魏时承袭父亲东武城侯的爵位，任冗从仆射。司马炎建立西晋后获封为彭城王，食邑二千九百户，任北中郎将、都督邺城守诸军事。❷啖：吃。❸存：保全。

012 王右军少时，在周侯末坐，割牛心啖之[1]，于此改观[2]。俗以牛心为贵，故羲之先食之。

❶啖：吃。❷于此：从此。改观：改变了看法。

忿狷第三十一

“忿狷”，即愤怒、狷急的意思，它与“雅量”的处变不惊、临危不惧、不以物喜、不以己悲恰相对照，与“雅量”的人格境界相去甚远。如果说“汰侈”属于道德悖谬，那么“忿狷”则属于性格缺陷（第八则属于道德问题，除外）。

“忿狷”属于七情六欲中的“怒”，是对“怒”的不加节制。《礼记·礼运》认为：“喜、怒、哀、惧、爱、恶、欲，七者弗学而能。”《文心雕龙·明诗》则说得更为感性和艺术：“人禀七情，应物斯感；感物吟志，莫非自然。”这与生俱来的七情六欲要加以管控，拿捏好一定的分寸，也就是《礼记·中庸》所说的中节、中和：“喜怒哀乐之未发，谓之中；发而皆中节，谓之和。……致中和，天地位焉，万物育焉。”

《忿狷》门的诸权贵名士性格修为不到家，放任“怒”情不加节制，因而都是急躁易怒之人。王蓝田因“食鸡子”而恼羞成怒，气急败坏；袁彦道与桓宣武摴蒱，因骰子不合，“遂厉色掷去五木”；王大、王恭在何仆射宴席上，失意杯酒间，白刃起相仇。魏晋士人为何有这等急躁易怒之人，原因主要有二。其一，社会动荡，仕途偃蹇，形成平日里的一种隐忧心绪，长年累月郁结于胸，一旦有出口便发泄出来。其二，魏晋士人越名教而任自然，特立独行，张扬自我，听任情绪自然宣泄，懒得做修养上的压抑、修饰和装裱。

诚然，急躁易怒是性格的亏缺，不够温良，不够敦厚，不够中正，不够平和，当然更不够中庸，不够渊雅。但纵观中国古代文化，温良敦厚之人太多太多，急切愤怒之人太少太少，到处都是胯下之辱和拾履之羞的美谈。在这样的文化背景下，冲冠一怒的铁血男儿便显得尤为可贵，即使“厉色掷去五木”的乖张之举也不必苛责，毕竟逞了一时之气。正如鲁迅在《忽然想到》(五) 中所言：“世上如果还有真要活下去的人们，就先该敢说，敢笑，敢哭，敢怒，敢骂，敢打，在这可诅咒的地方击退了可诅咒的时代！”

001 魏武有一妓❶，声最清高❷，而性情酷恶❸。欲杀则爱才，欲置则不堪❹。于是选百人一时俱教❺，少时还有一人声及之❻，便杀恶性者。

❶妓：歌伎。❷清高：清脆嘹亮。❸酷恶：极其暴躁。❹置：留下。不堪：不能忍受。❺一时：同时。❻少时：不久。

002 王蓝田性急。尝食鸡子❶，以箸刺之❷，不得，便大怒，举以掷地。鸡子于地圆转未止，仍下地以屐齿蹍之❸，又不得，瞋甚❹，复于地取内口中❺，啮破即吐之❻。王右军闻而大笑曰：“使安期有此性❼，犹当无一豪可论❽，况蓝田邪?”《中兴书》曰：“述清贵简正，少所推屈，唯以性急为累。”安期，述父也，有名德，已见。

❶鸡子：鸡蛋。❷箸：筷子。刺：叉，戳。❸仍：乃，于是。屐：木屐，木底鞋。蹍：踩，踏。❹瞋：发怒。❺内：通“纳”。放入。❻啮（niè）：咬。❼安期：王述父王承。❽一豪：即一毫。

003 王司州尝乘雪往王螭许。王胡之、王恬，并已见。恬，小字螭虎。司州言气少有忤逆于螭❶，便作色不夷❷。司州觉恶❸，便舆床就之❹，持其臂曰：“汝讵复足与老兄计❺！”按《王氏谱》，胡之是恬从祖兄。螭拨其手曰：“冷如鬼手馨❻，强来捉人臂！”

❶少：稍。忤逆：抵触，冒犯。❷作色：因生气而变了脸色。不夷：不平，不愉快。❸恶：不好。❹舆床就之：把坐榻移到他身边去。舆，抬、扛。❺讵复：怎么，哪里。计：计较。❻馨：晋时方言“宁馨”之略，犹言“样”“般”。

004 桓宣武与袁彦道摴蒱[1]。袁彦道齿不合[2]，遂厉色掷去五木[3]。温太真云：“见袁生迁怒，知颜子为贵。”《论语》曰：“哀公问：‘弟子孰为好学？’孔子曰：‘有颜回者好学，不迁怒，不贰过，不幸短命死矣！’”

❶摴蒱（chū pú）：古代的博戏，以掷骰决胜负。❷齿：博齿，类似后来的骰子。❸五木：摴蒱戏的子。斫木为子，一具五子。

005 谢无奕性粗强[1]，以事不相得[2]，自往数王蓝田[3]，肆言极骂。王正色面壁不敢动[4]。半日，谢去良久，转头问左右小吏曰：“去未？”答云：“已去。”然后复坐。时人叹其性急而能有所容[5]。

❶粗强：粗暴强横。❷相得：投合。❸数：数落，指责。❹正色：表情严肃端庄。面壁：面对墙壁。❺叹：赞赏。

006 王令诣谢公[1]，值习凿齿已在坐，当与并榻[2]。王徙倚不坐[3]，公引之与对榻。去后语胡儿曰[4]：“子敬实自清立[5]，但人为尔[6]，多矜咳[7]，殊足损其自然[8]。”刘谦之《晋纪》曰：“王献之性甚整峻，不交非类。”

❶王令：指王献之。❷并榻：同榻而坐。❸徙倚：徘徊。❹胡儿：谢朗小字胡儿。❺实自：确实。清立：清高特立。❻但：只是。❼矜咳：疑为“矜硋（ài）”。矜庄拘执。❽殊：颇，甚。

007 王大、王恭尝俱在何仆射坐[1]。《中兴书》曰："何澄字子玄，清正有器望，历尚书左仆射。"恭时为丹阳尹，大始拜荆州。《灵鬼志·谣征》曰："初，桓石民为荆州，镇上时，民忽歌《黄昙曲》曰：'黄昙英，扬州大佛来上明。'少时石民死，王忱为荆州。"佛大，忱小字也。讫将乖之际[2]，大劝恭酒，恭不为饮，大逼强之，转苦[3]，便各以裙带绕手。恭府近千人，悉呼入斋，大左右虽少，亦命前，意便欲相杀。何仆射无计，因起排坐二人之间[4]，方得分散。所谓势利之交，古人羞之。

❶何仆射：何澄字子玄，晋穆帝何皇后弟。清正有器望，历尚书左仆射。❷讫：通"迄"。到。乖：分别。❸转苦：渐渐急迫。❹排坐：挤坐。

008 桓南郡小儿时，与诸从兄弟各养鹅共斗。南郡鹅每不如，甚以为忿。乃夜往鹅栏间，取诸兄弟鹅悉杀之。既晓，家人咸以惊骇，云是变怪[1]，以白车骑[2]。车骑曰："无所致怪，当是南郡戏耳[3]！"问，果如之。

❶变怪：灵异灾变。❷白：禀告。❸当：大概。戏：恶作剧。

谗险第三十二

所谓“谗险”，即谗言构陷、阴险害人的意思。

中国古代文化历来对谗佞奸险之人嗤之以鼻，大加张伐。所谓“君子坦荡荡，小人长戚戚”(《论语·述而》)；所谓“放郑声，远佞人；郑声淫，佞人殆”(《论语·卫灵公》)；所谓“谗与佞，俱小人也”(王充《论衡·答佞》)。但在实际的政治生活中，谗险却大行其道。就说中国古代的宫廷政治，简直就是厚黑学的温床，其中有着太多装饰着金盖的丑陋和阴戾。千奇百怪的人事关系，光怪陆离的尔虞我诈，阴毒残忍而又温情脉脉，愚昧野蛮而又技艺高超，真正是把杀戮和挤对弄得出神入化。

《世说新语》特立《谗险》门，意在针砭这种丑恶的文化现象。平心而论，《世说新语》于此门做得不够好，或者说，基本上没有完成任务。其一是数量太少，区区四则，构不成基本的规模效应；其二质量不够级别。第一则只是说了个假“散朗”真“劲侠”的王平子，与“谗险”毫无关系；第二则将擅长《战国策》短长说的袁悦归入“谗险”，并不见其任何谗佞伎俩；第三则关乎谗险之伎，但太小儿科，王国宝只是拿掉了王珣一次晋见皇帝的机会，并未造谣中伤，更没有起歹念锄之；第四则王珣的离间之术堪称绝妙，心机深细，举重若轻，但王珣又似乎代表着正义的一方。其实，魏晋时期，政治险恶，遭谗被黜死于非命者不计其数，《世说新语》过于关注名士风流，于阴暗潮湿处留意不够。

001 王平子形甚散朗[1]，内实劲侠[2]。邓粲《晋纪》云：“刘琨尝谓澄曰：‘卿形虽散朗，而内劲狭，以此处世，难得其死。’澄默然无以答。后果为王敦所害。刘琨闻之，曰：‘自取死耳。’”

❶散朗：洒脱爽朗。❷劲侠：刚愎侠气。

002 袁悦有口才，能短长说❶，亦有精理❷。始作谢玄参军，颇被礼遇。后丁艰❸，服除还都❹，唯赍《战国策》而已❺。语人曰：“少年时读《论语》《老子》，又看《庄》《易》，此皆是病痛事❻，当何所益邪？天下要物，正有《战国策》❼。”既下❽，说司马孝文王，大见亲待❾，几乱机轴❿，俄而见诛。《袁氏谱》曰：“悦字元礼，陈郡阳夏人。父朗，给事中。仕至骠骑咨议。太元中，悦有宠于会稽王，每劝专览朝权，王颇纳其言。王恭闻其说，言于孝武，乃托以他罪，杀悦于市中。既而朋党同异之声播于朝野矣。”

❶短长说：指战国时纵横家游说之术。❷精理：深刻的思想。❸丁艰：遭父母丧，子女在家守孝三年，不做官、不应考、不嫁娶、不赴宴，称为丁艰。❹服除：守孝期满，除去孝服。❺赍（jī）：携带。❻病痛事：比喻像身体的小病小痛那样的小事。❼正：只。❽既下：还都以后。下，即下都，还都。晋人从上游至都城建康称下。❾亲待：赏识厚待。❿机轴：比喻枢纽之位，紧要之处。此指朝廷政权。

003 孝武甚亲敬王国宝、王雅❶。《雅别传》曰：“雅字茂建，东海沂人。少知名。”《晋安帝纪》曰：“雅之为侍中，孝武甚信而重之。王珣、王恭特以地望见礼，至于亲幸，莫及雅者。上每置酒燕集，或召雅未至，上不先举觞。时议谓珣、恭宜傅东宫，而雅以宠幸超授太傅、尚书左仆射。”雅荐王珣于帝，帝欲见之。尝夜与国宝及雅相对，帝微有酒色，令唤珣，垂至❷，已闻卒传声❸。国宝自知才出珣下，恐倾夺其宠❹，因曰：“王珣当今名流，陛下不宜有酒色见之，自可别诏召也。”帝然其言，心以为忠，遂不见珣。

❶王雅：王雅字茂建，东海沂人。少知名，以宠幸超授太傅、尚书左仆射。❷垂至：将到。❸卒传声：士卒传呼的声音。❹倾夺：尽夺。

004 王绪数谗殷荆州于王国宝，殷甚患之，求术于王东亭。曰：“卿但数诣王绪[1]，往辄屏人[2]，因论它事，如此，则二王之好离矣。”殷从之。国宝见王绪问曰：“比与仲堪屏人何所道[3]？”绪云：“故是常往来[4]，无它所论。”国宝谓绪于己有隐，果情好日疏，谗言以息。按国宝得宠于会稽王，由绪获进，同恶相求，有如市贾，终至诛夷，曾不携贰。岂有仲堪微间而成离隙。

❶但：只是。诣：到……去，拜访。❷屏人：屏退他人。❸比：近来。❹故：确实。

尤悔第三十三

“尤悔”者，过失、悔恨也。“尤悔”一词，语出《论语·为政》：“子张学干禄。子曰：‘多闻阙疑，慎言其余，则寡尤；多见阙殆，慎行其余，则寡悔。言寡尤，行寡悔，禄在其中矣。’”儒家讲究慎言慎行，只有这样才能做到“言寡尤，行寡悔”。这也是儒家慎独、自省的精神修炼之道。

魏晋之世，政治险恶，礼崩乐坏，朝纲不整，在严酷的生存环境中，人的德行空间必然受到挤压，很难像太平盛世那样端严做人。子弑父、臣弑君、兄弟相残、朋友反目、夫妇无礼，此等过尤之事比比皆是。《世说新语》设《尤悔》门，其意无外乎二。

第一，以“尤悔”标目，写出那个血雨腥风的时代，真实地表现魏晋权力集团内部残酷的杀伐与倾轧。如：魏文帝曹丕毒死同胞兄弟任城王曹彰，陆机遭卢志谗害，周颉被王敦所杀，桓温废海西而立简文，凡此种种，无不指向那个分崩离析的动乱之世。

第二，以“尤悔”写人的小恙微疵，意在表现人物的复杂性和生动性。如刘琨的“善能招延，而拙于抚御”；丞相王导“羌人东行”的戏谑之语；简文帝不识田稻的追悔之叹，突显出人物的多面性。尤其是第十四则，以对比法将谢安的恼怒抒写得淋漓尽致，居然“于车中手取车柱撞驭人”，和那个气定神闲的谢安判若两人，为蜡像般的渊雅超迈灌注了几分生动。

《世说新语》是文化碎片的散乱堆积和随心所欲的片段书写，是众声喧哗的无调变奏，形不成统一的主题。但《世说新语》以其随意性、敞开性孕生出更多的信息输出端口，这也正是它的魅力所在。

001 魏文帝忌弟任城王骁壮❶，因在卞太后阁共围棋❷，并啖枣，文帝以毒置诸枣蒂中，自选可食者而进。王弗悟❸，遂杂进之。既中毒，太后索水救之，帝预敕左右毁瓶罐❹，太后徒跣趋井❺，无以汲❻，须臾遂卒。《魏略》曰："任城威王彰，字子文，太祖卞太后第二子。性刚勇而黄须。北讨代郡，独与麾下百余人突虏而走。太祖闻曰：'我黄须儿可用也。'"《魏志春秋》曰："黄初三年，彰来朝。初，彰问玺绶，将有异志，故来朝不即得见，有此忿惧而暴薨。"复欲害东阿❼，太后曰："汝已杀我任城，不得复杀我东阿。"《魏志方伎传》曰："文帝问占梦周宣：'吾梦磨钱文，欲灭，而愈更明，何谓？'宣怅然不对。帝固问之，宣曰：'陛下家事，虽欲尔，而太后不听，是以欲灭更明耳。'帝欲治弟植之罪，逼于太后，但加贬爵。"

❶任城王：曹彰字子文。沛国谯县（安徽亳州）人。三国时期曹魏宗室、将领，魏武帝曹操与武宣卞皇后所生第二子，魏文帝曹丕之弟，陈王曹植之兄。性刚勇而黄须，被曹操称为"黄须儿"。曹丕即位后，进爵为公，次年被封为任城王。骁壮：晓勇强壮。❷因：趁着。❸弗悟：不知道。❹敕：命令。❺徒跣：光脚。❻汲：取水。❼东阿：曹植。曾封东阿王，故称。

002 王浑后妻，琅邪颜氏女。王时为徐州刺史，交礼拜讫❶，王将答拜，观者咸曰："王侯州将❷，新妇州民，恐无由答拜❸。"王乃止。武子以其父不答拜，不成礼❹，恐非夫妇，不为之拜，谓之"颜妾"，颜氏耻之。以其门贵，终不敢离。婚姻之礼，人道之大，岂由一不拜而遂为妾媵者乎？《世说》之言，于是乎纰缪。

❶交礼：婚礼上男女双方的交拜礼。讫：结束。❷王侯：王浑袭金陵侯，故称。州将：指州刺史。王浑时任徐州刺史，故称。❸无由：

没有理由。❹不成礼：没有完成规定的礼节。

003 陆平原河桥败[1]，为卢志所谗，被诛。王隐《晋书》曰："成都王颖讨长沙王乂，使陆为都督前锋诸军事。"《机别传》曰："成都王长史卢志，与机弟云趣舍不同。又黄门孟玖求为邯郸令于颖，颖教付云。云时为左司马，曰：'刑余之人，不可以君民。'玖闻此，怨云，与志谗构日至。及机于七里涧大败，玖诬机谋反所致，颖乃使牵秀斩机。先是，夕梦黑幔绕车，手决不开，恶之。明旦，秀兵奄至。机索戎服，著衣帢。见秀，容貌自若，遂见害，时年四十三。军士莫不流涕。是日，天地雾合，大风折木，平地尺雪。"干宝《晋纪》曰："初，陆抗诛步阐，百口皆尽，有识尤之。及机、云见害，三族无遗。"临刑叹曰："欲闻华亭鹤唳[2]，可复得乎？"《八王故事》曰："华亭，吴由拳县郊外墅也。有清泉茂林。吴平后，陆机兄弟共游于此十余年。"《语林》曰："机为河北都督，闻警角之声，谓孙丞曰：'闻此不如华亭鹤唳。'故临刑而有此叹。"

❶陆平原河桥败：晋惠帝太安二年（公元303年），成都王司马颖起兵讨长沙王司马乂，任陆机为河北大都督。陆机进兵洛阳，河桥大败，被卢志诬为谋反，被司马颖所杀。❷华亭鹤唳：陆机在吴亡入洛之前，与弟陆云于华亭闭门读书十载。此时叹听不到华亭鹤唳，即为追悔走出田园书斋投身宦海以致招来杀身之祸的感叹。华亭，古地名，故址在今上海松江区西。

004 刘琨善能招延[1]，而拙于抚御[2]。一日虽有数千人归投[3]，其逃散而去，亦复如此，所以卒无所建。邓粲《晋纪》曰："琨为并州牧，纠合齐盟，驱率戎旅，而内不抚其民，遂至丧军失士，无成功也。"敬徹按[4]："琨以永嘉元年为并州，于时晋阳空城，寇盗四攻，而能收合士众，抗行渊、勒，十年之中，败而能振。不能抚御，其得如此乎？凶荒之日，千里无烟，岂一日有数千人归之？若一日数千人去之，又安得一纪之间以对大难乎？”

❶招延：招揽。❷抚御：安抚驾御。❸归投：归附投奔。❹敬彻：影宋本作敬胤，事迹不可考。敬胤曾注《世说新语》，今残存40条。

005 王平子始下[1]，丞相语大将军：“不可复使羌人东行[2]。”平子面似羌。按王澄自为王敦所害，丞相名德，岂应有斯言也！

❶下：指从荆州到京城建康。建康在荆州下游，故有此说。❷羌：我国古代西部的一个民族，晋时建立后秦政权，为十六国之一。

006 王大将军起事[1]，丞相兄弟诣阙谢[2]。周侯深忧诸王，始入，甚有忧色。丞相呼周侯曰：“百口委卿[3]！”周直过不应。既入，苦相存救。既释，周大说饮酒[4]。及出，诸王故在门[5]。周曰：“今年杀诸贼奴[6]，当取金印如斗大[7]，系肘后。”大将军至石头[8]，问丞相曰：“周侯可为三公不[9]？”丞相不答。又问：“可为尚书令不[10]？”又不应。因云：“如此，唯当杀之耳！”复默然。逮周侯被害[11]，丞相后知周侯救己，叹曰：“我不杀周侯，周侯由我而死，幽冥中负此人[12]！”虞预《晋书》曰：“敦克京邑，参军吕猗说敦曰：‘周颉、戴渊皆有名望，足以惑众。视近日之言，无惭惧之色。若不除之，役将未歇也。’敦即然之，遂害渊、颉。初，猗为台郎，渊既上官，素有高气，以猗小器待之，故售其说焉。”

❶王大将军起事：晋元帝永昌元年（公元322年），王敦以“清君侧”的名义在武昌起兵，攻陷石头，自为丞相。❷诣阙谢：到朝廷谢罪。王敦乃王导从兄，既反，王导怕危及自己，每日携兄弟子侄到朝廷谢罪。❸百口：全家人。❹说：通“悦”。高兴。❺故：仍然。❻贼奴：

对坏人、恶人的称呼，此处指王敦。❼当：将。❽石头：石头城，在建康西，是军事重镇。❾三公：晋时以太尉、司徒、司空为三公。❿尚书令：官名。本来只掌奏章文书，魏时始掌政事。⓫逮：及，等到。⓬幽冥：阴间，地下。

007 王导、温峤俱见明帝，帝问温前世所以得天下之由[1]。温未答，顷[2]，王曰："温峤年少未谙[3]，臣为陛下陈之。"王乃具叙宣王创业之始[4]，诛夷名族[5]，宠树同己[6]，及文王之末高贵乡公事[7]。宣王创业，诛曹爽、任蒋济之流者是也。高贵乡公之事，已见上。明帝闻之，覆面著床曰[8]："若如公言，祚安得长[9]！"

❶前世：指晋朝前代帝王。❷顷：一会儿。❸谙：熟悉。❹宣王：司马懿。晋建国时追封为宣王。❺诛夷名族：指司马懿为了夺取魏国政权，先后杀死大将军曹爽、吏部尚书何晏、太尉王凌等。❻宠树：宠幸扶植。指扶植蒋济等。❼高贵乡公事：甘露五年（公元260年），大将军司马昭杀死魏主高贵乡公曹髦，立陈留王曹奂为主。❽床：坐榻。❾祚：帝位。

008 王大将军于众坐中曰："诸周由来未有作三公者[1]。"有人答曰："唯周侯邑五马领头而不克[2]。"大将军曰："我与周洛下相遇[3]，一面顿尽[4]。值世纷纭[5]，遂至于此！"因为流涕。邓粲《晋纪》曰："王敦参军有于敦坐摴蒱，临当成都，马头被杀，因谓曰：'周家奕世令望，而位不至三公。伯仁垂作而不果，有似下官此马。'敦慨然流涕曰：'伯仁总角时，与于东宫相遇，一面披衿，便许之三司。何图不幸，王法所裁。凄怆之深，言何能尽！'"

❶诸周：指周顗父子兄弟。由来：历来。三公：晋时指太尉、司徒、司空。❷邑：疑当为"已"字之误。五马领头而不克：此以摴蒱戏作喻，

言周颢功亏一篑。五马领头，指棋局已至绝胜地步。不克，不能取胜。❸洛下：洛阳。❹一面顿尽：一相见便倾心相待。❺纷纭：动乱。

009 温公初受刘司空使劝进[1]，母崔氏固驻之[2]，峤绝裾而去[3]。《温氏谱》曰："峤父襜，娶清河崔参女。"迄于崇贵，乡品犹不过也[4]。每爵，皆发诏。虞预《晋书》曰："元帝即位，以温峤为散骑侍郎。峤以母亡，逼贼，不得往临葬，固辞。诏曰：'峤以未葬，朝议又颇有异同，故不拜。其令入坐议，吾将折其衷。'"

❶劝进：指劝元帝司马睿称帝。❷固驻：坚决阻止。❸绝裾：割断衣裾，表示去意已决。❹乡品：即乡评。不过：即不能通过。晋时行九品中正制，推选官吏要由各级中正官品评、推荐。温绝裾而去，为不孝，乡评通不过，则由皇上发诏作为特殊情况予以晋升。

010 庾公欲起周子南[1]，子南执辞愈固。庾每诣周，庾从南门入，周从后门出。庾尝一往奄至[2]，周不及去，相对终日。庾从周索食，周出蔬食[3]，庾亦强饭[4]，极欢。并语世故[5]，约相推引[6]，同佐世之任。既仕，至将军二千石[7]，《寻阳记》曰："周邵字子南，与南阳翟汤隐于寻阳庐山。庾亮临江州，闻翟、周之风，束带蹑履而诣焉。闻庾至，转避之。亮后密往，值邵弹鸟于林，因前与语。还，便云：'此人可起。'即拔为镇蛮护军、西阳太守。"其集载与邵书曰："西阳一郡，户口差实。非履道真纯，何以镇其流遁？询之朝野，佥曰足下。今具上表，请足下临之无让。"而不称意。中宵慨然曰："大丈夫乃为庾元规所卖！"一叹，遂发背而卒[8]。

❶起：起用。❷一往：径直。奄至：突然而至。❸蔬食：粗食，以蔬菜为食。❹强饭：勉强进食。❺世故：犹"世事"。❻推引：推荐引进。❼二千石：指郡守。汉代郡守俸禄为二千石，故称。❽发

背：发背疾。

011 阮思旷奉大法[1]，敬信甚至。大儿年未弱冠[2]，忽被笃疾[3]。《阮氏谱》曰："牖，字彦伦，裕长子也。仕至州主簿。"儿既是偏所爱重，为之祈请三宝[4]，昼夜不懈。谓至诚有感者，必当蒙佑。而儿遂不济[5]，于是结恨释氏[6]，宿命都除[7]。以阮公智识，必无此弊。脱此非谬，何其惑欤！夫文王期尽，圣子不能驻其年；释种诛夷，神力无以延其命。故业有定限，报不可移。若请祷而望其灵，匪验而忽其道，固陋之徒耳，岂可以言神明之智者哉！

❶大法：指佛教。❷弱冠：古代男子二十成人行冠礼，因初加冠，体格未壮，故称弱冠。❸被：遭受。笃疾：很重的病。❹三宝：佛教称佛、法、僧为三宝。❺不济：不救，即死去。❻释氏：指佛教。❼宿命：佛家之宿命论，认为人今生的命运是由前世所为善恶决定的。

012 桓宣武对简文帝，不甚得语[1]。废海西后[2]，宜自申叙，乃豫撰数百语[3]，陈废立之意。既见简文，简文便泣下数十行，宣武矜愧[4]，不得一言。

❶得语：说话不恰当。❷废海西：太和六年（公元 371 年），桓温废晋帝司马奕为海西公，立简文帝。❸豫：预先，事先。❹矜愧：怜悯惭愧。

013 桓公卧语曰："作此寂寂[1]，将为文、景所笑[2]！"既而屈起坐曰[3]："既不能流芳百世，亦不足复遗臭万载邪[4]？"《续晋阳秋》曰："桓温既以雄武专朝，任兼将相，其不臣之心，形于音迹。曾卧对亲僚，抚枕而起曰：'为尔寂寂，为文、景所笑。'众莫敢对。"

❶作：像。❷文、景：指晋文帝司马昭、晋景帝司马师。二人先后把持魏朝政，魏帝形同傀儡。此指自己不如二人，故为所笑。❸屈起：一下子坐起来。屈，通“崛”。❹不足：不值得。

014 谢太傅于东船行❶，小人引船，或迟或速，或停或待，又放船从横❷，撞人触岸，公初不呵谴❸。人谓公常无嗔喜❹。曾送兄征西葬还，征西，谢奕。日莫雨驶❺，小人皆醉，不可处分❻。公乃于车中手取车柱撞驭人❼，声色甚厉。夫以水性沉柔，入隘奔激，方之人情❽，固知迫隘之地❾，无得保其夷粹❿。《孟子》曰：“湍水决之东则东，决之西则西。搏而跃之，可使过颡；激而行之，可使在山。岂水之性哉？人可使为不善，性亦犹是也。”

❶于东：在东。指在会稽。会稽在建康东，故称。❷从横：即“纵横”。❸初不：一点不，完全不。❹嗔：发怒。❺日莫：即“日暮”。雨驶：雨下得很急。❻处分：处置，安顿。❼车柱：停车时支撑车辕的木棍。❽方：比，与……相比。❾迫隘：窘迫危难。❿夷粹：平和美好。

015 简文见田稻，不识，问是何草，左右答是稻。简文还，三日不出，云：“宁有赖其末而不识其本❶？”文公种菜，曾子牧羊，纵不识稻，何所多悔？此言必虚。

❶末：指稻米。本：指稻苗。

016 桓车骑在上明畋猎❶，东信至❷，传淮上大捷❸，语左右云：“群谢年少大破贼❹！”因发病薨。谈者以为此死，贤于让扬之荆❺。《续晋阳秋》曰：“桓冲本以将相异宜，才用不同。忖己德量不及谢安，故解扬州以让安。自谓少经军镇，及为荆州，闻苻坚自出淮、泗，深以根本为虑，遣其随身精兵三千人赴京师。时安已遣诸军，且欲外示闲暇，因令冲军还。冲大惊，曰：'谢安乃有庙堂之量，不闲将略。吾量贼必破襄阳而并力淮泗。今大敌果至，方游谈示暇，遣诸不经事年少，而实寡弱，天下谁知，吾其左衽矣！'俄闻大勋克举，惭慨而薨。"

❶上明：东晋时为荆州刺史治所，在今湖北松滋市。畋猎：打猎。❷东信：东边来的信使。❸淮上大捷：指淝水之捷。晋孝武帝太元八年（公元383年），谢玄等率晋军大败苻坚于淝水。❹群谢年少：指谢玄等。❺让扬之荆：宁康元年（公元373年），冲为扬州，三年（公元375年）改徐州，镇丹徒。太元二年（公元377年）桓豁卒，始代为荆州，非自扬之荆。

017 桓公初报破殷荆州[1]，周祇《隆安记》曰："仲堪以人情注于玄，疑朝廷欲以玄代己，遣道人竺僧慠赍宝物遗相王宠幸媒尼左右，以罪状玄，玄知其谋而击灭之。"曾讲《论语》，至"富与贵是人之所欲，不以其道得之，不处"[2]，孔安国注曰："不以其道得富贵，则仁者不处。"玄意色甚恶[3]。

❶此指桓玄于隆安三年（公元399年）击败荆州刺史殷仲堪，逼其自杀一事。❷不处：不安然享用。❸意色：神色，神情。恶：不好。

纰漏第三十四

“纰漏”，即因疏忽产生的过失、疏漏。“纰”，指布帛丝缕等破坏散开，如：线～了；“漏”，指物体由孔或缝透过，这是“纰漏”的原初语义，不管怎么引申，也只是小的失误与疏漏。如此看来，《纰漏》一门，应与《尤悔》同类，但性质和程度又颇有差异，所不同者主要有二：其一，从客观维度来看，《尤悔》所记，大多为关乎朝廷政治、国计民生、身家性命的大事，而《纰漏》只不过是日常生活中的微末小事；其二，从主观维度来看，《尤悔》诸则，要么意味着德行的亏欠，要么意味着人格的不够圆满，而《纰漏》基本不太关乎道德品质，要么粗豪不计细微，要么大意惹出笑柄，贻笑大方，令人喷饭。

观《纰漏》八则，都是日常风景中的微末之事，但荒唐谬误，令人捧腹。如：王敦如厕误食塞鼻枣，出厕误食净手之澡豆；蔡司徒误将彭蜞当螃蟹，食后上吐下泻，疲乏瘫倒；谢虎子上屋熏鼠，遭不明就里的儿子胡儿奚落；殷仲堪父病虚悸，神情恍惚，竟将床下“蚁动”误认为“牛斗”。这些都不关涉德行人格，纯属笑料而已。《世说新语》要的就是这种幽默效果，以此见出魏晋名士的日常情态。

001 王敦初尚主❶，敦尚武帝女舞阳公主，字修祎。如厕，见漆箱盛干枣，本以塞鼻，王谓厕上亦下果❷，食遂至尽。既还，婢擎金澡盘盛水，琉璃碗盛澡豆❸，因倒着水中而饮之，谓是干饭❹。群婢莫不掩口而笑之。

❶尚主：娶公主为妻。❷下果：摆设果品。❸琉璃：一种有色半透

明的玉石。澡豆：古时洗涤用的丸剂，用豆末和药研成。❹干饭：稠稀饭。

002 元皇初见贺司空，言及吴时事，问："孙皓烧锯截一贺头，是谁？"司空未得言，元皇自忆曰："是贺劭。[1]"劭即循父也。皓凶暴骄矜，劭上书切谏，皓深恨之。亲近惮劭贞正，谮云谤毁国事，被诘责，后还复职。劭中恶风，口不能言语。皓疑劭托疾，收付酒藏，考掠千数，卒无一言，遂杀之。司空流涕曰："臣父遭遇无道[2]，创巨痛深，无以仰答明诏[3]。"《礼云》："创巨者其日久，痛深者其愈迟。"元皇愧惭，三日不出。

❶贺劭：一作贺邵。❷无道：暴虐而无德政。❸仰答明诏：恭敬地回答垂问。

003 蔡司徒渡江，见彭蜞[1]，大喜曰："蟹有八足，加以二螯。"令烹之。既食，吐下委顿[2]，方知非蟹。后向谢仁祖说此事，谢曰："卿读《尔雅》不熟[3]，几为《劝学》死[4]！"《大戴礼·劝学篇》曰："蟹二螯八足，非蛇蟺之穴，无所寄托者，用心躁也。"故蔡邕为《劝学章》，取义焉。《尔雅》曰："螖蠌小者劳。"即彭蜞也，似蟹而小。今彭蜞小于蟹而大于彭螖，即《尔雅》所谓螖蠌也。然此三物皆八足二螯，而状甚相类。蔡谟不精其小大，食而致弊。故谓读《尔雅》不熟也。

❶彭蜞：一种外形像蟹而小的甲壳类动物。❷吐下：上吐下泻。下，腹泻。委顿：疲乏。❸《尔雅》：我国古代第一部分类解释词义、名物的书。❹几：几乎。《劝学》：指蔡邕《劝学篇》。

004 任育长年少时[1]，甚有令名[2]。武帝崩[3]，选百二十挽郎[4]，一时之秀彦[5]，育长亦在其中。王安丰选女婿，从挽郎搜其胜者，且择取四人，任犹在其中。童少时，神明可爱[6]，时人谓育长影亦好[7]。自过江，便失志[8]。王丞相请先度时贤共至石头迎之[9]，犹作畴日相待[10]，一见便觉有异。坐席竟，下饮[11]，便问人云："此为茶？为茗？[12]"觉有异色，乃自申明云："向问饮为热为冷耳。"尝行从棺邸下度[13]，流涕悲哀。王丞相闻之曰："此是有情痴。"《晋百官名》曰："任瞻字育长，乐安人。父琨，少府卿。瞻历谒者仆射、都尉、天门太守。"

❶任育长：任瞻字育长，乐安人。历任谒者仆射、都尉、天门太守。❷令名：美名。❸武帝：晋武帝司马炎。❹挽郎：牵引灵柩唱挽歌的少年。❺秀彦：才德优异的人。❻神明：神情。指人的精神状态。❼影：相貌。❽失志：失去神志，精神恍惚。❾石头：石头城，在建康西，东晋军事重镇。❿畴日：昔日，往日。⓫下饮：上茶。⓬为茶为茗：六朝时以早采者为茶，晚采者为茗。⓭棺邸：卖棺材的店铺。

005 谢虎子尝上屋熏鼠。虎子，据小字。据字玄道，尚书褒第二子，年三十三亡。胡儿既无由知父为此事[1]，闻人道痴人有作此者，戏笑之[2]，时道此非复一过[3]。太傅既了己之不知[4]，因其言次[5]，语胡儿曰："世人以此谤中郎，亦言我共作此。"中郎，据也，章仲反。按世有兄弟三人，则谓第二者为中。今谢昆弟有六，而以据为中郎，未可解。当由有三时以中为称，因仍不改也。胡儿懊热[6]，一月日闭斋不出[7]。太傅虚托引己之过，以相开悟[8]，可谓德教[9]。

❶无由：无从，无法。❷戏笑：讥笑。❸一过：一次。❹己：用为第三人称代词。指胡儿。❺因：趁着。言次：说话之间。❻懊热：懊恼，羞愧。❼一月日：一个月。闭斋：闭门。❽开悟：开导启发，

使之领悟。❾德教：仁德之教。

006 殷仲堪父病虚悸❶，闻床下蚁动，谓是牛斗。《殷氏谱》曰："殷师字师子。祖识，父融，并有名。师至骠骑咨议。生仲堪。"《续晋阳秋》曰："仲堪父曾有失心病，仲堪腰不解带，弥年，父卒。"孝武不知是殷公❷，问仲堪："有一殷病如此不？"仲堪流涕而起曰："臣进退维谷❸。"《大雅》诗也。毛公注曰："谷，穷也。"

❶虚悸：因气血虚弱而心跳发慌。❷孝武：晋孝武帝司马昌明。❸进退维谷：不回答则违君命，回答则触父讳，故曰进退维谷。

007 虞啸父为孝武侍中❶，帝从容问曰❷："卿在门下，初不闻有所献替❸。"虞家富春❹，近海，谓帝望其意气❺，对曰："天时尚暖，鮆鱼虾鱃未可致❻，寻当有所上献❼。"帝抚掌大笑。《中兴书》曰："啸父，会稽人，光禄潭之孙，右将军纯之子。少历显位，与王廞同废为庶人。义旗初，为会稽内史。"

❶虞啸父：会稽余姚人。少历显位，后官至侍中。孝武：晋孝武帝司马昌明。侍中：官名。皇帝侍从。❷从容：委婉。❸初不：一点不，完全不。献替："献可替否"之省略，意为进献可行者，除去不可行者，即直言进谏。❹富春：县名。在今浙江省。❺意气：指馈献进贡。❻鮆鱼虾鱃：泛指各种鱼类及其制品。❼寻：不久。

008 王大丧后，朝论或云国宝应作荆州❶。《晋安帝纪》曰："王忱死，会稽王欲以国宝代之。孝武中诏用仲堪，乃止。"国宝主簿夜函白事云❷："荆州事已行❸。"国宝大喜，而夜开阁唤纲纪话势❹，虽不及作荆州，而意色甚恬❺。晓遣参问❻，都无此事❼。即唤主簿数之曰❽："卿何以误人事邪？"

❶作荆州：作荆州刺史。❷主簿：官名。负责文书簿籍、掌印鉴等。白事：报告此事。❸已行：已定。❹纲纪：主簿。话势：谈论朝廷大势。❺意色：神情，神色。恬：恬静。❻参问：探问。❼都无：全无。❽数：数落，责怪。

惑溺第三十五

“惑溺”，即迷惑、沉溺之意，具体在《惑溺》门中，就是沉迷女色的意思。关于情欲、女色，古代圣贤虽言之谨慎，但并不忌讳。《论语·颜渊》曰：“爱之欲其生，恶之欲其死，既欲其生，又欲其死，是惑也。”孟子更是肯定了情欲乃是人的本性，此即所谓“食色，性也”（《孟子·告子上》）。《礼记·礼运》则说得更加鲜明具体：“饮食男女，人之大欲存焉。”但古代圣贤又认为，沉迷于情欲而不能自拔，便是惑溺，因此，要加以节制，所谓“养心莫善于寡欲”（《孟子·尽心下》）。

魏晋之世，风云激荡，朝纲不振，礼崩乐坏，风俗浇薄，民风奢华。士人对德与才、德与容的关系有了新的认识。考《惑溺》七则，或褒或贬，或直或曲，大致可分为两类。一类持否定批判态度，如：曹操因贪恋甄妃美色而屠城，郭氏因嫉妒杀乳母而无后，王丞相听任宠妾“雷尚书”敛财干政。另一类持褒扬钦羡态度，正是这类情爱故事，让后人津津乐道。荀粲真是难得的真情至性之人，“冬月妇病热，乃出中庭自取冷，还以身熨之”，可谓百般体贴。虽然他那“妇人德不足称，当以色为主”的言语有些过分，但正好印证了爱以性为底色，以情为升华。看荀粲是多么的痴情，“妇亡，奉倩后少时亦卒”。韩寿偷香是一个两情相悦的情爱故事，写得可谓曲折生动、摇曳多姿，有情人终成眷属的结局皆大欢喜。“王安丰妇，常卿安丰”，是夫妻间的打情骂俏，所谓“亲卿爱卿，是以卿卿，我不卿卿，谁当卿卿”的情话，令人欢喜异常。所有这一切，都表明了作者的立场。

001 魏甄后惠而有色[1]，先为袁熙妻，甚获宠。曹公之屠邺也[2]，令疾召甄，左右白："五官中郎已将去[3]。"公曰："今年破贼正为奴[4]。"《魏略》曰："建安中，袁绍为中子熙娶甄会女。绍死，熙出在幽州，甄留侍姑。及邺城破，五官将从而入绍舍，见甄怖，以头伏姑膝上。五官将谓绍妻袁夫人扶甄令举头，见其色非凡，称叹之。太祖闻其意，遂为迎娶，擅室数岁。"《世语》曰："太祖下邺，文帝先入袁尚府，见妇人披发垢面，垂涕立绍妻刘后。文帝问，知是熙妻，使令揽发，以袖拭面，姿容绝伦。既过，刘谓甄曰：'不复死矣！'遂纳之，有子。"《魏氏春秋》曰："五官将纳熙妻也，孔融与太祖书曰：'武王伐纣，以妲己赐周公。'太祖以融博学，真谓书传所记。后见融问之，对曰：'以今度古，想其然也。'"

❶魏甄后：魏文帝曹丕皇后，甄会女，本为袁熙妻。曹操灭袁绍，为子曹丕娶之。得宠，生魏明帝。惠：聪慧。❷曹公之屠邺：汉献帝建安九年（公元 204 年），曹操大破袁尚，攻取邺城。邺旧址在今河北临漳县西南。❸五官中郎：指魏文帝曹丕。因曾任五官中郎将，故称。❹奴：她。指甄氏。

002 荀奉倩与妇至笃[1]，冬月妇病热，乃出中庭自取冷，还以身熨之[2]。妇亡，奉倩后少时亦卒。以是获讥于世。《粲别传》曰："粲常以妇人才智不足论，自宜以色为主。骠骑将军曹洪女有色，粲于是聘焉。容服帷帐甚丽，专房燕婉。历年后，妇病亡。未殡，傅嘏往喭粲，粲不明而神伤。嘏问曰：'妇人才色并茂为难。子之聘也，遗才存色，非难遇也，何哀之甚？'粲曰：'佳人难再得！顾逝者不能有倾城之异，然未可易遇也。'痛悼不能已已，岁余亦亡。亡时年二十九。粲简贵，不与常人交接，所交者一时俊杰。至葬夕，赴期者裁十余人，悉同年相知名士也，哭之，感恸路人。粲虽褊隘，以燕婉自丧，然有识犹追惜其能言。"奉倩曰："妇人德不足称，当以色为主。”裴令闻之，曰：“此乃是兴到之事[3]，非盛德言，冀后人未昧此语[4]。”何劭论粲曰：“仲尼称‘有德者有言’，而荀粲减于是，力顾所言有余，而识不足。”

❶至笃：感情极为深厚。❷熨：贴。❸兴到：兴之所至。❹未昧此语：不为此语所惑。

003 贾公闾《充别传》曰：“充父逵，晚有子，故名曰充。字公闾，言后必有充闾之异。”后妻郭氏酷妒。有男儿名黎民，生载周[1]，充自外还，乳母抱儿在中庭[2]，儿见充喜踊[3]，充就乳母手中呜之[4]。郭遥望见，谓充爱乳母，即杀之。儿悲思啼泣，不饮他乳，遂死。郭后终无子。《晋诸公赞》云：“郭氏即贾后母也。为性高朗，知后无子，甚忧爱愍怀，每劝厉之。临亡，诲贾后令尽意于太子，言甚切至。赵充华及贾谧母并勿令出入宫中。又曰：‘此皆乱汝事。’后不能用，终至诛夷。”臣按：傅畅此言，则郭氏贤明妇人也。向令贾后抚爱愍怀，岂当纵其妒悍，自毙其子？然则物我不同，或老壮情异乎？

❶载周：刚一周岁。载：始。❷中庭：庭院。❸喜踊：非常高兴。❹呜：亲吻。

004 孙秀降晋，晋武帝厚存宠之[1]，《太原郭氏录》曰：“秀字彦才，吴郡吴人。为下口督，甚有威恩。孙皓惮，欲除之，遣将军何定溯江而上，辞以捕鹿三千口供厨。秀豫知谋，遂来归化。世祖喜之，以为骠骑将军、交州牧。”妻以姨妹蒯氏[2]，室家甚笃[3]。妻尝妒，乃骂秀为貉子[4]。《晋阳秋》曰：“蒯氏，襄阳人。祖良，吏部尚书。父钧，南阳太守。”秀大不平，遂不复入。蒯氏大自悔责，请救于帝。时大赦，群臣咸见。既出[5]，帝独留秀，从容谓曰[6]：“天下旷荡[7]，蒯夫人可得从其例不[8]？”秀免冠而谢，遂为夫妇如初。

❶存宠：关怀宠爱。❷妻以姨妹蒯氏：即“以姨妹蒯氏妻之”，意为：把姨妹蒯氏嫁给他为妻。❸室家：夫妻关系。笃：厚。指夫妻关系好。❹貉子：当时北人骂南人的轻辱之语。❺既：尽。❻从容：委婉。❼旷荡：空阔无边。这里指罪犯被赦。❽从其例：依据大赦天下的条例原谅蒯氏。

005 韩寿美姿容[1]，贾充辟以为掾[2]。充每聚会，贾女于青璅中看[3]，见寿，说之[4]，恒怀存想[5]，发于吟咏。后婢往寿家，具述如此，并言女光丽[6]。寿闻之心动，遂请婢潜修音问[7]，及期往宿。寿蹻捷绝人，逾墙而入，家中莫知。《晋诸公赞》曰：“寿字德真，南阳赭阳人。曾祖暨，魏司徒，有高行。”寿敦家风，性忠厚，岂有若斯之事。诸书无闻，唯见《世说》，自未可信。自是充觉女盛自拂拭[8]，说畅有异于常[9]。后会诸吏，闻寿有奇香之气，是外国所贡，一著人则历月不歇。《十洲记》曰：“汉武帝时，西域月氏国王遣使献香四两，大如雀卵，黑如桑椹，烧之芳气经三月不歇。”盖此香也。充计武帝唯赐己及陈骞，余家无此香，疑寿与女通，而垣墙重密，门阁急峻[10]，何由得尔？乃托言有盗，令人修墙。使反[11]，曰：“其余无异，唯东北角如有人迹，而墙高非人所逾。”充乃取女左右婢考问，即以状对[12]。充秘之[13]，以女妻寿。《郭子》谓与韩寿通者，乃是陈骞女，即以妻寿，未婚而女亡；寿因娶贾氏，故世因传是充女。

❶韩寿：韩寿字德真，南阳赭阳人，曹魏司徒韩暨曾孙。贾充聘为司空掾，以女妻之，即晋惠帝贾后妹。《晋书》言其“美姿貌，善容止”。❷辟：征召。掾：属官。❸青璅：窗格。❹说：通“悦”。喜欢。❺存想：想念，思念。❻光丽：光艳美丽。❼音问：音讯，消息。

❽拂拭：化妆打扮。❾说畅：欢悦舒畅。❿门阁：门户。急峻：森严。⓫使反：派出的人返回。⓬状：情况。⓭秘之：对偷情之事保守秘密。

006 王安丰妇，常卿安丰❶。安丰曰："妇人卿婿，于礼为不敬，后勿复尔。"妇曰："亲卿爱卿，是以卿卿，我不卿卿，谁当卿卿！"遂恒听之。

❶卿：古时上对下、贵对贱、尊对卑的礼貌而亲昵的称呼。此处名词活用为动词，意为：以卿称之。

007 王丞相有幸妾姓雷，颇预政事，纳货❶。蔡公谓之"雷尚书"。《语林》曰："雷有宠，生恬、洽。"

❶纳货：收受贿赂。

仇隙第三十六

“仇隙”，即仇恨、嫌隙之意，合而释之，就是因猜忌不满而产生的仇怨。关于“仇隙”，可以正解，可以反解。反解之：骨子里藏着一股戾气，逞强好斗，怒火攻心，眼界局狭，与“雅量”差了几条街。正解之：快意恩仇，睚眦必报，以眼还眼，爱憎分明，此可谓嫉恶如仇。况古代伦理中尚有复仇之礼，《礼记·曲礼上》就说：“父之仇，弗与共戴天；兄弟之仇，不反兵；交游之仇，不同国。”又《礼记·檀弓上》曰：“子夏问于孔子曰：‘居父母之仇，如之何？’夫子曰：‘寝苫枕干，不仕，弗与共天下也。遇诸市朝，不反兵而斗。’”

《世说新语·仇隙》显得有些乱，既不是正义与邪恶、光明与黑暗的较量，也没有遵循复仇之礼，只是关于仇杀的记录，为了权力、地位、财富、美色而相互争斗，彼此残杀。之所以如此，无外乎主客观两个方面的原因。就客观维度来说，魏晋之世是一个分崩离析的时代，改朝换代频繁，政治形势险恶，阶级矛盾尖锐。民族与民族之间，官僚与名士之间，士族与庶族之间，士族集团之间，矛盾重重，危机四伏，为了利害得失，必然要争个你死我活。就主观维度来说，魏晋士人，个性张扬，简傲忿狷，任诞使气，愈加强化了这种仇隙之气。

001 孙秀既恨石崇不与绿珠[1]，干宝《晋纪》曰：“石崇有妓人绿珠，美而工笛，孙秀使人求之。崇别馆北邙下，方登凉观，临清水。使者以告，崇出其婢妾数十人以示之，曰：‘任所以择。’使者曰：‘本受命者，指绿珠也。未识孰是？’崇勃然曰：‘绿珠吾所爱，不可得也！’使者曰：‘君侯博古知今，察远照迩，愿加三思。’崇不然。使者已出，又反，崇竟不许。”又憾潘岳昔遇之不以礼。后秀为中书令[2]，岳省内见之[3]，因唤曰：“孙令，忆畴昔周旋否[4]？”秀曰：“中心藏之，何日忘之！[5]”岳于是始知必不免。王隐《晋书》曰：“岳父文德，为琅邪太守，孙秀为小吏，给使，岳数蹴蹋秀，而不以人遇之也。”后收石崇、欧阳坚石，同日收岳。《晋阳秋》曰：“欧阳建字坚石，渤海人。有才藻，时人为之语曰：‘渤海赫赫，欧阳坚石。’初，建为冯翊太守，赵王伦为征西将军，孙秀为腹心，挠乱关中，建每匡正，由是有隙。”王隐《晋书》曰：“石崇、潘岳与贾谧相友善。及谧废，惧终见危，与淮南王谋诛伦，事泄，收崇及亲期以上皆斩之。初，岳母诫岳以止足之道，及收，与母别曰：‘负阿母！’崇家河北，收者至，曰：‘吾不过流徙交、广耳！’及车载东市，始叹曰：‘奴辈利吾家之财。’收崇人曰：‘知财为害，何不蚤散！’崇不能答。”石先送市[6]，亦不相知。潘后至，石谓潘曰：“安仁，卿亦复尔邪[7]？”潘曰：“可谓‘白首同所归’！”《语林》曰：“潘、石同刑东市，石谓潘曰：‘天下杀英雄，卿复何为？’潘曰：‘俊士填沟壑，余波来及人。’”潘《金谷集诗》云[8]：“投分寄石友，白首同所归。[9]”乃成其谶[10]。

❶绿珠：石崇爱妓，中国古代著名美女之一，美而善吹笛。❷中书令：官名。中书省长官。❸省内：指中书省衙内。❹周旋：交往，打交道。❺中心藏之，何日忘之：语出《诗经·小雅·隰桑》。中心：内心，心中。❻市：东市，是当时的刑场。❼亦复：也。❽《金谷集诗》：石崇曾于金谷别墅雅集宾客，饮酒赋诗，后成《金谷集诗》。❾“投分”二句：大意为：志向相投、情谊深厚的朋友，白头之后同归一处。石友：情谊坚如金石的朋友。❿谶：预言吉凶祸福的语言文字。

002 刘玙兄弟少时为王恺所憎[1]，尝召二人宿，欲默除之。令作坑，坑毕，垂加害矣[2]。石崇素与玙、琨善，闻就恺宿，知当有变[3]，便夜往诣恺，问二刘所在。恺卒迫不得讳[4]，答云："在后斋中眠[5]。"石便径入，自牵出，同车而去。语曰："少年何以轻就人宿？"刘粲《晋纪》曰："琨与兄玙俱知名，游权贵之间，当世以为豪杰。"

❶刘玙兄弟：刘玙、刘琨。刘玙，《晋书》本传作"刘舆"，字庆孙，刘琨的哥哥。与此作"玙"异。❷垂：将要。❸当：将。变：变故。❹卒迫：急促，紧迫。讳：隐瞒。❺后斋：后面卧室。

003 王大将军执司马愍王[1]，夜遣世将载王于车而杀之[2]，当时不尽知也。《晋阳秋》曰："司马丞字元敬，谯王逊子也，为中宗湘州刺史。路过武昌，王敦与燕会，酒酣，谓丞曰：'大王笃实佳士，非将御之才。'对曰：'焉知铅刀不能一割乎？'敦将谋逆，召丞为军司马。丞叹曰：'吾其死矣。地荒民解，势孤援绝。赴君难，忠也；死王事，义也。死忠与义，又何求焉？'乃驰檄诸郡丞赴义。敦遣从母弟魏乂攻丞，王廙使贼迎之，薨于车。敦既灭，追赠骠骑，谥曰愍王。"虽愍王家亦未之皆悉[3]，而无忌兄弟皆稚。《无忌别传》曰："无忌字公寿，丞子也。才器兼济，有文武干。袭封谯王、卫军将军。"王胡之与无忌长甚相昵[4]，胡之尝共游，无忌入告母，请为馔[5]。母流涕曰："王敦昔肆酷汝父[6]，假手世将。《司马氏谱》曰："丞娶南阳赵氏女。"《王廙别传》曰："廙字世将，祖览，父正。廙高朗豪率。王导、庾亮游于石头，会廙至。尔日迅风飞飚，廙倚船楼长啸，神气甚逸。导谓亮曰：'世将为复识事。'亮曰：'正足舒其逸耳。'性倨傲，不合己者面拒之，故为物所疾。加平南将军，薨。"吾所以积年不告汝者[7]，王氏门强[8]，汝兄弟尚幼，不欲使此声著[9]，盖以避祸耳！"无忌惊号，抽刃而出，胡之去已远。

❶执：抓住。司马愍王：司马承，字敬才。官至湘州刺史，封谯王，死后谥为愍王。❷世将：王廙字世将，琅邪临沂（今山东临沂）人。王导从弟，王羲之叔父。历任尚书郎、散骑常侍、左卫将军等职。助王敦为乱，封平南将军、荆州刺史。❸悉：了解。❹昵：亲昵。❺馔：饭食。❻肆酷：肆意残害。❼积年：多年。❽门：家族。❾声著：声张。

004 应镇南作荆州[1]，王隐《晋书》曰："应詹字思远，汝南南顿人，璩曾孙也。为人弘长有淹度，饰之以文才。司徒何充叹曰：'所谓文质之士。'累迁江州刺史、镇南将军。"王修载、谯王子无忌同至新亭与别[2]。坐上宾甚多，不悟二人俱到[3]。有一客道："谯王丞致祸，非大将军意，正是平南所为耳[4]。"无忌因夺直兵参军刀[5]，便欲斫，修载走投水，舸上人接取[6]，得免。《中兴书》曰："褚裒为江州，无忌于坐拔刀斫耆之，裒与桓景共免之。御史奏无忌欲专杀害，诏以赎论。"前章既言无忌母告之，而此章复云客叙其事。且王廙之害司马丞，遐迩共悉，修龄兄弟岂容不知。法盛之言，皆实录也。

❶应镇南：应詹字思远，汝南南顿（今河南项城）人，应璩曾孙。历任江州刺史、镇南将军。作荆州：任荆州刺史。按：《晋书》本传谓应詹任江州刺史，与刘孝标注合，盖《世说》之"作荆州"恐有误。❷新亭：地名。在建康南郊。❸不悟：不料，没想到。❹正：只。平南：王廙。❺直兵参军：值班参军。直，通"值"。❻舸：船。

005 王右军素轻蓝田。蓝田晚节论誉转重[1]，右军尤不平。蓝田于会稽丁艰[2]，停山阴治丧[3]。右军代为郡[4]，屡言出吊[5]，连日不果[6]。后诣门自通，主人既哭，不前而去[7]，以陵辱之[8]。于是彼此嫌隙大构[9]。后蓝田临扬州[10]，右军尚在郡。初得消息，遣一参军诣朝廷[11]，求分会稽为越州[12]。使人受意失旨[13]，大为时贤所笑。蓝田密令从事数其郡诸不法[14]，以先有隙，令自为其宜。右军遂称疾去郡，以愤慨致终。《中兴书》曰："羲之与述志尚不同，而两不相能。述为会稽，艰居郡境。王羲之后为郡，申慰而已，初不重诣，述深以为恨。丧除，征拜扬州，就征，周行郡境，而不历羲之。临发，一别而去。羲之初语其友曰：'王怀祖免丧，正可当尚书，投老可得为仆射。更望会稽，便自邈然。'述既显授，又检校会稽郡，求其得失，主者疲于课对。羲之耻慨，遂称疾去郡，墓前自誓不复仕。朝廷以其誓苦，不复征也。"

❶晚节：晚年。论誉：声誉。❷会稽：郡名。治所在山阴县（今浙江绍兴）。丁艰：父母亡故居丧。❸山阴：县名。治所在今浙江绍兴。治丧：办理丧事。❹右军代为郡：指王羲之代王述为会稽内史。❺出吊：去吊丧。❻不果：没有成行。❼前：会面，见面。❽陵辱：凌辱。❾嫌隙：因猜忌而成仇隙。构：结，形成。❿临扬州：出任扬州刺史。⓫参军：军府、王国所设属官。⓬求分会稽为越州：请求把会稽郡从扬州刺史管辖下分离出来，单独立为越州。⓭使人：使者，派去的人。受意失旨：领会错了旨意。⓮从事：官名。州郡属官。数：列举（罪状），责备。

006 王东亭与孝伯语后渐异[1]。孝伯谓东亭曰："卿便不可复测[2]。"答曰："王陵廷争，陈平从默[3]，但问克终云何耳[4]。"《汉书》曰："吕后欲王诸吕，问右相王陵，以为不可。问左丞相陈平，平曰：'可。'陵出让平，平曰：'面折廷争，臣不如君；全社稷，定刘氏，君不如臣。'"《晋安帝纪》曰："初，王恭赴山陵，欲斩国宝，王珣固谏之，乃止。既而恭谓珣曰：'此日视君，一似胡广。'珣曰：'王陵廷争，陈平从默，但问克终如何也。'"

❶语后渐异：意见渐渐产生分歧。❷便：确实。不可复测：不可推

测琢磨。❸王陵廷争，陈平从默：王陵、陈平，汉开国功臣，后均为丞相。惠帝死，吕后欲封诸吕为王，王陵反对，吕后不悦，迁为太傅，实夺其相位。陈平却顺从其意。但最后陈平与太尉周勃诛灭诸吕，迎立文帝。❹但：只。克终：最终，最后。云何：如何，怎么样。

007 王孝伯死❶，县其首于大桁❷。司马太傅命驾出至标所❸，孰视首❹，曰："卿何故趣欲杀我邪❺？"《续晋阳秋》曰："王恭深惧祸难，抗表起兵。于是遣左将军谢琰讨恭，恭败，走曲阿，为湖浦尉所擒。初，道子与恭善，欲载出都，面相折数，闻西军之逼，乃令于儿塘斩之，枭首于东桁也。"

❶王孝伯死：晋安帝时，太傅道子专权。隆安二年（公元 398 年），王恭联合殷仲堪、桓玄起兵反，兵败被杀。❷县（xuán）：即"悬"，悬挂。大桁（háng）：即朱雀桥，在建康城南朱雀门外。❸标：设在刑场的高柱。❹孰视：即"熟视"。仔细看。❺趣（cù）：通"促"。急促。

008 桓玄将篡❶，桓修欲因玄在修母许袭之❷。庾夫人云："汝等近，过我余年❸，我养之，不忍见行此事。"《桓氏谱》曰："桓冲后娶颍川庾蔑女，字姚。"《晋安帝纪》曰："修少为玄所侮，言论常鄙之，修深憾焉，密有图玄之意。修母曰：'灵宝视我如母，汝等何忍骨肉相图！'修乃止。"

❶桓玄将篡：晋安帝元兴初，桓玄以讨元显为名，进兵京师，自封丞相。二年，称帝，国号楚，后被刘裕讨灭。❷因：趁着。许：处所。❸近：近亲。余年：晚年。

后　记

这是笔者第三次与岳麓书社合作编撰《世说新语》，之所以如此，第一是有缘，第二是有瘾。

有时想想，世间事还真的要有那么一点机缘。也许我这人平日里不修边幅，不讲套路，随缘走心，在任性使气上有一点魏晋的影子。大概岳麓书社的曾德明先生也是看到了这一点，早在 2006 年就约我做一本《世说新语校注》，作为标准本古典名著系列丛书之一。获此厚爱，感念系之，于是甄别版本，钩索史料，考辨辞章，做“我注六经”之细致功夫。但校注甄辨过于枯燥，《世说新语》又过于生动，有时不免心思活络，移情走神，于是便信笔涂鸦，把那刹那间的心领神会抒写出来。片段抒写，无意为文，断断续续，零零碎碎，只求心智舒展，聊以排遣校注之寂寞。不想曾德明先生偶然阅之，觉得还有些意思，或许会有些市场，于是便鼓励我干脆在每一则后面都写段札记，不求依傍，率性而发，嬉笑怒骂，皆成文章，然后单独成书出版。此即《青眼风流——〈世说新语〉品读》之机缘。有了前两本书打底，我俨然成了《世说新语》专业户，待《世说新语》之改版重编，岳麓同仁自然以为非我莫属，于是就有了这第三次合作。

从 2006 年开始，浸淫十余载，我早已和《世说新语》结下生死之缘，沉溺其中，乐此不疲。魏晋名士的气场的确强大，名士风流的确撩人，使人情灵摇荡，难以自持。久而久之，便因爱而成癖，因癖而成瘾。套用《京都竹枝词》中的话说：开谈不说《世说》学，读尽诗书也枉然。

感谢岳麓书社诸位同仁，让我们结成了一段书缘，使我十余载浸淫于《世说新语》，我的人生由此而充实，而生动，而敞亮。我便可以附会风雅地说，我获得了诗意的栖居。

朱奇志

戊戌冬于长沙月湖